KB100890

카이사르
2

카이사르

Caesar

COLLEEN
McCULLOUGH

2

콜린
매컬로
지음

강선재 · 신봉아
이은주 · 홍정인
옮김

교유서가

MASTERS OF ROME

Caesar
2

CONTENTS

이탈리아 갈리아,
프로빙키아,
장발의 갈리아

기원전 52년 1월부터 12월까지

Jan. 52 B.C. ~ Dec. 52 B.C.

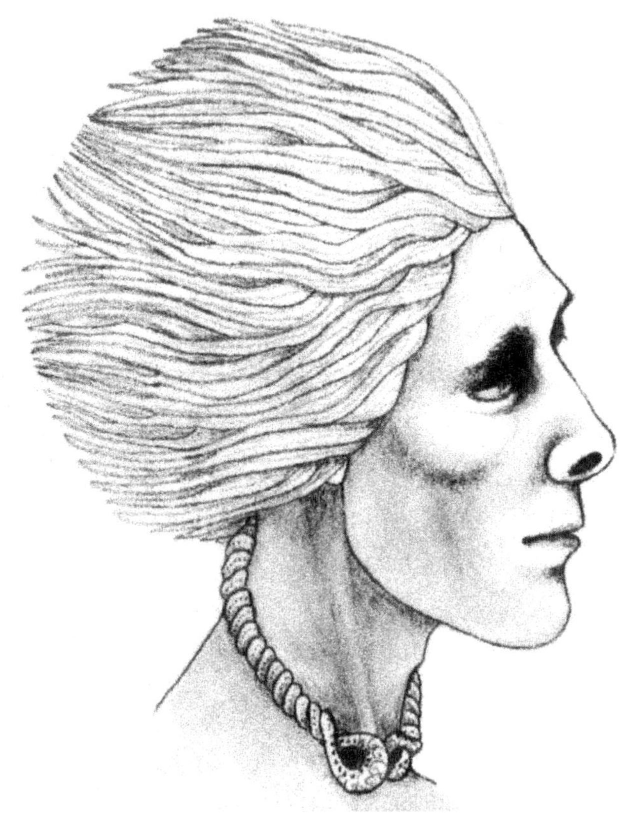

뻬르킹게토릭스

몇 해 전, 나이우스 폼페이우스 마그누스와 마르쿠스 리키니우스 크라수스는 두번째로 나란히 집정관 임기를 마친 뒤 매우 특별한 집정관급 총독 직을 기대하고 있었다. 두 사람이 아직 집정관으로 재임중이던 때 카이사르의 보좌관 가이우스 트레보니우스가 호민관이었고, 그가 통과시킨 법률 덕에 두 집정관은 누구나 부러워할 만한 속주를 만 5년 임기로 얻어냈다. 이 5년 임기가 짭짤하다는 것을 카이사르가 갈리아에서 입증하고 있었기에, 잔뜩 분발한 폼페이우스와 크라수스는 각각 시리아와 히스파니아를 선택했다.

유산 이후 몸이 완전히 회복되지 않았던 율리아는 갈수록 건강이 나빠졌다. 폼페이우스는 율리아를 시리아로 데려갈 수 없었다. 관습과 전통이 금하는 일이었기 때문이다. 젊은 아내를 진심으로 사랑한 폼페이우스는 결국 계획을 수정했다. 그는 여전히 로마의 곡물 수급 관리를 담당하고 있었으므로 로마와 가까운 곳에 남아 있을 구실은 충분했다. 그가 맡은 속주가 안정적인 지역이기만 했다면 말이다. 하지만 시리아는 그런 속주가 아니었다. 가장 최근에 로마 영토로 편입된 시리아는 강력한 파르티아 왕국에 접해 있었으며, 이 왕국의 통치자인 오로데스 왕은 시리아에 주둔한 로마인들을 경계하며 주시했다. 특히 위대한 폼페이우스가 시리아의 총독이 될 것인지에 촉각을 곤두세웠는데, 폼페이우스가 정복자로 명성이 자자했기 때문이었다. 소문이 떠돌았고, 그 소문에 의하면 로마는 자신의 제국에 파르티아 왕국을 추가할까 말까 고민중이라고 했다. 오로데스 왕은 걱정이 많은 사람이었다. 또한 신중하고 주도면밀한 사람이기도 했다.

율리아 문제로 폼페이우스는 크라수스에게 담당 속주를 바꿔달라고 부탁했다. 폼페이우스가 양 히스파니아를 갖고 크라수스는 시리아를 가지라는 것이었다. 크라수스는 이 제안을 덥석 반겼다. 그리하여 속주 맞교환이 성사되었다. 폼페이우스는 수하 보좌관인 아프라니우스와 페트레이우스를 가까운 히스파니아와 먼 히스파니아로 보내 통치를 맡길 수 있었으므로, 율리아와 함께 로마 인근에 머무를 수 있게 되었다. 한편 크라수스는 파르티아를 정복하겠다는 각오로 시리아로 떠났다.

크라수스가 파르티아인들에게 패배하고 죽임을 당했다는 소식이 전해졌을 때 로마에는 격렬한 공분이 일었다. 무엇보다 그 소식을 전한 사람이 유일하게 살아남은 귀족이자 크라수스의 재무관이던 가이우스 카시우스 롱기누스라는 비범한 청년이었기에 파장은 더했다.

카시우스는 원로원에 긴급 공문을 발송했지만, 이에 더해 친한 친구이자 예비 장모인 세르빌리아에게 사건의 전말에 대해 허심탄회한 글을 적어 보냈다. 이 적나라한 글을 보면 카이사르가 크게 비통해할 거라고 확신한 세르빌리아는 기꺼이 이 글을 갈리아의 카이사르에게 보냈다. 하! 당신도 당해봐, 카이사르! 나처럼 말이야.

제가 안티오케이아에 도착한 것은 아르메니아의 아르타바스데스 왕이 마르쿠스 크라수스 총독을 공식 방문하러 도착한 직후였습니다. 곧 있을 파르티아 원정 준비는 순조롭게 진행되고 있었습니다. 아니, 어쨌든 크라수스는 그리 생각하는 듯했어요. 솔직히, 크라수스가 모아놓은 군대를 직접 보는 순간 저는 총독과 같은 확신이 들지 않았습니다. 7개 군단 모두 10개 대대가 아닌 8개 대대로 정원에 못 미치는 규모였고, 기병대도 결코 제대로 단결이 될 것 같지 않은 모양새였지요. 푸블리우스 크라수스가 갈리아에서 아이두이족 기병 1천 명을 이끌고 왔습니다만, 카이사르가 절친한 친구 크라수스에게 보내준 이 선물은 안 하니만 못했습니다. 아이두이족은 갈라티아 기병들과 잘 지내지 못한데다 심한 향수병까지 앓았으니까요.

거기다 스케니테스 아라비아인의 왕인 아브가로스가 있었습니다. 왠지 저는 처음 보자마자 그자가 싫고 믿음이 가지 않았어요. 하지만 크라수스는 그자를 더없이 좋게 보았고 그에 반하는 의견은 아예 들으려고도 하지 않았습니다. 아브가로스는 아르메니아 왕 아르타바스데스의 피호민으로서, 원정을 위한 안내 및 조언 역할로 크라수스에게 제공되었던 걸로 보입니다. 4천 명의 스케니테스 아라비아인 경무장 병력과 함께요.

크라수스의 계획은 메소포타미아로 진군하여, 가장 먼저 파르티아 왕국의 겨울 궁전이 있는 티그리스 강변의 셀레우케이아를 공격하는 것이었습니다. 전투가 겨울로 예정되어 있었으므로 파르티아의 오로데스 왕이 그곳에 체류중일 것으로 예상했고, 오로데스 왕과 아들들이 파르티아 왕국 곳곳으로 흩어져 저항군을 조직할 겨를도 없이 그들을 생포하리라 기대한 거죠.

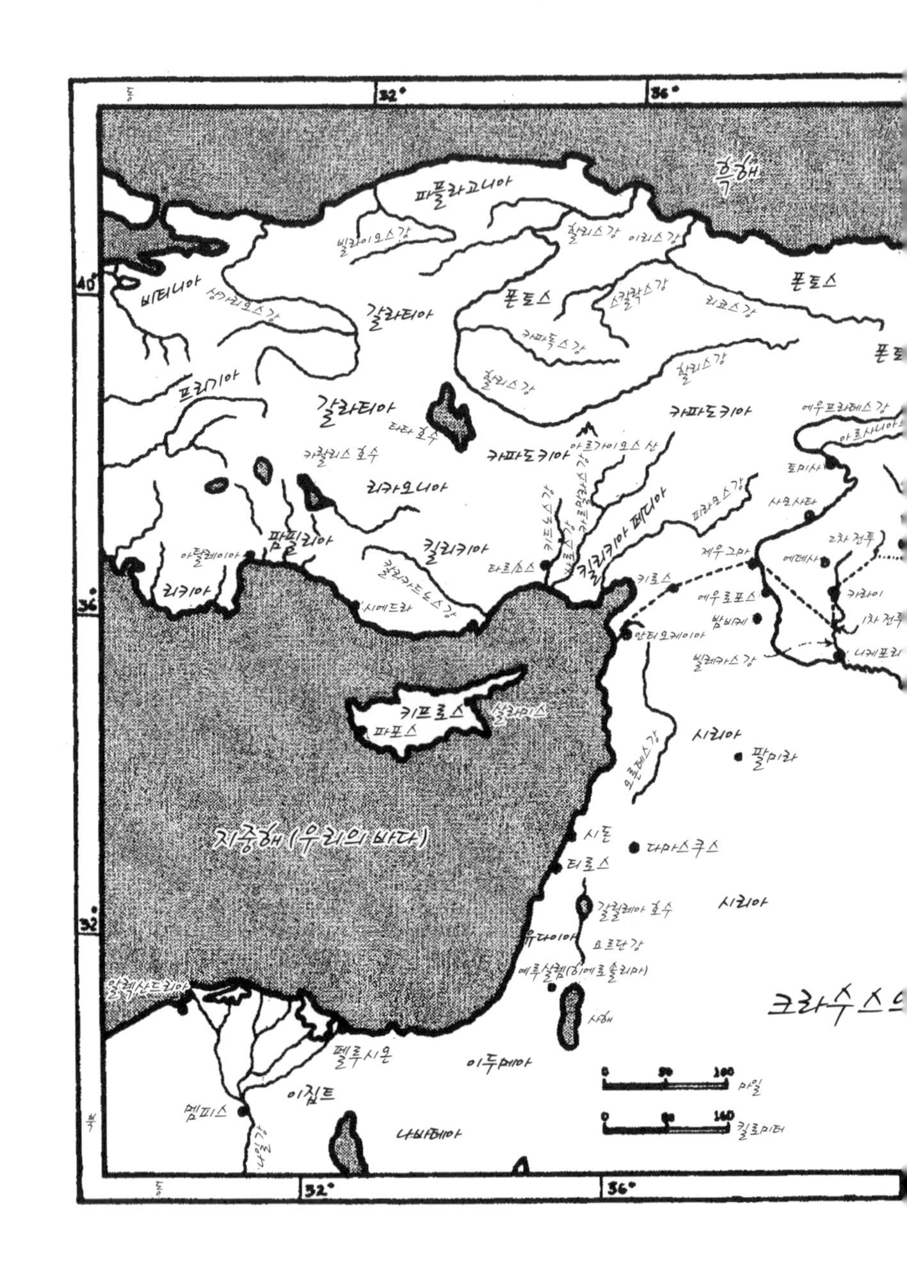

32°
36°
40°
동
흑해
파플라고니아
빌라이오스강
할리스강
이리스강
비티니아
상가리오스강
갈라티아
폰토스
스킬락스강
리코스강
폰토스
카파독스강
할리스강
할리스강
프리기아
갈라티아
타타 호수
카랄리스 호수
카파도키아
카파도키아
아르가이오스 산
에우프라테스강
리카오니아
토미사
피라모스강
사모사타
킬리키아 페디아
팜필리아
킬리키아
제우그마
에데사
아탈레이아
타르소스
리키아
키로스
카라이
칼리카드노스강
에우로포스
시에드라
밤비케
안티오케이아
빌레카스강
키프로스
살라미스
파포스
시리아
팔미라
오론테스강
지중해 (우리의 바다)
시돈
다마스쿠스
티로스
갈릴레아 호수
시리아
유다이아
요르단강
예루살렘(히에로솔리마)
알렉산드리아
사해
펠루시온
이두메아
이집트
멤피스
나바테아
나일강
0 50 100 마일
0 80 160 킬로미터
북

44°
48°
52°
40°
36°
32°
파시스강
키루스강
알바니아
알라조니오스강
알비스강
아르메니아
리크니티스 호수
키루스강
아르탁사타
아락세스강
아르메니아
아락세스강
아라라트 산
카스피해
토스피티스 호수
메디아 아트로파테네
티그라노케르타
마티아네 호수
(또는 카파우타)
카니리테스강
카파우타항
니시비스
리코스강
프라스파
라가이
자바토스강
메디아
메디아
메소포타미아
엑바타나
긴데스강
피스코스강
티그리스강변의 셀레우케이아
수시아네
코아스페스강
페르시아
바빌론
메소포타미아
에울라이오스강
수사
티그리스강
코아스페스강
파시티그리스강
에우프라테스강
엘리마이스
코프라타스강
페르시아 만
방 행로
크라수스군의 이동 경로
크라수스의 머리와 손을 나른 행렬의 경로
(거리는 더 멀어 보이지만 훨씬 수월한 지형임)

그러나 아르메니아의 아르타바스데스 왕과 그의 피호민인 스케니테스 아라비아인 아브가로스는 이 전략에 거세게 반대했습니다. 평지에서는 그 누구도 철갑 기병과 궁기병으로 이루어진 파르티아 군대를 격파할 수 없다는 말이었지요. 반면 산중에서는 쇠사슬 갑옷으로 무장하고 철갑을 두른 거대한 메디아산(産) 말을 탄 기병들이 제대로 싸울 수 없다고 아르타바스데스와 아브가로스는 입을 모았습니다. 게다가 궁기병들에게도 험준한 고지는 불리한데, 화살이 빨리 바닥나는데다 파르티아의 저 전설적인 궁술을 발휘하려면 평지를 질주할 수 있어야 하기 때문이라고요. 이런 이유로, 그 두 사람은 크라수스에게 메소포타미아가 아니라 메디아 산악지대로 진군해야 한다고 말했습니다. 두 사람은 또 아르메니아 전군과 합세하여 카스피해 아래쪽의 파르티아 심장부와 왕국의 여름 수도인 엑바타나를 친다면 크라수스가 패할 일이 없을 거라고 장담했지요.

제가 보기에는 좋은 전략 같았고 실제로 그렇게 말하기도 했지만, 크라수스는 이 안을 받아들이지 않았습니다. 그는 평지에서도 철갑기병과 궁기병 들을 거뜬히 물리칠 수 있다고 생각했어요. 솔직히 말씀드리면, 저는 크라수스가 아르타바스데스와의 공조를 꺼리는 건 노획물을 나눠 가지기 싫어서라고 내심 결론을 내렸습니다. 마르쿠스 크라수스가 어떤 사람입니까. 온 세상의 돈으로도 그의 돈 욕심을 채우기엔 역부족이죠. 그는 아브가로스에 대해서는 별로 개의치 않았습니다. 막강한 왕이 아니라서 큰 몫의 노획물을 받을 자격이 안 되니까요. 하지만 아르타바스데스 왕은 전체의 절반까지도 충분히 받을 자격이 되었지요.

여하간 크라수스는 단칼에 안 된다고 답했습니다. 그는 로마군의 작전 수행에 평평한 지형의 메소포타미아가 더 적합하다고 주장했습니다. 자기 병사들이 반란을 일으키길 원치 않는다고요. 루쿨루스 군 병사들이 멀찍이서 아라라트 산을 보자 루쿨루스가 산을 넘으라는 명령을 내리리란 걸 깨닫고 반란을 일으켰던 때처럼 말이죠. 게다가 먼 메디아에서 산중 전투를 치르려면 여름철에 맞춰야 하는데, 크라수스의 군대는 겨울이 시작되는 4월 초면 진군 준비가 끝날 거라고 했습니다. 크라수스는 8월까지 미루자고 하면 병사들의 열의가 식을 거라 생각했지요. 제가 보기엔 허울만 그럴듯한 핑계였습니다. 언제가 됐건 크라수스 군대의 열의 같은 건 본 적이 없으니까요.

크게 기분이 상한 아르타바스데스 왕은 안티오케이아를 떠나 자기 나라로 갔습니다. 당연히 그는 로마와 제휴하여 파르티아 왕국을 가로챌 희망을 품었더랬지요. 그런데 퇴짜를 맞았으니, 오히려 파르티아와 손을 잡기로 결심한 겁니다. 그는 아브가로스를 안티오케이아에 첩자로 남겨두었어요. 아르타바스데스가 사라진 그 순간부터 크라수스의 일거수일투족이 적군에 보고되었습니다.

그러다 3월에 파르티아의 오로데스 왕이 사절을 보냈습니다. 사절단의 대표는 바기세스라는 늙은이였지요. 사절로 온 파르티아 귀족들은 정말이지 요상한 외모였어요. 목이 꽉 죄도록 턱부터 어깨까지 똬리 모양의 황금 목걸이를 둘렀고, 진주를 두른 챙 없는 둥근 모자가 그릇을 엎어놓은 것처럼 머리에 얹혀 있었습니다. 턱에 붙인 가짜 수염은 두 귀에 감긴 황금 철사에 아슬아슬하게 매달려 있었고, 몸에 걸친 하늘하늘 화려한 황금색 의상은 엄청난 보석과 진주로 번쩍거렸지요. 크라수스의 눈에는 오로지 황금과 보석, 진주만 보였을 겁니다. 바빌로니아에는 얼마나 더 많이 있을까! 이런 생각이었겠죠.

바기세스는 술라와 폼페이우스 마그누스가 파르티아와 타결했던 조약들을 준수해달라고 요청했습니다. 에우프라테스 강 서쪽은 전부 로마령이고 에우프라테스 강 동쪽은 전부 파르티아령이라는 내용이었지요.

크라수스는 사실상 그들을 면전에서 비웃었습니다! "친애하는 바기세스," 터져나오는 웃음을 억지로 참으며 그가 말했어요. "오로데스 왕에게 내가 필히 그 조약들을 고려하겠노라 전하시오. 티그리스 강변의 셀레우케이아와 바빌로니아를 정복한 후에 말이오!"

바기세스는 잠시 동안 아무 말도 하지 않았습니다. 그러다 오른손을 불쑥 내밀더니 손바닥을 보이며 크라수스에게 새된 소리를 지르는 게 아닙니까. "마르쿠스 크라수스, 여기에 털이 나지 않는 한 당신이 티그리스 강변의 셀레우케이아에 발을 들여놓을 수는 없을 겁니다!" 털이 곤두서는 느낌이었습니다. 바기세스의 그때 말투가 어찌나 섬뜩하던지 마치 예언처럼 귓가에 울리더군요.

마르쿠스 크라수스가 동방의 왕들에게 호감 가게 굴지 못했다는 걸 눈치채셨겠지요. 그들은 성미가 대단히 강퍅합니다. 웃은 사람이 로마의 집정관급 총독만 아니었어도 즉석에서 머리가 날아갔을 거예요. 우리 중 몇몇이 크라수스를 설득해보려 했지만, 문제는 그의 곁에 아들 푸블리우스가 와 있었다는 겁니다. 아버지를 숭배하고 아버지가 하는 건 뭐든 옳다고 믿는 아들이요. 푸블리우스는 크라수스의 메아리였고, 크라수스는 이성의 목소리가 아니라 자기 메아리에 귀를 기울였습니다.

4월 초에 우리는 안티오케이아에서 북동쪽으로 진군했습니다. 군대가 의욕이 없었으니 자연히 행군 속도도 느렸습니다. 아이두이족 기병들은 비옥한 오론테스 강 유역에서도 이미 불만이 많았는데, 그보다 열악한 키로스 인근 목초지로 들어서자 마치 누가 마취약을 먹인 것처럼 행동하기 시작했습니다. 갈라티아인 3천 명도 낙관적인 분위기가 아니긴 마찬가지였습니다. 실제로 우리 모습은 불멸의 영광을 향해 가는 행군이라기보다 장례행렬에 가까웠어요. 크라수스는 군대와 떨어져서 가마를 타고 이동했습니다. 길이 너무 험해서 마차를 탈 수 없어서였죠. 그의 편에서 생각해보자면, 몸 상태가 멀쩡했던 것 같지가 않습니다. 푸블리우스 크라수스는 아버지에 대해 끊임없이 안달을 했어요. 예순세 살 노인에게 전투는 쉬운 일이 아니죠. 전쟁에 나선 지가 근 20년 된 사람에겐 더더욱 그렇고요.

스케니테스 아라비아인 아브가로스는 우리와 함께하지 않았습니다. 그는 한 달 앞서 떠난 참이었죠. 제우그마의 에우프라테스 강 동쪽 기슭에서 그와 만날 예정이었는데, 그곳에 도착한 때는 그달 말경이었습니다. 이것만 봐도 얼마나 느릿한 행군이었는지 알 수 있죠. 겨울 초입의 에우프라테스 강은 그나마 가장 수심이 낮고 잔잔합니다. 그런 강은 처음 봤습니다! 어찌나 넓고 깊고 물살이 강하던지! 그래도 공병들이 단연 신속하고도 효율적으로 부교를 설치했으니, 수월하게 강을 건너야 마땅했습니다.

하지만 현실은 그렇지 못했습니다. 이 불운한 원정의 다른 많은 것들이 어그러졌듯이 말이죠. 난데없이 거센 폭풍이 휘몰아친 게 아니겠습니까. 강물이 불어날 거라는 걱정에, 크라수스는 도하를 미룰 수 없다고 우겼습니다. 결국 부교가 흔들리고 요동치는 와중에 병사들은 네발로 기어갔습니다. 뱃줄만큼 굵은 번갯불이 수십 곳에서 동시에 번쩍였고, 천둥소리에 말들이 비명을 지르며 날뛰었지요. 대기에는 유황색 불빛이 가득 번지면서 바다를 연상시키는 들큼하고 묘한 냄새가 풍겼고요. 소름 끼치는 순간이었습니다. 게다가 폭풍은 누그러들 기미가 없었습니다. 수일 동안 연거푸 몰아쳤죠. 줄기차게 쏟아진 폭우로 대지는 곤죽이 된 한편 강은 점점 더 불어나는데, 그 와중에도 도하는 계속되었습니다.

사람이든 뭐든 마침내 전부 동쪽 제방에 이르렀을 때, 우리 병력은 이보다 더 흐트러질 수 없는 몰골이었습니다. 물자 수송대의 밀과 여타 식량을 포함해 무엇 하나 젖지 않은 게 없었죠. 포(砲)의 밧줄과 용수철은 부풀어서 축 늘어지고 대장공들의 숯은 쓸모없게 되었으며, 천막은 신부 혼례복 천으로 만든 거나 다름없는 꼴이었고 요새 구축에 쓸 소중한 목재들은 갈라지고 쪼개졌습니다. 말 4천 필과(크라수스는 기병 한 사람당 말 두 필을 허락하지 않았습니다) 노새 2천 마리, 황소 수천 마리가 몽땅 공포에 질려 눈이 돌아간 상황이 상상이 되십니까. 짐승들을 진정시키는 데만 두 번의 장날 주기가 걸렸습니다. 한참 메소포타미아로 가고 있었어야 할 소중한 열엿새가 허비된 것이죠. 군단병들의 상태도 짐승들과 별반 다르지 않았습니다. 이 원정은 저주받았다는 얘기가 병사들 사이에 오갔습니다. 크라수스부터가 저주받았다고요. 그들 모두 죽게 될 거라는 얘기였습니다.

그러나 아브가로스는 경보병과 경기병 4천 명과 함께 도착했습니다. 우리는 작전회의를 열었지요. 켄소리누스, 바르군테이우스, 메가보쿠스, 옥타비우스 등 크라수스의 보좌관 다섯 중 네 명은 줄곧 에우프라테스 강을 따라가기를 원했습니다. 그쪽이 더 안전하고 짐승들이 먹을 목초지가 있는데다 우리도 가는 길에 식량을 좀더 얻을 수 있으니까요. 저도 그들의 말에 동의를 표했다가, 고작 재무관 주제에 상관에게 충고를 한다고 핀잔만 들었죠.

아브가로스는 에우프라테스 강에 붙어 가는 것에 반대했습니다. 혹시 모르실까봐 말씀드리자면, 제우그마 아래에는 서쪽으로 큰 굽이가 있어서 확실히 행군길이 수 킬로미터 늘어났을 겁니다. 빌레카스 강과 에우프라테스 강의 합류지점에서부터 메소포타미아로 내려가는 경로는 비교적 일직선이고 남동쪽으로 올바른 방향입니다.

그렇기 때문에 아브가로스는 제우그마에서 정동향으로 방향을 잡고 사막을 건너 빌레카스 강까지 간다면 최소 네댓새는 아낄 수 있다고 말했습니다. 남쪽으로 급한 굽이 하나만 지나면 빌레카스 강 하류에서 에우프라테스 강에 이르고, 그러면 곧바로 우리가 가고자 하던 니케포리온이 나온다고 말이죠. 자기를 길잡이로 뒀으니 우리가 길을 잃을 일은 없으며 사막 행군도 길지 않아서 너끈히 이겨낼 수 있다는 아브가로스의 말은 귀에 솔깃했습니다.

음, 크라수스는 아브가로스의 말에 맞장구를 쳤고, 푸블리우스 크라수스는 아빠 말에 맞장구쳤지요. 사막을 통과하는 지름길로 간다는 결정이었습니다. 또다시 보좌관 네 명이 크라수스를 만류해보려 했지만, 크라수스는 꿈쩍하지 않았습니다. 그는 카라이와 시나카를 이미 요새화해두지 않았냐면서 이 두 요새면 보호장치로 충분하다고 말했습니다. 사실 보호장치 자체가 필요 없을 거라고도 덧붙였고요. 친구라는 아브가로스 왕도 그렇다며 맞장구를 쳤습니다. 이렇게 먼 북쪽까지 파르티아인들이 있을 리가 없다면서.

그러나 당연히 파르티아인들은 있었습니다. 그리되도록 아브가로스가 확실히 해둔 것이지요. 티그리스 강변의 셀레우케이아는 우리

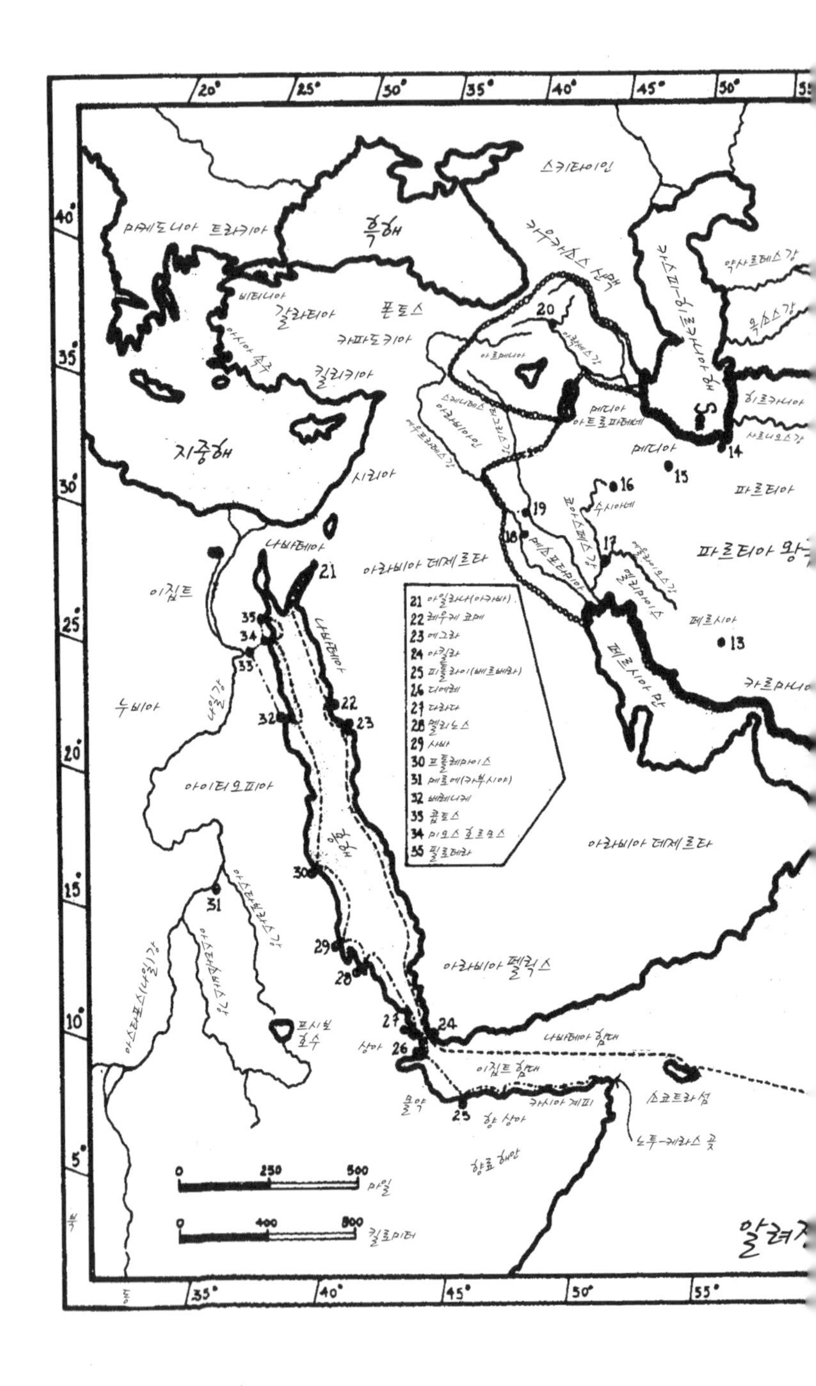
20°
25°
30°
35°
40°
45°
50°
스키타이인
마케도니아
트라키아
흑해
카우카소스 산맥
카스피오스 해
약사르테스 강
옥소스 강
비티니아
갈라티아
폰토스
카파도키아
아시아 속주
킬리키아
아르메니아
메디아
아트로파테네
히르카니아
사르니오스 강
지중해
메디아
시리아
파르티아
수시아네
파르티아 왕국
나바테아
아라비아 데제르타
이집트
페르시아
페르시아 만
카르마니아
누비아
나일 강
아이티오피아
홍해
아라비아 데제르타
아라비아 펠릭스
21 아일라나(아카바)
22 레우케 코메
23 에그라
24 아킬라
25 피를라이(베르베라)
26 디에레
27 다라다
28 멜리노스
29 사바
30 프톨레마이스
31 메로에(카부시아)
32 베레니케
33 콥토스
34 미오스 호르모스
35 필로테라
상아
이집트 항대
나바테아 항대
물약
향 상아
카시아 계피
소코트라 섬
노투-케라스 곶
향료 해안
프시보 호수
아스타포스(나일) 강
0 250 500 마일
0 400 800 킬로미터
알려진

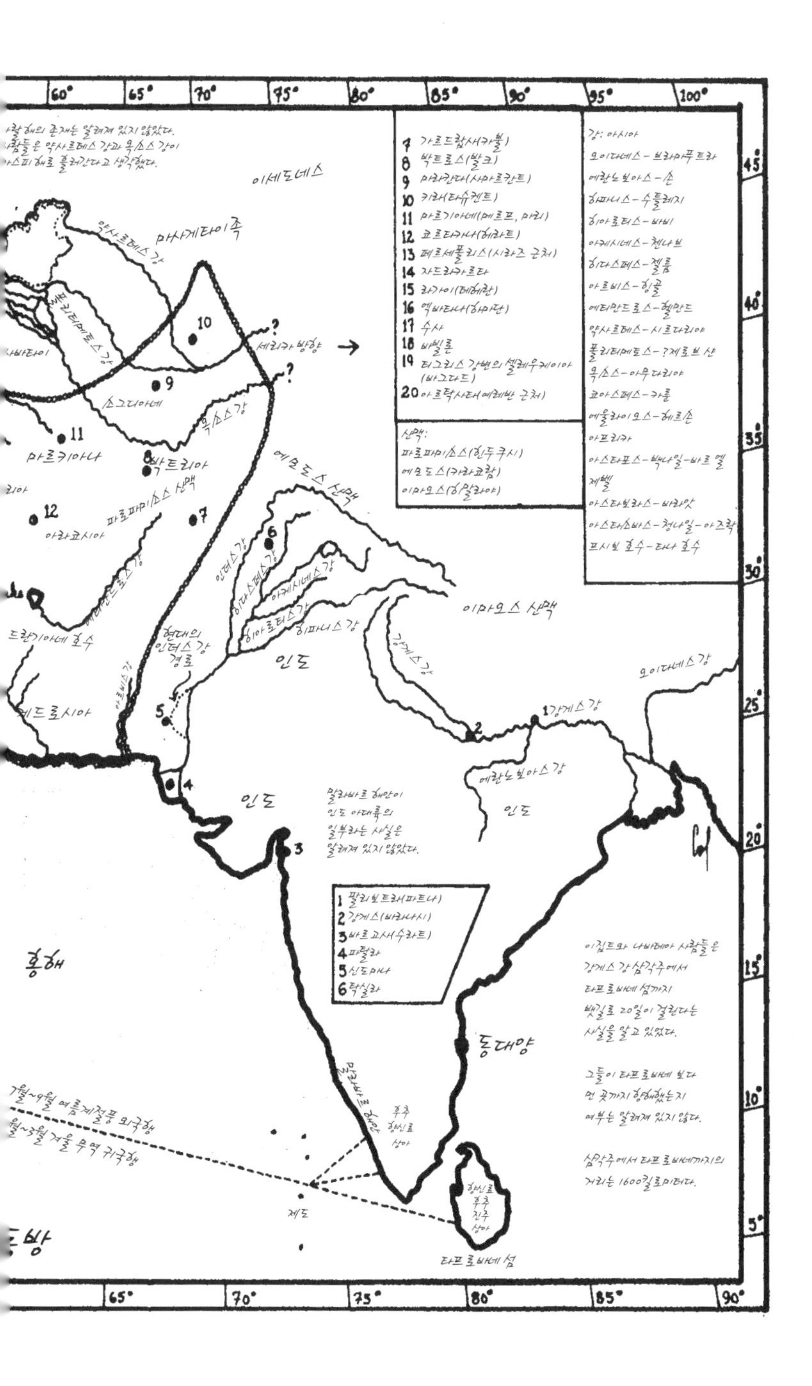

7 가르드랍사(카불)
8 박트로스(발크)
9 마라칸다(사마르칸트)
10 키라(타슈켄트)
11 마르기아나(메르프, 마리)
12 코르타카나(헤라트)
13 페르세폴리스(시라즈 근처)
14 자드라카르타
15 라가이(테헤란)
16 엑바타나(하마단)
17 수사
18 바빌론
19 티그리스 강변의 셀레우케이아(바그다드)
20 아르탁사타(예레반 근처)
산맥:
파로파미소스(힌두쿠시)
에모도스(카라코람)
이마오스(히말라야)
강: 아시아
오이다네스-브라마푸트라
에란노보아스-손
하파니스-수틀레지
히아로티스-바비
아케시네스-첸나브
히다스페스-젤룸
아르비스-힝골
에티만드로스-헬만드
약사르테스-시르다리아
폴리티메토스-?제로브샨
옥소스-아무다리아
코아스페스-카불
에울라이오스-헤르손
아프리카
아스타포스-백나일-바르엘제벨
아스타보라스-바라앗
아스타소바스-청나일-아즈락
프시보 호수-타나 호수
이세도네스
마사게타이족
약사르테스 강
폴리티메토스 강
세리카 방향
소그디아네
옥소스 강
마르키아나
박트리아
파로파미소스 산맥
아라코시아
에모도스 산맥
인더스 강
히다스페스 강
아케시네스 강
히아로티스 강
히파니스 강
이마오스 산맥
갠지스 강
드랑기아네 호수
현대의 인더스 강 경로
인도
게드로시아
오이다네스 강
1 갠지스 강
에란노보아스 강
말라바르 해안이 인도 아대륙의 일부라는 사실은 알려져 있지 않았다.
1 팔리보트라(파트나)
2 강게스(바라나시)
3 바르고사(수라트)
4 파탈라
5 신도마나
6 탁실라
홍해
이집트와 나바테아 사람들은 갠지스 강 삼각주에서 타프로바네 섬까지 뱃길로 20일이 걸린다는 사실을 알고 있었다.
그들이 타프로바네 보다 먼 곳까지 항해했는지 여부는 알려져 있지 않다.
삼각주에서 타프로바네까지의 거리는 1600킬로미터다.
동대양
7월~9월 여름계절풍 외국행
월~3월 겨울 무역 귀국행
후추 향신료 상아
향신료 후추 진주 상아
제도
타프로바네 섬

의 모든 수를 읽고 있었고, 오로데스 왕은 돈에 미친 형편없는 마르쿠스 크라수스보다 훨씬 나은 전략가였습니다.

로마에 묶여 있는 친애하는 세르빌리아, 당신은 파르티아 왕국에 대해 많이 알지 못하실 테니, 그곳이 여러 지역으로 이루어진 거대한 집합체라는 말씀을 드려야겠군요. 파르티아는 카스피 해 동쪽에 있는데, 그렇기 때문에 우리가 엄밀히는 파르티아의 왕이 아닌 파르티아인들의 왕이라고 하는 겁니다. 오로데스 왕의 지배하에 있는 지역은 메디아, 메디아 아트로파테네, 페르시아, 게드로시아, 카르마니아, 박트리아, 마르기아네, 소그디아네, 수시아네, 엘리마이스, 메소포타미아입니다. 로마 속주들에 속하는 것보다 더 많은 땅이지요.

이 지역들은 각각 수레나라는 공식 직함을 가진 태수가 통치합니다. 태수들은 대부분 왕의 아들이나 조카, 사촌, 형제, 삼촌이죠. 왕은 파르티아에 가는 법이 없습니다. 여름에는 메디아의 비교적 완만한 산악지대에 있는 엑바타나에서 통치를 하고, 봄이나 가을에는 수사에 체류하며, 겨울에는 메소포타미아 중 티그리스 강변의 셀레우케이아에서 통치를 합니다. 왕이 거대한 자기 왕국의 땅 중 가장 서쪽에 있는 이 지역들에서 거의 시간을 보내는 건 아마도 로마 때문일 겁니다. 그는 우리 로마를 두려워하는 데 반해 거대 민족인 인도인이나 세리카인 들은 두려워하지 않거든요. 박트리아에는 마사게타이족을 저지하기 위해 수비대를 주둔시킵니다. 그들은 민족이 아니라 부족이기 때문이죠.

공교롭게도 메소포타미아의 수레나는 아주 유능한 태수였고, 오로데스로부터 크라수스와의 전투 책임을 부여받았습니다. 오로데스 왕 자신은 아르메니아의 수도인 아르탁사타에 있는 아르타바스데스 왕을 만나기 위해 북쪽으로 떠났습니다. 아르탁사타에서 큰 환영을 받을 수 있도록 충분한 병력도 데리고 갔지요. 그의 아들 파코로스도 함께 갔습니다. 팔라비 수레나(이것이 태수의 정식 명칭이에요)는 메소포타미아에 남아서 우리와 대적할 별도의 군대를 모았습니다. 그에게는 궁기병 1만 명과 철갑 기병 2천 명이 있었습니다. 보병은 전혀 없었고요.

팔라비 수레나는 흥미로운 자였습니다. 갓 서른 살에(저와 동갑이죠) 왕의 조카이고, 대단히 강렬하고도 여성스러운 분위기의 아름다운 외모라고들 하지요. 여자와는 관계하지 않고 열세 살에서 열다섯 살 사이 소년들을 선호한다고 하고요. 이런 소년들이 그의 취향보다 나이를 훌쩍 먹어버리면 자기 군대에 징집하거나 휘하의 주요 관료로 발탁합니다. 파르티아에서는 허용되는 관행이지요.

팔라비 수레나가 병사들을 모으면서 우려한 점은, 크라수스와 나머지 우리가 익히 알고 있던 사실이었습니다. 아브가로스가 우리에게 쉽게 이길 수 있다며 장담한 요인 말입니다. 바로 파르티아의 궁기병은 화살이 아주 빨리 떨어진다는 사실이었죠. 그 때문에 이들 궁기병은 들판을 질주하면서 말의 볼기짝 너머로 화살을 날릴 수 있는 기술에도 불구하고 금세 쓸모가 없어집니다.

팔라비 수레나는 이 문제를 해결할 묘책을 고안했습니다. 그는 낙타 무리를 엄청나게 모아다가 낙타의 짐바구니에 여분의 화살을 실었습니다. 그런 다음 노예 수천 명을 모아놓고 전투가 한창일 때 궁수들에게 새 화살을 전해주는 요령을 훈련시켰습니다. 그리하여 그는 자신의 궁기병들과 철갑 기병들로 우리를 가로막기 위해 티그리스 강변의 셀레우케이아에서 북쪽으로 출발할 때, 여분의 화살을 실은 낙타 수천 마리와 궁수들에게 끊임없이 화살을 제공해줄 노예 수천 명도 함께 데리고 갔습니다.

어떻게 이런 걸 다 알 수 있지? 이렇게 묻는 목소리가 들리는 것 같군요. 이 점에 대해선 차차 설명하겠지만, 우선은 유다이아 궁중의 대단히 매력적인 왕자 안티파트로스를 통해 알게 되었다는 것만 말씀드리겠습니다. 안티파트로스의 첩자와 정보원은 그야말로 세상 구석구석 뻗어 있지요.

빌레카스 강변에 교차로가 있는데, 팔미라와 니케포리온에서 이어진 사막 대상로가 사모사타의 에우프라테스 강 상류로 가는 대상로, 그리고 카라이를 거쳐 에데사와 아미다로 가는 대상로와 만나는 곳입니다. 바로 여기서 사막 횡단 행군이 시작되었습니다.

우리 군은 로마인 보병 3만 5천 명, 아이두이족 기병 1천 명과 갈라티아인 기병 3천 명이었습니다. 이들은 황무지에 제대로 들어서기도 전부터 겁을 먹고 있었던데다 하루하루 지날수록 더 큰 두려움에 휩싸였습니다. 이걸 확인하는 건 어렵지 않았습니다. 그저 말을 타고 그들 사이를 다니면서 대충 들리는 소리만 들으면 됐으니까요. 크라수스는 저주받았다, 자기네들 전부 죽을 거다, 라는 말이었죠. 반란이 일어날 걱정은 할 필요도 없었습니다. 반란을 일으키는 병사들은 최소한 역동적이니까요. 우리 병사들에겐 희망이라곤 없었습니다. 노예 시장에 끌려가는 포로들처럼 발을 질질 끌며 파멸을 향해 갈 뿐이었죠. 그중에서도 아이두이족 기병대가 최악이었습니다. 물 없는 황무지, 피신처도 아름다움도 없는 삭막한 회갈색 풍경은 일평생 본 적이 없었으니 말이에요. 그들은 두 눈을 모들뜨고 모든 것에 신경을 꺼버렸습니다.

이틀이 지나고 빌레카스 강을 향해 남동쪽으로 가던 중, 작게 무리지은 파르티아인들이 눈에 띄기 시작했습니다. 주로 궁기병들이었고 철갑 기병도 가끔 보였지요. 그렇다고 우리를 귀찮게 하는 건 아니었습니다. 그들은 말을 타고 꽤 가까이 접근했다가 다시 말을 돌리기를 반복했어요. 이제 와서 생각하면 그들은 아브가로스와 연락을 취한 다음 우리 쪽 동향을 팔라비 수레나에게 보고한 것이었습니다. 팔라비 수레나는 빌레카스 강과 에우프라테스 강이 합류하는 니케포리온 외곽에 주둔하고 있었고요.

우리는 6월의 이두스 나흘 전에 빌레카스 강에 도착했고, 거기서 저는 튼튼한 방어 진지를 세우고 충분한 시간 동안 병사들을 그 안에 들여서 보좌관들과 군관들이 병사들의 기강을 바로 세울 수 있게 해달라고 마르쿠스 크라수스에게 사정했습니다. 하지만 크라수스는 제 말을 들어주지 않았어요. 그는 행군이 이미 너무 길어진 것에 조바심치고 있었습니다. 본격적인 여름이 오기 전에 에우프라테스 강과 티그리스 강이 거의 맞물리는 수로까지 가고 싶어했고, 과연 자신이 해낼 수 있을지 의구심도 일기 시작했던 겁니다. 그래서 그는 병사들에게 재빨리 식사를 끝내고 빌레카스 강 하류로 계속 진군하라고 명령했습니다. 때는 아직 이른 오후였지요.

별안간 저는 아브가로스 왕과 그의 병사 4천 명이 말 그대로 사라졌다는 걸 깨달았습니다. 없어져버린 거예요! 갈라티아인 정찰병 몇 명이 전속력으로 달려와서 파르티아인들이 전원지대에 버글거린다고 외쳤습니다. 하지만 그들의 말소리가 채 들리기도 전에 사방팔방에서 화살이 빗발치듯 날아오고 병사들이 낙엽처럼, 돌멩이처럼 픽픽 쓰러지기 시작했습니다. 그 화살 세례처럼 빠르거나 사나운 것은 본 적이 없을 정도였지요.

크라수스는 아무것도 하지 않았습니다. 그냥 그대로 내버려뒀어요.

"금방 끝날 거다." 그는 몸을 가린 방패 뒤에서 소리쳤습니다. "화살이 바닥날 거야."

화살은 바닥나지 않았습니다. 로마인 병사들이 사방으로 달아나고 고꾸라졌습니다. 고꾸라졌다고요. 그제야 크라수스는 나팔수들을 시켜 '방진 대형' 신호를 울렸지만, 이미 때는 너무 늦었습니다. 철갑기병들이 숨통을 끊어놓으려 압박해 들어왔지요. 검은 쇠사슬 갑옷을 두른 커다란 말에 올라탄 덩치 큰 병사들이었어요. 그들이 속보로 진격할 때—덩치가 너무 크고 육중해서 보통 구보로 움직이질 않습니다—수천 개의 돈주머니에 담긴 수백만 개 주화처럼 짤랑거리는 소리가 진동을 하더군요. 그것이 과연 크라수스의 귀에 듣기 좋은 소리였을까요? 그들이 쿵쾅대며 움직이는 내내 땅이 흔들렸습니다. 거대한 먼지기둥이 솟아오르자, 그들은 주위를 돌며 먼지를 더욱 밟아 일으켰습니다. 그래서 먼지기둥을 앞질러 달리기보다 먼지기둥에서 튀어나오는 모습이 되었죠.

푸블리우스 크라수스는 아이두이족 기병대를 소집했습니다. 그들은 갑자기 제정신을 차린 것처럼 보였습니다. 그 상황에서 익숙한 거라곤 전투뿐이니 거기에 매달릴 수밖에 없었겠죠. 갈라티아인들도 뒤를 따랐고, 우리 군의 기병 4천 명이 콧구멍에 후추가 들어간 황소들처럼 철갑 기병대를 향해 돌진했습니다. 철갑 기병대가 와해되어 흩어지고, 푸블리우스 크라수스와 그의 기병들이 그 뒤를 쫓으며 자욱한 먼지 속으로 사라졌습니다. 이 잠깐의 유예시간 동안 크라수스는 간신히 방진을 쳤습니다. 그런 뒤 우리는 아는 신이란 신 모두에게 빌면서 아이두이족과 갈라티아인 기병들이 다시 나타나기를 기다렸습니다. 그러나 돌아온 것은 철갑 기병대였습니다. 그들의 손에는 푸블리우스 크라수스의 머리가 꽂힌 창이 들려 있었지요. 그들은 우리 군의 방진을 공격하는 대신 양 측면을 총총 오가면서 그 끔찍한 머리를 휘둘러대더군요. 푸블리우스 크라수스가 우리를 쳐다보는 것만 같았습니다. 그의 눈이 번쩍이는 것 같았고, 그의 얼굴은 거의 멀쩡해 보였어요.

그의 아버지는 엄청난 충격에 빠졌습니다. 무어라 그 이야기를 전할 말이 없을 정도로요. 하지만 이 사건을 계기로, 이번 군사작전이 시작된 이래 크라수스가 보여준 적이 없는 무언가가 생겨난 것 같았습니다. 크라수스는 방진을 위아래로 오가면서 병사들을 격려하고 굳게 버틸 것을 당부하는 한편, 그의 아들이 자기 목숨으로 병사들에게 필요했던 귀중한 시간을 벌어주었지만 슬픔은 그 혼자만의 몫이라고 말했습니다.

"버텨라!" 그는 몇 번이고 소리쳤습니다. "버텨!"

우리는 버텼습니다. 끝없이 날아오는 화살의 홍수로 대열이 끔찍스럽도록 듬성해진 상태로 어둠이 내리고 파르티아인들이 철수할 때까지 버텼지요. 그들은 밤에는 싸우지 않는 것 같더군요.

진지를 세워놓지 않았으니 거기엔 머물 이유가 없었습니다. 크라수스는 북쪽으로 65킬로미터가량 떨어진 카라이로 즉시 퇴각하는 편을 택했습니다. 동틀 무렵 우리는 뿔뿔이 흩어진 채 도착하기 시작했습니다. 보병대 절반 남짓과 얼마 안 되는 기병들이었죠. 헛수고였습니다! 불가능이었어요. 카라이에는 작은 요새가 있긴 했지만 이렇게 많은 병사들, 이리도 큰 무질서를 방호하기에는 역부족이었습니다.

아마도 카라이가 에데사와 아미다로 이어지는 대상로들의 교차로인 그곳에 자리잡은 지가 2천 년은 되었을 겁니다. 그리고 아마 그 2천 년 동안 전혀 바뀐 게 없었을 겁니다. 삭막한 돌투성이 황야—더러운 양들, 더러운 염소들, 더러운 여자들, 더러운 아이들, 더러운 강—한가운데에 몇 안 되는 벌집형 진흙 벽돌집들이 처량하게 모여 있고, 모진 추위 속에 온기를 얻을 유일한 원천은 큰 수레에 담긴 말린 똥이요, 아름다운 것이라곤 밤하늘뿐이지요.

코포니우스 대장이 그곳 수비대를 지휘하고 있었는데, 1개 대대가 채 못 되는 병력이었습니다. 우리가 하나둘 들어설수록 그는 점점 더 충격을 받더군요. 파르티아인들이 물자 수송대를 포획해갔으므로 우리에겐 식량도 없는데다 병사와 말도 거의 다 부상을 입은 상태였습니다. 우리가 카라이에 머무를 순 없다는 것, 그것만큼은 분명했습니다.

크라수스는 회의를 열었고, 해거름에 시나카로 퇴각하기로 결정이 났습니다. 또다시 북동쪽 아미다 방향으로 떨어진 곳이었죠. 거긴 방비가 훨씬 잘 되어 있고 적어도 곡물 저장소 서너 개가 있다고 했지요. 방향이 아예 잘못되었습니다! 저는 이렇게 외치고 싶었어요. 그러나 앞서 코포니우스는 카라이 사람 하나를 회의에 같이 데려왔습니다. 안드로마코스라는 자였죠. 그 안드로마코스가 파르티아군은 카라이와 에데사, 카라이와 사모사타, 카라이와 에우프라테스 강변 어딘가 사이에 잠복할 거라고 자신 있게 맹세했던 겁니다. 그러면서 우리를 시나카로, 또 시나카에서 아미다로 안내해주겠다고 자청했지요. 푸블리우스를 잃은 슬픔에 취해 있던 크라수스는 그 제안을 받아들였습니다. 아, 그는 저주받은 게 맞아요! 그가 결정을 했다 하면 모조리 잘못된 결정이었으니까요. 안드로마코스는 그 지역의 파르티아 첩자였습니다.

저는 알았습니다. 그럴 줄, 분명 그럴 줄 알았어요. 그날의 시간이 느릿느릿 지날수록 저는 안드로마코스의 안내를 받아 시나카로 가는 건 죽으러 가는 거라는 확신이 점점 더 강해졌습니다. 그래서 전 직접 회의를 소집했습니다. 크라수스를 초대했지요. 그는 오지 않았습니다. 다른 이들은 왔더군요. 켄소리누스, 메가보쿠스, 옥타비우스, 바르군테이우스, 코포니우스, 에그나티우스가 왔죠. 이들에 더해 역겹도록 지저분하고 남루한 차림의 그 지역 점쟁이와 점성술사 무리도 왔습니다. 썩어가는 죽은 짐승에 파리가 꼬이듯이, 코포니우스도 이들을 자기 곁에 끌어들일 정도로 이 형언할 수 없이 너저분한 세계에 익숙해졌던 겁니다. 저는 참석한 이들에게 당신들은 각자 마음 내키는 대로 하라고, 하지만 나는 밤이 되자마자 말에 올라 북동쪽의 시나카가 아닌 남서쪽 시리아로 갈 거라고 말했습니다. 파르티아인들이 그쪽에 잠복해 있다 해도 운에 맡기겠다고요. 그렇지만 파르티아인들이 있을 거라 생각하지 않는다고도 말했습니다. 더는 스케니테스족 길잡이는 원치 않는다고요!

코포니우스는 이의를 제기했습니다. 다른 이들도 마찬가지였죠. 장군의 보좌관과 군관, 수비대장이 장군을 두고 떠나는 건 적절치 않다고 하더군요. 장군의 재무관이 장군을 두고 떠나는 것 역시 부적절하다면서요. 제게 동조한 이는 대장 에그나티우스가 유일했습니다.

아니, 우리는 마르쿠스 크라수스 곁을 지키겠소. 나머지 사람들은 이렇게 말했습니다.

저는 참지 못하고 버럭 화를 냈습니다. 네, 카시우스 가문 특유의 결점이란 건 인정합니다. "그러면 그냥 남아 죽으십시오!" 저는 고함쳤어요. "살고 싶은 사람은 어서 빨리 말을 찾아보는 게 좋을 겁니다. 나는 시리아로 갈 것이고, 오직 나 자신만 믿을 테니까요!"

이번엔 점쟁이들이 꽥꽥 소리를 지르며 벌벌 떨더군요. "안 돼요, 가이우스 카시우스!" 무리 중 가장 나이 많은 이가 숨을 씩씩 몰아쉬며 말했습니다. 부적, 쥐 등뼈, 오싹한 눈알 모양 구슬을 주렁주렁 매달고 있었죠. "가시는 건 좋지만, 아직은 안 됩니다! 달이 여전히 전갈자리에 있어요! 궁수자리에 들 때까지 기다리세요!"

저는 그들을 쳐다봤습니다. 웃지 않을 수가 없었어요. "충고는 고맙네." 제가 대꾸했습니다. "하지만 여긴 사막이야. 나한텐 궁수보다 전갈이 훨씬 낫다네!"

500명 남짓한 우리는 전속력으로 말을 타고 떠났고 평보와 속보, 구보, 전력 질주를 밤새도록 반복했습니다. 동틀 녘에는 에우로포스에 당도했습니다. 지역 주민들은 카르케미시라 부르는 곳이죠. 잠복해 기다리는 파르티아군은 없었고, 에우프라테스 강도 꽤 잔잔해서 말까지 전부 배를 타고 건널 수 있었습니다. 우리는 안티오케이아에 다다를 때까지 멈추지 않았습니다.

팔라비 수레나가 총사령관과 같이 남기를 택한 이들을 모조리 죽였다는 사실은 나중에서야 알았습니다. 이두스 이틀 전날 동틀 무렵, 크라수스와 우리 군은 안드로마코스 덕분에 제자리걸음만 하다 시나카 쪽으로 1킬로미터도 가지 못하고 있었습니다. 바로 그때 파르티아군이 또다시 공격을 해왔지요. 결과는 완패였습니다. 괴멸이었어요. 재앙처럼 이어진 후퇴와 버티려는 시도의 와중에 파르티아인들은 우리 군인들을 사정없이 죽였습니다. 크라수스와 뒤에 남은 보좌관들, 그러니까 켄소리누스, 바르군테이우스, 메가보쿠스, 옥타비우스, 코포니우스 모두가 죽었습니다.

팔라비 수레나는 명령을 받았습니다. 마르쿠스 크라수스는 생포되었지요. 오로데스 왕 앞에 세우기 위해 살려둬야 했던 겁니다. 그런데 어쩌다 그리됐는지는 아무도, 심지어 안티파트로스조차 모르지만, 크라수스가 감금된 직후에 싸움이 터졌습니다. 마르쿠스 크라수스는 죽었습니다.

은 독수리 기 일곱 개는 카라이의 팔라비 수레나 손에 들어갔습니다. 우리가 다시는 볼 수 없게 되었죠. 은 독수리들은 오로데스 왕과 함께 엑바타나로 갔습니다.

이렇게 해서 제가 시리아에서 가장 고위급 로마인이 되었고, 공황 상태 직전의 속주를 책임지게 되었습니다. 파르티아군이 올 거라고 모두가 확신했지만, 우리에게 군대는 없었어요. 그때부터 두 달간 저는 무엇에든 견뎌낼 수 있도록 안티오케이아의 방비 강화에 힘을 쏟는 동시에, 오론테스 강 유역의 전 주민이 도시 안으로 대피할 시간이 확보되도록 감시와 망보기, 신호 체계를 정비했습니다. 그랬더니, 세상에, 서서히 병사들이 들어오기 시작하는 게 아닙니까. 카라이에서 전부 다 죽은 건 아니었던 겁니다. 저는 그들 중 통틀어 1만 명을 그러모았습니다. 2개 군단은 충분히 만들 수 있는 수였지요. 그리고 더없이 유용한 제 정보원 안티파트로스에 의하면, 이들 외에도 빌레카스 강 더 아래쪽에서 벌어진 첫 전투에서 살아남은 1만 명을 팔라비 수레나가 찾아 모아서 카스피 해 너머 박트리아 경계지역으로 보냈습니다. 그곳에서 마사게타이족의 습격을 저지하는 데 활용하려고 말이에요. 화살은 분명 상처를 내지만, 화살로 죽는 병사는 거의 없는 법이죠.

11월이 되어서야 저는 안심하고 제 속주를 둘러볼 생각이 들었습니다. 네, 이 속주는 제 소관입니다. 원로원이 제가 이 책임에서 벗어날 수 있는 조치를 전혀 취하지 않았거든요. 갓 서른의 나이에 가이우스 카시우스 롱기누스는 시리아의 총독입니다. 엄청난 책무지만, 제 능력 밖의 일은 아닙니다.

맨 먼저 간 곳은 다마스쿠스였고, 그다음은 티로스였습니다. 티로스 자주가 워낙 아름답기 때문에 우리는 티로스도 그렇겠거니 생각하는 경향이 있습니다. 하지만 거긴 끔찍스러운 곳입니다. 죽은 조개들 때문에 구역질이 멈추지 않을 정도로 악취가 풍기죠. 티로스 내륙 쪽 곳곳에는 끓이고 남은 뿔고둥 찌꺼기가 산처럼 쌓여 있는데, 건물보다도 높아서 하늘에 닿을 것처럼 보입니다. 썩어가는 사체와 엄청난 수입을 동시에 산출하는 그 섬에서 티로스인들이 어떻게 사는지 통 모르겠습니다. 그렇지만 포르투나 여신은 시리아의 총독을 아끼시더군요. 제 거처는 최고 행정장관 데메트리오스의 빌라였습니다. 도시의 바닷가에 자리한 그 호화 저택에서는 지중해 전체를 따라 미풍이 불어서 썩은 조개는 딴 나라 얘기였답니다.

바로 이곳에서 제가 앞서 이름을 언급한 사람을 만났습니다. 안티파트로스 말입니다. 나이는 마흔여덟 살쯤 되고 유다이아 왕국에서 커다란 권력을 지닌 인물이죠. 그의 말로는 종교적으로 유대인이지만 혈통으로는 이두메아인이라고 합니다. 보아하니 유대인과는 다른 모양이에요. 그는 키프로스라는 나바테아인 공주와 결혼함으로써 지배 교단인 종교회의의 뜻을 거슬렀습니다. 유대인들은 모계 기준으로 시민 자격을 인정하기에, 이는 곧 안티파트로스의 세 아들과 딸은 유대인이 아니라는 뜻입니다. 이 모두를 종합해보면 결국 대단한 야심가인 안티파트로스는 유대인들의 왕이 될 수 없습니다. 그의 아들들도 마찬가지고요. 그럼에도 불구하고 그 무엇도 안티파트로스와 키프로스를 갈라놓을 순 없을 겁니다. 그 부인은 어디든 남편을 따라다니죠. 헌신적인 부부예요. 그들의 세 아들은 아직 청소년에 불과하지만 나이에 비해 만만찮은 아이들입니다. 장남인 파사엘로스도 꽤나 인상적이지만, 차남 헤로데스는 범상치가 않습니다. 비틀린 교활함과 잔인한 냉혹함이 완벽하게 결합한 표본이라 불러도 무방할 것 같군요. 제가 지금으로부터 10년 뒤에 다시 한번 시리아의 총독이 되고 싶은 생각이 드는 건 순전히 헤로데스가 어찌 자랐는지 궁금해서입니다.

안티파트로스는 가엾은 마르쿠스 크라수스의 치명적 원정에 관한 파르티아 쪽 이야기로 저를 즐겁게 해주더니, 그보다도 더 흥미진진한 소식까지 전해주더군요. 빌레카스 강변에서 그토록 눈부신 공을 세웠던 메소포타미아의 팔라비 수레나는 엑바타나의 여름 궁전으로 불려갔습니다. 누구든 파르티아 왕의 신하라면 왕보다 더 잘나지 않은 편이 신상에 좋습니다. 오로데스는 크라수스의 패배에는 아주 흡족해했지만, 자기 조카인 팔라비 수레나의 기발한 지휘 능력은 전혀 반기지 않았지요. 결국 그는 팔라비 수레나를 처형했습니다. 로마에선 승리를 거두면 개선식을 하지만, 엑바타나에선 승리를 거두면 목이 달아난답니다.

티로스에서 안티파트로스를 만날 무렵, 제 휘하에는 무장을 갖춘 2개 군단이 있었지만 그들이 피맛을 볼 수 있는 전투는 그때껏 없었습니다. 상황이 바뀐 계기는 순식간에 찾아왔습니다. 파르티아군이라는 위협적인 존재가 사라지자 유대인 사이에 슬슬 동요가 일어났지요. 아리스토불로스와 그의 아들 안티고노스가 반란을 일으키자 가비니우스는 그들을 로마로 돌려보냈지만, 아리스토불로스의 다른 아들인 알렉산드로스라는 자는 가비니우스 덕에 오를 수 있었던 왕좌에서 히르카노스를 끌어내릴 적기가 왔다고 판단했습니다. 덧붙이자면, 안티파트로스의 활약 덕분이었죠. 총독 직에 있는 사람이 고작 재무관이라는 사실을 시리아 전체가 알았습니다. 그러니 얼마나 좋은 기회였겠습니까. 다른 고위급 유대인 두 명, 말리코스와 페이톨라오스 또한 알렉산드로스를 도와 음모에 가담했습니다.

그래서 저는 히에로솔리마(예루살렘이라고 하는 편이 더 익숙하실지 모르겠군요)로 향했습니다. 그런데 얼마 가지도 않아 유대인 반란군과 마주쳤습니다. 3만 명이 넘는 규모였죠. 게네사로스 호수에서 요르단 강이 발원하는 지점에서 전투가 벌어졌습니다. 네, 저는 수적으로 크게 열세였어요. 하지만 지휘를 맡은 페이톨라오스는 머리에 항아리를 쓰고 손에는 검을 쥔, 훈련도 안 된 산간벽지의 갈릴레아인들을 떼로 몰고 왔더군요. 그런 자들에게, 잘 훈련받고 기강이 선(게다가 카라이 사태 이후 크게 깨달은 바가 있는) 로마의 2개 군단에 맞서서 이기라고 한 거죠. 저는 그들을 완파했고, 제 병사들은 자신감을 크게 회복했습니다. 전장의 병사들은 저를 임페라토르로 연호했습니다. 물론 원로원이 한낱 재무관에게 개선식을 허락할 것 같지는 않지만요. 안티파트로스는 페이톨라오스를 처형하라고 조언했습니다. 저는 그의 조언에 따랐죠. 안티파트로스는 스케니테스족의 배반자가 아니지만, 유대인 대다수는 이런 저의 평가에 동의하지 않는 것 같더군요. 그들은 어깨너머로 지켜보는 로마의 눈길 없이 코딱지만한 자기네 세계를 지배하고 싶어하기 때문이죠. 하지만 안티파트로스야말로 현실주의자입니다. 로마가 떠날 일은 없으니까요.

갈릴레아인 중에 죽은 이는 많지 않았습니다. 저는 그들 3만 명을 안티오케이아의 노예 시장으로 보냈고, 그 결과 군대의 사령관으로서 첫 수입을 얻었습니다. 테르툴라는 전보다 훨씬 부유해진 사내와 결혼하게 될 겁니다!

안티파트로스는 좋은 사람입니다. 양식이 있고 영리하며, 로마를 만족시키는 동시에 유대인들의 동족 살상을 막고자 하는 마음이 간절하죠. 유대인들은 로마나 (옛날로 치면) 이집트 같은 외부 세력이 등장해서 주의를 돌려놓지 않는 한 엄청난 내분에 시달리는 듯 보입니다.

히르카노스는 여전히 왕좌와 대사제 직을 지키고 있습니다. 반란군에서 살아남은 말리코스와 알렉산드로스는 군말 없이 순종하고 있고요.

이제 마르쿠스 크라수스의 놀라운 업적을 담은 책의 마지막 장에 이르렀군요. 크라수스는 카라이 전투 후 아까 말한 그 장소에서 죽은 게 맞습니다만, 그의 여정은 아직 끝난 게 아니었습니다. 팔라비수레나는 그의 머리와 오른손을 잘라서, 기괴한 가두행렬 한가운데에 포함시켜 카라이에서 아르탁사타로 보냈습니다. 아르메니아의 수도인 아르탁사타는 북쪽으로 한참 떨어진 위치에 눈 덮인 높은 산들로 에워싸여 있고, 아락세스 강이 카스피 해로 흘러드는 곳이죠.

앞서 만남을 가졌던 오로데스 왕과 아르타바스데스 왕은 바로 이곳에서 적이 아닌 형제가 되기로 하고 혼인으로 이 협정을 확정지었습니다. 이로써 오로데스의 아들 파코로스와 아르타바스데스의 딸 라오디케가 결혼했지요. 이렇게 로마와 별반 다르지 않은 것들도 있답니다.

아르탁사타에서 축제 행사가 계속되는 동안 기괴한 행렬은 북쪽으로 향했습니다. 파르티아인들은 가이우스 파키아누스라는 백인대장을 잡아서 살려뒀는데, 그 사람의 외모가 마르쿠스 크라수스와 눈에 띄게 닮은 때문이었지요. 키는 크지만 몸이 워낙 떡 벌어진 탓에 작아 보이고, 꼭 크라수스처럼 소를 닮은 얼굴이었던 겁니다. 그들은 파키아누스에게 크라수스의 토가 프라이텍스타를 입히고, 그 앞에 릭토르 차림으로 깡충거리는 광대들을 세웠습니다. 광대들이 든 막대 다발은 로마인들의 창자로 묶여 있었고, 돈주머니와 크라수스 보좌관들의 머리로 장식되었지요. 가짜 마르쿠스 크라수스 뒤로는 무희들과 매춘부들, 음란한 노래를 부르는 악사들, 그리고 군관 로스키우스의 군용 행낭에서 발견된 음란 서적을 내보이는 몇몇 사내들이 뽐내듯이 활보했습니다. 크라수스의 머리와 손이 뒤를 이었고, 우리의 은 독수리 기 일곱 개가 맨 뒷줄을 차지했습니다.

보아하니 아르메니아의 아르타바스데스 왕은 광적인 그리스 희곡 애호가 같더군요. 오로데스도 그리스어를 사용하니까, 파코로스와 라오디케의 결혼식 축하 행사의 일환으로 유명한 그리스 연극 몇 편이 상연되었습니다. 가두행렬이 아르탁사타에 도착한 날 저녁에는 에우리피데스의 〈바쿠스의 여신도들〉이 공연되고 있었어요. 이 작품의 내용은 잘 아시겠죠. 아가우에 왕비는 그 지역 유명 배우인 트랄레스의 이아손이 연기했습니다. 그런데 트랄레스의 이아손은 여자 역할을 빼어나게 소화하기도 하지만, 그보다 로마인에 대한 증오로 더 유명하지요.

원래 연극의 마지막 장면에서 아가우에는 아들인 펜테우스 왕의 머리를 접시에 받쳐들고 나옵니다. 술 취한 광란 상태에서 자기 손으로 아들의 머리를 잘라낸 거죠.

이 장면에 이르자 아가우에 왕비가 걸어나왔습니다. 그녀의 접시에는 마르쿠스 크라수스의 머리가 담겨 있었어요. 트랄레스의 이아손은 접시를 내려놓고 가면을 벗은 뒤 크라수스의 머리를 집어들었습니다. 손쉬운 일이었죠. 머리가 벗어진 사내들이 대개 그렇듯 크라수스도 앞쪽으로 빗어내릴 수 있도록 뒷머리를 길게 길렀으니까요. 배우는 의기양양하게 씩 웃으며 등불이라도 되는 양 머리를 앞뒤로 흔들어댔습니다.

"몸통에서 새로 베어낸, 내가 든 전리품이 복되도다!" 그가 외쳤습니다.

"누가 그를 죽였소?" 합창단이 노래했습니다.

"영광스럽게도 나요!" 팔라비 수레나 군대의 고위 군관인 포막사르트레스가 크게 소리쳤습니다.

그 장면에 대한 관객의 반응은 대단히 좋았다고 하더군요.

크라수스의 머리와 오른손은 전시되었고, 제가 아는 한 지금도 아르탁사타 성벽의 흉벽 위에 그대로 전시중입니다. 나머지 시신은 카라이 인근의 그가 처음 쓰러진 자리에, 독수리의 먹잇감이 되도록 그대로 버려졌습니다.

아, 마르쿠스! 이렇게 될 게 뻔했건만. 그 모든 게 어디서 어떻게 끝날지 내다볼 순 없었습니까? 아테이우스 카피토는 당신을 저주했어요. 유대인들도 당신을 저주했고요. 당신의 군대가 그 저주들을 믿었는데, 당신은 그 생각을 바로잡아주려는 시도도 하지 않았군요. 로마 병사 1만 5천 명이 죽고, 1만 명이 외국의 변방에서 평생을 살아야 합니다. 제아이두이족 기병대가 사라지고 갈라티아인들도 거의 다 사라진데다, 시리아는 의욕적인 청년의 통치를 받고 있습니다. 무척이나 건방지고 오만한 이자가 당신에 대해 내뱉은 모욕적인 말은 영원히 당신을 따라다닐 겁니다. 파르티아인들이 당신의 신체를 살해했을지는 몰라도, 가이우스 카시우스는 당신의 인격을 살해했습니다. 저라면 어떤 운명이 나을지, 답은 뻔하죠.

당신의 멋진 큰아들이 죽었습니다. 그애 역시 독수리의 먹이가 됐지요. 사막에선 꼭 태우고 묻을 필요가 없습니다. 늙은 미트리다테스 왕은 탐욕을 고쳐놓겠다면서 마니우스 아퀼리우스를 뒤로 젖혀 묶어놓고 뜨거운 황금물을 그의 식도에 들이부었습니다. 오로데스와 아르타바스데스가 당신에게 계획해둔 것도 이런 일이었을까요? 하지만 당신은 그들에게서 그럴 기회를 빼앗았습니다. 그들이 손대보기도 전에 깨끗이 죽었죠. 불쌍하고 불운한 백인대장 파키아누스가 아마도 당신 대신 그 운명을 맞았겠지요. 그리고 당신의 보이지 않는 두 눈구멍은 가없이 펼쳐진 얼어붙을 듯 차가운 산맥의 풍경 너머로 아득히 멀리 얼음 덮인 카우카소스 산 방향을 응시하겠군요.

카이사르는 한참 동안 가만히 앉아 옛일을 떠올렸다. 지나친 구두쇠 기질 탓에 제 돈으론 못 사고 있던 초인종을 최고신관이 설치해주자 크라수스가 얼마나 기뻐했던가. 눈발이 날리는 가운데 그가 얼마나 능숙하고 차분하게 스파르타쿠스를 방벽 안에 가둬버렸던가. 크라수스와 폼페이우스의 첫번째 공동 집정관 임기가 끝날 당시 로스트라 연단 위 공개석상에서 두 사람이 포옹하도록 설득하느라 얼마나 진땀을 뺐던가. 카이사르를 대금업자들의 손아귀와 영구 추방에서 벗어나게 해준 지시를 그가 얼마나 손쉽게 내렸던가. 스파르타쿠스와 갈리아 사이의 세월 동안 그들이 함께 보낸 많고 많은 시간들은 얼마나 유쾌했던가. 크라수스가 위대한 전투와 그 끝의 개선식을 얼마나 갈구했던가.

루카에서 보았던, 그 커다랗고 덤덤하고 무표정한 친구의 얼굴.

이젠 다 사라지고 없다. 독수리들이 모조리 먹어치웠다. 화장되지도 매장되지도 못했다. 카이사르의 몸이 뻣뻣이 굳었다. 과연 누가 이렇게 될 줄 알았을까? 그는 종이를 앞으로 끌어다놓고 갈대 펜을 잉크통에 담근 뒤 로마에 있는 친구 메살라 루푸스에게 편지를 썼다. 머리를 잃고 죽은 이들의 영혼에 적당한 자리로 갈 통행권을 사달라고 부탁하는 내용이었다.

내가 잘린 머리의 권위자가 되고 있군, 그는 눈을 찡그리며 이렇게 생각했다.

카이사르가 폼페이우스의 편지를 받아보았던 자리에는 다행히 큰 루키우스 코르넬리우스 발부스가 같이 있었다. 두 건의 혼사를 제안하고 그가 부재중 후보로 집정관 선거에 출마할 수 있게 하는 법 제정을 요청했던 편지에의 답신이었다.

"정말로 혼자가 됐네." 카이사르가 발부스에게 말했지만, 거기에 자기 연민은 담겨 있지 않았다. 곧이어 그는 어깨를 으쓱하며 덧붙였다. "하긴, 나이가 들수록 그런 법이지."

"은퇴해서 그간 쏟은 노력의 결과물을 즐기고 친구들 사이에서 편안히 쉴 시간이 생기면 달라질 거예요." 발부스가 다정하게 말했다.

예리한 두 눈이 반짝 빛나고, 큼직한 입의 옴폭 팬 가장자리가 말려 올라갔다. "그런 끔찍한 예상을! 난 은퇴하려는 게 아닐세, 발부스."

"언젠간 할 일이 아무것도 남지 않는 때가 올 거라고 생각하지 않으세요?"

"다른 로마인은 어떨지 몰라도, 이 로마인은 아닐세. 갈리아 원정과 내 두번째 집정관 직이 끝나면 마르쿠스 크라수스의 복수를 해야 하네. 여전히 그 충격에서 벗어나질 못하겠으니까. 이 충격은 고사하고 말일세." 카이사르는 폼페이우스의 편지를 톡톡 쳐 보였다.

"푸블리우스 클로디우스의 죽음은 어떻습니까?"

눈동자의 반짝임이 사라지고 입이 꽉 다물렸다. "푸블리우스 클로디우스의 죽음은 불가피했네. 그가 모스 마이오룸을 건드리는 게 계속 용납될 순 없었을 테니까. 젊은 쿠리오가—참 이상하지, 클로디우스의 활동으로 서로 전혀 다른 사람들이 같은 진영에 모였다는 게—내게 보낸 편지에서 꼭 맞아떨어지는 표현을 썼네. 쿠리오가 말하길, 클로디우스는 거대한 로마인 집단을 손바닥만한 비로마인 무리에게 넘겨주려 했다는 거야."

로마인이 아닌 로마 시민 발부스는 눈 하나 깜짝하지 않았다. "젊은 쿠리오의 재정 상태가 심각하다는 얘기가 돌더군요."

"그래?" 카이사르는 생각에 잠기는 듯했다. "그가 필요할까?"

"지금 당장은 아니에요. 하지만 상황이 바뀔지도 모르죠."

"이 답신으로 비추어 폼페이우스가 무슨 생각인 것 같은가?"

"당신은 어떻게 생각하십니까, 카이사르?"

"잘 모르겠네. 하지만 또다른 결혼으로 그의 마음을 끌어보려 한 건 확실히 실수였어. 그는 아내감 선택에 있어 대단히 까다로워졌네. 그것만큼은 분명해. 옥타비우스 가문이나 앙카리우스 가문의 딸은 성에 차지 않는다는군. 아니, 대놓고 그리 적진 않았어도 행간에 적힌 속뜻은 그랬네. 아무래도 그가 자기 눈으로 직접 확인하면 이토록 퉁명스레 굴지 않을 만한 부분을 단도직입적으로 말했어야 하는 건데. 옥타비아 자매 중 동생이 결혼할 수 있는 나이가 되는 즉시, 내가 기꺼이 첫째 옥타비아를 그의 지붕 밑에서 슬그머니 빼내고 대신 둘째 아이를 넣어줄 거라고 말이야. 물론 첫째 옥타비아가 그에게 아주 잘 맞는 짝이 되긴 했겠지만. 율리우스 가문 여식은 아니지만 율리우스 가문 사람이 키운 아이니까. 그런 건 티가 난다네, 발부스."

"폼페이우스가 귀족적인 태도를 훌륭한 혈통만큼 중요하게 여길 것 같지는 않은데요." 발부스가 보일 듯 말 듯 미소를 지으며 말했다.

"그가 누굴 마음에 두고 있는지 궁금하군."

"제가 라벤나에 온 게 바로 그 때문입니다, 카이사르. 작은 새가 어깨에 앉아 좋알대더군요. 보니파가 죽은 푸블리우스 크라수스의 아내를 그의 코밑에다 흔들어대고 있다고."

카이사르가 앉은 자세를 바로 하며 외쳤다. "개수작이군!" 그러고는 다시 편히 앉으며 고개를 내저었다. "메텔루스 스키피오는 절대로 그러지 않을 걸세, 발부스. 게다가 그 숙녀를 잘 아는데, 그녀는 율리아 같지 않네. 폼페이우스 같은 사람이 자기 치맛단을 들추는 건 고사하고 손대는 것조차 허락하지 않을걸."

"한 가지 문제는 말이에요," 발부스는 신중하게 말을 꺼냈다. "어떻게든 막아보려고 한 보니파의 모든 시도에도 불구하고 당신이 로마의 창공에 떠오른 것과 관련된 문제는, 당신이 폼페이우스를 이용하는 것과 거의 같은 방식으로 그를 이용하는 방안을 고려할 만큼 보니파가 절박해졌다는 겁니다. 그런데 폼페이우스가 그들에게 반발할 생각도 못할 만큼 끝내주는 혼사가 아니고서야 무슨 수로 그를 잡아둘 수 있겠어요? 폼페이우스에게 코르넬리아 메텔라를 주는 건 말 그대로 그를 자기네 집단으로 받아들이는 겁니다. 폼페이우스에게 코르넬리아 메텔라는 그를 사실상 로마의 일인자로 인정하는 보니의 확답으로 여겨질 거예요."

"그러니까 자네는 가능성이 있다고 생각하는군."

"아, 물론이죠. 그 숙녀는 냉철한 사람이에요, 카이사르. 자기 존재가 절대적으로 필요하다고 판단되면 그녀는 아울리스의 이피게네이아처럼 기꺼이 희생할 겁니다."

"이유는 확연히 달라도 말이지."

"그렇기도 하고 아니기도 해요. 어떤 사내든 코르넬리아 메텔라를 그 부친만큼이나 만족시키는 일은 없을 거라고 봅니다. 그리고 메텔루스 스키피오는 아가멤논과 닮은 구석이 있지요. 코르넬리아 메텔라는 자신의 귀족 혈통에 푹 빠져 있는데, 그 정도가 워낙 강해서 피케눔의 폼페이우스 집안 출신이 들어와도 그 가치를 떨어뜨릴 순 없다고 믿을 거예요."

"그렇다면," 카이사르가 결연히 말했다. "금년에는 알프스 이쪽에서 알프스 너머 갈리아로 급히 이동하지 않겠네. 로마 상황을 철저히 주시해야 할 테니까." 그는 이를 앙다물었다. "아, 내 운은 다 어디로 간 거지? 아들보다 딸을 더 많이 낳기로 유명한 가문에서 내가 필요할 때 딸 하나를 낼 수가 없다니."

"당신을 나아가게 하는 건 운이 아니에요, 카이사르." 발부스의 어조는 단호했다. "당신은 이겨낼 겁니다."

"키케로가 라벤나로 온다지?"

"곧 올 거예요."

"좋아. 젊은 카일리우스가 그의 잠재력을 밀로 같은 자들에게 낭비해선 안 돼."

"집정관이 될 순 없는 자지요."

"그는 카토와 비불루스의 사람이네."

그러나 발부스가 물러나고 나자 카이사르의 생각은 로마의 국내 상황에 머무르지 않았다. 그의 생각은 시리아로, 이 순간에도 엑바타나의 파르티아 왕궁 한가운데 보란듯이 전시되어 있을 게 분명한 은 독수리기 일곱 개로 옮겨갔다. 은 독수리들을 오로데스에게서 빼와야 할 테고, 그건 곧 오로데스와의 전쟁을 의미했다. 아마 아르메니아의 아르타바스데스와의 전쟁도 의미할 터다. 가이우스 카시우스의 편지를 읽은 후로, 카이사르의 머리 한구석은 강력한 왕국 하나와 막강한 군대 둘을 정복할 수 있는 전략 구상과 씨름하며 동방에 대한 생각이 떠나지 않고 있었다. 루쿨루스는 티그라노케르타에서 그런 일이 가능함을 입증했다. 그러고선 그 모든 걸 수포로 돌려놓았다. 더 정확하게는 푸블리우스 클로디우스가 수포로 돌려놓도록 내버려뒀다고 해야겠지만. 적어도 그거 하난 좋은 소식이었다. 클로디우스는 죽었다. 그리고 앞으로 내 군대에 클로디우스 같은 자는 절대 없을 것이다! 내게 필요한 사람은 데키무스 브루투스, 가이우스 트레보니우스, 가이우스 파비우스, 티투스 섹스티우스다. 모두 훌륭한 인재다. 그들은 내가 어떤 식으로 생각하는지 알고, 앞에서 이끄는 동시에 명령에 따를 줄 안다. 하지만 티투스 라비에누스는 아니다. 파르티아 전투에는 그를 넣고 싶지 않다. 갈리아에서는 끝까지 복무해도 되겠지만, 그후엔 그와는 끝이다.

장발의 갈리아의 체계를 바로잡는 일은, 카이사르가 그 방법을 알고 있었음에도 극도로 어려운 작업이었다. 그리고 그 핵심사항 중 하나는 충분히 많은 갈리아 지도자들과 호의적인 관계를 구축하여 두 가지를 확실히 하는 것이었다. 첫째는 갈리아인들이 스스로의 미래에 대해 확고한 결정권이 있다고 느끼게 하는 것이고, 둘째는 선별된 갈리아 지도자들이 로마에 절대적으로 헌신하는 것이다. 아코나 베르킹게토릭스 같은 이들말고 콤미우스와 베르티코같이 갈리아인의 관습과 전통을 보존할 최선의 기회는 로마의 방패 뒤에 피신하는 데 있다고 확신하는 이들로. 아, 콤미우스가 벨가이족의 지고왕이 되고 싶어하긴 했지만 그 정도는 허락할 수 있었다. 그 안에 벨가이족을 여러 종족이 아닌 하나의 종족으로 융합하는 씨앗이 심어졌으니까. 로마는 피호국 왕들을 잘 상대했고, 피호민으로 둔 왕만 십여 명이었다.

그러나 라비에누스는 생각도 깊지 않고 정치적이지도 못했다. 게다가 그는 콤미우스가 카이사르와 통하는 연락책에 자신을 쓰려 들지 않았다는 이유로 콤미우스에 대한 반감을 품은 터였다.

이 사실을 알고 있던 카이사르는 아트레바테스족의 콤미우스 왕과 라비에누스 간에 거리를 유지하려고 항상 신경을 썼다. 그랬는데도 어제 먼 갈리아에서 히르티우스가 급히 오기 전까지는 라비에누스가 요청했던 일의 숨은 저의를 깨닫지 못하고 있었다. 라비에누스의 요청은, 주둔지 대장을 맡아도 될 만큼 상급 군관인 가이우스 볼루세누스 콰드라투스를 겨울 동안 자기가 있는 곳으로 파견해달라는 것이었다.

"콤미우스를 싫어하는 또 한 사람이죠." 히르티우스가 말했다. 먼길을 오느라 매우 지친 모습이었다. "두 사람이 음모를 꾸몄습니다."

"볼루세누스가 콤미우스를 싫어하나? 대체 왜?" 카이사르는 얼굴을 찌푸리며 물었다.

"두번째 브리타니아 원정중에 벌어진 일 때문인 듯합니다. 뻔한 일이죠. 두 사람이 같은 여자에게 반했거든요."

"그 여자가 볼루세누스를 퇴짜 놓고 콤미우스를 선택한 거군."

"그렇습니다. 뭐, 당연하지 않겠습니까? 그 여자는 브리타니아인이고 이미 콤미우스의 보호하에 있는데요. 누군지 기억납니다. 예쁜 여자였죠."

"가끔은," 카이사르가 지친 목소리로 대꾸했다. "우리가 그냥 어딘가로 가서 저절로 '싹을 틔웠으면' 좋겠네. 여자란 우리 남자들이 겪을 필요가 없는 골칫거리야."

"여자들도 종종 같은 생각을 하지 않을까요." 히르티우스가 웃으며 말했다.

"그런 철학적인 토론으론 볼루세누스와 라비에누스에 관한 진실에 조금도 다가갈 수 없네. 그들이 무슨 음모를 꾸몄는가?"

"콤미우스가 폭동을 선동하고 있다는 라비에누스의 보고를 받았습니다."

"그게 다인가? 라비에누스로부터 상세한 설명이 있었나?"

"콤미우스가 메나피족, 네르비족, 에부로네스족 사이를 오가면서 새로운 반란을 조장하고 있다는 말뿐이었습니다."

"뼈대만 남은 세 부족들 사이를?"

"그가 암비오릭스와 친밀한 관계라는 말도 있었습니다."

"갖다 대기 편리한 이름이군. 하지만 나라면, 콤미우스는 암비오릭스를 자기가 염원하는 지고왕 자리에 기꺼이 올려줄 협력자라기보다 그 일을 막을 위협적 존재로 여긴다고 생각했을 것 같은데."

"제 생각도 그렇습니다. 뭔가 수상쩍은 냄새를 맡기 시작한 것도 그래서죠. 콤미우스의 오랜 지인이 한 말에 납득이 갔습니다. 콤미우스는 자기가 왕좌에 오르도록 도와줄 사람이 누군지 잘 알고 있다는 거였죠. 바로 사령관님 말입니다."

"그 밖에 또 뭐가 있나?"

"라비에누스가 거기까지만 말했다면 제가 사마로브리바에서 뛰쳐나오지 않았을지도 모릅니다. 소위 라비에누스의 음모에 관한 정보를 더 캐봐야겠다고 판단한 건, 평소 간략한 편지를 쓰는 그가 마지막에 덧붙인 글 때문이었습니다."

"그가 뭐라고 했길래?"

"저는 걱정할 필요가 없다는 말이었습니다. 콤미우스는 자기가 처리하겠다고요."

"아!" 카이사르는 앞으로 기울여 앉으며 두 손을 무릎 사이에 끼웠다. "그래서 자네가 라비에누스를 만나러 갔는가?"

"너무 늦게요, 카이사르. 이미 일은 저질러진 후였습니다. 라비에누스는 콤미우스를 교섭장에 불렀습니다. 본인이 가지 않고 볼루세누스가 대신 참석하도록 위임했고요. 라비에누스의 측근 중에 정선한 백인대장들로 꾸린 호위대도 함께 갔죠. 콤미우스는—배신행위 같은 건 의심조차 못한 채—병사들 없이 친구 몇 명과 함께 나타났습니다. 볼루세누스가 거기 있는 걸 보고 기분이 좋진 않았을 겁니다. 물론 사건의 진실에 대해선 제가 알 수 없지만요. 제가 아는 건, 그 책략을 생각해낸 자신의 지략에 대한 자부심과 일이 잘못된 데 대한 분함이 뒤섞인 말투로 라비에누스가 들려준 얘기가 전부입니다."

"지금 자네 말은," 카이사르가 믿기지 않는다는 듯이 물었다. "라비에누스가 콤미우스를 암살하려고 했다는 건가?"

"네, 물론입니다." 히르티우스는 딱 잘라 말했다. "라비에누스는 굳이 숨기려 하지도 않았어요. 그의 말에 의하면 사령관님이 콤미우스를 믿은 건 그야말로 바보짓이랍니다. 자기는 콤미우스가 반란을 모의하는 걸 안다면서요."

"면밀한 조사를 버텨낼 증거도 없이?"

"확실히, 제가 그 문제를 계속 파고들자 그는 단 하나의 증거도 내놓지 못했습니다. 시종일관 자기가 맞고 사령관님이 틀렸다는 주장만 되풀이했지요. 그자를 잘 아시잖아요, 카이사르. 자연의 힘처럼 통제 불가능한 사람입니다!"

"무슨 일이 벌어졌나?"

"볼루세누스는 백인대장 한 명에게 살해를 맡기는 한편, 나머지 백인대장들에게는 아트레바테스족이 단 한 명도 빠져나가지 못하게 지켜보라고 지시했습니다. 백인대장이 공격을 개시할 신호는 볼루세누스가 콤미우스와 악수하려고 손을 내미는 순간이었습니다."

"유피테르 신이시여! 우리가 미트리다테스 추종자라도 되나? 동방의 왕이나 쓸 법한 술책이야! 아아……. 계속하게."

"볼루세누스가 손을 내밀자 콤미우스도 손을 내밀었습니다. 백인대장은 등뒤에서 검을 휙 뽑아 곧장 휘둘렀지요. 그런데 그는 잠깐 눈이 잘못됐거나 그 임무가 너무 싫었던 모양이에요. 콤미우스의 이마를 벴지만 칼이 빗나가는 바람에 뼈가 부서지지도 의식을 잃지도 않았던 겁니다. 볼루세누스가 급히 검을 빼들었지만, 콤미우스는 피를 쏟으며 사라진 뒤였죠. 아트레바테스족 무리는 자기네 왕을 에워쌌고, 왕 외에는 크게 부상당한 이 하나 없이 모두 탈출했습니다."

"이 얘기를 자네에게 듣지 않았다면 절대 믿지 못했을 걸세." 카이사르가 느릿하게 내뱉었다.

"믿으십시오, 카이사르, 믿으세요!"

"결국 로마는 대단히 귀중한 동맹을 잃은 거로군."

"그런 것 같습니다." 히르티우스는 얇은 두루마리를 내밀었다. "콤미우스가 보낸 겁니다. 제가 사마로브리바로 돌아가니 와 있더군요. 사령관님 앞으로 보낸 거라서 열어보진 않았습니다. 편지를 보내는 대신 제가 직접 들고 온 거죠."

카이사르는 두루마리를 받아들고 봉인을 뜯어 펼쳤다.

나는 배신당했고, 이것이 당신이 꾸민 짓이라고 생각할 만한 충분한 이유가 있소, 카이사르. 당신은 명령을 거역하거나 이 정도까지 주도적으로 행동하는 자들을 계속 휘하에 두지 않잖소. 이전까지 당신을 명예로운 사람으로 생각해왔기에, 지금 나는 머리의 상처만큼이나 고통스러운 비통한 심경으로 이 글을 쓰고 있소. 지고왕 자리는 당신이 가지시오. 나는 이런 식의 암살에 굴하지 않는 내 종족과 운명을 같이할 거요. 우리가 서로 죽이는 건 사실이지만, 그 와중에도 명예까지 저버리지는 않소. 당신들은 명예라고는 없소. 난 맹세했소. 앞으로 살아생전 두 번 다시 로마인이 있는 자리에 자진해서 나가진 않을 거라고.

"지금 세상은 잘린 머리들의 끝없는 고통의 장 같군." 카이사르가 핏기 없는 입술로 말했다. "그렇지만 아울루스 히르티우스, 단언하건대 라비에누스의 머리를 쳐내는 일은 대단히 즐거울 거야! 한 번에 아주 조금씩 말이지. 하지만 그전에 채찍맛을 충분히 보여줘야겠고."

"그래서 실제로 뭘 하실 작정이십니까?"

"아무것도 하지 않을 것이네."

히르티우스는 충격받은 표정이었다. "아무것도요?"

"그래, 아무것도."

"하지만, 하지만 하다못해 원로원에 보내는 다음번 공문에 무슨 일이 있었는지 적으실 순 있잖습니까!" 히르티우스가 소리쳤다. "라비에누스에게 진정으로 내리고 싶으신 벌은 아닐지 몰라도, 어쨌든 그가 공직에 대해 품은 희망은 확실히 뭉개버릴 수 있을 텐데요."

고개를 돌리며 턱을 당기는 카이사르의 얼굴에 조소 어린, 화내면서도 즐거워하는 표정이 떠올랐다. "그럴 수는 없네, 히르티우스! 이른바 게르만족 사절 문제를 두고 카토가 날 얼마나 괴롭혔는지 보게! 내가 이 얘기를 원로원이든 아니면 카토에게 흘릴 다른 누구에게든 입 밖에 냈다간, 온 천지에 구린내를 풍기게 되는 건 라비에누스의 이름이 아니라 내 이름이야. 원로원의 개들은 라비에누스를 위협하며 으르렁거리는 데는 날숨 하나 낭비하지 않을 걸세. 날 물어뜯느라 정신이 없을 테니까."

"당연히 그렇겠죠." 히르티우스는 한숨을 쉬었다. "그 말씀은 곧, 라비에누스가 이대로 빠져나간다는 거군요."

"당장은 그렇지." 카이사르가 차분하게 말했다. "그의 차례가 올 걸세, 히르티우스. 다음번에 내가 그를 만날 때, 자기가 내게 어떤 평가를 받고 있는지 정확히 느끼게 될 거야. 그리고 내가 그 문제에 대해 입이라도 뻥긋한다면 자신의 공직생활이 어찌될지도. 갈리아에서 그의 쓸모가 다하는 즉시, 나는 술라가 죽어가던 불쌍한 자기 아내에게 한 것보다도 더 가차없이 그와 결별할 거야."

"그럼 콤미우스는요? 제가 열심히 애써보면 사령관님과 조용히 만나도록 설득할 수도 있지 않을까요. 오래 걸리지 않아 그에게 사령관님 입장을 이해시킬 수 있을 겁니다."

카이사르는 고개를 저었다. "아니야, 히르티우스. 소용없을 걸세. 나와 콤미우스의 관계는 완전한 상호 신뢰에 바탕을 둔 것이었는데, 그 신뢰가 깨져버렸네. 이 시간 이후로 우리 둘은 서로를 의심의 눈으로 보게 될 거야. 그는 앞으로 두 번 다시 로마인이 있는 자리에 자진해서 나가지 않겠다고 맹세했네. 갈리아인들도 우리 로마인 못지않게 그런 맹세를 진지하게 여기지. 난 콤미우스를 잃은 거야."

라벤나에 계속 머무는 건 어려운 일이 아니었다. 카이사르는 라벤나에 빌라 한 채를 두고 있었다. 이곳에서 검투사 양성소도 운영했기 때문이었다. 이탈리아 전역에서 최고로 꼽히는 기후에 말라리아도 없는 이곳은 강도 높은 신체 훈련을 하기에 최적의 장소였다.

검투사 육성은 꽤나 짭짤한 취미였고, 카이사르는 이 취미에 완전히 빠져들어 검투사를 몇천 명이나 두었다. 다만 그들 대다수는 카푸아 근처의 양성소에서 생활했다. 라벤나는 그중 최고들을 위해 따로 남겨두었는데, 카이사르에겐 이 최상급 검투사들이 거리의 경기장에 서는 기간을 마치고 난 훗날에 대한 구상이 따로 있었다.

카이사르의 대행인들은 군사 재판소를 통해 가장 촉망되는 자들만을 사들였으며, 카이사르를 주인으로 만날 경우 이 사내들은 구경거리시합을 하는 5~6년 동안 좋은 세월을 보낼 수 있었다. 그들은 주로 군단 탈영병이었다(시민권을 박탈당하거나 검투사가 되는 선택지 중에 고를 수 있었다). 물론 유죄판결을 받은 살인자도 일부 있었고, 아주 간혹 자원해서 온 사람도 있었다. 카이사르는 이런 자원자들은 절대 받아들이지 않았다. 전투에 취미가 있는 로마 자유인은 군에 입대해야 한다면서.

검투사들은 좋은 숙소에서 생활하고 배불리 먹었으며 혹사당하지도 않았다. 사실상 대부분의 양성소가 그러했는데, 검투사 양성소는 감옥이 아니었기 때문이다. 시합이 잡혀 있지 않은 한 그들은 마음대로 자유로이 오갈 수 있었다. 단, 시합 전에는 양성소에 머물면서 음주를 자제하고 부지런히 훈련에 매진할 의무가 있었다. 비싼 돈을 투자한 상품이 경기장에서 죽거나 불구가 되는 걸 보고 싶어하는 검투사 소유주는 아무도 없었다.

검투사 싸움은 많은 관중이 몰려오는 엄청난 인기 스포츠였다. 그렇다고 대규모 경기장에서 열리는 건 아니고, 그보다 작은 도시 장터 같은 공간이 필요했다. 예로부터 집안에 상을 당한 부유층은 장례 경기를 통해 죽은 친지를 기렸으며, 장례 경기에는 검투사 시합이 포함되었다. 이런 경우 수많은 검투사 양성소 중 한 곳에서, 대개 적게는 네 쌍에서 많게는 마흔 쌍의 공연용 병사들을 거금을 주고 고용했다. 고용된 검투사들은 시내로 가서 시합을 한 뒤 다시 양성소로 돌아갔다. 그렇게 6년의 기간이나 서른 번의 시합을 채우고 나면 부여된 형을 끝내고 은퇴하는 식이었다. 은퇴할 때쯤은 확실한 시민권에 돈도 제법 모아둔 상태일 테고, 실력이 아주 좋으면 이탈리아 전역에 이름이 알려진 대중의 우상이 되기도 했다.

카이사르가 이 오락 경기에 흥미를 갖게 된 한 가지 이유는 이 사내들이 복무 기간을 끝낸 직후 맞이하는 운명 때문이었다. 카이사르의 시각에서 볼 때, 이 사람들이 습득한 것과 같은 기술을 가진 자들이 로마나 여타 도시로 흘러들어가서 경호원이나 술집 문지기로 품팔이를 하는 건 인력 낭비였다. 그래서 그는 이들에게 자기 군단에 들어오도록 설득하는 편을 선호했는데, 사병 자격은 아니었다. 머리를 지나치게 많이 맞지 않은 유능한 검투사는 군사 훈련소의 교관 역으로 뛰어났고, 개중 몇몇은 훌륭한 백인대장이 되었다. 군단 탈영병을 군관으로 탈바꿈시켜 군단으로 돌려보내는 것 또한 그에겐 무척 즐거운 일이었다.

이렇게 해서 라벤나의 양성소에는 최상급 병사들을 두었고, 다른 대다수는 카푸아 인근에 카이사르가 소유한 양성소에서 생활했다. 물론 총독 직을 맡은 후로 카푸아 양성소에는 가보지 못했다. 속주 총독은 군대를 지휘하는 동안 이탈리아 본토에 발을 들일 수 없기 때문이었다.

카이사르가 일리리쿰이나 이탈리아 갈리아의 여러 지역 중 유독 라벤나에 오래 체류한 데는 다른 이유들도 있었다. 라벤나는 이탈리아 갈리아와 이탈리아 본토의 경계인 루비콘 강과 가까웠으며, 이곳과 300킬로미터 떨어진 로마를 잇는 도로는 대단히 훌륭했다. 따라서 양쪽을 끊임없이 오가는 전령들이 신속히 이동할 수 있었다. 또한 움직일 수 없는 상황인 카이사르를 만나려고 로마에서 직접 찾아오는 많은 이들도 편하게 올 수 있었다.

클로디우스가 죽은 뒤 카이사르는 다소 불안한 심정으로 로마에서 일어나는 사건들을 지켜보았다. 폼페이우스가 독재관 자리를 노릴 것임은 분명해 보였다. 폼페이우스에게 그의 결혼을 비롯한 몇 가지 제안을 편지에 써 보낸 것도 이런 이유 때문이었지만, 나중에 가서 괜한 짓을 했다는 후회가 들었다. 거절은 쓴맛을 남겼다. 폼페이우스는 워낙 거물로 커버린 터라 자기 외에 다른 누구를 만족시켜야 할 필요를 느끼지 못했다. 상대가 카이사르라 해도 마찬가지였다. 아무래도 최근 들어 다소 지나치게 유명해지고 있어서 폼페이우스의 심기를 건드리는 사람이기도 하니까. 하지만 카이사르가 폼페이우스의 10인 호민관법 덕분에 부재중 후보로 집정관 선거에 출마할 수 있게 되었을 때는, 자신이 폼페이우스에 대해 품은 불안감이 모든 소식을 간접적으로 접할 수밖에 없는 사람 특유의 지나친 상상일 뿐인가 하는 생각도 들었다. 아, 로마에서 한 달을 보낼 기회만 있다면! 그러나 단 한 시간도 불가능했다. 11개 군단을 휘하에 둔 총독 카이사르는 루비콘 강을 건너 이탈리아로 들어서는 게 금지된 사람이었다.

폼페이우스는 독재관 임명을 얻어내는 데 성공할까? 비불루스나 카토 같은 자들로 형상화된 로마와 원로원은 카이사르에 격렬히 반대하고 있었지만, 매일같이 로마를 괴롭히는 격변으로부터 멀리 떨어진 라벤나에 앉아 있으면 그 격렬함을 조장하는 배후의 손이 누구 것인지 어렵잖게 보였다. 그건 폼페이우스의 손이었다. 독재관을 갈망하는, 원로원을 억지로 비틀려는 손.

그러던 중 폼페이우스가 동료 없는 단독 집정관이 되었다는 소식이 들려오자 카이사르는 크게 웃음을 터뜨렸다. 이 얼마나 위헌적이면서도 기발한 방법인지! 보니파는 폼페이우스의 손에 정권을 쥐여주는 동시에 그 손을 묶어버렸다. 그리고 폼페이우스는 거기에 속아넘어갈 정도로 순진했다. 또하나의 위헌적인 특별 직권이 아닌가! 그 패를 받아들임으로써 완벽히 합법적인 지배권, 즉 독재관 직을 얻어낼 때까지 계속 밀어붙일 정력 혹은 배짱이 없음을 로마 전체에—특히 카이사르에게—내보인 꼴이라는 것도 모른 채.

당신은 언제까지고 촌놈일 거야, 폼페이우스 마그누스! 도시에서 쓰이는 속임수에는 상대가 안 돼. 저들은 당신이 무슨 일을 당했는지 눈치채지도 못할 만큼 교묘하게 당신을 한 수 앞섰어. 당신은 마르스 평원에 앉아 승자가 되었다며 자축하고 있겠지. 하지만 실은 그렇지 않아. 비불루스와 카토가 승자지. 그들은 당신의 허세를 들추어냈고, 당신은 물러섰어. 술라가 봤다면 얼마나 웃었을까!

세노네스족의 중심 요새 도시는 이카우나 강변의 아게딩쿰이었고, 카이사르는 겨울 동안 바로 이곳에 6개 군단을 집중시켜두었다. 이 강력한 부족이 계속 충성할 것인지 아직 확신이 없어서였다. 카이사르가 어쩔 수 없이 아코를 죽여야 했던 사실을 감안하면 특히 더 그랬다.

가이우스 트레보니우스가 아게딩쿰 내부를 장악하고 카이사르가 이탈리아 갈리아에 있는 동안 총지휘를 맡았다. 그렇다고 해서 그에게 전쟁에 돌입할 권한이 주어졌다는 뜻은 아니었다. 갈리아의 모든 부족이 이 사실을 알았고, 또 거기에 의지했다.

1월에 트레보니우스는 어느 사령관이나 가장 성가셔하는 임무에 온통 정력을 빼앗겼다. 병사 3만 6천 명을 먹이기에 충분한 곡물과 여타 식량을 찾아야 하는 일이었다. 수확기가 다가오고 있었고 금년은 워낙 풍작이라, 감당해야 할 군단이 이렇듯 많지만 않았어도 트레보니우스는 그 지역의 농지를 벗어날 필요가 없었을 것이다. 하지만 상황이 이렇다보니 넓은 지역에 걸쳐 곡물을 사들여야만 했다.

실제 곡물 매입은 로마 시민권자인 기사 가이우스 푸피우스 키타가 관리하고 있었다. 그는 갈리아에서 오래 거주한 터라 그들의 언어에 능통했고 이 중부 일대의 부족들과 좋은 관계를 누렸다. 그는 수레 한가득 실은 돈과 중무장한 호위대 3개 대대를 이끌고 수확물의 일부라도 팔 생각이 있는 갈리아 영주들을 찾아 길을 나섰다. 그의 뒤로는 두 줄로 장대를 연결한 황소 열 마리가 끄는 옆면 높은 수레들이 터덜터덜 소리를 내며 굴러갔다. 귀중한 밀이 가득 실린 수레는 대열에서 따로 떨어져나와 아게딩쿰으로 돌아갔고, 거기서 밀을 내린 뒤 다시 푸피우스 키타에게 보내졌다.

푸피우스 키타와 그의 판무관들은 이카우나 강과 세콰나 강 북쪽 지역을 샅샅이 훑은 뒤 만두비족과 링고네스족, 세노네스족의 영토로 발길을 옮겼다. 처음에는 아주 만족스러운 수준으로 계속 수레가 채워지는 듯했지만, 겉보기엔 끝없이 이어진 이 대열이 세노네스족 영토에 들어서는 순간 들어오는 곡물의 양은 확 줄어들었다. 아코의 처형이 영향을 끼친 것이다. 푸피우스 키타는 세노네스족에게 곡물을 사들이려 해봤자 별 성과가 없으리라 판단하고 서쪽으로 방향을 틀어 카르누테스족의 땅으로 이동했다. 그곳에 간 즉시 매입량은 바로 회복되었다.

푸피우스 키타와 그의 판무관들은 크게 기뻐하며 카르누테스족의 수도인 케나붐에 자리를 잡았다. 그곳에는 돈을 실은 수레(처음만큼 가득차 있지도 않았다)를 숨겨둘 안전한 장소도 있었고, 그를 호위해 온 3개 대대도 필요 없었다. 그는 호위 병사들을 아게딩쿰으로 돌려보냈다. 푸피우스 키타에게 케나붐은 제2의 고향이나 다름없었다. 그러니 로마인 친구들 사이에서 머물며 편안히 곡물 구입을 마무리할 작정이었다.

실제로 케나붐은 갈리아의 중심 도시라 할 수 있었다. 일부 부유한 이들—주로 로마인이었지만 그리스인도 조금 있었다—은 성벽 안에서 살 수 있었고, 성벽 밖에는 꽤나 큰 마을이 형성되어 금속 가공업이 융성했다. 이보다 큰 도시는 아바리쿰뿐이었으며, 푸피우스 키타는 아바리쿰을 생각하며 살짝 한숨을 쉬었을지 몰라도 사실 지금 있는 곳에 대단히 만족해했다.

베르킹게토릭스, 룩테리우스, 리타비쿠스, 코투스, 구트루아투스, 세둘리우스 간의 협정은 아코가 처형된 후 지극히 감정적으로 체결되긴 했지만 도중에 번복되지는 않았다. 이들은 각자 자기 종족에게 가서 이야기를 전했으며, 한 지도자 아래 갈리아의 전 주민 통합에 대해 언급하지 않은 이가 몇 있긴 했어도 로마인들의 배신과 오만함, 아코의 부당한 죽음, 자유의 상실에 대해서만은 가차없이 거듭 되풀이했다. 그들에게 유리한 환경은 이미 마련되어 있었다. 여전히 갈리아는 로마라는 멍에에서 벗어나고픈 열망으로 가득했으므로.

카르누테스족의 구트루아투스에게는 굳이 다그치지 않아도 베르킹게토릭스와 협정을 체결할 이유가 있었다. 카이사르가 그 또한 아코와 마찬가지로 반역에 책임이 있다고 여기는 것을 잘 알고 있었기 때문이다. 다음번에 채찍을 맞을 등짝과 땅바닥에 굴러떨어질 머리는 그의 것이 되리라고 그는 확신했다. 그렇다 해도 상관없었다. 그렇게 되기 전에 어떻게든 카이사르의 삶을 엉망진창으로 만들어놓으면 되니까. 그리하여 자기 영토로 돌아간 그는 베르킹게토릭스에게 약속한 일을 실행에 옮겼다. 곧장 드루이드들이 거주하는 카르누툼으로 가서 카트바드를 찾은 것이다.

"당신 말이 맞소." 아코에 대한 이야기가 마무리되자 카트바드가 말했다. 최고 드루이드인 그는 잠시 말을 멈췄다가 덧붙였다. "베르킹게토릭스의 말도 맞소, 구트루아투스. 우리는 연합해서 하나의 민족으로 로마인들을 몰아내야 해요. 다른 방법으로는 안 됩니다. 드루이드 회합을 소집하겠소."

"그러면 나는," 구트루아투스가 잔뜩 열의를 띤 목소리로 말했다. "카르누테스족들을 찾아다니며 전투 구호를 퍼뜨리겠소!"

"전투 구호? 무슨 구호요?"

"둠노릭스와 아코가 죽기 전에 외친 말이오. '자유로운 땅의 자유인!'"

"훌륭하군요!" 카트바드가 말했다. "하지만 이렇게 고치시오. '자유로운 땅의 자유인들!'로. 그것이 연합의 시작이오, 구트루아투스. 사람을 단수로 생각하기 전에 복수의 사람들로 생각하는 것 말이오."

카르누테스족은 삼삼오오 모여 반란을 논의했다. 언제나 로마인의 귀에서 멀리 떨어진 곳에서였다. 케나붐 바깥의 대장간들은 오로지 쇠사슬 갑옷만 만들기 시작했다. 푸피우스 키타나 다른 외국인 거주민들은 이런 변화를 눈치채지 못했다.

2월 중순경 수확이 완전히 마무리되었다. 갈리아 전역의 모든 곡물 저장소가 가득찼다. 햄이 훈제되고 돼지고기와 사슴고기는 소금에 절여졌으며, 달걀과 사탕무와 사과는 땅속에 저장되었다. 닭, 오리, 거위는 우리에 들어갔고 소떼와 양떼는 군대의 이동로에서 치워졌다.

"이제 시작할 때가 왔소." 구트루아투스는 동료 영주들에게 말했다. "우리 카르누테스족이 앞장설 것이오. 갈리아 지도자들의 생각처럼 우리가 선수를 쳐야 해요. 그것도 카이사르가 알프스 너머에 있는 사이에 해야 하오. 지금 조짐으로 보아 우리는 혹독한 겨울을 앞두고 있고, 베르킹게토릭스로서는 카이사르가 자기 군대로 돌아가지 못하게 막는 것이 무엇보다 중요한 상황이오. 저들이 카이사르 없이 진지 밖으로 나오는 모험을 감수하지는 않을 거요. 특히 겨울중에는 더 그렇지요. 봄이 올 무렵엔 우리가 연합해 있을 테고."

"이젠 어찌할 계획이오?" 카트바드가 물었다.

"내일 동틀 녘에 케나붐을 급습해서 그곳의 로마인과 그리스인을 모조리 죽일 거요."

"명백한 선전포고군요."

"로마인이 아니라 다른 갈리아인들에게 보내는 신호지요, 카트바드. 케나붐 소식이 트레보니우스의 귀에 들어가게 할 생각은 없소. 그랬다가는 그가 즉시 카이사르에게 전갈을 보낼 테니까요. 갈리아 전역이 무장을 마칠 때까지 카이사르는 알프스 너머에 계속 남아 있게 하는 거요."

"그대로만 된다면 훌륭한 전략이오." 카트바드가 말했다. "네르비족보다 더 성공적인 결과를 냈으면 좋겠군요."

"우리는 벨가이족이 아니라 켈트족이오, 카트바드. 더욱이 네르비족은 퀸투스 키케로가 한 달 동안 카이사르와 연락을 주고받지 못하게 막았소. 그 정도면 충분히 긴 시간입니다. 다음달이면 겨울이 시작될 테니까."

이리하여 가이우스 푸피우스 키타와 케나붐에 거주하는 외국인 상인들은, 속주에서 일어나는 반란은 항상 로마 시민들을 죽이면서 시작된다는 로마의 옛 격언이 진실임을 깨닫게 되었다. 구트루아투스의 지휘 아래 일단의 카르누테스족이 자기네 수도를 급습했고 그 안으로 들어가서 외국인들을 모조리 죽였다. 푸피우스 키타는 아코와 똑같은 운명을 맞았다. 공개된 장소에서 채찍질당한 뒤 참수된 것이다. 이미 태형중에 죽기는 했지만, 채찍을 휘두르는 이를 마구 응원했던 카르누테스족은 이렇게 되었어도 전혀 흠잡을 것은 없다고 생각했다. 푸피우스 키타의 머리는 전승기념물로 에수스 숲까지 실려간 뒤 카트바드를 통해 신에게 제물로 바쳐졌다.

갈리아에서 소문은 아주 빠르게 전해졌다. 다만 그 전달 방식 때문에 출처로부터 멀리 퍼져갈수록 내용이 점점 더 왜곡될 수밖에 없었다. 갈리아인들은 단순히 들판을 가로지르며 한 사람이 다음 사람에게 이야기를 외쳐서 전달했기 때문이다.

처음에는 "케나붐 안의 로마인들이 학살당했다!"로 시작되었던 것이, 250킬로미터 거리만큼 입에서 귀로 전해질 무렵에는 "카르누테스족이 대대적인 반란을 일으키고 그들 땅에 있는 로마인들을 전부 죽였다!"가 되었다. 새벽에 급습이 일어난 뒤 소문은 멀리멀리 날아가 황혼 무렵에는 아르베르니족의 주요 요새 도시인 게르고비아로 전해졌고, 베르킹게토릭스의 귀에까지 들어갔다.

드디어! 드디어! 벨가이족이나 서쪽 해안의 켈트족 땅이 아니라 갈리아 중부에서 반란이 일어나다니! 이들은 그가 잘 아는 부족이었다. 위대한 갈리아 연합군이 모일 때 그에게 부관들을 제공해줄 사람들이며, 쇠사슬 갑옷과 투구의 가치를 이해하고 로마인들의 전쟁 방식을 알 만큼 수준 높은 사람들이었다. 카르누테스족이 반란을 일으켰다면 세노네스족, 파리시족, 수에시오네스족, 비투리게스족을 비롯해 갈리아 중부의 다른 모든 부족들이 폭발할 날도 머지않을 것이다. 그리고 나, 베르킹게토릭스가 앞장서서 그들을 갈리아 연합군으로 재탄생시키리라!

물론 베르킹게토릭스도 나름 시도를 해왔지만, 지금 이 순간 명백해졌듯이 구트루아투스처럼 성공적인 결과는 얻은 적이 없었다. 문제는 아르베르니족이 75년 전에 당시 아헤노바르부스 가문의 가장 유명한 인물을 상대로 치렀던 처참한 전쟁을 잊지 못하는 데 있었다. 당시에 그들이 얼마나 처참하게 패했던지, 무수히 많은 갈리아 여자들과 아이들이 최초로 전 세계 노예 시장으로 실려갔다. 아르베르니족 남자들은 거의 다 죽고 없었다.

"베르킹게토릭스, 우리 아르베르니족이 재기하기까지 75년이 걸렸다." 회의중에 고반니티오가 인내심을 가지려 애쓰며 말했다. "한때 우리는 갈리아에서 가장 강성한 부족이었다. 그때 우리는 자부심에 차서 로마와 전쟁을 벌였지. 우린 결국 아무것도 아닌 존재로 전락해버렸다. 아이두이족, 카르누테스족, 세노네스족에게로 패권이 넘어갔어. 지금까지도 이 부족들이 우위에 있지만, 우리도 서서히 그들을 앞지르려는 참이다. 그러니 안 된다. 또다시 로마와 싸워선 안 돼."

"숙부님, 숙부님, 시대가 변했습니다!" 베르킹게토릭스가 외쳤다. "그래요, 우리는 패했습니다! 네, 짓밟히고 굴욕당했고 노예로 팔려갔어요! 하지만 그런 부족은 우리말고도 많았습니다! 그런데 아직까지도 세노네스족, 아이두이족 얘기를 하시다니요! 아이두이족의 힘, 카르누테스족의 힘과 아르베르니족의 힘을 비교하시다니요! 이제 그런 식은 안 됩니다! 요즘의 양상은 전혀 다릅니다! 우리는 단합해서 '자유로운 땅의 자유인들'이라는 하나의 전투 구호 아래 하나의 민족이 될 겁니다! 우리는 아르베르니족도, 아이두이족도, 카르누테스족도 아닙니다! 우리는 갈리아인입니다! 우리는 형제입니다! 바로 이 점이 다르죠! 단합한 우리는 로마에 결정적인 패배를 안겨 다시는 로마가 우리 땅에 군대를 보내지 못하게 할 겁니다. 그리고 언젠가는 갈리아가 이탈리아로 진격할 것이고, 언젠가는 갈리아가 세상을 지배할 겁니다!"

"꿈이야, 베르킹게토릭스. 허황한 꿈." 고반니티오가 지친 목소리로 대꾸했다. "갈리아 종족들이 화합하는 일은 결코 없을 게다."

아르베르니족 회의실에서 벌어진 이 논의와 그 밖의 무수한 논의 후, 결국 베르킹게토릭스는 게르고비아로 들어가는 것이 금지되었다. 그렇다고 그 지역에서 떠난 것도 아니었다. 그는 게르고비아 외곽의 자기집에 머물면서 자신이 옳다고 아르베르니족의 젊은층을 설득하는 데만 힘을 쏟았다. 그리고 그 시도는 훨씬 성공적이었다. 친척 크리토그나투스와 베르카시벨라우누스가 뜻을 함께하면서, 베르킹게토릭스는 그들을 구제해줄 길은 연합에 있다고 더욱 열을 올려 젊은이들에게 설파했다.

그는 꿈을 꾸지도 않았다. 계획을 세웠다. 가장 어려운 싸움은 갈리아의 다른 부족 지도자들에게 바로 그, 베르킹게토릭스야말로 위대한 갈리아 연합군을 이끌 사람이라고 납득시키는 일임을 분명히 인식하면서.

그러던 차에 케나붐 소식이 게르고비아까지 전해지자, 베르킹게토릭스는 이를 자신이 기다려왔던 징조로 받아들였다. 그는 군대 동원령을 전달한 뒤 게르고비아로 들어가 부족회의를 장악하고 고반니티오를 살해했다.

"나는 당신들의 왕이오." 그는 회의실을 가득 채운 전사들에게 말했다. "그리고 곧 갈리아 연합의 왕이 될 것이오! 지금 바로 다른 부족 지도자들과의 협의를 위해 카르누툼으로 갈 텐데, 가는 도중에 모든 이들을 군에 소집하겠소."

부족들은 응답했다. 겨울이 부쩍 가까워오는 사이 사내들은 슬슬 갑옷을 꺼내고 칼날을 갈았으며, 긴 부재 기간 동안 후방을 지킬 인원 배치를 준비했다. 거대한 흥분의 물결이 갈리아 중부를 휩쓸었으며, 계속해서 북쪽의 벨가이족 영토와 서쪽 대서양 연안의 켈트 부족들인 아르모리키족 영토까지 번져갔다. 남서쪽의 아퀴타니아도 예외가 아니었다. 갈리아는 통합되고 있었다. 갈리아 연합은 로마인들을 몰아낼 터였다.

그러나 베르킹게토릭스가 가장 힘겨운 싸움을 치러야 했던 곳은 카르누툼의 떡갈나무 숲이었다. 바로 이곳에서 그의 지도자 임명을 실현시키기 위해 힘과 설득력을 끌어모아야 했던 것이다. 자신을 왕으로 부르라고 주장하기에는 너무 일렀다. 그것은 왕에게 필요한 자질을 입증한 뒤에야 달성될 것이므로.

"카트바드의 말이 맞소." 그는 자리에 모인 족장들에게 말했다. 구트루아투스의 이름이 아닌 카트바드의 이름이 맨 앞에 오도록 각별히 주의를 기울여서. "우리는 갈리아 전체가 무장할 때까지 카이사르와 그의 군대를 떨어뜨려놓아야 합니다."

예상치 못한 이들도 여럿 나왔는데, 아트레바테스족의 콤미우스도 그중 하나였다. 베르킹게토릭스가 발의한 조약을 체결했던 다섯 명은 모두 참석했고, 룩테리우스는 어서 시작하라며 안달을 냈다. 하지만 베르킹게토릭스에게 유리하게 형세를 뒤집은 이는 콤미우스였다.

"나는 로마인들을 믿었소." 아트레바테스족의 왕이 말했다. 입술이 말려올라가 이가 드러나 보였다. "내 종족을 배반하려던 게 아니라, 베르킹게토릭스가 오늘 이 자리에서 제시하는 것과 다를 바 없는 이유 때문이었지요. 갈리아는 여러 민족이 아닌 하나의 민족이 될 필요가 있소. 그리고 나는 그 유일한 길이 로마를 이용하는 것이라 생각했소. 갈리아인 누구도 할 수 없을 거라 생각된 일을 고도로 중앙집권화되고 조직적이며 효율적인 로마가 하게끔 하자. 우리를 한데 합치게 하고, 우리가 스스로 하나라고 생각하게 만들자는 것이었죠. 그러나 이 아르베르니족의 베르킹게토릭스에게서 나는 우리에게 필요한 힘과 목적의식을 갖춘, 우리와 같은 피가 흐르는 사람을 보고 있소! 나는 켈트족이 아니라 벨가이족이오. 하지만 나는 하나부터 열까지 갈리아인 중의 갈리아인이오! 그리고 동료 왕 및 왕자 여러분께 말하건대, 나는 베르킹게토릭스를 따를 것이오! 나는 그가 말하는 대로 할 것이오. 우리 아트레바테스인들을 그의 회합에 데려오고, 아르베르니족 사람이 그들의 지도자이며 나는 그의 부관일 뿐이라고 말할 것이오!"

표결을 실시한 사람은 카트바드였다. 베르킹게토릭스가 로마를 이 땅에서 몰아낼 연합작전의 지도자로 선출되었다고 부족 대표들에게 선언한 사람도 카트바드였다.

이어서 마른 체구에 타는 듯한 열의를 내뿜는 베르킹게토릭스가 자신도 책략가라는 것을 동료 갈리아인들에게 보여주었다.

"이 전쟁의 비용은 엄청날 것이고, 우리 모두가 그 짐을 나눠야 할 것이오." 그가 말했다. "비용을 더 나눠서 질수록 우리가 느끼는 단합심도 커질 것이오. 모든 병사가 무기와 군장을 제대로 갖춘 상태로 집결할 것이오. 자신의 용맹을 증명하려고 벌거벗은 용감한 멍청이는 원치 않소. 모든 병사가 쇠사슬 갑옷에 투구를 쓰고, 모든 병사가 표준 크기의 방패를 들며, 모든 병사에게 창이든 화살이든 그가 선택한 무기가 제대로 지급되기를 기대하겠소. 또한 필히 각 부족별로 소속 병사들에게 식량이 얼마나 필요할지 계산하여, 병사들이 남은 식량이 없어서 조기에 집으로 돌아가는 일이 없도록 해야 하오. 노획물은 많지 않을 겁니다. 이 전쟁에 든 비용을 회수하길 바랄 수는 없을 겁니다. 그렇다고 게르만족에게 도움을 구하지도 않을 것이오. 그것은 앞문으로 멧돼지를 몰아내는 사이에 늑대들이 들어오라고 뒷문을 열어두는 것과 같은 일이기 때문이지요. 또한 우리 갈리아인의 것을 뺏을 수도 없소. 로마를 돕기로 선택한 자들이 아닌 한은 말이죠. 강력히 경고하건대, 이 전쟁에 동참하지 않는 부족은 갈리아 연합의 배반자로 간주될 것이기 때문이오! 레미족이나 링고네스족은 한 사람도 오지 않았으니, 그들에게 주의하라고 알립시다!" 그는 들릴 듯 말 듯 숨죽인 소리로 웃었다. "레미족의 말이 있으면 우리는 게르만족보다 더 훌륭한 기병대가 될 것이오!"

"비투리게스족도 오지 않았소." 레모비케스족의 세둘리우스가 말했다. "그들은 로마를 선호한다는 소문이 들리더군요."

"나도 그들이 없는 건 눈치챘소." 베르킹게토릭스가 말했다. "소문 말고 좀더 구체적인 증거를 가진 분이 있습니까?"

비투리게스족의 불참은 심각한 문제였다. 비투리게스족의 땅에는 철광산이 있었고, 수천수만 개의 쇠사슬 갑옷과 투구, 검, 창끝을 만들려면 강철로 제련할 철이 넉넉해야 했다.

"내가 직접 아바리쿰으로 가서 이유를 알아보겠소." 카트바드가 말했다.

"아이두이족은 어찌됩니까?" 그해의 두 베르고브레투스 중 한 명인 코투스와 함께 참석한 리타비쿠스가 물었다. "우리는 당신과 뜻을 같이 하겠소, 베르킹게토릭스."

"아이두이족에게는 그 무엇보다 중요한 임무가 있소, 리타비쿠스. 로마의 우호동맹인 척 가장해야 하는 일이지요."

"아!" 리타비쿠스는 미소 지으며 감탄사를 내뱉었다.

"우리가 가진 자산을 한꺼번에 다 보일 필요가 있겠소? 카이사르는 아이두이족이 로마에 충성한다고 생각하는 한 자기에게 승산이 있다고 생각할 것이오. 늘 그러듯이, 자기가 왕이라도 되는 양 추가 기병과 추가 보병, 추가 곡물, 추가 고기 등등 필요한 건 무엇이든 추가로 내놓으라고 아이두이족에게 명령하겠죠. 그러면 아이두이족은 그가 무슨 명을 내리든 적극 주겠다고 하는 거요. 기를 쓰고 도우려 하는 거죠. 다만, 카이사르에게 약속한 게 무엇이든 간에 절대 도착하지 않는 겁니다."

"항상 우리의 아낌없는 사과와 함께 말이죠." 코투스가 말했다.

"아, 항상 그래야지요." 베르킹게토릭스가 진지하게 대꾸했다.

"로마의 프로빙키아는 결코 얕봐선 안 될 대단히 실질적인 위험이오." 카르두르키족의 룩테리우스가 얼굴을 찌푸리며 말했다. "프로빙키아의 갈리아인들은 로마인들에게 체계적인 훈련을 받았소. 그들은 보조군이 되어 로마식으로 싸울 수 있고, 갑옷과 무기로 가득한 창고들을 가진데다 기병대로 편성될 수도 있죠. 더구나 그들을 로마로부터 떼어놓을 수 없을 거라는 우려도 있소."

"그렇게 패배주의적인 발언을 하기에는 아직 너무 이르오! 그러나 프로빙키아의 갈리아인들이 카이사르를 지원할 수 없게끔 단속해야 하는 것만은 분명합니다. 그 일을 당신이 맡아줘야겠소, 룩테리우스. 프로빙키아와 가까운 부족 출신이니까요. 지금으로부터 두 달 뒤 겨울이 한창일 때, 우리는 전투태세를 갖추고 이곳 카르누툼 앞 평원에서 모일 것이오. 그런 뒤엔 전쟁입니다!"

세둘리우스가 구호를 따라 외쳤다. "전쟁! 전쟁! 전쟁!"

아게딩쿰의 트레보니우스는 뭔가 이상한 일이 벌어지고 있음을 감지했으나 그것이 무엇인지는 알 수 없었다. 케나붐에 간 푸피우스 키타로부터는 아무 소식도 없었지만, 푸피우스 키타에게 닥친 운명에 관한 소문도 들리지 않았다. 그 인근에서 살아남은 로마인이나 그리스인이라곤 없었으니 그에게 말을 전해줄 사람이 없었고, 갈리아인도 누구 하나 나서지 않았다. 아게딩쿰의 곡물 저장소들은 거의 꽉 찼지만 두 번의 장날 주기가 지나도록 수레가 드나든 적도 없던 차에, 아이두이족의 리타비쿠스가 비브락테로 돌아가던 도중 불쑥 방문하여 안부 인사를 전했다.

이 로마인이라는 자들이 겉보기엔 전혀 호전적이지 않고 전쟁과 멀어 보이는 경우가 많다는 게 리타비쿠스에게는 언제나 흥미롭게 느껴졌다. 가이우스 트레보니우스가 완벽한 예였다. 다소 왜소하고 우중충한 외모에, 목에 툭 불거져 나온 울대뼈는 초조하게 침을 삼킬 때마다 위아래로 들썩거렸으며, 커다란 회색빛 두 눈은 슬퍼 보였다. 그렇지만 그는 대단히 유능하고 지력이 뛰어난 군인으로 카이사르에게 크게 신임받았으며 단 한 번도 카이사르를 실망시킨 적이 없었다. 어떤 지시를 받든 그는 이행해냈다. 로마의 원로원 의원에, 재직 당시에는 뛰어난 호민관이기도 했다. 죽음도 불사할 카이사르의 사람.

"뭐라도 보거나 들은 것이 있소?" 트레보니우스가 평소보다도 더 슬퍼 보이는 얼굴로 물었다.

“전혀요.” 리타비쿠스가 태평스레 대답했다.

“케나붐 근처에 가본 적이 있소?”

“아니, 없소.” 리타비쿠스는 우호동맹으로 보여야 하는 자신의 임무를 되새기며 대답했다. 아이두이족의 진정한 충성의 대상이 밝혀지기 전까지는, 발각될지도 모를 거짓말을 하는 건 무의미했다. “메티오세둠에 있는 친척 결혼식에 다녀오는 길이오. 그래서 세콰나 강 남쪽은 가지 않았고요. 어쨌든 모든 게 조용합니다. 귀기울일 만한 소문은 못 들었소.”

“곡물 수레가 들어오지 않고 있소.”

“네, 그건 이상하군요.” 리타비쿠스는 생각에 잠긴 표정이었다. “하나 세노네스족과 카르누테스족이 아코의 처형 건으로 불만이 크다는 건 잘 알려진 사실이잖소. 그들이 곡물을 팔지 않으려 하는 거겠죠. 식량이 부족합니까?”

“아니, 충분히 있소. 다만 이보단 많을 줄 알았죠.”

“이제 더 구하기는 힘들 것 같은데요.” 리타비쿠스가 쾌활하게 말했다. “곧 겨울이 닥칠 테니까요.”

“갈리아인이 모두 라틴어를 할 줄 알면 좋으련만!” 트레보니우스는 한숨을 쉬었다.

“아, 그래도 아이두이족은 오랫동안 로마와 동맹을 맺어왔지요. 나는 2년간 거기서 학교도 다녔어요. 카이사르와는 연락했소?”

“그렇소, 지금 라벤나에 계시오.”

“라벤나라……. 그게 정확히 어디였소? 기억이 가물가물하군요.”

“아리미눔에서 멀지 않은 아드리아 해안에 있소. 이러면 기억이 날지 모르겠지만.”

"크게 도움이 됐소." 리타비쿠스가 느릿느릿 일어서며 말했다. "그만 가봐야겠소. 이러다 계속 눌러 있겠군요."

"식사라도 하고 가시죠?"

"아니요. 겨울용 숄이나 따뜻한 바지도 안 챙겨 와서 말이죠."

"당신네들의 그 바지! 로마에서 아무것도 배운 게 없소?"

"트레보니우스, 이탈리아의 공기가 당신들의 치마 속으로 올라갈 땐 거기에 있는 무엇이든 따듯하게 데워주죠. 반면에 갈리아의 겨울 공기는 발리스타의 바윗돌도 얼려버릴 수 있다오."

3월 초에 10만 명이 훨씬 넘는 여러 부족의 갈리아인들이 카르누툼에 집결했다. 이곳에서 베르킹게토릭스는 신속히 준비에 돌입했다.

"내가 시작도 하기 전에 다들 식사를 끝낸 상황은 원치 않소." 부족회의 대표들이 카트바드와 함께 그의 따뜻한 집안에 모이자 베르킹게토릭스가 말했다. "카이사르는 아직까지 라벤나에 있고, 듣자하니 갈리아에서 일어날지 모르는 일보다 로마에서 일어나고 있는 일에 더 관심이 있는 것 같더군요. 알프스 산길은 이미 눈으로 막혔소. 카이사르가 아무리 빠르기로 유명해도 여기까지 빨리 오지는 못할 거요. 그리고 그가 언제 오더라도 우리가 그와 그의 군단 사이를 가로막고 있을 것이오."

카트바드는 지치고 다소 낙담한 기색으로 베르킹게토릭스의 오른편에 앉아 있었다. 탁자 위에는 두루마리가 쌓여 있었다. 모두의 눈이 베르킹게토릭스에게 향해 있을 때마다, 카트바드의 눈은 뒤편에서 맥주와 포도주를 들고 조용히 움직이는 아내에게 쏠렸다. 왜 이리도 의기소침하고 무력한 기분이 들까? 모든 땅의 대다수 직업 사제들과 마찬가지로 그는 예언 능력이나 천리안을 타고나지 못했다. 그런 능력은 사람들이 절대 믿지 않기 마련인 낙오자와 이방인에게나 부여되었다. 카산드라가 그랬던 것처럼.

나는 힘들게 얻은 지식을 토대로 말한다. 제물 의식도 순조로웠다. 이 순간 내가 느끼는 기분은 단순한 감정의 퇴색일지도 몰라. 그는 공정해지려고, 무심해지려고 안간힘을 쓰며 이렇게 생각했다. 베르킹게토릭스에게는 카이사르와 공통된 점이 있어. 그 유사성이 느껴진다. 하지만 한 명은 곧 쉰 살을 앞둔 더없이 노련한 로마인이고, 다른 한 명은 군대를 이끌어본 적도 없는 서른 살짜리 갈리아인이다.

"카트바드," 베르킹게토릭스가 최고 드루이드의 마음속 의구심을 가로막으며 말했다. "비투리게스족이 우리에게 반대한다지요?"

"그들이 쓴 말은 '바보들'이었소." 카트바드가 말했다. "그쪽 드루이드들이 우리를 대신해 노력해왔지만, 그 부족은 단합되어 있고 우리 쪽 방향이 아니오. 그들은 우리에게 기꺼이 철을 팔고 강철 제련까지도 해줄 수 있지만, 전쟁에는 참여하지 않겠다는 입장이오."

"그렇다면 그들을 상대로 전쟁을 해야겠군요." 베르킹게토릭스가 서슴없이 말했다. "그들에게 철이 있긴 하지만, 우리는 강철 제련이나 금속 세공을 그들에게 의존하고 있진 않소." 그는 눈을 빛내며 미소를 지었다. "오히려 잘됐소. 그들이 우리에게 합류하지 않는다면 철값을 지불하지 않아도 되니까요. 그냥 빼앗는 겁니다. 오늘 이 자리에 있는 부족들 중에서 철이 부족하다는 얘기는 없었지만, 앞으로 훨씬 많은 양이 필요할 테니까. 내일 비투리게스족을 치러 갑시다."

"그렇게 빨리요?" 구트루아투스가 헉 소리를 냈다.

"앞으로 한동안은 겨울 추위가 계속 더 심해질 거요, 구트루아투스. 우린 이 날씨를 이용해서 반대파 켈트족들을 우리 진영으로 끌어들어야 해요. 여름에는 갈리아가 내부 분열이 아니라 로마에 대항해 단합해 있어야 하오. 여름이면 우리는 카이사르와 싸우게 될 것이오. 물론 일이 내 뜻대로 된다면, 카이사르는 자기의 전 군단을 이용할 수 없을 테고요."

"진군하기에 앞서 더 많은 정보를 알고 싶소." 레모비케스족의 세둘리우스가 인상을 쓰며 말했다.

"그래서 오늘 모인 거잖소, 세둘리우스!" 베르킹게토릭스는 소리내어 웃었다. "나는 이 자리에 온 부족들의 출결에 대해 논의하고, 어느 부족이 더 올지 알고 싶소. 일부는 자기 영토로 돌아가서 봄까지 기다리길 명하고 싶고, 공정한 전쟁세를 부과하고 싶으며, 우리의 첫 주화를 제작하고 싶고, 여기 남아 비투리게스족을 향해 진격할 병사들에게 무기와 군장이 제대로 갖춰지게 하고 싶소. 봄에 대규모 병력을 규합하고 싶고, 병력을 일부 쪼개서 룩테리우스와 같이 프로빙키아로 보내고 싶소. 그리고 이것들은 우리가 자러 가기 전에 논의해야 할 문제 중 극히 일부에 지나지 않소!"

베르킹게토릭스는 눈에 띄게 변하고 있었다. 목적의식과 정열로 가득한 그는 조급한 동시에 참을성을 보였다. 카트바드의 집에 모인 스무 명 중 누구든 갈리아의 첫번째 왕이 어떤 모습일지 묘사해보라는 질문을 받았다면, 한 사람도 빠짐없이 어떤 거인의 모습을 말로 풀어놓았을 것이다. 풀어헤친 거대한 근육질 가슴에 모든 부족의 색이 무지개처럼 수놓인 숄, 덥수룩한 머리카락, 어깨까지 내려오는 콧수염 등 지상에 내려온 다그다 신의 모습. 그렇지만 오늘 그들의 이목을 끌고 있는 이 마른 몸의 열정적인 사내도 결코 실망스럽지 않았다. 켈트계 갈리아인의 위대한 전사들은 사람의 내면에 자리한 것이 겉모습보다 더 중요하다는 사실을 서서히 깨닫고 있었다.

"내가 별도의 군대를 갖게 되는 거요?" 룩테리우스가 크게 놀란 표정으로 물었다.

"프로빙키아 문제를 처리해야 한다고 말한 사람이 당신인데 최고의 적임자로 당신말고 누구를 보내겠소, 룩테리우스? 병사 5만 명이 필요할 테니, 당신이 잘 아는 부족들을 고르시오. 당신이 속한 카르두르키족과 페트로코리족, 산토니족, 픽토네스족 말이오." 베르킹게토릭스는 카트바드에게 시선을 고정한 채 두루마리 더미를 손가락으로 탁 쳤다. "루테니족은 여기 포함되었소, 카트바드?"

"아뇨." 확인해볼 필요도 없이 카트바드가 대답했다. "그들은 로마를 선호하오."

"그렇다면 가장 먼저 루테니족을 복속시키시오, 룩테리우스. 권리든 힘이든 로마가 아닌 우리에게 있다고 그들을 설득하시오. 루테니족부터 볼카이족까지는 한걸음에 불과합니다. 차후에 당신의 전략을 더 자세히 논의하겠지만, 조만간 당신은 병력을 쪼개어 두 방향으로 가야 할 것이오. 나르보와 톨로사 방향, 그리고 헬비족 땅과 로다누스 강 방향 말이오. 아퀴타니족은 반란을 일으킬 기회를 간절히 노리고 있으니, 오래지 않아 당신은 오히려 지원병들을 돌려보내야 할 겁니다."

"내일 시작하는 거요?"

"그렇소, 내일. 카이사르를 상대할 때면 미루는 일이란 치명적이니까요." 베르킹게토릭스는 유일하게 참석한 아이두이족 쪽으로 고개를 돌렸다. "리타비쿠스, 집으로 가시오. 비투리게스족이 아이두이족에게 지원을 요청할 테니까."

"지원을 받기까지 아주 오래 걸리겠지만요." 리타비쿠스가 씩 웃으며 말했다.

"아니, 그렇게 노골적으로 하진 마시오! 카이사르의 보좌관들에게 우는소리를 하면서 조언을 구하시오. 심지어 군대도 보내고요! 그 군대가 거기까지 도착하지 못하는 타당한 이유를 분명 찾아내실 거라 믿소." 아직 갈리아의 왕으로 불리기를 청하지 않은 새로운 갈리아의 왕은 검은 눈썹 아래로 리타비쿠스에게 주도면밀한 시선을 던졌다. "지금 우리가 철저히 검토해봐야 할 요인이 하나 있소. 향후 파벌의 보복이라는 비난이나 고발이 나오지 않길 원해서요."

"보이족 말이군요." 리타비쿠스가 즉시 받아쳤다.

"그렇소. 6년 전 카이사르는 헬베티족을 그들의 옛 땅으로 돌려보낸 후에 보이족의 헬베티 계파가 갈리아에 남도록 허용해줬소. 그들을 아이두이족과 아르베르니족 사이의 완충재로 두길 원한 아이두이족의 청원 때문이었죠. 그들은 우리 아르베르니족이 우리 것이라 주장하지만 또 당신들은 카이사르에게 당신들 것이라고 말한 땅에 정착했소. 하지만 분명히 말하는데, 리타비쿠스," 베르킹게토릭스는 준엄한 어조로 말했다. "보이족은 거기서 나가고 그 땅은 우리에게 반환되어야 하오. 아이두이족과 아르베르니족은 이제 같은 편에서 싸우고 있소. 그러니 완충재는 필요 없어졌소. 당신 부족의 베르고브레투스들이 보이족을 내보내고 그 땅을 아르베르니족에게 반환한다고 합의해줬으면 하오. 동의하시오?"

"동의하오." 이렇게 대답한 리타비쿠스는 크게 만족스러운 듯 숨을 내쉬었다. "그 땅은 썩 좋은 땅이 아닙니다. 이 전쟁을 치른 후에 우리 아이두이족은 적절한 보상으로 레미족의 땅을 기꺼이 취할 것이오. 아르베르니족은 역시나 배신자인 링고네스족의 영토로 확장하면 되니까요. 동의하시오?"

"동의하오." 베르킹게토릭스가 싱긋 웃었다.

베르킹게토릭스는 다시 카트바드에게 주의를 돌렸다. 그는 더이상 만족하는 표정이 아니었다. "콤미우스 왕은 왜 오지 않았소?" 베르킹게토릭스가 물었다.

"그는 빨라도 여름은 돼야 올 거요. 그때쯤엔 살아남은 서부 벨가이족 전체를 이끌게 되길 기대하고 있지요."

"카이사르가 그를 배신해서 우리가 득을 봤소."

"카이사르가 한 짓이 아니오." 카트바드가 조소하듯 말했다. "그 음모는 전적으로 라비에누스의 작품이었다고 봅니다."

"카이사르를 편드는 느낌인데요?"

"전혀요, 베르킹게토릭스. 하지만 무분별은 미덕이 아니오! 카이사르를 무찌르려면 그가 어떤 사람인지 알려고 애써야 하오. 그는 아코 때 그랬듯이 갈리아인을 재판해서 처형하긴 하겠지만, 콤미우스가 당한 것과 같은 배반행위는 불명예로 여길 거요."

"아코의 재판은 조작된 거였소!" 베르킹게토릭스가 분개하여 외쳤다.

"그래요, 물론 그렇소." 카트바드는 참을성 있게 대답했다. "그렇지만 어쨌든 합법이었죠! 로마인들에 대해 그 정도는 알아야 하오! 그들은 합법적으로 보이는 걸 좋아합니다. 로마인 중에서도 카이사르는 더더욱 그렇고요."

아게딩쿰의 가이우스 트레보니우스는 리타비쿠스를 통해서 최초로 비투리게스족을 향한 진군에 대해 알게 되었다. 리타비쿠스는 불안하게 숨을 헐떡이며 비브락테에서 전속력으로 달려왔다.

"부족들 간에 전쟁이 벌어졌소!" 그는 트레보니우스에게 말했다.

"우리를 상대로 하는 게 아니고 말이오?" 트레보니우스가 물었다.

"그렇소. 아르베르니족과 비투리게스족 간이오."

"그래서요?"

"비투리게스족이 아이두이족에게 지원을 요청하는 전갈을 보냈소. 우리에겐 오래된 우호조약이 있소. 그러니까 우리가 아르베르니족과 끊임없이 싸우던 시절까지 거슬러올라가는 것이죠. 비투리게스족은 저들의 영토 너머에 있소. 다시 말해 우리 두 부족의 동맹을 통해 아르베르니족은 양쪽으로 갇히게 된 거요."

"지금 아이두이족의 생각은 어떻소?"

"비투리게스족에게 지원을 보내야 한다고 생각하고 있소."

"그러면 왜 날 찾아온 거요?"

리타비쿠스는 천진난만한 푸른 눈을 크게 떴다. "당연히 잘 아시지 않소, 가이우스 트레보니우스! 아이두이족은 우호동맹 지위를 가지고 있어요! 만약 아이두이족이 무장하고 서쪽으로 진군한다는 얘기가 들리면 당신들이 어떻게 생각하겠소? 당신에게 사건을 알리고 조언을 구하라고 콘빅톨라부스와 코투스가 저를 보낸 거죠."

"그렇다면 두 분에게 감사하군요." 트레보니우스는 평소보다 더 걱정스러운 표정으로 입술을 깨물었다. "음, 그것이 내부 싸움이고 로마와 아무 상관이 없다면 당신들의 옛 조약을 지키시오, 리타비쿠스. 비투리게스족에게 지원을 보내요."

"우려하는 것 같군요."

"우려라기보다는 놀랐소. 아르베르니족이 왜 그러는 겁니까? 고반니티오와 그의 원로들은 누구와도 싸우는 걸 반대하는 줄 알았는데."

리타비쿠스는 처음으로 실수를 했다. 지나치게 태평스럽게 보인 것이다. 그는 너무 쉽게, 너무 대수롭지 않게 얘기했다. "아, 고반니티오는 밀려났어요!" 그가 외쳤다. "베르킹게토릭스가 아르베르니족을 다스리고 있죠."

"다스린다고요?"

"아, 아무래도 그건 너무 센 표현 같군요." 리타비쿠스는 진지한 표정을 지었다. "그는 동료 없는 단독 베르고브레투스가 됐소."

이 말에 트레보니우스는 웃음을 터뜨렸다. 그는 여전히 웃음이 멈추지 않아 킥킥거리는 채로, 급한 방문 후 진지를 떠나는 리타비쿠스를 출구까지 배웅했다. 그러나 리타비쿠스가 달가닥거리며 말을 타고 떠나자마자 그는 퀸투스 키케로와 가이우스 파비우스, 티투스 섹스티우스를 찾았다.

퀸투스 키케로와 섹스티우스는 아게딩쿰 근처에 진을 친 6개 군단을 지휘한 반면, 파비우스가 맡은 2개 군단은 아이두이족과 70킬로미터쯤 더 가까이 있는 링고네스족의 거처를 숙소로 쓰고 있었다. 파비우스가 아게딩쿰에 있는 건 예상 밖이었다. 그는 무료함을 달래려고 왔노라 설명했다.

"무료함은 확실히 달래지겠군." 트레보니우스가 어느 때보다도 침통한 목소리로 말했다. "무언가 일어나고 있는데, 아무도 우리에게 전모를 얘기하고 있지 않아."

"하지만 저들은 원래 서로 싸우잖나." 퀸투스 키케로가 말했다.

"겨울에요?" 트레보니우스는 초조한 듯 서성거리기 시작했다. "내가 놀란 건 베르킹게토릭스에 대한 소식 때문입니다, 퀸투스. 나이든 현명한 인물이 쫓겨나고, 충동적이고 열정적인 젊은이가 아르베르니족을 장악했는데 이게 무슨 의미인지 모르겠어요. 다들 베르킹게토릭스를 기억하시겠죠. 그가 같은 갈리아인들과 전쟁을 벌일 거라 생각됩니까?"

"분명 그럴 거야. 그것만큼은 확신하네." 섹스티우스가 말했다.

"확실히 너무 갑작스럽군. 게다가 자네 말이 맞네, 트레보니우스. 왜 하필 겨울일까?" 파비우스가 물었다.

"누가 정보를 제공한 적이 없는가?"

다른 세 명의 보좌관들은 고개를 저었다.

"생각해보면 그것부터가 이상해." 트레보니우스가 말했다. "보통은 우리 귀에 떠들어대는 누군가가 꼭 있네. 그것도 항상 우는소리나 불평을 하면서 말이야. 평소 우리가 겨울 휴가 동안 로마를 상대로 한 음모 얘기를 얼마나 많이 들었나?"

"수십 건이지." 파비우스가 씩 웃으며 말했다.

"그런데 올해는 한 건도 없었네. 저들은 뭔가 꾸미고 있어. 그런 게 틀림없네. 리안논이 여기 있었으면 좋으련만! 아니면 히르티우스가 돌아오든가."

"내 생각에는," 퀸투스 키케로가 말했다. "카이사르에게 전갈을 보내야 할 것 같네." 그는 미소를 지어 보였다. "은밀히 말이야. 창에 감긴 띠 속에 쪽지를 넣는 정도까진 아니더라도, 드러내놓고 해서는 안 되겠지."

"또한," 트레보니우스가 문득 결심한 듯 대꾸했다. "아이두이족 영토로 가서도 안 되겠죠. 리타비쿠스에게 어딘가 신경이 거슬리는 부분이 있었어요."

"아이두이족을 자극해서는 안 되네." 섹스티우스가 이의를 제기했다.

"그럴 일은 없네. 우리가 카이사르에게 보낼 전언에 대해 모른다면 저들이 자극받을 이유가 없으니까."

"그럼 어떻게 보내야 할까?" 파비우스가 물었다.

"북쪽이네." 트레보니우스가 명쾌하게 대답했다. "세콰니족 영토를 통해 베손티오로 가고, 거기서 게나바로, 또 비엔으로 가는 거지. 가장 큰 애로사항은 도미티우스 가도가 막혔다는 점이네. 해안을 돌아 먼길로 가야 할 거야."

"1천 킬로미터로군." 퀸투스 키케로가 침울하게 대꾸했다.

"그리고 전령들에게 온갖 종류의 통행권, 최고의 말을 징발할 권한을 내주는 거네. 하루 150킬로미터를 꼬박 달리도록 하고. 두 사람만 선발하되 어느 부족이든 갈리아인은 제외해야 하네. 우리가 선발한 자들 외에는 이 방 밖으로 말이 새나가지 않게 해야 하고. 카이사르 못지않게 말을 잘 타는 튼튼한 젊은 군단병 둘이네." 트레보니우스는 의견을 구하는 표정으로 말했다. "다른 의견이 있나?"

"왜 백인대장 둘을 보내지 않고?" 퀸투스 키케로가 물었다.

다른 사람들의 얼굴이 겁에 질렸다. "퀸투스, 그분이 우릴 가만두지 않을 겁니다! 카이사르의 병사들을 백인대장 없이 둔다고요? 그가 우리 전부를 합친 것보다도 하급 백인대장 하나를 더 중시한다는 걸 이제 아실 때도 됐을 텐데요!"

"아, 그럼, 물론 알지!" 수감브리족과 있었던 일을 떠올리며 퀸투스 키케로는 헉 소리를 냈다.

"내게 맡겨두게." 파비우스가 결연하게 말했다. "트레보니우스, 전언을 적어주면 내가 우리 군단에서 카이사르에게 전달할 병사들을 찾아보지. 그편이 덜 눈에 띄니까. 나는 어차피 가봐야 하기도 하고."

"가능한 한 정보를 더 캐보는 게 좋을 것 같네." 섹스티우스가 말했다. "카이사르에게 니카이아 해안 도로에서 추가 정보가 기다리고 있을 거라고 하게, 트레보니우스."

카이사르가 플라켄티아에 있었던 덕분에, 전갈은 엿새 만에 그에게 당도했다. 루키우스 카이사르와 데키무스 브루투스가 라벤나에 도착하자마자 무력감이 내려앉기 시작했다. 로마의 상황은 단독 집정관 아래서 꽤나 잘 정리되는 듯 보였다. 카이사르는 단지 밀로가 어찌됐는지 알아내기 위해 라벤나에 남아 있는 건 아무 득 될 게 없다고 보았다. 밀로는 어차피 재판에 회부되고 어차피 유죄 판결을 받게 되어 있었으니까. 굳이 그 일과 관련해 짜증나는 점이 있었다면 새로 그의 재무관이 된 마르쿠스 안토니우스의 행태였다. 안토니우스는 자기가 기소인단에 들어가 있으므로 밀로의 재판이 끝날 때까지 로마에 있겠다는 취지의 퉁명스러운 편지를 보내왔던 것이다. 참아줄 수가 없는 놈이다!

"음, 가이우스, 자네는 화가 가라앉으면 그 아이를 부르겠지." 안토니우스의 외숙부 루키우스 카이사르가 말했다. "나라면 내 참모진에 못 넣겠네."

"아울루스 가비니우스의 편지를 받지 않았다면 절대 화를 풀지 않았을 겁니다. 잘 아시다시피 가비니우스는 시리아에서 안토니우스를 데리고 있었죠. 그는 안토니우스가 기꺼이 내기에 걸고 싶은 판돈이라고 했어요. 술과 매춘부를 끼고 살고, 매사에 별 관심이 없고, 벼룩을 잡는 데는 온갖 기운을 다 쓰면서 참모 회의에서는 존다고 했습니다. 하지만 이 모든 말씽에도 불구하고 가비니우스는 그애에게 그만한 가치가 있다더군요. 전장에만 나갔다 하면 사자가 된답니다. 그것도 제대로 머리를 쓸 줄 아는 사자요. 그러니 두고봐야죠. 데리고 있다가 골칫거리밖에 안 된다 싶으면 라비에누스에게 보내버릴 겁니다. 그럼 꽤나 재미있을 거예요! 사자와 들개의 만남이라."

루키우스 카이사르는 얼굴을 찡그렸지만 더는 아무 말도 하지 않았다. 그의 부친과 카이사르의 부친은 사촌 간으로, 그 유구한 가문에서 참으로 오랜만에 집정관을 배출한 첫 세대였다. 카이사르의 고모인 율리아와, 아르피눔 출신으로 어마어마하게 부유하고 벼락출세한 신진세력이었던 가이우스 마리우스의 결혼을 통한 연합 덕택이었다. 이후에 마리우스는 로마 역사상 가장 위대한 무관이 되었다. 아무튼 이 결혼 덕에 율리우스 카이사르 가문의 돈궤에 다시 돈이 들어오게 되었는데, 그 가문에 부족했던 건 바로 돈 한 가지였다. 카이사르보다 네 살 손위인 루키우스 카이사르는 다행히도 질투가 많은 성격이 아니었다. 작은집 자손인 가이우스는 가이우스 마리우스마저 능가하는 위대한 장군이 될 가능성이 다분했다. 실제로 루키우스 카이사르는 순전히 전투에서 그의 육촌이 어찌하는지 보고 싶다는 호기심으로 카이사르 참모진의 보좌관 자리를 청한 터였다. 가이우스를 너무나 자랑스럽게 여겼기에 원로원 공문을 읽고 있는 것이 문득 재미없고 답답하게 느껴졌던 것이다. 명망 있는 전직 집정관이자 탁월한 배심원이자 조점관단의 오랜 일원인 루키우스 카이사르는 쉰두 살의 나이에 다시 전장에 나가기로 결심했다. 육촌 가이우스의 휘하로.

라벤나에서 플라켄티아까지 가는 길은 그리 나쁘지 않았다. 카이사르가 보노니아, 무티나, 레기움 레피듐, 파르마, 피덴티아 등 아이밀리우스 가도상의 주요 도시에서 순회 재판을 여느라 중간중간 길을 멈췄기 때문이다. 그러나 평범한 총독이라면 한 주는 걸릴 사건 심리를 카이사르는 하루 만에 끝내고 다음 도시로 넘어갔다. 대부분의 사건이 재정과 관련되고 주로 민사소송의 성격을 띠었으므로, 배심원단을 선정해야 하는 경우는 매우 드물었다. 카이사르는 열심히 경청하고 머릿속으로 계산해본 뒤 그의 임페리움을 표시하는 상아 지팡이 끝으로 앞에 놓인 탁자를 탕탕 치고는 판결을 내렸다. 다음 사건, 나오십시오. 자자, 비켜주세요, 비켜주세요! 아무도 그의 결정에 왈가왈부하지 않는 듯했다. 아마도 해당 판결의 정당성 때문이라기보다는 카이사르의 신속하고 효율적인 일처리가 이의 제기를 힘들게 만들기 때문인 게지, 하고 루키우스 카이사르는 재미있어하며 생각했다. 정당성은 승자가 받는 것일 뿐, 패자는 결코 가지지 못하는 법이다.

적어도 플라켄티아에서는 쉬는 시간이 좀더 길어질 예정이었다. 카이사르는 일리리쿰과 이탈리아 갈리아에 체류하는 동안 15군단을 이곳 훈련소에 넣어두었는데, 이 군단병들이 어떻게 하고 있는지 직접 확인하고 싶어한 때문이었다. 그의 지시는 명확했다. 병사들이 지쳐 쓰러질 때까지 훈련시킨 다음, 그들이 지쳐 쓰러지지 않을 때까지 또다시 훈련시키라는 것이었다. 그는 전갈을 보내 카푸아에서 훈련 백인대장 쉰 명을 불러들였다. 반백의 백전노장인 이들은, 열일곱 살짜리 군인들을 일부러 극한의 고통과 괴로움으로 몰아넣을 생각에 군침을 흘렸다. 또한 만약 그들한테 여유시간이 생기면 15군단의 백인대장들에게 집중하라고도 말해두었다. 이제 마침내 플라켄티아에서의 석 달 남짓한 훈련이 낳은 성과를 확인할 순간이 온 것이다. 카이사르는 다음날 이른 새벽에 연병장에서 군단들의 상태를 점검하겠다고 통보했다.

"데키무스, 저들이 점검을 통과하면 곧바로 해안 도로를 따라 먼 갈리아로 진군시켜도 되네." 오후 중반쯤 식사 자리에서 카이사르가 말했다.

각종 채소를 기름에 살짝 튀긴 지역 별미를 우적우적 씹던 데키무스 브루투스는 말없이 고개를 끄덕였다. "정말로 뛰어난 병사들이라는 소리가 들리더군요." 그는 물그릇에 손을 담그며 덧붙였다.

"누가 그러던가?" 카이사르는 이렇게 물으며, 양젓에 넣어 갈색으로 바삭해지고 국물이 다 졸아들 때까지 익힌 돼지고기를 무심히 집었다.

"실은 식품을 가져오는 군납업자에게 들었습니다."

"군납업자가 안다고?"

"그보다 잘 아는 사람이 어디 있겠습니까? 15군단 병사들이 워낙 열심히 훈련을 받은 통에 플라켄티아에서 꽥꽥, 꿀꿀, 음매, 꼬꼬댁거리는 것들은 모조리 먹어치웠고, 지역의 제빵업자들은 하루 2교대로 빵을 굽고 있어요. 친애하는 카이사르, 플라켄티아는 당신을 사랑한답니다."

"정곡을 찔렀군, 데키무스!" 카이사르는 크게 웃음을 터뜨렸다.

"마무라와 벤티디우스가 여기서 우리를 만날 거라지." 루키우스 카이사르가 말했다. 육촌보다 대식가였던 그는, 후추를 미친듯이 쓰는 로마보다 덜 자극적인 북부풍의 이곳 요리를 대단히 즐기고 있었다.

"그들은 모레에 크레모나로부터 도착할 겁니다."

그때 히르티우스가 들어왔다. 식사도 함께하지 못할 만큼 분주한 모습이었다. "카이사르, 가이우스 트레보니우스가 긴급한 전갈을 보내왔습니다."

카이사르는 즉시 일어나더니, 육촌과 같이 앉아 있던 긴 의자에서 다리를 휙 돌려 내려왔다. 한 손은 두루마리를 받으려고 뻗은 채였다. 그는 봉인을 뜯어 두루마리를 펼친 뒤 한눈에 읽어내려갔다.

"계획이 바뀌었군." 곧이어 그가 말했다. 침착한 목소리였다. "편지가 어떻게 온 건가, 히르티우스? 길에서 얼마나 있었지?"

"엿새밖에 되지 않았습니다, 카이사르. 그것도 해안 도로를 타고서요. 파비우스가 바람처럼 말을 빨리 달리는 군단병 둘을 보낸 것 같습니다. 돈과 공식 문서를 잔뜩 안겨서요. 그들은 잘해냈습니다."

"정말로 그렇군."

카이사르에게 변화가 일어났다. 데키무스 브루투스와 히르티우스는 오래전부터 알았지만 루키우스 카이사르는 전혀 모르는 변화였다. 세련된 전직 집정관은 사라지고, 가이우스 마리우스만큼이나 단순하고 분명하며 한 가지에 집중한 사내가 그 자리를 대신 차지했다.

"마무라와 벤티디우스에게 편지를 남겨야 할 테니 바로 그들에게—다른 이들에게도—편지를 쓰러 가보겠네. 데키무스, 15군단에게 동틀 녘까지 행군 준비를 마치라고 통보하게. 히르티우스, 보급 수송대를 맡게. 황소 수레말고 전부 노새 수레나 노새에 싣도록. 리구리아에서는 충분한 식량을 못 찾을 테니 물자 수송대가 따라와야 할 거야. 열흘 치 식량을 준비하게. 물론 여기서 니카이아까지 열흘이 안 걸리겠지만. 열흘 안에 프로빙키아의 아콰이 섹스티아이로 가네. 15군단이 10군단의 반만큼만 돼도 그보다 단축될 거고." 카이사르는 육촌 쪽으로 고개를 돌렸다. "루키우스, 나는 급하게 행군할 겁니다. 원하시면 편하실 때 출발하셔도 됩니다. 그게 아니면 형님도 내일 동틀 녘입니다."

"내일 동틀 녘에 가겠네." 루키우스 카이사르가 후딱 신발을 신으며 말했다. "이 상황을 놓칠 생각은 없거든, 가이우스."

그러나 가이우스는 이미 사라지고 없었다. 루키우스는 히르티우스와 데키무스 브루투스를 향해 눈썹을 치켜세웠다. "원래 무슨 일인지 말을 안 해주나?"

"말씀해주실 겁니다." 데키무스 브루투스가 천천히 걸어나가며 대꾸했다.

"우리가 알아야 할 때 듣게 되죠." 히르티우스가 거들었다. 그는 루키우스 카이사르의 팔짱을 끼고서 다정하게 그를 식당 밖으로 끌고 갔다. "저분은 절대 시간을 낭비하지 않아요. 오늘중으로 닥친 문제를 모두 처리해서 완벽히 정리할 겁니다. 제 눈에는—카이사르의 눈에도—우리가 이탈리아 갈리아에 돌아오지 않을 것 같아 보이거든요. 내일 밤 진지에서 말씀해주실 겁니다."

"그의 릭토르들은 이런 행군을 어찌 감당하나? 아이밀리우스 가도를 타고 올라오는 동안에도 릭토르들이 지쳐 나가떨어진 것 같던데. 그때는 이틀마다 쉴 기회라도 있었지."

"우리는 릭토르들도 병사들과 같이 훈련소에 넣어야 하지 않을까 종종 생각하곤 합니다. 카이사르가 빠르게 이동할 땐 불법이건 뭐건 릭토르들 없이 가지요. 그들은 자기 속도대로 뒤따라오고, 카이사르는 본부 위치를 전갈로 남겨둡니다. 릭토르들은 거기 머무르게 되고요."

"이렇게 촉박한데, 충분한 만큼의 노새들은 어떻게 찾나?"

히르티우스는 씩 웃었다. "대부분은 마리우스의 노새들이에요." 가이우스 마리우스가 14킬로그램짜리 장비를 군단병이 짊어지게 함으로써

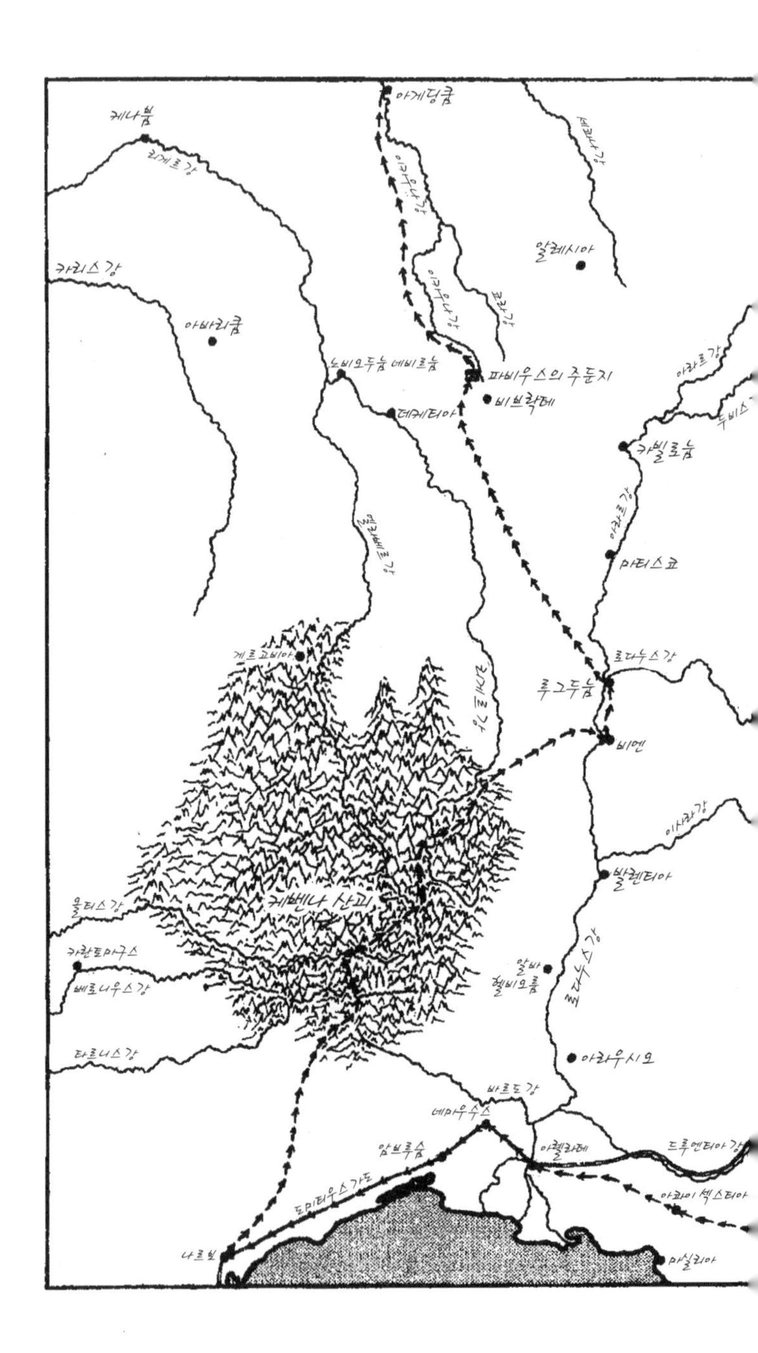

아게딩쿰
케나붐
리게르강
카리스강
아바리쿰
알레시아
노비오두눔 에비르눔
파비우스의 주둔지
비브락테
데케티아
아라르강
두비스
카빌로눔
마티스코
게르고비아
로다누스강
루그두눔
비엔
이사라강
발렌티아
케벤나 산괴
울티스강
카란토마구스
베로나우스강
알바
헬비오룸
타르나스강
아라우시오
바르도강
네마우수스
암브루숨
아렐라테
드루엔티아강
도미티우스가도
아콰이 섹스티아
나르보
마실리아

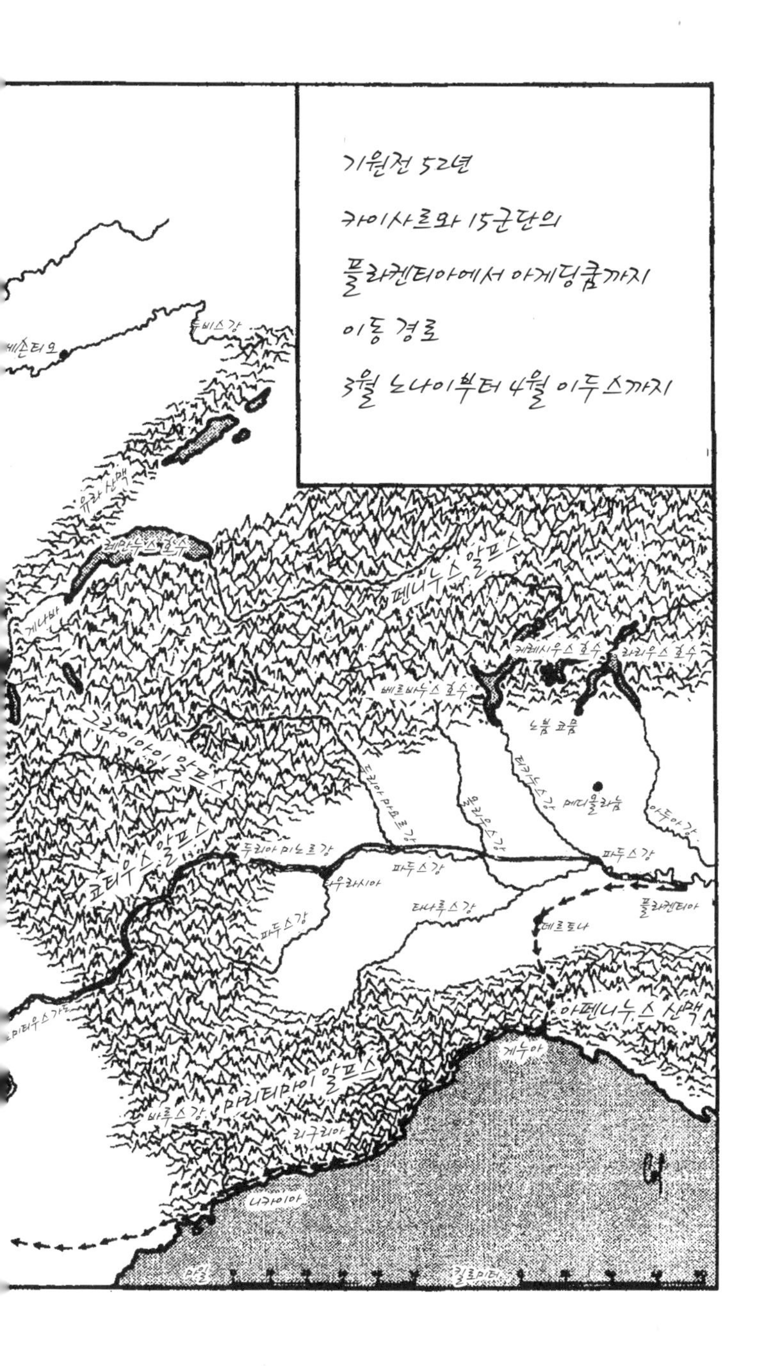
기원전 52년
카이사르와 15군단의
플라켄티아에서 아게딩쿰까지
이동 경로
3월 노나이부터 4월 이두스까지
두비스강
유라 산맥
레만누스 호수
펜니누스 알프스
케레시우스 호수
라리우스 호수
베르바누스 호수
노붐 코뭄
메디올라눔
아두아강
그라이아이 알프스
코티우스 알프스
두리아 미노르강
파두스강
타우라시아
타나루스강
플라켄티아
데르토나
아펜니누스 산맥
게누아
마리티마이 알프스
바루스강
리구리아
니카이아
마일
킬로미터
바다

군단병들을 노새로 만들었던 일화를 빗댄 말이었다. "이것이 카이사르의 군대에서 찾아보실 수 있는 또다른 특징이지요, 루키우스. 15군단에게 필요한 노새들은 내일 아침까지 마련될 겁니다. 병사들과 다름없이 건강하고 출정 준비가 된 상태로 말이죠. 카이사르는 군단을 바로 출발시킬 수 있기를 기대합니다. 그러니 어느 면으로나 언제든지 준비를 갖추고 있어야 하는 거예요."

이튿날 새벽, 카이사르와 루키우스 카이사르, 아울루스 히르티우스, 데키무스 브루투스가 말을 타고 진지로 들어왔을 때 15군단은 대열을 맞춰 정렬해 있었다. 진군 소식을 들은 순간부터 실제 진군이 개시되기까지, 그사이에 어떤 소동과 혼란이 이들을 휩쓸고 지나갔는지 몰라도 겉으로는 아무 티도 나지 않았다. 제1보병대대는 매끈하고 정확한 움직임으로 장군과 세 보좌관 뒤에 자리를 잡았고, 맨 뒤의 제10보병대대도 제1보병대대와 거의 동시에 움직였다.

군단병들은 막사를 함께 쓰는 8인대가 나란히 모여 8열 종대로 행군했다. 떠오르는 태양빛이 있지도 않은 열병식에 대비해 윤이 나도록 닦아둔 쇠사슬 갑옷에 반사되었으며, 각각의 병사는 머리에 아무것도 쓰지 않은 채 허리에 검과 단도를 차고 오른손에 필룸창을 들었다. 왼쪽 어깨 위에 비스듬히 놓인 T자나 Y자형 막대기에 배낭을 얹었으며, 가죽 덮개로 싼 방패가 이 막대 틀의 가장 바깥쪽에 매달렸고 그 위에 투구가 물집처럼 얹혀 있었다. 배낭에는 닷새 치 식량인 밀, 병아리콩(혹은 다른 콩류)과 베이컨, 기름 한 병, 모두 청동 재질인 접시와 컵, 면도 도구, 여분의 튜닉과 목도리와 속옷, 투구 꼭대기에 붙일 염색한 말총 장식, 기름 먹인 리구리아산 방수 양모로 만든 원형 사굼(머리를 끼워

넣을 수 있게 가운데에 구멍이 뚫려 있었다), 양말과 날씨가 추우면 칼리가이 군화 속에 넣을 털가죽, 추운 날씨에 대비한 양모 반바지, 담요, 흙을 퍼 나를 때 쓰는 잔가지로 엮은 얕은 바구니, 그리고 행운의 부적이나 애인의 머리카락 묶음같이 개인적으로 절대 없으면 안 되는 물건들을 넣고 다녔다. 어떤 필수품은 서로 나눠서 들기도 했다. 누구는 불을 피울 수 있는 부싯돌을, 누구는 8인대의 소금을, 또 누구는 빵에 넣을 귀한 효모 약간을 맡는 식이었다. 각종 약초, 등잔과 등잔에 쓸 기름 한 병, 불쏘시개로 쓸 잔가지 다발 같은 것도 있었다. 돌라브라(다용도 도끼—옮긴이)나 삽 같은 땅파기용 연장과 진지의 방책에 쓸 말뚝 두 개는 막대 틀에 끈으로 매달아 배낭을 떠받치게 했는데, 각자 한 손에 쥐기 좋은 알맞은 크기로 골랐다.

8인대의 노새에는 곡물을 빻을 작은 맷돌과 빵을 구울 점토 화덕, 청동 냄비, 여분의 필룸창, 가죽 부대와 휴대용 분갑, 당김 밧줄과 장대와 함께 단단히 접은 가죽 천막이 실렸다. 백인대의 노새 열 마리는 백인대 뒤로 따라갔으며, 각 8인대의 노새는 8인대에 소속된 비전투원 하인들이 끌고 갔다. 비전투원들이 행군시에 맡은 임무 중에서도 특히 중요한 일은 이동하면서 8인대에게 꾸준히 물을 공급하는 것이었다. 긴급하게 시작된 이번 행군에는 정식 물자 수송대가 없었으므로, 노새 여섯 마리가 끄는 각 백인대의 수레가 백인대를 뒤따랐다. 거기에는 여러 연장과 못, 일정량의 개인 장비, 물통, 큰 맷돌, 여분의 식량, 백인대장의 천막과 소지품을 실었다. 백인대장은 백인대에서 유일하게 짐 없이 행군했다.

4천800명의 병사와 백인대장 60명, 포병 300명, 공병 및 기술병 100명과 비전투원 1천600명이 전체를 구성하여 완전히 정원을 채운 군단이었다. 이와 더불어 15군단의 포 30대를 노새들이 끌고 이동했는데, 돌을 날려 보내는 발리스타 열 대와 큰 화살을 쏘아 보내는 카타풀타 스무 대가 다양한 크기로 구비되어 있었다. 여분의 부품과 포탄을 실은 수레들도 이와 함께 움직였다. 포병들은 차축 구멍에 기름칠을 하고 어루만지고 법석을 떨면서 그들이 애지중지하는 기계류를 호위했다. 그들은 맡은 일에 대단히 유능했으며, 그 성공은 우연히 얻어걸리는 게 아니었다. 그들은 탄도를 이해했고, 카타풀타의 화살로 공성망치나 공성탑에 배치된 적군을 겨냥해 맞힐 때도 놀라운 적중률을 보였다. 화살은 사람을 쏘아 맞히는 용도인 반면, 돌이나 바위는 장비를 포격하거나 밀집한 사람들 사이에 공포를 조장하는 용도였다.

상태가 좋아 보이는군, 하고 카이사르는 만족스럽게 생각했다. 그런 뒤 해야 할 일을 시작하기 위해 60개 백인대를 통과하면서 뒤쪽으로 빠졌다. 그가 할 일이란 병사들을 격려하고, 그들에게 목적지가 어디인지와 장군이 기대하는 바가 무엇인지를 말해주는 것이었다. 포병과 공병 들을 가운데에 두고 제1보병대대의 첫 줄부터 제10보병대대의 마지막 줄까지는 2킬로미터가 넘었다. 이 과제를 마친 뒤에야 카이사르는 말에서 내려 걸어갈 참이었다.

"하루 60킬로미터를 가면 니카이아에서 이틀을 얻을 수 있다!" 그는 활짝 웃으며 소리쳤다. "하루 45킬로미터를 가면 이 전쟁이 끝나는 날까지 똥 치우는 일을 얻을 것이다! 플라켄티아에서 니카이아까지는 300킬로미터이고, 나는 닷새 안에 거기 도착해야 한다! 너희들이 싸가는 식량이 다 합쳐 그만큼이고, 그게 너희들이 얻을 수 있는 식량의 전부다! 알프스 저편에 있는 장병들이 우리를 필요로 하니, 우리는 저 갈리아 잡놈들이 우리가 떠난 걸 알기도 전에 그곳에 도착할 것이다! 그러니 다리를 풀어둬라, 제군들. 그리고 너희들이 어떤 놈들인지 카이사르에게 보여라!"

그들은 자기들이 어떤 놈들인지 카이사르에게 보여주었다. 불과 몇 달 전에 수감브리족에게 화들짝 놀라던 때와는 전혀 다른 모습이었다. 마르쿠스 아이밀리우스 스카우루스가 티레니아 해안을 따라 데르토나와 게누아 사이에 건설한 도로는 공학기술의 걸작으로, 구름다리 위로 협곡을 가로지를 때나 우뚝 솟은 산 옆구리를 감고 지나갈 때도 올라가거나 떨어지거나 하는 높낮이 변화가 거의 없었다. 한편 이 해안을 따라 게누아에서 니카이아로 이어지는 도로는 이 수준에 훨씬 못 미치긴 했지만, 가이우스 마리우스가 3만 병사를 이끌고 이곳을 지나갈 때에 비하면 훨씬 좋아져 있었다. 규칙적인 리듬이 자리잡고 병사들이 긴 행군 일과에 익숙해지자마자, 카이사르는 낮이 짧은 겨울임에도 불구하고 하루 60킬로미터 행군을 밀어붙였다. 발은 이미 오래전에 훈련소에서 딱딱하게 단련되었고, 마리우스의 노새라는 운명에 대처하는 요령도 있었다. 15군단은 그때까지의 저조한 기록을 크게 의식하면서 그 기록을 지워 없애겠다고 단호히 결심한 터였다.

니카이아에 도착한 병사들은 약속된 이틀간의 휴식을 얻었다. 그사이 카이사르와 그의 보좌관들은 가이우스 트레보니우스가 보내두었던 편지를 보고 고심에 빠졌다.

아르베르니족 드루이드를 납치해서 라비에누스에게 심문하라고 보낸 결과 간신히 이 정보를 얻어낼 수 있었습니다, 카이사르. 왜 드루이드냐고요? 이렇게 물으시겠죠. 파비우스, 섹스티우스, 퀸투스 키케로와 제가 머리를 맞대고 논의한 끝에 노예는 아는 게 많지 않을 것이고, 전사는 들을 만한 정보를 줄 바에야 죽는 편이 낫다고 여길 거라는 판단이 들었습니다. 그에 반해 드루이드들은 무르지요. 우리 로마의 호민관들이 대다수 하급 드루이드가 누리는 진정한 불가침권의 반만큼이라도 지녔다면, 아마 지금보다 훨씬 더 가차없이 로마를 휘젓고 다닐 겁니다. 라비에누스를 심문관으로 고른 이유는……. 뭐, 말 안 해도 잘 아시겠지요? 하긴 그 드루이드는 라비에누스가 쇠꼬챙이를 불속에서 시뻘겋게 달구기 한참 전에 이미 자기가 아는 얘기를 횡설수설 뱉고 있었겠지만요.

가이우스 푸피우스 키타와 그의 판무관들, 케나붐에 거주하던 다른 로마 시민권자들과 그리스인 상인 몇 명이 2월 초에 살해됐습니다. 살아남아 우리에게 소식을 전한 사람은 단 한 명도 없었죠. 카르누테스족은 급습이 있던 바로 그날, 게르고비아까지 그 소식을 외쳐 댔습니다. 베르킹게토릭스는 앞서 그 요새 도시에서 추방되었지만 케나붐 소식을 듣자마자 아르베르니족 부족회의를 장악하고 고반니티오를 죽였습니다. 그다음엔 왕이라 자처하기 시작했고요. 아르베르니족 과격파들도 그를 왕으로 환호했습니다.

베르킹게토릭스는 곧바로 카르누툼으로 가서, 카르누테스족의 구트루아투스와 사령관님의 오랜 친구인 최고 드루이드 카트바드와 함께 회담을 가졌습니다. 우리 정보원은 그 밖의 참석자들에 대해서는 정확히 모르더군요. 다만 카르두르키족의 베르고브레투스인 룩테리우스가 참석한 것 같다고 했습니다. 그리고 콤미우스도요! 회담이 파한 뒤 군대 동원령이 선포되었습니다.

이 전쟁은 웃을 일이 아닙니다, 카이사르. 모사 강어귀부터 아퀴타니아에 이르기까지, 서쪽부터 동쪽까지 전 지역에 걸쳐 갈리아인들이 연합하고 있습니다. 베르킹게토릭스는 갈리아 연합이 이루어지면 우리를 몰아낼 수 있는 숫자가 달성된다는 확신하에 갈리아의 통일을 꾀하고 있어요. 자신이 지도자가 되어서 말이죠.

저들은 겨울 전투에 대비해 3월 초 카르누툼 외곽에서 집결했습니다. 우리와 싸우는 거냐고요? 이렇게 물으시겠죠. 아뇨, 이 대의에 동참하지 않는 모든 부족을 상대로 하는 싸움입니다.

룩테리우스와 카르두르키족 5만 명, 픽토네스족, 안데스족, 페트로코리족, 산토니족이 가장 먼저 루테니족과 가발리족과의 전쟁에 나섰습니다. 그들이 갈리아 연합으로 흡수되는 즉시 룩테리우스와 그의 군대는 프로빙키아, 그중에서도 나르보와 톨로사 쪽으로 넘어가서 우리와 히스파니아 간의 접촉을 차단할 계획입니다. 또 볼카이족과 헬비족 사이에 갈등을 퍼뜨릴 계획도 있고요.

베르킹게토릭스 본인은 세노네스족, 카르누테스족, 아르베르니족, 수에시오네스족, 파리시족, 만두비족 중에서 8만 명을 이끌고 비투리게스족과 맞붙을 예정입니다. 비투리게스족이 갈리아 연합이라는 것과 결부되기를 거부했기 때문이죠. 비투리게스족에게는 철광산이 있으니, 베르킹게토릭스가 그들의 생각이 틀렸다고 설득하려는 이유는 쉽게 알 수 있지요.

제가 이 글을 쓰는 현재, 베르킹게토릭스와 그의 군대는 비투리게스족의 땅으로 가고 있습니다. 우리 드루이드 정보원의 말로는 봄이 오면 베르킹게토릭스가 우리 쪽으로 진격할 거라고 합니다. 그의 전략도 나쁘지 않습니다. 그의 계획은 사령관님을 우리로부터 고립시키는 것인데, 사령관님 없이는 우리가 진지 밖으로 나오지 않을 거라는 계산에 따른 거지요. 그때 우리를 포위할 작정인 것이고요.

지금쯤 틀림없이 사령관님이 답을 듣고 싶어 안달하실 한 가지 의문이 있겠죠. 애초에 어떻게 아르베르니족 드루이드를 납치하게 되었냐는 것 말입니다. 왜 우리는 베르킹게토릭스가 예상한 것처럼 편히 기대앉아 겨울의 나른함을 즐기고 있지 않았냐고요? 아이두이족의 리타비쿠스를 탓하십시오, 카이사르. 그는 2월 초부터 몇 차례 저를 찾아왔는데 그때마다 별일 없이 아주 가벼운 분위기를 풍겼습니다. 결혼식에 다녀오는 길에 들렀다, 같은 유의 핑계로 말이죠. 사실 처음에는 그에 대해 별다른 생각이 없었습니다. 그러다 3월 카르누툼 인근에서의 대규모 집결이 있은 후 그가 찾아왔을 때, 베르킹게토릭스가 게르고비아에서 '다스리고' 있다는 얘기를 제게 한 겁니다. 제가 그 단어를 물고 늘어졌더니 그는 너무나 급하게, 너무나 순식간에 말을 물리더군요. 그는 '동료 없는 단독 베르고브레투스'로 말을 고쳤을 때 자기가 대단히 웃겼다고 생각했지요. 저는 배꼽을 잡고 웃으며 그를 배웅한 뒤에 사령관님께 첫번째 편지를 보냈습니다.

카이사르, 제게 아이두이족이 베르킹게토릭스의 갈리아 연합 참여를 두고 고민하고 있다는 생각에 이를 만한 구체적인 증거는 전혀 없습니다만, 부디 조심하십시오. 제 직감은 그들이 합류했다고 말합니다. 혹은 베르고브레투스는 아니더라도 리타비쿠스 같은 비교적 젊은층은 합류했다고요. 비투리게스족은 아이두이족에게 지원을 요청했고, 아이두이족은 리타비쿠스를 보내 이 사실을 제게 알리고 그들이 비투리게스족을 돕기 위해 파병해도 괜찮겠냐고 물었습니다. 저는 관련된 문제가 모두 내부의 다툼이라면 그렇게 하라고, 파병하라고 말했고요.

그런데 그 군대의 운명이 지금 막 제 주의를 끕니다. 그 군대는 대단히 강력하고 무장도 잘된 상태로 비투리게스족의 땅을 향해 진군을 시작했습니다. 하지만 리게르 강 동쪽 둑에 이른 순간 이 병력은 주저앉고서 강을 건너지 않았습니다. 며칠을 기다린 뒤에 다시 그들의 땅으로 향했지요. 조금 전 리타비쿠스가 찾아와서 비투리게스족이 왜 아무 지원도 못 받았는지 해명하고 돌아갔습니다. 그가 말하길, 그것이 다 비투리게스족과 아르베르니족이 짠 음모이며 아이두이족 군대가 리게르 강을 건너는 순간 비투리게스족과 아르베르니족이 한꺼번에 달려들 거라는 경고를 카트바드가 보냈다더군요.

모든 것이 지나치게 딱 맞아떨어져요, 카이사르. 왜 이런 생각이 드는지는 모르겠지만 말입니다. 동료들도 제 생각에 동의했습니다. 특히 퀸투스 키케로는 이런 일에 대해 경고의 소리 같은 감이 있는 듯해요.

결정은 사령관님이 하실 테고, 직접 뵙기 전까지는 어떻게 하실 계획인지 우리는 알 수 없겠지요. 사령관님이 우리와 합류할 준비가 됐다면, 아이두이족이 끼든 안 끼든 갈리아인 무리가 사령관님을 우리와 합류하지 못하게 막을 거라고는 생각하고 싶지 않으니까요. 하지만 우리는 오늘부터 여름까지 언제든 행동에 돌입할 준비가 되어 있을 것이니, 그 점은 안심하셔도 좋습니다. 파비우스는 진지 일대가 갑자기 불결해졌다는 이유로, 휘하의 2개 군단과 같이 비브락테에서 멀지 않은 이카우나 강 상류 근처의 새로운 야영지로 이동했습니다. 혹시 아셔야 할지도 모르니 말씀드렸습니다. 아이두이족은 이 변화에 꽤나 기뻐하는 것 같았지만, 누가 알겠습니까? 어쩌다보니 제게 아이두이족 의심병이 생겼군요.

아게딩쿰으로 전갈 혹은 병력을 보내시거나 직접 오실 거라면, 이곳의 우리 모두 아이두이족 영토를 돌아서 오셨으면 한다는 말씀을 드립니다. 게나바에서 베손티오로, 거기서 링고네스족의 영토를 통해 아게딩쿰으로 오십시오. 우리가 전갈을 보낼 때 이용한 경로니까요. 퀸투스 키케로가 있어서 정말 기쁩니다. 네르비족에게 당했던 경험이 있어서 더없이 유용하답니다.

라비에누스는 사령관님의 지시가 있을 때까지 그의 2개 군단과 함께 지금 있는 곳에 그대로 머물 거라고 합니다. 그 역시 위치를 바꿔서, 지금은 레미족의 요새 도시인 비브락스 외곽에서 지내고 있습니다. 이번 반란의 중심 동력이 갈리아 중부의 켈트족에게서 나올 거라는 데는 의심의 여지가 없어 보이기 때문에, 우리는 서로 가까운 거리에 있는 편이 최선이라고 판단했습니다. 콤미우스든 뭐든, 벨가이족은 이제 더이상 무시 못할 세력이 아닙니다.

카이사르가 편지를 다 읽고 나자 방안에 침묵이 흘렀다. 일부는 트레보니우스의 첫번째 편지를 통해 아는 내용이었으나, 이번 편지야말로 확실한 정보를 제공해주었다.

“프로빙키아부터 처리하지.” 카이사르가 딱 잘라 말했다. “15군단은 이틀간의 휴일은 즐길 수 있지만 그후로는 나르보까지 휴식 없이 행군해야겠네. 내가 앞쪽에서 달려야 하겠군. 그렇게 하면, 사방에서 공황 상태가 발생할 것이긴 해도 감히 저항을 조직하려 나설 사람은 없을 테니까. 니카이아에서 나르보까지는 450킬로미터 거리지만, 나는 15군단이 여기서 출발한 지 여드레 안에 그곳에 도착하길 원하네, 데키무스. 자네가 지휘를 맡아. 히르티우스, 자네는 나와 함께 가네. 전령을 충분히 확보해주게. 마무라나 벤티디우스와 계속 연락을 주고받아야 할 테니까."

"파베리우스도 데려가실 겁니까?" 히르티우스가 물었다.

"그래, 그리고 트로구스도. 프로킬루스는 트레보니우스에게 보낼 전갈을 들고 아게딩쿰으로 출발하면 되네. 로다누스 강 상류로 곧장 따라간 다음, 조언대로 게나바와 베손티오를 통과해서 가야 하네. 아라우시오를 지날 때 리안논에게 들러서 올해에는 그곳의 집을 떠나지 말라고 말해줄 수도 있겠고."

데키무스 브루투스는 바짝 긴장했다. "그렇다면 우리가 한 해 내내 이 일에 매달려 있을 거라고 생각하시는 겁니까, 카이사르?" 그가 물었다.

"갈리아 전체가 연합한다면, 그렇네."

"나는 뭘 하면 좋겠나?" 루키우스 카이사르가 물었다.

"형님은 데키무스와 15군단과 함께 이동하십시오. 프로빙키아를 통솔할 보좌관으로 형님을 임명할 테니, 형님이 해주실 일은 그곳을 방어하는 것입니다. 나르보를 본부로 삼으세요. 히스파니아에 있는 아프라니우스, 페트레이우스와 계속 연락을 유지하고, 아퀴타니족의 내부 정서를 주시하셔야 합니다. 톨로사 인근 부족들은 말썽을 안 일으키겠지만, 그보다 더 서쪽 지역과 부르디갈라 일대의 부족들은 말썽을 일으킬 것 같아요." 카이사르는 루키우스 카이사르에게 더없이 따뜻하고 친근한 미소를 지어 보였다. "형님이 프로빙키아를 넘겨받는 건 경험과 전직 집정관이라는 지위, 제가 없어도 일을 잘 처리할 수 있는 능력이 있기 때문입니다. 나는 나르보를 떠나는 순간부터 프로빙키아에 대해 전혀 걱정할 필요가 없길 원해요. 형님이 책임지고 맡아주는 한, 내가 잘못된 사람을 믿고 있을 일은 없는 거죠."

옆에 있던 히르티우스는 속으로 생각했다. 바로 이런 게 그가 일을 처리하는 방법이랍니다, 루키우스 형님. 그는 상대를 살살 홀려서 이 일을 해낼 유일한 사람은 나뿐이라고 생각하게 만들지요. 그러면 당신은 그를 기쁘게 하기 위해 스스로를 죽도록 매질하겠죠. 그는 또한 자기 말을 그대로 지킨답니다. 당신이 있는 곳을 벗어나는 순간부터 당신 이름조차 기억하지 못할 거예요.

"데키무스," 카이사르가 말했다. "15군단의 백인대장들을 내일 회의에 소집하고, 병사들이 월동 장비를 모두 배낭에 챙기도록 해주게. 부족한 물품이 있으면, 내가 나르보에서 어떤 물품을 징발해야 할지 목록을 만들어서 전령을 보내게."

"부족한 게 있을 것 같진 않습니다." 데키무스 브루투스가 다시 긴장을 풀며 대답했다. "마무라에 대해 제가 한 가지 인정하는 게 있죠. 탁월한 공병대장이라는 겁니다. 그가 제출하는 청구서들은 지독히 부풀려지지만, 물품의 질이나 양에는 결코 인색하지 않거든요."

"그러고 보니 마무라에게 포가 더 필요하다는 편지도 보내야 하는군. 내 생각엔 군단마다 최소 50대는 있어야 할 것 같네. 전장에서 포 사용을 늘릴 몇 가지 구상이 있거든. 현재 우리는 교전에 앞서 적을 충분히 약화시키지 않고 있어."

루키우스 카이사르는 눈을 껌벅였다. "포는 공성전에 필요한 거잖나!"

"당연하죠. 하지만 전장에서도 쓰지 말란 법이 있습니까?"

다음날 아침 카이사르는 평소처럼 노새 네 마리가 끄는 경마차를 보통 구보로 몰며 떠났다. 그를 묵묵히 따르는 파베리우스가 동행했다.

한편 히르티우스는, 카이사르의 수석 통역관이자 갈리아와 관련된 모든 일의 권위자인 나이우스 폼페이우스 트로구스와 함께 다른 마차를 타고 갔다.

카이사르는 크기와 상관없이 모든 도시마다 잠깐씩 들러 그곳 행정 장관(그리스인이면 에트나르케스, 로마인이면 두움비리)을 만났다. 장발의 갈리아 상황이 간결한 몇 마디로 전달되었고, 지역의 민병대를 모병하라는 지시가 내려졌으며, 가까운 무기고에서 갑옷과 무기를 가져다 쓸 수 있는 권한이 부여되었다. 카이사르가 떠날 무렵, 해당 지역 사람들은 지시받은 일을 처리하느라 바삐 움직였고 루키우스 카이사르가 도착할 날을 초조하게 기다렸다.

히스파니아로 가는 도미티우스 가도는 항상 최상의 상태로 유지되었으므로, 두 마차의 속도가 늦춰질 이유가 없었다. 아렐라테에서 네마우수스로 가는 길에 그들은 가이우스 마리우스가 건설한 둑길에 면한 로다누스 강 삼각주의 대규모 저지와 풀로 덮인 습지대를 가로질렀다. 네마우수스부터는 카이사르가 도중에 멈춰서는 빈도가 더 높아지고 지체하는 시간도 길어졌다. 그곳이 볼카이 아레코미키족의 영토이기 때문이었다. 이 부족민들은 북쪽 경계를 공유한 이웃 부족들인 카르두르키족과 루테니족 간에 전쟁이 벌어졌다는 소문을 들은 참이었다. 볼카이 아레코미키족이 로마에 충성한다는 데는 의심의 여지가 없었고, 카이사르가 지시한 대로 실행하려는 열정 역시 그랬다.

암브루숨에서는 로다누스 강 서쪽 둑에서 온 헬비족 일행이 나르보로 가던 길에 머무르고 있었다. 그들은 이곳에서 자기들에게 조언해줄 만한 고위급 로마인 주민을 만나기를 바랐다. 그들을 통솔하고 온 이는 아버지와 아들로 이루어진 두움비리로, 가이우스 발레리우스를 통해 로마 시민권을 얻은 이들이었다. 부자 모두 발레리우스의 이름을 지녔지만, 아버지의 갈리아 이름은 카부루스이고 아들의 갈리아 이름은 돈노타우루스였다.

"베르킹게토릭스가 보낸 사절이 이미 찾아왔습니다." 돈노타우루스가 걱정스러운 얼굴로 말했다. "자기가 만든 이상한 새 연맹에 우리가 어서 합류하기를 기대했습니다. 하지만 우리가 거절하자 그의 사절들이 말하길, 조만간 합류하게 해달라고 사정하게 될 거라더군요."

"그 일이 있은 뒤, 룩테리우스가 루테니족을 공격했으며 베르킹게토릭스는 비투리게스족을 향해 진격한다는 소문을 들었습니다." 카부루스가 말했다. "그제야 불현듯 알겠더군요. 가담하지 않으면 우리가 고초를 겪으리라는 것을요."

"그렇소, 고초를 겪게 될 거요." 카이사르가 말했다. "달리 말하려고 해봤자 좋을 게 없죠. 만약 공격받게 되면 생각을 바꿀 거요?"

"아니요." 아버지와 아들이 입을 모아 대답했다.

"뜻이 그렇다면 집으로 가서 무장하시오. 준비를 해요. 가능한 한 빨리 지원 병력을 보낼 테니, 그 점은 믿어도 좋소. 그러나 내가 가진 모든 병력이 다른 곳에서 더 큰 싸움에 투입될 가능성도 있소. 지원 병력이 늦어질 수는 있어도 틀림없이 오긴 올 것이니, 반드시 버텨야 하오." 카이사르는 말을 이었다. "수년 전 나는 미트리다테스에 대비해 아시아 속주 시민들을 무장시키고, 근처에 로마군이 없는 상황에서 전투를 벌이라고 했소. 내게 군대가 없었으니까. 하지만 아시아 시민들은 도움 없이 늙은 미트리다테스 왕의 보좌관들을 무찔렀다오. 당신들도 그처럼 장발의 갈리아인들을 무찌를 수 있소."

"버티겠습니다." 카부루스는 비장하게 말했다.

갑자기 카이사르가 미소를 지었다. "한데 지원이 전혀 없는 건 아니로군! 당신은 로마군의 보조군단에서 복무했으니 로마의 전투 방식을 알잖소. 갑옷과 무기는 요청만 하면 모두 당신들 것이오. 내 육촌형님 루키우스 카이사르도 멀지 않게 뒤따라오고 있소. 필요한 것들을 파악해서 내 이름으로 그분께 요청하시오. 도시 곳곳의 방비를 강화하고 주민들을 안으로 들일 준비를 해요. 부족 사람들을 필요 이상으로 잃지 마시오."

"또 들은 얘기가 있습니다." 돈노타우루스가 말했다. "베르킹게토릭스가 알로브로게스족과 교섭하고 있다고요."

"아!" 카이사르가 얼굴을 찌푸리며 대꾸했다. "프로빙키아의 부족들 중에 넘어갈 가능성이 있는 이들이군요. 우리와 격렬하게 싸운 지 오래되지 않았으니."

"제 생각에," 카부루스가 말을 이었다. "알로브로게스족은 열심히 얘기를 들은 다음 돌아가서 오랫동안 그 제안을 두고 논의하는 척할 겁니다. 베르킹게토릭스가 재촉하려 할수록 그들은 더 어물쩍거릴 겁니다. 알로브로게스족이 베르킹게토릭스에게 합류하지 않으리라는 우리 말을 믿으셔도 될 거예요."

"왜 안 한다는 거요?"

"당신 때문이지요, 카이사르." 뜻밖의 질문이라는 듯 놀라며 돈노타우루스가 대답했다. "알로브로게스족은 당신이 헬베티족을 예전 땅으로 돌려보낸 뒤로 더 마음놓을 수 있었습니다. 게다가 게나바 근처의 땅까지 정식으로 손에 넣었고요. 어느 편이 이길지 그들은 잘 알아요."

나르보는 공황 상태에 빠져 있었다. 카이사르는 일에 착수함으로써 그 분위기를 가라앉혔다. 지역 민병대를 모집하고, 행정관들을 톨로사 인근 볼카이 텍토사게스족의 영토로 보내서 마찬가지로 모병을 지시했으며, 나르보 행정을 담당하는 두움비리에게 방비 강화가 필요한 부분이 어디인지 보여주었다. 험악한 카르카소 요새 안에는 프로빙키아 서쪽 끝 일대의 갑옷과 무기 대부분이 보관되어 있었다. 이 군장들을 꺼내어 배포하자 사람들은 좀더 자신감을 갖고 안정되기 시작했다.

카이사르는 이미 폼페이우스의 보좌관인 루키우스 아프라니우스의 본부가 있는 가까운 히스파니아의 타라코와 역시 폼페이우스의 보좌관 마르쿠스 페트레이우스가 통치하는 먼 히스파니아의 코르두바로 전갈을 보내두었다. 두 사람의 답신이 나르보에서 기다리고 있었다. 병사들을 추가로 징집하고 있으며, 국경 쪽으로 이동하여 필요한 상황이 오면 나르보와 톨로사를 구하러 나설 준비를 할 생각이라는 내용이었다. 로마는—그리고 폼페이우스는—피레네 산맥 반대편에 갈리아인 독립국가가 들어서길 원치 않는다는 것을 그 백발의 무관들보다 잘 아는 사람도 없었던 것이다.

루키우스 카이사르는 데키무스 브루투스와 15군단과 함께 예상 날짜에 맞춰 도착했다. 카이사르는 군단을 치하한 뒤 루키우스 카이사르를 곧장 일에 투입시켰다.

"형님처럼 명망 높은 전직 집정관이 이곳 프로빙키아의 책임자로 오게 된다는 얘기를 듣고서 나르보 사람들이 눈에 띄게 안정되었습니다." 카이사르가 한쪽 눈썹을 치켜세우며 말했다. "볼카이 텍토사게스족과 볼카이 아레코미키족, 헬비족에게 충분한 장비를 확보해주는 것만 명심하세요. 아프라니우스와 페트레이우스가 필요시에 대비해 국경 반대편에서 대기하기로 했으니, 나르보에 대해선 크게 걱정하지 않습니다. 변경의 부족들 사이에서 습격이 일어나는 게 걱정이죠." 카이사르는 데키무스 브루투스 쪽을 돌아봤다. "데키무스, 15군단은 겨울 전투 준비를 완벽히 마쳤나?"

"네."

"발에 대한 대비는 어떤가?"

"확실히 하기 위해 모든 병사의 개인 물품을 땅바닥에 꺼내놓고 점검하게 했습니다. 백인대장들이 내일 새벽에 제게 보고할 예정입니다."

"작년에는 백인대장들이 썩 뛰어나지 않았는데. 그들의 판단을 믿을 수 있겠나? 자네가 직접 점검해야 하지는 않겠나?"

"제가 나서는 건 실수일 것 같습니다." 데키무스 브루투스가 차분히 대답했다. 그는 카이사르를 조금도 겁내지 않았고 언제나 자기 생각을 솔직히 말했다. "저는 그들을 믿습니다. 제가 믿지 못하면 15군단은 어차피 잘해내지 못할 거니까요, 카이사르. 그들은 무엇을 해야 할지 알고 있습니다."

"자네 말이 맞군. 토끼와 족제비, 담비 가죽을 구할 수 있는 대로 최대한 징발했네. 내가 병사들을 데리고 가려는 곳에서는 양말만으로 발을 보호할 수 없거든. 또 나르보와 인근 수 킬로미터 반경에 있는 여자들도 모조리 찾아서 병사들이 두를 목도리와 손에 낄 장갑을 짜게 했네."

"맙소사!" 루키우스 카이사르가 외치는 소리였다. "대체 어디로 데려가려는 건가? 히페르보레오이의 땅이라도 가려고?"

"거긴 나중에요." 카이사르는 이렇게 대꾸하며 자리를 떴다.

"그래, 아네." 루키우스 카이사르는 씁쓸한 표정으로 히르티우스를 쳐다보며 한숨을 쉬었다. "내가 알아야 할 때 듣게 되리라는 거."

"첩자 때문이죠." 히르티우스는 짧게 대답한 뒤 카이사르를 따라 나갔다.

"첩자라고? 나르보에?"

데키무스 브루투스는 씩 웃었다. "아마 없을 겁니다. 하지만 왜 굳이 모험을 감수합니까? 분노로 속이 뒤끓는 현지인들은 항상 있는 법이니까요."

"여기에는 얼마나 있겠다고 했나?"

"4월 초엔 떠나실 겁니다."

"엿새 뒤로군."

"혹여라도 지체된다면 목도리와 장갑 때문일 텐데, 그럴 일은 없을 것 같습니다. 여자들을 몽땅 동원했다고 한 말씀은 아마 과장이 아닐 테니까요."

"병사들에게는 어디로 데려가는 건지 말해주는가?"

"아뇨. 그저 자길 따라오기를 바라실 겁니다. 소식을 퍼뜨리는 데는 큰 소리로 외치는 것 이상으로 좋은 방법이 없고, 그 사실을 갈리아인들은 너무나 잘 알고 있습니다. 집결한 병사들에게 저분의 의도를 외친다면 나르보 전역이 듣게 됩니다. 그건 곧 룩테리우스도 알게 된다는 뜻이죠."

그래도 3월 마지막날 저녁식사 자리에서 카이사르는 보좌관들에게 설명해주기는 했다. 하지만 하인들이 물러가고 통로에 보초병들을 세운 뒤에야 입을 열었다.

"평소라면 이렇게까지 비밀스레 굴지 않네." 편안히 기대 누운 자세로 그가 말했다. "하지만 한 가지 면에서는 베르킹게토릭스가 옳아. 확실히 장발의 갈리아는 수적으로 우리를 몰아낼 힘이 있네. 그러나 베르킹게토릭스가 여름 전투에 결집시키고자 하는 모든 병사들을 지금 당장 출전시킬 수 있는 시간과 기회가 그에게 주어질 경우에 한해서지. 현재 그가 가진 병력은 대략 8만에서 10만 사이야. 하지만 8월에 그가 총동원령을 내릴 때는 그 수가 25만 명, 어쩌면 그 이상으로 불어날 걸세. 내가 해야 할 일은 8월까지 그를 격퇴하는 것이네."

루키우스 카이사르는 소리 나게 숨을 들이쉬었지만, 아무 말도 하지 않았다.

"그는 8월 이전, 봄이 한창일 때 로마가 전장에 나서리라곤 예상하지 못했네. 지금 당장 더 많은 병사들을 모아놓지 않은 것도 그 때문이지. 그가 겨울 동안 하려는 일은 저항하는 부족들을 진압하는 것뿐이야. 내가 틀림없이 알프스 반대편에 있을 거라 생각하고, 내가 오더라도 내 군대와 합류하지 못하도록 막을 수 있다고 확신하면서. 그리고 자기에게 카르누툼으로 돌아가서 총동원령을 감독할 시간이 있으리라 확신하면서 말이지."

"그러므로," 카이사르는 말을 계속했다. "베르킹게토릭스가 총동원령을 일찍 내리느라 정신없이 바빠지게 만들어야 하네. 그리고 나는 지금부터 열엿새 안에 내 군단들이 있는 곳까지 가야 해. 하지만 로다누스 강 유역을 따라 프로빙키아를 가로질러 간다면, 발렌티아까지 반도 가기 전에 베르킹게토릭스는 내가 가고 있다는 걸 알게 되겠지. 여전히 프로빙키아에서 한참 아래쪽에 있을 때 말이야. 그는 비엔이나 루그두눔에서 나를 가로막으려 할 걸세. 나는 1개 군단을 둔 한 사람일 뿐이고. 그쪽 병력을 뚫어내지 못할 거야."

"하지만 달리 갈 수 있는 길이 없지 않습니까!" 히르티우스가 당황하여 말했다.

"다른 길이 있네. 히르티우스, 내일 새벽 나르보에서 떠날 때 나는 정북 방향으로 갈 것이야. 정찰병들이 알려온 바로는, 더 서쪽에서 룩테리우스의 군대가 카란토마구스 요새에 있는 루테니족을 포위하고 있다는군. 가발리족은 이 정도 규모의 전쟁과 맞닥뜨리자 베르킹게토릭스에게 합류하기로 결정했네(아르베르니족과 가까이 있다는 점을 감안하면 사실 상당히 분별 있는 결정이지). 그들은 봄에 자기네한테 배정된 임무, 그러니까 헬비족 진압 임무에 대비해 무장과 훈련을 하느라 분주하다네."

카이사르는 대단원으로 가기 전에 최대한 극적인 효과를 내려고 잠시 말을 멈추었다. "나는 룩테리우스와 가발리족 요새의 동쪽으로 이동해서 케벤나 산괴로 들어갈 작정이야."

데키무스 브루투스조차 충격에 빠졌다. "겨울에 말입니까?"

"그래, 겨울에. 가능하네. 내가 헬베티족을 저지하기 위해 급히 로마에서 게나바로 갔을 때, 고도 3천 미터가 훨씬 넘는 알프스 고지를 횡단했었네. 다들 내가 그 고지 산길을 통과하지 못할 거라고 했지만, 나는 해냈어. 물론 그때는 계절상 아직 가을이긴 했지만, 3천 미터 고지는 항상 겨울이지. 거기선 군대가 통과하지는 못했겠지만—옥토두룸까지 계속 염소 길이었거든—케벤나는 거기만큼 위협적이지 않네, 데키무스. 산길은 기껏해야 고도 900미터에서 1천200미터 정도이고 도로 비슷한 것도 있어. 갈리아인들은 대산괴의 한쪽에서 반대쪽으로 떼지어 다니는데, 나라고 왜 못하겠나?"

"그렇게 못하실 이유가 전혀 떠오르지 않네요." 데키무스가 멍하게 대답했다.

"눈이 높이 쌓였겠지만, 그거야 퍼내면서 지나갈 수 있으니까."

"그러니까 올티스 강 상류에서 케벤나로 들어가고, 알바 헬비오룸 근처 어딘가의 로다누스 강 서쪽 둑으로 내려온다는 얘긴가?" 루키우스 카이사르가 물었다. 카이사르가 프로빙키아 통치권을 준 이후로 그는 기회 있을 때마다 갈리아인들과 얘기를 나누며 최대한 많은 정보를 습득해둔 참이었다.

"아뇨, 그보단 케벤나에서 좀더 오래 머물 생각입니다." 카이사르가 대답했다. "가능하다면 최대한 비엔과 가까운 지점에서 산을 빠져나갔으면 하거든요. 우리가 눈에 안 띄는 시간이 길수록 베르킹게토릭스에게 주어지는 시간이 줄어듭니다. 그가 채 동원령을 내릴 겨를도 없이 나를 뒤쫓게 되었으면 하니까요. 비엔에는 반드시 들러야 하는 것이, 거기서 게르만족 기병 400명으로 구성된 공작 부대를 데려갔으면 해서입니다. 우비족의 아르미니우스가 약속을 지켰다면 지금쯤 거기서 새 말들을 길들이고 있을 겁니다."

"그러니까 단 열엿새 안에 겨울철의 케벤나 산괴를 넘어가서 아게딩쿰에 있는 자네 군단들과 합류하겠다는 거로군." 루키우스 카이사르가 말했다. "600킬로미터가 훨씬 넘는 거리네. 그것도 대부분 깊은 눈밭을 뚫고 가야 하는."

"그렇습니다. 하루 평균 35킬로미터를 갈 생각입니다. 나르보에서 올티스 강까지의 구간과 비엔으로 내려온 이후에는 그보다 훨씬 많이 갈 거고요. 케벤나 산괴의 가장 험한 구간에서 하루 20킬로미터까지 속도를 늦추더라도, 시간을 맞춰 아게딩쿰에 당도할 수 있을 겁니다." 그는 매우 진지한 얼굴로 육촌형님을 바라보았다. "어떤 순간에라도 베르킹게토릭스가 내 정확한 위치를 몰라야 합니다, 루키우스. 다시 말해서 그가 도저히 믿지 못할 속도로 이동해야 한다는 거죠. 나는 그가 당황해서 어쩔 줄 몰랐으면 합니다. 카이사르가 어디 있지? 누구 카이사르가 어디 있는지 들은 사람 없나? 그리고 나에 대한 얘기를 들을 때마다 그게 나흘이나 닷새 전 일이었다는 걸 알게 되는 거죠. 그럼 내 소재는 또다시 오리무중이 되고요."

"그자는 풋내기입니다." 데키무스 브루투스가 생각에 잠긴 듯 말했다.

"바로 그거야. 야망은 크고 경험은 적지. 그에게 용기나, 심지어 군사적 역량도 없지는 않네. 하지만 유리한 위치에 있는 사람은 나야, 안 그런가? 나에겐 두뇌와 경험, 그리고 그가 상상도 못할 야망이 있어. 그렇지만 그를 무찌르려면 계속해서 그가 잘못된 결정을 내릴 수밖에 없도록 유도해야 하네."

"자네 사굼을 잊지 않고 챙겼길 바라네." 루키우스가 싱긋 웃으며 말했다.

"세상없어도 내 사굼을 두고 가진 않습니다! 한때는 가이우스 마리우스의 것이었죠. 부르군두스가 내 밑으로 올 때 그것까지 가져왔어요. 만들어진 지 90년 지난 물건이라 약초를 아무리 많이 덮어놓아도 냄새가 하늘까지 진동하고, 그걸 입고 보내야 하는 매일매일이 끔찍스럽습니다. 하지만 정말이지, 이런 사굼은 더이상 나오지가 않아요. 리구리아에서도요. 비가 오면 빗방울이 그냥 굴러떨어지고, 바람도 안으로 뚫고 들어오지 못하죠. 심홍색 빛깔은 누군가의 베틀에서 나오던 그날 그대로 선명하고요."

15군단은 수레 한 대도 없이 나르보를 떠났다. 백인대장들의 천막은 노새 등에 실었다. 여분의 필룸창과 각종 도구, 그보다 무거운 땅파기용 연장도 마찬가지였다. 카이사르의 귀중한 포를 포함한 나머지 전부는 로다누스 강 유역을 따라 올라가는 긴 여정에 나섰다. 언제 도착할지는 아무도 모를 일이었다. 8인대의 각 군단병이 닷새 치 식량을 메고 가는 한편, 나머지 열하루 치는 배낭에서 빼낸 무거운 장비와 함께 8인대의 두번째 노새에 싣고 갔다. 7킬로그램이 가벼워진 상태에서 각각의 병사는 열성적으로 행군에 임했다.

전설적인 카이사르의 행운도 그를 따라왔다. 거대한 뱀과 같은 이 행렬이 구불구불 휘감듯이 북쪽으로 이동할 때, 옅은 안개가 자욱하게 깔려 있어 시야가 최소한도로 줄어듦으로써 룩테리우스나 가발리족의 눈에 띄지 않고 지나갈 수 있었던 것이다. 행렬은 약한 눈발 속에 케벤나로 들어섰고 곧바로 산을 오르기 시작했다. 카이사르는 최대한 빨리 분수령을 건너 동쪽으로 간 다음, 횡단할 수 있을 만한 지면을 찾을 수만 있다면 더 높은 산부리 안으로만 갈 생각이었다.

눈은 순식간에 2미터 깊이로 쌓였지만 더이상 내리지는 않았다. 60개 백인대가 돌아가며 대열 앞쪽으로 나와서 눈을 파내어 길을 내는 작업을 분담했다. 안전을 위해 병사들은 8열 대신 4열 종대로 움직였고, 노새들은 가장 튼튼해 보이는 지형을 따라 한 줄로 몰았다. 때때로 길이 무너져서 생긴 틈이나 산의 급경사로 병사가 떨어지는 사고가 있었지만, 목숨을 잃은 경우는 극히 드물었고 구조된 경우는 많았다. 눈이 워낙 많아서 넘어져 굴러도 그나마 뼈에 무리가 덜 갔다.

카이사르는 행군 내내 걸어갔고, 차례가 오면 삽을 들고서 눈을 퍼내는 무리와 함께했다. 대개 병사들을 격려하는 동시에, 목적지가 어디이며 그곳에 도착했을 때 어떤 상황이 닥칠 수 있는지 병사들에게 설명해주기 위해서였다. 그가 곁에 있다는 건 언제나 위안을 주었다. 병사들 대부분은 열여덟 살 이상이었다. 하지만 나이가 그 머리나 몸 안에 자리한 사람을 온전히 보여주는 척도는 아니었으며, 그들은 여전히 향수병에 시달리고 있었다. 카이사르가 그들에게 아버지 같은 존재는 아니었다. 그들 중 누구도 카이사르 같은 아버지를 둔다는 건 꿈에서라도 상상조차 못할 일이었으니까. 하지만 그는 자기가 중요한 사람이라는 자의식으로 변질되지 않은 엄청난 자신감을 내뿜었고, 그런 그와 함께일 때 병사들은 안전하다고 느꼈다.

"너희들은 썩 괜찮은 군단이 되어가고 있다." 카이사르는 씨익 웃으며 병사들에게 말하곤 했다. "전장에 나간 지 9년이 된 10군단도 너희들보다 그리 빨리 가지는 못할 것 같다. 너희는 고작 아가들이야! 아직 희망이 있다, 제군들!"

카이사르의 행운은 계속되었다. 눈보라가 쳐서 그들을 지체시키지도 않았고, 떠돌던 갈리아인들과 우연히 만나는 일도 없었으며, 항상 실안개가 대기중에 머물러 멀리서 그들이 보이지 않게 가려주었다. 처음에 카이사르는 분수령의 서편 땅을 차지하고 있는 아르베르니족에 대해 걱정했다. 그러나 시간이 지나도 아르베르니족이 전혀 나타나지 않자(길 잃은 이 하나 없었다), 베르킹게토릭스에게 경고하는 단 하나의 전갈도 날아갈 일 없이 비엔에 도착하겠다는 확신이 서서히 생겨났다.

15군단은 고마운 마음을 가득 안고서 케벤나를 빠져나와 비엔에 있는 진지로 들어갔다. 세 사람이 죽고 몇몇은 팔다리가 부러졌으며 노새 네 마리가 겁에 질려 날뛰다가 벼랑에서 떨어졌지만, 단 한 명의 병사도 동상에 걸리지 않았고 모두가 아게딩쿰으로 행군을 계속할 수 있는 상태였다.

게르만계 우비족 400명은 그곳에 있었다. 근 넉 달째 머물고 있던 참이었다. 기병대 지휘관은 레미족 말들을 보고 너무나 기쁜 나머지, 카이사르가 시키는 거라면 무엇이든 하겠노라고 엉터리 라틴어로 말했다.

"데키무스, 나 없이 15군단을 데리고 아게딩쿰으로 가게." 카이사르가 말했다. 그는 승마 복장 위에 가이우스 마리우스의 냄새 고약한 사굼을 입고 있었다. "나는 게르만족 기병들을 데리고 이카우나 강으로 가네. 파비우스와 그의 2개 군단도 데려갈 테니, 아게딩쿰에서 보세."

9만 명의 갈리아인은 베르킹게토릭스를 선두로 카르누툼에서 출발하여 비투리게스족 영토로 들어섰다. 진군 속도는 더뎠다. 베르킹게토릭스는 자신에게 비투리게스족의 주요 요새인 아바리쿰 봉쇄를 꾀하기 위한 공성전 기술이 없다는 것을 알았기 때문이다. 그래서 그는 농가와 촌락을 약탈하고 불태우는 방식으로 사람들을 겁주고자 했다. 그 방법은 바라던 효과를 냈지만, 아이두이족 군대가 리게르 강을 건너지 않고 집으로 돌아간 뒤 얼마간 시간이 더 흐른 뒤에야 그러했다. 자신들의 가공할 방어시설 뒤에 안전하게 들어앉아 있는 로마인들로부터 그 어떤 구출과 도움도 없으리라는 쓰라린 진실을 완전히 받아들이기까지 수일이 걸렸다. 4월 중순에 비투리게스족은 베르킹게토릭스에게 전갈을 보내고 항복했다.

"죽을 때까지 당신의 사람들이 되겠소." 부족 왕 비투르고가 말했다. "당신이 원하는 무엇이든 할 것이오. 우리가 로마와의 조약을 지키려고 애쓰는 동안 저들은 책임을 다하지 않았소. 우리를 보호해주지 않았어요. 그러니 우리는 당신 사람들이오."

아주 만족스럽군! 베르킹게토릭스는 군대를 이끌고 아바리쿰을 지나 고르고비나로 진격했다. 오래전 아르베르니족의 요새 도시였다가 지금은 헬베티아의 침입자 보이족이 차지한 곳이었다.

리타비쿠스는 고르고비나에 도착하기 전에 베르킹게토릭스를 발견하고 언덕 꼭대기에 잠시 서서 경탄했다. 이렇게 많은 병사들이라니! 로마인들이 무슨 수로 이기겠는가? 로마군은 물자 수송대가 있는 군단과 가운데 포병대까지 포함해 가장 먼 곳까지 1.5킬로미터가량 구불구불 이어지는 종대로 행군하기 때문에, 그들의 규모가 얼마나 되는지 제대로 알 수가 없었다. 어쨌든 당장 리타비쿠스의 어질어질해진 눈앞에 펼쳐진 이 광경보다는 위협적이지도 않거니와, 확실히 이만큼 경탄을 자아내지도 않았다. 쇠사슬 갑옷을 입고 중무장한 갈리아 전사 10만 명이 선두에서 7킬로미터 길이로 100명씩 줄지어 진격했으며 기초적인 물자 수송대가 그 뒤를 이었다. 말을 탄 이들은 2만 명가량으로, 1만 명은 선두의 양끝을 이루었다. 그리고 이보다 앞쪽으로 훤히 보이는 자리에 지휘관들이 말을 타고 있었다. 베르킹게토릭스는 혼자 따로 있고 나머지는 그 뒤로 무리지어 있었는데, 세노네스족의 드라페스와 카바리누스, 카르누테스족의 구트루아투스, 만두비족의 다데락스 등이었다. 그리고 눈처럼 새하얀 로브를 입고 눈처럼 새하얀 말을 탄 카트바드는 단연 눈에 띄었다. 이제 이것은 종교 전쟁이 되었다. 드루이드들은 갈리아 연합에 헌신하겠노라 선포하고 있었다.

베르킹게토릭스는 아르베르니식 바둑판무늬 천을 덮은 어여쁜 황갈색 말을 타고 있었다. 밝은색 바지 가장자리에 짙은 녹색 가죽끈을 덧대었고, 쇠사슬 갑옷 위에 숄을 걸쳤다. 병사들은 투구를 써야 한다고 고집했으면서 정작 본인은 머리에 아무것도 쓰지 않았고, 몸 전체는 사파이어를 붙인 황금으로 번쩍번쩍 빛났다. 어느 모로 보나 왕의 모습이었다.

비투르고는 베르킹게토릭스 바로 뒤의 특권층에 끼어 있지는 않았지만 자기 부족의 맨 앞쪽, 그리 멀지 않은 자리에 있었다. 리타비쿠스가 가까이 다가오자 그는 검을 빼들며 달려들었다.

"배신자!" 그는 울부짖듯이 외쳤다. "로마의 똥개!"

베르킹게토릭스와 드라페스가 말을 달려 그와 리타비쿠스 사이를 가로막았다.

"검을 넣으시오, 비투르고." 베르킹게토릭스가 말했다.

"저자는 아이두이족이오! 배신자들! 아이두이족이 우리를 배신했소!"

"아이두이족이 당신을 배신한 게 아니오, 비투르고. 로마인들이 그랬지. 아이두이족이 왜 집으로 돌아갔다고 생각하시오? 그들이 원해서가 아니오. 트레보니우스의 명령이었소."

드라페스는 비투르고를 설득하여 물러나게 한 뒤, 여전히 투덜거리는 그를 다시 그의 부족 무리로 데리고 갔다. 리타비쿠스는 베르킹게토릭스 곁에서 말고삐를 당겼다. 카트바드도 그들과 합류했다.

"새로운 소식이 있소." 리타비쿠스가 말했다.

"뭐요?"

"카이사르가 15군단과 함께 비엔에서 난데없이 나타났다가 바로 다시 떠났답니다. 북쪽 방향으로요."

황갈색 말이 비틀거렸다. 베르킹게토릭스는 놀란 눈으로 리타비쿠스를 쳐다보았다. "비엔에서? 게다가 이미 떠났다고요? 그가 오고 있다는 소식이 왜 내 귀에 들어오지 않은 거요? 아라우시오부터 마티스코의 관문까지 첩자들이 있다고 하지 않았소!"

"첩자들은 있었소." 리타비쿠스가 망연자실해하며 말했다. "그가 그쪽 길로 오지 않았소, 베르킹게토릭스. 정말입니다!"

"다른 길은 없소."

"비엔에서 떠도는 말로는 그와 15군단이 케벤나 산괴를 관통하여 행군했다고 하오. 카이사르가 올티스 강 상류로 들어가 어딘가의 분수령을 건넌 다음 비엔과 거의 수평이 될 때까지 산에서 나오지 않았다고요."

"겨울에 말이지." 카트바드가 느릿하게 말했다.

"그는 트레보니우스와 자기 군단들에게 합류하려는 거요." 리타비쿠스가 말했다.

"그는 지금 어디 있소?"

"전혀 모르겠소, 베르킹게토릭스. 사실을 말하는 거요. 15군단은 데키무스 브루투스의 지휘하에 곧장 아게딩쿰으로 향하고 있지만, 카이사르는 그들과 같이 있지 않소. 내가 찾아온 게 바로 이 때문이오. 아이두이족이 15군단을 공격하길 원하시오? 저들이 우리 땅을 떠나기 전에 아슬아슬하게 시간이 되기는 해요."

베르킹게토릭스는 미묘하게 약해진 것 같았다. 그가 처음에 내놓은 전략은 실패할 게 뻔했고, 그도 그렇다는 걸 알았다. 잠시 뒤 그는 어깨를 쭉 펴고 깊이 숨을 들이마셨다. "아니, 리타비쿠스. 카이사르가 당신이 자기편이라고 확신하게 해야 하오." 그는 찌뿌둥한 겨울 하늘을 올려다보았다. "그가 어디로 갈 것 같소? 지금은 어디에 있는 거요?"

"우리는 아게딩쿰으로 진군해야 하오." 카트바드가 말했다.

"고르고비나가 코앞에 있는데 말이오? 아게딩쿰은 여기서 북쪽으로 150킬로미터도 넘게 떨어져 있고, 여드레나 열흘도 안 되는 기간에 그거리를 가기에는 내 병사들의 수가 너무 많소. 카이사르가 그보다 훨씬 빨리 움직일 수 있는 건 그의 군대가 협력하는 데 익숙하기 때문이오. 그의 병사들은 적의 얼굴을 구경하기 한참 전에 이미 훈련장이 다 닳도록 훈련을 받지요. 우리의 이점은 숫자에 있지, 속도에 있지 않소. 아니, 우리는 원래 계획대로 고르고비나로 갑니다. 카이사르가 우리에게 오게 만드는 거요." 그는 깊이 숨을 골랐다. "다그다 신께 맹세코 그를 쳐부수고 말 것이오! 하지만 그가 고른 전장에서는 아니오. 그에게 아콰이 섹스티아이 같은 곳을 선사할 순 없으니."

"그러면 콘빅톨라부스와 코투스에게 계속 카이사르를 돕는 척하라고 전하라는 말씀이오?" 리타비쿠스가 말했다.

"바로 그렇소. 단, 지원군이 절대 오지 않게 해야 하고."

리타비쿠스는 말을 돌려 떠났다. 베르킹게토릭스는 어여쁜 황갈색 말의 옆구리를 차서 카트바드로부터 멀어져갔다. 카트바드는 뒤에 남아 리타비쿠스가 가져온 소식을 다른 이들에게 전했다. 그의 희고 매끈한 얼굴에는 어두운 그늘이 드리워져 있었다. 이 소식이 무척이나 마음에 들지 않았기 때문이다. 그러나 베르킹게토릭스는 이를 눈치채지 못했다. 생각에 빠져 있느라 정신이 없었던 것이다.

카이사르는 어디 있을까? 무슨 생각일까? 리타비쿠스는 아이두이족의 땅에서 그를 놓쳤다! 베르킹게토릭스의 굳어진 시선 앞에 카이사르의 심상이 떠올랐지만, 그는 저 차갑고 마음을 심란하게 하는 두 눈 뒤에 숨은 수수께끼를 파헤치지는 못했다. 거의 갈리아인 기준에 가깝게 너무도 잘생긴 사내였다. 코와 입매만 외국인 같을 뿐. 세련되고, 매끈하고, 몸은 아주 탄탄하다. 갈리아인의 역사보다도 더 오래된 왕족 혈통을 지닌 사내, 그리고 왕처럼 생각하는 사내. 아무리 부정하려 해도 엄연한 사실이었다. 그는 명령을 내릴 때 다른 이들이 따르기를 바라지 않았다. 그들이 따를 것임을 이미 확신했기에. 그는 절대 신중함을 이유로 물러나지 않았다. 무엇에든 과감히 덤벼들었다. 오직 또다른 왕만이 그를 막을 수 있으리라. 아, 에수스 신이시여, 그를 이길 수 있는 강력한 힘과 직감을 제게 주십시오! 제게 없는 지식을 주십시오. 저는 너무 어리고 너무 미숙합니다. 그러나 저는 위대한 민족을 이끄는 지도자입니다. 그리고 지난 6년이 우리에게 가르쳐준 것이 있다면, 그것은 증오입니다.

카이사르는 데키무스 브루투스와 15군단이 오기도 전에 아게딩쿰에 도착했다. 파비우스와 그의 2개 군단과 함께였다.

"오, 신들이시여, 감사합니다!" 그의 손을 와락 움켜쥐며 트레보니우스가 외쳤다. "봄이 오기 전에 사령관님을 뵙게 될 줄 몰랐습니다."

"베르킹게토릭스는 어디 있나?"

"고르고비나를 포위 공격하러 가는 중입니다."

"좋아! 당장은 그리하도록 내버려둘 걸세."

"그동안 우리는……?"

카이사르는 싱긋 웃었다. "우리에겐 두 가지 선택지가 있네. 아게딩쿰 안에 머물게 되면 배불리 먹을 수 있고 병사도 잃지 않지. 아게딩쿰에서 나가 겨울이 올 때까지 진군한다면 잘 먹지도 못하고 병사들도 잃을 거야. 그러나 지금껏 베르킹게토릭스가 제 마음대로 해왔으니, 이제 로마와의 전쟁은 같은 갈리아 부족들과의 전쟁과는 차원이 다르다는 것을 알려줄 때가 됐네. 나는 여기 오느라 엄청난 정력과 생각을 쏟았고, 지금쯤 베르킹게토릭스도 내가 왔다는 걸 알고 있을 거야. 아게딩쿰 방향으로 움직이지 않은 걸 보면 군사적인 재능이 있는 거지. 우리가 위험을 무릅쓰고 나가서 자기가 고른 전장에서 만나기를 원하는 걸세."

"그리고 사령관님은 그의 기대에 부응할 생각이시고요." 트레보니우스가 말했다. 그는 카이사르가 아게딩쿰 안에 있지 않으리라는 것을 잘 알고 있었다.

"아니, 당장은 아니네. 15군단과 14군단은 아게딩쿰에 주둔해도 돼. 나머지는 나와 같이 벨라우노두눔으로 이동할 것이네. 우리는 서쪽으로 가서 세노네스족과 카르누테스족, 비투리게스족 사이에 둔 베르킹게토릭스의 주력 기지를 파괴하여 그의 다리를 쳐낼 거야. 벨라우노두눔 먼저, 그다음엔 케나붐이네. 그런 다음 비투리게스족의 영토로 들어가서 노비오두눔을 치지. 그런 뒤엔 아바리쿰이고."

"그러면서 점점 더 베르킹게토릭스 쪽으로 접근하는 거군요."

"하지만 동쪽으로 모는 걸세. 그를 서쪽의 증원군과 떨어뜨려 놓는 거지. 카르누툼에서 총동원령을 내릴 수도 없게 하고."

"물자 수송대 규모는 어느 정도입니까?" 퀸투스 키케로가 물었다.

"소규모로 가겠소." 카이사르가 말했다. "아이두이족을 활용할 거요. 그들이 계속 곡물을 공급할 수 있을 테니까. 콩과 병아리콩, 기름, 베이컨은 아게딩쿰에서 가져가겠소." 그는 트레보니우스를 보며 덧붙였다. "아이두이족이 베르킹게토릭스에 대해 지지를 표명할 낌새가 아니라면 말이야."

파비우스가 대답했다. "아닙니다, 카이사르. 제가 그들의 동태를 주시하고 있는데, 그들이 어떤 식으로든 베르킹게토릭스를 지원하고 있다는 조짐은 없습니다."

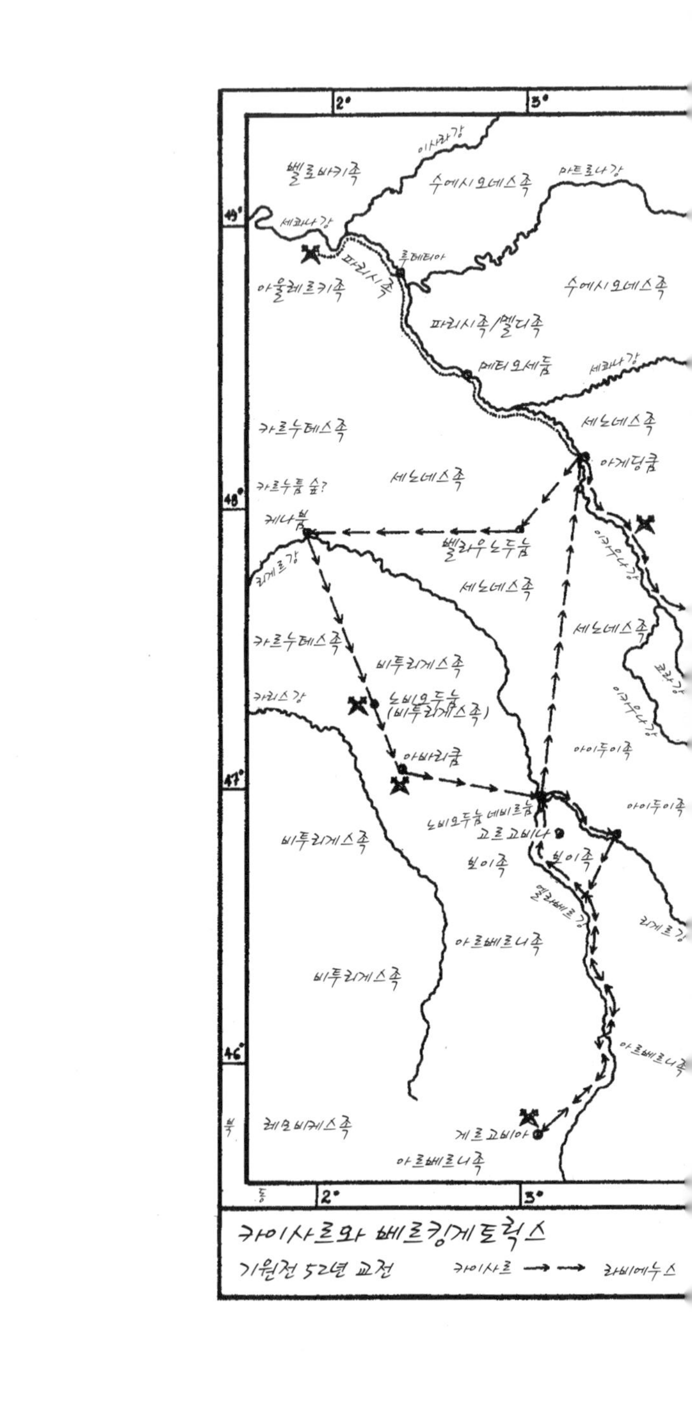

벨로바키족
이사라강
수에시오네스족
마트로나강
세콰나강
루테티아
파리시족
아울레르키족
수에시오네스족
파리시족/멜디족
메티오세둠
세콰나강
카르누테스족
세노네스족
아게딩쿰
카르누툼 숲?
세노네스족
케나붐
벨라우노두눔
리게르강
세노네스족
세노네스족
카르누테스족
비투리게스족
카리스강
노비오두눔
(비투리게스족)
아이두이족
아바리쿰
아이두이족
노비오두눔 네비르눔
고르고비나
비투리게스족
보이족
보이족
리게르강
아르베르니족
비투리게스족
아르베르니족
레모비게스족
게르고비아
아르베르니족
카이사르와 베르킹게토릭스
기원전 52년 교전
카이사르
라비에누스

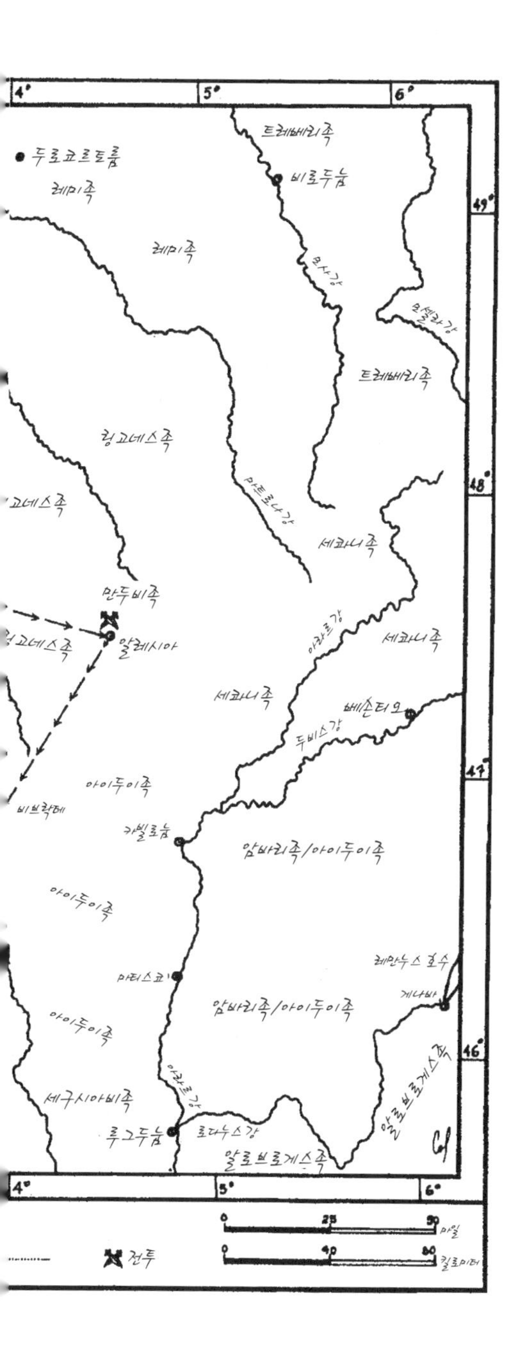

두로코르토룸
레미족
레미족
트레베리족
비로두눔
모사강
모젤라강
트레베리족
링고네스족
고네스족
마트로나강
세콰니족
만두비족
알레시아
아라르강
세콰니족
고네스족
세콰니족
베손티오
두비스강
아이두이족
비브락테
카빌로눔
암바리족/아이두이족
아이두이족
레만누스 호수
마티스코
게나바
암바리족/아이두이족
아이두이족
알로브로게스족
아라르강
세구시아비족
루그두눔
로다누스강
알로브로게스족
4°
5°
6°
49°
48°
47°
46°
전투
마일
킬로미터

"그렇다면 일을 감행해보도록 하지." 카이사르가 말했다.

아게딩쿰에서 벨라우노두눔까지는 하루도 채 걸리지 않았고, 그로부터 사흘 뒤 벨라우노두눔은 함락되었다. 벨라우노두눔의 주인이었던 세노네스족은 도시 안의 식량을 모조리 나를 짐승들을 내줘야 했으며 인질들도 내주어야만 했다. 카이사르는 곧바로 케나붐으로 이동했고, 그곳은 그가 도착한 다음날 밤에 함락되었다. 키타와 민간인 상인들이 살해된 곳이었기에, 케나붐은 필연적인 운명을 맞았다. 도시는 약탈되고 불질러졌으며 병사들에게는 노획물이 주어졌다. 다음은 비투리게스족의 요새 도시 노비오두눔 차례였다.

"기병대에게 이상적인 곳이로군." 베르킹게토릭스는 크게 기뻐하며 말했다. "구트루아투스, 보병대와 함께 이곳 고르고비나에 있으시오. 전면전을 하기엔 날씨가 너무 춥고 변덕스럽지만, 기병대로 카이사르에게 타격을 줄 순 있소. 그는 보병군을 이끌고 있으니까."

비투리게스족의 노비오두눔은 베르킹게토릭스가 나타났을 때 항복하려던 참이었으나, 막 인질들이 넘어가려는 순간 마음을 바꾸었다. 요새 안에 있던 몇몇 백인대장과 병사 들은 그대로 갇혔지만 치열하게 싸워서 빠져나갔고, 비투리게스족은 그들의 피를 보려고 아우성쳤다. 이 와중에 카이사르는 데리고 있던 레미족 기병 1천 명을 진지 밖으로 내보냈고 우비족 400명이 그들을 앞장섰다. 이들의 공격 속도에 베르킹게토릭스는 충격을 받았다. 그의 기병들이 아직 기마 대형에서 전열로 들어가고 있던 중에, 이 게르만족들이 갈리아 이쪽 지역에서는 수세대 동안 들어보지도 못한 울부짖는 소리를 내지르며 측면에서 들이받은 것이다. 거의 죽을 듯이 달려드는 사나운 공격은 갈리아인들의 허를

찔렀고, 게르만족들을 보고 용기를 얻은 레미족도 그들을 뒤따라 들어갔다. 베르킹게토릭스는 교전을 중단시킨 뒤 퇴각했다. 기병 수백 명의 시체만이 전장에 남겨졌다.

"카이사르에게 게르만족들이 있었소." 베르킹게토릭스가 말했다. "게르만족들이! 하지만 그들은 레미족의 말을 타고 있었소. 그는 저쪽 도시 일로 바쁜 줄 알았는데. 그가 얼마나 빨리 누군가를 전장에 내보낼 수 있는지 미처 깨닫지 못했소. 그런데 그는 해내더군. 그것도 게르만족들로!"

베르킹게토릭스는 쓰라린 기분으로 작전회의를 소집했다.

"여드레 만에 세 번이나 당했소." 세노네스족의 드라페스가 으르렁거리며 말했다. "벨라우노두눔, 케나붐, 그리고 이제 노비오두눔까지."

"4월 초만 해도 그는 나르보에 있었소. 그런데 4월 말에 아바리쿰으로 향하고 있다니요." 만두비족의 다데락스가 말했다. "단 한 달 만에 900킬로미터라니! 어떻게 그를 따라잡길 바랄 수 있겠소? 그는 계속 이런 식으로 나올까요? 우리는 어찌해야 하는 거요?"

"우리 전술을 바꿔야지요." 베르킹게토릭스가 말했다. 이렇게 실패를 인정하고 나자 한결 마음이 가벼워졌다. "우리는 그를 보고 배워야 하고, 그가 우리를 존중하게 만들어야 하오. 지금은 그가 우리를 깔아뭉개지만 계속 깔아뭉개지는 못할 것이오. 지금부터 우리는 그가 아예 전투를 벌일 수 없게 만드는 거요. 그가 아게딩쿰으로 철수하게 만들고, 그를 아게딩쿰 안에 가두는 거지요."

"어떻게 말이오?" 드라페스가 미심쩍은 얼굴로 물었다.

"그러려면 많은 희생이 필요할 거요, 드라페스. 카이사르가 식량을 구할 수 없게 만들어야 하오. 연중 이맘때와 이후 여섯 달 동안은 들판에서 얻을 수 있는 것이 하나도 없소. 식량은 모두 지하 저장고와 곳간에 있지요. 그러니 우리 지하 저장고와 곳간을 모두 불태우는 거요. 우리 요새들을 불태우는 거요. 카이사르가 지나는 길에 있는 건 모조리 없어져야 하오. 그리고 우리는 절대로, 절대로 전투를 개시하지 않소. 그 대신 그를 아사시키는 것이오."

"그가 굶어죽으면 우리도 굶어죽소." 구트루아투스가 말했다.

"우리는 배가 고프겠지만 무엇이든 먹게 될 거요. 카이사르의 경로에서 한참 먼 곳들로부터 식량을 가져오는 거요. 남쪽으로는 룩테리우스에게 사람을 보내 식량을 달라고 요청하겠소. 서쪽으로는 아르모리키족에게 식량을 달라고 요청하고. 또 아이두이족에게도 로마인들에게 절대 아무것도 내주지 말라고 전갈을 보내겠소. 아무것도 말이오!"

"아바리쿰은 어찌되는 거요?" 비투르고가 물었다. "그곳은 갈리아 최대 도시이고 식량도 워낙 많아서 그 습지에 발을 넣는 것은 위협적이오. 카이사르는 우리가 얘기하는 지금 이 순간에도 그곳으로 향하고 있소."

"우리는 그를 뒤쫓아가면서 전투를 벌이지 않아도 될 정도로 멀찍이 자리를 잡을 거요. 아바리쿰 문제는," 그는 얼굴을 찌푸렸다. "방어해야겠소, 불태워야겠소?" 야윈 얼굴이 굳어졌다. "불태웁시다." 베르킹게토릭스가 결심한 듯 말했다. "그게 옳은 길이오."

비투르고는 헉하고 숨을 내쉬었다. "아니! 안 됩니다! 그 말에는 동의할 수 없소! 당신은 우리 비투리게스족이 이 일에 관여할 수밖에 없게끔 만들었고, 지금 분명히 말하건대 나는 당신의 명령에 따를 것이오. 마을을 불태우고, 곳간을 불태우시오. 심지어 우리 광산도 불태워도 좋소. 하지만 아바리쿰을 그리하게 두지는 않겠소!"

"카이사르가 그곳을 점령하고 식량을 취할 거요." 베르킹게토릭스가 완강하게 말했다. "우리는 아바리쿰을 태울 거요, 비투르고. 그곳을 태워야만 하오."

"그러면 비투리게스족은 굶어죽을 거요." 비투르고는 비통하게 말했다. "그는 그곳을 점령할 수 없소, 베르킹게토릭스! 그 누구도 아바리쿰을 점령하진 못해요! 아니면 왜 그곳이 우리의 광대한 영토에서도 가장 강력한 도시가 되었겠소? 그곳은 주민들은 물론이고 천혜의 자연조건까지 더해져 영원히 살아남을 최고의 요새 도시요. 아무도 거길 점령할 순 없소, 정말이오! 하지만 당신이 거길 불태운다면 카이사르는 어딘가 다른 곳으로 갈 것이오. 게르고비아일 수도 있고," 그는 만두비족의 다데락스를 노려보았다. "알레시아일 수도 있겠죠. 당신에게 묻고 싶군요, 다데락스. 카이사르가 알레시아를 점령할 수 있겠소?"

"절대로 못하오." 다데락스가 단호히 대답했다.

"음, 아바리쿰에 대해서도 똑같이 말할 수 있소." 비투르고는 베르킹게토릭스 쪽으로 시선을 옮겼다. "제발, 간청하겠소! 어느 요새든 마을이든 광산이든 당신이 원하는 대로 다 태워도 좋지만, 아바리쿰만은 안 되오! 아바리쿰은 절대로 안 돼요! 베르킹게토릭스, 제발 부탁이오! 우리가 진심으로 당신을 따르지 못하게 만들지 마시오! 카이사르를 아바리쿰으로 유인하시오! 그가 그곳을 점령하려고 시도하게 해요! 그러면 그는 여름까지도 계속 거기서 시도하고 있을 거요! 하지만 점령하진 못할 것이오. 그럴 수 없소! 누구도 못해요!"

"카트바드?" 베르킹게토릭스가 물었다.

최고 드루이드는 잠시 생각한 뒤 고개를 끄덕였다. "비투르고 말이 맞소. 아바리쿰은 함락될 리가 없어요. 카이사르가 성공할 수 있다고 생각하게 하고, 여름까지 계속 그 앞에 주저앉아 있게 하시오. 그가 거기 있는 한 다른 곳에는 있을 수가 없소. 당신은 봄에 총동원령을 발동하여 전 갈리아의 모든 종족을 소집할 예정이오. 그러니 로마인들을 한 곳에 붙박여 있게 하는 것은 좋은 계획이오. 아바리쿰이 불타는 것을 보면 카이사르는 또다시 이동할 것이고, 우리는 그를 놓칠 거요. 그는 마치 나이프로 수은을 먹으려 드는 것과 같은 존재요. 아바리쿰을 닻으로 이용하시오."

"그렇다면 좋소, 아바리쿰을 닻으로 이용하지요. 하지만 그 외의 것들은, 그가 있는 곳에서 반경 70킬로미터 안에 있는 건 모조리 태워버리시오!"

모든 로마인들은 아바리쿰이 장발의 갈리아에서 유일하게 아름다운 요새라고 생각했다. 케나붐을 크기만 훨씬 늘려놓은 것 같은 이곳은 단지 식량을 보관하고 부족회의를 여는 장소가 아닌 제대로 된 도시로 기능했다. 아바리쿰은 습하긴 해도 비옥한 수 킬로미터에 걸친 목초지 한가운데 살짝 경사진 단단한 지면 위에 자리잡고 있었다. 성문 바깥에 불과 너비 100미터로 형성된 수목으로 뒤덮인 기반암 돌출부의 알뿌리 모양 말단부에 해당하는 아바리쿰은, 대단히 높은 성벽과 주변을 둘러싼 습지 덕에 난공불락의 요새가 되었다. 요새 안으로 이어지는 도로는 이 좁다란 기반암 둑길을 가로질러왔지만, 성문 바로 앞에서 단단한 지면이 급작스러운 내리막으로 움푹 꺼져 있었다. 이는 곧 말 그대로 공격이 가능했을 수도 있는 유일한 지점에서 성벽이 솟아 있다는 의미였다. 이 외에 성벽이 세워진 곳은 습지였으므로, 공성 요새와 전쟁 장비의 무게를 감당하기에는 너무 질척거리고 불안정했다.

카이사르는 이 기반암 돌출부가 도로의 마지막 350미터에서 좁아지며 가파른 내리막이 아바리쿰 정문 앞에서 솟아오르기 직전의 가장자리 위치에 7개 군단의 진을 쳤다. 요새의 성벽은 돌 사이사이에 길이 12미터짜리 보강용 목재 들보를 정교하게 배치한 갈리아식 성벽이었다. 돌이 불에 타지 않도록 막아주는 기능을 하는 한편, 거대한 나무 들보는 포격을 견디는 데 필요한 인장강도를 부여해주었다. 설사 이런 각도로 공성망치를 쓸 수 있다고 해도 말이야, 혹은 공성망치를 쓰는 병사들을 보호할 수 있다고 하더라도. 성벽을 바라보며 카이사르는 이렇게 생각했다. 그의 등뒤에서는 체계적인 통제하에 정신없이 속도를 낸 진지 건설 작업이 한창이었다.

"이건," 티투스 섹스티우스가 말했다. "쉽지 않겠는데요."

"땅을 고르게 하고 성문을 치려면 움푹 팬 땅 일대에 경사로를 세워야겠군요." 파비우스가 얼굴을 찌푸리며 말했다.

"아니, 경사로는 아니네. 그건 너무 노출돼버려. 사용할 수 있는 너비는 100미터뿐이네. 다시 말해, 안에 있는 비투리게스족이 우리의 공격을 막기 위해 병사를 배치할 수 있는 성벽도 100미터밖에 안 된다는 거지. 그래, 경사로가 아니라 계단 모양에 가까운 것을 지어야 하네." 카이사르가 말했다. 그의 목소리에는 그가 거의 처음 보자마자 무엇을 해야 할지 정확히 파악하고 있었다는 사실이 은연중에 드러났다. "지금 내가 서 있는 위치가 아바리쿰 흉벽과 같은 높이니까 여기서부터 시작해서 완성해나가기로 하지. 꼭 너비 100미터로 만들 필요는 없지만, 그래도 너비 100미터로 만들게. 둑길 양쪽 옆에 흉벽과 같은 높이로 여기서부터 아바리쿰 성벽까지 이어지는 방벽을 세울 거야. 우리가 세우는 두 방벽이 아바리쿰에 거의 닿기 전까지는 그 사이의 함몰지는 무시하게. 그런 다음 우리의 측면 방벽 둘 사이에 다시 방벽을 세워서 연결할 거야. 규칙적으로 진행하면 완벽한 통제가 가능하네. 안에서 수비하는 이들이 우리에게 심각한 피해를 주면 어쩌나 걱정해야 할 상황이 오기 전에 이미 4분의 3은 완성돼 있을 거야."

"통나무!" 퀸투스 키케로가 두 눈을 빛내며 외쳤다. "통나무 수천 개가 필요하겠군요! 도끼질을 할 시간입니다, 카이사르."

"그래요, 퀸투스, 도끼질을 할 시간이오. 당신이 벌목을 맡아요. 네르비족과 싸우면서 얻은 경험이 유용하게 쓰일 거요. 그 수천 개의 통나무를 급히 마련해줬으면 하니까. 여기서 한 달 이상을 보낼 순 없소. 그때까지는 끝내야 하오." 카이사르는 티투스 섹스티우스 쪽으로 고개를 돌렸다. "섹스티우스, 돌멩이를 최대한 찾아오게. 흙도. 공성계단이 만들어지는 도중에 병사들이 가장자리에서 넘어져 함몰지로 떨어질 수 있네." 다음은 파비우스 차례였다. "파비우스, 자네는 진지와 보급품을 담당하게. 아직까지 아이두이족이 곡물을 가져오지 않는데, 이유를 알아야겠네. 보이족 역시 아무것도 보내지 않았고 말이야."

"아이두이족에게선 아무 소식이 없습니다." 파비우스가 걱정스런 얼굴로 말했다. "보이족은 고르고비나 덕분에 나눠줄 식량이 없다고 하는데, 사실인 것 같습니다. 그 부족은 인구가 많지 않고 그들의 땅도 작물을 풍부하게 산출하지 못하니까요."

"양으로나 질로나 갈리아에서 최고인 아이두이족과는 달리 말이지." 카이사르가 씁쓸하게 말했다. "코투스와 콘빅톨라부스에게 전갈을 보낼 때인 것 같군."

정찰병들이 베르킹게토릭스와 그의 대규모 군대가 22킬로미터 떨어진 곳에 자리를 잡았다고 알려왔다. 카이사르가 이 일대를 벗어나면 필히 마주칠 수밖에 없는 위치였다. 비투리게스족의 습지는 아바리쿰 주변에만 있는 게 아닌데다 마른땅이 흔치 않았기 때문이다. 더 최악은 인접한 곳에 있는 곳간과 곡식 저장고가 모조리 잿더미가 되어버린 것이었다. 카이사르는 갈리아군이 공격할 경우에 대비해 9군단과 10군단을 건설 작업에서 빠지게 하고 진지 내에 대기시켰다. 그런 뒤 공성계단 작업에 착수했다.

카이사르는 보유한 포 무기들을 보호하기 위해 일찌감치 모두 말뚝울타리 뒤편 고지에 배치했지만, 탄알로 쓸 돌멩이는 훗날에 대비해 아껴두었다. 현상황은 나무토막을 매우 단순한 모양으로 깎아 만든 길이 90센티미터짜리 화살을 발사하는 스코르피오에 더없이 적합했다. 스코르피오 화살의 촉은 날카로웠고, 그 반대쪽 끝은 불룩한 테두리 모양으로 깎아서 화살깃 역할을 하게끔 했다. 퀸투스 키케로가 벌채하는 나무에서 적당한 가지를 잘라내어 비축해두는 한편, 비전투원 중에서 스코르피오 화살 제작만을 담당한 특기요원들은 테두리 부분이 맞게 되었는지 견본과 대조해가며 열심히 화살 만들기에 돌입했다.

둑길 양옆으로 통나무 벽 두 개가 나란히 세워졌다. 그 사이의 함몰지는 작업중인 병사들을 아바리쿰 흉벽의 궁수와 창병 들로부터 보다 잘 보호할 수 있도록 일부만 메꿨다. 기다란 헛간 형태의 방탄벽 구축도 공성계단과 속도를 맞춰 착착 진척되었다. 두 개의 공성탑은 로마군 진지의 평행한 두 방벽 끝에 세웠고, 완성될 때까지 벽 아래쪽으로 밀어넣지 않았다. 2만 5천 명의 병사들이 매일 해 뜰 때부터 해 질 때까지 나무를 베고, 깎고, 들어올리고, 굴리고, 다듬어진 목재를 제자리에 놓는 고된 작업에 매진했다. 하루에 수백 수천 개의 통나무를 처리하는 속도였다.

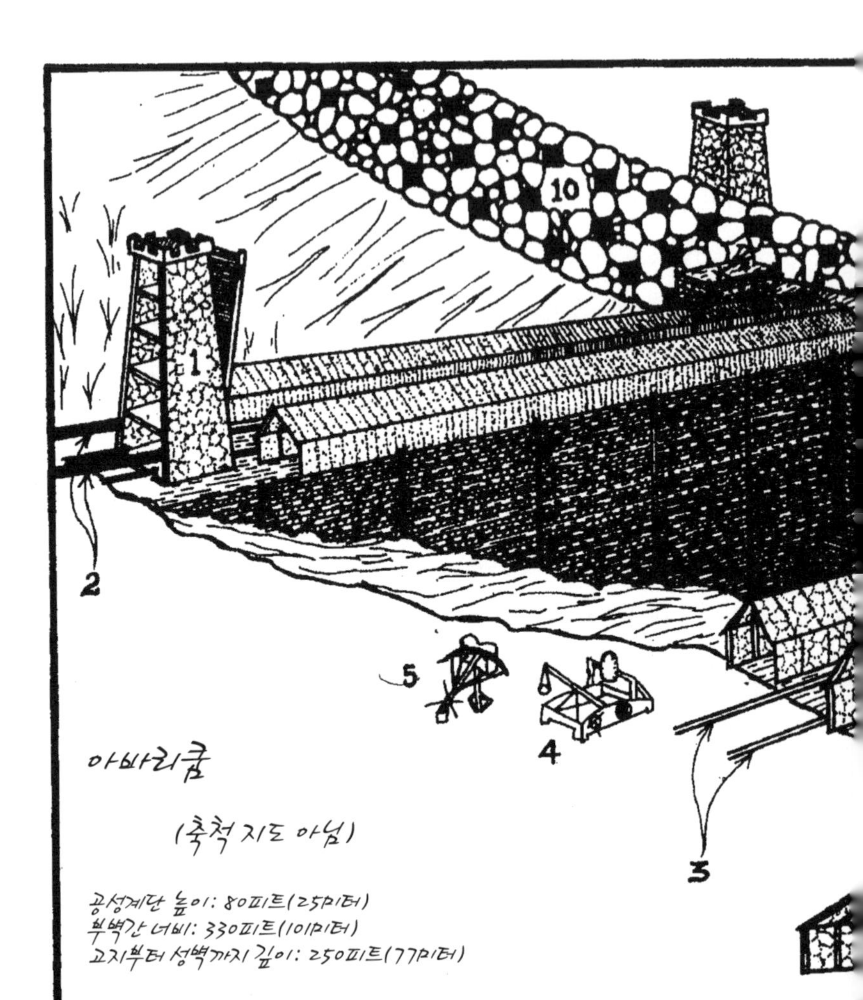

1 공성탑
2 공성탑 밑대
3 공성탑 선로
4 발리스타
5 카타풀타
6 방탄벽
7 부벽(위에 스코르피오 설치)
8 쇠방패
9 성문

주: 로마군 횡벽 뒤의 말뚝 방책은 그리지 않

10 성벽(갈리아식 성벽)

열흘째 날이 저물 무렵 공성계단은 아바리쿰 성벽 쪽으로 절반쯤 다가갔고, 열흘째 날 끝자락에는 베이컨 몇 조각과 기름 약간을 제외하곤 먹을 것이 바닥났다. 아이두이족으로부터는 온갖 사과로 가득한 전갈이 계속 들어왔다. 겨울철 전염병이 돌았다는 둥, 갑작스런 폭우로 짐수레 바퀴가 진흙탕에 빠졌다는 둥, 고약한 쥐떼가 아바리쿰 근처 곡식 저장고들에 있던 곡물을 모조리 먹어치웠다는 둥, 180킬로미터 떨어진 카빌로눔 반대편에서 곡물을 가져와야 할 것 같다는 둥…….

공성계단에서 야숙하던 카이사르는 순찰에 나섰다. "내가 무슨 결정을 내릴지는 너희들에게 달렸다, 제군." 그는 차례로 작업중인 병사들 무리에게 말했다. "너희들이 원한다면 이 포위작전은 그만두고 아게딩쿰으로 돌아가서 배불리 먹을 수 있다. 이건 꼭 해야 하는 일이 아니야. 아바리쿰을 점령하지 않고 갈리아인들을 무찌를 수도 있다. 너희들이 선택해라."

그럴 때마다 돌아오는 답은 같았다. 모든 갈리아인에게 역병을, 아바리쿰에는 더 큰 역병을, 아이두이족에게는 가장 큰 역병을!

"우리가 장군님과 함께한 지도 7년째입니다." 8군단의 백인대장 대표로 온 마르쿠스 페트로니우스가 말했다. "장군님께서는 우리에게 더없이 잘해주셨고, 우리는 단 한 번도 장군님의 명예를 더럽히지 않았습니다. 이렇게 공들여놓고 이제 와서 포기하는 것은 수치스러운 일입니다. 아뇨, 고맙지만 사양하겠습니다, 장군. 우리는 허리띠를 졸라매고 하던 일을 계속하겠습니다. 우리는 케나붐에서 죽은 양민들의 복수를 하기 위해 여기 온 것이고, 아바리쿰 함락은 고생할 만한 가치가 있는 과제입니다!"

"식량을 구해와야겠네, 파비우스." 카이사르가 그의 부관에게 말했다. "별수없이 짐승 고기여야겠군. 곡물 저장소는 저들이 남김없이 태워버렸으니까. 양이나 소나 뭐가 됐든 찾아보게. 소고기를 먹고 싶어하는 사람은 없지만, 굶는 것보단 소고기가 낫겠지. 그런데 우리의 동맹이라는 아이두이족은 대체 어디 있는가?"

"여전히 변명만 보내오고 있습니다." 파비우스는 무척이나 심각한 얼굴로 장군을 바라보았다. "제가 9군단과 10군단을 데리고 아게딩쿰으로 가보지 않아도 될까요?"

"베르킹게토릭스 곁을 지나가는 건 안 되네. 우리가 그리하기를 바라고 있을 테니까. 게다가 아바리쿰이 함락된 후에도 아이두이족이 계속 꾸물거린다면, 아바리쿰에 있는 것들이 모조리 필요해질 거야." 카이사르는 싱긋 미소를 지었다. "사실 베르킹게토릭스가 멍청한 거지. 아바리쿰을 함락시킬 수밖에 없도록 나를 몰았으니. 이 미개한 땅에서 식량을 찾을 수 있을 곳은 여기뿐일 거라는 생각이 들거든. 그러니 아바리쿰은 반드시 함락되어야 하네."

열닷새가 지나 공성계단이 아바리쿰 성벽 쪽으로 3분의 2 지점까지 완성되던 날, 베르킹게토릭스는 아바리쿰에 더 가깝게 진지를 옮기고 식량을 찾아다니는 10군단을 잡기 위한 덫을 놓았다. 그는 기병대를 이끌고 가서 10군단을 기습하려고 했지만, 카이사르가 한밤중에 9군단을 데리고 진군하여 베르킹게토릭스의 진지를 위협하면서 이 책략은 수포로 돌아갔다. 양측은 교전 없이 철수했는데, 싸움에 잔뜩 굶주린 병사들을 둔 카이사르로서는 상당히 어려운 일이었다.

베르킹게토릭스에게도 어려운 일이기는 마찬가지였다. 다름 아닌 구트루아투스에게 배반자라고 비난을 받은 상황이었던 것이다. 구트루아투스는 최고사령부에 대해 의구심을 품기 시작했고, 베르킹게토릭스보다 자신이 왕 노릇을 더 잘해내지 않을까 생각했다. 실제로 그는 사령부 구성원들을 설득하여 갈리아의 왕으로 불리기 위한 기반을 조금 얻어내기도 했다. 그가 자신을 방어할 수밖에 없었다는 얘기를 들은 군대가, 작전회의가 끝난 뒤 칼등을 방패 가운데 있는 볼록 장식에 부딪치는 갈리아 전사들 고유의 의식으로 그에게 커다란 환호를 보냈던 것이다. 곧이어 군대는 그에게 아바리쿰 보강 병력으로 지원병 1만 명을 내주었다. 습지가 사람 무게는 너끈히 감당했으므로, 병사들을 성내로 투입시키기는 쉬운 일이었다. 이들은 카이사르의 공성계단 반대편에서 성벽을 넘어갔다.

스무날 째가 되자 카이사르군의 작업은 거의 막바지에 이르렀다. 공성계단이 아바리쿰 성벽 코앞까지 완성되었으므로, 성벽 안의 추가 1만 병력이 유용하게 활용되었다. 나란히 세워진 로마군의 공성탑 벽 두 개를 연결하는 통나무 벽이, 아바리쿰 바로 맞은편에 부분적으로 평평하게 골라놓은 함몰지로부터 세워지고 있었다. 카이사르는 흉벽 정면을 최대한 넓게 기습공격할 작정이었다. 성안에서 방어하는 병사들은 계속해서 적의 방탄벽에 불을 지르려 시도했다. 하지만 카이사르가 노비오두눔 요새 안에서 발견한 철판으로 헛간 형태 방탄벽의 아바리쿰 쪽 지붕을 덮어놓은 탓에, 그들의 시도는 실패로 끝났다. 그러자 방어병들은 아바리쿰 외벽에 붙여 세워진 통나무 벽으로 관심을 돌려 네 갈고리 닻과 권양기로 그 벽을 허물려 애썼고, 또한 눈에 띄는 족족 적군의 머리에 역청과 뜨거운 기름과 활활 타는 부싯깃 다발을 들이부었다.

아바리쿰의 방어 병력은 그들대로 성벽을 따라 흉벽과 탑을 세웠으며, 땅 밑에서도 또다른 계획이 진행되었다. 그들은 땅속 깊이 갱도를 파고 들어가서 성벽 맨 아래층보다 더 아래에 다다르자 방향을 틀어 카이사르의 공성계단 아래 지점까지 이동했다. 이 아바리쿰의 광부들은 다시 위쪽으로 땅을 파헤쳐 로마군이 통나무를 쌓아둔 곳 바닥에 이르렀고, 통나무 더미에 기름과 역청을 들이붓고 불을 붙였다.

그러나 통나무들은 건조되지 않은 생나무였으며 주변에는 공기가 희박했다. 결국 연기가 자욱하게 피어오르는 바람에 계획이 탄로 나고 말았다. 이를 본 방어병들은 그쪽 방벽에서 로마군 쪽 방벽으로 출격함으로써 불이 제대로 붙을 확률을 높이기로 했다. 소규모 접전이 벌어지고 싸움이 점점 격렬해지면서 9군단과 10군단이 진지에서 뛰쳐나와 합류했다. 방탄벽 양옆에 불이 붙었고, 아바리쿰 가까이로 바짝 밀어놓았던 왼쪽 공성탑 표면의 가죽과 잔가지에도 불이 붙었다. 전투는 밤새도록 맹렬히 계속되었으며 동이 틀 때까지도 멈추지 않았다.

몇몇 병사들은 수로를 내기 위해 도끼로 공성계단을 마구 쳐서 구멍을 뚫기 시작한 한편, 9군단의 일부 병사들은 진지로 난 물줄기의 방향을 돌렸고, 다른 병사들은 가죽과 막대기로 홈통을 만들어 우회시킨 물줄기를 공성계단 아래 불이 붙은 곳으로 보냈다.

베르킹게토릭스에게는 다시없을 기회였다. 군대를 투입했더라면 그 자리에서 승리를 거머쥐었을지도 모를 일이었다. 그러나 베르킹게토릭스가 군대를 버려두고 기병대와 마음대로 돌아다녔다며 비난한 구트루아투스의 행동은 갈리아의 대의에 결코 도움이 되지 않았다. 결국, 그때껏 갈리아의 왕이라 불리지 못한 갈리아의 왕은 이토록 멋진 기회를 덥석 붙잡을 엄두를 내지 못했다. 왕으로 인정받기 전까지는 먼저 참모 회의를 소집하지 않고 독단으로 행동할 권한이 그에게 없었으며, 그 과정을 거치는 건 지나치게 시간을 끌고 언쟁이 오가며 무익한 일이었다. 무엇이 됐든 결과가 도출될 때쯤엔 아바리쿰 성벽 전투는 이미 끝나 있기 십상이었다.

동틀 무렵 카이사르는 포격에 집중했다. 아바리쿰 성벽의 병사 하나가 로마군의 왼쪽 공성탑 밑동에 붙은 불길에 유독 정확한 솜씨로 비계와 역청 덩어리를 던져넣고 있던 상황이었다. 극적이고도 예상 밖으로, 스코르피오에서 쏘아올린 화살 하나가 그 병사의 옆구리에 날아가 박혔다. 다른 갈리아인이 그 자리로 교대해 들어오자, 사정거리가 잘 확보된 같은 스코르피오에서 두번째 화살이 날아가 그를 죽였다. 새로운 갈리아인이 들어와 소이탄을 던지기 시작하는 족족 이 스코르피오가 그를 쓰러뜨렸다. 이런 과정은 마침내 불이 꺼지고 갈리아군이 싸움에서 물러나는 순간까지 계속되었다. 사실상 이 난투를 승리로 끌고 간 주역은 포병대였다.

"뿌듯하군." 카이사르가 퀸투스 키케로와 파비우스, 티투스 섹스티우스에게 말했다. "우리가 포를 충분히 활용하지 않고 있었던 게 확실해졌네." 그는 가볍게 몸을 떨더니 장군의 심홍색 망토를 더 바짝 여몄다. "비가 계속 쏟아질 거야. 뭐, 불이 번질 위험은 없어지겠군. 다들 보수 작업에 들어가도록 하게."

스무닷새째 되는 날에 작업이 끝났다. 공성계단은 높이 25미터에 한쪽 탑에서 다른 쪽 탑까지 간격은 100미터, 아바리쿰 성벽에서 로마 군영의 함몰지까지 깊이는 75미터였다. 오른쪽 탑도 왼쪽 탑과 수평이 되도록 앞쪽으로 밀어붙이는 사이, 얼음같이 차가운 폭우가 무자비하게 쏟아졌다. 공격을 개시하기 딱 좋은 때였다. 아바리쿰 흉벽 꼭대기에 있던 보초병이 이런 날씨에 공격이 있을 리 없다고 확신하며 비바람을 피해 있었기 때문이다. 눈에 보이는 로마군 병사들이 머리를 어깨

아래로 파묻듯이 숙이고 느릿느릿 맡은 일을 하는 사이, 방탄벽과 공성탑은 병사들로 가득찼다. 두 개의 탑이 건널판자를 따라 밀어붙여져 성벽에 쿵 부딪친 것과 동시에, 두 공성탑 벽을 잇는 로마군 방벽을 따라 설치된 방호용 목책 뒤에서 병사들이 우르르 쏟아져나와 사다리를 대고 갈고리를 걸었다.

완벽한 기습공격이었다. 갈리아인들이 어찌나 순식간에 자기네 성벽에서 내쫓겼던지, 거의 전투랄 것도 없을 정도였다. 잠시 뒤 갈리아군은 로마인들과 함께 죽을 결심으로 장터와 탁 트인 광장에 쐐기 대형을 이루었다.

억수 같은 비가 계속 쏟아졌고, 추위는 점점 더 매서워졌다. 로마군 병사들 중 아무도 아바리쿰 성벽에서 내려가지 않았다. 그들은 성벽을 따라 늘어서서 요새 도시 안을 노려보고만 있었다. 그러자 반사적인 공황 상태가 일어났다. 다음 순간 갈리아인들은 어디든 탈출로가 될 만한 곳을 찾아 작은 성문이나 성벽 등을 향해 사방팔방 닥치는 대로 뛰었다. 그리고 도륙을 당했다. 아바리쿰 안에 있던 남녀노소 4만 명 중 800명 남짓만이 베르킹게토릭스에게 가닿았다. 나머지는 모두 죽었다. 식량 부족과 커다란 불만에 시달리며 스무닷새를 보낸 카이사르의 군단병들은 누구도 살려줄 기분이 아니었다.

"자, 제군들," 카이사르는 아바리쿰 장터에 집합한 그의 병사들을 향해 외쳤다. "이제 빵을 먹을 수 있게 됐다! 콩과 베이컨 수프도! 완두콩 스튜도! 내가 늙은 암소 고깃덩이를 다시 보는 날엔 차라리 군화와 바꿔 먹을 거다! 너희에게 고맙다는 인사를 보낸다! 너희들 중 누구 하나와도 헤어지지 않을 것이다!"

처음에 베르킹게토릭스의 눈에는, 아바리쿰 대학살에서 살아남은 800명이 돌아온 것이 구트루아투스가 지도부에 도전한 것보다 더 끔찍한 위기인 듯이 보였다. 군대가 어떻게 생각할 것인가? 그래서 그는 난민들을 작은 무리로 나눈 뒤 몰래 밖으로 빼돌려 군대와 한참 떨어진 곳에서 도움을 받도록 조치하는 식으로 이 문제를 빈틈없이 처리했다. 그리고 다음날 아침 작전회의를 소집하여 아주 솔직하게 그 소식을 전했다.

"내 직감을 거스르지 말았어야 했소." 그는 비투르고를 똑바로 쳐다보며 말했다. "아바리쿰을 방어하는 것은 헛된 일이었소. 그곳은 난공불락이 아니었어요. 우리가 거길 불태우지 않았기 때문에, 카이사르는 아이두이족이 물자를 보내주지 못했는데도 불구하고 배불리 먹을 수 있게 되었소. 4만 명의 귀중한 목숨이 사라졌습니다. 그중에는 차세대 전사들도 끼어 있었죠. 그리고 그들의 어머니, 할아버지와 할머니도 목숨을 잃었소. 아바리쿰이 함락된 이유는 용기가 부족해서가 아니오. 로마의 경험 때문이었소. 저들은 우리가 안전하다고 여기는 장소를 보는 즉시 그곳을 함락할 방법을 아는 것처럼 보입니다. 그곳이 약해서가 아니라 저들이 강하기 때문이오. 우리는 가장 중요한 요새 네 곳을 카이사르에게 빼앗겼소. 세 곳은 여드레 사이였고, 네번째 요새는 생각만 해도 가슴속 심장이 멎을 듯이 놀라운 로마인들의 스무닷새 동안의 작업 이후였소. 우리에게는 그들에 견줄 만한 육체노동의 전통이 없소. 그들은 여러 날 동안 우리 군대가 말을 타고 가는 것보다도 더 빠르게 이동하오. 그들은 살아 있는 순수한 숲에서부터 시작해 아바리쿰의 공성장비 같은 것을 건설하지요. 그들은 몇 사람이고 연이어 큰 화살로 쏘아 맞힐 수 있소. 그들은 진정 탁월한 군사능력을 보유하고 있소. 또한 그들에게는 카이사르가 있소."

"우리에겐," 카트바드가 나지막히 말했다. "당신이 있소, 베르킹게토릭스. 또 수적인 우위도 있지요." 그는 침묵하는 영주들 쪽으로 고개를 돌리더니, 자신의 힘을 감추어왔던 조심스럽고 겸손한 태도를 벗어던졌다. 순식간에 그는 최고 드루이드의 모습이 되었다. 지식의 원천이자 뛰어난 시인이었고, 갈리아와 그 신들인 투아타를 연결하는 접점이자 전 세계 그 어떤 사제 집단보다도 강력한 대규모 종교단체를 이끄는 수장이었다.

"누군가 거대한 조직체의 지도자로 나선다는 것은, 동시에 그의 머리에 번개가 떨어지고 그의 지혜에 비난이 퍼부어지며 그의 용기에 비판이 쏟아지게 되는 것이기도 하오. 예전에는 그의 민족의 이름으로 자진해서 희생하고, 그의 보호 아래 있는 모든 사람의 필요와 욕구와 욕망과 희망을 오롯이 혼자 떠맡은 자로서 투아타 앞에 서는 것이 왕의 역할이었소. 그러나 갈리아의 영주인 당신들은 베르킹게토릭스에게 완전한 권한을 부여하지 않았소. 당신들은 그가 왕의 칭호를 받을 자격이 없다고 생각했소. 당신들은 그가 실패했을 때 당신들 스스로가 왕에 어울린다고 생각했소. 당신들은 마음속으로 갈리아 연합을 믿지 않기 때문에 그가 실패할 거라고 확신했소. 당신들은 자기 한 사람과 자기 부족의 패권을 원하고 있소."

누구 하나 입을 열지 않았다. 구트루아투스는 그늘 속으로 더 깊숙이 들어갔고, 비투르고는 눈을 감았으며, 드라페스는 콧수염을 잡아당겼다.

"지금으로서는 베르킹게토릭스가 정말로 실패한 것으로 보일 수도 있소." 카트바드는 설득력 있는 목소리로 이야기를 계속했다. 그의 말투가 부드러워졌다. "그러나 지금은 전쟁 초반이오. 그도 우리도 여전히 배우는 중인 거요. 한 가지 당신들이 반드시 알아야 할 점은 투아타가 무에서부터 난데없이 그를 던져주었다는 것이오. 사마로브리바 이전에 누가 그를 알았소?" 그의 목소리에 한층 더 힘이 들어갔다. "갈리아 족장 여러분, 우리에게는 로마로부터, 카이사르로부터 자유로워질 단 한 번의 기회가 있소! 그 기회가 바로 지금이오. 그 시기가 바로 지금이오. 설령 우리가 저들에게 패배하더라도, 우리가 하나로 화합하지 못해서, 우리가 한 사람을 왕으로 맞이하지 못해서 그리되도록 하지는 맙시다. 장차 우리에게 왕이 필요하지 않을 수도 있소. 하지만 지금 우리에게는 왕이 필요하오. 베르킹게토릭스를 선택한 것은 투아타지 인간이 아니었소. 심지어 드루이드도 아니었소. 여러분이 투아타를 경외하고 사랑하고 찬미한다면, 그들이 선택한 사람 앞에 무릎을 꿇으시오. 베르킹게토릭스 앞에 무릎을 꿇고, 공개적으로 그를 갈리아 연합의 왕으로 인정하시오."

위대한 족장들이 하나둘씩 일어섰고, 하나둘씩 왼쪽 무릎을 꿇었다. 베르킹게토릭스는 오른손을 내밀고 오른발을 앞으로 내민 채 서 있었다. 그의 두 팔과 목에 달린 보석과 황금이 번쩍였고, 그의 뻣뻣한 옅은색 머리카락은 머리에서 뻗어나온 광선과도 같았으며, 깨끗이 면도한 그의 앙상한 얼굴은 기쁨으로 환히 빛났다.

그 순간은 아주 잠깐 동안 지속되었을 뿐이었다. 하지만 그 순간이 지난 뒤 모든 것이 달라졌다. 그는 베르킹게토릭스 왕이었다. 갈리아 연합의 왕이었다.

"이제," 이윽고 그가 말했다. "우리의 모든 부족을 카르누툼으로 불러들일 때가 왔소. 그들은 로마인들이 섹스틸리스(8월)라고 부르는 달에 모일 것이오. 봄이 거의 끝나고 여름이 전투하기에 좋은 날씨를 약속하는 때요. 나는 부족들을 찾아가서 이번이 로마를 몰아낼 단 한 번의 기회라고 설명해줄 특사를 신중하게 선발하겠소. 누가 알겠소? 어쩌면 우리 성공의 척도가 우리 적의 척도에 달려 있을지도 모를 일이지요. 우리가 원하는 것이 방대하다면 투아타는 우리가 방대한 존재와 맞서게 할 것이오. 그렇다면 우리가 패배하더라도 부끄러워할 필요가 없소. 우리는 우리의 적이 우리가 마주할 최고의 적이라고 말할 수 있을 것이오."

"하지만 그는 사람이오." 카트바드가 힘주어 말했다. "게다가 잘못된 신들을 숭배하지요. 투아타야말로 진정한 신들이오. 그들이 로마의 신들보다 위대해요. 우리의 대의는 올바르며 정당한 대의요. 우리는 이길 것이오! 그리고 우리는 스스로를 갈리아인이라 부를 것이오."

6월 초에 가이우스 트레보니우스와 티투스 라비에누스가 아바리쿰에 도착했을 때, 카이사르는 진지를 해체하고 출동할 준비를 하고 있었다. 짐 나르는 짐승들이 꽤 많이 습지에서 풀을 뜯고 있는 게 발견되었고, 아바리쿰의 식량은 카이사르가 가지고 떠날 예정이었다.

"베르킹게토릭스가 파비우스식 지연전술을 택하고 전투하려 들지를 않는군." 카이사르가 말했다. "따라서 그를 전투에 끌어낼 필요가 있어. 그러기 위해 게르고비아로 가려 하네. 그곳은 그자의 도시이니 방어하지 않을 수 없겠지. 게르고비아가 함락되면 아르베르니족은 베르킹게토릭스에 대해 다시 생각하게 될 수도 있어."

"문제가 있습니다." 트레보니우스가 유감스러운 듯이 말했다.

"문제?"

"리타비쿠스로부터 전갈이 왔는데 아이두이족이 부족회의파와 원로원파로 쪼개졌다고 합니다. 코투스가 콘빅톨라부스의 수석 베르고브레투스 자리를 빼앗았고, 아이두이족에게 베르킹게토릭스에 대한 지지를 표명하자고 촉구한답니다."

"아, 빌어먹을 아이두이족!" 카이사르는 두 주먹을 꽉 쥐며 외쳤다. "내 등뒤에서 반란이 일어나게 둘 수도 없고 계획이 지연되는 것도 안 돼. 하지만 미룰 수밖에 없는 상황이로군. 아아! 트레보니우스, 15군단을 데리고 가서 아바리쿰의 식량을 모조리 노비오두눔 네비르눔으로 가져다놓게. 아이두이족은 대체 왜 그러는 건가? 세노네스족을 처벌하면서 빼앗은 노비오두눔 네비르눔과 그곳 땅 전부를 그들에게 주지 않았나?" 카이사르는 아울루스 히르티우스 쪽으로 고개를 돌렸다. "히르티우스, 데케티아에서 회담을 가질 테니 지금 즉시 아이두이족 전원을 소집하게. 다른 방법을 취하기 전에 우선 상황을 파악하고 그들을 달래봐야겠어. 내가 직접 말이야. 그렇지 않으면 아이두이족이 반란에 말려들 수 있어."

이제 라비에누스의 차례가 왔다. 하지만 지금은 콤미우스 문제를 꺼내기에 좋은 때가 아니었다. 그 문제는 조금 더 기다려야 할 터였다. 자연의 힘과 같은 라비에누스는 또다시 제멋대로 작동할 테니, 자연의 힘을 진정시켜 다루기 쉽게 만들어야 하니까.

"티투스 라비에누스, 군대를 쪼갤 거야. 자네는 7군단, 9군단, 12군단, 14군단을 맡게. 기병대 절반도. 하지만 아이두이족 절반은 안 되네. 레미족을 활용하게. 전투를 세노네스족과 수에시오네스족, 멜디족, 파리시족, 아울레르키족의 영토로 끌고 가게. 세콰나 강 유역의 모든 부족들이 베르킹게토릭스에게 증원군을 보낼 생각조차 못할 정도로 계속 바빠지게 만들게. 어떻게 이동할지는 자네가 알아서 하고. 아게딩쿰을 기지로 이용해." 그는 트레보니우스를 손짓으로 불렀다. 트레보니우스는 슬퍼 보이는 얼굴로 걸어왔다. 카이사르는 소리 내어 웃으며 그의 어깨에 팔을 둘렀다. "가이우스 트레보니우스, 그리 슬픈 얼굴 하지 말게! 내 약속하지, 올해가 끝나기 전에 자네에게 줄 일이 아주 많다네. 하지만 지금 당장 자네가 따를 명령은 아게딩쿰을 지키는 거야. 노비오두눔 네비르눔에서 15군단을 데리고 가게."

"내일 새벽에 출발하겠습니다." 라비에누스는 만족스러워하며 말했다. 그는 경계하고 당혹스러운 듯한 시선으로 카이사르를 쳐다보았다. "콤미우스 사태에 대해 어찌 생각하시는지는 아무 말씀도 하지 않으시네요." 그가 말했다.

"콤미우스가 빠져나가게 둔 건 유감스러운 일이네." 카이사르가 말했다. "그는 우리 손톱에 박힌 가시가 될 거야. 가시를 빼내줄 쥐를 찾게 되길 바라세나, 라비에누스."

데케티아의 상황은 너무나 복잡해서, 회담이 끝났어도 카이사르는 누가 진실을 말하고 누가 거짓말을 하고 있는지 파악할 수가 없었다. 거기서 얻은 유일한 소득은 한자리에 모인 아이두이족을 직접 대면할 기회를 가진 것이었다. 어쩌면 그것이야말로 아이두이족에게 가장 필요했던 일인지도 몰랐다. 카이사르를 만나서 그의 말을 듣는 것. 코투스는 내쫓기고 콘빅톨라부스는 복직되었으며, 젊고 열정적인 에포레도릭스가 차석 베르고브레투스로 승격되었다. 이 과정 내내 드루이드들은 막후에서 활약하며 콘빅톨라부스, 에포레도릭스, 발레티아쿠스, 비리도마루스, 카바릴루스, 그리고 청렴의 표상 리타비쿠스의 충성심을 확언했다.

"보병 1만 명과 아이두이족이 동원할 수 있는 최대한의 기병을 내주시오." 카이사르가 말했다. "그들은 나를 따라 게르고비아로 갈 거요. 그리고 곡물을 가져오도록 하시오, 이해됐소?"

"내가 직접 인솔하지요." 리타비쿠스가 미소를 지으며 말했다. "안심하시오, 카이사르. 아이두이족은 게르고비아로 갈 겁니다."

그리하여 6월 중순이 되어서야 카이사르는 엘라베르 강과 게르고비아를 향해 떠났다. 봄이 시작되면서 녹은 눈과 해빙기에 내리는 비로 개울물이 크게 불어났으므로, 여울이 아니라 다리를 이용해야 했다.

베르킹게토릭스는 곧바로 엘라베르 강의 동쪽 둑에서 서쪽 둑으로 건너간 뒤 다리를 파괴했다. 그 바람에 카이사르는 동쪽 둑을 따라 내려갈 수밖에 없었고, 베르킹게토릭스는 반대편에서 그의 뒤를 쫓았다. 다리는 모조리 무너뜨렸다. 석공에 영 소질이 없던 갈리아인들은 주로 목조 다리를 세웠다. 강은 굉음을 내며 거세게 흘러내려 건너기가 불가능했다. 하지만 때마침 카이사르는 찾고 있던 것을 발견했다. 석조 탑문 위에 세워져 있던 목조 다리였다. 상부구조는 없어졌지만 탑문은 남아 있었다. 그거면 충분했다. 그의 군단들 중 4개가 6개인 척 가장하며 남쪽으로 이동하는 동안, 카이사르는 나머지 2개 군단을 동쪽 제방 숲에 숨겨놓고 베르킹게토릭스가 전진하기를 기다렸다. 그 2개 군단은 엘라베르 강에 새로운 목조 다리를 걸치고 건너갔으며, 얼마 지나지 않아 서쪽 제방에서 다른 4개 군단에 합류했다.

베르킹게토릭스는 게르고비아를 향해 달렸지만, 그 거대한 아르베르니족 요새 안으로 들어가지는 않았다. 이 도시는 우뚝 솟은 바위산

한가운데의 작은 고원에 자리잡고 있었다. 서쪽으로 뻗어나온 케벤나 산괴의 돌출부 덕분에, 게르고비아는 케벤나 산괴의 가장 높은 봉우리 일부를 방호물로 얻었다. 갈리아 왕이 이끌고 온 10만 병사는 요새 뒤편과 옆쪽으로 펼쳐진 험준한 고지에서 야영하며 카이사르가 도착하기를 기다렸다.

그 광경은 그야말로 무시무시했다. 바위마다 갈리아인 천지인 것 같았다. 카이사르는 게르고비아를 슬쩍 보기만 하고서도 이곳을 급습할 순 없겠다고 단박에 파악했다. 답은 봉쇄였는데, 그러려면 귀중한 시간을 소모하게 될 터였다. 더 중요하게는, 그사이 귀중한 식량이 소모될 터였다. 아이두이족 구호대가 오기 전까진 가뜩이나 없는 식량이. 그러나 그동안 할 수 있는 일들도 있었다. 특히 게르고비아 고지 바로 아래에 있는, 양 옆구리가 깎아지른 듯한 작은 언덕을 점령하는 일이었다.

"저 언덕을 차지하기만 하면 저들의 급수를 대부분 차단할 수 있어." 카이사르가 말했다. "식량을 구하러 다니는 것도 막을 수 있고."

말이 떨어지기 무섭게 실행에 옮겨졌다. 어둠을 틈타는 게 편했으므로 카이사르는 자정부터 새벽 사이에 그 언덕을 장악하고 가이우스 파비우스와 2개 군단을 그곳의 튼튼하게 방비한 진지에 두었으며, 거대한 이중 참호로 그곳의 방어시설을 연장하여 그의 중앙진지에 있는 방어시설과 연결했다.

실제로 자정은 향후 게르고비아 앞의 전투에서 결정적인 시간으로 입증될 것이었다. 이틀 밤이 지난 뒤 아이두이족의 에포레도릭스가 카이사르의 중앙진지로 말을 타고 들어왔다. 비리도마루스가 그와 동행했는데, 비천한 태생이지만 카이사르의 영향력 덕에 아이두이족 원로원 의원이 된 사람이었다.

"리타비쿠스가 베르킹게토릭스 쪽에 붙었소." 에포레도릭스가 몸을 떨며 말했다. "한술 더 떠서 군대까지 넘어갔어요. 저들은 당신과 합류하려는 것처럼 게르고비아로 오고 있지만 베르킹게토릭스에게도 전갈을 보냈소. 저들의 계획은 당신의 진지 안으로 들어오는 순간 안에서부터 장악하고, 동시에 베르킹게토릭스가 밖에서부터 공격하는 것이오."

"그렇다면 내 진지들의 크기를 줄일 시간이 없군." 카이사르가 목소리를 죽여 말했다. "파비우스, 자네는 2개 군단으로 큰 진지와 작은 진지를 지켜야겠네. 병사는 더 내줄 수 없네. 나는 하루 안에 돌아오겠지만, 그동안 나 없이 버텨야 하네."

"해보겠습니다." 파비우스가 말했다.

곧바로 4개 군단과 기병대 전체가 서둘러 진지를 빠져나갔고, 동이 튼 직후 엘라베르 강을 따라 35킬로미터 아래에서 다가오는 아이두이족 군대와 만났다. 카이사르는 게르만족 400명을 보내 아이두이족을 흔들어놓은 다음 공격을 시작했다. 아이두이족 병사들은 달아났지만, 카이사르의 운이 따라주지 않았다. 리타비쿠스는 어찌어찌 공격을 뚫고서 아이두이군 대부분과 함께 게르고비아까지 갔고, 설상가상으로 식량까지 모두 가지고 갔다. 게르고비아는 먹을 수 있게 되었지만, 카이사르는 그렇지 못했다.

두 병사가 도착해서 총사령관에게 상황을 보고했다. 두 진지 모두 매서운 공격을 받고 있으나 파비우스가 아직까지 잘 버티고 있다는 내용이었다.

"좋아, 제군들. 남은 거리 내내 달리자!" 카이사르는 들을 수 있는 이들을 향해 소리친 뒤 말없이 출발했다.

기진맥진한 상태로 도착해보니 파비우스는 여전히 버티고 있었다.

"사상자의 대부분은 화살 공격 때문에 생겼습니다." 귀에서 흐르는 피를 닦아내며 파비우스가 말했다. "베르킹게토릭스가 여건이 될 때마다 궁수를 활용하기로 한 듯한데, 그게 아주 위협적입니다. 마르쿠스 크라수스가 얼마나 병력이 부족하다고 느꼈을지 이해가 될 지경이에요."

"퇴각 외에 별다른 방법이 없을 듯하군." 카이사르가 어두운 목소리로 말했다. "문제는 어떻게 철수할 것인지야. 이대로 돌아서 뛰어갈 수는 없어. 저들이 늑대처럼 달려들 테니까. 그래, 먼저 전투를 벌여 베르킹게토릭스에게 겁을 줌으로써 실제 우리가 철수할 때 그가 주저하게 만들어야 하네."

아이두이족이 공공연한 반란을 일으켰다는 소식을 들고 비리도마루스가 돌아오자, 이 결정은 더욱더 실행해야만 하는 것이 되었다.

"저들은 군관 마르쿠스 아리스티우스를 카빌로눔에서 내쫓은 다음 공격하여 사로잡고 소지품을 전부 빼앗았습니다. 그는 로마 시민을 얼마간 모아 작은 요새로 도피했고, 제 부족민 일부가 마음을 바꿔 그에게 용서를 빌러 갔을 때까지 거기서 버텼습니다. 하지만 많은 로마 시민이 죽었습니다, 카이사르. 게다가 식량도 없어질 겁니다."

"내 운이 다했군." 카이사르는 작은 진지에 있는 파비우스를 찾아가서 말했다. 어깨를 으쓱하다가 커다란 성채 쪽을 본 그의 몸이 굳어졌다. "아!"

파비우스는 곧바로 경계하는 표정이 되었다. 그는 저 '아!'가 무슨 의미인지 알았다.

"전투를 걸 수 있는 방법을 방금 찾은 것 같네."

파비우스는 카이사르의 시선을 따라가더니 얼굴을 찌푸렸다. 이전에 갈리아인들로 가득했던 숲이 우거진 언덕이 비어 있었다. "아, 위험하겠는데요!" 그가 말했다.

"저들에게 속임수를 쓸 걸세." 카이사르가 말했다.

기병대는 워낙 귀해서 낭비할 수가 없는데다, 그중 큰 비중을 차지하는 아이두이족이 자기들 목숨이 너무 위태롭다고 여길 가능성도 늘 존재했다. 진절머리 나는 골칫거리가 아닐 수 없었지만, 그에게는 게르만족 400명이 있었다. 그들은 두려움이라고는 몰랐고 위험한 일에 뛰어들기를 좋아했다. 그들을 보강하기 위해 카이사르는 짐 노새들을 끌고 와서 비전투원들에게 기병 복장을 입힌 다음, 정찰하고 최대한 정보를 입수한 뒤 크게 소란을 피우라는 지시를 내리며 기병대를 내보냈다.

게르고비아 쪽에서 로마군의 두 진지가 바로 들여다보일 가능성이 있었지만, 거리 때문에 자세히 보기는 어려웠다. 이쪽을 감시하던 갈리아인들의 눈에는, 무언가 활발한 움직임이 있고 기병대가 말을 타고 왔다갔다하며 군단들은 군장을 갖춘 채로 이리저리 이동하고 큰 진지에 있던 것들이 모조리 작은 진지로 옮기는 것처럼 보였다.

그러나 성채 기습에 목적을 둔 이 계획의 성공 여부는 언제나 그렇듯 나팔 신호에 달려 있었다. 모든 종류의 작전행동마다 특별한 단음과 특수한 음조가 있었으며, 병사들은 그러한 신호에 즉각 따를 수 있도록 정밀한 훈련을 받았다. 한편 리타비쿠스와 베르킹게토릭스의 군에서 떼 지어 탈영한 아이두이족 병사들이 또다른 어려움을 안겨주었다. 카이사르에게는 처음부터 그에게 충성한 아이두이족 병사들과 이들을 합쳐서 활용하는 것말고 달리 선택의 여지가 없었다. 이들은 공격 시에 우익을 형성하게 되어 있었다. 그러나 이들 대부분이 오른쪽 어깨가 노출되는 아이두이족의 일반적인 쇠사슬 갑옷이 아니라 갈리아의 표준

형 쇠사슬 갑옷을 입고 있었다. 전투복 차림이라서 그들 특유의 적색과 청색 줄무늬 솥을 입고 있지 않았으므로, 오른쪽 어깨의 노출이 없는 그들은 베르킹게토릭스의 병사들과 구분이 되지 않았다.

처음에는 일이 순조롭게 흘러갔다. 8군단이 전투의 선두를 맡았다. 10군단과 함께 싸우고 있던 카이사르가 나팔 신호를 제어했다. 베르킹게토릭스의 진지 세 곳이 함락되었고, 막사에서 자고 있던 니티오브리게스족의 테우토마루스 왕은 옷도 챙길 겨를 없이 상반신을 벌거벗은 채 다친 말을 타고 달아나야 했다.

"이만하면 충분하오." 카이사르가 퀸투스 키케로에게 말했다. "나팔수, 철수 신호를 울리게."

10군단은 이 신호를 분명히 듣고 방향을 틀어 질서 있게 후퇴했다. 그런데 카이사르까지 포함해서 그 누구도 감안하지 못한 점이 하나 있었다. 바로 복잡하고 험준한 지형이었다. 신중하게 엄선된 한 쌍의 폐를 통해 힘차게 분출된 나팔의 쇳소리가 전투의 소음 위로 너무나 크게 솟구친 탓에 모든 절벽이며 갈라진 틈에 부딪혀 튕겨나가며 끝도 없이 울려 퍼졌다. 나팔을 울린 곳에서 10군단보다 더 멀리 있던 군단들은 이 소리가 무슨 신호인지 도통 알 수가 없었다. 그 결과 8군단은 후퇴하지 않았고, 다른 군단들 역시 그랬다. 그리고 게르고비아 반대쪽의 방비를 강화하고 있던 갈리아인들이 몇천씩 몰려와 8군단의 전위부대를 정신없이 몰아붙여 성벽에서 밀어냈다.

순식간에 대실패로 바뀌어가던 상황이 더더욱 걷잡을 수 없이 악화된 것은, 오른쪽에 있던 아이두이족이 입고 있던 갑옷 때문에 적군으로 오인되면서부터였다. 보좌관들과 군관들과 카이사르는 달리고 고함치면서 병사들을 뒤로 끌어냈으며, 그들을 강제로 돌려세우고 거듭 공격했다. 작은 진지에 있던 티투스 섹스티우스가 예비로 남겨둔 13군단의 보병대대들을 이끌고 나온 뒤에야 서서히 혼란 속에 질서가 생겨나기 시작했다. 군대는 진지에 도착했고, 전장은 갈리아인들 차지가 되었다.

백인대장 46명과 700명에 육박하는 사병들이 죽었다. 거의 8군단 소속이었다. 이 사망자 수 앞에 카이사르는 눈물을 흘렸다. 죽은 백인대장 중에 8군단의 루키우스 파비우스와 마르쿠스 페트로니우스도 끼어 있다는 소식을 듣자 더욱 그랬다. 두 사람 다 병사들을 살리려고 애쓰다가 죽은 것이었다.

"잘했지만, 충분히 잘하진 않았다." 카이사르는 집합한 병사들을 향해 말했다. "불리한 지형이었고 너희 모두 그것을 알고 있었다. 너희는 카이사르의 군대다. 다시 말해서 용기와 대담성만이 너희에게 기대하는 전부가 아니라는 의미다. 아, 물론 성벽의 높이나 까다로운 진지 방비 작업이나 끔찍한 산악 지형에 아랑곳하지 않는 것은 아주 훌륭하다. 그러나 내가 너희들을 전투에 내보낼 때는 목숨을 잃으라고 내보내는 것이 아니다! 나는 고작 내 군대가 영웅들로 이루어졌다고 세상에 알리기 위해 내 소중한 병사들과 심지어 더 소중한 백인대장들을 희생시키지 않는다! 죽은 영웅은 아무 소용이 없다. 죽은 영웅은 화장되고 기려지고 잊힌다. 용맹과 열정은 칭찬할 만하지만, 군인의 삶에서 전부는 아니다. 그리고 카이사르의 군대에서는 더더욱 그렇지 않다. 카이사르의 군대에서는 규율과 자제가 다른 어떤 미덕 못지않게 높이 평가된다. 내 병사들은 생각을 해야 한다. 내 병사들은 그들을 움직이게 하는 정열이 제아무리 격렬해도 냉정을 유지해야 한다. 용기보다는 차가운 머리와 명확한 사고가 전투에서 더 많은 승리를 가져다주기 때문이다. 나를 슬프게 만들지 마라! 카이사르에게 눈물 흘릴 이유를 주지 마라!"

병사들은 침묵했다. 카이사르는 눈물을 흘렸다.

잠시 뒤 그는 한 손으로 눈물을 닦고 고개를 저었다. "너희 잘못이 아니었다, 제군들. 난 너희에게 화가 난 것이 아니다. 단지 슬픈 것뿐이다. 나는 대오로 들어갔을 때 같은 얼굴들을 보고 싶지, 더이상 거기 없는 얼굴들을 찾아야 하는 상황을 원치 않는다. 너희는 내 사람들이다. 나는 너희 중 누구도 잃을 수 없다. 병사들을 잃느니 전쟁에 지는 편이 낫다. 그러나 우리는 어제 지지 않았다. 우리는 이 전쟁에서도 지지 않을 것이다. 어제 우리가 이긴 부분이 있다. 어제 베르킹게토릭스가 이긴 부분도 있다. 우리는 그의 진영을 흩어지게 만들었다. 그는 우리를 게르고비아 성벽에서 쫓아버렸다. 우리가 물러날 수밖에 없었던 것은 갈리아인들의 탁월한 용기 때문이 아니라 지독한 지형과 메아리 때문이었다. 나는 언제나 결과에 대해 의구심을 가져왔고, 이건 예상치 못한 일이 아니다. 이 일로 바뀌는 건 없을 것이다. 내 군대에서 사라진 얼굴들이 있다는 것만 다를 뿐이다. 그러니 어제 일을 생각할 때면 메아리를 탓해라. 그리고 내일에 대해 생각할 때는 어제의 교훈을 기억해라."

군단들은 집합지에서 진지를 벗어나 상태가 양호한 지대에서 전투대형을 이루었다. 하지만 베르킹게토릭스는 내려와서 전투 개시에 응하려 하지 않았다. 충실한 게르만족 병사들이 특유의 울부짖는 함성을 질러대자 모든 갈리아인의 등골이 오싹해졌고, 그 덕에 기병대 간의 소규모 접전이 벌어져 게르만족이 영예를 거머쥐었다.

"하지만 전면전은 하지 않으려 들 거야. 고향땅인 이곳 게르고비아에서조차도." 카이사르가 말했다. "그가 나오진 않겠지만, 우리는 내일도 전투대형을 취할 걸세. 그런 뒤엔 게르고비아에서 나갈 거야. 우리가 무사히 나갈 수 있도록 아이두이족이 후방을 맡게 하지."

노비오두눔 네비르눔은 리게르 강과 엘라베르 강의 합류지점과 아주 가까운, 리게르 강 북쪽 둑에 면해 있었다. 게르고비아를 떠나 나흘 뒤 카이사르가 이곳에 도착해보니 리게르 강에 놓인 다리들은 파괴되어 있고 아이두이족은 전면적인 반란을 일으킨 상황이었다. 그들은 카이사르에게 식량을 내주지 않기 위해 노비오두눔 네비르눔으로 들어가 불을 질렀고, 불이 빨리 붙지 않자 카이사르가 뭐라도 건져내는 걸 보느니 창고와 곡물 저장소에 있는 것들을 모조리 강 속에 던져버렸다. 아이두이족 영토에 살던 로마 시민들은 살해당했으며 아이두이족 가운데 로마 동조자들도 살해당했다.

이 시점에 에포레도릭스와 비리도마루스는 카이사르를 발견하고 무수히 우는소리를 늘어놓았다.

"리타비쿠스가 모든 걸 장악했고, 코투스는 복귀되었고, 콘빅톨라부스는 시키는 대로 하고 있소." 에포레도릭스가 침울하게 말했다. "비리도마루스와 나는 땅을 몰수당한 뒤 추방되었어요. 그리고 조만간 베르킹게토릭스가 비브락테 안에서 범갈리아 부족회의를 열 계획이오. 그 후엔 카르누툼에서 총동원령을 발동할 거고요."

카이사르는 굳은 얼굴로 경청했다. "추방당했건 아니건 당신들 부족에게 돌아가시오." 이야기가 끝나자 그가 말했다. "그들에게 내가 누구인지, 어떤 사람인지, 어디로 갈 생각인지 상기시켜주시오. 아이두이족이 내 앞길을 가로막으려 한다면, 나는 황소가 딱정벌레를 밟아 누를 때보다도 더 납작하게 아이두이족을 박살낼 것이오. 아이두이족은 로마와 공식 조약을 맺었고 우호동맹 지위를 가지고 있소. 하지만 지금과 같은 미친 짓을 계속한다면 모든 것을 잃게 될 거요. 이제 어서 돌아가서 내가 말한 대로 하시오."

"이해가 안 됩니다!" 퀸투스 키케로가 외쳤다. "아이두이족은 근 100년 동안 우리와 동맹관계를 유지해왔습니다. 아헤노바르부스가 아르베르니족을 정복할 때도 너무나 기꺼이 지원했어요. 라틴어까지 할 정도로 로마화되지 않았습니까! 그런데 왜 이렇게 마음이 바뀐 거죠?"

"베르킹게토릭스 때문이오." 카이사르가 말했다. "그리고 드루이드를 빼놓아선 안 되겠고. 야심 많은 리타비쿠스도 잊어선 안 되겠지요."

"리게르 강을 잊지 맙시다." 파비우스가 말했다. "아이두이족은 어디에도 다리 하나 남겨놓지 않았습니다. 정찰병들을 시켜 수 킬로미터를 확인했습니다. 다들 봄 동안은 걸어서 건널 수 없다고 확언하더군요." 그는 미소를 지었다. "그렇지만 걸어서 건널 수 있는 지점을 찾아냈습니다."

"잘했네!"

카이사르가 아이두이족 기병대에게 요구한 마지막 임무는 강물 속으로 말을 달려 물살에 맞서 버티는 것이었다. 기병 1천 명 전원이 강을 가득 채움으로써 거센 물살과 군단들 사이의 완충재 역할을 했으며, 병사들은 허리 훨씬 위로 올라오는 물속을 문제없이 건넜다.

"다만," 13군단 백인대장 무틸루스가 북쪽 둑에 이르자마자 몸을 떨며 말했다. "이제 우리에겐 좆이 하나도 남지 않았다는 겁니다, 카이사르! 저 얼음장 같은 물 속에서 떨어져버렸으니까요."

"말도 안 되는 소리, 무틸루스!" 카이사르가 씩 웃으며 말했다. "너희 모두 좆같은 자식들 아닌가! 안 그래, 제군들?" 그는 추워서 새파랗게 질린 무틸루스의 백인대 병사들을 향해 물었다.

"맞습니다, 장군님!"

"음!" 카이사르는 이렇게 대꾸한 뒤 말을 타고 떠났다.

"운이 좋습니다." 말을 타고 그를 만나러 온 섹스티우스가 말했다. "아이두이족이 노비오두눔 네비르눔을 태웠을진 몰라도, 자기네 곳간과 곡식 저장고는 도저히 태울 수 없었나 봅니다. 시골 지역에는 식량이 가득해요. 며칠간은 잘 먹을 수 있겠습니다."

"좋아, 그럼 식량 징발대를 꾸리게. 그리고 혹시 아이두이족을 발견하면 죽이게, 티투스."

"우리 기병대가 보는 앞에서 말씀입니까?" 섹스티우스가 멍하니 물었다.

"아, 아니지. 난 이제 아이두이족과는 끝이네. 아이두이족 기병대도 포함해서 말이지. 날 따라오면 내가 그들을 해고하는 걸 볼 수 있을 거야."

"하지만 기병대가 없으면 안 됩니다!"

"내 병사들의 뒤통수에 창을 겨누는 기병대는 없는 편이 더 나아! 하지만 걱정 말게, 기병대가 생길 테니. 레미족의 도릭스에게 전갈을 보냈네. 우비족의 아르미니우스에게도. 이제부터는 꼭 필요한 경우가 아닌 한 더이상 갈리아 기병대를 쓰지 않을 생각이네. 기병대를 새로 조직해서 게르만족을 쓸 거야."

그날 밤 진지에서 그는 작전회의를 열었다.

"아이두이족이 반란을 일으켰으니 베르킹게토릭스는 틀림없이 승리를 확신할 걸세. 그렇다면, 파비우스, 그는 내가 뭘 할 거라고 추측하겠는가?"

"사령관님이 장발의 갈리아에서 퇴각해 프로빙키아로 가리라고 추측할 겁니다." 파비우스가 주저 없이 대답했다.

"그래, 내 생각도 그렇네." 카이사르는 어깨를 으쓱했다. "사실 그게 신중한 대안이지. 우리는 도망중이네. 아니, 그는 그렇게 믿고 있지. 우리는 게르고비아를 점령하지 못한 채 퇴각해야 했어. 아이두이족은 믿을 수 없고. 이런 완전한 적지에서 우리가 어떻게 계속 살아남을 수 있을까? 모두가 우리를 위협하고 있어. 게다가 무엇보다 중요한 점이지만, 우린 끊임없이 식량 부족에 시달리고 있네. 우리가 아이두이족의 지원 없이 계속 버티는 일은 불가능하네. 그러니 결론은 프로빙키아지."

"도처에서 분쟁이 일어나는 곳이죠." 새로운 목소리가 말했다.

파비우스, 퀸투스 키케로, 섹스티우스는 소리가 나는 쪽을 쳐다보고 깜짝 놀랐다. 열린 천막 덮개 사이를 채우고 있는 덩치가 너무도 커서, 그 어깨에 붙은 머리가 너무 작아 보일 지경이었다.

"이런, 이런," 카이사르가 상냥한 어조로 말했다. "드디어 마르쿠스 안토니우스가 오셨군! 밀로의 재판은 언제 끝났나? 4월 초? 지금은 언제지? 7월 중순? 어떻게 왔나, 안토니우스? 시리아를 통해서?"

안토니우스는 천막 덮개를 홱 잡아당겨 닫더니 사굼을 벗어던졌다. 이렇듯 비꼬는 인사에도 별 동요가 없이 태연해 보였다. 그가 환하게 미소 짓자 완벽한 흰 치아가 빛났다. 그는 적갈색 고수머리를 한 손으로 쓸며 미안한 기색도 없이 외재당숙을 빤히 쳐다보았다. "아뇨, 시리아 쪽은 아니었어요." 그는 이렇게 대꾸한 뒤 주변을 둘러보기 시작했다. "저녁 시간이 한참 지난 건 알지만 뭐 먹을 것 좀 없을까요?"

"내가 왜 자넬 먹여야 되나, 안토니우스?"

"저한테 다른 건 거의 없이 소식만 잔뜩 있기 때문이죠."

"빵과 올리브, 치즈가 있네."

"구운 황소 고기가 낫겠지만, 빵과 올리브와 치즈로 하죠 뭐." 안토니우스는 빈 의자에 앉았다. "어이, 파비우스, 섹스티우스! 어떻게 지냈어요? 그리고 퀸투스 키케로라, 역시! 당신은 진짜 이상한 사람들과 어울린다니까요, 카이사르."

퀸투스 키케로는 고개를 치켜들었다. 하지만 이 모욕적인 말에는 사람들을 녹이는 미소가 딸려 있었고, 다른 두 보좌관들은 싱긋 웃고 있었다.

음식이 도착하자 안토니우스는 맛있게 먹기 시작했다. 그는 하인이 채워준 잔을 한 모금 벌컥 들이켰다가 눈을 깜박이더니 분개하여 잔을 내려놓았다. "이건 물이잖아!" 그가 말했다. "난 포도주가 필요하다고!"

"물론 그렇겠지." 카이사르가 말했다. "하지만 내 전투 막사 어디에도 포도주는 없을 거네. 나는 전투중에 술을 금하니까. 그리고 내 선임 보좌관들이 물로 만족한다면, 보잘것없는 내 재무관도 당연히 그래야 하겠지. 게다가 자네는 마셨다 하면 멈출 줄을 모르잖나. 지극히 해로운 물질에 심각하게 중독되어 있다는 확실한 징후지. 나와 전투를 하면 자네에게도 이로울 걸세. 술 없이 지내다보면, 숙취로 인한 두통이 없을 땐 진지한 생각을 할 수 있다는 사실을 깨닫게 될지도 모르니 말이야." 안토니우스의 입이 항변하려고 벌어지는 것을 보자 카이사르는 선수를 쳤다. "그리고 가비니우스는 어쨌니 하는 얘기는 시작도 하지 말게! 그는 자넬 제어하지 못했지만, 나는 그리할 수 있어."

안토니우스는 입을 다물고 적갈색 눈을 깜박이며 꼭 폭발하기 일보 직전의 아이트나 산 같은 표정을 짓더니, 돌연 웃음을 터뜨렸다. "아, 일주일간 앉지도 못할 만큼 제 궁둥이를 세게 걷어찼던 날 이후로 하나도 안 변하셨네요!" 말을 할 수 있을 정도로 웃음이 잦아들었을 때 그가 말했다. "이분은," 그는 다른 이들을 향해 큰 소리로 선언했다. "우리 집안사람 모두의 채찍입니다. 공포의 대상이죠. 하지만 이분이 입을 열었다 하면, 어마어마하게 철없는 우리 어머니조차 울고 소리지르는 걸 멈춘다니까요."

"그렇게 말이 많을 거면 이왕에 지각 있는 말이었으면 좋겠군, 안토니우스." 카이사르는 정색하고 말했다. "남쪽 상황은 어떤가?"

"음, 루키우스 외숙부를 만나러 나르보에 갔었어요. 아니, 제가 가려고 한 게 아니라 아렐라테에서 호출을 받은 거지만. 외숙부가 당숙께 책 네 권 분량의 편지를 보냈죠." 그는 바로 옆 바닥에 놓아둔 안장주머니를 뒤지더니 두꺼운 두루마리를 꺼내 카이사르에게 건넸다. "원하시면 요약해드릴 수 있어요."

"자네 요약을 들어보고 싶군, 안토니우스. 말해보게."

"봄이 오자마자 일이 터졌어요. 룩테리우스가 가발리족과 남부 아르베르니족 일부를 케벤나 산괴 동쪽으로 보내 헬비족과 전쟁을 시작했어요. 이게 최악의 소식이죠." 안토니우스가 진지하게 말했다. "헬비족은 격파당했어요. 그들은 전장에서 가발리족을 물리칠 수 있을 만큼 수적 강세가 있다고 판단했지만, 그들이 계산에 넣지 못한 건 아르베르니족 분견대였어요. 그들은 처참하게 패했어요. 돈노타우루스는 살해됐지요. 하지만 카부루스와 그의 더 어린 아들들은 살아남았고, 그후로 상황이 훨씬 좋아졌어요. 헬비족은 이제 그들의 도시 안에서 안전해요."

"아들을 잃다니 카부루스가 크게 상심했겠군." 카이사르가 말했다. "알로브로게스족이 무슨 생각을 하고 있는지 아는 게 있나?"

"뭐가 됐든 베르킹게토릭스에 합류할 생각은 아니에요! 그들의 땅을 거쳐서 왔는데 아주 바쁘게 움직이고 있더군요. 사방에 방비를 해뒀고, 수비대를 세워놓지 않은 정착지가 없었어요. 어떤 공격도 맞을 준비가 되어 있어요."

"볼카이 아레코미키족은?"

"루테니족과 카르두르키족, 일부 페트로코리족이 바르도 강과 타르니스 강 사이 프로빙키아 경계선 전체를 따라 공격을 감행했지만, 루키우스 외숙부가 그들을 대단히 효율적으로 무장하고 조직해놔서 놀랍도록 잘 버텨냈어요. 물론 외따로 떨어진 정착촌 일부는 타격을 입었지만요."

"아퀴타니족은?"

"지금까진 거의 문제가 없었어요. 니티오브리게스족은 베르킹게토릭스에 대한 지지를 표명했어요. 이들 부족의 왕 테우토마루스가 아퀴타니족 중에서 기병 용병들을 고용했지요. 하지만 그는 룩테리우스 같은 평범한 인간 밑에 있기엔 자기 태생이 너무 훌륭하다고 여겨서 결국 베르킹게토릭스 쪽으로 넘어갔어요. 이 일말고는, 가룸나 강 이남은 평온하고 통치 상황도 조용해요." 안토니우스는 잠깐 말을 멈췄다. "이건 전부 루키우스 외숙부가 하신 말씀이에요."

"자네 외숙부 루키우스가 오만한 테우토마루스 왕의 긴 여정 끝을 제대로 즐기시겠군. 그는 윗도리도 없이 다친 말을 타고 게르고비아에서 도망쳐야 했어. 그렇지 않았다면 언젠가 내 개선식 행렬에서 걷게 되었을 텐데." 카이사르가 말했다. 그는 마르쿠스 안토니우스 쪽으로 고개를 살짝 기울였다. 그의 세 보좌관들이 그에게서 한 번도 보지 못한 어떤 특이한 기미가 더해진 몸짓이었다. 갑자기 그는 왕 중의 왕 같고 안토니우스는 그의 발밑에 놓인 벌레에 불과해 보였다. 얼마나 놀라운 일인가! "고맙네, 안토니우스."

그는 파비우스, 섹스티우스, 퀸투스 키케로에게로 고개를 돌렸다. 평소의 카이사르, 다른 수천 번의 때와 조금도 다를 바 없는 카이사르의 모습이었다. 내 착각이었나보군, 하고 파비우스와 섹스티우스는 생각했다. 그가 저 일가의 왕이로군, 하고 퀸투스 키케로는 생각했다. 카이사르와 우리 형님이 잘 지내지 못하는 것도 당연해. 두 사람 다 자기 집안의 왕이니까.

"좋아, 프로빙키아 상황은 안정적이면서도 위험하군. 필시 베르킹게토릭스도 지금의 나만큼이나 상황을 잘 알고 있겠지. 그래, 그는 내가 프로빙키아로 후퇴할 걸로 예상할 걸세. 그러니 나는 그 예상에 따라줘야 할 것 같군."

"카이사르!" 파비우스가 둥그레진 눈으로 헉 소리를 냈다. "안 됩니다!"

"물론 아게딩쿰에 먼저 가야 하네. 충성스럽고 지칠 줄 모르는 15군단은 물론이고, 트레보니우스와 물자 수송대도 두고 갈 수가 없으니까. 티투스 라비에누스와 그가 데리고 있는 4개 군단도 두고 떠날 순 없고."

"그 사람은 어떻게 지내요?" 안토니우스가 물었다.

"늘 그렇듯 아주 잘 지내지. 루테티아 점령에 실패했을 때 그는 상류로 이동해서 세콰나 강에 있는 또다른 큰 섬인 메티오세둠으로 갔네. 그곳은 순식간에 점령됐지. 그들이 배를 불살라버리지 않았던 거야. 그런 뒤 그는 루테티아로 돌아갔어. 그가 등장하는 순간 파리시족은 그들의 섬 요새에 불을 지르고 재빨리 북쪽으로 달아났지." 카이사르는 얼굴을 찌푸리며 상아 대좌에서 자세를 고쳤다. "아무래도 내가 게르고비아에서 패했고 아이두이족이 반란을 일으켰다는 소문이 갈리아 한쪽 끝에서 다른 쪽 끝까지 퍼지고 있는 것 같네."

"뭐라고요?" 안토니우스는 이렇게 물었다가, 돌아오는 시선에 입을 다물었다.

"오늘 오후 늦게 라비에누스에게서 온 편지에 따르면, 지금은 세콰나 강 이북의 장기전에 복잡하게 얽혀 들어갈 때가 아니라고 판단했다는군. 내 생각을 어쩌나 잘 아는지, 참으로 놀라워! 내가 내 군대 전체를 원하리란 걸 안 거지." 씁쓸한 기색이 카이사르의 목소리에 스며들었다. "그는 떠나기 전에 파리시족과—그들의 사령관은 아울레르키족인 카물로게누스 영감이었네—그들의 새 동맹들에게 티투스 라비에누스의 성질을 돋우면 득 될 게 없다는 걸 가르쳐주는 게 현명하겠다고 생각했어. 새로운 동맹들은 콤미우스의 아트레바테스족과 몇몇 벨로바키족이었지. 라비에누스는 그들에게 속임수를 썼네. 언제든 그럴 수 있는 사람이지. 카물로게누스와 아트레바테스족을 포함해 대부분이 죽었어. 지금 라비에누스는 아게딩쿰으로 가고 있네." 카이사르는 자리에서 일어났다. "나는 자러 가야겠네. 아침 일찍 출발할 거야. 하지만 프로빙키아가 아니라 아게딩쿰으로."

"정말로 카이사르가 게르고비아에서 패한 겁니까?" 총사령관 막사를 나서면서 안토니우스가 파비우스에게 물었다.

"그분이? 패했냐고? 아니, 당연히 아니네. 비긴 전투였지."

"승리할 수도 있었는데," 퀸투스 키케로가 말했다. "저 망할 아이두이족 때문에 리게르 강 북쪽으로 되돌아가야 하지만 않았어도 말이야. 갈리아인들은 쉽지 않은 적이네, 안토니우스."

"라비에누스에 대해 그리 칭찬하시면서도 어쩐지 그를 탐탁지 않아하시는 것 같던데요."

세 선임 보좌관들은 침울한 시선을 주고받았다. "그게, 라비에누스는 카이사르에게 골칫거리라네. 고결한 사람이 아니지. 그렇지만 전장에서는 뛰어나고. 우리 생각엔, 카이사르는 그를 필요로 해야만 하는 상황이 싫은 거네." 퀸투스 키케로가 말했다.

"더 자세히 알고 싶으면 아울루스 히르티우스에게 물어보게." 섹스티우스가 말했다.

"오늘밤 나는 어디서 잡니까?"

"내 천막에서." 파비우스가 말했다. "짐이 많은가? 당신네 시리아의 대실력자들은 다 그렇겠지, 물론. 무희들이며 배우들이며 사자가 끄는 전차까지."

"사실은," 안토니우스가 씩 웃으며 말했다. "항상 사자가 끄는 전차를 몰아보고 싶었어요. 하지만 어쩐지 가이우스 당숙님이 허락할 것 같지가 않았지요. 그래서 무희들과 배우들은 전부 로마에 두고 왔습니다."

"그럼 사자는?"

"여전히 아프리카에서 자기들 입가를 핥고 있죠."

"왜 아이두이족이 아르베르니족 사람을 지고왕이자 총사령관으로 인정해야 하는지 이유를 모르겠소!" 리타비쿠스는 비브락테에 모인 영주들에게 말했다.

"아이두이족이 새로운 갈리아 독립 민족에 속하길 바란다면 다수의 뜻을 받아들여야 하오." 베르킹게토릭스와 나란히 차지한 단상에서 카트바드가 말했다.

그 발언으로 아이두이족의 불만이 터져나오기 시작했다. 아이두이족 귀족들이 자기네 회의장에 들어와보니 공식적으로 주재하는 사람은 단 두 명인데다, 둘 다 아이두이족도 아니었다. 회의장 바닥에서 아르베르니족 사람을 올려다보면서 논의해야 한다는 건 참을 수 없는 일이었다! 감내하기엔 너무 큰 모욕이었다!

"그러면 다수가 베르킹게토릭스를 원한다는 건 어디서 나온 근거요?" 리타비쿠스가 따지듯 물었다. "선거가 열린 적이 있소? 열린 적이 있었다면 아이두이족은 초대받지 못했소! 우리가 아는 거라곤 카트바드가 소수의 영주들에게—그중에 아이두이족은 하나도 없었소!—왼쪽 무릎을 꿇어 베르킹게토릭스를 그들의 왕으로 인정해야 한다고 주장했다는 게 다요! 우리는 그리하지 않았소! 앞으로도 하지 않을 거고요!"

"리타비쿠스, 리타비쿠스!" 카트바드가 자리에서 일어나며 소리쳤다. "우리가 이기려면, 우리가 연합 단일 민족으로 독립하려면, 우리의 자치권 확립을 위한 전쟁이 끝날 때까지 누군가는 왕이 되어야 하오! 그런 후에야 모든 부족들로 이루어진 총 부족회의 자리에 앉아서 우리의 영구적인 통치체제는 어떤 형태가 되어야 할지 결정할 여유도 있는 거요. 그사이에 우리 여러 부족들을 하나로 모아줄 사람으로 투아타가 베르킹게토릭스를 선택한 것이오."

"아, 알겠군요! 그러니까 이게 다 카르누툼에서 이루어진 것이오?" 코투스가 일어나며 비웃듯이 말했다. "우리의 옛 적 중 하나를 지고왕으로 올리려는 드루이드의 음모 말이오!"

"음모 같은 건 이전에도 없었고 지금도 없소." 카트바드가 참을성 있게 말했다. "오늘 이 자리에 참석한 아이두이족 분들은, 갈리아 부족들에게 스스로를 바친 사람이 아이두이족이 아니었다는 사실을 기억해야 하오. 카이사르를 괴롭히고 있는 이 격변의 저항을 처음으로 일으킨 사람은 아이두이족이 아니었소. 갈리아 부족들을 찾아다니며 지지를 이끌어낸 사람도 아이두이족이 아니었소. 그건 아르베르니족이었소. 그 사람은 베르킹게토릭스였소!"

"아이두이족 없이 당신들이 말하는 갈리아 연합은 가망이 없소." 콘빅톨라부스가 리타비쿠스와 코투스 편에 서며 말했다. "아이두이족이 아니었다면 게르고비아의 승리도 없었을 거요."

"그리고 아이두이족 없이는," 리타비쿠스가 당당하게 가슴을 펴며 말했다. "당신들의 소위 갈리아 연합은 드루이드들의 허수아비처럼 속이 비어 있을 거요! 아이두이족이 없으면 당신들은 성공할 수 없소! 당신들을 끌어내리는 방법은 간단하지요. 우리가 카이사르에게 가서 사과하고 다시 로마인들을 위해 일하기만 하면 되는 거요. 로마인들에게 식량을 주고, 기병대를 주고, 보병대를 주고, 정보를 주면 되는 거요. 특히 정보를 주면 말이오!"

베르킹게토릭스는 일어나서 단상 가장자리로 걸어갔다. 지금까지 아이두이족을 제외한 그 누구도 오른 적 없던 단상이었다. 아니, 카이사르도 제외해야겠지만(아이두이족은 이 사실을 기억하지 않는 쪽을 택했다).

"아무도 아이두이족이 중요하다는 것을 부정하지 않소." 그는 낭랑한 목소리로 말했다. "누구도 아이두이족을 깎아내리고 싶어하지 않아요. 누구보다도 내가 가장 그렇소. 그러나 나는 갈리아의 왕이오! 이 사실을 피해 갈 수는 없으며, 나머지 갈리아 부족들이 기꺼이 여러분 중 하나를 나 대신 이 자리에 올리려 할 가능성도 없소. 당신은 야망이 큰 사람이오, 리타비쿠스. 당신은 우리의 대의에 있어 대단히 귀중한 존재임을 증명했소. 나는 이 자리의 어느 누구보다도 그 점을 인정하오. 하지만 갈리아 부족민들이 왕관 아래 보는 얼굴은 당신 얼굴이 아니오. 나는 동방의 통치자들처럼 흰색 띠를 두르는 것이 아니라 왕관을 쓸 것이기 때문이오!"

카트바드가 다가와 그의 옆에 서며 말했다. "답은 간단하오. 레미족, 링고네스족, 트레베리족을 제외한 해방 갈리아의 모든 부족 대표가 오늘 이 자리에 참석했소. 트레베리족은 사과의 말과 함께 성공을 기원하는 인사를 전해 왔소. 그들은 말을 노리는 게르만족의 끊임없는 습격 때문에 그들의 영토를 떠날 수 없다고 하오. 레미족과 링고네스족의 경우는, 그들은 친로마파요. 그들은 불행한 운명을 맞을 것이오. 그러면 표결을 실시하겠소. 왕을 고르기 위해서가 아니오! 후보는 오직 한 사람, 베르킹게토릭스요. 표는 간단히 찬성 아니면 반대로 하겠소. 베르킹게토릭스는 갈리아의 왕이오, 왕이 아니오?"

투표 결과는 압도적이었다. 아이두이족만 반대표를 던졌다.

표결이 실시된 후 단상 위의 카트바드는 겨우살이로 장식된 얇은 흰색 천 밑에서 물건 하나를 꺼냈다. 양쪽 옆에 보석 박힌 황금 날개가 장식된 황금 보석관이었다. 베르킹게토릭스가 무릎을 꿇자 카트바드가 그에게 왕관을 씌워주었다. 영주들이 왼쪽 무릎을 꿇을 즈음 아이두이족도 항복하고 무릎을 꿇었다.

"때를 기다립시다." 리타비쿠스가 코투스에게 속삭였다. "저자는 희생양이 될 거요! 저자가 우리를 이용할 수 있다면 우리도 저자를 이용할 수 있소."

이러한 암류가 흐르고 있음을 베르킹게토릭스는 잘 알고 있었다. 하지만 그냥 무시하고 넘어가기로 마음먹었다. 갈리아에서 로마와 카이사르를 몰아낸 다음엔 왕관을 쓸 권리를 지키는 데 모든 정력을 쏟을 수 있을 테니까.

"각 부족은 최고위층 인질 열 명을 게르고비아로 보내시오." 갈리아의 왕이 말했다. 회의에 앞서 카트바드와 이 문제를 논의한 터였다. 카트바드는 불신의 증거라 했고, 베르킹게토릭스는 신중함의 증거라고 했다.

"카르누툼 동원령이 있기 전에 내 보병군의 규모를 키울 생각은 없소. 카이사르의 군대와 총력전으로 맞서지 않을 것이기 때문이오. 하지만 기마 전사 1만 5천 명을 추가로 요청하는 바이며, 이는 즉각 제공되어야 할 것이오. 이것이 여러분의 왕으로서 내 명령이오. 이 병력과 기존에 갖고 있던 기병대를 이용해서 로마인들이 식량을 아예 징발하지 못하도록 막겠소."

그의 목소리가 커졌다. "더 나아가, 여러분의 희생이 필요하오. 카이사르의 행군 경로에 있는 모든 부족은 그들의 촌락과 곳간과 곡물 저장고를 반드시 파괴하도록 명하겠소. 처음부터 이 일에 참여했던 부족들은 이미 그렇게 했소. 그러나 이제 아이두이족, 만두비족, 암바리족, 세콰니족, 세구시아비족에게 이를 명하는 바요. 나의 다른 부족들은……."

"들었습니까? '명하겠소!'라니. '나의 다른 부족들!'이라니." 리타비쿠스가 성난 목소리로 말했다.

"……로마인들에게 괴로움을 안기기 위해 괴로움을 겪어야만 하는 이들에게 식량과 거처를 제공할 것이오. 이것이 유일한 방법이오. 전장에서의 용맹함만으로는 충분치 않소. 우리는 겁쟁이들과 싸우는 것이 아니오. 전설 속의 스칸디아 전사들과 싸우는 것도, 얼간이들과 싸우는 것도 아니오. 우리의 적은 위대하고 용맹하고 영리해요. 그러니 우리 무기고에 있는 모든 무기를 동원하여 싸워야 하오. 우리는 더 위대하고, 더 용맹하고, 더 영리해져야 하오. 우리의 신성한 땅을 태우고, 수확물을 파묻고, 카이사르의 군대를 돕거나 먹여줄 수도 있는 것들은 무엇이든 태워야 하오. 그 대가는 그럴 만한 가치가 충분하오, 동료 갈리아인 여러분. 그 대가는 자유이자 진정한 독립이자 우리의 국가요! 자유로운 땅의 자유인들!"

"자유로운 땅의 자유인들!" 영주들은 큰 소리로 외친 뒤, 움푹 꺼진 나무 바닥에 굉음이 날 때까지 발을 쾅쾅 굴렀다. 그렇게 점점 발소리에 장단이 맞춰지고 전장에서 둥둥 울리는 1천 개의 북소리가 되는 동안, 번쩍이는 왕관을 쓴 베르킹게토릭스는 그들을 내려다보았다.

"리타비쿠스, 아이두이족 보병 1만 명과 아이두이족 기병 800명을 알로브로게스족 영토로 보내라고 명하오. 그들이 우리에게 합류할 때까지 싸우시오." 왕이 말했다.

"내가 직접 지휘할까요?"

베르킹게토릭스는 미소를 지었다. "친애하는 리타비쿠스, 당신같이 귀중한 사람을 알로브로게스족에 낭비할 순 없지요." 그는 다정하게 말했다. "당신 형제 중 하나면 되오."

갈리아의 왕은 소리 높여 외쳤다. "로마인들이 우리 땅에서 프로빙키아로 향하기 시작했다는 정보를 입수했소! 게르고비아에서의 승리로 방향이 바뀌기 시작한 조류가 이제 밀려들어오고 있소!"

카이사르의 군대는 다시 하나로 모였다. 다만 이제 15군단은 없었다. 노련해진 그 병사들은 다른 10개 군단에 조금씩 나뉘어 군단들의 덩치를 불리는 역할을 했는데, 특히 10분의 1 이상 줄어든 8군단에 집중적으로 투입되었다. 군대는 라비에누스, 트레보니우스, 퀸투스 키케로, 파비우스, 섹스티우스, 히르티우스, 데키무스 브루투스, 마르쿠스 안토니우스 및 다른 몇몇 보좌관들과 함께 가지고 있는 짐들을 모조리 끌고 아게딩쿰에서 충성스러운 링고네스족의 영토를 향해 동쪽으로 이동했다.

"우리가 얼마나 멋지고 통통한 미끼로 보일는지," 카이사르는 흡족한 듯이 트레보니우스에게 말했다. "10개 군단과 기병 6천에 저 많은 짐까지 말이야."

"그 기병 중 2천은 게르만족이고요." 트레보니우스는 싱긋 웃으며 대꾸한 뒤 고개를 돌려 라비에누스를 쳐다보았다. "새 게르만족 기병대가 어떤 것 같습니까, 티투스?"

"저들을 데려오는 데 쓴 돈 중에 1세스테르티우스도 아깝지 않을 정도네." 라비에누스가 만족스러워하는 끙 소리를 내며 말했다. 말의 이빨 같은 이가 드러나 보였다. "하지만 카이사르, 제대로 기분 상한 우리 군관들 사이에서 사령관님 이름이 사랑스럽게 불리고 있진 않을 겁니다!"

카이사르는 크게 웃고는 양 눈썹을 치켜세웠다. 게르만족 1천600명이 아게딩쿰에서 기다리고 있었고, 트레보니우스는 게르만족의 조랑말을 레미족의 준마와 교환하려고 갖은 애를 썼다. 그렇다고 레미족이 주저한 건 아니었다. 그들은 자기들 말에 엄청나게 비싼 가격을 매기고 있었으므로, 종마만 제외하고 가진 말 전부를 포기할 준비가 되어 있었다. 다만 레미족의 보유량은 충분하지가 않았다. 결국 카이사르가 도착해서 이 부족분 문제를 해결했다. 휘하 군관 전원에게 게르만족의 조랑

말을 받고, 그 대신 그들이 타던 다리를 높이 들고 걷는 아름다운 이탈리아 말을 포기하도록 강제한 것이다. 공마라도 예외는 없었다. 화내고 괴로워하는 소리가 수 킬로미터를 가도록 들릴 정도였지만, 카이사르는 꿈쩍도 하지 않았다.

"페가수스에 타나 조랑말에 타나 자네들이 맡은 일은 똑같이 잘할 수 있네." 그가 말했다. "필요하면 하기 싫은 것도 해야지. 그러니까 이만 입 닫아, 멍청이들아!"

20킬로미터 길이에 쇠미늘로 반짝거리는 로마군 구렁이는, 양옆에서 야단스레 떠들어대는 게르만족 기병 2천 명과 레미족 기병 4천 명과 함께 구불구불 동쪽으로 향했다.

"대열을 왜 저리 길게 짜는 거요?" 끝없이 이어질 것 같은 이 대열을 말 등에 탄 채 언덕 꼭대기에서 지켜보고 있던 테우토마루스 왕이 베르킹게토릭스 왕에게 물었다. "전방을 훨씬 넓게 해서 행군하지 않고? 그렇게 해도 종대는 고수할 수 있을 텐데요. 그저 4개나 5개나 6개 종대를 나란히 배치하면 되니까."

"왜냐하면," 베르킹게토릭스가 참을성 있게 말했다. "군대가 아무리 커도, 가늘게 늘인 종대의 전체 길이를 따라 공격하기는 힘들기 때문이오. 카르누툼 총동원령 후에 내가 바라던 대로 병사 30만이나 40만 명을 얻게 된다 해도 나는 긴 종대로 펼 거요. 물론 그 정도로 병사가 많으면 확실히 쉽지는 않겠지만. 로마군 구렁이는 아주 영리해요. 종대의 어느 부분이 공격당하든 간에 나머지가 양익처럼 바뀌면서 공격한 자들을 에워싸지요. 그리고 워낙 혹독한 훈련을 받아서, 우리는 고작 집결밖에 못할 시간에 자체적으로 하나 이상의 방진을 짤 수 있소. 내가 궁수 수천 명을 원하는 건 이 점 때문이기도 하지요. 겨우 일 년 전에 파르티아인들이 행군중인 로마군 종대를 공격해서 완패시켰다는 얘기를 들었거든요. 궁수들과 전체 다 기병으로 구성된 군대 덕분에 말이오."

"그럼 저대로 가게 내버려두실 거요?" 테우토마루스 왕이 물었다.

"아니, 멀쩡하게는 아니오. 저들의 기병은 6천이고 내게는 3만 기병이 있소. 확률상 유리하지요. 보병전은 없소, 테우토마루스. 하지만 기병전은 치를 거요. 아, 궁기병들을 쓸 수 있는 날에 말이오!"

카이사르군이 이카우나 강 북쪽 둑에서 멀지 않은 곳까지 이동할 무렵, 베르킹게토릭스는 세 무리로 쪼갠 기병대로 공격을 감행했다. 갈리아군 작전의 핵심은, 카이사르가 상대적으로 빈약한 그의 기병대를 보병 대열에서 자유롭게 떨어져 싸우게 하려 들지 않으리라는 계산이었다. 베르킹게토릭스는 카이사르가 기병들에게 대열에 바짝 붙어 가라고 명령하며 갈리아군의 공격을 막아내는 것만으로 만족하리라고 확신했다.

갈리아인들은 자신감에 넘친 나머지 왕 앞에서 공개적으로 맹세했다. 로마군 보병대열 사이로 두 번 이상 달리지 않는 자는 고향집과 아내와 자식들을 보는 기쁨을 다시는 맛보지 못할 거라고.

갈리아군 세 무리 중 9천 명에 달하는 한 무리가 로마군 양 옆구리에 모여든 한편, 세번째 무리는 대열의 선두를 공격하기 시작했다. 하지만 문제는, 이 같은 대규모 기병 공격에서는 지면이 비교적 평평하고 지나다닐 수 있어야 한다는 점이었다. 그런데 이곳은 로마군 보병이 수레를 끌고, 방진을 짜고, 짐과 포를 전부 안쪽으로 끌고 가기에 유리한 땅이었다. 게다가 카이사르도 베르킹게토릭스의 예상대로 움직이지 않았다. 그는 기병대에게 계속 대열에 바짝 붙어 보병대를 보호하라고 지시하는 대신, 보병대가 자기들 스스로를 보호하게 하고 기병대를 각각 2천 명씩 셋으로 쪼갰다. 그런 뒤 이들을 라비에누스의 지휘하에 내보내 탁 트인 공터에서 갈리아군과 대적하게 했다.

오른쪽 측면의 게르만족이 그날 승리의 주역이었다. 그들은 대열 맨 위로 가서 게르만족 기병대를 두려워하는 갈리아인들을 몰아내고, 소리를 지르며 그들 속으로 달려들었다. 갈리아인들은 남쪽으로 달아났으며 순식간에 강까지 밀려났다. 그곳에서 베르킹게토릭스는 보병대를 정렬시키고 공황 상태에 빠진 병사들을 진정시키려 애썼다. 그러나 맹렬히 뒤따라오는 게르만족을 막을 길은 없었다. 훌륭한 말까지 갖춘 상태에서는 더더욱 그랬다. 투구를 쓰지 않은 정수리에 머리칼을 복잡한 매듭처럼 돌돌 틀어 감아놓은 우비족 전사들은 살육의 광란에 사로잡혀 적군을 모조리 추적했다. 이에 비해 모험심이 덜했던 레미족은 자존심에 살짝 타격을 입고는 게르만족을 따라 하려고 최선을 다했다.

퇴각한 쪽은 베르킹게토릭스였다. 그의 후방은 게르만족과 레미족에 하루종일 시달렸다.

다행히도 그날 밤은 캄캄했다. 덕분에 카이사르의 기병대가 물러났고, 갈리아의 왕은 그의 병사들을 임시 야영지에 들일 수 있었다.

"게르만족이 너무 많았소!" 구트루아투스가 몸을 떨며 말했다.

"레미족의 말을 탔더군요." 베르킹게토릭스가 비통하게 말했다. "아, 레미족에게 앙갚음해줘야겠소!"

"우리에겐 주된 문제가 있소." 세둘리우스가 말했다. "우리는 연합에 대해 떠들지만 우리 부족들 일부는 그것을 거부하고, 일부는 진심으로 임하지 않고 있다는 거요." 그는 리타비쿠스를 노려보았다. "아이두이족처럼 말이오!"

"오늘 아이두이족은 그들의 기개를 증명해 보였소." 리타비쿠스가 잇새로 내뱉듯 말했다. "코투스와 카바릴루스, 에포레도릭스가 아직 돌아오지 않았소. 그들은 전사한 거요."

"아니, 카바릴루스가 생포되는 걸 봤소." 드라페스가 말했다. "다른 둘도 퇴각하는 걸 봤고요. 여기 모두가 와 있는 게 아니오. 일부는 다른 길로 달아났는데, 카이사르를 돌아서 서쪽으로 가려는 것 같소."

"이제 어떻게 되는 거요?" 테우토마루스가 물었다.

"아무래도," 베르킹게토릭스가 느릿하게 입을 열었다. "이제 총동원령을 기다려야겠소. 며칠밖에 남지 않았소. 직접 카르누툼에 가고 싶었지만 상황이 이러하니……. 나는 군대와 함께 남아야 하오. 구트루아투스, 카르누툼 동원령 처리를 당신에게 위임하겠소. 세둘리우스와 그의 레모비케스족, 드라페스와 그의 세노네스족, 테우토마루스와 그의 니티오브리게스족, 리타비쿠스와 그의 아이두이족을 같이 데리고 가시오. 나는 남은 기병대와 8만 보병들을 데리고 있겠소. 만두비족, 비투리게스족, 그리고 아르베르니족 전원이지요. 알레시아까지는 거리가 얼마나 되오, 다데락스?"

만두비족의 대영주는 망설임 없이 대답했다. "동쪽으로 75킬로미터쯤이오, 베르킹게토릭스."

"그러면 알레시아에서 며칠간 잠적해 있읍시다. 며칠만이오. 또다른 아바리쿰 사태는 원치 않으니까."

"알레시아는 아바리쿰이 아니오." 다데락스가 말했다. "그곳은 워낙 크고 높고 사방이 가로막혀 있어서 기습하거나 포위할 수가 없소. 로마군이 아바리쿰에서와 비슷한 봉쇄 구조물을 설치하려고 해봤자 우리를 공격할 수도 없고 가둘 수도 없소. 우리가 떠나고 싶을 때 떠날 수 있을 거요."

"크리토그나투스, 우리가 가진 군량은 얼마나 됩니까?" 베르킹게토릭스가 그의 아르베르니족 친척에게 물었다.

"구트루아투스와 나머지 서쪽으로 가는 이들이 우리에게 거의 다 남겨준다면, 열흘은 충분한 양이오."

"알레시아에는 식량이 얼마나 있소, 다데락스? 우리 8만 명과 기병 1만 명까지 다 감안했을 때요."

"열흘은 충분해요. 하지만 추가 식량도 들일 수 있을 거요. 로마군이 도시 주변을 모두 봉쇄할 수는 없을 테니까요." 그는 빙그레 웃었다. "평지라곤 거의 찾아볼 수가 없지요!"

"그러면 내일 아까 언급한 대로 우리 병력을 쪼개겠소. 구트루아투스가 기병대 대부분과 보병대 일부를 이끌고 카르누툼으로 갈 거요. 보병대 대부분과 기병 1만 명은 나와 함께 알레시아로 갈 거요."

만두비족이 소유한 영토는 해발 약 250미터였으며, 험준한 언덕들이 그보다 200미터 더 높이 솟아 있었다. 그들의 중심 요새인 알레시아는 거의 같은 높이의 언덕들로 둘러싸인 다소 평평한 마름모꼴 산꼭대기에 위치해 있었다. 남북으로 향한 기다란 두 측면으로는 인접한 언덕들이 위협하듯 바짝 다가서 있는 반면, 동쪽으로는 산등성이 끝이 거의 이곳과 연결되어 있었다. 긴 두 측면의 가파른 지형 아래로 두 개의 강이 흘렀다. 이 탁월한 자연조건을 완성하기라도 하듯 알레시아는 서쪽의 경사가 가장 가팔랐으며, 그 앞쪽으로 이 일대에서 유일한 개방형 평지가 자리잡고 있었다. 길이 4.5킬로미터의 이 작은 분지에는 두 개의 강이 거의 나란히 흘렀다.

갈리아식 성벽으로 견고하게 에워싸인 성채는 산의 더 가파른 서쪽 부분을 차지했다. 동쪽 끝은 아래로 완만한 경사를 이루었고 성벽으로 막혀 있지 않았다. 몇천 명의 만두비 부족민들이 도시 안에 숨어 지냈다. 여자와 아이, 노인 등 전쟁에 나간 전사들의 가족이었다.

"그래, 정확히 기억나는군." 군대가 산 서쪽 끝의 강줄기 둘이 흐르는 작은 평원에 도착했을 때 카이사르가 짤막하게 말했다. "트레보니우스, 정찰병들이 무슨 보고를 했나?"

"베르킹게토릭스가 어딘가에 숨어 들어간 게 확실하다고 했습니다, 카이사르. 대략 8만 보병과 1만 기병과 함께요. 기병대는 거의 다 성벽 밖 동쪽 끝 평원에서 야영하는 것 같습니다. 직접 보고 싶으시다면, 동쪽으로 가는 건 꽤나 안전합니다."

"안전하지 않으면 내가 안 갈 거라는 뜻인가?"

트레보니우스는 눈을 깜박였다. "그렇게 오래 지켜봤는데요? 그럴 리가요! 제 혀를 탓하십시오. 간단한 한마디면 되는 걸 쓸데없이 복잡하게 만들었어요."

카이사르는 평범한 게르만족 조랑말에 올라탄 뒤, 까다로운 그 머리를 휙 돌리고 옆구리를 서너 번 걷어차서 말을 몰았다.

"우어! 왜 저렇게 예민하시죠?" 데키무스 브루투스가 속삭이듯 말했다.

"당신이 기억하는 것처럼 나쁘지 않기를 바랐으니까." 파비우스가 말했다.

"왜 저리 성질이냐고요? 여길 점령하는 건 불가능하기 때문이죠." 안토니우스가 말했다.

라비에누스는 큰 소리로 웃었다. “자네 생각이야 그렇지, 안토니우스! 그래도 자네가 있어서 기쁘네. 그 어깨면 삽질을 끝내주게 잘할 거야.”

“삽질요?”

“파고, 파고, 또 파지.”

“설마, 보좌관들은 예외겠죠!”

“얼마나 멀리, 얼마나 많이 파야 하냐에 따라 다르네. 그가 파기 시작하면 우리도 파기 시작하는 거야.”

“맙소사, 우리 상관은 미치광이로군요!”

“나는 그 반만이라도 미쳤으면 좋겠네.” 퀸투스 키케로가 아쉬운 듯이 말했다.

보좌관들은 알레시아 남쪽을 지나며 흐르는 강을 끼고 카이사르 뒤에서 일렬로 말을 타고 갔다. 안토니우스는 평평한 산꼭대기가 얼마나 큰지 볼 수 있었다. 서쪽에서 동쪽까지 1.5킬로미터가 넘어 보였다. 위압감을 주는 모습. 옆구리의 돌투성이 노두. 저 꼭대기까지 올라가는 건 크게 어렵지 않겠지만, 군사 공격이라면 얘기가 달랐다. 싸우려고 도착했을 때는 숨이 너무 가쁠 테고, 성벽 위의 창병이나 궁수의 목표물이 되기도 딱 좋을 것이다. 심지어 동쪽 끝의 800미터 지대도 거점을 확보하려는 이에겐 쉽지 않은 작업일 테고, 작전을 쓸 여지도 없었다.

“저들이 우리보다 먼저 들어갔군.” 성채로 구불구불하게 올라가는 도로가 시작되는 동쪽 산비탈 바닥을 가리키며 카이사르가 말했다.

갈리아인들이 북쪽 강둑부터 남쪽 강둑까지 2미터 높이의 성벽을 세우고, 그 앞에 물 있는 도랑을 파놓았던 것이다. 주요 성벽 뒤로 얼마간 떨어진 곳에는 더 짧은 두 개의 성벽이 산의 북쪽과 남쪽 측면으로 기어오르고 있었다.

이 방어시설에 배치된 갈리아 기병 몇 명이 큰 소리로 외치며 야유하기 시작했다. 카이사르의 반응은 웃으며 손을 흔드는 것이었다. 그러나 보좌관들이 게르만족 조랑말에 올라타고 있는 자리에서 보면 카이사르는 전혀 다정해 보이지 않았다.

작은 평원으로 돌아가보니 군단병들이 효율적인 움직임으로 막사를 세우고 있었다.

"행군용 천막만이네, 파비우스." 카이사르가 말했다. "제대로 짓되, 다른 건 더 하지 말고. 이 전쟁을 여기서 끝장낼 거라면, 며칠 안으로 갈아치울 것에 정력을 쏟는 건 무의미하니까."

한데 모여 있던 그의 보좌관들은 아무 말도 하지 않았다.

"퀸투스, 당신은 벌목 담당이오. 동틀 녘에 시작하시오. 그리고 쓸 만한 나뭇가지는 버리지 말아요. 뾰족 말뚝이 필요하니까. 흉벽과 탑 차폐용으로 어린나무를 베시오. 섹스티우스, 6군단을 데리고 식량을 징발하게. 찾을 수 있는 건 모조리 다 가져오게. 숯이 필요하니까 그것도 찾아보고. 뾰족 말뚝을 강화하는 용도는 아니네. 그건 일반 불로 해야 할 거야. 숯은 우리한테 있는 철을 부리는 용도네. 안티스티우스, 철공은 자네 담당이야. 대장장이들을 용광로 제작에 투입하고 막대기 주형을 찾으라고 이르게. 술피키우스, 자네는 땅파기를 맡게. 파비우스, 자네는 흉벽과 탑을 세우게. 안토니우스, 병참 책임자로서 자네 임무는 내 군대에 물자를 제대로 공급하는 거네. 제대로 하지 않으면 시민권을 박탈하고, 노예로 팔아버리고, 십자가형에 처할 거야. 라비에누스, 자네는 방위 담당이네. 가능하면 기병대만 사용하게. 보병들은 건설 작업에 필요하니까. 트레보니우스, 자네는 내 부사령관이네. 날 계속 따라다니게. 데키무스와 히르티우스, 자네들도 날 따라다니게. 모든 것이 다 무수히 많이 필요하고, 최소 30일 치 식량이 확보돼야 해. 이해됐나?"

다른 사람들이 아무도 묻지 않았으므로 안토니우스가 물었다. "계획이 뭡니까?"

카이사르는 그의 부사령관을 쳐다보았다. "계획이 뭐지, 트레보니우스?"

"방벽 두르기입니다." 트레보니우스가 말했다.

안토니우스의 입이 쩍 벌어졌다. "방벽 두르기라고요?"

"그래, 안토니우스. 어려운 말이지." 카이사르가 사근사근하게 말했다. "방-벽-두-르-기. 알레시아 주변을 빙 둘러가며 방벽을 건설한다는 뜻이네. 말하자면 우리 방벽이 자기 꼬리를 삼킬 때까지. 베르킹게토릭스는 내가 저 산꼭대기에서 자기를 닥치게 하지 못할 거라 생각하고 있지. 하지만 나는 할 수 있네. 또 할 것이고."

"수 킬로미터잖아요!" 안토니우스가 여전히 입을 떡 벌린 채 외쳤다. "게다가 거의 다 평지도 아니고요!"

"우리는 산 위로도 계곡 아래로도 방벽을 세우네, 안토니우스. 바로 둘러갈 수 없으면 위로 넘어서 가고. 주요 방어시설은 바깥 둘레 전체를 아우를 거야. 도랑은 두 개 파네. 바깥 도랑은 너비 4.5미터, 깊이 2.5미터로 파되 양 측면은 경사지게 하고 바닥은 구유 모양으로 하네. 그 안에는 물을 채울 거고. 바로 뒤 두번째 도랑 역시 너비 4.5미터, 깊이 2.5미터지만 V형으로 파고, 바닥에 발 디딜 곳은 없네. 우리 방벽은 이 도랑 뒷면에서부터 바로 올라갈 걸세. 도랑에서 파낸 흙으로 3.5미터 높이까지. 그러면 우리 방벽에 대해 뭘 알 수 있나, 안토니우스?" 카이사르는 고함치듯 말했다.

“안쪽에서는, 그러니까 우리 쪽에서는 방벽 높이가 3.5미터지만 저들이 보는 바깥쪽에서는 6미터가 돼요. 2.5미터 깊이의 도랑에서 바로 올라가니까요.” 안토니우스가 대답했다.

“아이고 맙소사, 놀림감을 찾으셨군요!” 데키무스 브루투스가 퀸투스 키케로에게 속닥였다.

“필연적이지. 안토니우스는 집안 식구니까.” 가족 문제에 통달한 퀸투스 키케로가 말했다.

“아주 잘했네, 안토니우스!” 카이사르가 진심으로 말했다. “방벽 꼭대기 안쪽의 전투대(臺)는 너비 3미터가 될 거야. 그 위로는 바깥을 살피기 위한 흉벽, 그리고 살피지 않을 때 몸을 숨길 총안 흉벽을 세우네. 이해됐나, 안토니우스? 좋아! 바깥 둘레를 따라 25미터마다 전투대보다 3층 높은 탑을 세우네. 질문 있나, 안토니우스?”

“네, 사령관님. 이것들이 주요 방어시설이라고 하셨는데, 다른 건 뭘 염두하고 계시죠?”

“어디든 지면이 평평하고 집중 공격이 있을 가능성이 있는 곳에는 물을 채운 도랑과 별도로 참호를 파네. 측면은 일직선형으로 하고 너비 6미터, 깊이 4.5미터에 400보 거리—이건 600미터야, 안토니우스!—만큼. 알겠나?”

“네, 사령관님. 수직형 참호와 물을 채운 도랑 사이의 400보—이건 600미터입니다, 사령관님!—로는 뭘 할 생각이십니까?”

“정원을 꾸밀 생각이었네. 트레보니우스, 히르티우스, 데키무스, 이만 가보세. 방벽 거리를 측정해야겠어.”

“어느 정도로 예상하십니까?” 안토니우스가 씩 웃으며 물었다.

“15킬로미터에서 18킬로미터 정도.”

평원
평원
북서쪽 산
카이사르의 약점
레빌루스 &
안티스티우스
기병대
평원
기병대
기병대
갈리아 구원군
남쪽

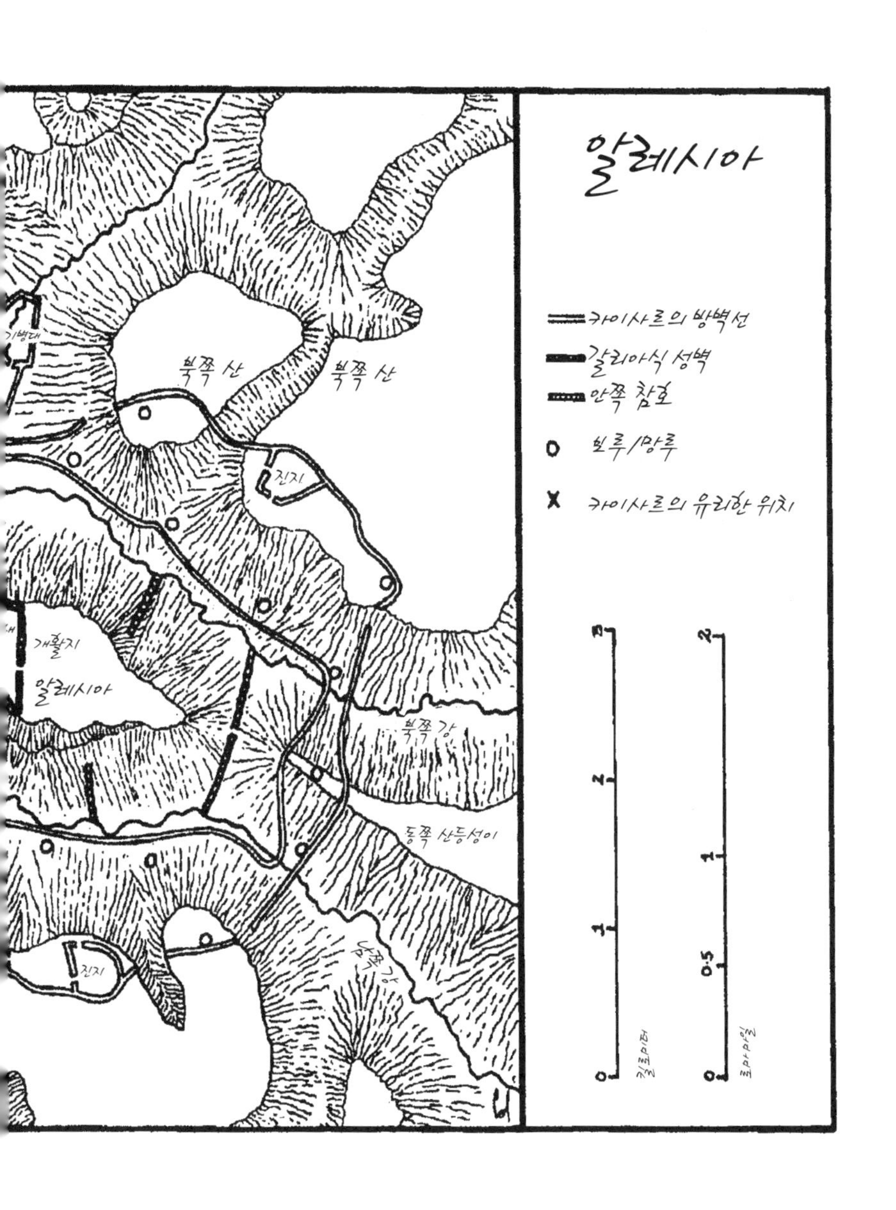

알레시아
카이사르의 방벽선
갈리아식 성벽
안쪽 참호
보루/망루
카이사르의 유리한 위치
기병대
북쪽 산
북쪽 산
진지
개활지
알레시아
북쪽 강
동쪽 산등성이
남쪽 강
진지
0
1
2
3
킬로미터
0
0.5
1
2
로마 마일

“저분은 미쳤어요.” 안토니우스가 확신에 찬 목소리로 파비우스에게 말했다.

“아, 하지만 너무나 멋진 미치광이지!” 파비우스가 미소를 지으며 말했다.

성채에서 지켜보던 이들은, 작업이 시작되어 측량사들이 알레시아 토대 주위를 빙 돌며 몇 킬로미터씩 이동하고 도랑과 방벽이 형태를 드러내기 시작했을 때에야 카이사르가 무엇을 하고 있는 건지 깨달았다. 베르킹게토릭스의 본능적인 반응은 그의 전 기병을 내보내는 것이었다. 그러나 갈리아군은 게르만족에 대한 두려움을 도저히 극복하지 못하고 크게 무너졌다. 최악의 살육은 산 동쪽 끝에서 갈리아인들이 총퇴각하던 중에 일어났다. 베르킹게토릭스의 성벽에 난 문은 폭이 너무 좁아서 두려움에 빠져 허둥거리는 기병들이 쉽게 들어갈 수 없었다. 게르만 기병들은 맹렬히 추격하여 그들을 죽이고 말에서 떨어뜨렸다. 게르만족이라면 누구나 훌륭한 말 두 필을 소유하고픈 열망이 있었던 것이다.

그후 며칠 밤 동안 살아남은 갈리아 병사들은 산등성이 너머 동쪽으로 가버렸고, 이로써 카이사르는 베르킹게토릭스가 이제 자기 운명을 깨달았음을 알았다. 그와 8만 명의 보병은 알레시아 안에 고립되었다.

물을 채운 도랑과 V형 도랑, 흙벽, 흉벽, 탑이 만들어진 속도는, 스스로 모든 군사 문제에 충분히 숙달했다고 생각한 안토니우스에게도 믿기지 않을 지경이었다. 열사흘 안에 카이사르의 군대는 둘레 16.5킬로미터에 걸친 이 모든 구조물을 완성하고 평지마다 참호를 팠다.

그들은 또한 물을 채운 도랑과 참호 사이의 400보에 달하는 쓰지 않는 땅에 일명 카이사르의 '정원'을 설치하는 작업도 완료했다. 참호가 깊고 수직이기는 했지만 메울 수는 있었고, 실제로 메워졌다. 알레시아에서 내보낸 기습 부대들은 방비 작업을 하고 있는 병사들을 거듭 공격하며 괴롭혔고, 갈수록 그 일에 더 능숙해졌다. 카이사르가 실행해낸 일을 처음부터 구상했다는 것은 명백해졌다. 진지가 세워진 후로 대장장이들이 죽 가시 막대를 주조해왔기 때문이다. 비투리게스족에게서 약탈한 주형과 철판이 다 닳아 없어질 때까지 수천 개의 막대기가 만들어졌다.

400보에 걸친 카이사르의 '정원'에는 세 가지 위험물이 매설되었다. 참호 가장 가까운 곳에는 쇠막대기를 박아넣은 30센티미터 길이의 통나무를 묻었다. 가시 막대가 지면 바로 위로 튀어나온 곳에는 골풀 깔개를 덮고 나뭇잎을 뿌렸다. 그다음은 양옆으로 살짝 경사진 깊이 1미터짜리 구덩이가 연이어 나왔다. 위협적으로 뾰족하게 깎아놓은 사내 허벅지 굵기만 한 말뚝을 그 밑바닥에 박은 뒤, 구덩이의 3분의 2까지 흙을 채워넣고 꾹꾹 밟아 평평하게 만들었다. 그 위에 골풀 깔개를 깔고, 말뚝 끄트머리가 살짝 위로 뚫고 나온 상태에서 온통 나뭇잎을 흩뿌려놓았다. 병사들이 '백합'이라고 부른 이 장치들은 전부 여덟 개의 코스를 이루었으며, 오점형과 대각선 형태로 더없이 복잡하게 연속적으로 배치되었다. 물을 채운 도랑 바로 가까이에는 1.5미터 깊이의 좁은 참호들로 구성되고 서로 이어지지 않은 무작위 코스가 다섯 개 있었으며, 이 참호들 안에는 날카롭게 깎고 불로 단단하게 그을린 사슴뿔 모양의 나뭇가지가 비스듬히 박혀 있었다. 가지의 뿔이 병사의 얼굴이나 말의 가슴에 직통으로 꽂히도록 노린 것이었다. 이 장치를 병사들은 농담 삼아 '묘비'라고 불렀다.

기습 부대는 더는 오지 않았다.

"좋아." 16.5킬로미터에 걸친 작업이 끝났을 때 카이사르가 말했다. "이제 바깥쪽에서 처음부터 다시 시작하네. 측량된 경로로는 22킬로미터야. 언덕이 나오면 거의 다 위로 올라가거나 꼭대기 너머로 가야 하고, 그래서 당연히 거리가 더 늘어나네. 이해가나, 안토니우스?"

"네, 카이사르." 안토니우스가 눈을 빛내며 대답했다. 그는 카이사르의 놀림감 노릇을 즐기고 있었고, 어물거리는 얼간이 이미지에 기꺼이 장단을 맞췄다. 그는 카이사르가 자신에게 기대할 질문을 했다. "그런데 왜요?"

"왜냐하면, 안토니우스, 지금 이 순간 갈리아인들이 카르누툼에서 병력을 동원하고 있기 때문이네. 그리 여러 날이 지나기 전에 그들은 베르킹게토릭스를 구출하러 알레시아에 도착할 거야. 따라서 베르킹게토릭스를 가둬놓기 위해서도, 갈리아 원군을 들어오지 못하게 막기 위해서도 방벽이 있어야 하네. 우리는 그 둘 사이에 있는 거지."

"아!" 안토니우스는 커다란 손바닥으로 이마를 치며 외쳤다. "시월의 말들이 마르스 평원에서 경주를 벌일 때 만드는 경주로 같은 거군요! 우리가 있는 곳이 경주로고, 방벽이 울타리에 해당하고요. 알레시아는 안쪽에—중앙에—있고 갈리아 구원병은 바깥쪽에 있는 거죠."

"아주 좋아, 안토니우스! 훌륭한 비유로군!"

"구원병이 도착할 때까지 우리한테 시간이 얼마나 있죠?"

"내 정찰병들 말로는 최소 열사흘이고 어쩌면 그 이상이라고 하네. 하지만 바깥쪽을 두르는 방벽은 앞으로 열사흘 내에 마무리되어야 해. 이건 명령이네."

"하지만 5킬로미터 더 길잖아요!"

"우리 병사들은," 트레보니우스가 끼어들었다. "5킬로미터만큼 더 능숙해졌네, 안토니우스. 이번 두번째 작업에서는 속도가 훨씬 빨라질 걸세."

험준하고 가파른 구간이 더 많았음에도, 그들의 작업 속도는 훨씬 빨라졌다. 카이사르군이 알레시아에 도착한 지 26일이 되던 날, 이 도시는 똑같지만 서로 거울상을 이루는 두 개의 방벽으로 완전히 에워싸였다. 이와 동시에 두 방벽의 안쪽에는 총 스물세 개의 망루가 세워졌고, 높다란 감시탑이 바깥 방어벽을 따라 300미터마다 들어섰다. 군단들과 기병대 모두 별도로 요새화한 진지로 들어갔는데 군단들은 두 방벽 안쪽의 고지에, 기병대는 가까이에 좋은 물이 풍부한 바깥쪽에 자리를 잡았다.

"새로운 전술은 아니네." 작업이 완료된 직후 현장점검에 나서는 길에 카이사르가 말했다. "카푸아에서 한니발을 상대로 사용되었지. 스키피오 아이밀리아누스는 누만티아와 카르타고 두 곳에서 이 방법을 사용했네. 포위된 적은 계속 가둬놓고 밖에서 지원과 물자가 들어올 가능성을 차단한다는 게 핵심이야. 물론 과거의 이중 방벽 작전 중에서 25만 구원 병력과 싸워야 했던 경우는 한 번도 없었지만. 도시 안에 있던 인원은 알레시아보다 카푸아가 더 많았네. 카르타고도 그랬고. 하지만 구원병에 있어서는 확실히 우리가 기록을 세웠어."

"노력할 만한 가치가 있었습니다." 트레보니우스가 무뚝뚝하게 대꾸했다.

"그래. 이 일대에서 아콰이 섹스티아이 때와 같은 호사를 누릴 일은 없을 걸세. 갈리아인들은 내가 여기 온 이후로 학습이 됐으니까. 게다가 나는 내 군대를 잃을 생각이 없네." 순간 카이사르의 얼굴이 환해졌다. “참 착한 장병들이지 않나?” 그는 애정이 담긴 목소리로 물었다. “정말이지 착한 녀석들이야!”

그의 보좌관들은 준엄한 시선을 받았다. “전력을 다해 그들의 생명을 지키고 가능하면 다치지 않게 하는 것이 우리의 책무네. 그들의 더없는 노고도, 더없는 선의도 허사로 돌아가게 할 순 없어. 25만 구원병이라는 숫자도 상당히 낮게 잡은 거라더군. 이 모든 일은 로마 병사의 생명을 지키기 위해 한 것이네. 승리하기 위해서이기도 하고. 어떻게든 갈리아 전쟁은 이곳 알레시아에서 끝날 것이네.” 그는 진심으로 만족스러워하며 미소를 지었다. “하지만, 난 질 생각은 없어.”

안쪽 방벽선은 산등성이 끄트머리를 가로질러 세워진 동쪽 끝을 제외하면 알레시아 주변에 있는 계곡 하단에 자리잡고 있었다. 바깥 방벽선은 서쪽의 작은 평원이 시작되는 부분을 가로질러 알레시아 남쪽 산 정상으로 올랐다가 그 동쪽 편에 흐르는 남쪽 강으로 다시 내려갔고, 동쪽 산등성이를 넘어갔다가 또다시 북쪽 강으로 내려간 뒤 알레시아 북쪽 산 정상으로 올라갔다. 보병 진지 네 곳 중 둘은 남쪽 산의 고지에 세워졌고 하나는 북쪽 산의 고지에 있었다.

그리고 바로 이곳, 북쪽 산 내리막에 로마군 방벽의 유일한 약점이 있었다. 북서쪽에 있는 산이 너무 커서 넘을 수가 없었던 것이다. 외곽에 있는 기병대 진지는 매우 튼튼한 추가 방벽으로 바깥 방벽선과 다시 연결되었지만, 네번째 보병 진지가 세워진 지대는 이와 같은 식으로 강화하기가 너무 어려웠다. 이런 이유 때문에 진지를 그곳에 두게 된 것이었다. 북서쪽 산의 오르막으로 난 방벽선과 보병 진지가 있는 자리를 따라 난 방벽선 사이 빈틈을 보호하기 위해서였다. 설상가상으로, 그 틈은 가파른 암석 비탈로 경사지게 놓여 있었다.

"저들이 정찰을 제대로 한다면 그 약점을 찾아낼 겁니다." 라비에누스가 말했다. 그가 하늘을 배경으로 독수리를 닮은 옆얼굴을 보이며 몸을 뒤로 젖히자, 가죽 판갑이 삐걱거리는 소리를 냈다. 선임 참모진 중에서 그만 유일하게 다리를 높이 들고 걷는 이탈리아산 말을 그대로 타고 있었다. "유감스러운 일이에요."

"그렇네." 카이사르가 동의했다. "하지만 우리가 그 약점의 존재를 예민하게 의식하지 못했다면 더 유감스러운 일이었을 걸세. 보병 진지가 거길 보호할 거야." 그는 두 개의 안장머리에 한쪽 다리를 감아 걸치고는—평소 버릇이었다—앉은 채로 몸을 돌려 다시 남서쪽 방향을 가리켰다. "저기 남쪽 언덕 위가 내 유리한 고지네. 그들은 이 서쪽 끝에 집중할 거야. 말이 너무 많아서 북쪽이나 남쪽에서 공격할 수가 없을 테니까. 베르킹게토릭스는 알레시아 서쪽 끝으로 내려와, 같은 곳의 우리 안쪽 방벽을 공격할 걸세."

"이제," 데키무스 브루투스가 한숨을 쉬며 말했다. "기다려야겠군요."

최근에 포도주를 마시지 못해서인지, 마르쿠스 안토니우스는 너무나 정신이 초롱초롱하고 흥미와 기운이 솟구치는 상태로 보좌관들이 하는 말 한마디, 카이사르가 내뱉는 말 한마디며 그의 얼굴에 떠오르는 표정 하나까지 남김없이 모조리 빨아들였다. 이런 순간 이 자리에 있다니! 스키피오 아이밀리아누스에 대해 카이사르가 뭐라고 하든, 지금의 알레시아전 같은 것은 단 한 번도 시도된 적이 없었다. 6만도 채 안 되는 병력이 안쪽에 8만 명의 적군과 바깥쪽에 25만 명의 적군을 두고 둘레 19킬로미터의 경주로를 방어한다니…….

나는 여기에 있다! 나도 한 축이다! 아, 안토니우스, 너도 운이 좋구나! 내가 한 축이라니! 이래서 그들은 카이사르를 위해 힘쓰는 것이고,

이래서 그가 그들을 사랑하는 것 못지않게 그들도 그를 사랑하는 것이리라. 그는 언제나 자신의 승리를 그들과 함께하기에, 그들에게 그는 불후의 명성으로 가는 길이다. 그들이 없으면 그는 아무것도 아니다. 하지만 그도 그 사실을 잘 안다. 가비니우스는 그렇지 않았다. 아니, 내가 모신 다른 어떤 사령관도 그렇지 않았다. 그는 그들이 무슨 생각을 하는지 안다. 그는 그들의 언어를 말한다. 그들과 함께 있는 그의 모습은 마치 그가 로마의 연회장에서 떼 지어 몰려든 여자들 사이로 거니는 걸 보는 듯하다. 그에게는 번갯불의 기운이 있다. 그러나 그것은 내게도 있다. 언젠가 그들은 지금 그를 사랑하듯 나를 사랑하게 될 것이다. 그러니 나는 오로지 그의 요령을 받아먹기만 하면 되는 것이고, 그러다 훗날 그가 나이들어 이런 삶이 끝나는 순간 내가 그의 자리로 행진해 들어갈 것이다. 언젠간 카이사르의 병사들은 안토니우스의 병사들이 될 것이다. 앞으로 10년이면 나는 진가를 발휘할 것이다. 그리고 가이우스 율리우스 카이사르보다 더 대단한 사람이 될 것이다. 그땐 그가 곁에서 내 빛을 가릴 수도 없을 것이다.

베르킹게토릭스와 그의 영주들은 알레시아의 서쪽 성벽 꼭대기에 서 있었다. 그곳은 마치 다이아몬드에서 제멋대로 뻗어나온 수정처럼, 평평한 봉우리가 좁아지면서 서쪽으로 더 돌출되어 있었다.

"저들은 자기네가 세운 방어벽 주변을 방금 막 다 돌아본 것 같군요." 비투르고가 말했다. "저기 심홍색 망토를 입은 카이사르가 있소. 혼자 좋은 말을 탄 저 사람은 누구요?"

"라비에누스요." 베르킹게토릭스가 말했다. "나머지는 게르만 짐승들에게 자기네 이탈리아 짐승을 내준 것 같군요."

"저들이 같은 자리에 있은 지 한참 지났소." 다데락스가 말했다.

"자기네 방벽의 빈틈을 보고 있는 거요. 하지만 구원병이 도착했을 때 저 약점에 대해 어떻게 전달할 수 있을까요? 저곳은 여기 말고 다른 데서는 보이지가 않아요." 베르킹게토릭스는 이렇게 말한 뒤 몸을 돌렸다. "안으로 갑시다. 회의가 필요해요."

그곳에는 네 사람이 있었다. 베르킹게토릭스, 그의 친척 크리토그나투스, 비투르고, 다데락스였다.

"식량은," 갈수록 더 수척해지는 베르킹게토릭스의 얼굴이 그의 말에 날카로움과 중대성을 부여해주었다. "다데락스, 우리에게 얼마나 남았소?"

"곡식은 다 떨어졌지만 아직 소와 양은 있소. 목이 비틀리지 않은 닭이 아직 남았다면, 달걀도 좀 있고요. 나흘째 배급량을 절반으로 줄였소. 거기서 또 절반을 줄인다면 아마 나흘이나 닷새는 더 갈 거요. 그후엔 신발의 가죽이나 먹어야겠죠."

비투르고가 탁자에 주먹을 우렛소리처럼 어찌나 크게 쳤던지, 다른 세 사람은 펄쩍 뛰어오를 만큼 놀랐다. "아, 베르킹게토릭스, 더는 모르는 척하지 마시오!" 그가 소리쳤다. "구원병은 나흘 전에 도착했어야 한다는 걸 우리 모두 알지 않소! 그리고 이것말고도 당신이 해야 하는데 하지 않고 있는 말이 있지요. 군대가 오리라고 생각지 않는다는 것 말이오."

침묵이 뒤따랐다. 탁자 끝자리에 앉은 베르킹게토릭스는 양손을 탁자에 올려놓고 고개를 돌려 뒤쪽 창문에 난 커다란 구멍 밖을 쳐다보았다. 포근한 봄날이라 덧창이 열려 있었다. 그들이 알레시아에 갇혔다는 걸 깨달은 후로 그는 턱수염과 콧수염을 길렀는데, 왜 그만 유독 면도를 했었는지 이제야 쉽게 알 수 있었다. 얼굴 털이 빈약하고 은백색이었던 것이다. 그는 왕관도 쓰지 않고 다른 곳에 조심스레 보관해두었다.

"만약 구원병이 온다면," 마침내 그가 입을 열었다. "지금쯤은 왔을 거라 생각하오." 그는 한숨을 쉬었다. "나는 희망을 버렸소. 그들은 오지 않을 것이오. 따라서 우리에겐 식량이 가장 중요한 문제요."

"아이두이족!" 다데락스가 으르렁거렸다. "아이두이족이 우리를 배신했소!"

"항복하실 거요?" 비투르고가 물었다.

"나는 하지 않을 거요. 하지만 당신들 중 누구라도 자기 사람들을 데리고 나가 카이사르에게 항복하고 싶다면 이해하겠소."

"우리는 항복할 수 없소." 다데락스가 말했다. "그랬다가는 갈리아가 기억할 게 아무것도 없게 돼요."

"그러면 전원 돌격이군요." 비투르고가 말했다. "적어도 우리는 싸우다 죽을 수 있소."

크리토그나투스는 베르킹게토릭스보다 나이가 많았고 그와 조금도 닮은 구석이 없었다. 그는 체격이 컸으며 빨강머리에 푸른 눈과 얇은 입술의 전형적인 갈리아인이었다. 그는 의자가 너무 답답하다는 듯이 자리에서 벌떡 일어나 서성이기 시작했다. "그건 믿을 수 없소." 오른손 주먹을 왼손바닥에 탕탕 치면서 그가 말했다. "아이두이족은 배수진을 쳤소. 그들은 우릴 배신할 리 없어요. 감히 엄두를 못 낼 테니까. 리타비쿠스는 로마로 가는 카이사르의 짐꾸러미에 들어갈 것이고 카이사르의 개선식 행렬에서 걷게 될 거요. 아이두이족은 다른 누구도 아닌 그가 통치하고 있소! 아뇨, 나는 믿을 수 없어요. 리타비쿠스는 우리가

이기길 원하오. 그는 갈리아의 왕이 되고 싶어하기 때문이죠. 말 잘 듣는 로마의 꼭두각시 베르고브레투스가 아니라. 그는 당신이 승리할 수 있도록 갖은 힘을 다해 도울 거요, 베르킹게토릭스. 설사 배신자로 돌아서더라도, 그런 다음이 될 거요! 그런 다음에야 행동에 들어갈 거라고요." 그는 탁자 쪽으로 돌아가서 애원하듯 베르킹게토릭스를 쳐다보았다. "내 말이 맞다는 걸 모르겠소?" 그가 물었다. "구원병은 올 거요! 틀림없이 올 거예요! 왜 늦는지는, 나도 모르겠소. 얼마나 더 지나야 올는지도 모르오. 하지만 구원병은 올 것이오!"

베르킹게토릭스는 미소를 지으며 한 손을 내밀었다. "그래요, 크리토그나투스, 그들은 올 겁니다. 나도 그리 믿습니다."

"방금 전에는 반대로 말했잖소." 비투르고가 으르렁거리듯 말했다.

"방금 전에는 반대로 생각했으니까요. 하지만 크리토그나투스 말이 맞소. 아이두이족은 우리를 배신하면 잃을 게 너무 많아요. 그래요, 내가 계산했던 것보다 사람들이 더 늦게 모여서 동원이 오래 걸렸을 수 있소. 내가 소집했다면 얼마나 걸렸을지 계속 생각하게 되는데, 이러지 말아야 해요. 구트루아투스는 흥분하지만 않는다면 신중한 사람이고, 동원령을 소집하는 데 흥분할 일은 없소."

말을 하는 사이 베르킹게토릭스의 열정이 되살아났다. 생동감은 더해지고 근심걱정은 덜해진 것 같았다.

"그러면 배급량을 또다시 절반으로 줄이지요." 다데락스가 한숨을 쉬며 말했다.

"식량을 더 늘리기 위해 할 수 있는 일은 또 있소." 크리토그나투스가 말했다.

"그게 뭐요?" 비투르고가 의심하는 어조로 물었다.

"전사들은 살아남아야 해요, 비투르고. 구원병이 왔을 때 우리는 여기서 싸울 준비가 되어 있어야 합니다. 구원 병력이 카이사르를 물리치고 여기 들어왔는데 우리가 죽어 있는 걸 본다면, 그게 그들에게 어떤 영향을 끼칠지 상상이 가시오? 갈리아에 어떤 영향을 끼칠지는요? 왕이 죽고, 비투르고가 죽고, 다데락스가 죽고, 크리토그나투스가 죽고, 모든 전사와 만두비족 여자와 아이 모두 죽어 있는 걸 본다면요? 우리에게 식량이 부족했기 때문에? 우리가 굶주렸기 때문에?"

크리토그나투스는 몇 발짝 걸어가서, 다른 세 사람이 그의 머리부터 발끝까지 볼 수 있는 위치에 섰다. "나는 킴브리족과 테우토네스족이 침공했을 때 우리가 했던 일을 하자고 제안하는 바요! 당시 우리 민족이 했던 대로 하자고 제안하겠소. 요새를 꽁꽁 걸어 닫고 식량이 떨어지자 쓸모없는 이들, 싸울 수 없는 이들을 먹은 것 말이오. 끔찍한 식사지만, 필요한 식사였지요. 그렇게 함으로써 당시 우리 갈리아인들이 살아남았소. 그리고 당시 우리의 적이 누구였습니까? 게르만족이었소! 지루하고 몸이 근질거리던, 다른 땅을 찾으러 떠돌아다니던 자들이었소. 그들이 오기 전에 우리에게 있던 것들—우리의 자유, 우리의 관습과 전통, 우리의 권리—을 고스란히 남겨두고 다시 떠난 자들이었소. 하지만 지금 우리의 적은 누굽니까? 로마인이오! 떠돌아다니지 않을 자들. 우리 땅을, 우리 여자들을, 우리의 권리를, 우리 노력의 결실을 빼앗을 자들이오. 자기네 빌라를 짓고, 난방로와 욕실과 화초 정원을 설치하겠죠! 우리의 지위를 박탈하고 농노들을 격상시키겠죠! 우리의 요새를 장악하여 도시로 바꿔놓겠죠. 도시가 가진 모든 해악과 함께 말이오! 우리 귀족들은 노예가 될 겁니다! 분명히 말하는데, 나는 로마인의 노예가 되느니 사람 고기를 먹는 편이 훨씬 낫소!"

베르킹게토릭스는 얼굴이 하얗게 질려 숨이 막혔다. "끔찍하군요!" 그가 말했다.

"이 사안은 우리 군의 판단에 맡겨야 할 것 같소." 비투르고가 말했다.

다데락스는 양팔로 머리를 감싸고 탁자 위로 털썩 무너졌다. "내 부족, 내 사람들." 그가 웅얼거리며 말했다. "나이든 사람들, 여자들과 그 아이들. 내 무고한 사람들."

베르킹게토릭스는 숨을 들이쉬었다. "나는 못합니다." 그가 말했다.

"나는 할 수 있소." 비투르고가 말했다. "하지만 군대에게 결정을 맡기지요."

"결정권이 군대에 있을 거면, 왕은 왜 있는 거요?" 크리토그나투스가 말했다.

의자가 삐걱거리는 소리를 내며 베르킹게토릭스는 자리에서 일어났다. "아, 안 돼요, 크리토그나투스. 이것 하나만은 왕이 결정하지 않을 겁니다! 왕에게는 부족회의가 있습니다. 심지어 가장 위대한 지고왕들에게도 부족회의가 있었습니다. 그리고 우리를 더없이 비천한 짐승의 수준으로 끌어내리는 문제라면, 모든 사람들이 결정해야 합니다." 그가 말했다. "다데락스, 산 동쪽 끝의 성벽 바깥에 모두를 모이게 하세요."

"참으로 기발하군요!" 다데락스가 간신히 몸을 일으키며 속삭이듯 말했다. "표결이 어떻게 나올지 잘 알겠죠, 베르킹게토릭스! 그러면서도 그 오명을 쓰진 않아도 되겠고 말이오. 그들은 내 무고한 백성들을 먹는 데 찬성할 거요. 그들은 많이 굶주렸고, 고기는 고기니까. 하지만 내게 더 좋은 생각이 있소. 모든 부족이 먹일 여력이 안 되는 백성들에게 하는 방법대로 합시다. 저 무고한 이들을 투아타에게 내줍시다. 원치 않는 아기를 버리듯 그들을 산비탈에 내다버립시다. 그들을 먹여 키울 마음이 없지만, 아기를 원하는 누군가가 그곳으로 와서 그들을 불쌍히 여기기를 간절히 바라는 부모가 됩시다. 그러면 이 문제는 우리 손을 벗어나서 투아타의 손으로 들어가는 거요. 어쩌면 로마인들이 그들을 불쌍히 여겨 방벽 안으로 들여보낼 수도 있소. 어쩌면 로마인들에겐 먹을 것이 워낙 많아서 남은 음식을 던져줄 수 있을지도 모르오. 어쩌면 구원병이 올 수도 있소. 어쩌면 그들은 투아타를 포함해 모두에게 버려진 채 산비탈에서 죽을 수도 있소. 그렇게 되는 건 나도 용납하겠소. 하지만 내가 굶어죽지 않으려면 무고한 내 백성을 먹을 수밖에 없도록 강요하는 안에 진심으로 내가 동의하길 기대하시오? 나는 동의할 수 없소! 동의하지 않소! 내가 할 수 있는 일은 그들을 투아타에게 선물로 내주는 것이오. 그렇게 하면 먹일 입이 몇천 개는 줄어들 거요. 전사들의 입은 그대로겠지만, 남은 식량은 훨씬 오래갈 것이오." 동공이 확대되어 거무스름해진 그의 두 눈이 눈물로 번들거렸다. "만약 식량이 바닥날 때까지 구원병이 오지 않는다면, 나부터 먹으시오!"

성벽이 없는 알레시아의 동쪽 끝에서 풀을 뜯던 마지막 남은 가축이 안으로 들여졌다. 여자들과 아이들과 늙은이들은 바깥으로 내쫓겼다. 그중에는 다데락스의 아내와 아버지, 연로한 고모도 있었다.

어둠이 내릴 때까지 그들은 성벽 아래 옹송그리고 모여 안에 있는 전사 가족들을 향해 울고 애원하며 소리쳤다. 그러다 잔뜩 웅크린 채 굶주린 배를 움켜쥐고 불안하게 잠이 들었다. 동이 트자 그들은 또다시 울고 애원하며 소리쳤다. 아무도 대답하지 않았다. 아무도 오지 않았다. 그리고 한낮이 되자 그들은 천천히 산에서 내려가기 시작했고, 산기슭의 거대한 참호 가장자리에 멈춰 서서 로마군의 방벽을 향해 두 팔을 뻗었다. 그 방벽에는 흉벽을 따라 모든 감시탑 위까지 늘어선 병사들의 머리가 보였다. 그러나 누구도 대답하지 않았다. 누구도 손짓해 부르지 않았다. 누구도 참호를 연결하는, 절묘하게 매끈하고 나뭇잎이 흩뿌려진 땅을 가로질러와 그들을 들여보내주지 않았다. 누구도 그들에게 음식을 던져주지 않았다. 로마인들은 그 광경이 지루해질 때까지 쳐다보고만 있다가 돌아서서 할 일을 계속했다.

늦은 오후에 무고한 만두비족 백성들은 서로를 부축하며 다시 산을 올라 성벽 아래 모였다. 또다시 울고, 애원하고, 안에 있는 가족들의 이름을 외쳤다. 그러나 아무도 대답하지 않았다. 아무도 오지 않았다. 성문은 여전히 굳게 닫혀 있었다.

"아아, 다누 여신이여, 대지의 어머니시여, 내 백성들을 구해주소서!" 다데락스는 어두운 방안에서 횡설수설 중얼거렸다. "술리스, 누아다, 바드브, 마하 신이여, 내 백성들을 구해주소서! 내일 구원병이 오게 해주소서! 바라옵건대 에수스에게로 가시어 간청해주소서! 아아, 다누 여신이여, 대지의 어머니시여, 내 백성들을 구해주소서! 술리스, 누아다, 바드브, 마하 신이여, 내 백성들을 구해주소서! 내일 구원병이 오게 해주소서! 바라옵건대 에수스에게로 가시어 간청해주소서! 아아, 다누 여신이여, 대지의 어머니시여, 내 백성들을 구해주소서! 술리스, 누아다, 바드브, 마하 신이여, 내 백성들을 구해주소서……." 그의 중얼거림은 몇 번이고 되풀이되었다.

다데락스의 기도는 응답받았다. 다음날 구원병이 도착한 것이다. 그들은 남서쪽에서부터 올라와 그곳 고지를 차지했다. 언덕이 숲으로 뒤덮여 있었고 병사들이 부분적으로 가려졌으므로 그다지 경외감을 주는 광경은 아니었다. 하지만 이튿날 정오가 되자, 두 개의 강이 흐르는

4.5킬로미터에 달하는 평원은 이 끝에서 저 끝까지 기병들로 꽉 채워졌다. 로마군 감시탑에 있던 보초병 어느 하나도 결코 잊지 못할 장관이었다. 바다를 이룬 기병대는 그 수가 너무 많아 셀 수도 없을 정도였다.

"수가 너무 많군." 남쪽 산 서쪽 면의 산꼭대기 바로 아래 유리한 고지에 서 있던 카이사르가 말했다. "저래선 절대 제대로 된 작전을 쓸 수 없겠어. 저들은 왜 많다고 꼭 좋은 게 아니라는 걸 도통 모르지? 저 숫자의 8분의 1만 내보낸다면 우리를 이길 수도 있을 거야. 그만큼만 돼도 여전히 수적으로 유리하고 해야 할 일을 할 여지가 생길 테니까. 하지만 저 상태로는, 저들의 수는 무의미해."

"저기에는 실질적인 총사령관이 없습니다." 라비에누스가 말했다. "기껏 공동 사령관 몇 명이죠. 그나마 서로 완전히 의견 일치도 되지 않았고요."

카이사르의 사랑스런 군마 발부리는 근처에서 풀을 뜯고 있었다. 특이한 모양의 발굽은 풀에 가려 거의 보이지 않았다. 로마군 사령부는 집합해 있었다. 보좌관들 중에서 아직 전장의 특정 구역을 맡지 않은 트레보니우스 같은 이들과, 이쪽이든 저쪽이든 명령이 떨어지면 바로 나갈 준비가 된 게르만족 조랑말에 올라탄 군관 서른 명이었다.

"오늘은 자네의 날이네, 라비에누스." 카이사르가 말했다. "자네의 날로 만들게. 나는 명령을 내리지 않겠네. 자네가 알아서 해."

"평원 쪽 진지 세 곳의 4천 명을 쓰겠습니다." 라비에누스는 사나운 얼굴로 말했다. "북쪽 진지는 예비로 둘 겁니다. 적들은 평원과 수직축상에서 싸워야 하죠. 그러니 저는 4천 명이면 충분하고도 남습니다. 적군의 선두 대열이 후퇴하면 자기네 후방을 짓밟게 될 겁니다."

기병대 진지 네 곳은 보병 진지처럼 안쪽 방벽에 세워진 것이 아니라 큰 둘레의 바깥쪽으로 증축한 것이었다. 모두 철저히 요새화되어 있었지만 그 앞쪽 땅에는 가시 막대나 백합, 묘비가 묻혀 있지 않았다. 카이사르와 최고사령부가 지켜보는 가운데, 작은 평원을 침범해 있는 기병대 진지 세 곳의 바깥문이 활짝 열리고 로마 기병대가 말을 타고 나왔다.

"베르킹게토릭스가 왔군요." 트레보니우스가 말했다.

카이사르가 고개를 돌린 방향에서, 성채 남쪽 성벽의 서쪽 끝에 있는 성문이 활짝 열렸다. 갈리아인들이 버팀목, 경사로, 나무판자, 밧줄, 갈고리, 체 등으로 무장한 채 가파른 서쪽 산비탈 아래로 우르르 떼 지어 달려오고 있었다.

"적어도 저들이 굶주렸다는 건 분명하죠." 퀸투스 키케로가 말했다.

"그리고 저 땅바닥에서 무엇이 기다리고 있는지도 알고요." 트레보니우스가 말했다. "하지만 저들에겐 충분한 장비가 없습니다. 가시 막대와 백합을 넘는 데만 수 시간이 걸릴 테고, 그후엔 묘비와 진짜 방벽과도 씨름해야 하죠. 저들이 우리에게 닿기도 전에 기병대 전투가 끝날 겁니다."

카이사르가 휘파람을 불자 발부리가 즉시 그에게로 왔다. 그는 말 사육사의 도움 없이 바로 올라타고는 멋들어진 심홍색 팔루다멘툼 망토를 매만져 말 엉덩이를 덮도록 했다. "모두 말에 오르게," 그가 말했다. "군관들, 귀를 잘 열어두도록. 같은 명령을 여러 번 말하고 싶지 않으니까. 그리고 명령은 내게서 들은 내용 그대로 목적지까지 전달되어야 하네."

카이사르는 모든 보병을 적절한 위치에 배치했고 모든 보병이 그가 기대하는 바를 알고 있었지만, 바로 이 첫날에 적군의 보병 공격이 있으리라고는 예상하지 못했다. 누군지 몰라도 갈리아군의 사령관은 엄청난 규모의 기병대가 갈리아에게 승리를 가져다줄 것이며 로마군의 전열을 흔들어 다음날 보병 공격을 용이하게 하리라고 예측한 게 분명했다. 그러나 이 미지의 갈리아군 사령관은 기병대 속에 약간의 궁수와 창병을 배치할 정도로 영리했다. 그리고 두 병력이 맞붙었을 때, 갈리아군의 승세를 잡아준 것은 이 보병들이었다.

정오부터 거의 해질녘까지 전투의 결과는 불확실해 보였다. 다만 갈리아군은 그들이 승리했다고 생각하고 있었다. 그러다 한덩어리로 함께 싸우고 있던 카이사르의 게르만족 기병 400명이 어렵사리 대대적인 돌격에 나섰다. 갈리아군의 선두가 무너지면서 싸우지 않고 있던 뒤쪽의 엄청나게 많은 병사들 속에서 버둥거렸고, 그러면서 보병대의 궁수와 창병이 노출되었다. 게르만족에게는 아주 손쉬운 먹잇감이었던 그들은 모조리 죽임을 당했다. 형세가 역전되어 전장 곳곳의 게르만족과 레미족 병사들이 공격을 강행했으며 갈리아인들은 순식간에 후퇴하기 시작했다. 로마군은 갈리아군 진지까지 그들을 뒤쫓았으나, 큰 승리를 거두게 된 라비에누스는 무모한 용기가 이토록 큰 성과를 무효로 만들기 전에 병사들에게 복귀 명령을 내렸다.

이 무렵 베르킹게토릭스와 그의 군대는 트레보니우스가 예상한 대로 여전히 가시 막대와 백합을 넘어가려 애쓰고 있었다. 바깥 평원에서 나는 시끄러운 소리를 듣는 순간, 승리가 어느 쪽으로 돌아갔는지 알 수 있었다. 그들은 괴로운 심정으로 모아놓은 장비를 챙긴 뒤 다시 산을 올라 꼭대기에 있는 그들의 감옥으로 돌아갔다. 하지만 가는 길에 만두비족 백성들과 마주치지는 않았다. 여전히 산 동쪽 끝에 모여 있던 만두비족은 두려움에 질려 감히 전투 소리가 나는 곳으로 다가가지 못했다.

다음날은 전투가 전혀 없었다.

"저들은 밤을 틈타 평원을 건너올 걸세." 작전회의에서 카이사르가 말했다. "이번에는 보병을 쓸 거야. 트레보니우스, 라비에누스의 세 진지 중 가운데 진지와 북쪽 강 사이의 바깥쪽 방벽을 맡게. 안토니우스, 자네에게 기회가 왔네. 바깥쪽 방벽선 중 라비에누스의 가운데 진지부터 남쪽 산비탈에 있는 내 위치까지를 맡게. 파비우스, 자네는 우리가 바깥쪽의 공격을 물리치기 전에 베르킹게토릭스가 가시 막대와 백합과 묘비를 통과할 경우에 대비해 북쪽 강부터 남쪽 강까지에 해당하는 안쪽 방벽을 맡게. 저들은 무엇을 맞이하게 될지 모르고 있어." 카이사르는 만족스러운 어조로 말을 계속했다. "하지만 도랑을 잇는 울타리와 경사로가 있으니 저들 중 일부는 통과할지도 모르네. 방벽 곳곳에 횃불을 두되, 고정시켜두지 말고 병사들이 들고 있도록 하게. 횃불을 잘못 다뤄서 우리 방어시설에 불을 내는 자는 누구든 채찍형을 내릴 거야. 스코르피오와 대형 카타풀타를 모조리 공성탑에 배치하고, 발리스타는 지면에서 500그램 포를 우리의 먼 참호보다 더 멀리 쏠 수 있는 위치에 배치하게. 발리스타에 배치된 포병들은 햇빛이 있는 동안은 착탄거리를 잴 수 있지만, 스코르피오에서 화살을 쏘거나 대형 카타풀타에서 포도탄을 쏘는 병사들은 횃불에 의지해야 할 거야. 적군을 하나씩 겨냥해서 쏘았던 아바리쿰 같지는 않겠지만, 포병대가 최선을 다해서 갈리아군에 혼란을 더해주기를 기대하네. 파비우스, 베르킹게토릭스가 내 생각보다 더 멀리까지 빠져나온다면 즉각 증원군을 요청하게. 안티스티우스와 레빌루스, 자네들이 맡은 2개 군단을 계속 진지 내에 두고 갈리아군이 우리 약점을 찾아낸 조짐이 있는지 주시하게."

바깥쪽으로부터의 공격은 자정에 일어났으며 수천수만의 목청에서 울리는 우렁찬 고함소리와 함께 시작되었다. 그 소리는 성채에 있는 베르킹게토릭스에게 공격이 시작되었음을 알리는 신호가 되어주었다. 알레시아에서 아래로 흘러나오는 희미한 나팔 소리가 그 고함소리에 응답했다. 베르킹게토릭스도 밖으로 나가 공격에 합류할 작정이었다.

둘의 둘레를 합치면 거의 40킬로미터에 육박하는 이중 방벽에 병력을 배치하는 것은 6만 명 미만으로는 불가능한 일이었다. 카이사르의 전략은 갈리아군이 특정 구역에 집중하리라는 점과 어둠 속의 돌격은 평원의 평지에서만 실행 가능하다는 점에 기댄 것이었다. 카이사르는 결코 상대를 과소평가하지 않았으므로 방벽 둘레의 나머지 부분도 아예 무방비 상태로 두지는 않았지만, 감시탑의 주요 임무는 접근하는 적군을 포착하고 즉각 최고사령부에 알리는 일이었다. 알레시아 일대에서 광포하게 돌아갔던 그 마지막 며칠 동안 그의 전투 작전을 포괄하는 핵심은 두 가지, 바로 빠른 병력 이동과 유연한 전술이었다.

바깥의 갈리아군은 상당량의 포를 가져왔고 이미 포 사용법을 익힌 상태였다. 일부는 사비누스와 코타로부터 물려받은 것이었고 대부분은 처음 받았던 포를 흉내내어 만든 것이었다. 일부 병사들은 바깥 참호를 넘느라 바쁜 한편, 다른 병사들은 카이사르의 지시로 밝혀둔 횃불 탓에 훤히 드러나 보이는 로마군의 방벽으로 돌멩이를 쏘아댔다. 그 포격은 얼마간 타격을 주긴 했지만, 로마군의 발리스타가 끊임없이 발사한 500그램 포가 더 큰 타격을 입혔다. 로마 포병대는 착탄거리를 측정한 데 반해 갈리아군은 그렇게 할 수 있는 기술이—또는 기회가—없었기 때문이다. 참호가 흙으로 채워지거나 다리가 놓이자, 수천수만 명씩 떼 지은 갈리아인이 매끈하고 낙엽으로 덮인 600미터 상당의 지면을 가로질러 로마군의 방벽을 향해 돌격하기 시작했다.

일부는 가시 막대에 갈기갈기 찢겼고, 일부는 백합에 꽂혔으며, 그보다 훨씬 많은 수는 묘비에 충돌했다. 그리고 그들이 가까이 다가올수록 그중 더 많은 수가 스코르피오의 화살을 맞고 쓰러졌다. 포병들이 더 나은 조명을 이용한 덕에 빗맞히기가 어려워졌으므로 바깥에 쓰러진 병사는 엄청나게 많았다. 캄캄한 시간이다보니 로마군이 땅에 무슨 장치들을 심어놨는지 파악하기도, 어떤 일정한 양식이 사용된 게 아닌지 알아내기도 불가능했다. 그리하여 뒤쪽의 갈리아인들은 먼저 떨어진 이들의 시체를 디딤돌 삼아 두 개의 도랑까지 이르렀다. 그들은 경사로와 이동식 울타리를 가져왔지만, 이곳의 횃불은 눈부시게 밝은데다 흙벽과 흙벽의 연결지점에는 불로 더 단단하게 그을리고 더 위협적으로 날카로운 가지뿔이 너무나 빽빽하게 꽂혀 있었던지라, 갈리아인은 누구 하나 빠져나갈 길을 찾지 못했고 그 위로 사다리를 놓지도 못했다. 로마군 궁수와 투석병, 창병, 포병 들은 그들을 수백 명씩 쏘아 죽였다.

트레보니우스와 안토니우스는 갈리아군이 방벽까지 접근할 기미가 보이는 곳마다 민첩하고도 효율적으로 증원 병력을 끊임없이 투입했다. 많은 병사들이 부상을 입었지만 대부분은 경미한 부상이었고, 수비병들은 공격에도 거뜬히 버텼다.

동틀 무렵, 바깥의 갈리아군은 가시 막대와 백합과 묘비 곳곳에 널린 수천 구의 시체를 남기고 철수했다. 그리고 안쪽에서 여전히 물을 채운 도랑을 건너려고 애쓰던 베르킹게토릭스는 그들이 퇴각하는 소리를 들었다. 로마군 전 병력이 그가 있는 안쪽으로 이동할 터였다. 베르킹게토릭스는 병사들과 장비를 모아, 만두비족 백성들로부터 한참 떨어진 서쪽 산비탈 위의 성채로 돌아갔다.

카이사르는 포로들을 통해 갈리아 구원병의 배치에 대해 알게 되었다. 라비에누스의 짐작대로 최고사령부는 여러 개로 쪼개져 있었다. 아트레바테스족은 콤미우스, 아이두이족은 코투스와 에포레도릭스와 비리도마루스, 베르킹게토릭스의 친척 베르카시벨라우누스였다.

"콤미우스는 예상했네." 카이사르가 말했다. "하지만 리타비쿠스는 어디 있지? 궁금하군. 코투스는 나이가 많아서 이렇듯 젊은 사령부에 어울리지 않고, 에포레도릭스와 비리도마루스는 시시한 존재들이지. 눈여겨봐야 할 사람은 베르카시벨라우누스가 될 거야."

"콤미우스는 아니고요?" 퀸투스 키케로가 물었다.

"그는 벨가이족이오. 그저 명목상의 지휘권을 줘야 했겠죠. 벨가이족은 망가졌소, 퀸투스. 구원 병력에서 벨가이족의 지분이 10분의 1 이상일 것 같진 않아요. 아이두이족은 마음에 들어하지 않았겠지만, 이건 켈트족의 반란이고 베르킹게토릭스가 그 주인이오. 베르카시벨라우누스야말로 주목할 인물이오."

"앞으로 얼마나 오래갈까요?" 안토니우스가 물었다. 그는 스스로에게 대단히 만족하고 있었다. 내심 자기가 트레보니우스 못지않게 잘해냈다는 결론을 내린 참이었다.

"다음번이 가장 어려운 공격이자 마지막 공격이 될 것 같네." 카이사르가 불편하게 하는 예리한 눈빛으로 재종질을 보며 말했다. 마치 안토니우스의 머릿속에 무슨 생각이 오가는지 다 꿰고 있는 듯했다. "바깥 평원의 전장을 치울 수 없으니 저들은 시체 더미를 가교로 활용할 거야. 저들이 우리 약점을 찾았는지 여부에 많은 것이 달려 있어. 안티스티우스와 레빌루스, 자네들이 담당 진지를 방어할 준비가 되어 있어야 한다는 건 아무리 강조해도 모자라네. 트레보니우스, 파비우스, 섹스티우스, 퀸투스, 데키무스, 번개처럼 움직일 수 있도록 준비해두게. 라비에누스, 자네는 이 일대 주위를 계속 돌고 게르만족 기병대를 북쪽 진지에 두게. 내 지시를 받을 필요는 없지만, 사소한 것까지 남김없이 보고하게."

베르카시벨라우누스는 콤미우스, 코투스, 에포레도릭스, 비리도마루스와 함께 회의를 열었다. 구트루아투스와 세둘리우스, 드라페스도 올로비코라는 정찰병과 같이 참석했다.

"로마군의 북서쪽 산 방비는 여기서나 평원에서 볼 때 더없이 훌륭해 보입니다." 올로비코가 말했다. 그는 안데스족의 일원이었지만, 다른 누구보다 이 지역 정보를 잘 캐는 사람으로 크게 이름을 날렸다. "그러나 어젯밤 전투가 한창일 때 저는 근거리에서 자세히 살폈습니다. 북쪽 강에 인접한 북서쪽 산 아래에 대규모 보병 진지가 있고, 그 너머로 강 지류가 흐르는 좁다란 계곡 위에 기병 진지가 하나 있습니다. 이 기병 진지와 본 방벽선 사이는 상당히 튼튼하게 방비되어 있습니다. 그쪽으로는 거의 승산이 없는 거죠. 하지만 로마군의 포위는 완전하지 않습니다. 보병 진지 너머 북쪽 강둑에 빈틈이 있어요. 여기서나 평원에서는 보이지 않습니다. 지형을 감안하면 저들은 최대한 교묘하게 머리를 썼습니다. 저들의 방벽은 북서쪽 산의 측면으로 올라가는데, 정말로 꼭대기까지 바로 넘어가는 것처럼 보이기 때문입니다. 그러나 실제로는 그렇지 않습니다. 그건 착시예요. 아까 말씀드렸듯이, 강으로 내려가는 곳에 빈틈이 있습니다. 방벽이 없는 혓바닥 모양의 땅이지요. 그 틈을 통해 로마군 진영 안으로 들어갈 수는 없습니다. 제가 그 틈을 찾고 흥분했던 건 그 때문이 아니었어요. 그게 유용한 이유는 보병 진지의 로마군 전선을 내리막에서 공격할 수 있게 해주기 때문입니다. 방벽이 산비탈에 비스듬히 놓여 있고 위쪽 산 너머로 이어지지 않으니까요. 또 진지의 이중 도랑과 방벽 바깥쪽 땅에 위험물이 심어져 있지도 않습니다. 위험물을 심기에 적합하지 않은 땅이니까요. 그러니 안으로 들어가기가 훨씬 쉽지요. 그 진지를 점령하면 로마군의 진영을 침투하는 겁니다."

"아!" 베르카시벨라우누스는 미소를 지었다.

"아주 좋군." 코투스가 만족스러워하며 말했다.

"베르킹게토릭스에게 가장 효과적인 방법을 들어야 하는데 말이오." 드라페스가 콧수염을 잡아당기며 말했다.

"베르카시벨라우누스가 잘 대처할 거요." 세둘리우스가 말했다. "아르베르니족은 산악 부족이오. 이런 지형에 대해 잘 알고 있죠."

"최정예 전사 6만 명이 필요합니다." 베르카시벨라우누스가 말했다. "물불을 가리지 않는 것으로 유명한 부족들 중에 직접 고르고 싶소."

"그러면 벨로바키족부터 고르시오." 콤미우스가 즉시 대꾸했다.

"기병이 아니라 보병 말이오, 콤미우스. 하지만 네르비족 5천 명, 모리니족 5천 명, 메나피족 5천 명은 데리고 가겠소. 세둘리우스, 당신과 당신의 레모비케스족 1만 명도 데리고 가겠소. 드라페스, 당신과 당신의 세노네스족 1만 명도요. 구트루아투스, 당신과 당신의 카르누테스족 1만 명도요. 비투르고에게서는 비투리게스족 중 5천 명을 데려가고, 내 친척이자 왕에게서는 아르베르니족 1만 명을 데려가겠소. 동의하시오?"

“아주 기꺼이 동의하오.” 세둘리우스가 말했다.

다른 사람들은 엄숙하게 고개를 끄덕였다. 다만 아이두이족 공동 사령관 세 명인 코투스와 에포레도릭스, 비리도마루스는 썩 만족스럽지 않은 얼굴이었다. 이들은 카르누툼에서 갑작스럽게 지휘권을 떠안은 사람들이었다. 리타비쿠스가 도저히 이해가지 않는 이유로 갑자기 자기 말에 올라 친척인 수루스와 함께 아이두이족을 버리고 가버린 탓이었다. 언제는 리타비쿠스가 유일한 지도자였다가, 바로 다음 순간 훽 없어져버렸다! 수루스와 함께 동쪽으로 사라져버렸다!

그리하여 아이두이족 병사 3만 5천 명에 대한 지휘 책임은 늙고 지친 코투스에게, 그리고 자기들이 로마로부터 자유로워지고 싶은지 여전히 확신이 없는 두 사람에게 맡겨졌다. 이런 사실 외에도, 이들은 자기들이 이 회의에 참석하게 된 것이 말뿐인 인정에 불과하지 않을까 의심하고 있었다.

“콤미우스, 당신은 기병대를 지휘해서 북서쪽 산 아래의 평원으로 진격하시오. 에포레도릭스와 비리도마루스는 나머지 보병대를 평원의 남쪽으로 이끌고 가고, 이 병력을 활용해 대규모 양동작전을 펼칩니다. 로마군 방벽으로 밀고 들어가세요. 거기서도 카이사르를 계속 바쁘게 만드는 겁니다. 코투스, 당신은 이 진지를 지키시오. 확실히 이해되셨소, 아이두이족 세 분?” 베르카시벨라우누스가 물었다. 자신감 있는 말투에 딱 부러지는 목소리였다.

아이두이족 세 명은 확실히 이해했다고 대답했다.

“공격 시각은 해가 바로 머리 위에 떴을 때로 하지요. 그러면 로마인들에게 이점이 없는데다 해가 점차 지면서 우리가 아닌 그들의 눈을 부시게 할 겁니다. 나는 오늘밤 자정에 6만 명을 데리고 올로비코를 길잡이 삼아 진지를 떠나겠소. 북서쪽 산을 올라 동트기 전까지 혀 모양 땅 아래로 어느 정도 내려간 다음 큰 함성이 들릴 때까지 나무에 잠복해 있겠소. 콤미우스, 함성은 당신이 맡아주시오."

"알겠소." 콤미우스가 대답했다. 다소 못생긴 그의 얼굴은 이마에 난 상처로 끔찍하게 흉해져 있었다. 배반이 준비되어 있던 그 회의중에 가이우스 볼루세누스가 낸 상처였다. 그는 복수하고픈 열망으로 타올랐다. 벨가이족의 지고왕이 되고자 했던 그의 꿈은 산산조각 났고, 그의 부족인 아트레바테스족은 불과 한 달 전 라비에누스 탓에 너무나 크게 줄어들어, 카르누툼 동원령에 그가 데려갈 수 있었던 병력은 나이든 사내들과 덜 자란 소년들로 이루어진 4천 명에 불과했다. 남쪽의 이웃 부족 벨로바키족에게 희망을 걸었지만, 구트루아투스와 카트바드가 벨로바키족에게 요구했던 1만 명 중 단 2천 명만 카르누툼으로 왔다. 그나마도 콤미우스가 친구이자 인척인 그 부족의 왕 코레우스에게 간청해서 온 것이었다.

"그렇게 원한다면 2천 명을 데려가시오." 코레우스는 말했다. "하지만 더는 안 되오. 우리 벨로바키족은 우리가 원하는 때에 원하는 방식으로 카이사르와 로마와 싸우고 싶소. 베르킹게토릭스는 켈트족이고, 켈트족은 소모전이나 섬멸에 대해 아무것도 모르지요. 가는 건 당신 마음이오, 콤미우스. 하지만 당신이 패하고 돌아왔을 때, 벨로바키족은 벨가이족 동맹을 찾을 거라는 점은 명심하시오. 당신 병사들과 내 병사 2천 명을 안전하게 지켜주시오. 켈트족을 위해 죽지는 말아요."

코레우스의 말이 옳았다. 알레시아 위를 맴도는 거대한 운명의 형상을 보기 시작한 콤미우스는 생각했다. 그 형상은 로마군의 독수리였다. 그리고 켈트족은 소모전이나 섬멸에 대해 아무것도 몰랐다. 아, 하지만 벨가이족은 알았다! 코레우스가 옳다. 왜 켈트족을 위해 죽으려 하나?

오전 중반 무렵 알레시아 성채의 보초병들은 구원병이 또다른 공격을 위해 집결하고 있다는 것을 알았다. 베르킹게토릭스는 조용히 만족스러운 미소를 지었다. 취약한 보병 진지 위의 북서쪽 산 나무숲에서 쇠사슬 갑옷과 투구가 번쩍이는 광경을 본 때문이었다. 훨씬 낮은 위치에 있는 로마군은 보지 못했을 터였다. 해가 알레시아 뒤에 있으니, 남쪽 산 정상의 감시탑에 있는 이들까지 포함한다 해도 마찬가지일 거라고 그는 생각했다. 잠시 동안 그는 북쪽 산에 있는 감시탑에서 저 숨길 수 없는 반짝임을 봤을지도 모른다는 생각에 속을 태웠지만, 언제든 출격할 수 있도록 탑 발치에 매어놓은 말들은 여전히 매여 있는 채로 고개를 숙이고 졸고 있었다. 해가 알레시아 위로 떠오르고 있었다. 바로 맞은편이었다. 그래, 저 반짝임이 보이는 곳은 알레시아 하나뿐인 게 분명해.

"이번에는 우리가 철저히 준비가 되어 있을 거요." 그는 동료 세 명에게 말했다. "갈리아군은 정오에 움직일 것 같소. 그러니 우리도 정오에 움직입시다. 그리고 우리는 저 보병 진지 주변 지역에만 집중하겠소. 만약 우리 쪽에서 로마군 진영을 뚫을 수 있다면 로마군은 한 번에 양쪽 다 지킬 수 없을 거요."

"우리가 훨씬 불리해요." 비투르고가 말했다. "우리는 오르막 쪽에 있소. 누구든 저 혀 모양 땅에 있는 사람은 내리막에 있고요."

"그래서 의욕이 나지 않소?" 베르킹게토릭스가 따지듯 물었다.

"아뇨. 그저 의견을 말한 것뿐이오."

"로마군 진영 내의 움직임이 대단히 활발해요." 다데락스가 말했다.

“카이사르는 골칫거리가 다가오고 있다는 걸 아는 거요.”

“우리는 그를 바보로 생각한 적이 없소, 다데락스. 하지만 그는 자기 보병 진지 위쪽의 빈틈 안에 우리 병사들이 있다는 건 모르고 있소.”

기병대는 평원의 북쪽에, 보병대는 평원의 남쪽에 운집시킨 구원 병력은 정오가 되자 공격을 알리는 우렁찬 고함을 내지르며 가시 막대와 백합과 묘비에 맞서 진군을 시작했다. 이 사실은 베르킹게토릭스에게 별다른 영향을 미치지 못했다. 그의 병사들은 이미 언덕을 절반가량 내려와, 안티스티우스와 레빌루스가 지키고 있는 보병 진지의 고리 안쪽에 모이고 있었다. 이번에는 투박한 바퀴가 장착된 이동식 방탄벽을 끌고 왔는데, 로마군의 탑 꼭대기에서 쏘아대는 스코르피오 화살과 포도알 크기의 자갈을 막아주는 피난처 역할을 했다. 방탄벽 아래로 끼어들어가지 못한 전사들은 각자 방패를 머리 위에 고정해 귀갑 방패처럼 사용했다. 가시 막대와 백합과 묘비는 시체나 흙이나 울타리로 채워져 있어, 이제 그들에겐 잘 닦인 길이나 마찬가지였다. 베르카시벨라우누스가 이끄는 병사들이 다른쪽 도랑에 흙을 던지고 있던(경사가 내리막이었기 때문에 속도가 훨씬 빨라졌다) 바로 그 순간에 베르킹게토릭스는 물이 채워진 도랑에 이르렀다.

때때로 갈리아의 왕은 다른 곳에서 갈리아군이 성공을 거두고 있다는 걸 인지했다. 보병 진지가 산비탈 한참 위에 있어서, 강 두 개가 흐르는 평원 끄트머리 쪽의 로마군 진영이 내려다보였기 때문이다. 바깥 방벽에 세워진 로마군 감시탑 몇 곳 주변으로 연기 기둥이 솟아올랐다. 그쪽의 갈리아 보병대는 방벽 앞에 도착해 그것을 허무느라 분주했다. 그런데 그는 어쩐지 승리가 목전에 있다는 느낌을 지속시킬 수가 없었다. 곁눈질로 슬쩍 본 곳에 심홍색 망토를 입은 사람이 있었기 때문이다. 그리고 연기가 피어오르는 곳마다 예비 병력이 투입되면서 보병대대가 공격을 저지하는 동안, 그 사람의 모습은 여기저기 온 사방에 나타났다.

그때 커다란 환호성이 들려왔다. 베르카시벨라우누스와 그의 6만 병력이 로마군 방벽 위를 오르고 있었다. 로마군의 전투대에서 교전이 벌어졌고, 잘 통솔된 로마군 보병들은 필룸창을 공성창처럼 활용하여 그들의 공격을 막아내고 있었다. 그와 동시에 알레시아에 갇혔던 이들이 어렵사리 두 개의 도랑을 메웠다. 갈고리가 위로 던져졌고 사방에 사다리가 놓였다. 이제 일이 성사되는구나! 로마군은 두 개의 전선에서 동시에 싸울 수 없을 것이다. 그러나 그 순간 어딘가에서 어마어마한 로마군 예비 병력이 쏟아져 들어왔고, 회색 얼룩무늬가 있는 이탈리아산 말에 올라탄 라비에누스가 거기 있었다. 그는 아무것도 모르고 있던 6만 구원병의 북쪽에서 산을 내려오고 있었다. 건너편 기병 진지에서 게르만족 2천 명을 이끌고 온 그는 베르카시벨라우누스의 후방을 덮치려는 참이었다.

베르킹게토릭스는 경고의 소리를 질렀지만, 그것은 또다른 소리에 묻히고 말았다. 그의 양옆에 있는 감시탑이 무너지고 그의 병사들이 로마군 방벽을 기어오르는 바로 그 순간, 한참 떨어진 곳에서 귀가 멀 것 같은 환호성이 들려왔다. 베르킹게토릭스는 재빨리 눈가의 땀을 닦으며 고개를 돌려 평원 가장자리의 로마군 진영 안을 내려다보았다. 바로 거기, 멋들어진 심홍색 망토 뒷자락을 펄럭이며 전속력으로 말을 달려오는 카이사르가 있었다. 그의 최고사령부와 군관들이 줄줄이 그 뒤를 따르고 보병 수천 명이 달려갔다. 로마군 전투대 곳곳에서 로마 병사들은 환호하고, 환호하고, 또 환호했다. 승리의 환호는 아니었다. 이 거대한 전투는 아직 끝나지 않았으니까. 병사들의 환호는 그, 카이사르를 향한 것이었다. 몸을 곧게 세우고, 타고 있는 말의 커다란 일부가 된 그. 저것이 발부리가 갈라져 있다는 그 행운의 말인가? 발부리가 갈라진 말이 실제로 존재하는 건가?

적군에게 에워싸인 채 보병 진지 바깥 방벽을 지키고 있던 로마 병사들은 카이사르의 모습을 보지는 못했지만 그 환호성을 들었다. 그들은 필룸창을 적의 얼굴로 던지고, 검을 꺼내 공격했다. 베르킹게토릭스를 상대로 안쪽 방벽을 방어하고 있던 병사들도 마찬가지였다. 베르킹게토릭스의 병사들이 흔들리기 시작하더니 점점 더 방벽에서 밀려났다. 요란한 말 울음소리와 갈리아인들의 아우성이 베르킹게토릭스의 귀를 가득 채웠다. 라비에누스가 갈리아군의 후방으로 달려드는 사이, 카이사르의 병사들은 바깥 방벽에 기어올라가 둘 사이에 있는 6만 전사들을 괴멸시켰다.

아르베르니족과 만두비족, 비투리게스족 대다수는 끝까지 남아서 싸웠지만, 베르킹게토릭스는 그러고 싶지 않았다. 그는 가까이 있는 병력을 간신히 결집시켰고, 비투르고와 다데락스에게도 똑같이 하도록 지시한 뒤—아, 크리토그나투스는 어디에 있지?—산을 올라 알레시아로 돌아갔다.

성채로 들어간 베르킹게토릭스는 아무와도 말을 하지 않았다. 그는 성벽에 서서, 그날 남은 시간 동안 승리한 로마인들이—저들이 어떻게 이길 수가 있지?—뒷정리를 하는 모습을 지켜보았다. 평원에서 싸웠던 이들을 뒤쫓지 못하는 걸로 보아 그들이 녹초가 되었음은 분명했다. 그러다 거의 어두워졌을 때, 라비에누스가 거대한 기병대를 이끌고 갈리아군 진지가 있던 남서쪽 산을 가로질러 갔다. 그는 퇴각하는 적군을 뒤좇으며 괴롭힐 것이고 굶뜬 자들을 최대한 쓰러뜨릴 터였다.

베르킹게토릭스의 눈은 언제나 카이사르를 좇았다. 여전히 심홍색 망토를 입고, 여전히 말을 탄 채 분주히 다니고 있었다. 정말 최고의 장인이 아닌가! 승리가 그의 것이 되었는데도 로마군 방벽 둘레에 뚫린 구멍들을 손보고 있었고, 또다른 공격에 대비해 모든 것이 준비되고 있었다. 그의 군단들은 그를 환호했다. 엄청난 고역의 와중에도, 사방에서 포위된 와중에도 그들은 그를 환호했다. 마치 그가 자신의 행운의 말을 타고 있고, 그들이 그의 심홍색 망토를 볼 수 있는 한 절대 질 리가 없다고 진정으로 믿는 것처럼. 그들은 그를 신으로 여기는 건가? 뭐, 그러지 않을 이유가 없지 않나? 투아타조차 그를 사랑했다. 투아타가 그를 사랑하지 않았다면 갈리아가 승리했을 테니까. 켈트족의 신들에게 사랑받는 이방인이라니. 하긴, 어느 땅의 신들이나 탁월함을 귀하게 여기는 법이다.

등불이 켜진 그의 방에서, 베르킹게토릭스는 여전히 겨우살이 잔가지가 달려 있는 순결한 흰색 천 아래에서 황금관을 꺼냈다. 그는 관을 탁자에 올려놓고 그 앞에 앉았지만 손대지는 않았다. 물시계의 물이 똑똑 떨어지고, 소리와 냄새가 창을 통해 슬며시 들어왔다. 로마군 진영에서 터져나오는 커다란 웃음소리. 희미한 고양이 울음소리. 이 소리는 다데락스가 그의 백성들을 성채로 데려와 마지막 남은 가축으로 수프를 끓여 먹이고 있다는 걸 알려주었다. 불쌍한 다데락스! 수프 냄새는 역겨웠다. 백합들 사이에서 막 썩기 시작한, 말뚝에 꽂힌 시체들의 악취도 마찬가지였다. 그리고 무엇보다도 무언의 천둥소리처럼 골똘히 생각에 잠긴 투아타, 빛 없는 새벽이 다가온다……. 다가온다. 갈리아는 끝났다. 그도 끝났다.

아침이 되어, 그는 아직 살아 있는 사람들과 이야기를 나눴다. 다데락스와 비투르고가 그의 옆에 있었다. 크리토그나투스에 대해선 누구도 들은 사람이 없었다. 그는 전장 어딘가에 있었다. 죽었거나, 죽어가고 있거나, 포로로 잡혔거나.

"끝났습니다." 장터에서 그는 말했다. 그의 목소리는 강하고 차분했으며, 알아듣기 쉬웠다. "갈리아 연합은 없을 것입니다. 우리는 독립을 얻지 못할 것입니다. 로마인들은 우리의 주인이 될 것입니다. 물론 카이사르처럼 너그러운 적이 우리에게 멍에 밑을 지나도록 강요할 거라 생각지는 않습니다. 나는 카이사르가 남은 우리를 몰살시키기보다 우리와 화해하고 싶어할 거라 믿습니다. 황무지보다는 살지고 건강한 갈리아가 로마에 더 유용하니까요."

그의 해골 같은 얼굴에는 아무런 감정도 스쳐가지 않았다. 그는 감정에 휘둘림 없이 말을 이어갔다. "투아타는 전장에서의 죽음을 훌륭히 여깁니다. 그보다 더 명예로운 것도 없지요. 그러나 스스로 목숨을 끊는 것은 우리의 드루이드 전통에 어긋납니다. 다른 지역에서는 알레시아처럼 패배한 성채의 사람들이 포로로 잡히기 전에 자결한다고 들었습니다. 알렉산드로스 대왕이 왔을 때 킬리키아인들이 그리했습니다. 아시아의 그리스인들이 그리했습니다. 이탈리아인들도 그랬습니다. 하지만 우리는 그러지 않습니다. 이 삶은 그 끝이 어떤 형태를 띠든 그것이 자연히 끝날 때까지 우리가 겪어야 할 시험입니다.

여러분에게 부탁하고 싶은 말은, 그리고 이 자리에 없는 사람들에게 전해달라고 부탁하고 싶은 말은, 로마인들이 싫어하지 않을 방법으로 갈리아를 위대한 국가로 만드는 데 여러분의 모든 마음과 정력을 쏟아달라는 것입니다. 여러분은 다시 크고 부유해져야 합니다. 언젠가—머지않아!—갈리아는 다시 일어설 것입니다! 꿈은 단지 꿈이 아닙니다! 갈리아는 다시 일어설 것입니다! 갈리아는 견뎌내야 합니다. 갈리아는 위대하기 때문입니다! 이어질 수세대에 걸친 굴종의 시간 동안 이 생각을 꼭 끌어안고, 이 꿈을 소중히 품고 갈리아의 현실을 영속하게 하십시오! 나는 죽겠지만, 언제나 나를 기억하십시오! 언젠가 갈리아는, 나의 갈리아는 실재할 것입니다! 언젠가 갈리아는 자유로워질 것입니다!"

청중은 아무런 소리도 내지 않았다. 베르킹게토릭스는 몸을 돌려 안으로 들어갔고, 다데락스와 비투르고가 뒤따랐다. 갈리아 전사들은 천천히 흩어졌다. 그들의 왕이 한 말을 아이들에게 전하기 위해 마음속에 새기면서.

"나머지 할말은 당신들만 들어야 할 말이오." 메아리치는 텅 빈 회의실에서 베르킹게토릭스가 말했다.

"앉으세요." 비투르고가 다정하게 말했다.

"아니, 됐소. 카이사르가 당신을 포로로 잡을 수도 있소, 비투르고. 위대하고 수가 많은 부족의 왕이니까요. 하지만 당신은 놓아줄 거라 생각하오, 다데락스. 카트바드에게 가서 오늘 아침 이곳에서 내가 한 말을 내 부족 사람들에게 전하라고 하시오. 또한 내가 자만심으로 이 전투를 시작한 것이 아니라는 말도 전해주시오. 나는 외국의 지배로부터 내 땅을 해방시키기 위해 이 일을 했소. 언제나 공공의 이익을 위했을 뿐, 나 자신의 영달을 위한 적은 한 번도 없소."

"그렇게 전하겠소." 다데락스가 말했다.

"그럼 이제 당신 두 분이 결정해야 할 것이 있소. 당신들이 내 죽음을 요구한다면 나는 이곳 알레시아 안에서, 내 백성들이 지켜보는 가운데 처형대에 서겠소. 그렇지 않다면 나는 카이사르에게 특사를 보내 항복의 뜻을 전하고자 하오."

"카이사르에게 특사를 보내시오." 비투르고가 말했다.

"베르킹게토릭스에게 전하시오." 카이사르가 말했다. "알레시아 안에 있는 모든 전사들은 무기와 쇠사슬 갑옷을 넘겨야 하오. 내일 동튼 직후 이 일이 실행된 후에 베르킹게토릭스 왕의 항복을 받아들이겠소. 전사들이 먼저 검과 창, 활, 화살, 도끼, 단검, 철퇴를 우리 참호에 던져야 하오. 그들은 쇠사슬 갑옷을 벗어 무기 위로 던져야 하오. 그런 다음에야 왕과 그의 동료 비투르고, 다데락스가 나와야 할 것이오. 나는 저기서 기다리고 있겠소." 그는 성채 아래, 로마군의 안쪽 방벽 바로 밖에 있는 한 장소를 가리키며 말했다. "동틀 녘에."

카이사르는 작은 단상 하나를 세우게 했다. 지면보다 60센티미터 높게 지은 단상 위에는 그의 높은 지위를 상징하는 상아 대좌를 놓게 했다. 로마는 이 항복을 받아들였으므로 집정관급 총독은 갑옷을 입지 않을 것이다. 그는 자주색 단을 댄 토가를 입고, 전직 집정관을 의미하는 초승달 모양 죔쇠가 달린 흑적색 신을 신고, 전장에서 홀로 용맹을 떨친 자에게 주어지는—또한 위대한 폼페이우스가 결코 얻지 못한 유일한 훈장인—그의 떡갈잎관, 즉 시민관을 쓸 것이다. 그의 임페리움을 상징하는 무늬 없는 상아 원통은 그의 팔뚝 길이에 꼭 맞았으므로, 한쪽 끝은 손바닥에 놓고 다른 쪽 끝은 그의 팔꿈치 안쪽에 끼워놓았다. 히르티우스만이 그와 함께 단상에 올랐다.

의자에 앉은 카이사르는 오른발을 앞으로 내밀고 왼발은 뒤에 두며, 허리를 꼿꼿이 세우고 어깨는 쫙 펴고 턱을 치켜든 전통적인 자세를 취했다. 그의 보좌관들은 단상 오른쪽 땅에 섰다. 그중 라비에누스는 금세공을 한 은 판갑을 입고 그의 임페리움을 상징하며 의식에 따라 매듭과 고리를 만든 심홍색 장식띠를 달았다. 트레보니우스, 파비우스, 섹스티우스, 퀸투스 키케로, 술피키우스, 안티스티우스, 레빌루스는 각자 가진 최고의 갑옷을 입고 아티케식 투구를 왼쪽 겨드랑이에 꼈다. 이들의 하급자들은 단상 왼쪽 땅에 섰다. 데키무스 브루투스, 마르쿠스 안토니우스, 미누키우스 바실루스, 무나티우스 플랑쿠스, 볼카티우스 툴루스, 셈프로니우스 루틸루스 등이었다.

구경하려는 군단병들이 몰려와 방벽과 탑 위의 좋은 자리를 모조리 차지했으며, 기병들은 참호에서 단상까지 이어지는 긴 통로 양쪽으로 말을 탄 채 늘어섰다. 가시 막대와 백합은 치워지고 없었다.

한 달 넘게 알레시아 안에서 지낸 베르킹게토릭스의 전사 8만 명 중 남은 이들이 지시받은 대로 먼저 등장했다. 그들은 한 명씩 차례차례 무기와 쇠사슬 갑옷을 참호에 던져넣은 뒤, 몇몇 기병 대대에 이끌려 대기 장소로 이동했다.

성채에서 나온 베르킹게토릭스가 언덕 아래로 내려왔고, 비투르고와 다데락스가 뒤따라왔다. 갈리아의 왕은 자신의 황갈색 말을 타고 있었다. 흠잡을 데 없이 깔끔하게 손질되고 화려한 마구를 찬 말은 발을 높이 올리며 걸었다. 베르킹게토릭스가 가진 황금과 사파이어 장식은 하나도 빠짐없이 그의 팔과 목, 가슴, 숄에 달려 있었다. 수대와 허리띠가 빛났다. 머리에는 황금 날개가 달린 황금관을 쓰고 있었다.

그는 차분히 말을 타고 기병대 병사들을 통과해 카이사르가 앉아 있는 단상 코앞까지 갔다. 그런 뒤 말에서 내려 검을 찬 수대를 풀고 허리띠에서 단검을 끌러 놓은 뒤 앞으로 걸어가서 그것들을 단상 한귀퉁이에 내려놓았다. 그는 몇 발짝 뒤로 물러나서, 두 발을 포개며 땅바닥에 책상다리를 하고 앉았다. 왕관이 벗겨졌다. 베르킹게토릭스는 항복의 뜻으로 왕관 없는 머리를 숙였다.

이미 무기를 빼앗긴 비투르고와 다데락스는 그들 왕의 예를 따랐다.

이 모든 과정은 어마어마한 침묵 속에 진행되었다. 거의 숨소리 하나조차 없었다. 그러던 중 누군가 탑 위에서 기쁨의 비명을 내지르자 박수가 나오기 시작했고, 그 소리는 끊이지 않고 계속되었다.

카이사르는 꼼짝도 하지 않고 자리에 앉아 있었다. 얼굴은 진지하고 몰두한 표정이었고 두 눈은 베르킹게토릭스에게 고정되어 있었다. 환호성이 잦아들자 그는 역시 토가를 갖춰 입은 아울루스 히르티우스에게 고개를 끄덕여 보였다. 히르티우스는 손에 두루마리를 들고 단상에서 내려왔다. 보좌관들 뒤에 숨어 있던 필경사가 펜과 잉크와 높이 30센티미터의 나무 서판을 들고 서둘러 앞으로 나왔다. 이를 보면서 베르킹게토릭스는 만약 그가 땅바닥에 앉지 않았다면 로마인들이 강제로 그를 무릎 꿇려 이 항복에 서명하게 했을 거라고 추론했다. 하지만 그는 이미 땅에 앉았으니 그대로 손을 뻗어 펜에 잉크를 적셨고, 제대로 교육받았다는 것을 보여주기라도 하듯 펜촉을 잉크병 옆에 닦고는 히르티우스가 가리키는 곳에 항복 서명을 했다. 필경사는 그 위에 모래를 뿌린 뒤 흔들어 털고 나서 그 한 장의 종이를 둘둘 말아 히르티우스에게 건넸으며, 히르티우스는 다시 단상 위 자기 자리로 돌아갔다.

그제야 카이사르가 자리에서 일어났다. 그는 작은 단상에서 수월하게 뛰어내리더니 베르킹게토릭스 쪽으로 걸어가서 그를 일으켜주려고 오른손을 내밀었다.

베르킹게토릭스는 그 손을 잡고 책상다리를 풀었다. 다데락스와 비투르고는 도움 없이 일어났다.

"훌륭한 전투로 끝난 고결한 투쟁이었소." 카이사르가 말했다. 그는 로마군 방벽을 잘라내서 틈을 만들어놓은 곳으로 갈리아의 왕을 이끌었다.

"내 친척 크리토그나투스는 포로로 잡혔소?" 베르킹게토릭스가 물었다.

"아니요, 그는 죽었소. 전장에서 발견했소."

"또 죽은 사람은 누가 있소?"

"레모비케스족의 세둘리우스요."

"포로로 잡힌 사람은 누구요?"

"당신 친척 베르카시벨라우누스. 아이두이족의 에포레도릭스와 코투스. 구원 병력에 있던 대부분은 달아났소. 내 병사들이 너무 지친 상태라 그들을 뒤쫓지 못했소. 구트루아투스, 비리도마루스, 드라페스, 테우토마루스, 그 외에도 여럿이오."

"그들을 어쩔 생각이오?"

"모든 부족들이 각자 자기네 땅이 있는 방향으로 달아났다고 티투스 라비에누스가 알려왔소. 언덕을 넘자마자 군대가 부족별로 깨졌다는 군요. 고향으로 돌아가 평화롭게 정착하는 부족은 벌할 생각이 없소." 카이사르가 말했다. "물론 구트루아투스는 케나붐에 대해 책임을 져야 할 거요. 비투르고는 구금시키겠소."

그는 말을 멈추고, 다가오는 다른 두 갈리아인을 쳐다보았다. "다데락스, 당신은 성채로 돌아가고 전사들 중 만두비족인 이들은 데리고 있어도 좋소. 내가 떠나기 전에 조약서가 작성될 테고 당신은 필히 서명해야 하오. 당신이 그 내용을 충실히 지킨다면 추가적인 보복 조치는 요구하지 않겠소. 당신 사람들 몇을 데리고 가서 구원병 진지 안에 당신 부족민들에게 먹일 만한 것이 있는지 찾아보시오. 노획물과 내가 필요한 식량은 이미 챙겼지만, 아직 식량이 남아 있소. 아르베르니족이나 비투리게스족의 일원들은 각자 고향땅으로 떠나도 좋소. 비투르고, 당신은 내 죄수요."

다데락스는 앞으로 걸어나와 베르킹게토릭스를 향해 왼쪽 무릎을 꿇었다. 그는 갈리아식으로 비투르고를 끌어안고 입술에 입맞춤을 한 뒤 몸을 돌려 참호 너머에 모여 있는 사람들에게로 돌아갔다.

"비투르고와 나는 어떻게 되오?" 베르킹게토릭스가 물었다.

"내일 이탈리아로 가는 여정에 오를 거요." 카이사르가 말했다. "그곳에서 내가 개선식을 열 때까지 기다리게 될 거요."

"그때 우리 모두 죽겠군요."

"아니, 그건 우리 관습이 아니오. 당신은 죽을 거요, 베르킹게토릭스. 비투르고는 아니오. 베르카시벨라우누스도, 에포레도릭스도 죽지 않을 거요. 코투스는 죽을 수도 있겠고. 구트루아투스는 죽을 거요. 그는 로마 시민을 학살했으니까, 코투스도 마찬가지고. 리타비쿠스는 틀림없이 죽을 것이오."

"먼저 구트루아투스나 리타비쿠스를 붙잡아야 가능하겠죠."

"맞소. 당신들 모두 내 개선행진에서 걷겠지만, 오직 왕과 학살자만 죽을 것이오. 나머지는 집으로 돌려보낼 거요."

베르킹게토릭스는 미소를 지었다. 그의 얼굴은 창백했고, 짙은 푸른색의 커다란 눈은 아주 슬퍼 보였다. "당신 개선식까지 오래 걸리지 않았으면 좋겠군요. 내 뼈는 지하 감옥을 좋아하지 않으니까."

"지하 감옥?" 카이사르는 걷다 말고 그를 쳐다보았다. "로마에는 지하 감옥이 없소, 베르킹게토릭스. 폐채석장에 오래되어 다 쓰러져가는 라우투미아이라는 감옥이 하나 있는데, 사람들을 거기에 하루이틀 가둬놓기는 하지만 쇠사슬로 묶어놓지 않는 한 죄수가 빠져나가는 걸 막을 길이 없소. 쇠사슬로 묶는 건 극히 드문 일이고." 그는 얼굴을 찌푸렸다. "가장 최근에 쇠사슬로 묶어놓은 사람은 밤사이 살해당했소."

"당신이 집정관일 때 정보를 제공한 베티우스." 포로로 잡힌 왕이 즉시 말했다.

"잘 맞혔소! 당신은 코르피니움, 아스쿨룸 피켄툼, 프라이네스테, 노르바 같은 요새 도시에서 대단히 안락하게 지내게 될 거요. 그런 곳은 아주 많소. 당신 두 사람이 같은 도시에 있지는 않을 거고, 당신들 중 누구도 다른 이들이 어디 있는지 알 수 없을 거요. 당신은 훌륭한 정원을 마음껏 쓸 수 있고, 호위하에 승마를 하러 갈 수도 있소."

"그러니까 당신들은 우리를 귀빈처럼 대접해주다가 목 졸라 죽이는 거군요."

"개선행진의 핵심은," 카이사르가 말했다. "로마 시민들에게 그들의 군대와 군대의 사령관들이 얼마나 강력한지 보여주는 것이오. 굶어서 죽어가고 매 맞고 지저분하고 시시한 포로가 쇠사슬에 묶여 비틀거리는 모습을 보여주는 건 너무 끔찍하잖소! 그건 개선식의 본 목적에 어긋나는 것이오. 당신은 가장 좋은 예복을 차려입고, 어느 모로 보나 거의 우리를 이길 뻔한 위대한 민족의 왕이자 지도자 같은 모습으로 걷게 될 거요. 당신의 건강과 행복은 내게 다른 무엇보다 중요하다오, 베르킹게토릭스. 국고위원회가 당신 왕관을 포함해 장신구 목록을 작성하고 그것들을 가져가겠지만, 당신이 내 개선식에서 걷기 전에 반환될 거요. 포룸 로마눔 아래에서 당신은 로마가 가진 유일한 진짜 지하 감옥인 툴리아눔으로 따로 인도될 거요. 그곳은 죄수의 수감이 아닌 처형 절차에 이용되는 작은 구조물이오. 게르고비아로 사람을 보내 당신의 모든 의복과 무엇이든 가져가고 싶은 걸 가져오도록 하겠소."

"내 아내도 포함되오?"

"그러길 원한다면, 물론이오. 여자들은 충분히 많겠지만, 당신이 아내를 원한다면 데려갈 수 있소."

"아내를 데려가고 싶소. 그리고 막내 자식도요."

"물론이오. 아들이오, 딸이오?"

"아들이오. 켈틸루스."

"그 아이는 이탈리아에서 교육받게 된다는 건 알고 있겠죠."

"알고 있소." 베르킹게토릭스는 입술을 축였다. "내일 가는 거요? 너무 이르지 않소?"

"이르지만, 그편이 더 합당하오. 누구도 구원병을 조직할 시간이 없을 테니까. 이탈리아에 당도하면 구출은 논외가 될 거요. 탈출도 마찬가지고. 당신을 꼭 감금할 필요도 없소, 베르킹게토릭스. 당신의 생소한 외모와 언어상의 곤란이 당신을 안전하게 지켜줄 거요."

"내가 라틴어를 배우고 변장하여 탈출할지도 모르잖소."

카이사르는 소리 내어 웃었다. "그럴 수도 있겠지. 하지만 너무 기대하진 마시오. 우리가 뭘 할 거냐면, 당신 목에 두른 그 멋진 황금 토르퀘스를 용접해 붙일 거요. 동방에서 사용하는 것 같은 죄수용 목걸이는 아니지만, 이것이 다른 어떤 죄수용 목걸이보다도 당신을 더 확실하게 낙인찍을 거요."

트레보니우스와 데키무스 브루투스, 마르쿠스 안토니우스는 몇 걸음 뒤에서 걸어갔다. 이들은 확연한 성향 차이에도 불구하고 전투를 겪으면서 부쩍 가까워졌다. 안토니우스와 데키무스 브루투스는 클로디우스 클럽 때부터 알고 지낸 사이였지만, 트레보니우스는 나이가 좀더 많고 출신 가문이 훨씬 뒤처졌다. 트레보니우스에게 이들은 청량제 같은 존재였다. 너무 오랫동안 카이사르와 전장에서 지내다보니, 나이가 있는 보좌관들은 쾌활함이나 매력에 있어 할아버지가 다 된 것 같았다. 그에 반해 안토니우스와 데키무스 브루투스는 아주 매력적이고 버릇없는 꼬마들 같았다.

"카이사르에게 대단한 날이네요." 데키무스 브루투스가 말했다.

"기념비적인 날이지." 트레보니우스는 무미건조하게 대꾸했다. "문자 그대로 그렇다네. 그의 개선식 장식 수레에서 이 장면 전체를 상연하게 될 거야."

"아, 하지만 그분은 특이하잖아요!" 안토니우스가 웃었다. "그렇게 왕 같은 위엄을 풍길 수 있는 사람을 본 적이 있어요? 아예 그렇게 타고난 것 같아요. 율리우스 카이사르 가문은 이집트의 프톨레마이오스 왕가를 벼락출세자처럼 보이게 만든다니까요."

"오늘 같은 날이," 데키무스 브루투스가 생각에 잠기며 말했다. "내게도 일어날 수 있으면 좋겠다고 생각하지만, 그럴 일은 없을 거야. 우리 중 누구에게도 일어나지 않을 거야."

"안 될 건 또 뭔가." 안토니우스가 분연히 말했다. 그는 누구든 영예로운 날이 다가올 거라는 자기의 꿈에 구멍을 내는 것을 싫어했다.

"안토니우스, 자네는 정말 볼수록 불가사의야. 지난 수년간 쭉 그래왔어! 하지만 자네는 검투사지, 시월의 말이 아니네." 데키무스 브루투스가 말했다. "이 친구야, 생각을 좀 해보게! 그분 같은 사람은 없어. 이전에도 없었고 이후로도 없을 거야."

"마리우스나 술라를 게으름뱅이라고 할 것 같진 않은데." 안토니우스가 말했다.

"마리우스는 신진 세력이었네. 그에게는 혈통이 없었지. 술라는 혈통은 있었지만 재능을 타고난 건 아니었어. 내 말은 모든 면에서 그렇다는 거네. 그는 술을 마셨고, 어린 소년들을 좋아했고, 군대를 지휘하는 법도 배워야 했어. 원래 그런 기질을 타고나지 않았기 때문이지. 그에 반해 카이사르는 결점이라곤 없어. 말하자면, 얇은 단검을 밀어넣어 판을 깨놓을 수 있는 약점이 없다는 거야. 포도주를 마시지 않으니 그의 혀가 제멋대로 날뛰는 일도 없네. 그가 어떤 터무니없는 일을 하겠다고 할 때는, 그라면 불가능하지 않다는 걸 알게 되지. 자네는 그를 특이하다고 했는데, 자네 말이 맞네, 안토니우스. 그를 능가할 꿈을 꾼다고 해서 그 말을 철회하진 말게. 자네 꿈은 실현 가능성이 없어. 우리 모두 그럴 걸세. 그러니 괜히 힘 빠지게 애쓸 필요가 있겠나? 그의 천재성은 제쳐놓더라도, 당장 나부터도 그 신비를 파헤치지 못한 경이로운 현상과도 대결해야 하네. 그와 그 병사들 사이의 사랑 말이네. 우리는 죽었다 깨나도 거기에 필적할 순 없을 거야. 그래, 자네도 마찬가지야, 안토니우스. 그러니 입다물게. 자네도 조금은 가지고 있지만, 전부 다 갖춘 것과는 거리가 멀어. 그는 다 가졌네. 오늘이 그 증거이고!" 데키무스 브루투스가 사납게 쏘아댔다.

"로마에서는 좋게 받아들이지 않을 거야." 트레보니우스가 말했다. "그가 막 폼페이우스 마그누스의 빛을 가려버렸으니까. 우리의 동료 없는 집정관께서 이를 몹시 싫어하실 걸세."

"폼페이우스의 빛을 가렸다고요?" 안토니우스가 물었다. "오늘이요? 왜 그런지 이해가 안 가네요, 트레보니우스. 갈리아가 큰 업적이긴 하지만 폼페이우스는 동방을 정복했어요. 왕들을 피호민으로 두고 있다고요."

"그건 사실이네. 하지만 생각해보게, 안토니우스, 생각을 해봐! 적어도 로마의 절반은, 동방에서 힘든 일을 다 한 사람은 루쿨루스였고 폼페이우스는 힘든 일이 끝났을 때에야 슬슬 들어가 그 공을 다 가로챘다고 믿고 있네. 하지만 갈리아에서 카이사르가 한 일에 대해 그리 말할 수 있는 사람은 아무도 없지. 게다가 로마가 어떤 이야기를 믿겠나? 티그라네스가 폼페이우스 앞에 엎드렸다는 걸 믿겠나, 베르킹게토릭스가 카이사르 발치에서 흙바닥에 쭈그리고 앉았다는 걸 믿겠나? 지금 이 순간 퀸투스 키케로가 자기 형님에게 그 장면에 대해 전하는 편지를 쓰고 있네. 폼페이우스는 그저 허울만 그럴싸한 증거에 기대고 있어. 폼페이우스의 개선식에서 걸은 사람이 누군가? 베르킹게토릭스 같은 자는 확실히 아니었지!"

"당신 말이 맞습니다, 트레보니우스." 데키무스 브루투스가 말했다. "오늘 일로 카이사르는 로마의 일인자가 될 거예요."

"보니파가 그리 되도록 두고보지 않을 거야." 안토니우스가 질시하는 어조로 말했다.

"그들이 그리 내버려둘 정도로 지각이 있기를 바라네." 트레보니우스가 말했다. 그는 데키무스 브루투스를 바라봤다. "뭔가 바뀐 걸 눈치채지 못했나, 데키무스? 그가 왕에 가깝다기보다 전제 군주에 가까워 보인다는 것 말일세. 게다가 존엄에 대해서는 가히 집착 수준이네! 내가 역사책에서 본 어느 인물도 그처럼 자기 개인의 공적인 가치와 지위에 신경을 쓰지는 않았네. 스키피오 아프리카누스나 심지어 스키피오 아이밀리아누스보다도 더해. 존엄을 지키기 위해 카이사르가 마다

할 일은 없을 것 같네. 나는 보니파가 감히 무슨 시도를 할까봐 두렵네! 그들은 자기 잘난 맛에 사는 입만 산 장군들이야. 그가 보낸 공문을 읽고는 경멸하며 콧방귀를 뀌지. 그가 내용을 윤색했다고 확신하는 거야. 글쎄, 어떤 면에서는 그렇네. 하지만 진정으로 중요한 단 한 부분, 그의 전승 기록에 대해서는 그렇지 않아. 자네와 나는 좋을 때나 나쁠 때나 변함없이 그분과 함께해왔네, 데키무스. 우리가 아는 것을 보니파는 모르네. 카이사르가 무언가에 맘먹고 달려들었다 하면 아무것도 그를 막을 수 없어. 그분이 지닌 의지력은 믿기지 않을 정도네. 그러니 보니파가 그를 꺾으려 한다면 그는 오사 산 위에 펠리온 산을 쌓아서라도 그들을 멈출 것이네."

"걱정이에요." 데키무스 브루투스가 얼굴을 찌푸린 채 말했다.

"어떨 것 같아요?" 안토니우스가 애처로운 목소리로 물었다. "오늘밤엔 우리 영감이 포도주를 한두 병 마시게 해줄까요?"

리타비쿠스가 변심한 건 카트바드 탓이었다. 그는 자기 전략이 옳다고 확신하며 카르누툼 집결지로 갔다. 베르킹게토릭스가 로마인들을 갈리아에서 몰아내는 것을 돕고, 그런 다음 그의 왕좌를 빼앗자는 전략. 아이두이족 사람이 아르베르니족 앞에 머리를 조아리라고? 라틴어도 그리스어도 모르고, 자기가 읽을 줄도 모르는 서류에 기호를 그려넣어서 글을 아는 척하는 산골 무지렁이에게? 국가의 중대사는 모두 드루이드에게 기대야 하는 자를? 갈리아의 왕이라는 자가!

그럼에도 불구하고 그는 아이두이족을 집결지에 데리고 갔다. 그리고 거기서 조금 더 많은 아이두이족 병사들을 데려온 코투스와 에포레도릭스, 비리도마루스를 보았다. 부족들이 속속 도착했지만 그 속도는 매우, 매우 느렸다. 베르킹게토릭스가 알레시아 안에 고립됐다는 소식을 외쳐서 퍼뜨린 후에도 부족들의 반응은 느렸다. 구트루아투스와 카트바드는 단호한 태도로 일을 서두르려고 애썼지만 콤미우스와 벨가이족이 오지 않았고, 이 부족도, 또 저 부족도……. 그러다 수루스가 암바리족을 이끌고 나타났다.

훌륭한 아이두이 귀족(암바리족은 아이두이족의 분파였다) 수루스는 리타비쿠스가 유일하게 기꺼이 맞이할 수 있는 사람이었다. 코투스는 에포레도릭스와 비리도마루스를 철저히 세뇌시키느라 바빴다. 그 두 사람은 혹시 일이 잘못되면 로마가 복수하리라는 생각에 여전히 두려움에 떨고 있었다.

"말씀 좀 해보시오, 수루스, 왜 코투스 같은 지위를 가진 사람이 비리도마루스 같은 벼락출세자의 심지를 강하게 해주려고 골머리를 써야 한단 말이오? 카이사르에게 빌어먹던 자를요!"

그들은 동원 병력이 집결하고 있는 탁 트인 평원에서 한참 떨어져 카르누툼 안의 나무숲 사이를 걷고 있었다.

"코투스는 콘빅톨라부스를 자극하기 위해서라면 무슨 짓이든 할 거요."

"집안에 안전히 머물고 있는 사람이죠, 알 만하오!" 리타비쿠스가 조롱하며 말했다.

"콘빅톨라부스는 우리 중 가장 연장자인 만큼 자신은 우리 땅을 지켜야 한다고 애원했소." 수루스가 말했다.

"누군가는 너무 늙었다고도 할 텐데요. 코투스에 대해서도 마찬가지고."

"카빌로눔을 떠나기 직전에 들은 얘기로는, 우리가 알로브로게스족을 진압하라는 명령을 받고 보낸 군대가 아무 성과가 없었다는군요."

리타비쿠스는 바짝 긴장했다. "내 동생은요?"

"내가 아는 한 발레티아쿠스는 무탈하오. 그의 군대도 그렇고요. 알로브로게스족은 공공연하게 싸우지 않는 쪽을 택했소. 그저 로마식으로 그들의 경계지역을 수비하기만 했지요." 수루스는 풍성한 모래색 콧수염을 쓰다듬고는 목청을 가다듬었다. "나는 썩 만족스럽지 않소, 리타비쿠스." 그가 마침내 말했다.

"네?"

"지금 돌아가는 상황 속에서 아이두이족이 로마의 꼭두각시보다는 나은 뭔가가 되어야 할 때라는 점에는 동의하오. 그렇지 않았다면 당신 못지않게 나도 여기 오지 않았을 거요. 하지만 우리가 다들 서로 너무나 다른데, 어떻게 우리가 새로운 왕 베르킹게토릭스가 역설하고 있는 것처럼 하나로 연합하리라고 기대할 수 있겠소? 우리는 모두 동등하지 않소! 벨가이족에게 침을 뱉지 않는 켈트족이 어디 있소? 게다가 어떻게 아퀴타니아의 켈트족이, 켈트족 중에서도 제일 작고 보잘것없는 그들이 아이두이족과 나란히 서기를 열망할 수 있겠소? 그래요, 나라를 통일한다는 건 대단히 영리한 구상이라고 생각하오. 하지만 제대로 된 상황에서 해야 하오. 우리 갈리아인 전부이되, 더 우월한 일부 갈리아인들로 말이오. 파리시족 뱃사공이 아이두이족 기병과 동등하오?"

"아니, 그렇지 않죠." 리타비쿠스가 말했다. "바로 그 때문에, 장차에는 베르킹게토릭스 왕이 아닌 리타비쿠스 왕이 될 거요."

"아, 그렇군요!" 수루스는 미소를 지었다. 그러나 미소는 금세 희미해졌다. "알레시아에 대해 지독한 불안감이 드오. 베르킹게토릭스가 우리 스스로 요새 안에 갇히지 말자고 그렇게 설교를 늘어놓은 뒤에, 지금 그가 알레시아 안에 갇혀 있어요. 그는 지금 왕이 될 인물이 아니오, 리타비쿠스."

"네, 무슨 말씀인지 잘 아오, 수루스."

"아이두이족은 이미 뛰어들었소. 돌아갈 수는 없어요. 카이사르는 우리가 베르킹게토릭스 편으로 넘어갔다는 걸 알고 있소. 우리 구원병이 일단 알레시아에 도착하기만 하면, 카이사르가 우리를 이길 일말의 가능성이라도 있다고 생각하는 건 불가능하오. 그런데도 나는 여전히 지독한 불안감이 들어요! 우리가 헛되이 우리 자신과 우리 부족들을 망친 거면 어쩌오?"

리타비쿠스는 몸을 떨었다. "허사가 되게 둘 순 없소, 수루스, 그럴 순 없어요! 나는 이미 요주의 인물이오. 여기서 빠져나갈 길은 카이사르가 제압된 뒤에 내가 베르킹게토릭스로부터 왕위를 빼앗는 것뿐이오. 명부가 채워지면 30만이 넘는 우리 병력이 알레시아로 진군할 것이오. 우리는 베르킹게토릭스가 이길 거라고 생각해야 해요. 아니, 더 정확히는 베르킹게토릭스가 알레시아에서 멀쩡히 구출되고 그의 왕국도 무사할 거라고요. 그것 하나만으로도 수치스러운 일이오. 그것만으로도 내가 그에게 도전할 발판이 돼요. 그러니 저 글도 모르는 끔찍한 아르베르니족을 왕위에서 몰아내는 일만 생각합시다!"

"그래요, 그게 우리가 생각해야 할 일이오." 수루스는 이렇게 말했지만 어조에 확신이 담겨 있진 않았다.

그들은 말없이 걸었다. 부드러운 가죽 승마화로 감싸인 그들의 발은 다그다 숲으로 난 유서 깊은 돌길에 두텁게 자라난 이끼 위에서 아무 소리도 내지 않았다. 긴 얼굴을 지닌 신의 모습을 한 나무 조각상들이 기괴하게 땅에 닿을 듯한 음경을 드러내고 쪼그려 앉은 자세로 나무 몸통들 사이를 가만히 응시했다.

갑자기 그들 앞의 거대한 떡갈나무에서 목소리가 튀어나왔다. 그 나무는 워낙 유서 깊고 오래되어서, 나무의 탄생일보다 늦게 만들어진 길은 두 갈래로 나뉘어 나무 주위를 돌아갔다. 카트바드의 목소리였다.

"우리가 알레시아에서 승리하고 나면 베르킹게토릭스를 통제하기는 불가능할 거요." 카트바드의 목소리가 말하고 있었다.

구트루아투스의 목소리가 대답했다. "나는 꽤 오래전부터 알고 있었소, 카트바드."

리타비쿠스는 수루스의 팔에 손을 올려 그를 저지했다. 두 아이두이족은 떡갈나무 반대편에서 가만히 듣고만 있었다.

"그는 젊고 충동적이지만 전제 군주의 싹을 가지고 있소. 그는 두 손으로 왕관을 쥐는 순간 드루이드의 의견에 따르지 않을 것 같소. 그리고 그런 일은 일어나선 안 됩니다. 드루이드는 갈리아 연합을 통치할 수 있는 유일한 존재요. 지식이 드루이드의 손에 맡겨져 있소. 드루이드는 법을 만들고, 법을 감독하고, 판결을 하지요. 나는 영주들을 종용해 그를 갈리아의 왕으로 만들었을 때부터 이 문제를 많이 생각해봤소. 시작하는 방법으로는 옳지만, 갈리아의 왕은 허수아비 전사여야지, 모든 통치 권한을 서서히 자신에게로 집중시킬 전제 군주여서는 안 될 일이오. 그리고 내가 걱정하는 건 알레시아 전투 후에 바로 그런 일이 일어나는 것이오, 구트루아투스."

"그는 카르누테스족이 아니오, 카트바드."

"그가 아르베르니족 드루이드들을 드루이드 평의회로 올려보내면서 시작될 거요. 카르누테스족 드루이드들의 힘이 쇠퇴할 겁니다."

"우리 카르누테스족은 아르베르니족의 전면적인 지배를 받게 될 테고요." 구트루아투스가 말했다.

"일어나도록 둬서는 안 될 일이지요."

"동의하오. 갈리아의 왕은 허수아비 전사여야 하오. 그리고 카르누테스족이어야 하고요."

"리타비쿠스는 갈리아의 왕이 아이두이족이어야 한다고 생각하고 있소." 카트바드가 무미건조하게 말했다.

구트루아투스는 콧방귀를 뀌었다. "리타비쿠스, 리타비쿠스! 그는 뱀 같은 자요. 긴 풀을 갈라보면 그곳에 그가 있지요. 내가 검으로 그의 머리털을 갈라놔야겠소."

"때가 되면요, 구트루아투스. 때가 되면. 우선은 가장 중요한 일을 해야지요. 첫째는 로마를 물리치는 것이고, 둘째는 알레시아에서 영웅이 되어 나타날 베르킹게토릭스요. 그러니 그는 영웅으로 죽어야 하오. 아르베르니족—혹은 아이두이족—그 누구도 같은 갈리아인의 손으로 저질러졌다고 말하지 못할 그런 종류의 죽음 말이오. 지금은 벨타네 축제와 루나사 축제 사이에 있는 기간이오. 사윈 축제는 아직 많이 남았고요. 그러니……. 사윈으로 합시다. 어쩌면 어둠의 달이 시작될 때 새로운 갈리아의 왕이 맡을 특별한 역할을 찾아낼 수도 있겠지요. 그 시기는 수확이 모두 끝나고 사람들은 한데 모여 영혼의 혼돈을 견뎌내고 다음해의 씨앗이 축복받게 해달라고 비는 때요. 그래요, 사윈 기간중에 이곳 카르누툼에서……. 새로운 갈리아의 왕이 불같은 안개 속으로 사라질 수도 있고, 백조 모양의 큰 배를 타고 서쪽을 향해 리게르 강을 항해하는 모습이 목격될 수도 있겠지요. 베르킹게토릭스는 반드시 영웅으로 남아야 하되, 신화가 되어야 하오."

"기꺼이 돕겠소." 구트루아투스가 말했다.

"당연히 그러시겠지요." 카트바드가 말했다. "고맙소, 구트루아투스."

"징조를 읽으실 거요?"

"두 번 읽을 생각이오. 한 번은 동원령에 대해, 하지만 한 번은 나 자신을 위해서요. 오늘은 내 징조를 읽을 겁니다만 같이 가셔도 좋소." 카트바드의 목소리가 점점 작아졌다.

아이두이족 두 사람은 한동안 눈을 감은 채 떡갈나무 뒤에 그대로 있었다. 그러다 리타비쿠스가 고개를 끄덕였고, 그들은 앞으로 나왔다. 하지만 돌길로는 아니었다. 떡갈나무들 사이로, 다그다 숲이 눈앞에 펼쳐질 때까지 조금씩 움직이다보니 매혹적인 장소가 나왔다. 그 뒤쪽엔 무성한 이끼로 뒤덮인 돌무더기가 있었는데, 거기서 샘이 솟구쳐나와 끝없이 잔물결을 이루는 깊은 물웅덩이로 떨어졌다. 타라니스는 불을 좋아했다. 에수스는 공기를 좋아했다. 다그다는 물을 좋아했다. 대지는 위대한 대모신 다누의 것이었다. 불과 공기는 대지와 뒤섞일 수 없기에 다누가 물의 신 다그다와 결혼했던 것이다.

하지만 오늘의 제물은 물에 빠뜨리는 게 아니었다. 카트바드는 희생제물을 바치는 것이 아니라 행운을 비는 의식을 시작하고 있었다. 이런 의식에 쓸 희생양으로 구입한 벌거벗은 게르만족 노예는 묶이지 않은 채 석판으로 만든 제단에 엎드려 있었다. 고대의 의식에 따라 카트바드의 또렷하고 높은 음성으로 아름다운 기도문이 낭송되었다. 약물을 잔뜩 먹인 희생양에게선 아무런 반응이 없었다. 그가 움직일 때, 그 움직임은 두려움이나 고통이 아니라 기도에서 나와야 했다. 구트루아투스는 조금 떨어진 곳으로 가서 무릎을 꿇었고, 그사이 카트바드는 아주 긴 양날 검을 꺼내들었다. 그가 검을 들어올리기를 어색해하는 것은 분명했다. 하지만 그는 양발을 벌리고 선 채 검을 두 손으로 잡고 대단히 힘들여서 검 날이 그의 머리보다 살짝 더 위로 갈 때까지 신중히 들어올렸다. 검은 희생양의 어깨뼈 아래 등에 완벽히 내리꽂혔고, 척추를 어찌나 깨끗이 절단했는지 검 날이 아래로 빠져나왔다. 잠시 후 검이 바닥에 떨어졌다.

희생양은 거의 경련을 일으켰다. 전혀 더럽혀지지 않은 흰색 로브

차림의 카트바드는 선 채로 모든 꿈틀거림과 비틀림, 홱 하는 움직임, 각각의 방향, 움직인 신체 부위, 머리나 팔이나 어깨나 다리의 경련, 손가락이나 발가락의 씰룩거림, 죽을 때 나타나는 엉덩이의 경련을 관찰했다. 오랜 시간이 걸렸지만 그는 꼼짝 않고 서 있었다. 단, 그의 입술만이 희생양의 움직임이 잠깐씩 중단될 때마다 소리 없이 말을 뱉었다. 그 과정이 다 끝나자 그는 한숨을 내쉬고 눈을 깜박인 뒤 지친 얼굴로 구트루아투스 쪽을 쳐다보았다. 시종 두 명이 나무 뒤에서 나와 제단을 치우고 닦는 동안 구트루아투스는 느릿느릿 일어났다.

"어떻소?" 구트루아투스가 잔뜩 열의를 띠며 물었다.

"볼 수가 없었소……. 움직임이 기묘하고 형태가 낯설었어요."

"뭐라도 알아낸 건 없소?"

"조금요. 베르킹게토릭스가 죽느냐고 물었을 때 머리가 여섯 차례 똑같은 경련을 보였소. 나는 그것을 6년으로 해석하오. 하지만 카이사르가 패배하냐고 물었을 때는 아무런 움직임도 없었소. 이걸 어떻게 해석해야 하는 거요? 리타비쿠스가 왕이 되냐고 물었더니 대답은 아니다였소. 그건 아주 분명했소. 당신이 왕이 되냐고 물었더니 대답은 아니다였소. 그의 발이 춤을 췄으니 당신은 얼마 안 가 죽을 거요. 나머지는, 볼 수 없었소. 볼 수가 없었어요, 볼 수가……."

카트바드는 구트루아투스 쪽으로 쓰러졌다. 구트루아투스는 창백한 얼굴로 덜덜 떨면서 그를 쳐다보았다.

아이두이족 두 사람은 몰래 달아났다.

리타비쿠스는 이마에서 땀을 훔쳤다. 그의 세상은 엉망이 되었다. "내가 갈리아의 왕이 안 될 거라니." 그가 속삭이듯 말했다.

수루스는 떨리는 손을 눈에 가져다 댔다. "구트루아투스도요. 그는 곧 죽는다고 했지만 카트바드가 당신도 그럴 거라 말하지는 않았소."

"카이사르의 패배에 대한 질문은 내가 해석할 수 있소, 수루스. 아무것도 움직이지 않았어요. 그건 카이사르가 이긴다는 뜻이오. 갈리아에서 아무것도 변하지 않을 거라는 뜻이오. 카트바드는 그걸 알면서도 구트루아투스에게 차마 말할 수 없었던 거요. 말을 했다면 동원령에 대해 어떻게 설명하겠소?"

"그러면 베르킹게토릭스의 6년은 무엇이오?"

"나도 모르겠소!" 리타비쿠스가 외쳤다. "카이사르가 이긴다면 그는 풀려날 수 없소. 개선행진에서 걸은 뒤 교살형을 당할 거요." 울컥 흐느낌이 밀려왔지만 다시 삼켰다. "믿고 싶지 않지만, 나는 믿소. 카이사르가 승리할 것이고, 나는 결코 갈리아의 왕이 되지 못할 거요."

그들은 다그다의 연못에서 흘러나온 작은 개울가를 걸었다. 개울둑에 세워진 나무 신상들 사이로 조심조심 발을 뗐다. 석양의 황금색 빛줄기들이 꽃가루와 떠도는 결정 씨앗과 어우러져 늙은 나무 둥치들 사이의 빈 공간을 뚫고 들어가자, 초록은 더욱 푸르러 보이고 갈색은 황금빛으로 물들었다.

"어쩔 생각이오?" 숲을 빠져나오면서 수루스가 물었다. 동원 병력은 여전히 늘어나고 있었고, 사람과 말 무리가 끝이 보이지 않을 만큼 흩어져 있었다.

"여기서 빠져나갑시다." 리타비쿠스가 눈물을 닦으며 말했다.

"당신과 함께 가겠소."

"그걸 요구할 순 없소, 수루스. 지킬 수 있는 걸 지켜요. 카이사르가 갈리아의 상처를 감싸려면 아이두이족이 필요할 거요. 우리는 벨가이족이나 서쪽의 켈트계 아르모리키족처럼 고통받지는 않을 겁니다."

"아뇨, 그 운명은 콘빅톨라부스가 받으라고 하죠! 나는 트레베리족의 땅 쪽으로 가겠소."

"좋은 방향이겠군요. 말벗을 원하신다면요."

트레베리족은 포위되었지만 굴복하지 않았다.

"저 추악한 라비에누스가 우리 전사들을 너무 많이 죽이는 바람에 알레시아 구원병 소집에도 병력을 모으지 못했소." 여전히 통치를 맡고 있는 킹게토릭스가 말했다.

"알레시아 구원병은 성공하지 못할 거요." 수루스가 말했다.

"나는 한 번도 잘되리라 생각한 적이 없소. 갈리아 연합이니 하는 그 소리들 말이오! 마치 우리가 같은 민족이기라도 하다는 듯이. 우리는 같은 민족이 아니오. 베르킹게토릭스는 자기가 뭐라고 생각하는 거요? 진심으로 아르베르니족이 벨가이족의 왕을 자칭할 수 있다고 믿는 거요? 우리 벨가이족이 켈트족을 따를 거라고? 우리 트레베리족은 암비오릭스에게 표를 던질 거요."

"콤미우스가 아니고요?"

"그는 로마인들에게 자신을 팔았소. 몸에 상해를 입으면서 우리 편으로 넘어온 거죠. 벨가이족들의 곤경 때문이 아니라." 킹게토릭스가 경멸을 가득 담아 말했다.

트레브가 이 위대한 다수 종족 집단의 상황을 보여주는 지표라면, 라비에누스는 실로 이곳을 결딴내놓았다. 요새 자체는 사람이 살도록 설계된 곳이 아니었지만 한때—그것도 그리 오래전도 아닌 때—그 근처에는 번성한 소도시가 있었다. 그러나 그곳은 인구가 거의 남아 있지 않았다. 킹게토릭스가 간신히 긁어모은 병력은 트레브 북쪽에 배치되어, 레누스 강 바로 건너편에 있는 우비족의 약탈로부터 귀중한 말을 지키고 있었다.

카이사르가 게르만족들을 좋은 말에 태우기 시작한 후로 좋은 말을 향한 우비족의 욕구는 걷잡을 수 없이 커졌다. 우비족의 아르미니우스는 문득 그의 종족에게 완전히 새로운 앞날이 펼쳐지고 있음을 깨달았다. 바로 로마에 로마 기병 보조군 전체를 제공하는 것이었다. 카이사르는 아이두이족을 해고하면서 게르만족이 들어가 차지할 수 있는 멋진 공간을 마련해주었다. 아르미니우스는 1천600명의 추가 병력을 지체 없이 보냈고, 더 보낼 작정이었다. 자원이 없는 목축 부족에게 진정한 부의 습득은 어려웠지만, 말을 타고 하는 전투는 아르미니우스가 완벽하게 꿰고 있는 산업이었다. 그가 이 일에 손을 댄다면 로마 장군들은 얼마 안 가 갈리아 기병대를 천대할 것이다. 오직 게르만족만 찾을 것이다.

그리하여, 방목이나 강 유역에서 작물을 재배하는 것 외에는 거의 쓸모가 없으며 졸든 나무가 많고 삭막하고 광활한 회색빛의 아르두엔나 숲은 트레베리족과 우비족이 이 산업의 주도권을 다투는 소리로 가득했다.

"나는 여기가 싫소." 며칠 뒤 리타비쿠스가 말했다.

"하지만 나는 나쁘지 않소." 수루스가 말했다.

"건투를 비오."

"당신도요. 어디로 갈 거요?"

"갈라티아로 가오."

수루스는 입을 딱 벌렸다. "갈라티아라고요? 거긴 세상의 반대편이잖소!"

"맞소. 하지만 갈라티아인은 갈리아인이고, 좋은 말을 타지요. 데이오타로스는 유능한 사령관을 찾게 되어 있소."

"그는 로마의 피호국 왕이오, 리타비쿠스."

"그렇소. 하지만 나는 리타비쿠스가 아닐 거요. 볼카이 텍토사게스족의 카바키우스가 될 거요. 갈라티아에 있는 친척들을 만나러 왔다가 그 지역에 한눈에 반해서 체류 신청을 하는 거지요."

"괜찮은 솔은 어디서 구할 거요?"

"톨로사 인근 사람들은 아주 오래전부터 숄을 걸치지 않소, 수루스. 나는 프로빙키아의 갈리아인 옷차림을 할 거요."

먼저 마티스코 외곽에 있는 그의 토지와 저택에 들러야 했다. 갈리아 땅은 모두 부족의 명의로 된 공동 소유지였지만, 물론 실제로는 각 부족의 귀족들이 그중 대다수를 '관리'했다. 리타비쿠스도 그런 관리자 중 하나였다.

그는 모셀라 강 하류로 말을 달려 카르누툼 집결지로 간 세콰니족의 땅으로 들어섰다. 카르누툼으로 가지 않은 세콰니족 부족민들은 수에비계 게르만족이 경계선을 넘어올 경우에 대비해 레누스 강 가까이에 모여 있었으므로 그에게 싸움을 걸어오거나 막아서는 사람은 없었으며, 왜 길 잃은 아이두이족이 짐 나르는 말만 데리고 최근까지 싸웠던 적의 땅으로 말을 타고 가는지 미심쩍은 눈빛으로 물어오는 영주도 없었다.

그러나 누군가 큰 소리로 소식을 전해 오는 사람은 있었다. 리타비쿠스가 세콰니족의 요새 베손티오 주변을 지나고 있을 때, 들판을 가로지르는 그 외침이 들려왔다. 카이사르가 알레시아에서 승리했으며 베르킹게토릭스가 항복했다는 말이었다.

카트바드와 구트루아투스의 대화를 우연히 엿듣지 않았더라면 내가 거기서 아이두이족을 지휘했겠지. 나 역시 로마의 포로가 되었을 것이다. 나 역시 로마로 이송되어 카이사르의 개선식을 기다리게 되었을 것이다. 그렇다면 갈리아의 왕은 어떻게 6년을 더 살아남는 것인가? 다른 누군가는 살려준다 해도, 그는 분명 카이사르의 개선식중에 죽을 것이다. 이건 카이사르가 세번째로 5년 임기의 갈리아 총독 직을 얻고, 그래서 6년 동안 개선식을 할 수 없다는 뜻인가? 하지만 여긴 끝났다! 세번째 임기는 불필요하다. 그는 내년에 우리를 끝장낼 것이다. 탈출한 이들은 무너질 것이다. 그 무엇도 카이사르의 완승을 피할 수 없다. 그렇지만 나는 카트바드가 본 것이 진실이라고 믿는다. 6년이나 더. 대체 왜?

그의 토지가 마티스코 동쪽과 남쪽에 있었기 때문에 리타비쿠스는 이 요새도 피해 갔다. 그곳이 아이두이족 소유임에도, 그리고 더 중요하게는 그의 아내와 자식들이 전쟁 기간 동안 그곳에서 살고 있었음에도 그리한 것이었다. 가족을 보지 않는 편이 낫다. 그들은 살아남을 것이다. 그에겐 자신의 생존이 최우선이었다.

나무와 석판지붕을 사용하기는 했지만, 그의 크고 안락한 집은 커다란 주랑정원 안뜰이 있고 2층 구조라는 점에서 로마식이라고 할 수 있었다. 그의 농노와 노예 들은 주인을 보고 매우 기뻐했으며, 그가 거기 있다는 것을 한마디도 뻥긋하지 않겠다고 맹세했다. 처음에 그는 귀중품 보관실을 비우는 시간만큼만 집에 있을 생각이었지만, 온화하고 느리게 흐르는 아라르 강변의 여름은 참으로 달콤했다. 게다가 카이사르도 멀리 있었다. 그가 이쪽 방향으로 그 번개같이 빠른 행군을 할 일은 없었다. 카이사르가 뭐라고 했던가? 아라르 강이 워낙 느릿해서 사실상 거꾸로 흐른다고? 하지만 이곳은 집이었다. 별안간 리타비쿠스는 급히 떠나지 않기로 결정했다. 그의 부족민들은 더없이 충성스러운데다 그를 본 사람도 없었다. 이 마지막 여름을 그의 땅에서 편히 보내다니 얼마나 기쁜지! 다들 갈라티아가 사랑스러운 곳이라고 했다. 말이 살기 좋은 높고 넓고 멋진 전원지역이라고. 하지만 거긴 고향이 아니었다. 갈라티아인들은 그리스어와 폰토스어, 그리고 지난 200년 동안 갈리아 어느 지역에서도 들어본 적 없는 유의 갈리아어를 사용했다. 뭐, 적어도 그는 그리스어는 알았다. 물론 유창하게 다듬어야겠지만.

그러다 가을이 시작되어 그의 농노와 노예 들이 많은 수확을 거둬들이고 그가 막 떠날 생각을 하던 참이었다. 그의 동생 발레티아쿠스가 그의 지지자들이었던 기병 100명의 선두로 도착했다.

두 형제는 애정 넘치는 상봉을 가졌다. 그들은 서로에게서 눈을 떼지 못했다.

"오래는 못 있어." 발레티아쿠스가 말했다. "여기서 형을 만나다니 정말로 놀라워! 그저 형 사람들이 수확물을 가져다놓게 일러두려고 온 거였는데."

"알로브로게스족과는 어떻게 됐어?" 포도주를 따르며 리타비쿠스가 물었다.

"별건 없어." 발레티아쿠스는 얼굴을 찡그렸다. "그들은 싸웠고, 카이사르 말을 인용하자면 '신중하고 효율적인 전투'였지."

"카이사르라고?"

"비브락테에 있어."

"내가 여기 있는 걸 알아?"

"형이 어디 있는지는 아무도 몰라."

"카이사르가 아이두이족을 어떻게 할 생각이야?"

"아르베르니족처럼 우리도 비교적 가볍게 넘어갈 거야. 우리는 철저히 로마화된 새로운 갈리아의 구심점이 될 거야. 우호동맹 지위를 잃지도 않을 거고. 다만 로마가 작성한 어마어마하게 긴 조약에 서명하고, 엄청나게 많은 카이사르 쪽 인사들을 우리 원로원에 받아들인다는 조건이 있지. 비리도마루스는 사면받았지만 형은 아니야. 사실 형의 머리에 현상금도 걸려 있는데, 그걸 보니 만약 형이 잡혀서 카이사르의 개선식에서 걷는다면 베르킹게토릭스나 코투스와 같은 운명을 맞을 듯해. 비투르고와 에포레도릭스는 개선식에서 걷기는 하지만 그후엔 집으로 보내준다고 하고."

"너는 어떻게 됐어, 발레티아쿠스?"

"땅은 지키게 해줬지만, 앞으로 절대 부족회의의 원로나 베르고브레투스는 될 수 없어." 발레티아쿠스가 씁쓸한 어조로 말했다.

두 형제 모두 거구에 금발과 푸른 눈을 한 갈리아인답게 잘생긴 사내들이었다. 드러나 있는 리타비쿠스의 갈색 팔뚝 근육에 잔뜩 힘이 들어갔다. 그 위에 채워둔 황금 팔찌가 살을 파고들 때까지.

"다그다와 다누께 맹세코, 복수해줄 방법이 있었으면 좋겠다!" 리타비쿠스가 이를 갈며 말했다.

"어쩌면 있을 수도 있어." 발레티아쿠스가 희미하게 미소 지으며 말했다.

"어떻게? 어떻게?"

"여기서 멀지 않은 곳에서 비브락테에 있는 카이사르와 합류하러 가는 무리와 마주쳤어. 그는 거기서 겨울을 날 생각이야. 무리에는 수레

세 대, 편안한 마차, 껑충거리며 걷는 백마를 탄 부인이 있었어. 무리 전체가 로마인다운 외모였지. 두 다리를 벌리고 말을 탄 그 부인만 예외였어. 마차에는 보모와 함께 탄 어린 사내아이가 있었는데, 카이사르를 닮은 모습이었어. 힌트가 더 필요해?"

리타비쿠스는 천천히 좌우로 고개를 저었다. "아니," 대답에 이어 그는 쉬익 소리를 내뱉었다. "카이사르의 여자로군! 원래 둠노릭스의 여자였던."

"그가 뭐라고 부르더라?" 발레티아쿠스가 물었다.

"리안논."

"맞아. 베르킹게토릭스의 사촌. 리안논, 부당한 대접을 받은 아내. 악명이 자자하지! 둠노릭스야말로 부당한 대접을 받았어."

"어떻게 했어, 발레티아쿠스?"

"생포했지." 발레티아쿠스는 어깨를 으쓱했다. "왜 안 되겠어? 나는 내 부족 사이에서 절대 정당한 자리를 차지하지 못할 텐데. 그러니 잃을 게 뭐겠어?"

"전부 다." 리타비쿠스는 짤막하게 말한 뒤 자리에서 일어나 동생의 어깨에 팔을 둘렀다. "나는 여기 남을 수 없어. 수배중인 사람이니까. 하지만 너는 남아야만 해! 돌봐줘야 할 내 가족이 있어. 인내심을 갖고 때를 기다려. 카이사르는 갈 거고 다른 총독들이 올 거야. 원로원과 평의회에서 네 자리로 돌아가게 될 거야. 카이사르의 여자는 여기 두고 가. 그 여자는 내 복수가 될 거야."

"그럼 아이는?"

리타비쿠스는 양손을 꽉 맞잡고 신나게 흔들어댔다. "그 아이만 유일하게 여기서 살아나갈 거야. 너는 지금 당장 떠나고 그애를 데려갈 거니까. 외진 농장에 사는 우리 농노 한 명을 찾아서 그애를 줘. 아이가 제 엄마와 아빠 얘기를 하더라도 누가 그 말을 믿겠어? 카이사르의 아들이 아이두이족 농노로 자라게 하는 거야. 평생 매여서 노예로 살게."

그들은 문 앞까지 걸어가 거기서 입을 맞췄다. 밖의 안뜰에 포로들이 서로 옹송그려 모여 크고 겁먹은 눈으로 쳐다보고 있었다. 리안논만은 예외였다. 등뒤로 손이 묶이고 발도 묶인 상태로 당당하게 서 있었다. 다섯 살이 갓 넘은 사내아이는 보모의 치맛자락 속에 숨은 채 서 있었다. 얼굴에는 눈물 자국이 얼룩덜룩하고 코에서는 여전히 콧물이 흘렀다. 발레티아쿠스가 안장에 자리를 잡자 리타비쿠스는 아이를 안아 올려 동생에게 넘겨줬고, 동생은 아이를 말 목에 앉혔다. 아이는 너무 진이 빠지고 어리둥절한 나머지 울지도 않았다. 머리가 뒤로 툭 넘어가며 발레티아쿠스에게 기댔고, 기운 없이 눈을 감았다.

리안논은 달려가려다가 팔다리를 쭉 뻗고 넘어졌다. "오르게토릭스! 오르게토릭스!" 그녀는 절규했다.

하지만 발레티아쿠스와 그의 병사 100명은 카이사르의 아들과 함께 사라지고 없었다.

리안논이 몸을 동그랗게 웅크리고 아들의 이름을 외치는 동안, 리타비쿠스는 집에서 검을 꺼내와 보모를 포함해 로마인 하인들을 죽였다.

학살을 끝낸 그는 리안논 쪽으로 다가와, 불타는 강줄기 같은 머리카락 한가운데를 움켜쥐고 그녀를 질질 끌고 갔다. "이리 와, 예쁜이." 그는 미소를 지었다. "널 위해 특별한 걸 준비해뒀어."

그는 그녀를 집안으로 몰아넣고, 다시 주인의 식사 공간인 큰방으로 몰아넣고는 탁자 근처에 앉았다. 거기서 그는 그녀를 넘어뜨리더니 잠시 서서 낮은 천장에 걸쳐져 있는 나무 들보를 쳐다보았다. 그런 뒤 혼자 고개를 끄덕이곤 방을 나갔다.

그가 돌아왔을 땐 남자 노예 둘과 함께였다. 노예들은 안뜰에서 일어난 학살로 겁에 질렸지만 기꺼이 주인 말에 따르려 했다.

"이 일을 해주면 너희 둘 다 자유다." 리타비쿠스가 말했다. 그가 손뼉을 탁 치니 여자 노예 하나가 잔뜩 움츠리며 들어왔다. "빗을 가져와." 그가 말했다.

노예 한 명의 손에는 갈고리가 들려 있었다. 수퇘지를 매달아놓고 내장을 들어낼 때 쓰는 것 같은 종류였다. 한편 다른 노예는 나사송곳을 들고 들보 하나에다 작업을 시작했다.

빗이 대령되었다.

"앉아, 예쁜이." 리타비쿠스는 이렇게 말하며 리안논을 일으켜 의자에 밀어 앉혔다. 그의 손이 그녀의 머리다발을 잡아당겼다. 머리카락이 등뒤로 풀려내려와 바닥에 웅덩이처럼 고였다. 그는 그 머리카락을 빗질하기 시작했다. 천천히, 신중하게, 하지만 엉킨 곳은 사정없이 잡아당기면서. 리안논은 아무 고통도 느끼지 못하는 듯했다. 얼굴을 찡그리지도, 움찔하지도 않았다. 카이사르가 그렇게도 감탄했던 내면의 정열과 힘은 모두 사라지고 없었다.

"오르게토릭스, 오르게토릭스." 그녀는 이따금 이렇게 말했다.

"네 머리카락이 얼마나 아름답게 깨끗해졌는지, 예쁜아. 참으로 멋지구나." 리타비쿠스가 여전히 빗질을 하며 말했다. "비브락테에서 카이사르를 놀래줄 계획이었어? 네가 로마군의 호위 없이 여기까지 왔노라고? 물론 그랬겠지! 하지만 카이사르가 기뻐할 일은 없을 거야."

마침내 빗질이 끝났다. 노예 둘도 작업을 끝냈다. 돼지 갈고리가 들보에 걸렸고, 들보의 맨 아래는 판석 바닥에서 2미터 위에 달려 있었다.

"도와줘, 하녀." 그는 여자 노예에게 퉁명스레 말했다. "이 여자 머리를 땋아야 한다. 어떻게 하는지 보여줘."

그러나 작업에는 두 사람 모두가 필요했다. 리타비쿠스는 세 가닥의 머리카락을 위로, 아래로, 위로 보내면서 엮는 방법을 터득하고 나자 상당히 효율적이 되었다. 열심히 머리를 땋아가는 리타비쿠스의 손가락 밑에서 머리카락 세 가닥을 따로따로 잡고 있는 것이 하녀가 할 일이었다. 그렇게 작업이 끝났다. 리안논의 길고 새하얀 목 아랫부분에서, 그녀의 땋은 머리는 리타비쿠스의 팔뚝만큼이나 굵었다. 하지만 1.5미터 아래로 내려갈수록 점점 더 얇아지다가, 마지막 쥐꼬리처럼 얇은 부분은 바로 풀어지기 시작했다.

"일어나라," 그는 그녀를 끌어당기며 말했다. "도와줘." 두 남자 노예들에게 한 말이었다. 마치 조각가의 뜰에 있는 장인처럼, 그는 리안논을 갈고리 아래 자리잡게 한 뒤 땋은 머리채를 잡고 그녀의 목에 두 번 감아 묶었다. "그래도 아직 많이 남았군!" 리타비쿠스는 의자에 올라서며 소리쳤다. "여자를 들어올려."

노예 하나가 리안논의 엉덩이에 양팔을 둘러 그녀를 바닥에서 들어올렸다. 리타비쿠스는 땋은 머리채를 갈고리에 걸었지만 잡아맬 수가 없었다. 머리채가 너무 두꺼울 뿐만 아니라 너무 매끄러워서 팽팽하게 고정이 되지 않았던 것이다. 리안논은 다시 내려졌고, 하인 하나는 다시 자리를 떴다. 마침내 그들은 두번째 돼지 갈고리에 머리채를 간신히 고정시키고 나서 들보에 대고 꺾쇠를 박아넣었다. 리안논은 바닥에서 떨어진 채 두번째로 노예의 품에 안겨 있었다.

"여자를 놔라. 하지만 아주 천천히!" 리타비쿠스가 소리쳤다. "아, 천천히, 천천히, 목이 부러지면 안 되니까. 그러면 흥이 다 깨지잖아! 천천히!"

아주 오랜 시간이 걸렸는데도 그녀는 버둥거리지 않았다. 커다랗게 뜬 그녀의 눈은 아무것도 보이지 않는 듯 반대쪽 벽에 고정되어 있었다. 버둥거리지 않았기 때문에 그녀의 피부만 크림색에서 잿빛으로, 잿빛에서 푸르스름한 색으로 바래갔으며 혀가 튀어나오지도 않았다. 보이지 않는 눈이 휘둥그레지기 시작했다. 가끔 입술이 움직이며 "오르게토릭스!"라는 단어를 소리 없이 완성했다.

머리카락이 늘어졌다. 가장 먼저 발가락이, 그다음으로 발바닥이 바닥에 닿았다. 노예들은 그녀를 모래 포대처럼 아무렇게나 내려놓았다. 아직 죽지 않았다. 그렇게 처음부터 다시 매달기가 시작되었다.

그녀의 얼굴이 거무죽죽한 자줏빛이 되자 리타비쿠스는 편지를 쓰러 갔다. 편지가 완성되자 그것을 집사에게 건넸다.

"이걸 가지고 말을 타고 비브락테로 가게." 그가 말했다. "카이사르의 부하들에게 리타비쿠스가 보낸 거라고 해. 카이사르는 자네가 필요할 거야. 여기까지 안내해줘야 하니까. 그러고는 가서 내 침대 아래에 보면 황금 주머니가 있을 거야. 그걸 가지게. 다른 내 사람들에겐 짐을 싸서 당장 떠나라고 하게. 내 동생 발레티아쿠스에게 가면 그들을 받아줄 거야. 안뜰에 있는 시신들은 아무도 손대면 안 되네. 지금 그대로 있어야 하니까. 그리고 이 여자는," 그는 리안논이 매달려 있는 곳을 가리키며 말을 끝냈다. "저대로 두게. 카이사르가 직접 봤으면 하니까."

집사가 출발하고 오래 지나지 않아 리타비쿠스도 출발했다. 가장 좋은 말을 타고, 가장 좋은 옷을 입고—하지만 숄은 없이—짐말 세 필을 몰고 갔다. 짐말에는 황금과 다른 보석, 털가죽 망토를 실었다. 그의 목적지는 유라 산맥이었다. 거기서 헬베티족의 땅으로 들어갈 생각이었다. 그가 어디를 가든 환영받지 못할 거라는 생각은 한 번도 들지 않았다. 그는 로마의 적이고, 야만인들은 누구나 로마를 싫어했다. 그는 그저 카이사르가 자기 목에 현상금을 걸었다고 말하기만 하면 되는 거였다. 갈리아에서 갈라티아까지, 사람들은 그에게 연회를 베풀어주고 그를 우러러보리라. 실제로 유라 산맥에서는 그가 생각한 대로 일이 풀렸다. 그러던 중 그는 다누비우스 강 수원들 중에서 베르비게니라고 불리는 부족의 땅에 이르게 되었고 그곳에서 포로로 잡혔다. 베르비게니족은 로마나 카이사르 따위엔 아무 관심도 없었다. 그들은 리타비쿠스의 소지품을 차지했다. 그리고 그의 머리도.

"다행이야." 카이사르는 트레보니우스에게 말했다. "세 사람 중 하나가 죽은 걸 봐야만 한다면 그건 리안논이라는 게. 죽은 내 딸과 어머니를 보는 건 모면했군."

트레보니우스는 무슨 말을 해야 할지 몰랐다. 그가 느낀 감정을 어찌 표현할 수가 있을까. 엄청난 격분, 고통, 슬픔, 격렬한 분노, 검은 얼굴에 머리카락이 칭칭 감겨 있는 이 불쌍한 사람을 보면서 느낀 온갖 감정들을. 머리카락은 아래로 더 늘어져 있었고, 그래서 그녀는 무릎이 살짝 구부러진 채 바닥에 서 있었다. 아, 이건 불공평하다! 그는 너무나 외로웠고, 너무나 외딴곳에 있었고, 그의 놀라운 인생에서 매일같이 보던 모든 것들로부터 너무나 아득히 멀어져 있었다! 그녀는 기분좋은 말벗이었다. 그녀는 그를 즐겁게 해주었고 그는 그녀의 노래를 좋아했다. 아니, 그는 그녀를 사랑하지는 않았지만, 사랑은 짐이 되었을 것이다. 트레보니우스는 어느덧 이만큼 그를 잘 알았다. 무슨 말을 할 수 있을까? 말이 어찌 이 충격을 달랠 수 있겠는가? 이 역겹기 짝이 없는 모욕을, 이 미치광이의 무분별한 짓거리를. 아, 이건 불공평하다! 이건 불공평하다!

그들이 말을 타고 이곳 안마당에 들어와 학살의 현장을 발견하던 순간 이후로 카이사르의 얼굴에는 아무런 표정도 오가지 않았다. 그들은 집안으로 걸어들어와 리안논을 발견했다.

"좀 도와주게." 그제야 그는 트레보니우스에게 말했다.

그들은 그녀를 내렸다. 손댄 흔적 없는 그녀의 옷가지와 보석을 수레에서 발견했고, 장례를 위해 옷을 입혔다. 한편 호위대로 그들과 함께 온 게르만족 병사 몇 명이 그녀의 무덤을 팠다. 갈리아의 켈트족은 아무도 화장되는 걸 좋아하지 않았으므로, 그녀는 땅에 묻힐 것이다. 학살당한 그녀의 하인들도 모두 그녀의 발치에 묻힐 것이다. 왕의 딸이었던 대단한 부인에게 걸맞게.

카이사르의 우비족 기병 400명의 지휘관인 고투스가 밖에서 기다리고 있었다.

"아이가 여기 없습니다." 그가 말했다. "집의 모든 방과 다른 건물 전부, 우물과 마구간 등 반경 1.5킬로미터 일대를 샅샅이 찾아다녔고 아무것도 놓치지 않았습니다, 카이사르. 아이가 사라졌습니다."

"고맙네, 고투스." 카이사르는 미소를 지었다.

어떻게 저럴 수 있지? 트레보니우스는 궁금했다. 너무나 잘 억제되었고, 너무나 온화하고, 너무나 완벽하게 정중하고 통제되어 있다. 하지만 이 만행의 대가는 과연 무엇일까?

장례식이 끝날 때까지 더는 아무런 말도 없었다. 데려올 드루이드가 없었으므로, 카이사르가 장례식을 집전했다.

"오르게토릭스 수색은 언제 시작할까요?" 리타비쿠스의 버려진 영지를 빠져나오면서 트레보니우스가 물었다.

"하지 말게."

"뭐라고요?"

"수색하지 않겠네."

"왜요?"

"이 일은 끝났으니까." 카이사르가 말했다. 그의 차가운 옅은 색 눈이 트레보니우스의 눈을 똑바로 쳐다보았다. 여느 때와 전혀 다르지 않았다. 논리로 담금질한 애정, 객관성으로 담금질한 이해가 담긴 눈빛. 그는 눈길을 돌렸다. "아, 하지만 그녀의 노래는 그리울 거야." 그가 말했다. 그러고는 두 번 다시 리안논이나 그의 사라진 아들을 입에 올리지 않았다.

장발의 갈리아

기원전 51년 1월부터 12월까지

Jan. 51 B.C. ~ Dec. 51 B.C.

티투스 라비에누스

베르킹게토릭스를 굴복시켜 생포했다는 소식이 로마에 전해지자 원로원은 20일 동안의 감사제를 제안했다. 그것은 카이사르가 정신없이 전쟁을 치르는 동안 폼페이우스와 그의 새로운 동맹인 보니파가 가했던 조치를 원상태로 돌려놓지는 못했다. 그들은 카이사르가 그 조치에 직접 반대하고 나설 시간이나 여력이 없다는 걸 잘 알고 있었다. 물론 카이사르는 모든 소식을 전해 듣고 있었지만 병사들의 식량을 찾고, 불필요한 희생을 최소화하고, 베르킹게토릭스를 처단하는 것이 급선무였다. 은행가인 발부스, 오피우스, 라비리우스 포스투무스가 재앙을 막아보려 대단히 애쓰고 있었으나, 카이사르와 달리 그들에겐 정치에 대한 완벽한 이해도, 범접할 수 없는 권위도 없었다. 그래서 편지를 보내고 답장을 기다리며 소중한 시간을 흘려보낼 수밖에 없었다.

폼페이우스는 단독 집정관으로 취임한 지 얼마 지나지 않아 코르넬리아 메텔라와 결혼하고, 보니 진영으로 완전히 넘어갔다. 그가 새로운 이념에 헌신할 것이라는 첫 증거는 3월 말에 드러났다. 전년의 원로원 결의를 법으로 통과시킨 것이었다. 표면적으로는 해로울 것 없는 법이었지만, 카이사르는 발부스의 편지를 읽자마자 그 법의 여파가 예상되었다. 앞으로 집정관이나 법무관을 역임한 사람은 5년을 기다린 후에야 속주 총독으로 파견될 수 있었다. 이것은 아주 귀찮은 일이었는데, 당장 속주로 떠날 수 있는 총독 후보층이 아주 두터워졌기 때문이다. 그 후보들에겐 이제 원로원이 지시하면 총독으로 일해야 할 법적 의무가 부과된 셈이었다.

이 법보다 더 끔찍한 것은 폼페이우스가 통과시킨 다른 법으로, 모든 집정관 및 법무관 선거 출마자들은 로마 시내에서 직접 후보 등록을 마쳐야 한다는 내용이었다. 아주 강력한 카이사르 파벌 소속의 모든 구성원들은 격렬히 항의했다. 그럼 카이사르는 어떻게 됩니까? 카이사르에게 두번째 집정관 선거를 위해 부재중 출마를 허락한 10인 호민관법은 어떻게 됩니까? 아차, 그렇지! 폼페이우스가 외쳤다. 미안하오, 내가 까맣게 잊었지 뭐요! 그는 폼페이우스 정무관직 절차법에 추가항목을 덧붙여 카이사르는 적용에서 제외되도록 했다. 하지만 문제는 그가 그 추가항목을 법이 담길 동판에 새겨넣지 않은 것이었다. 그로 인해 추가항목은 아무런 효력을 발휘할 수 없게 됐다.

카이사르가 자신의 부재중 후보 출마가 금지됐다는 소식을 들은 것은 아바리쿰에서 공성계단을 쌓고 있을 때였다. 이후 게르고비아 사태가 발생했고, 그다음엔 아이두이족의 반란이 일어났고, 그다음엔 결국 알레시아까지 이어진 추격전이 벌어졌다. 그가 데케티아에서 아이두이족을 상대하고 있을 때, 내년 속주 배정을 논의하기 위한 원로원 회의가 열렸다는 소식이 전해졌다. 이제 현직 집정관이나 법무관은 곧장 속주 총독이 될 수 없었다.

그들은 5년을 기다려야 했다. 원로원 의원들은 어떤 사람들을 내년 속주 총독으로 뽑아야 할지 머리를 긁적였지만, 동료 없는 집정관은 호탕하게 웃었다. 답은 뻔합니다, 폼페이우스가 말했다. 임기를 마친 뒤 총독 직을 거절했던 사람들이 이제 싫든 좋든 떠나야 합니다. 그리하여 키케로는 킬리키아 총독을, 비불루스는 시리아 총독을 맡게 되었다. 로마에 틀어박혀 살기를 선호하는 두 사람은 겁에 질렸다.

알레시아의 원형 방어선 안쪽에서 카이사르는 로마에서 온 편지를 받았다. 폼페이우스가 자신의 새로운 장인 메텔루스 스키피오를 동료 집정관으로 당선시켜 올해 남은 기간 동안 함께 활동하게 됐다는 내용이었다. 또한 내년 집정관 선거에 출마한 카토는—지금까지 전해진 것 중에 제일 유쾌한 소식이었다—굴욕적인 낙선을 경험했다고 한다. 그 대단한 청렴결백에도 불구하고 카토는 표심을 얻지 못했던 것이다. 아마도 1계급 유권자들은 좋은 말로 부탁하면 (물론 약소한 금전적 성의의 대가로) 사소한 부탁 정도는 들어주는 집정관을 원했으리라.

그리하여 새해가 밝았을 때, 카이사르는 여전히 장발의 갈리아에 있었다. 그에겐 알프스 산맥 너머 라벤나로 가서 로마에서 벌어지는 일들을 주시할 여력이 없었다. 카이사르에게 적대적인 세르비우스 술피키우스 루푸스와 마르쿠스 클라우디우스 마르켈루스가 집정관에 취임했고, 이는 가시밭길을 예고했다. 다만 신임 호민관 중 무려 네 명이 카이사르에게 완전히 매수된 인물이라는 점은 다소 위안이 됐다. 차석 집정관 마르켈루스는 벌써부터 카이사르에게서 임페리움, 속주, 군대를 박탈하겠다고 으름장을 놓았다. 카이사르에게 두번째로 5년 임기를 부여한 가이우스 트레보니우스의 법에 따르면 내년 3월 전까지는, 그러니까 앞으로 15개월이 지나기 전까지는 이 문제를 논의할 수 없었다. 그러나 합법성 여부는 중요하지 않았다. 보니파는 카이사르를 공격하는 일에 한해서는 합법성 따윈 안중에도 없었다.

카이사르는 그의 삶에 회색빛으로 드리워진 고통의 안개 속을 지나고 있었으므로, 이 시기에 자신이 해야 할 일을 도저히 할 수 없었다. 다시 말해, 발부스와 충실한 호민관 가이우스 비비우스 판사 같은 사람들을 비브락테로 불러들여 그들에게 직접 대응방안을 알려줄 수 없었다. 카이사르 수하들이 시도해봄직한 전술이 몇 가지 있었으나, 그건 그들이 카이사르와 직접 면담한 후에나 가능한 일이었다. 폼페이우스는 보니파의 인정을 한껏 만끽했고, 대단히 귀족적인 새 아내를 얻은 기쁨에 젖어 있었다. 하지만 적어도 그는 이제 관직에서 물러난 상태였고, 신임 수석 집정관 세르비우스 술피키우스는 사납고 성질 급한 마르쿠스 마르켈루스에 비하면 머리가 트였고 말이 통하는 상대였다.

카이사르는 로마 문제를 해결하려고 나서는 대신, 비투리게스족을 진압하러 떠나면서 진군 도중 원로원에 편지를 띄우는 것으로 만족해야 했다. 그는 자신이 이룩한 갈리아에서의 눈부신 성공을 감안해, 폼페이우스가 히스파니아 총독으로 일하며 받았던 혜택을 자신에게도 똑같이 적용해주는 것이 공정하고 적절해 보인다고 원로원에 전했다. 폼페이우스는 당시 히스파니아를 다스리는 중이란 이유로 부재중 선거를 거쳐 단독 집정관에 당선되었다. 그는 그때까지도 히스파니아를 통치하고 있었고, 집정관 임기 동안에도 총독 직을 내려놓지 않았다. 그렇다면 원로원 의원들은 카이사르가 3년 뒤 집정관에 오르게 될 때까지 갈리아와 일리리쿰 총독 임기를 연장해줘야 하지 않을까? 폼페이우스에게 베풀어진 특혜는 카이사르에게도 똑같이 베풀어져야 했다. 카이사르의 편지에는 집정관 선거 출마자들이 반드시 로마 내에서 후보 등록을 마쳐야 한다는 폼페이우스의 법이 아예 언급되지 않았다. 카이사르가 이 문제에 대해 입을 닫은 것은, 폼페이우스의 법에 자신은 적용되지 않음을 다 안다는 의미였다.

이 편지를 보내고 답장이 도착하려면 세 번의 장날이 지나야 했다. 그 기간은 늘 그랬던 것처럼, 비투리게스족을 산산조각 내고 그들이 절망에 빠져 목숨을 구걸하게 만드는 데 이용되었다. 이번 작전은 하루 80킬로미터씩 이동하는 강행군의 연속이었다. 카이사르는 한 지역에 나타나 그곳을 불태우고 약탈하고 부족민을 죽이고 노예로 만들어놓고, 누군가 경고의 고함을 지르기도 전에 80킬로미터 떨어진 다른 지역에 나타났다. 그쯤 되자 그는 장발의 갈리아가 패배를 인정하지 않는다는 사실을 알게 되었다. 갈리아인들의 새 전략은 동시다발적으로 다양한 지역에서 소규모 폭동을 일으키는 것이었다. 카이사르는 각기 다른 열 곳에서 발생한 열 개의 불을 꺼야 하는 사람처럼 행동할 수밖에 없었다. 하지만 이런 폭동은 학살할 로마 시민권자들이 있으리라는 전제하에 시작된 것인데, 그곳에는 로마 시민권자들이 없었다. 각지로 흩어진 군단들은 강행군 도중에 각자 알아서 식량을 마련해야 했다.

카이사르는 가장 강력한 부족들의 세력을 약화시키는 방식으로 대응했다. 첫 목표는 비투리게스족이었다. 그들은 비투르고가 로마로 압송되어 카이사르의 개선행진에 서게 됐다는 사실에 분개하고 있었다. 카이사르는 13군단과 새롭게 조직된 15군단, 이렇게 2개 군단만 이끌고 갔다. 13군단은 불길한 숫자의 군단이기 때문이었고, 15군단은 신병들로만 구성되어 있기 때문이었다. 가장 높은 숫자의 군단인 15군단은 카이사르의 '자투리 상자'였다. 15군단의 병사들은 충분히 경험을 쌓은 뒤 규모가 줄어든 다른 군단들의 병력을 보충하는 데 이용되었다.

지금의 15군단은 작년 초 폼페이우스가 통과시킨, 열일곱 살과 마흔 살 사이의 남자는 반드시 군복무를 마쳐야 한다는 법으로 인해 조직되었다. 지원병 모집에는 아무런 어려움이 없지만, 승인받은 것보다 더 많은 병사들을 모집한다고 원로원과 종종 시비에 휩싸이던 카이사르로서는 아주 편리한 법이었다.

2월의 아홉번째 날 그는 비브락테로 돌아왔다. 비투리게스족의 영토는 폐허로 변해 있었다. 비투리게스족 전사들은 대부분 전사했고, 여자와 아이 들은 포로로 잡혔다. 돌아온 비브락테에는 총독 임기를 연장해 달라는 그의 요청에 대한 원로원의 답변이 도착해 있었다. 그것은 어쩌면 그가 충분히 예상했지만, 마음속으로는 그럴 리 없다고 믿어왔던 답이었다. 무엇보다 그의 요청을 거절하는 것은 더할 나위 없이 어리석은 짓이었기 때문이다.

대답은 '불가능하다'였다. 원로원은 폼페이우스에게 베풀었던 특혜를 카이사르에게도 베풀 준비가 되어 있지 않소. 3년 뒤에 집정관이 되고 싶다면 다른 로마 총독들처럼 절차를 밟으시오. 임페리움과 속주와 군대를 내려놓고, 로마 안으로 들어와 직접 후보 등록을 마치시오. 편지에는, 자신이 수석 집정관으로 당선될 것이라는 카이사르의 침착한 추측에 대한 이의 제기는 없었다. 그렇게 되리란 걸 모두 알고 있었던 것이다. 카이사르가 선거에 출마해 최다 득표로 당선되지 않은 경우는 단 한 차례도 없었다. 그는 뇌물을 쓰지도 않았다. 감히 그럴 수도 없었다. 너무 많은 정적들이 그를 주시하며 꼬투리를 잡으려 했기 때문이다.

바로 그 순간, 원로원의 차갑고 퉁명스러운 답변을 내려다보면서, 카이사르는 만일의 사태에 대비해 모든 계획을 세워놓기로 마음먹었다.

그들은 내가 되고자 하는 사람이 되지 못하게 막아설 것이다. 내게 주어진 권리를 허락하지 않을 것이다. 그러면서도 폼페이우스 같은 어설픈 로마인의 편의를 봐주고 있다. 그의 앞에서 고개를 숙이고 굽실거린다. 그를 높이 떠받든다. 그의 등뒤에서 킥킥거리면서 그에게 자만심을 불어넣는다. 뭐, 그건 그가 짊어져야 할 짐이다. 언젠가 그는 자신에 대한 그들의 진심을 알게 되리라. 어느 순간이 오면 그들의 가면은 벗겨질 것이고, 폼페이우스는 엄청난 충격에 빠질 것이다. 그는 카틸리나의 집정관 당선이 확실시되던 당시의 키케로와 정확히 똑같다. 보니파는 혈통을 갖춘 인물을 막아내기 위해 그들이 혐오해 마지않는 아르피눔 시골뜨기를 지지하기도 했다. 이제 보니파는 나를 막아내기 위해 폼페이우스를 지지하고 있다. 하지만 나는 그렇게 되도록 두지 않을 것이다. 나는 카틸리나가 아니다! 그들은 나의 몰락을 원한다. 내 출중함 때문에 그들의 부족함이 적나라하게 드러나는 것을 막기 위해서라도. 그들은 내게 신성경계선을 넘어 로마 안으로 들어가 후보 등록을 하도록 강요할 수 있다고 믿는다. 신성경계선을 넘으면 기소당하는 것을 막아주는 임페리움은 사라지게 된다. 그들은 후보 등록소에서 날 기다리고 있다가 수많은 날조된 혐의를 들고 달려들 것이다. 반역, 부당취득, 뇌물, 횡령. 내가 라우투미아이 감옥으로 몰래 잠입해 베티우스를 목 졸라 죽이는 걸 봤다고 거짓 증언할 사람을 찾아낼 수만 있다면 살인 혐의까지 제기하겠지. 나는 가비니우스처럼, 밀로처럼 되고 말 것이다. 너무 많은 법정에서 너무 많은 혐의로 기소당한 나머지 다시는 이탈리아에서 얼굴을 들고 다닐 수 없게 되리라. 시민권을 박탈당하고, 내 업적은 역사책에서 지워지고, 아헤노바르부스나 메텔루스 스키피오 같은 사람들이 내 공적을 가로채게 되겠지. 폼페이우스가 루쿨루스의 공적을 가로챈 것처럼.

그런 일은 일어나선 안 된다. 무슨 수를 써서라도 그것을 막을 것이다. 동시에 나는 수석 집정관의 임페리움을 얻기 전까지 속주 총독의 임페리움을 유지할 수 있도록, 부재중 출마를 허락받기 위한 노력을 계속할 것이다. 나는 불법을 저지르는 사람으로 알려지길 원치 않는다. 이제껏 살면서 불법을 저지른 적은 단 한 번도 없다. 모든 일을 모스 마이오룸에 따라 처리해왔다. 법의 테두리 내에서 두번째 집정관 직에 당선되는 것, 그것이 나의 가장 큰 야망이다. 일단 집정관이 되면 내게 제기된 날조된 혐의들은 합법적인 방식으로 처리할 수 있게 된다. 그들도 알고 있다. 그들은 그리되는 걸 두려워한다. 하지만 그들은 순순히 물러서지 않을 것이다. 그들이 물러선다면, 그건 지성부터 혈통에 이르기까지 모든 면에서 내가 그들보다 낫다는 걸 인정하는 꼴이 된다. 나는 한 사람이고 그들은 여럿이므로. 내가 법의 테두리 안에서 그들을 패배시킬 수 있다면, 그들은 스핑크스처럼 원통해하며 가장 가까운 절벽에서 뛰어내릴 수밖에 없으리라.

하지만 나는 최악의 사태에도 대비해야 한다. 법의 테두리 밖에서 승리할 방법도 궁리하기 시작해야 한다. 오, 멍청한 인간들! 그들은 날 항상 과소평가한다.

유피테르 옵티무스 막시무스여, 다른 이름으로 부르기를 원하신다면 바라시는 대로 부르겠나이다. 유피테르 옵티무스 막시무스여, 바라시는 대로 성(性)을 취하소서. 유피테르 옵티무스 막시무스여, 로마의 모든 신들과 기운들을 하나로 뭉친 신이시여. 유피테르 옵티무스 막시무스여, 저의 승리를 기원합니다! 제 청을 들어주신다면, 당신께 가장 위대한 영광과 만족감을 안겨줄 수 있는 제물을 바칠 것을 맹세하나이다…….

비투리게스족을 섬멸하는 작업은 40일이 걸렸다. 카이사르는 아이두이족의 언덕 요새 비브락테 바로 아래에 세워진 진지로 돌아오자마자 13군단과 15군단을 소집했다. 그러고는 양쪽 군단의 모든 병사들에게 비투리게스족 여자를 한 명씩 선물했다. 병사들은 그 여자 포로를 노예로 부릴 수도 있었고 노예 상인에게 팔 수도 있었다. 그런 다음 카이사르는 모든 병사들에게 200세스테르티우스, 모든 백인대장에게 2천 세스테르티우스의 상여금을 전액 현금으로 지급했다. 그의 지갑에서 나온 돈이었다.

"너희들이 열심히 도와준 데 대한 감사의 선물이다." 그는 병사들에게 말했다. "로마로부터 지급받는 돈도 있겠지만, 나 가이우스 율리우스 카이사르는 내 지갑에서 나온 돈으로 너희들에게 특별히 감사의 뜻을 전하고 싶었다. 지난 40일간 전리품은 거의 나오지 않았다. 그런데도 나는 겨우내 충분히 쉴 자격이 있는 너희들을 데리고 그 40일간 거의 매일 80킬로미터씩 강행군을 했다. 전장에서 베르킹게토릭스를 상대로 끔찍한 겨울, 봄, 여름을 보냈으니, 너희는 적어도 6개월은 아무것도 하지 않고 충분한 휴식을 취할 자격이 있었다. 하지만 내가 진군해야 한다고 했을 때 너희 중 투덜대는 사람이 있었나? 없었다! 초인적인 힘을 발휘해달라고 했을 때 불평하는 사람이 있었나? 없었다! 잔꾀를 부리거나, 식량을 더 달라고 요구하거나, 단 한 순간이라도 최선을 다하지 않은 적이 있었나? 없었다! 그런 일은 절대 없었다! 너희는 카이사르 군단의 병사들이고, 로마는 이제껏 너희 같은 병사들을 본 적이 없다! 너희는 내 사람들이다! 내 목숨이 붙어 있는 한, 너희는 사랑하는 내 사람들이다!"

병사들은 몹시 흥분하며 환호했다. 선물 받은 노예와 상여금 탓도 있었지만, 카이사르로부터 '사랑하는 내 사람들'이라는 말을 들은 탓도 있었다. 노예 판매 수익은 온전히 장군의 몫이었으므로, 선물 받은 노예도 따지고 보면 카이사르의 지갑에서 나온 선물이었다.

트레보니우스는 데키무스 브루투스에게 곁눈질을 했다. "카이사르 사령관님이 왜 저러시는 건가, 데키무스? 분명 대단한 선행이지만 병사들로선 전혀 예상치 못한 일이고, 나 역시 무슨 생각으로 저러시는 건지 모르겠네."

"원로원이 사령관님께 보낸 편지가 든 꾸러미 안에 쿠리오가 제게 보내는 편지도 들어 있었습니다." 데키무스 브루투스는 마르쿠스 안토니우스나 다른 군관들이 못 듣게 낮은 소리로 말했다. "원로원 의원들은 사령관님의 부재중 출마를 허락하지 않을 겁니다. 그리고 원로원 내 분위기는 최대한 빨리 사령관님의 임페리움을 박탈하겠다는 쪽입니다. 그들은 사령관님이 불명예스럽게 영구 추방당하기를 바라고 있어요. 폼페이우스도 그리되길 원하고요."

트레보니우스는 경멸스럽다는 듯 웅얼거렸다. "마지막 말은 놀랍지도 않군! 폼페이우스는 카이사르의 신발끈보다도 못한 인간이니까."

"그건 딴 인간들도 마찬가지죠."

"두말하면 잔소리지." 트레보니우스는 방향을 틀어 데키무스와 나란히 연병장을 떠났다. "사령관님이 과연 그렇게 할 것 같나?"

데키무스 브루투스는 눈도 깜빡이지 않았다. "제 생각엔…… 사령관님을 자극하다니 그들이 제정신이 아닌 것 같습니다, 트레보니우스. 왜

냐하면 그 질문에 대한 답은 '그렇다'이기 때문입니다. 그들이 사령관님을 막다른 골목으로 몰아넣는다면, 사령관님은 로마로 진군할 겁니다."

"사령관님이 만약 진군을 한다면?"

희미한 금빛 눈썹이 치켜올라갔다. "어떻게 될 것 같습니까?"

"그들을 도살해버리겠지."

"제 생각도 같습니다."

"그렇다면 우리도 선택을 해야겠군, 데키무스."

"당신에겐 선택이 필요하겠지만 전 아닙니다. 전 시종일관 변함없는 카이사르의 사람이니까요."

"나도 마찬가질세. 하지만 그는 술라와는 달라."

"그 점에 대해 우린 감사해야 합니다, 트레보니우스."

어쩌면 이 대화 때문인지 몰라도, 그날 저녁식사 자리에서 데키무스 브루투스와 가이우스 트레보니우스는 재잘대며 떠들 기분이 아니었다. 그들은 왼쪽 의자에 나란히 누워 있었고 카이사르는 가운데 의자에, 마르쿠스 안토니우스는 왼쪽 의자 맞은편 오른쪽 의자에 혼자 누워 있었다.

"정말이지 너무 너그러우십니다." 안토니우스는 사과 하나를 두 번만에 다 베어먹으며 말했다. "사령관님의 통이 크다는 것은 익히 알고 있었습니다만," 그는 눈을 감더니 이마에 사나운 주름이 잡히도록 인상을 찡그렸다. "오늘 써버린 돈만 해도 100탈렌툼은 될 겁니다. 혹은 거의 그 정도 수준이겠죠."

카이사르의 눈이 반짝였다. 그는 안토니우스를 보고 있으면 즐거웠고, 놀림감이라는 자기 역할을 기꺼이 받아들이는 안토니우스의 수더

분한 성격을 좋아했다.

"메르쿠리우스가 아끼는 재능은 다양하겠지만, 안토니우스, 자네의 산수 실력은 정말 경이롭군그래! 그걸 머릿속으로 계산하다니. 이제 자네도 재무관 본연의 의무를 다하고, 불쌍한 가이우스 트레보니우스가 자기 재능까진 아니라도 성향에 더 맞는 일을 할 수 있도록 해주는 게 좋겠어. 자네들도 동의하지 않나?" 그는 트레보니우스와 데키무스 브루투스를 향해 물었다.

그들은 웃음을 지으며 고개를 끄덕였다.

"재무관 본연의 의무 따윈 개나 줘버리라죠!" 안토니우스는 허벅지 근육에 잔뜩 힘을 주며 으르렁대듯 말했다. 대부분의 로마 여성들을 졸도하게 만들 법한 장면이었지만, 그 자리의 관객들에겐 아무렇지 않은 장면이었다.

"돈에 대해 배워둘 필요가 있네, 안토니우스." 카이사르가 말했다. "자네의 어마어마한 빚을 보면 자네는 돈이 물처럼 유동적인 것이라 생각하는 모양이야. 하지만 돈은 예비 집정관과 예비 사령관에게 더없이 유용한 자산이기도 하지."

"제 요점을 피하시는군요." 안토니우스는 매력적인 미소로 오만한 기운을 누그러뜨리며 예리하게 말했다. "사령관님은 오늘 11개 군단 중 2개 군단 병사들에게 100탈렌툼을 쓰셨고, 그 병사들에게 1천 세스테르티우스를 받고 팔 수 있는 노예를 한 명씩 선물하셨어요. 본격적인 봄이 시작되기 전에 노예를 파는 병사는 많지 않겠죠. 특히나 사령관님께선 가장 어리고 싱싱한 여자들만 뽑아서 주셨으니까요." 그는 긴 의자 위에서 돌아눕더니 우람한 종아리 근육을 풀었다. "제가 알고 싶은 건 이겁니다. 사령관님은 이 갑작스러운 관대함을 11개 군단 중 2개 군단 병사들에게만 베푸실 겁니까?”

“그건 경솔한 행동이겠지.” 카이사르는 진지하게 말했다. “나는 가을과 겨울 동안 계속 전쟁을 벌일 계획인데, 2개 군단씩 이끌고 출정할 생각이야. 매번 다른 군단들로 말이지.”

“현명하십니다!” 안토니우스는 술잔을 들어 한 모금 길게 들이마셨다.

“친애하는 안토니우스, 내가 겨울 식단에서 포도주를 빼도록 만들지 말게.” 카이사르가 말했다. “적당히 마시지 않으면 아예 술을 끊으라고 할 거야. 포도주에 물을 타서 마시게.”

“사령관님에 대해 제가 이해할 수 없는 부분은 한두 가지가 아니지만,” 안토니우스는 찡그리며 말했다. “왜 신들이 인간에게 내려준 최고의 선물을 그렇게까지 질색하시는지 정말 이해가 안 됩니다. 포도주는 만병통치약이라고요.”

“만병통치약이 아닐세. 난 그걸 선물이라고도 생각지 않아.” 카이사르가 말했다. “오히려 저주에 가깝지. 판도라의 상자에서 튀어나온 그것처럼. 술을 아주 조금만 마셔도 정신의 칼날이 무뎌져 사소한 것들을 놓치게 된다네.”

안토니우스는 호탕하게 웃었다. “그게 바로 답입니다! 사령관님은 사소한 것들에 집착하는 사람이에요!”

카이사르는 비브락테로 돌아온 지 18일 만에 다시 떠났다. 이번에는 카르누테스족을 처단하기 위해서였다. 트레보니우스와 데키무스 브루투스가 함께 떠났고, 안토니우스는 참으로 아쉽게도 홀로 남아 진지를 돌보기로 했다. 퀸투스 키케로가 카빌로눔의 월동 숙영지에서 7군단을 직접 데려왔지만, 푸블리우스 술피키우스는 마티스코에 남고 14군단만 보냈다. 카이사르가 그의 출정을 요구하지 않았기 때문이다.

"저도 같이 왔습니다." 퀸투스 키케로가 말했다. "4월에 킬리키아로 함께 떠나달라는 제 형의 편지를 받았기 때문입니다."

"그런데 기분이 별로 안 좋아 보이는군, 퀸투스." 카이사르는 다정하게 말했다. "당신이 그리울 거요."

"저도 마찬가지입니다. 저는 사령관님과 이곳 갈리아에서 인생 최고의 3년을 보냈습니다."

"그리 말해주니 고맙소. 쉽지 않은 세월이었을 텐데."

"네, 절대 쉽지 않았죠. 어쩌면 그래서 더 좋았을지도 모릅니다. 저를…… 저를…… 그러니까, 믿어주셔서 감사합니다, 카이사르. 저한테 고함치고 싶을 때도 있으셨을 텐데, 단 한 번도 고함치지 않으셨어요. 수감브리족과의 일이 있었을 때조차 말입니다. 게다가 제 부족함을 들추지도 않으셨고요."

"친애하는 퀸투스," 카이사르는 최대한 따뜻한 미소를 지으며 말했다. "내가 당신에게 고함칠 일이 뭐가 있었겠소? 당신은 한결같이 출중한 보좌관이었고, 난 당신이 끝까지 함께해줬으면 하고 바랐소." 미소가 옅어졌고 시선이 갑자기 먼 곳을 향했다. "그 끝이 어찌됐든 말이오."

어리둥절해진 퀸투스 키케로는 카이사르를 쳐다봤지만, 그 얼굴엔 아무런 감정도 드러나 있지 않았다. 키케로 형의 편지에는 로마에서 벌어진 사건들이 상세히 적혀 있었으나, 퀸투스는 트레보니우스나 데키무스 브루투스와 달리 카이사르의 깊은 의중을 알지 못했다. 게다가 그는 장군이 13군단과 15군단 병사들에게 선물을 나눠줄 당시 비브락테에 없었다.

그리하여 카이사르가 케나붐으로 떠날 무렵, 퀸투스 키케로는 무거운 마음으로 로마를 향했다. 그를 기다리고 있는 새로운 보좌관 직은 카이사르와 함께했던 것보다 즐겁지도, 돈벌이가 되지도 않으리라는 것을 너무 잘 알고 있었다. 또 형의 엄지손가락에 눌리게 됐구나! 설교당하고, 비난당하고. 가족이 아주 성가신 골칫거리처럼 느껴질 때가 있었다. 오, 정말 그랬다…….

이제 2월 말이었고, 겨울이 다가오고 있었다. 케나붐은 여전히 시커먼 폐허였지만, 카이사르가 요새를 이용하는 데 이의를 제기할 만한 저항세력은 인근에 없었다. 그는 요새 성벽에 아주 손쉽게 진지를 세웠고, 아직 멀쩡한 집을 일부 병사들이 이용하도록 했으며, 나머지 병사들에게는 보온을 위해 막사 지붕에 짚을 얹고 벽에 풀을 대도록 했다.

그의 첫 임무는 말을 타고 카르누툼으로 가서 최고 드루이드 카트바드를 만나는 것이었다.

카이사르는 카트바드가 몇 년 전보다 훨씬 늙고 지쳐 보인다고 생각했다. 환한 금발머리는 회색과 금색이 섞인 칙칙한 빛깔로 변해 있었고, 푸른 눈은 기력이 다 빠져나간 듯했다.

"내게 맞선 건 멍청한 짓이었소, 카트바드." 정복자가 말했다.

오, 그는 모든 면에서 정복자다웠다! 저 남자에게서 흘러나오는 믿기 힘든 자신감을, 저 쌩쌩한 활력과 솔직담백함을 지워버릴 수 있는 건 아무것도 없단 말인가? 그의 머리 뒤에 후광처럼 빛나고 그의 온몸을 감싸고 있는 저것을? 어째서 투아타는 카이사르를 우리의 적으로 보낸 것일까? 로마에는 갈팡질팡하고 무능한 인간들이 너무도 많은데, 왜 하필 카이사르였을까?

카트바드는 "내겐 선택의 여지가 없었소."라고 말했다. 그는 당당하게 턱을 치켜들었다. "날 포로로 잡아 다른 사람들과 함께 당신의 개선 행진에 세우려고 여기 온 모양이오."

카이사르는 웃었다. "카트바드, 카트바드! 당신은 날 바보로 아시오? 적군을 전쟁 포로로 잡고 왕들의 반란활동을 끝장내는 건 당연한 일이오. 하지만 한 나라의 사제들을 괴롭히는 것은 그야말로 정신 나간 짓이오. 드루이드들이 체포되거나 그들의 치유 및 상담 활동이 방해받는 일은 절대 없다는 걸 당신도 깨닫게 될 거요. 그건 나의 확고한 정책이고, 내 모든 보좌관들도 그걸 잘 알고 있소."

"그렇다면 투아타는 왜 당신을 이곳으로 보낸 거요?"

"아마도 투아타는 유피테르 옵티무스 막시무스와 계약을 맺은 것 같소. 신들의 세계에도 인간의 세계처럼 법과 계약이 존재하오. 투아타는 분명 그들과 갈리아인들을 하나로 묶어주는 힘이 약해지고 있음을 느꼈을 거요. 갈리아인의 열정이나 종교의식이 부족해서가 아니오. 단지 변하지 않는 것은 아무것도 없기 때문이오, 카트바드. 대륙은 이동하고 인간은 변화하고 세월은 왔다가 가는 법이오. 모든 민족들의 신도 마찬가지요. 어쩌면 투아타는 당신들이 바치는 인신 제물에 질려버린 건지도 모르겠소. 다른 신들이 질리곤 하는 것처럼. 나는 신들 역시 늘 변함없는 건 아니라고 믿소, 카트바드."

"조국의 정치적이고 실용적인 성향이 몸에 밴 사람이 그렇게까지 신앙심이 깊다니 참으로 흥미롭소."

"나는 온 마음을 다해 우리의 신들을 믿소."

"그렇다면 당신의 영혼은?"

"우리 로마인은 당신네 드루이드와 달리 영혼을 믿지 않소. 육신이 죽은 후 남는 것은 의식이 없는 그림자뿐이오. 죽음은 잠이나 다름없소." 카이사르가 말했다.

"그렇다면 당신들은 후생을 믿는 이들보다 죽음을 더 두려워하겠군."

"오히려 덜 두려워하는 것 같소." 옅은 파란색 눈에 갑자기 고통, 슬픔, 격정이 어렸다. "어째서 인간이 현생 이상의 삶을 바라야 한단 말이오?" 카이사르가 물었다. "삶은 눈물의 계곡이자 끔찍한 힘겨루기 무대요. 우리는 일 보 전진할 때마다 만 보씩 밀려나는 꼴이오. 인생은 정복해야 할 대상이오, 카트바드. 하지만 대가가 따르는 법이지! 대가 말이오! 그 누구도 날 이기지 못할 것이오. 내가 그렇게 두지 않을 테니. 나는 나 자신을 믿고, 내 인생의 방향을 그렇게 정했소."

"그렇다면 눈물의 계곡은 대체 어디 있단 말이오?" 카트바드가 물었다.

"방법 속에, 인간의 고집스러움 속에, 부족한 선견지명 속에 있소. 또한 최선의 길, 가장 품위 있는 길을 제대로 알아보지 못하는 무지 속에 있소. 지난 7년간 나는 당신 민족이 결코 이길 수 없다는 걸 알려주려고 부단히 애써왔소. 이 땅의 평화를 위해 그만 항복해야 한다고 말이오. 하지만 그들은 어떻게 나왔소? 등잔불로 뛰어드는 나방처럼 내 불길 속으로 뛰어들었소. 내가 더 많은 사람을 죽이도록 만들고, 더 많은 집과 마을과 도시를 파괴할 수밖에 없도록 만들었소. 나는 더 온화하고 관대한 정책을 택하고 싶었지만, 그들이 날 가만두지 않았소."

"답은 간단하오, 카이사르. 그들은 포기하지 않을 테니 당신이 포기해야 하오. 당신은 갈리아인들에게 그들의 정체성, 힘, 영향력에 대한 자각을 불러일으켰소. 이제 그것을 깨달아버렸으니 그 무엇도 그걸 도로 빼앗아갈 순 없소. 우리 드루이드들은 앞으로 만 년 동안 베르킹게토릭스의 업적을 노래할 거요."

"그들이 포기해야 하오, 카트바드! 난 그럴 수 없소. 내가 여기 온 이유는, 그들이 항복하도록 설득해달라고 당신에게 부탁하기 위해서요. 안 그러면 내게 남은 방법은 하나뿐이오. 나는 비투리게스족에게 했던 것처럼 모든 갈리아인을 처단할 거요. 드루이드말고는 아무도 살아남지 못할 테지. 이 얼마나 끔찍한 운명이오?"

"난 그들에게 항복을 권하지 않겠소." 카트바드가 말했다.

"그렇다면 이곳 카르누툼부터 시작하겠소. 난 다른 모든 지역의 보물을 약탈해왔소. 하지만 이곳의 보물은 신성불가침으로 여겼지. 날 거역한다면 카르누툼을 약탈하겠소. 드루이드나 그들의 처자식은 건드리지 않을 거요. 하지만 카르누툼은 수세기 동안 신도들이 봉헌한 산더미 같은 보물을 잃게 될 거요."

"그럼 그렇게 하시오. 카르누툼을 약탈하시오."

카이사르는 한숨을 쉬었다. 진정 어린 한숨이었다. "잔혹한 기억은 늙은이의 삶에 위안을 주지 못하는 법이오. 하지만 어쩔 수 없는 상황에서 난 한다면 하는 사람이오."

카트바드는 재밌다는 듯 웃었다. "오, 말도 안 되는 소리! 카이사르, 당신이 모든 신들에게 얼마나 사랑받는지 잘 알 텐데! 다른 사람도 아니고 당신이, 왜 그런 쓸데없는 걱정을 한단 말이오? 당신은 늙은이가 되지 못할 거요. 신들이 절대 그걸 허락하지 않겠지. 그들은 당신의 전성기에 당신을 데려갈 거요. 난 전에도 그런 경우를 본 적이 있소."

카이사르는 숨이 턱 막혔다. 하지만 곧 마찬가지로 웃었다. "알려줘서 고맙소! 카르누툼은 무사할 거요." 그는 자리를 뜨면서, 여전히 웃으며 어깨 너머로 말했다. "하지만 갈리아는 무사하지 않을 거요!"

아주 혹독하고 추운 겨울의 초입 무렵, 카이사르는 카르누테스족을 이리저리 내몰았다. 그들 중에는 7군단과 14군단의 손에 죽은 사람보다 자기 땅에서 얼어죽은 사람이 더 많았다. 보금자리도, 집도, 안식처도 사라졌기 때문이다. 갈리아인들의 행동 양상이 새로운 형태로 변하기 시작했다. 일 년 전만 해도 인근 부족민들은 기꺼이 난민을 받아들이고 보살펴줬지만, 이제는 문을 걸어 잠그고 구조 요청을 못 들은 척했다. 소모전이 먹히기 시작했다. 두려움이 저항을 집어삼키고 있었다.

겨울이 절정에 달한 4월 중순, 카이사르는 7군단과 14군단을 가이우스 트레보니우스의 통솔하에 케나붐에 남겨두고 레미족의 문제를 알아보기 위해 떠났다.

"벨로바키족 때문이오." 도릭스가 간단히 말했다. "코레우스는 자기 병사들을 카르누툼에 집결시키지 않고 고향에 남겨두었고, 콤미우스와 아트레바테스족 병사 4천 명에게 딸려 보낸 그의 병사 2천 명은 알레시아에서 무사히 돌아왔소. 이제 코레우스와 콤미우스는 최근 거대한 강 너머에서 돌아온 암비오릭스와 동맹을 맺었소. 그들은 벨기카의 모든 이탄지를 샅샅이 뒤지며 네르비족, 에부로네스족, 메나피족, 아투아투키족, 콘드루시족 병사들을 모집하고 있고, 그보다 더 남쪽과 서쪽에서도 아울레르키족, 암비아니족, 모리니족, 베로만두이족, 칼레테스족, 벨리오카세스족 병사들을 모병중이오. 이 부족들 중 일부는 카르누툼으로 가지 않았소. 일부는 빨리 도망침으로써 살아남을 수 있었고. 듣자하니 수많은 사람들이 모이고 있다고 하오."

"당신은 공격을 당했소?" 카이사르가 물었다.

"아직까진 아니오. 하지만 곧 당하게 될 거요."

"그렇다면 당신이 당하기 전에 내가 움직이는 게 낫겠소. 당신은 늘 우리와의 협약을 충실히 이행했소, 도릭스. 이제 협약에 따라 내가 움직일 차례요."

"미리 경고하겠소, 카이사르. 수감브리족은 지금 당신과 우비족의 관계에 불만이 많소. 우비족은 당신에게 기병을 제공함으로써 짭짤한 수익을 올리는데, 수감브리족은 그걸 분하게 여기고 있소. 그들 말에 따르면 우비족만 특혜를 누릴 게 아니라 모든 게르만족이 똑같은 혜택을 받아야 한다고 했소."

"다시 말해, 수감브리족은 레누스 강을 건너 코레우스와 콤미우스를 돕겠다는 뜻이군."

"그렇게 들었소. 콤미우스와 암비오릭스는 아주 적극적이오."

카이사르는 이번에는 아게딩쿰의 월동 숙영지에서 11군단을 불러들였고, 라비에누스에게 8군단과 9군단을 보내라고 지시했다. 가이우스 파비우스는 12군단과 6군단을 이끌고 마트로나 강변의 수에시오눔으로 가서 주둔하라는 명령을 받았다. 레미족의 땅과 수에시오네스족의 땅을 갈라놓기 위해서였다. 벨기카가 들끓고 있다는 정찰병의 보고가 들어오자 다시 한번 군단 배치가 바뀌었다. 7군단은 카이사르에게 보내졌고, 13군단은 티투스 섹스티우스의 지휘하에 비투리게스족에게 보내졌고, 트레보니우스는 케나붐을 떠난 7군단을 대신할 종달새5군단을 넘겨받았다.

하지만 카이사르와 그의 4개 군단이 벨로바키족의 땅으로 들어갔을 때 그곳은 버려져 있었다. 전사들이 떠난 집을 농노, 여자, 아이 들이 돌보고 있었다. 정찰병의 보고에 따르면 전사들은 북서쪽의 음습한 늪지 한가운데 우뚝 솟은 마른땅에 집결해 있다고 했다.

"이번엔 약간 다른 걸 해볼까 하네." 카이사르는 데키무스 브루투스에게 말했다. "7군단, 8군단, 9군단을 종대로 진군시키는 대신 각각 정방형 대형으로 아주 넓게 배치하는 걸세. 그렇게 하면 적군은 우리의 전력을 한눈에 파악할 수 있을 테고, 우리가 본격적인 전투를 시작할 준비가 됐다고 판단할 거야. 물자 수송대는 바로 그 뒤에 배치할 것이고, 물자 수송대 꽁무니에 11군단을 숨겨둘 걸세. 적들은 절대 발견할 수 없겠지."

"마치 우리가 겁먹은 것처럼 보이겠군요. 총 병력이 3개 군단뿐이고 말이죠. 훌륭한 작전입니다."

적군의 모습은 충격 그 자체였다. 그 유일하게 건조한 고지대에 헤아릴 수 없이 많은 적군이 모여 있었다.

"예상보다 더 많군." 카이사르는 이렇게 말하고는 트레보니우스에게 사람을 보내 티투스 섹스티우스와 13군단을 데려오라는 명령을 내렸다.

카이사르의 병사들이 아주 튼튼한 진지를 마련하는 동안 양동작전과 소규모 접전이 벌어졌다. 적군의 지휘를 맡은 코레우스는 전투태세에 돌입하려다 생각을 바꿨다. 카이사르가 겨우 3개 군단만을 거느리고 있을 때 공격해야 한다는 합의가 있었지만 무시했다.

카이사르가 부른 레미족과 링고네스족 기병대가 트레보니우스보다 앞서 도착했다. 이 기병대를 이끌고 나타난 사람은 도릭스의 삼촌이자 싸움에 굶주린 나이 지긋하고 용맹한 전사 베르티스쿠스였다. 벨로바키족은 베르킹게토릭스의 초토화 전략을 따르지 않았으므로 식량이나 말을 먹일 풀이 곳곳에 널려 있었다. 전쟁이 초반 예상보다 장기화될 조짐이 보이자 카이사르는 어떤 것이든 간에 물자를 최대한 확보하려고 애썼다. 코레우스의 군대는 고지대에서 내려와 대규모 공격을 감행하진 않았지만, 레미족 기병대가 도착하기 전까지 로마군 식량 징발대를 몹시 괴롭혔다. 레미족 기병대가 도착한 후에는 로마군의 상황이 나아졌다. 하지만 베르티스쿠스는 너무 싸움에 굶주려 있었다. 레미족 기병대는 자신들이 호위하는 로마군 식량 징발대를 괴롭히러 나타난 벨가이족 무리의 규모를 얕보고 추격했다가 매복 공격을 당했다. 벨가이족에게는 너무 기쁘게도, 베르티스쿠스는 전사했다. 코레우스는 지금이야말로 대대적인 공격에 나설 때라고 판단했다.

바로 그때 트레보니우스가 종달새5군단, 14군단, 13군단을 이끌고 나타났다. 이제 7개 군단의 로마군과 수천 기의 기병들이 벨가이족을 둘러쌌고, 공격과 방어에 가장 유리해 보였던 그 위치는 갑자기 덫으로 변했다. 카이사르는 양쪽 진영을 갈라놓은 늪지에 경사로를 설치한 다음, 벨가이족 진지 뒤편의 높은 곳을 장악하고 무차별 포격을 퍼붓기 시작했다.

"오, 코레우스, 당신은 기회를 놓쳤소!" 마침 도착한 콤미우스가 외쳤다. "수감브리족 500명이 이제 무슨 소용이란 말이오? 아직도 병력을 모으고 있는 암비오릭스에게 내가 뭐라고 해야 한단 말이오?"

"이해할 수 없소!" 코레우스는 손을 쥐어짜며 흐느꼈다. "저 많은 군단들이 어떻게 이리 순식간에 나타날 수 있었지? 난 경고를 전혀 못 들었소. 진작 경고가 들어왔어야 했는데!"

"경고 따윈 절대 없소." 콤미우스가 침통하게 말했다. "당신은 지금까지 로마군과 거리를 두고 지내왔소, 코레우스. 그게 당신의 문제요. 이제껏 로마군의 작업방식을 본 적이 없잖소. 그들이 일명 강행군에 나설 때는 매일 80킬로미터씩 이동한단 말이오. 그러고는 목적지에 도착하자마자 곧바로 돌아서서 들개처럼 달려들곤 하오."

"이제 어떻게 해야 하지? 어떻게 빠져나가야 하오?"

콤미우스는 답을 알고 있었다. 그는 벨가이족 병사들에게 불쏘시개, 짚, 마른풀을 최대한 많이 구해 쌓아놓으라고 했다. 진지 내부는 혼란의 도가니였고 모든 사람들이 탈출 준비로 바빴다. 여자들과 소달구지 수백 대가 로마식으로 훈련받은 콤미우스의 고난을 가중시켰다.

코레우스는 관습에 따라 자신의 병사들을 전투대형으로 배치시키고 바닥에 앉도록 했다. 낮시간이 흘러갔다. 전선을 따라 나무, 짚, 불쏘시개, 풀 등을 조심스럽게 쌓는 것 외에 다른 움직임은 전혀 없었다. 땅거미가 질 무렵, 전선 한쪽 끝에서 반대쪽까지 일시에 불이 붙었다. 벨가이족은 그 기회를 놓치지 않고 달아났다.

하지만 그 대단한 기회는 곧 사라졌다. 매복 공습에 실패한 코레우스는, 상황이 훨씬 유리하게 돌아갈 때는 미처 보여주지 못했던 용기와 끈기를 발휘했다. 그와 그의 최정예 전사들은 물러서지 않고 싸우다 전사했다. 벨가이족이 화평을 청하는 동안, 콤미우스는 레누스 강을 건너 암비오릭스와 수감브리족에게 갔다.

그 무렵 겨울은 끝나가고 있었고 갈리아는 조용했다. 카이사르는 비브락테로 돌아가 모든 군단의 병사들에게 감사 인사를 전하고 현금과 여자 노예를 선물했다. 병사들은 군단병치고는 아주 부자가 되었다. 가이우스 스크리보니우스 쿠리오의 편지가 카이사르를 기다리고 있었다.

갈리아 전쟁의 기록을 출판하여 모든 사람들이 그 내용을 접할 수 있도록 하시다니 정말 기막힌 생각입니다, 카이사르. 모든 사람들이 그 책을 탐독하고 있고, 원로원은 물론 보니파 의원들이 노발대발하고 있습니다. '본인 주장'으로는 방어 전쟁을 치르는 중이라는 집정관급 총독이 로마 전역에서 자신의 고매한 이름과 부풀려진 업적을 드높이는 것은 가당치 않다고 카토는 고함치더군요. 물론 그 말에 신경쓰는 사람은 아무도 없습니다. 필사본이 너무 잘 팔려서 대기명단이 필요할 정도예요. 놀랄 일도 아니죠. 당신의 『갈리아 전기』는 호메로스의 『일리아스』만큼이나 긴장감 넘치는데다, 전부 실제 사건이고 동시대에 벌어지고 있다는 장점까지 두루 갖추고 있으니까요.

당신도 잘 알고 계시겠지만, 차석 집정관 마르쿠스 마르켈루스는 지독히 역겨운 사람입니다. 그가 3월 칼렌다이에 원로원에서 당신의 속주 문제를 논의하자고 했는데, 당신의 호민관들이 거부권을 행사했습니다. 그때 거의 모든 사람이 박수를 보냈죠. 당신의 올해 호민관들은 아주 훌륭하더군요.

마르켈루스가 한발 더 나아가 당신이 노붐 코뭄에 세운 거류지의 주민들은 로마 시민이 아니라고 발표했을 때, 전 경악을 금치 못했습니다. 그는 당신에겐 그런 일을 할 법적 권한이 없다고 했습니다. 폼페이우스 마그누스에겐 있지만 말이죠! 한 사람에겐 이 법을 적용하고 다른 사람에겐 다른 법을 적용하는 꼴이라니. 마르켈루스는 그 일을 아주 솜씨 좋게 해내더군요. 하지만 원로원 결의를 통해서 이탈리아 갈리아의 파두스 강 이북에 사는 사람들은 로마 시민이 아니고 앞으로도 로마 시민이 될 수 없다고 말하는 건 자살행위나 다름없습니다. 호민관들이 거부권을 행사했지만, 마르켈루스가 억지로 밀어붙여 그 결의를 동판에 새겼습니다. 그것은 로스트라 연단에 내걸렸죠.

당신이 모를 수도 있는 부분이 있는데, 이 사건으로 인해 이탈리아 갈리아의 알프스 산맥 맨 꼭대기부터 장화 모양을 닮은 이탈리아 반도의 발꿈치와 발가락까지 공포의 전율이 전해졌다는 겁니다. 사람들은 아주 불안해하고 있어요, 카이사르. 이탈리아 갈리아의 모든 도시들은 지금까지 로마에 훌륭한 병사를 수천 명씩 제공해왔는데, 이제 와서 원로원으로부터 그것으론 충분하지 않다는 소리를 듣는 꼴이라는 말이죠. 파두스 강 이남의 주민들은 시민권을 박탈당하지 않을까 두려워하고, 파두스 강 이북의 주민들은 앞으로 평생, 절대, 영원히 시민권을 못 받게 될까봐 두려워하고 있어요. 두려움이 사방에 만연해 있습니다, 카이사르. 캄파니아에서 수백 명의 사람들이 카이사르를 이탈리아로 불러와야 한다고 말하는 걸 듣기도 했어요. 카이사르는 이탈리아 역사상 가장 끈기 있게 민중을 위해 싸우는 인물이라고, 카이사르라면 원로원으로부터의 이런 모욕과 지독한 부당함을 결코 두고보지 않을 것이라고 말이죠. 이런 불안이 널리 퍼지고 있지만, 저나 다른 누군가가 보니파 돌대가리들에게 그들이 지금 위험한 불장난을 하고 있다는 걸 깨닫게 할 수 있을까요? 절대 못하죠.

한편 자기만족에 빠진 얼간이 폼페이우스는 이 모든 상황을 무시하고 시궁창의 두꺼비처럼 가만히 앉아 있어요. 그는 지금 행복하답니다. 그 차가운 얼굴의 하르피이아 코르넬리아 메텔라가 그의 무감각한 살가죽에 어찌나 깊이 발톱을 박고 있는지, 그는 그녀가 쿡 찌를 때마다 고개를 끄덕이고 씰룩거리고 들썩이고 허우적대곤 하죠. 여기서 쿡 찌른다는 건 뭔가 음탕한 뜻이 아닙니다. 제 생각에 그들은 한 침대에서 자지도 않았을 겁니다. 아트리움 벽에 기대서 한 적도 없고 말이죠.

그렇다면 당신의 진정한 친구였던 적도 없는 제가 왜 이 편지를 쓰고 있는 걸까요? 많은 이유가 있는데, 전부 솔직하게 말씀드리겠습니다. 첫째, 저는 보니파가 아주 지긋지긋합니다. 예전에는 그토록 진심으로 모스 마이오룸을 옹호하는 집단이라면, 설령 지독한 정치적 실수를 범한다 해도 좋게 봐줘야 한다고 생각했습니다. 하지만 지난 몇 년 동안 저는 그들을 충분히 지켜봤다고 생각합니다. 그들은 자신들이 알지도 못하는 일에 대해 씨부렁거립니다. 그건 틀림없는 사실입니다. 그들의 부정적인 성향과 형편없는 상황 대처 능력에 신물이 날 정도예요. 그들 주위로 로마가 우르르 무너져내린다 해도, 그들은 가만히 선 채로 기둥에 눌려 죽는 것 역시 모스 마이오룸의 일부라고 떠들어대겠죠.

둘째, 저는 카토와 비불루스라면 질색입니다. 그 둘은 제가 본 중에 가장 위선적인, 입만 살아 있는 장군들입니다. 그들은 매음굴에서 빵 던지기 싸움을 지휘해본 경험조차 없으면서 당신의 『갈리아 전기』를 아주 전문가답게 뜯어보고 있답니다. 이건 이렇게 하면 더 좋았을 거라느니, 저건 저렇게 하면 더 효율적이고 외교적으로 마무리됐을 거라느니. 당신에 대한 그들의 맹목적인 증오가 이해되지 않습니다. 당신이 그들에게 무슨 짓을 했나요? 제가 알기로는, 그들의 원래 크기대로 작게 보이도록 만든 것밖에는 없죠.

셋째, 당신은 집정관을 지낼 때 푸블리우스 클로디우스에게 친절하셨습니다. 그의 파멸은 본인이 자초한 일이었습니다. 클로디우스가 지니고 있던 클라우디우스 가문 특유의 비정통 성향이 폭주했던 겁니다. 그는 언제 멈춰야 할지를 몰랐죠. 그가 떠난 지 일 년이 훨씬 지났지만, 아직도 그가 그립습니다. 막판에 가서 우리 사이가 조금 틀어지긴 했지만 말이죠.

넷째, 앞서 언급한 세 가지 이유와 상관이 있지만 아주 개인적인 이유입니다. 저는 엄청난 빚을 지고 있고, 혼자 힘으로는 거기서 벗어날 수 없습니다. 작년에 아버지께서 돌아가셨을 때 모든 문제가 해결되리라고 예상했습니다. 하지만 아버진 제게 아무것도 안 남겨주셨어요. 돈이 다 어디로 갔는지 모르겠지만, 아버지의 고통이 끝난 뒤 남은 건 아무것도 없었습니다. 제가 물려받은 건 집 한 채뿐인데 그마저도 담보 대출금이 어마어마합니다. 대금업자들은 인정사정없이 빚 독촉을 하고, 금융기관에서는 주택에 대한 담보권을 행사하겠다고 위협하고 있습니다.

덧붙여 말하자면, 전 풀비아와 결혼하고 싶습니다. 아, 그럼 다 해결되겠군! 당신이 이렇게 말하는 소리가 들리는 듯하군요. 죽은 푸블리우스 클로디우스의 아내는 로마에서 가장 부유한 여자 중 하나고, 그녀의 어머니까지 돌아가시면—얼마 안 남은 일이죠—지금보다 훨씬 더 부유해질 테니까요. 하지만 전 그럴 수 없습니다, 카이사르. 제가 얼마나 오랫동안 그녀를 사모해왔는데, 눈썹까지 빚이 차오른 상태로 결혼할 수는 없는 일입니다. 실은 말이죠, 그녀가 제게 눈길을 줄 거라고는 꿈에도 생각지 못했습니다. 하지만 며칠 전 그녀가 너무도 분명한 신호를 보내는 바람에 전 큰 충격을 받았어요. 풀비아와 결혼하고 싶어 죽을 지경이지만, 이대로 결혼할 순 없습니다. 빚을 전부 청산하고 그녀의 눈을 똑바로 쳐다볼 수 있게 되기 전까진 말이죠.

그래서 제안을 하고 싶습니다. 지금 로마가 돌아가는 상황을 보니 당신에겐 앞으로 로마 역사상 가장 유능하고 똑똑한 호민관이 필요하게 될 겁니다. 왜냐하면 보니파는 원로원에서 당신의 속주 문제를 논의하게 될 내년 3월 칼렌다이를 노리고 있기 때문이죠. 소문에 따르면, 보니파는 당신에게서 속주 총독 직을 즉시 박탈하고 저 5년법에 따라 아헤노바르부스를 후임으로 보낼 거라고 하더군요. 그는 너무 돈도 많고 게을러서 집정관 직을 마친 후 속주 총독으로 떠나지 않았던 인물입니다. 하지만 당신의 후임 자리라면 물구나무서기로 플라켄티아까지라도 가려고 하겠죠.

당신이 제 빚을 갚아주신다면, 카이사르, 저는 스크리보니우스 쿠리오라는 이름을 걸고 로마가 낳은 가장 유능하고 똑똑한 호민관이 될 것을 엄숙히 맹세합니다. 또한 늘 당신의 이익을 위해 싸우겠습니다. 호민관 직에서 퇴임하는 날까지 보니파를 저지할 것이고, 이것은 말뿐인 약속이 아닙니다. 전 최소 500만이 필요합니다.

카이사르는 쿠리오의 편지를 읽고서 한참 동안 가만히 앉아 있었다. 행운은 그의 편이었고, 이번에는 정말 믿기 힘든 행운이었다. 쿠리오를 매수해 자신의 호민관으로 둘 수 있다니. 쿠리오는 대단히 신의 있는 사람이었다. 물론 그런 건 정말 중요한 고려사항이 아니었다. 로마 정계를 지배하는 가장 강력한 규칙 중 하나는 뇌물을 받은 사람들의 행동에 관한 것이었다. 누구든 한 번 매수되면 계속 매수된 상태로 남아 있어야 했다. 정말 수치스러운 일은 매수되는 것 자체가 아니라, 매수된 상태로 남아 있지 않는 것이었다. 뇌물을 받아놓고도 합의사항을 이행하지 않은 사람은 그날부터 사회적 낙오자 취급을 받았다. 쿠리오 정도의 인물에게 호민관으로 일하겠다는 제의를 받은 것이야말로 행운이었다. 그가 카이사르의 생각만큼 뛰어난 인물인지 아닌지는 중요치 않았다. 카이사르가 생각하는 것의 반만큼만 해줘도 쿠리오는 여전히 값을 따질 수 없는 진주였기 때문이다.

카이사르는 의자를 당겨 책상 앞에 똑바로 앉았다. 그는 펜을 들어 잉크통에 담갔다가 편지를 썼다.

친애하는 쿠리오, 편지를 받고 많이 놀랐네. 자네의 재정적 어려움을 도울 수 있다면 내게 그보다 더 큰 기쁨은 없을 걸세. 내가 자넬 도울 수 있는 영광의 대가로 아무것도 바라지 않는다는 걸 믿어주게. 결정은 온전히 자네의 몫일세.

하지만 로마에서 가장 유능하고 똑똑한 호민관으로 이름을 날릴 기회를 얻고자 한다면 자네가 내 이익을 위해 활동해줄 것이라 생각하겠네. 자네가 말했다시피, 보니파는 메두사의 뱀들처럼 지금 내 목을 휘감고 있어. 내가 원로원에 입성한 이후로 줄곧 그들이 날 표적으로 삼아온 이유를 나도 도통 모르겠네. 이유 따윈 중요하지 않아. 중요한 건 내가 분명히 그들의 표적이란 사실이지.

그렇지만 내년 3월 칼렌다이에 우리가 보니파를 성공적으로 막아내려면 당분간 우리의 작은 약속을 비밀로 해두는 게 좋겠네. 자네는 호민관 선거에 출마하겠다는 소리도 하지 말게. 대신 돈이 궁한 사람 중에서—원로원 의원이 아니어야 하네—호민관 출마 의사를 밝혔다가 막판에 출마를 포기할 인물을 찾는 게 어떻겠나? 물론 넉넉한 대가를 지불한다는 전제로 말이지. 그 일은 자네에게 맡기겠네. 자금은 발부스에게 부탁하게. 그 돈이 궁한 사람이 선거 시작 직전에 출마를 포기하면, 자네가 슬그머니 나서서 대체 후보가 되겠다고 하게. 순간적인 충동이 생긴 것처럼 말일세. 그렇게 하면 자네는 다른 누군가의 이익을 위해 움직인다는 의심을 피해 갈 수 있을 거야.

호민관으로 취임한 후에도 쿠리오 자네는 자기 자신만을 위해 움직이는 것처럼 보여야 하네. 자네에게 유용한 법안 목록이 필요하다면 내가 기꺼이 제공하겠네. 하지만 자네라면 내 도움이 없이도 법안 몇 개쯤은 거뜬히 준비하리라 생각하네. 3월 칼렌다이에 내 속주 문제를 논의하는 원로원 회의에서 자네가 거부권을 행사하면, 보니파는 전갈 꼬리에 찔리는 꼴이 되겠지.

전략을 세우는 건 자네에게 맡기겠네. 동료들에게 충분한 재량권을 주지 않는 것보다 더 나쁜 건 없으니까. 자네가 전략을 논의하고 싶다면 기꺼이 돕겠네. 하지만 난 자네 능력을 믿으니 안심하고 알아서 처리하게.

그렇지만 보니파의 무기가 아직 남아 있다는 걸 명심해야 하네. 자네가 취임하기 전에, 그들은 아마 자네 임무를 더 어렵게 만들기 위한 방안을 몇 가지 마련해둘 거야. 어쩌면 자네 임무를 더 위험하게 만들 수도 있어. 진정 훌륭한 호민관들의 특징 중 하나는 순교지. 하지만 난 자네를 좋아하네, 쿠리오. 그러니 포룸 로마눔의 번뜩이는 칼날이 자네를 향해 달려드는 건 원치 않아. 자네가 타르페이아 바위에서 던져지는 것도 원치 않고.

1천만 정도의 돈이면 완전한 자유를 얻을 수 있겠나? 만약 그렇다면 자네에게 1천만을 주겠네. 같은 편에 발부스에게도 편지를 쓸 테니, 이 편지를 받은 뒤 아무 때나 그를 찾아가도 되네. 그는 수다스러운 사람처럼 보이지만 실은 지독한 신중함의 화신이야. 발부스가 퍼뜨리는 이야기들은 아주 신중하게 선택된 것들이지.

자네가 신붓감을 찾은 것을 축하하네. 풀비아는 흥미로운 여성이고, 흥미로운 여성은 아주 드물지. 그녀는 진정한 열정을 다해 무언가를 믿는 사람이니 자네와 자네의 포부를 절대적으로 지지해줄 걸세. 물론 그건 자네가 나보다 더 잘 알고 있겠지. 풀비아에게 내 안부를 전해주고, 로마로 돌아가서 다시 만날 날을 고대한다고 전해주게.

됐다. 1천만 세스테르티우스를 유용하게 썼다. 하지만 언제쯤 이탈리아 갈리아로 돌아갈 수 있을까? 이제 6월이었고, 먼 갈리아를 떠날 수 있으리라는 희망은 점점 더 옅어지고 있었다. 벨가이족은 완전히 끝났을지 몰라도 암비오릭스와 콤미우스가 아직 잡히지 않은 상태였다. 그러므로 벨가이족을 다시 한번 때려잡아야 했다. 중앙 갈리아의 부족들은 틀림없이 끝났다. 무거운 처벌을 면한 아르베르니족과 아이두이족은 앞으로 베르킹게토릭스나 리타비쿠스 같은 인물의 말에 귀기울이지 않을 터였다. 머릿속에 리타비쿠스의 이름이 떠오르자 카이사르는 몸서리를 쳤다. 로마 문명에 노출된 그 오랜 세월도 리타비쿠스가 가진 갈리아적 습성을 모두 죽이지 못했다. 이는 모든 갈리아인에게 적용되는 이야기일까? 두려움과 공포를 통한 지속적인 통치는 로마인에게도, 갈리아인에게도 도움이 되지 않는다는 것이 통설이었다. 하지만 갈리아인들에게 그들의 운명이 어떤 모습인지를 어떻게 이해시킬 수 있을까? 현재의 두려움과 공포가 훗날 차차 완화되면 그들은 고마워할까? 현재의 두려움과 공포가 사라진 뒤에도 그들은 늘 그것을 기억할까? 전쟁은 로마인을 제외한 다른 민족들에게는 격정적인 일이었다. 다른 민족들은 정의로운 분노에 사로잡혀 적군을 죽이기를 열망하며 전쟁에 뛰어들었다. 하지만 그런 감정을 뜨거운 상태로 유지하는 것은 어려웠다. 이러니저러니 해도 어느 민족이든 평화를 원했고, 평범하고 쾌적한 삶을 추구했고, 자녀들의 성장을 지켜보고 푸지게 먹고 겨울엔 따뜻하게 지내길 바랐다. 전쟁을 사업으로 전환한 것은 로마인뿐이었다. 그래서 마지막에 승리하는 것은 늘 로마였다. 로마 병사들은 적을 건전하게 미워하는 법을 아는 동시에 냉철한 사업가의 두뇌로 전쟁에 접근했기 때문이다. 엄격한 훈련을 받은 그들은 철저하게 실리적이었고 완벽하게 자신만만했다. 전투에서의 패배와 전쟁에서의 패배가 다르다는 것을 알고 있었다. 또한 첫번째 필룸창이 던져지기 전에 전투의 승패가 갈린다는 것도 알고 있었다. 승패란 훈련소와 연습 현장에서 결정되는 것이었다. 규율, 자제력, 사고력, 용기. 직업적인 수준의 탁월함에 대한 자부심. 다른 어떤 민족도 전쟁을 그런 자세로 대하지 않았다. 또한 로마군에서 카이사르의 군대보다 그런 자세가 더 두드러지는 군대는 없었다.

7월 초 로마로부터 아주 불길한 소식이 전해졌다. 카이사르는 안토니우스와 12군단과 함께 여전히 비브락테에 있었지만, 이미 라비에누스에게 트레베리족을 처단하라는 명령을 내린 뒤였다. 카이사르 자신은 벨기카에 위치한 암비오릭스의 땅으로 떠날 예정이었다. 에부로네스족, 아트레바테스족, 벨로바키족에게 저항이 무의미하다는 걸 마지막으로 한번 더 보여줄 필요가 있었다.

차석 집정관 마르쿠스 클라우디우스 마르켈루스는 카이사르가 노붐코뭄에 세운 거류지의 시민을 공개 석상에서 채찍질했다. 물론 그는 자신의 흰 손을 더럽히지 않았다. 그의 명령에 따라 채찍형이 집행되었을 뿐이었다. 그 여파는 돌이키기 힘들 정도였다. 그 어떤 로마 시민도 채찍질을 당하는 경우는 절대 없었다. 릭토르의 파스케스에 끼워진 막대로 매를 맞는 형벌을 당할 수는 있어도, 등짝은 불가침의 영역이었으며 법적으로 채찍질로부터 보호받았다. 그런데 이제 마르쿠스 마르켈루스는 이탈리아 갈리아의 사람들에게, 그들이 스스로 로마 시민이라 여길지 몰라도 실은 그렇지 않다고 말하고 있었다. 그들은 얼마든지 채찍질을 당할 수 있고 당하게 될 것이라 말하고 있었다.

"용납할 수 없어!" 카이사르는 분노에 하얗게 질린 얼굴로 안토니우스, 데키무스 브루투스, 트레보니우스에게 말했다. "노붐 코뭄 주민들은 로마 시민일세! 그들은 내 피호민이고, 내겐 그들을 보호할 의무가 있어."

"이런 일이 점점 더 빈번히 벌어질 겁니다." 데키무스 브루투스가 침울한 얼굴로 말했다. "클라우디우스 마르켈루스 집안사람들은 틀에 찍어낸 것처럼 다 똑같은데, 집정관을 지낼 나이의 인물이 세 명이나 됩니다. 그 세 명이 순서대로 집정관을 지낼 거라는 소문이 있습니다. 올해는 마르쿠스, 내년에는 그의 사촌 가이우스, 내후년에는 그의 친동생 가이우스 순서로 말이죠. 보니파가 활개치고 있습니다. 그들은 각종 선거를 철저히 장악하고 있어서, 카이사르 사령관님께서 집정관에 오르기 전에 민중파 두 명이 나란히 집정관에 당선되는 일은 없을 거라고들 합니다. 사령관님이 당선된다 해도, 동료 집정관으로 비불루스와 비슷한 인물이 뽑히면 어떻게 될까요? 아니면 또다시—맙소사!—비불루스랑 한 조로 묶이면요?"

카이사르는 너무 화가 나서 웃음도 나지 않았다. 그는 입술을 꾹 다물고 상대를 노려보았다. "난 비불루스 같은 인간을 동료 집정관으로

두지 않을 거고, 내가 그렇다면 그런 걸세! 그들은 무슨 수를 써서라도 막으려 하겠지만 난 내가 원하는 사람을 찾아낼 거고, 내가 원하는 사람을 그 자리에 앉힐 거야. 하지만 그게 지금 이탈리아 갈리아에서 벌어지는 일에 영향을 줄 순 없겠지. 내 속주 말일세, 데키무스! 마르쿠스 마르켈루스는 어떻게 감히 내 관할권을 침범해 내 주민들에게 채찍질을 할 수 있단 말인가?"

"사령관님껜 임페리움 마이우스가 없기 때문이죠." 트레보니우스가 말했다.

"아, 그렇지, 그들은 폼페이우스에게만 그런 종류의 임페리움을 허락하니까!" 카이사르는 딱딱거리며 말했다.

"이제 어떻게 하실 겁니까?" 안토니우스가 물었다.

"할 수 있는 일이야 많지." 카이사르가 말했다. "난 라비에누스에게 15군단과 푸블리우스 바티니우스를 보내라고 부탁해놨네. 라비에누스에겐 대신 6군단을 보낼 걸세."

트레보니우스가 자세를 바로잡고 앉았다. "15군단은 이제 충분히 손에 피를 묻혔겠군요. 하지만 15군단 병사들은 전장에 투입된 지 일 년밖에 되지 않았죠. 게다가 그들은 모두 파두스 강 이북 출신들로 기억합니다. 그들 중 다수는 노붐 코뭄 출신이고 말이죠."

"정확하네." 카이사르가 말했다.

"푸블리우스 바티니우스는," 데키무스 브루투스는 깊은 생각에 잠겨 말했다. "사령관님의 가장 충직한 지지자이기도 하죠."

어느새 카이사르는 웃음을 되찾았다. "자네나 트레보니우스보다 더 충직할 순 없을 텐데, 데키무스."

"그럼 저는요?" 안토니우스가 분연히 물었다.

"자넨 가족이니까 그냥 가만히 있게." 트레보니우스가 웃으며 말했다.

"15군단과 푸블리우스 바티니우스를 보내 이탈리아 갈리아에 주둔시킬 생각이시군요." 데키무스 브루투스가 말했다.

"그럴 생각이네."

"그 무엇도 카이사르 사령관님을 법적으로 막을 순 없습니다." 트레보니우스가 말했다. "하지만 마르쿠스 마르켈루스와 원로원이 이걸 전쟁 선포로 받아들이진 않을까요? 제 말은 진짜 전쟁이 아니라, 머릿속에서 벌어지는 신경전 같은 거 말이죠."

"내겐 정당한 구실이 있네." 평소의 침착함을 되찾은 카이사르가 말했다. "작년에 야푸데스족이 테르게스테를 침략하고 일리리쿰 해안지역을 위협한 적이 있었지. 현지 민병대가 그들을 진압했고 상황은 별로 심각하지 않았네. 난 푸블리우스 바티니우스와 15군단을 파견하면서 '파두스 강 이북의 로마인 거류지를 야만인의 침략으로부터 보호'하기 위해서라고 둘러댈 걸세."

"그곳의 유일한 야만인은 마르쿠스 마르켈루스뿐이고 말이죠." 안토니우스는 통쾌해하며 말했다.

"그 인간 역시 그 점을 정확히 이해할 거라 생각하네, 안토니우스."

"바티니우스에겐 어떤 명령을 내리실 겁니까?" 트레보니우스가 물었다.

"이탈리아 갈리아와 일리리쿰에서 나를 대신해 움직여달라고 할 걸세. 로마 시민에게 채찍형이 내려지는 걸 막고, 순회재판을 진행해달라고 해야지. 또한 이탈리아 갈리아를 마치 내가 통치하는 것처럼 대신 통치해달라고 할 걸세." 카이사르가 말했다.

"15군단은 어디에 주둔시키실 겁니까?" 데키무스 브루투스가 물었다. "일리리쿰 근처인가요? 아니면 아퀼레이아?"

"오, 그건 아니지." 카이사르가 말했다. "플라켄티아일세."

"노붐 코뭄에서 돌을 던지면 닿을 거리네요."

"그렇지."

"제가 궁금한 건," 안토니우스가 말했다. "폼페이우스는 채찍형에 대해 어떻게 생각할까요? 따지고 보면, 그도 이탈리아 갈리아의 파두스 강 이북에 로마인 거류지를 세웠어요. 마르쿠스 마르켈루스는 사령관님의 시민만큼이나 그의 시민도 위태롭게 만들었잖습니까."

카이사르의 입술이 위로 올라갔다. "폼페이우스는 그 어떤 말이나 행동도 하지 않았어. 그는 지금 타렌툼에 있네. 개인적인 볼일 때문이라고 알고 있어. 하지만 그는 지나는 길에 이달 말 신성경계선 바깥에서 열리는 원로원 회의에 참석하겠다고 약속했지. 그 회의의 목적은 군대 급여를 논의하는 거라고 하더군."

"농담이겠죠!" 데키무스 브루투스가 말했다. "군대 급여는 말 그대로 지난 100년간 한푼도 오르지 않았어요."

"그래. 난 그 문제도 계속 생각해왔네." 카이사르가 말했다.

소모전은 계속되었다. 벨가이족은 다시 침략을 받았고 그들의 집은 불탔다. 싹을 틔우려는 작물들은 갈퀴로 긁히거나 파헤쳐졌고, 동물은 죽임을 당했고, 여자와 아이 들은 실향민으로 전락했다. 네르비족 같은 부족들은 카이사르의 갈리아 전쟁 초반에 5만 명의 병사를 마련할 수 있었지만, 이제 1천 명도 구하기 힘들었다. 가장 괜찮은 여자와 아이 들은 노예로 팔려갔고 벨기카는 노인, 드루이드, 절름발이, 지적 장애인들의 땅이 되었다. 종국에 가서 카이사르는 그곳에 암비오릭스나 콤미우스를 유혹할 만한 요소가 아무것도 남지 않았다고 확신했다. 그 부족들은 로마를 너무 두려워하게 되어서 그들의 예전 왕들과 얽힐 마음이 사라진 것이었다. 신출귀몰한 암비오릭스는 발각되지도 체포되지도 않았다. 콤미우스는 라비에누스와 맞서는 트레베리족을 도우려고 동쪽으로 갔다. 라비에누스는 카이사르만큼이나 빈틈없이 전쟁을 치르고 있었다.

가이우스 파비우스는 2개 군단을 이끌고 픽토네스족과 안데스족을 상대하는 레빌루스와 그의 2개 군단을 도우러 갔다. 이 두 부족은 알레시아 공성전 당시 처참한 피해를 입지 않았고 이제까지 최전선에서 로마와 싸우지도 않았다. 하지만 갈리아의 모든 부족들은, 카이사르의 군대가 오랜 전쟁으로 인해 지치고 흥미를 잃었을지도 모른다는 가정하에 마지막으로 젖 먹던 힘을 짜내 저항하는 것처럼 보였다. 그 가정이 틀렸다는 것이 다시 한번 분명히 드러났다. 리게르 강의 교량에서 벌어진 전투에서만 안데스족 1만 2천 명이 전사했고, 다른 작은 전투에서도 추가 사망자가 발생했다.

다시 말해 저항을 이어나갈 수 있는 갈리아 지역은 서서히, 그리고 명백히 남쪽과 서쪽으로 쪼그라들어 아퀴타니아만 남게 되었다. 자신의 부족인 세노네스족에게 피난처를 제공받지 못한 드라페스는 그곳에서 룩테리우스와 합류했다.

위대한 적군 지도자들 중에서 생존자는 손꼽을 정도였다. 카르누테스족의 구트루아투스는 자기 부족민들의 손에 잡혀 카이사르에게 넘겨졌다. 그들은 로마의 보복이 두려워 자기네 지도자를 포기했다. 구트루아투스는 케나붐에서 로마 시민권을 가진 민간인들을 살해했기 때문에, 그의 운명은 카이사르가 단독으로 결정할 수 없었다. 군 대표자 회의의 의견도 반영되어야 했다. 카이사르는 자신의 개선행진에 구트루아투스를 세워야 한다고 강력히 주장했지만, 결국 군 대표자 회의의 뜻대로 되고 말았다. 구트루아투스는 채찍질을 당한 뒤 참수당했다.

이 사건 후 얼마 지나지 않아 콤미우스는 가이우스 볼루세누스 콰드라투스와 두번째로 맞닥뜨렸다. 카이사르가 기병대와 함께 남쪽으로 간 사이 마르쿠스 안토니우스는 벨기카에서 지휘를 맡았다. 그는 벨로바키족을 섬멸했고, 그런 다음 아트레바테스족의 땅에 위치한 네메토켄나에 진지를 설치했다. 아트레바테스족은 콤미우스의 부족이었지만, 로마의 보복이 너무 두려워 어떻게든 콤미우스와 엮이지 않으려 했다. 콤미우스는 자신과 생각이 비슷한 게르만계 수감브리족을 만나 도적생활을 했으며, 저항할 형편이 안 되는 네르비족의 땅을 사정없이 약탈했다. 안토니우스는 늘 충성을 다해온 베르티코의 구원 요청을 받고서 볼루세누스와 대규모 기병대를 파견했다.

세월이 흘렀지만 콤미우스에 대한 볼루세누스의 증오는 조금도 누그러지지 않았다. 이 도적 무리의 지도자가 누군지 잘 아는 볼루세누스는 열성적인 야만성을 품고 작업에 임했다. 그는 체계적으로 움직이며 양떼를 모는 양치기처럼 콤미우스와 수감브리족을 구석으로 몰았고, 마침내 적과 마주하게 되었다. 곧바로 증오로 가득한 두 남자의 혈전이 벌어졌다. 그들은 각자 창을 앞으로 길게 뻗고 서로에게 돌진했다. 콤미우스의 승리였다. 볼루세누스는 허벅지 한가운데에 콤미우스의 창이 박히면서 말에서 떨어졌다. 대퇴골이 산산조각 났고 피부와 근육이 짓뭉개졌으며 신경과 혈관이 절단되었다. 콤미우스의 병사들은 대부분 전사했지만, 가장 발 빠른 말에 오른 콤미우스는 모든 관심이 치명상을 입은 볼루세누스에게 몰린 틈을 타 달아났다.

볼루세누스는 네메토켄나로 옮겨졌다. 로마군 외과의의 솜씨는 훌륭했다. 상처 윗부분까지 다리가 절단되었고 볼루세누스는 목숨을 건졌다.

콤미우스는 특사에게 편지를 맡겨 안토니우스에게 전달했다.

마르쿠스 안토니우스, 이제 늑대 같은 볼루세누스의 배신이 카이사르와는 아무 상관이 없다는 걸 믿게 됐소. 하지만 나는 다시는 로마인 근처에 얼씬도 하지 않겠다고 맹세했소. 투아타는 지금껏 내게 친절하셨소. 그들은 내 적을 내 앞에 데려다놓으셨고, 그는 내게 치명상을 입어 목숨을 부지하더라도 한쪽 다리를 잃게 될 것이오. 이로써 명예는 회복되었소.

하지만 난 아주 피곤하오. 내 백성들은 로마를 너무 두려워해서 내게 음식이나 물이나 거처를 마련해주지도 않을 거요. 도적질은 왕에게는 굴욕적인 직업이오. 난 그저 평화롭게 살고 싶소. 얌전하게 처신하겠다는 의미에서 나의 다섯 아들과 두 딸을 인질로 바치겠소. 한배에서 난 아이들은 아니지만 모두 아트레바테스족 출신이고, 충분히 어린 나이라 훌륭한 로마인으로 성장할 수 있을 거요.

나는 볼루세누스에게 배신당하기 전까지 카이사르에게 충성을 다했소. 그런 이유에서, 내가 앞으로 평생 칼을 꺼내 드는 일 없이 살 수 있는 곳으로 당신이 날 보내줬으면 좋겠소. 로마인이 없는 그런 곳으로 말이오.

이 편지는 안토니우스의 마음을 사로잡았다. 그는 용기, 충성, 진정한 전사의 행실에 관해 다소 구시대적인 견해를 갖고 있었다. 그의 눈에 콤미우스는 헥토르처럼 보였고, 볼루세누스는 파리스처럼 보였다. 콤미우스를 죽이고 승자의 전차에 매달아 끌고 다니는 게 로마나 카이사르에게 무슨 도움이 된단 말인가? 그는 카이사르의 생각도 별반 다르지 않으리라 판단했다. 그래서 콤미우스의 특사를 통해 답장을 보냈다.

콤미우스, 난 당신이 억울한 입장에 처한 정직한 사람이라고 생각하므로 인질들을 받아들이겠소. 당신의 자녀들은 카이사르 사령관님이 직접 관심을 갖고 살펴봐주실 거요. 확신하건대, 사령관님은 그들을 왕의 자녀들처럼 대접해주실 거요.

나는 당신에게 브리타니아로의 추방형을 내리겠소. 이티우스 혹은 게소리아쿠스에서 제시할 통행권을 동봉하겠지만, 거기까지 어떻게 가야 할지는 당신이 알아서 하시오. 브리타니아는 당신이 카이사르 사령관님 수하로 일할 때부터 잘 아는 지역일 거요. 그곳엔 당신의 적보다는 친구가 더 많을 거라 생각하오.

로마의 세력권은 참으로 넓어서, 그곳 외에 당신을 보낼 수 있는 곳이 떠오르지 않소. 그곳에선 로마인을 마주칠 일이 없을 거요. 카이사르는 그곳을 몹시 싫어하시니 말이오. 그럼 이만.

최후의 반격은 카르두르키족의 요새인 욱셀로두눔에서 펼쳐졌다.

가이우스 파비우스가 세노네스족 진압을 마무리하러 떠난 동안, 가이우스 카니니우스 레빌루스는 조만간 자신의 2개 군단을 지원해줄 군대가 도착하리라 믿고 남쪽의 아퀴타니아로 갔다. 파비우스는 세노네스족의 사기가 완전히 꺾였다는 확신이 들면 곧장 돌아올 예정이었다.

드라페스와 룩테리우스는 알레시아의 포위를 풀기 위한 파견대를 이끈 경험이 있었지만, 포위작전에 맞서는 것이 헛수고라는 사실을 깨닫지 못했다. 안데스족의 패배와 레빌루스의 접근 소식을 접하자 그들은 욱셀로두눔으로 들어가 문을 걸어 잠갔다. 욱셀로두눔은 언덕 위에 우뚝 선 아주 높은 요새로, 올티스 강의 굽이에 안겨 있는 형상이었다. 안타깝게도 요새 안에선 물을 구할 수 없었지만, 아주 가까운 곳에 두 개의 수원이 있었다. 하나는 올티스 강이었고, 다른 하나는 가장 높은 성벽 바로 아래 위치한 바위틈에서 솟는 샘물이었다.

그곳에 도착한 레빌루스에게는 2개 군단밖에 없었으므로, 그는 카이사르가 알레시아에서 사용했던 전술을 모방할 시도조차 하지 않았다. 게다가 올티스 강은 너무 물살이 빨라 둑을 세우거나 물길을 바꾸는 것이 불가능했다. 레빌루스는 충분히 지대가 높은 세 곳에 각각 진지를 건설해, 적군이 몰래 요새를 버리고 달아나지 못하도록 감시하는 데 만족하기로 했다.

알레시아 공성전을 통해 드라페스와 룩테리우스가 배운 것은, 포위전에서 버티려면 산더미 같은 식량이 필요하다는 점이었다. 두 사람은 카이사르가 제아무리 뛰어나도 욱셀로두눔을 기습공격으로 함락시킬 순 없음을 알고 있었다. 요새가 위치한 바위언덕 주변은 병사들이 오르기 힘든 암벽들에 둘러싸여 있었기 때문이다. 아바리쿰에서처럼 공성계단을 이용할 수도 없었다. 욱셀로두눔의 성벽은 너무 높고 위험해서, 경이로운 로마의 공성기술을 이용한다 해도 뛰어넘을 방법이 없었다. 식량만 충분하다면 욱셀로두눔은 카이사르의 갈리아 총독 임기가 끝날 때까지라도 버틸 수 있었다.

그러므로 식량을 마련해야 했고, 그것도 어마어마한 양이 필요했다. 레빌루스가 진지 건설을 시작하고 추가 방어시설에 대해 구상도 하기 전에 룩테리우스와 드라페스는 2천 병력을 이끌고 요새를 빠져나가 주변 시골로 갔다. 카르두르키족은 열성적으로 곡식, 소금에 절인 돼지고기, 베이컨, 콩, 병아리콩, 뿌리채소, 우리 안에 든 닭, 오리, 거위 등을 모으기 시작했다. 소, 돼지, 양도 찾아냈다. 아쉽게도 카르두르키족이 가장 많이 재배하는 식물은 식용작물이 아니었다. 그들은 아마 재배로 유명했고, 이집트산을 제외하면 최고로 알려진 아마포를 생산했다. 이렇다보니 페트로코리족을 비롯한 인근 부족들의 땅을 급습할 수밖에 없었다. 인근 부족들은 드라페스와 룩테리우스를 위해 카르두르키족처럼 적극적으로 식량을 내놓지 않았다. 자발적으로 내놓지 않는 것은 압수되었고, 모든 노새와 소달구지가 준비되자 드라페스와 룩테리우스는 요새로 돌아갔다.

식량 징발이 이루어지는 동안 요새에 남은 전사들은 레빌루스를 지독히 괴롭혔다. 그들은 매일 밤 레빌루스가 짓고 있는 진지 세 개 중 하나를 공격했다. 그 술수가 어찌나 교활했는지, 레빌루스는 욱셀로두눔을 둘러싼 방어시설을 절대 완공하지 못할 거라며 절망했다.

돌아온 대규모 식량 징발대는 욱셀로두눔에서 20킬로미터 떨어진 곳에 멈췄고, 그곳에서 드라페스의 지휘 아래 진지를 건설했다. 드라페스는 거기 머물며 로마군의 공격을 방어하기로 했다. 이후 요새에서 온 방문자들은 드라페스와 룩테리우스에게 로마인들은 이 식량 징발대의 존재를 모른다고 안심시켰다. 식량을 욱셀로두눔으로 옮기는 임무는 이 지역을 훤히 알고 있는 룩테리우스에게 맡겨졌다. 이제부터 수레를 이용해선 안 되오, 하고 룩테리우스가 말했다. 마지막 몇 킬로미터는 노새의 등에 짐을 실어 옮겨야 하고, 마지막 수백 보는 로마군 진지들에서 최대한 멀리 떨어진 경로를 이용해 한밤중에 이동할 것이오.

식량 징발대의 진지와 요새 사이에는 여러 개의 숲길이 있었다. 룩테리우스는 노새 부대를 이끌고 최대한 요새에 가까이 접근한 다음, 밤이 오기를 기다렸다. 그는 자정을 넘긴 지 네 시간이 지나서야 최대한 은밀하게 움직이기 시작했다. 노새에게는 아마포를 덧댄 신발을 신겼고 소리를 못 내도록 노새의 주둥이를 잡았다. 룩테리우스는 이 정도면 충분히 조용하다고 자신했다. 가장 가까운—룩테리우스의 바람보다는 훨씬 가까웠다—로마군 진지의 감시탑 보초들은 지금쯤 꾸벅꾸벅 졸고 있으리라.

하지만 로마군 감시탑 보초들은 근무중에 절대 조는 법이 없었다. 그러다 적발되면 몽둥이찜질을 당해 죽기 십상이었고, 감시탑 점검은 불시에 인정사정없이 이루어졌기 때문이다.

비가 오거나 바람이라도 불었다면 룩테리우스는 들키지 않았을지도 모른다. 하지만 그날 밤은 너무 고요해서 저멀리 올티스 강이 흐르는 소리마저 분명히 들렸다. 물론 강물 소리보다 훨씬 수상한 다른 소리도 들렸다. 쾅 부딪치는 소리, 긁히는 소리, 낮은 속삭임, 휙 하는 소리.

"사령관님을 깨워." 감시탑의 보초 대장이 부하에게 명령했다. "뭔지 모를 저기 저 무리보단 훨씬 조용히 움직이도록."

레빌루스는 적의 기습을 의심하며 정찰병을 내보냈고, 은밀하고 신속하게 병사들을 집합시켰다. 그는 동트기 직전에 공격을 개시했다. 식량을 운반하는 사람들이 무슨 일이 벌어지는지 깨닫지 못할 정도로 조용한 공격이었다. 극심한 공포에 질린 그들은 노새를 버리고 욱셀로두눔 안으로 달아나는 쪽을 택했다. 왜 룩테리우스도 그렇게 하지 않았는지는 수수께끼였다. 그는 인근의 숲으로 도망쳤지만, 드라페스에게 돌아가 무슨 일이 벌어졌는지 전하려 하지 않았다.

레빌루스는 생포된 카르두르키족을 통해 식량 징발대의 위치를 파악했고, 휘하의 게르만족들을 그곳으로 보냈다. 우비족 기병들이 마침내 우비족 보병들과 동행하게 됐는데, 이는 치명적인 조합이었다. 그들 뒤로 레빌루스의 2개 군단 중 1개 군단이 빠른 걸음으로 진군해왔다. 전투는 전투 같지도 않았다. 드라페스와 그의 부하들은 죄다 포로로 잡혔고, 그들이 힘들게 모은 식량은 로마군의 손에 떨어졌다.

"이 일 덕분에 아주 기쁩니다." 레빌루스는 그 다음날 파비우스와 따뜻한 악수를 나누며 말했다. "2개 군단이 도착해서 먹여야 할 입이 늘었지만, 우린 식량을 구하러 다닐 필요가 없게 됐어요."

"이제 봉쇄작전을 시작해보세." 파비우스가 말했다.

레빌루스의 행운에 대한 소식이 전해지자 카이사르는 자신의 기병대와 함께 밀어붙이기로 결정했다. 그는 퀸투스 푸피우스 칼레누스에게 2개 군단을 이끌고 보통 속도로 뒤따라오라고 명령했다.

"내 생각에," 카이사르는 말했다. "레빌루스와 파비우스는 당장 위험한 상황이 아닐세. 그러니 자네는 오는 길에 저항세력을 만나면 자비를 베풀지 말고 처단하게. 갈리아인들에게 아주 영원히 멍에를 씌워야 할 때가 왔네."

그가 욱셀로두눔에 도착했을 때 공성 요새 건설은 척척 진행되고 있었다. 그의 방문은 전혀 예상치 못한 일이었다. 레빌루스와 파비우스 중 누구도 그곳에서 카이사르를 직접 보게 될 줄 몰랐지만, 그들은 그를 열렬히 환영했다.

"우리는 둘 다 훌륭한 기술자가 아니고, 우리가 데리고 있는 공병들도 그 이름이 아깝지 않은 수준은 아닙니다." 파비우스가 말했다.

"저들의 물길을 끊을 생각이로군." 카이사르가 말했다.

"그래야만 할 것 같습니다, 총사령관님. 안 그러면 저들이 굶주림을 못 이기고 밖으로 나올 때까지 기다려야 할 텐데, 저 안에 식량이 부족하다는 조짐은 아직까지 전혀 없었습니다. 룩테리우스가 더 많은 식량을 구해오려고 시도하긴 했지만 말입니다."

"내 생각도 같네, 파비우스."

그들은 욱셀로두눔의 물길, 요새에서 강으로 이어지는 길, 샘물이 훤히 내려다보이는 광맥의 노두 위에 서 있었다. 레빌루스와 파비우스는 강으로 이어지는 길을 이미 공략하기 시작했다. 성벽 위에 선 적군 궁수와 창병의 공격으로부터 안전하면서도 물 옮기는 사람들을 공격할 수 있는 위치에 로마군 궁수들을 배치한 것이다.

"이걸로는 충분하지 않아." 카이사르가 말했다. "발리스타를 배치하고 1킬로그램 포탄을 발사하게. 스코르피오도 배치하고 말이지."

이제 욱셀로두눔에 남은 건 샘물뿐이었는데, 로마인들로서는 훨씬 더 어려운 과제였다. 샘은 성벽이 가장 높은 부분 바로 아래에 있었고, 성벽 밑에는 샘과 아주 가까운 문이 있었다. 기습공격은 무의미했다. 험난한 지형과 위치 때문에 그곳에 1개나 2개 대대를 배치하는 것조차 힘들었다.

"이젠 방법이 없는 것 같습니다." 파비우스는 한숨을 쉬며 말했다.

카이사르는 활짝 웃었다. "무슨 소리! 우선 할 일은 우리가 서 있는 이곳부터 샘물에서 50보쯤 떨어진 저곳까지 경사로를 설치하는 걸세. 그렇게 하면 오르막길이 되겠지만, 지금 우리가 서 있는 이곳보다 20

미터 정도 높은 땅을 얻게 될 테지. 바로 그 위에 10층 높이의 공성탑을 세울 걸세. 그 공성탑에서 샘을 내려다보며 스코르피오 투사기를 이용해 물 긷는 사람들을 공격하는 거지."

"낮에는 가능하겠죠." 레빌루스는 의기소침하게 말했다. "하지만 그들은 한밤중에 샘물을 길어갈 겁니다. 게다가 공성탑을 세우는 동안 우리 병사들은 끔찍한 공격에 노출될 겁니다."

"자네도 알겠지만, 레빌루스, 방탄벽은 그럴 때 쓰라고 있는 걸세. 여기서 중요한 것은," 카이사르는 태평하게 말했다. "이 모든 작업이 아주 그럴싸해 보여야 한다는 거야. 우리가 진심인 것처럼 말이지. 다시 말해 병사들은 반드시 내가 진지하다고 믿고 건설 작업에 나서야 하네." 그는 압력에 밀려올라오는 샘물의 작은 폭포를 쳐다보며 말을 멈췄다. "하지만," 그는 말을 이어나갔다. "이 모든 것은 연막일세. 나는 이런 종류의 샘을 전부터 많이 봐왔네. 주로 아나톨리아에서였지. 우린 이 샘 아래를 팔 것이네. 이런 샘으로는 많은 지하 하천이 흘러드는데, 크기에 따라 열 개나 열두 개가 모이는 곳도 있지. 공병들은 당장 굴을 뚫기 시작해야 하네. 지류를 발견할 때마다 그 물길을 올티스 강 방향으로 돌려버려야 해. 그 작업을 마치는 데 얼마나 걸릴지 모르겠지만, 마지막 지류까지 방향을 틀고 나면 샘물은 말라버릴 걸세."

파비우스와 레빌루스는 압도당한 표정으로 그를 쳐다봤다.

"그렇다면 지상에서 광대극을 하지 말고 그냥 굴을 뚫는 게 낫지 않을까요?"

"우리가 무슨 일을 벌이는 중인지 저들이 다 알도록 하자고? 갈리아의 이 지역에는 은광과 동광이 널려 있네, 레빌루스. 지금 저 요새 안에는 광산업을 잘 아는 사람들도 있을 걸세. 난 우리가 아투아투키족을 포위했을 때의 상황이 재현되는 것을 원치 않네. 아군의 굴과 적군의 굴이 복잡하게 얽혀 있고, 정신 나간 두더지떼처럼 땅을 파대면서 예기치 못한 적과 마주치는 상황 말일세. 이곳에서의 땅 파는 작업은 철저히 비밀에 부쳐져야 하네. 우리 병사들 중에 비밀을 알게 될 사람은 그 작업을 맡게 될 공병들뿐일세. 그렇기 때문에 경사로와 공성탑은 요새를 지키는 사람들 눈에 아주 심각한 위협처럼 보여야 하네. 나는 병사들을 잃는 걸 좋아하지 않아. 우린 희생자를 줄이려고 노력할 걸세. 하지만 이 작업은 어떻게든 마쳐야 하고, 그것도 빨리 마쳐야 하네." 카이사르가 말했다.

그리하여 경사로가 만들어졌고 공성탑이 세워지기 시작했다. 겁먹고 놀란 욱셀로두눔 안쪽의 사람들은 창, 화살, 돌, 불덩이로 반격했다. 그들은 완성될 공성탑의 높이를 깨닫고는 성문 밖으로 나와 총공격을 개시했다. 전투는 치열했다. 로마 병사들이 하고 있는 작업의 효력을 진심으로 믿고 최선을 다해 자기 자리를 지켰기 때문이다. 곧 공성탑은 불길에 휩싸였고, 경사로 양쪽의 방탄벽과 방어시설은 심각한 위험에 처했다.

최전선의 공간이 협소했기 때문에 대부분의 로마 병사들은 전투에 직접 참여할 수 없었다. 그들은 최대한 가까이 모여서 전우들을 응원했고, 카르두르키족은 성벽 위에 줄지어 서서 동료들을 응원했다. 그 열기가 가장 뜨거워졌을 때, 카이사르는 구경하고 있던 로마 병사들에게 요새 주변의 다른 곳으로 흩어져 마치 로마군이 사방에서 총공격을 개시하는 것처럼 시끄럽게 함성을 지르라고 명령했다.

이 꾀는 통했다. 카르두르키족은 새로운 위협에 대처하기 위해 물러났고, 로마군은 불길을 진압할 시간을 벌었다.

10층 높이의 공성탑이 다시 세워지기 시작했지만 그것은 결국 한 번도 이용되지 않았다. 지하에서는 굴 파는 작업이 거침없이 진행되었고, 샘으로 흘러드는 지류의 방향은 하나씩 다른 쪽으로 바뀌었다. 공성탑으로 포가 옮겨지고 막 사용되려던 찰나, 욱셀로두눔에 물을 공급하던 샘이 역사상 최초로 말라버렸다.

이는 마른하늘에 날벼락이나 다름없었고, 요새를 지키는 사람들의 가슴속에서 중요한 무언가를 죽여버렸다. 거기엔 어떤 암시가 담겨 있었다. 투아타는 로마의 위력에 굴복했고, 투아타는 카이사르에 대한 사랑 때문에 갈리아인들을 저버린 것이다. 투아타마저 카이사르와 로마인들에게 미소를 보낸다면 이렇게 싸우는 게 무슨 소용이란 말인가?

욱셀로두눔은 항복을 선언했다.

다음날 아침, 카이사르는 갈리아의 마지막 저항을 진압하는 모든 보좌관, 주둔지 대장, 참모군관, 백인대장 들을 회의에 소집했다. 아울루스 히르티우스도 참석했다. 그는 퀸투스 푸피우스 칼레누스가 봄철 공격이 시작된 이후 데려온 2개 군단을 이끌고 나타났다.

"짧게 말하겠네." 카이사르는 군복을 차려입고 고관 의자에 앉아 말했다. 그의 임페리움을 상징하는 상앗빛 지휘봉은 오른팔에 걸쳐져 있었다. 어쩌면 요새의 회의소로 들어오는 빛 탓인지도 몰랐다. 그곳에 모인 500명의 뒤편에 난 커다란 창으로 환한 빛이 들어와 카이사르의 얼굴에 내려앉았다. 그는 아직 쉰 살이 되지 않았지만 그의 긴 목에는 깊은 주름이 많았다. 하지만 늘어진 피부도 그의 깔끔한 턱선을 가릴 수는 없었다. 이마에는 가로 방향으로, 눈가에는 부챗살 모양으로, 코 양옆에는 팔자로 깊은 주름이 잡혔으며, 피부 주름 때문에 툭 튀어나온 광대뼈가 더 도드라져 보였다. 그는 전쟁중엔 줄어드는 머리숱을 전혀 신경쓰지 않았지만, 오늘은 범접할 수 없는 권위를 드러내고 싶었으므로 떡갈잎으로 엮은 시민관을 쓰고 나타났다. 그가 시민관을 쓰고 나타나면 그곳의 모든 사람들은, 심지어 비불루스와 카토까지도 자리에서 일어나 박수를 쳐야 했다. 시민관 덕분에 그는 스무 살 나이로 원로원에 입성할 수 있었고, 시민관 덕분에 그의 휘하에서 싸우는 병사들은 카이사르가 한때 칼과 방패를 들고 최전선에서 싸웠던 사람임을 알 수 있었다. 물론 갈리아 군단 병사들은 카이사르가 그들과 함께 최전선에서 싸우는 장면을 직접 목격했으므로, 굳이 시민관을 통해 그 점을 상기할 필요가 없었다.

그는 지독히 피곤해 보였다. 하지만 그것이 육체적 쇠락 때문이라고 오해하는 사람은 아무도 없었다. 그는 아주 건강하고 놀랍도록 강인한 남자였다. 그렇다, 그는 지금 정신적으로, 또 감정적으로 기진맥진한 상태였다. 모든 사람들이 그것을 알아차렸고, 대체 무슨 일 때문일까 의아해했다.

"9월이 거의 끝났네. 이제 여름이야." 그는 간결하고 딱 부러지는 어조로 말했다. 그가 시적인 의도를 가지고 조심스럽게 고른 라틴어 단어로 말할 때의 운율 같은 건 찾아볼 수 없었다. "2, 3년 전이었다면 갈리아에서의 전쟁은 마침내 끝났다고 선언했을지도 모르네. 하지만 이곳에 모인 모든 사람들은 그렇지 않다는 걸 잘 알고 있어. 장발의 갈리아 사람들은 언제쯤 패배를 인정할 것인가? 언제쯤 그들은 로마의 건전한 통치를 받아들이고 그들이 이제 안전하게 보호받고 있음을, 이전 어느 때보다 통합된 세상에 살고 있음을 인정할 것인가? 갈리아는 눈알을 제거당했지만 분노까지 제거당하진 못한 황소일세. 그 황소는 몇 번이고 계속 맹목적으로 달려들며 벽, 바위, 나무를 제멋대로 들이받고 있네. 계속해서 점차 약해지고 있지만 절대 차분해지지는 않으면서 말이야. 결국 죽게 될 운명이면서, 죽기 전까지 끊임없이 우리에게 달려들고 있네."

회의소 안은 더할 나위 없이 조용했다. 움직임도 없었고 목을 가다듬는 사람도 없었다. 이제부터 중요한 말이 시작될 것이 분명했다.

"그렇다면 우리는 어떻게 이 황소를 진정시킬 것인가? 어떻게 이 황소에게 상처가 아무는 연고를 발라줄 테니 가만히 있으라고 설득할 수 있을 것인가?"

그의 어조가 달라졌다. 조금 더 어두워진 어조였다. "자네들 중 그 누구도, 심지어 가장 직급이 낮은 백인대장조차도 내가 로마에서 직면하고 있는 끔찍한 역경을 모르진 않을 걸세. 원로원은 내 피를, 내 뼈를, 내 영혼을…… 또한 내 존엄과 사회적 가치와 지위를 공격하고 있네. 자네들은 나의 사람들이니 그건 자네들의 존엄이기도 하네. 자네들은 내가 사랑하는 군대의 근원이기 때문이지. 내가 쓰러지면 자네들도 쓰러지는 걸세. 내가 굴욕을 당하면 자네들도 굴욕을 당하는 거야. 그것은 어디에나 만연해 있는 위협이지만, 오늘 이 자리에서 이야기할 주제는 그것이 아니네. 그건 부산물에 지나지 않아. 내가 오늘 하려는 말을 보강하기 위해 꺼낸 이야기일 뿐일세."

그는 숨을 내쉬었다. "나의 지휘권은 연장되지 않을 걸세. 내후년 3월 칼렌다이에 내 지휘권은 만료될 거야. 내가 최선을 다해서 그런 사태를 막아보려 애쓰겠지만, 어쩌면 내년 3월 칼렌다이에 내 지휘권이 만료될지도 모르네. 나는 내년 한 해 동안 장발의 갈리아를 제대로 된 로마 속주로 바꿔놓는 데 필요한 행정업무를 마쳐야 하네. 그러므로 나는 올해 이 무익하고 무의미하고 소모적인 전쟁을 영원히 끝내야만 해. 전투가 끝난 전장을 보는 것은 내게 어떤 기쁨도 주지 못하네. 그곳에는 로마인의 시신도 누워 있기 때문일세. 또한 너무 많은, 너무 많은 갈리아족, 벨가이족, 켈트족의 시신이 누워 있기 때문일세. 그들은 교육이나 선견지명이 부족한 그들로서는 절대 실현 불가능한 꿈 때문에 죽어간 것이야. 베르킹게토릭스가 설사 승리했더라도 이내 그들의 한계를 깨닫게 됐을 걸세."

그는 자리에서 일어나 얼굴을 찡그리며 뒷짐을 졌다. "나는 이 전쟁이 올해 안에 끝나기를 바라네. 내가 원하는 건 적대행위의 일시적 중단이 아니라 진정한 평화일세. 이 회의소에 모인 모든 사람들의 목숨보다 오래갈 평화, 그들의 자녀나 그 자녀의 자녀보다 더 오래갈 평화 말이야. 거기에 실패하면 게르만족이 득세할 것이고 갈리아의 역사는 완전히 달라질 걸세. 게르만족은 갈리아 정복만으로 만족하지 않을 테니, 우리가 사랑하는 이탈리아의 역사도 달라질 거야. 지난번 그들이 침략했을 때 로마는 가이우스 마리우스라는 인물을 내놓았네. 그리고 로마가 이번에, 이 장소에, 나를 내놓은 것은 게르만족이 다시는 침략을 꿈꾸지 못하도록 막기 위해서라고 믿고 있네. 우리의 자연적인 경계는 알프스 산맥이 아니라 장발의 갈리아일세. 우리의 세계가, 그리고 갈리아인의 세계가 번영하려면 게르만족이 절대 레누스 강을 넘어오는 일이 없도록 해야 해."

그는 다시금 무대 한가운데로 걸어나가 멈춰 서더니 옅은 눈썹 아래로 부하들을 내려다봤다. 신중하고 대단히 진지한 눈빛으로 오랫동안 응시했다.

"자네들 대다수는 아주 오랜 시간 나와 함께했네. 자네들은 내가 어떤 사람인지 파악할 만큼 충분히 오래 내 밑에서 일했어. 나는 잔인한 천성을 타고난 사람이 아니야. 남에게 고통을 가하는 일이나 고통을 가하도록 명령하는 일 따위는 전혀 즐겁지 않네. 하지만 나는 장발의 갈리아에 여러 세대 동안 전해지며 앞으로의 도발을 억제할, 아주 끔찍하고 잔인하고 처참한 교훈을 줘야만 한다는 결론에 도달했네. 그런 이유에서 오늘 자네들을 이곳으로 불러모은 걸세. 자네들 허락을 구하기 위해서가 아니라 내 해결책을 통보하기 위해서라네. 나는 총사령관이고 결정은 오로지 내 몫이야. 난 결정을 내렸네. 이건 자네들 손을 벗어난 문제야. 그리스인들은 어떤 행위가 범죄라면 그 행위의 주체만이 유죄라고 믿는다네. 그러므로 이 죄는 내가 다 짊어지겠네. 자네들과는 전혀 무관해. 이 일로 인해 자네들 중 그 누구도 고통받지는 않을 걸세. 고통은 오롯이 내 몫이야. 잔혹한 기억은 늙은이의 삶에 위안을 주지 못한다는 말을 내게서 종종 들었을 걸세. 하지만 최고 드루이드 카트바드를 만난 이후로 내겐 더이상 그런 운명을 두려워하지 않아도 될 이유가 생겼네."

그는 고관 의자로 돌아가 격식을 갖춘 자세로 앉았다.

"내일 욱셀로두눔에서 우리에게 맞섰던 자들을 만나볼 걸세. 대략 4천 명쯤 될 거라고 생각하네. 아, 그것보단 더 많겠지만, 4천 명쯤이면 충분할 거야. 우리를 가장 무섭게 노려보고, 가장 증오 가득한 눈길로 쏘아보는 사람들. 나는 그들의 양손을 자를 것이야."

그는 평온하게 말했다. 희미한 탄성이 회의소에 울렸다. 데키무스 브루투스나 가이우스 트레보니우스가 이 자리에 없어 얼마나 다행인가! 하지만 히르티우스가 눈물이 그렁그렁한 눈으로 그를 쏘아보고 있었고, 카이사르는 그 시선을 견디기 힘들었다. 그는 침을 삼켜야만 했고 그것을 다른 사람이 눈치채지 못하기를 바랐다. 그리고 하던 말을 이어 나갔다.

"로마인에게 그 일을 맡아달라고 부탁하진 않을 걸세. 욱셀로두눔 주민 누군가에게 맡길 거야. 자원하는 사람에게 말이야. 여든 명을 선발해 한 명당 각각 쉰 명의 손목을 자르도록 할 걸세. 대신 그 일을 자원하는 사람의 손목은 자르지 않을 거야. 그렇게 하면 충분히 많은 사람들이 나서겠지. 기능공들이 내가 특별히 고안한 연장을 제작하고 있네. 칼날 길이가 15센티미터쯤 되는 날카로운 끌 같은 연장이야. 그것을 손등 위에, 그러니까 손목뼈 바로 아랫부분에 올려놓고 망치로 세게 내리칠 걸세. 피가 너무 많이 흐르지 않도록 죄인의 팔뚝은 가죽끈으로 단단히 묶어둘 거야. 절단이 끝나는 즉시 손목은 버려질 테고. 과다출혈로 죽는 사람도 있겠지만 대부분은 살아남을 거야."

그는 편안하게 술술 이야기하고 있었다. 이제 구상 단계를 벗어나 현실 적용 단계로 접어들었기 때문이다.

"이 4천 명의 손 잘린 사람들은 드넓은 땅을 떠돌며 구걸하는 삶을 살게 될 걸세. 그리고 손 잘린 사람을 보게 되면 누구든 욱셀로두눔 포위전의 교훈을 떠올리겠지. 이제 곧 우리 군대는 흩어지게 될 것인데, 각 군단은 어느 곳을 월동 숙영지로 삼든 간에 이 손 잘린 사람들을 몇 명씩 데려가야 해. 그리하여 손 잘린 사람들이 멀리멀리 흩어지게 해야 하네. 교훈의 증거가 사방으로 퍼지지 않으면 그 교훈은 낭비되고 말 테니까.

용감하지만 숨겨진 영웅이나 다름없는 서기들이 정리한 내용을 발표하는 것으로 끝을 맺겠네. 장발의 갈리아 전쟁 8년 동안 갈리아인 전사 100만 명이 전사했네. 100만 명이 노예로 팔려갔고, 갈리아인 아녀자 40만 명이 사망했고, 갈리아인 25만 가족이 고향을 잃었네. 이탈리아 전체 인구에 해당하는 숫자야. 눈먼 황소의 분노가 불러온 처참한 결과지. 이제 멈춰야 하네! 지금 당장 멈춰야 해. 이곳 욱셀로두눔에서 멈춰야 하네. 내가 갈리아 전쟁 지휘권을 내려놓을 때쯤, 장발의 갈리아는 평화로운 땅이 되어 있을 걸세."

그는 이제 해산해도 좋다는 의미로 고개를 끄덕였다. 모두들 카이사르를 쳐다보지 않고 침묵 속에 줄지어 나갔다. 히르티우스만이 홀로 자리에 남았다.

"입도 벙긋하지 말게!" 카이사르가 딱 잘라 말했다.

"그럴 생각도 없었습니다." 히르티우스가 대답했다.

욱셀로두눔이 항복한 뒤 카이사르는 아퀴타니아의 모든 부족들을 방문하기로 마음먹었다. 그곳은 장발의 갈리아에서 전쟁에 가장 적게 가담한 지역이었고, 그러므로 아직까지 많은 전사를 내놓을 수 있는 지역이었다. 그는 저항세력을 끝장내려는 로마의 의지를 보여주는 산증인으로서 욱셀로두눔의 손 잘린 주민들을 데려갔다.

그의 진군은 평화로웠다. 여러 부족들은 그를 열광적으로 환영하면서도 손 잘린 사람들로부터는 시선을 돌렸다. 그들은 카이사르가 내놓는 조약에 무조건 서명했고, 로마에 영원히 충성을 다하겠다고 굳게 맹세했다. 카이사르는 전반적으로 그 부족들을 신뢰할 준비가 되어 있었다. 그의 아퀴타니아 원정 첫 단계인 부르디갈라로 진군한 지 며칠 후, 다른 부족도 아닌 아르베르니족이 카이사르에게 룩테리우스를 넘겨줬다. 갈리아의 그 어떤 부족도 베르킹게토릭스의 보좌관들을 숨겨줄 마음이 없다는 뜻이었다. 덕분에 욱셀로두눔을 방어한 두 지도자 중 한 사람은 카이사르의 개선행진에 참여할 수 있게 되었다. 다른 한 사람인 세노네스족의 드라페스는 식음을 전폐하고 장발의 갈리아 내의 로마

세력에 단호히 저항하며 숨을 거두었다.

10월 말에 루키우스 카이사르가 육촌동생을 만나러 톨로사로 찾아왔다. 그에게는 급히 전할 소식이 있었다.

"원로원에서 9월 말에 회의를 열었네." 그는 카이사르에게 이렇게 말하고 입술을 앙다물었다. "솔직히 말하면 수석 집정관에게 실망했어. 차석 집정관보다는 더 이성적인 사람이라 생각했거든."

"물론 세르비우스 술피키우스는 마르쿠스 마르켈루스보단 이성적입니다. 하지만 그도 마르켈루스만큼이나 내가 몰락하길 간절히 바라는 사람이에요." 카이사르가 말했다. "무슨 일이 있었습니까?"

"원로원은 내년 3월 칼렌다이에 자네의 속주 문제를 논의하기로 합의했네. 마르쿠스 마르켈루스는 장발의 갈리아 전쟁이 완전히 끝났다고 원로원에 발표했고, 그러므로 그날 자네에게서 임페리움, 속주 통치권, 군대를 박탈하지 못할 이유가 없다고 말했네. 그는 새로운 5년법에 따라 당장 자네를 대체할 수 있는 예비 총독들이 늘어났다고 했어. 그 일을 미룬다는 건 원로원의 나약함을 만천하에 드러내는 짓이며 결코 용납할 수 없는 짓이라 했지. 그러더니 그는, 자네가 원로원의 주인이 아니라 종복이라는 교훈을 자네에게 확실히 알려줘야 한다는 말로 연설을 마무리했네. 그 말이 나오자 카토가 시끄럽게 '옳소, 옳소' 하고 외치더군."

"시끄럽게 굴 수밖에 없을 겁니다. 이제 비불루스가 시리아로 떠났으니 말이죠. 아니, 어쩌면 가는 중이겠군요. 계속 얘기해보세요, 루키우스. 지금 표정을 보니 더 끔찍한 내용이 남아 있는 것 같군요."

"훨씬 더 끔찍해! 그런 다음 원로원은 내년 3월 칼렌다이에 자네의 속주 문제를 논의할 때 호민관이 거부권을 행사하면 반역행위로 간주하겠다는 결의를 통과시켰네. 문제의 호민관은 즉시 체포되어 즉결재판을 받게 되고 말일세."

"그건 명백한 불법입니다!" 카이사르가 외쳤다. "그 누구도 자기 본분을 다하는 호민관을 방해할 순 없어요! 원로원 최종 결의가 발효되지 않는 한, 그의 거부권을 무시할 수는 없단 말입니다. 설마 원로원은 내년 3월 칼렌다이에 진짜 그럴 작정입니까? 원로원 최종 결의하에 회의를 진행할 생각인가요?"

"그런 말은 없었지만 어쩌면 그럴지도 모르지."

"그게 전부인가요?"

"아니." 루키우스 카이사르는 차분하게 말했다. "원로원은 다른 결의도 통과시켰네. 자네의 만기병들이 제대하게 될 날짜를 원로원에서 직접 지정한다는 내용일세."

"오, 이제 알겠군요! 내가 '최초'가 되었네요, 안 그런가요? 지금까지 총사령관이 아닌 누군가가 만기병들의 제대 날짜를 지정한 적은 로마 역사상 단 한 번도 없었습니다. 그렇다면 원로원은 내년 3월 칼렌다이에 내 병사들을 당장 전원 해산시켜야 한다는 결의를 통과시키겠군요."

"그럴 것 같네, 가이우스."

루키우스의 눈에 카이사르는 묘하게 느긋했다. 심지어 진정 어린 웃음까지 보였다. "그들은 정말 고작 그런 방법으로 나를 쓰러뜨릴 수 있다고 믿는 겁니까?" 그가 물었다. "조악하기 그지없군요, 루키우스!" 그는 자리에서 일어나 육촌형님에게 손을 내밀었다. "소식 전해줘서 고맙습니다. 진심이에요. 하지만 이제 됐어요. 신성한 호수들 주변을 산책하면서 다리 근육을 풀고 싶군요."

하지만 루키우스 카이사르는 그대로 물러날 수 없었다. 그는 가이우스를 얌전히 따라가면서 물었다. "보니파에 대항하기 위해 어떻게 할 생각인가?"

카이사르의 대답은 "내가 해야 할 일은 뭐든지."뿐이었다.

월동 숙영지가 정해졌다. 가이우스 트레보니우스, 푸블리우스 바티니우스, 마르쿠스 안토니우스는 4개 군단을 이끌고 아트레바테스족의 도시 네메토켄나로 가서 벨기카 수비를 맡았다. 2개 군단은 아이두이족의 도시 비브락테로 갔다. 2개 군단은 카르누테스족의 땅 서쪽 끝자락에 위치한 투로니족의 땅에 주둔하게 되었다. 2개 군단은 아르베르니족의 땅 남서쪽에 위치한 레모비케스족의 땅으로 갔다. 갈리아에서 카이사르 군대의 손길이 미치지 않은 지역은 단 한 곳도 없었다. 카이사르는 루키우스 카이사르와 프로빙키아 순회를 마친 뒤 트레보니우스, 바티니우스, 마르쿠스 안토니우스가 있는 네메토켄나로 가서 겨울을 났다.

12월 중순 무렵 그의 군대는 예상치 못한 반가운 소식을 접했다. 그는 사병의 연간 급여를 기존의 480세스테르티우스에서 900세스테르티우스로 인상했다. 로마군의 급여 인상은 한 세기가 넘는 기간 만에 처음 있는 일이었다. 카이사르는 급여 인상과 더불어 모든 병사들에게 현금 상여금을 제공했고, 전리품으로 더 큰돈을 받게 될 것이라 발표했다.

"누구 돈으로?" 가이우스 트레보니우스가 푸블리우스 바티니우스에게 물었다. "국고위원회의 돈으로? 그건 분명 아니겠죠!"

"당연히 아니지." 바티니우스가 말했다. "사령관님은 적법성에 관해선 항상 주도면밀하신 분일세. 그래, 이건 사령관님 지갑에서 나온 돈이고 그분이 부담하는 돈이야." 왜소한 절름발이 바티니우스는 눈살을 찌푸렸다. 그는 카이사르가 원로원에 폼페이우스와 똑같은 대접을 요구했다가 편지로 거절당했을 때 현장에 없었다. "사령관님이 대단한 부자란 건 알지만 그분은 또 돈을 엄청나게 써대시지. 사령관님이 이렇게 후한 선물을 감당할 수 있다고 생각하나, 트레보니우스?"

"오, 물론이죠. 사령관님은 노예 판매만으로 2만 탈렌툼을 벌어들이셨습니다."

"2만 탈렌툼? 유피테르 신이시여! 크라수스는 로마에서 제일가는 부자로 알려져 있지만 그가 남긴 재산은 고작 7천 탈렌툼이었어!"

"마르쿠스 크라수스는 늘 자기 재산을 떠벌리고 다녔지만, 당신은 폼페이우스 마그누스가 자기 재산에 대해 얘기하는 걸 한 번이라도 들어봤나요?" 트레보니우스가 물었다. "왜 요즘 은행가들이 사령관님 주변으로 몰려들어 그분의 비위를 맞춰주려 한다고 생각합니까? 물론 발부스야 아주 옛날부터 사령관님의 사람이었고, 오피우스도 둘째가라면 서럽죠. 그들은 바티니우스 당신만큼이나 오랫동안 그분과 함께했어요. 하지만 아티쿠스 같은 사람들은 아주 최근에 나타났죠."

"라비리우스 포스투무스는 사령관님 덕에 새로 시작할 수 있었지." 바티니우스가 말했다.

"그래요, 하지만 그건 카이사르 사령관님이 갈리아에서 승승장구하기 시작한 이후의 일이죠. 그분이 아투아투키족에게서 발견한 게르만족의 보물은 아주 기막혔습니다. 그분의 몫은 수천 탈렌툼에 달할 테죠." 트레보니우스는 활짝 웃었다. "게다가 사령관님의 자금이 바닥나면, 카르누툼에 숨겨진 신성불가침의 보물은 더는 신성불가침이 아니게 될 겁니다. 그건 비축 자금이에요. 카이사르 사령관님은 결코 바보가 아닙니다. 그분은 장발의 갈리아의 차기 총독이 카르누툼의 보물을 차지하리란 걸 알고 계십니다. 장담컨대, 카르누툼의 보물은 신임 총독이 도착하기 한참 전에 자취를 감출 겁니다."

"내가 로마로부터 받은 편지에 따르면, 사령관님은 약 3개월 후에 총독 자리에서 물러나게 될 거라더군. 세상에, 언제 시간이 이렇게 지난 거지? 3월 칼렌다이가 사령관님을 향해 전속력으로 달려오고 있네! 그분은 그때 어떻게 하실까? 사령관님의 임페리움이 소멸되는 즉시 그분은 100개의 법정에서 기소될 걸세. 그리고 결국 몰락하게 되겠지, 트레보니우스."

"아, 그럴 가능성이 다분합니다." 트레보니우스는 잔잔하게 말했다.

바티니우스도 결코 바보가 아니었다. "사령관님이 그렇게 되도록 두시진 않겠지, 안 그래?"

"그래요, 바티니우스. 그렇게 되도록 두시진 않을 겁니다."

침묵이 내렸다. 바티니우스는 입술을 잘근잘근 씹으며 자기 눈앞의 슬픔에 잠긴 얼굴을 관찰했다. 그들의 시선이 마주쳤고 한참 서로를 응시했다.

"그렇다면 내 생각이 맞았군." 바티니우스가 말했다. "그분은 자기 군대와의 유대를 아주 완벽하게 다진 거야."

"아주 완벽하게."

"그리고 달리 방법이 없다면 로마로 진군하시겠지."

"정말 그 방법밖에 없을 때에만 말이죠. 카이사르 사령관님은 타고난 무법자가 아닙니다. 그분은 모든 것을 적법하게 해내는 걸 좋아하시죠. 특별하거나 예외적인 지휘권 없이, 10년의 공백기 이후에 집정관 후보로 재출마하고 모든 것을 합법적으로 해결하려 하세요. 그분이 로마로 진군할 수밖에 없는 상황이 오면, 바티니우스, 그 행위는 그분 안의 무언가를 죽일 겁니다. 사령관님은 로마 진군도 하나의 대안이라는 걸 잘 알고 계십니다. 당신은 한 번이라도 그분이 원로원을 두려워한다고 생각한 적이 있나요? 아니면 원로원 의원 그 누구라도? 다들 침이 마르도록 칭송하는 폼페이우스 마그누스를 두려워할까요? 천만에! 그들은 게르만족 창기병 앞에 놓인 연습장의 표적만큼 속수무책으로 당할 겁니다. 그분도 그건 알고 있어요. 하지만 일이 그런 식으로 풀리길 바라진 않죠. 그분은 자기 몫을 원하지만 그걸 합법적으로 얻어내길 원하세요. 로마 진군은 그분으로서는 최후의 수단이고, 마지막 순간까지도 어떻게든 그걸 피하려고 애쓰실 겁니다. 이제까지 그분의 경력은 완벽해요. 그분은 앞으로도 계속 완벽하길 바라시죠."

"사령관님은 늘 완벽을 추구하시지." 바티니우스는 슬픈 목소리로 말하더니 몸을 부르르 떨었다. "유피테르 신이시여, 트레보니우스, 그들이 그렇게까지 몰아붙이면 그분은 그들에게 무슨 짓을 할 것 같나?"

"생각도 하기 싫군요."

"우린 보니파가 사리분별을 하게 해달라고 제물을 바치는 게 좋겠네."

"전 벌써 몇 달째 제물을 바치고 있어요. 어쩌면 보니파도 사리분별을 하게 될 수 있다고 생각합니다. 한 인간만 빼놓으면 말이죠."

"카토." 바티니우스가 곧바로 말했다.

"카토." 트레보니우스도 동시에 말했다.

또다시 침묵이 내렸다. 바티니우스는 한숨을 내쉬었다. "뭐, 나는 좋을 때나 나쁠 때나 사령관님의 사람일세." 그가 말했다.

"저도 마찬가지입니다."

"또 누가 있지?"

"데키무스. 파비우스. 섹스티우스. 안토니우스. 레빌루스. 칼레누스. 바실루스. 플랑쿠스. 술피키우스. 루키우스 카이사르." 트레보니우스가 답했다.

"라비에누스는 아닌가?"

트레보니우스는 단호하게 고개를 저었다. "아닙니다."

"라비에누스의 판단인가?"

"카이사르 사령관님의 판단이죠."

"그런데도 그분은 라비에누스를 비난하는 말을 한마디도 안 하시는군."

"앞으로도 안 하실 겁니다. 라비에누스는 여전히 그분과 함께 집정관을 지내길 원하고 있어요. 물론 그는 카이사르 사령관님이 자기 방법에 동의하지 않는다는 걸 알고 있어요. 하지만 원로원의 서신에는 아무것도 적혀 있지 않았으니 라비에누스는 계속 희망을 품고 있는 거죠. 최종 결정 이후에는 그 희망이 사라질 겁니다. 카이사르 사령관님이 로마로 진군하게 된다면 그분은 보니파에게 티투스 라비에누스를 선물하게 될 테죠."

"오, 트레보니우스, 부디 내전이 일어나지 않도록 기도하세."

로마의 불문법인 모스 마이오룸의 범위 안에서 보니파와 맞설 방안을 짜내면서, 카이사르 역시 기도했다. 내년 수석 집정관은 루키우스 아이밀리우스 레피두스 파울루스였고 차석 집정관은 가이우스 클라우디우스 마르켈루스였다. 가이우스 마르켈루스는 올해 차석 집정관 마르쿠스 마르켈루스의 사촌이었고 내후년 집정관으로 점쳐지는 또다른 가이우스 마르켈루스의 사촌이기도 했다. 이런 연유에서 그는 보통 큰 가이우스 마르켈루스라 불렸고, 그의 사촌은 작은 가이우스 마르켈루스라 불렸다. 카이사르의 완고한 적인 큰 가이우스 마르켈루스의 당선은 결코 바라던 결과가 아니었다. 하지만 파울루스는 달랐다. 그는 아버지인 레피두스의 반란에 참여한 혐의로 추방되었다가 뒤늦게 집정관의 고관 의자를 차지하게 된 사람이었다. 그는 포룸 로마눔에서 가장 인상적인 건물인 아이밀리우스 회당을 재건함으로써 집정관 당선의 꿈을 이룰 수 있었다. 그런데 푸블리우스 클로디우스의 시신이 원로원 의사당에서 불에 타던 날 재앙이 닥쳤다. 공사를 거의 마친 아이밀리우스 회당까지 불길에 휩싸인 것이다. 파울루스는 다시 공사를 시작할 자금조차 없는 상황이었다.

파울루스는 허수아비나 다름없었다. 카이사르도 잘 알고 있었다. 하지만 그는 파울루스를 매수했다. 수석 집정관은 매수해둘 가치가 있었다. 파울루스는 12월에 카이사르로부터 1천600탈렌툼을 받았고, 발부스의 급여 대상자 명단에 카이사르의 사람으로 등록되었다. 아이밀리우스 회당은 전보다 더 으리으리하게 재건되었다. 더 중요한 인물은 매수 비용이 고작 500탈렌툼에 불과했던 쿠리오였다. 그는 카이사르가 제안한 대로 선거 직전에 호민관 후보로 나섰고—스크리보니우스 쿠리오 집안사람으로선 어려운 일도 아니었겠지만—최다 득표자로 당선되었다.

다른 작업도 진행되었다. 이탈리아 갈리아의 모든 주요 도시에 거액을 지불해 공공건물을 짓거나 시장을 재정비하도록 했고, 프로빙키아와 이탈리아 내의 도시와 마을에도 자금을 지급했다. 이렇게 돈을 받은 도시들은 한 가지 공통점이 있었으니, 모두 카이사르에게 지지를 보낸 도시들이었다. 카이사르는 잠깐이나마 히스파니아, 아시아 속주, 그리스에도 건물을 기증하는 방안을 고려했지만 그 정도 지출만으로는 충분한 지지를 끌어내지 못하리라 판단했다. 그 지역의 가장 유력한 보호자인 폼페이우스의 허락이 떨어지지 않는 한, 그의 피호민들은 카이사르를 지지할 수 없었다. 이와 같은 자금 제공의 목적은 내전 발생을 염두에 두고 시민들의 환심을 사기 위해서가 아니었다. 현지의 금권정치가들을 자기편으로 끌어들여 카이사르를 부당하게 대접하면 가만있지 않겠다는 메시지를 보니파에게 전달하는 것이 목적이었다. 내전은 가장 최후의 수단이었고, 카이사르는 심지어 보니파에게도 내전은 너무 끔찍한 결말이므로 상황이 그렇게까지 치닫는 일은 없으리라고 진심으로 믿었다. 승리하기 위해서는 보니파가 로마, 이탈리아, 이탈리아 갈리아, 일리리쿰, 갈리아 속주에 거주하는 대다수의 기대를 절대 거스를 수 없는 상황을 만드는 수밖에 없었다.

카이사르는 대부분의 어리석음을 이해했다. 하지만 아무리 비관적인 시각으로 봐도, 원로원 의원 몇 명으로 구성된 소수 집단이 당연한 결말을 받아들이고 그의 몫을 챙겨주느니 내전을 불사하겠다고 버티는 상황을 이해할 수 없었다. 따지고 보면 카이사르의 요구가 무리한 것도 아니었다. 합법적으로 두번째 집정관 임기를 맞고, 기소로부터 자유로워지고, 로마의 일인자 자리에 오르고, 역사책에서 첫번째 자리를 차지하는 것. 이는 자신의 가문에 대한, 자신의 권위에 대한, 또 후손에 대한 그의 의무였다. 그에겐 아들이 없었지만, 아버지보다 높은 자리에 오를 능력이 없는 아들이라면 반드시 필요한 존재는 아니었다. 그리고 그런 아들은 없다는 걸 모두 알고 있었다. 위대한 남자의 아들은 절대 위대하지 않았다. 젊은 마리우스와 파우스투스 술라를 보라…….

한편 로마의 새로운 속주 장발의 갈리아에 대해서도 고민해야 했다. 속주를 정비하고 진정시키며 최고의 현지인 관리를 꼼꼼히 선별해야 했다. 그리고 조금 더 신중을 기해야 할 문제들도 몇 가지 있었다. 그중 하나는 카이사르가 생각하기에 자신의 임기가 끝난 이후 로마를 저버릴 가능성이 다분한 갈리아인 2천 명을 제거하는 것이었다. 그들 중 1천 명은 카이사르가 노예시장에 내놓지 못한 갈리아인 노예들이었는데, 그들이 새로운 주인에게 피의 복수를 하거나 스파르타쿠스 전쟁과 비슷한 무장봉기를 일으킬 수 있다는 걱정 때문이었다. 나머지 1천 명은 노예가 아닌 갈리아인으로 대부분 영주였는데, 욱셀로두눔의 손 잘린 사람들을 보고도 기세가 꺾이지 않았다.

카이사르는 그들을 마실리아까지 데려가 삼엄한 경비 속에서 배에 태웠다. 갈리아인 노예 1천 명은 갈라티아의 데이오타로스에게 보냈다. 데이오타로스 역시 갈리아인으로 늘 훌륭한 기병들이 많이 필요한 사람이었다. 그는 도착하는 대로 노예들을 해방해주고 기병으로 입대시킬 것이 분명했다. 노예가 아닌 갈리아인 1천 명은 카파도키아의 아리오바르자네스 왕에게 보냈다. 양쪽 모두 선물이었다. 포르투나 여신의 제단에 바치는 약소한 제물이기도 했다. 행운은 신들에게 사랑받는다는 증거였지만, 스스로 행운을 만들어내는 것도 나쁠 건 없었다. 성공을 행운 탓으로 돌리는 것은 냉철하지 못한 평가였다. 행운의 이면에는 바다처럼 거대한 근면성실함과 깊은 사고가 놓여 있다는 것을 카이사르보다 잘 아는 사람은 없었다. 병사들은 그의 행운에 대해 자랑했고, 그는 그것을 조금도 염려치 않았다. 그에게 행운이 함께한다고 믿는 동안, 병사들은 자신들에게 가호를 베푸는 그가 곁에 있으니 두려움을 느끼지 않을 터였다. 불쌍한 마르쿠스 크라수스를 몰락하게 만든 것도 운이었다. 병사들의 눈에 불운한 사람으로 비친 순간부터 그는 종말을 앞두고 있었다. 미신으로부터 완전히 자유로울 수 있는 사람은 없겠지만, 특히 태생이 천하고 교육이 부족한 사람들은 미신을 맹신했다. 카이사르는 그 점을 의도적으로 이용했다. 행운이 신들로부터 주어지고 위대한 사람은 행운을 타고나는 것이라면, 그는 일종의 신격을 갖춘 존재가 될 수 있었다. 병사들이 그들의 장군을 신들보다 겨우 한 뼘 아래의 존재로 여긴다 해서 해가 될 건 전혀 없었다.

그해가 끝나기 직전, 킬리키아 총독인 형을 도와 선임 보좌관으로 일하고 있는 퀸투스 키케로에게서 편지가 도착했다.

왜 그렇게 빨리 사령관님을 떠났는지 모르겠습니다. 사령관님처럼 신속하게 움직이는 분과 일했던 사람이 겪는 불이익이랄까요. 저는 제 형 마르쿠스도 서둘러 킬리키아로 떠날 것이라 지레짐작했습니다. 하지만 형은 그러지 않았죠. 5월 초 로마에서 출발했는데, 고작 아테네까지 가는 데 두 달이나 걸렸습니다. 제 형은 왜 그렇게 폼페이우스 마그누스에게 굽실거리는 걸까요? 형이 폼페이우스 스트라보의 군대에서 수습군관으로 일했던 열일곱 살 때의 기억과 연관이 있다는 건 알고 있어요. 하지만 마르쿠스 형이 자기를 보호해준 폼페이우스에게 졌다고 생각하는 빚은 역겨울 정도로 부풀려져 있답니다. 제 말을 통해 짐작하실 수 있겠지만, 킬리키아로 가는 길에 마그누스의 타렌툼 저택에서 머문 이틀은 정말 고역이었습니다. 아무리 노력해도 그 사람이 좋아지지 않더군요.

아테네에서(그곳에서 마르쿠스 형의 보좌관 가이우스 폼프티누스가 나타나길 기다렸습니다) 우리는 마르쿠스 마르켈루스가 노붐 코뭄의 거류지 시민에게 채찍질을 했다는 소식을 접했습니다. 참으로 망신스러운 일입니다, 사령관님. 형도 저만큼이나 화를 냈지만 파르티아군의 위협에 온통 신경이 곤두서 있었죠. 그래서 폼프티누스가 도착하기 전에는 아테네를 뜨지 않겠다고 버티더군요.

다음 한 달 동안 우리는 국경을 넘어 킬리키아의 라오디케이아로 갔습니다. 절벽에서 금방이라도 떨어질 것 같은 눈부신 수정 테라스부터 시작해 정말 아름다운 곳이었습니다. 꼭대기의 따듯하고 맑은 물웅덩이 틈에 현지인들은 저나 마르쿠스 형 같은 사람들을 위해 작고 고급스러운 대리석 안식처를 마련해놨더군요. 우리는 에페소스에서 라오디케이아까지 오는 내내 뜨거운 열기와 먼지로 완전히 지쳐 있었죠. 며칠 동안 물에 몸을 담그고—관절염 완화에도 효과가 있는 것 같더군요—물고기처럼 희롱거렸더니 아주 기분이 좋았습니다.

그러다 다시 여정을 시작했는데, 우리는 렌툴루스 스핀테르와 이후 아피우스 클라우디우스가 킬리키아의 가난하고 불우한 사람들을 얼마나 공포에 질리게 만들어놨는지 알게 됐습니다. 제 형의 표현을 빌리자면 '영원한 황량함과 적막함'이라고 하던데, 그건 결코 과장이 아닙니다. 킬리키아 속주는 약탈당하고 착취당하고 유린당했습니다. 모든 살아 있는 것들이 세금 때문에 말라가고 있습니다. 다른 원인도 많겠지만 사령관님의 친애하는 친구 세르빌리아의 아들도 한몫하고 있죠. 네, 이런 말씀을 드려서 죄송하지만, 브루투스는 그의 장인 아피우스 클라우디우스와 아주 가까이 지내며 온갖 부도덕한 짓을 일삼는 것처럼 보이더군요. 제 형은 거물들의 심기를 거스르는 일을 어떻게든 피하려 애쓰는 사람이지만, 아티쿠스에게 편지를 보내 아피우스 클라우디우스가 그의 속주에서 한 행동은 아주 가증스럽다고 말했습니다. 또한 형은 아피우스 클라우디우스가 자신을 피한 것에 대해서도 불만스럽게 생각하고 있죠.

우리는 타르소스에서 며칠밖에 안 머물렀습니다. 마르쿠스 형은 전쟁철이 끝나기 전에 떠나려 했고 폼프티누스도 마찬가지였습니다. 파르티아군은 에우프라테스 강을 따라 공격을 개시했고, 카파도키아의 아리오바르자네스 왕은 곤경에 빠져 있었습니다. 대체로 우리가 킬리키아에서 발견한 2개 군단만큼이나 부실하기 그지없는 군대 때문이었죠. 양쪽 군대가 왜 그리 부실하기 그지없냐고요? 돈이 없어서죠. 아피우스 클라우디우스는 군대 급여를 중간에서 대부분 가로채고, 2개 군단의 병력을 보충하는 데 신경도 쓰지 않는 듯 보입니다. 그가 실제로 급여를 지급하는 병사는 장부에 적힌 것의 거의 절반밖에 안 되는데 말이죠. 아리오바르자네스 왕에게도 훌륭한 군대를 양성하기 위한 자금은 없는데, 가장 큰 이유는 청렴한 로마인의 상징인 젊은 브루투스가 천문학적인 복리로 왕에게 돈을 빌려줬기 때문입니다. 형은 극도로 분개했죠.

어쨌든 우리는 이후 석 달간 카파도키아에서 전쟁을 치렀는데, 정말 진 빠지는 작업이었습니다. 오, 폼프티누스는 머저리예요! 사령관님이라면 단 세 시간 만에 함락시킬 아주 한심한 요새를 장악하는 데 며칠씩이나 허비했죠. 하지만 제 형은 전쟁을 어떻게 치러야 하는지 전혀 모르니 그걸로 대충 만족하고 있답니다.

비불루스는 시리아까지 오면서 지독히도 꾸물거렸습니다. 그래서 우리는 아마노스 산맥을 가운데 두고 합동작전을 벌이기 위해 그를 한참이나 기다려야 했죠. 실은 이제 곧 합동작전을 시작하려고 합니다. 그는 8월에 안티오케이아에 도착했고, 젊은 가이우스 카시우스를 아주 냉정하게 로마로 돌려보냈다고 하더군요. 물론 자신의 두 아들을 데려왔고요. 장남 마르쿠스 비불루스는 20대 초반이고 차남 나이우스 비불루스는 대략 열아홉 살이죠. 비불루스 삼부자는 카시우스가 파르티아군의 위협에 얼마나 적극적으로 대응해왔는지 확인하고는 아주 분하게 여겼습니다. 파코로스와 그의 파르티아군을 서둘러 귀향하게 만든 오론테스 강에서의 매복작전을 포함해서 말이죠.

이런 군사적 열정은 비불루스의 입맛에 안 맞는 것처럼 보입니다. 그가 파르티아군에 맞서는 방식은 카시우스의 방식과는 확연히 다릅니다. 전쟁을 준비하는 대신, 그는 오르나다파테스라는 파르티아인에게 비용을 지불하고 소문을 퍼뜨리고 있어요. 오로데스 왕의 귓가에 왕이 가장 아끼는 왕자 파코로스가 왕위 찬탈을 꾀한다고 속삭이는 거죠. 똑똑하긴 하나 존경할 만한 전략은 아니죠, 그렇지 않습니까?

전 장발의 갈리아가 무척 그립습니다, 사령관님. 우리가 함께했던 그런 전쟁이 그립습니다. 너무도 기운 넘치고 실리적이었고, 고위 사령부 내에서의 권모술수 따윈 눈 씻고 찾아볼 수 없었죠. 여기서 전 생산적인 작업에 쏟는 시간만큼 많은 시간을 폼프티누스를 회유하느라 보내고 있습니다. 제게 답장을 보내주십시오. 전 격려의 말이 필요합니다.

불쌍한 퀸투스 키케로! 카이사르는 한참 시간이 지나서야 자리에 앉아 이 슬픈 편지에 답장을 쓸 수 있었다. 자기 동생을 제쳐놓고 별 볼

일 없이 알랑거리기만 하는 폼프티누스를 기용하다니, 참으로 키케로다웠다. 퀸투스 키케로가 옳았다. 기회만 주어졌다면 그가 폼프티누스보다 훨씬 능력 있는 장군임이 증명되었을 것이다.

기원전 50년 1월부터 12월까지

Jan. 50 B.C. ~ Dec. 50 B.C.

가이우스 스크리보니우스 쿠리오

서른 살의 가이우스 카시우스 롱기누스가 주요 로마 속주 총독으로서 눈부신 성과를 거두고 집으로 돌아오자 많은 사람들이 그를 칭찬했다. 그가 게네사로스 호수 근처에서 갈릴레아군을 완파했을 때 그의 부하들이 '임페라토르'를 연호했음에도 불구하고, 눈치 빠른 그는 원로원에 개선식을 요청하지 않았던 것이다.

"사람들은 자네가 시리아에서 올린 성과만큼이나 개선식을 신청하지 않은 것에 대해 흡족해하고 있네." 브루투스가 말했다.

"원로원의 노망난 늙은이들이 개탄할 만한 짓을 해서 관심을 끌 필요가 있겠나?" 카시우스는 어깨를 으쓱하며 물었다. "어차피 개선식을 허락받지 못했을 거야. 그렇다면 내 쪽에서도 원하지 않는 척하는 게 낫지. 내가 주제넘는 짓을 한다고 비난했던 바로 그 사람들은 이제 내 겸손함을 칭찬할 수밖에 없을 테니까."

"그곳이 마음에 들었나보군, 안 그런가?"

"시리아? 그럼, 물론이지. 마르쿠스 크라수스가 살아 있을 땐 아니었지만, 카라이 전투 이후부턴 끝내줬네."

"크라수스가 시리아의 여러 사원에서 챙긴 금과 보석들은 다 어떻게 됐지? 그는 메소포타미아로 진군하면서 금은보화를 챙겨갔나?"

카시우스는 잠시 멍한 표정을 지었지만, 이내 자신보다 4개월 늦게 태어난 브루투스가 속주의 재정적인 측면 외에 병참에 대해선 아주 무지하다는 것을 깨달았다. "아니, 그땐 보물을 안티오케이아에 남겨뒀네. 내가 로마로 오면서 그걸 가져왔지." 카시우스는 쓴웃음을 지었다. "비불루스가 날 그렇게 미워하는 이유가 뭐겠어? 그는 자기가 그 보물의 책임자이며 자신이 로마로 귀국할 때까지 보물을 그곳에 남겨둬야 한다고 주장했지. 하지만 내가 순순히 양보했다면 이후 로마에 도착할 보물의 양이 상당히 줄었을 걸세. 금궤를 뒤질 생각에 들떠 손버릇 나쁜 그의 손가락이 까딱거리는 게 눈에 선하군."

브루투스는 충격받은 표정이었다. "카시우스! 마르쿠스 비불루스는 나무랄 데 없는 사람이야! 카토의 사위가 로마의 재산을 좀도둑질한다고? 그런 일은 절대 없을 걸세!"

"헛소리." 카시우스는 경멸하듯이 말했다. "브루투스, 이런 물렁한 친구를 봤나! 그 절반만 좋은 기회가 주어졌어도 대부분 그렇게 할 걸세. 내가 안 그런 이유는 내 나이와 이제 막 시작된 경력 때문이고. 난 집정관에 오른 뒤에 시리아를 속주로 배정받아 떠날 거야. 시리아 전문가로 명성을 쌓으려고 작정했으니까. 내가 거기서 일개 재무관으로만 일했다면 아무도 내가 거기 있었단 걸 기억하지 못하겠지. 하지만 나는 재무관이었다가 총독 직을 맡게 되었으니—게다가 총독 임기 동안 아주 큰 성과를 쌓았으니—모든 로마인들이 그걸 기억할 걸세. 그러므로 나는 크라수스의 재무관으로서 그가 부정하게 취득한 귀중품을 로마로 가져올 내 권리를 지키기로 한 거야. 그건 합법적인 행동이고 비불루스도 그 사실을 알고 있네. 게다가 그가 시리아까지 오면서 시간을 질질 끄는 바람에 난 그가 안티오케이아에 도착하기도 전에 모든 보물을 잘 정리해서 빌려놓은 화물선에 실을 수 있었지. 내가 배를 타고 떠나는 걸 보며 그가 얼마나 원통하게 울었을지! 난 그에게 시리아에서 즐겁게 지내기를 기원해줬네. 그와 그의 두 망나니 아들들에게 말이지."

브루투스는 비불루스 문제에 대해 더는 언급하지 않았다. 가이우스 카시우스는 분명 아주 좋은 사람이었지만 호전적인 인물이었고, 속주 총독 직에 따르는 전쟁의 위험 등을 회피하고자 하는 일부 보니파 의원들을 한심하게 여겼다. 카시우스는 집정관 직에 오를 운명을 타고났으나 결코 정치적인 인물은 아니었다. 그에게는 교묘함, 재치, 듣기 좋은 말로 상대를 자기편으로 만드는 요령이 부족했다. 사실 그는 눈에 보이는 그대로의 사람이었다. 비밀공작 따윈 절대 못 견디는, 바싹 깎은 머리에 튼튼하고 기운 넘치고 군인다운 인물이었다.

"난 자넬 만나서 정말 기쁘네." 브루투스가 말했다. "하지만 로마로 오자마자 이곳을 찾아온 특별한 이유라도 있나?"

카시우스의 다소 익살스러운 양쪽 입꼬리가 올라갔다. 그의 갈색 눈이 찡그려지면서 눈가에 주름이 잡혔다. 오, 불쌍한 브루투스! 정말이지 물렁한 친구였다. 그리고 저 흉측한 여드름은 도저히 어쩔 방법이 없었던 걸까? 원로원 의원답지 못한 방식으로 돈을 벌려는 저 욕심은 어떻고? "실은 말일세, 이 집안의 가장을 만나려고 찾아왔네." 카시우스가 말했다.

"우리 어머니? 그럼 왜 어머니를 불러달라고 하지 않았나?"

카시우스는 한숨을 내쉬며 고개를 내저었다. "브루투스, 이 집안의 가장은 세르빌리아가 아니라 자네야. 난 자네를 그런 자격으로 만나러 왔네."

"아! 아, 물론이지. 나도 내가 이 집안의 가장인 걸 알고 있네. 다만 우리 어머니가 워낙 유능하시고 너무 오랫동안 남편 없이 지내셔서 그런 것뿐이지. 내가 어머니 자리를 꿰차는 날은 절대 오지 않을 것 같네."

"자네가 나서지 않는 한, 브루투스, 그런 날은 오지 않겠지."

"난 이대로가 편해." 브루투스가 말했다. "자네가 원하는 게 뭔가?"

"유니아 테르티아—테르툴라—와 결혼하고 싶네. 우리가 약혼한 지도 몇 년이 지났고, 난 계속 나이만 먹어가고 있으니 말일세. 이제 원로원 의원이 되었고 더 위대한 경력을 앞두고 있으니, 브루투스, 나도 가정을 꾸릴 때가 된 것 같네."

"하지만 갠 겨우 열여섯 살이야." 브루투스는 눈살을 찌푸리며 말했다.

"그건 알아!" 카시우스가 날카롭게 말했다. "게다가 그녀의 친부가 누구인지도 알고 있네. 아니, 모든 로마인이 아는 사실이지. 그래도 유니우스 혈통보다 율리우스 혈통이 더 고귀하니까, 카이사르의 딸과 결혼하는 데 전혀 불만은 없네. 그 사람 자체는 마음에 들지 않지만, 지금까지 그의 경력만 보면 율리우스 혈통이 너무 오래돼서 기운이 다 빠진 건 아닌 모양이더군."

"난 유니우스 혈통일세." 브루투스는 쌀쌀맞게 말했다.

"하지만 실라누스가 아니라 브루투스지. 그건 엄연히 다른 걸세."

"게다가 나와 테르툴라는 외가 쪽으로 파트리키 귀족인 세르빌리우스 가문 출신이지." 브루투스는 점점 더 생각에 잠긴 표정으로 말했다.

"뭐, 그건 됐네." 카시우스는 이야기의 방향을 깨닫고 서둘러 말했다. "내가 테르툴라와 결혼해도 되겠나?"

"어머니께 여쭤보겠네."

"오, 브루투스, 언제쯤 정신을 차릴 건가? 그 결정은 세르빌리아의 몫이 아니야!"

"무슨 결정 말이지?" 세르빌리아가 노크도 없이 브루투스의 서재로 들어오며 물었다. 그녀의 커다란 짙은 색 눈은 아들이 아니라—아들의 모습은 너무 불만스러워 되도록 안 쳐다보려 했다—카시우스에게 머물렀다. 그녀는 환한 얼굴로 다가와 햇볕에 그을린 그의 강인한 얼굴을 두 손으로 감쌌다. "카시우스, 로마에서 자넬 다시 보다니 너무 기쁘네!" 그러고는 그에게 입맞춤했다. 그녀는 카시우스를 몹시 예뻐했고, 그건 그와 브루투스가 같은 학교에 다니던 시절부터 한결같았다. 그는 전사이자 행동가이자 자기 이름을 떨칠 재주를 가진 젊은이였다.

"무슨 결정 말인가?" 그녀는 자리에 앉으며 재차 물었다.

"테르툴라와 당장 결혼하고 싶습니다." 카시우스가 말했다.

"그렇다면 그애 생각을 물어보는 게 좋겠어." 세르빌리아가 부드럽게 말했고, 그렇게 함으로써 아들에게서 결정권을 빼앗았다. 그녀는 손뼉으로 집사를 불렀다. "테르툴라에게 서재로 오라고 전해." 그녀가 명령했다. 그러더니 카시우스에게 물었다. "그런데 갑자기 왜?"

"저는 곧 서른세 살이 됩니다, 세르빌리아. 가정을 꾸릴 나이죠. 테르툴라가 미성년이라는 건 알지만 우린 약혼한 지 오래됐습니다. 그녀가 절 아예 모르는 것도 아니죠."

"그리고 그앤 충분히 성숙했지." 그녀의 어머니는 객관적으로 말했다.

잠시 후, 테르툴라가 문을 두드리고 서재로 들어오자 어머니의 발언은 과연 사실임이 증명되었다.

카시우스는 눈을 깜빡였다. 그는 거의 3년간 그녀를 보지 못했고, 그 3년 동안 아주 많은 변화가 있었다. 그녀는 열세 살에서 열여섯 살이 되었고, 어린아이에서 젊은 처녀로 변해 있었다. 게다가 얼마나 아름다운지! 그녀는 카이사르의 죽은 딸 율리아를 닮았지만, 율리아처럼 몸집이 작거나 서릿빛에 가깝게 피부가 희진 않았다. 적당한 간격의 커다란 두 눈은 회색빛 섞인 노란색이었고, 숱 많은 머리카락은 진한 금발이었으며, 입술은 정신이 혼미해질 정도로 키스하고 싶은 모양새였다. 잡티 하나 없는 금빛 피부. 절묘한 한 쌍의 젖가슴. 오, 테르툴라!

카시우스를 보자 그녀는 기쁜 미소를 지으며 양손을 내밀었다. "가이우스 카시우스." 그녀는 율리아처럼 허스키한 목소리로 말했다.

그는 역시 미소를 지으며 그녀에게 다가가 양손을 맞잡았다. "테르툴라." 그런 다음 세르빌리아에게 고개를 돌렸다. "물어봐도 될까요?"

"물론이네." 세르빌리아가 말했다. 그녀는 두 남녀가 사랑에 빠지는 모습을 기쁜 마음으로 지켜봤다.

카시우스는 테르툴라의 양손을 더 단단히 맞잡았다. "테르툴라, 난 당신과 당장 결혼하고 싶소. 당신 어머니께서는," 그는 일단 브루투스를 생략했다. 뭣하러 그의 이름까지 언급할 것인가? "당신 결정을 따르겠다고 하셨소. 나와 결혼해주겠소?"

그녀의 미소는 좀더 유혹적으로 변했다. 누구보다 유혹적인 여성인 세르빌리아의 피도 물려받은 것이 분명했다. "나도 그렇게 하고 싶어요, 가이우스 카시우스." 그녀가 말했다.

"잘됐어!" 세르빌리아가 기분좋게 말했다. "카시우스, 테르툴라를 어디로 좀 데려가게. 친척과 집안사람들 절반이 지켜보지 않는 곳에서 키스할 수 있게 말이야. 브루투스, 결혼식 준비는 네가 책임지거라. 지금은 전반적으로 결혼하기 좋은 시기지만, 특별히 더 길한 날을 선택하렴." 그녀는 행복한 한 쌍에게 사납게 얼굴을 찡그렸다. "어서 가라니까, 훠이!"

그들이 손을 잡고 밖으로 나가자 방안에서 세르빌리아가 쳐다볼 수 있는 것은 아들의 얼굴뿐이었다. 여전히 여드름투성이였고 면도조차 할 수 없어 못 봐줄 정도로 거무스름했다. 눈빛은 사슴사냥개만큼이나 애절했으며 입술은 무슨 말을 할지 몰라 벌어져 있었다.

"카시우스와 함께 있을 줄은 몰랐구나." 그녀가 말했다.

"그는 이제 막 도착했어요, 어머니. 전 어머니를 모셔 오려고 했어요."

"난 너한테 볼일이 있어."

"무슨 일로요?" 브루투스는 불안하게 물었다.

"너와 관련된 어떤 혐의 때문이지. 로마 전역에 소문이 파다하단다. 아티쿠스가 제일 분개하고 있다지."

브루투스의 얼굴이 일그러지더니 갑자기 훨씬 더 인상적으로 변했다. 어머니가 곁에 없을 때 그의 내면에 어떤 것이 사는지 보여주는 표정이었다. "키케로!" 그는 사납게 말했다.

"정답이야. 입방정이 심한 그 인간 탓이지. 그는 자기 속주인 카파도키아와 갈라티아에서 네가 돈놀이를 한다고 비난하고 있어. 키프로스는 말할 것도 없고."

"그는 아무것도 증명할 수 없어요. 돈은 제 피호민인 마티니우스와 스캅티우스를 통해 융통되고 있어요. 전 그저 제 피호민들의 권익을 보호해줄 뿐이에요, 어머니."

"사랑하는 브루투스, 네가 재산을 관리할 나이가 되기 전부터 내가

네 곁에 있었단 걸 잊었니! 마티니우스와 스캅티우스는 네 고용인들이잖아. 우리 아버지께서는 다른 많은 사람들과 함께 회사를 세우셨어. 그래, 물론 아버지의 신분을 숨긴 위장 회사였지. 하지만 넌 키케로처럼 통찰력과 감이 뛰어난 사람에게 꼬리를 잡혀선 안 돼."

"키케로쯤은 제가 알아서 할게요." 그는 이렇게 말하고, 마치 키케로쯤은 알아서 할 수 있다는 듯한 표정을 지었다.

"제발이지 네 존경받는 장인어른보단 문제를 더 잘 해결하면 좋겠구나!" 세르빌리아가 쏘아붙이듯 말했다. "그는 시리아 총독으로 일할 때 장님도 다 따라갈 수 있을 만큼 많은 공금횡령 증거를 남겼잖니. 그래서 지금 부당취득죄 법정에 기소된 상태지. 그리고 넌 그의 공범이야, 브루투스. 네가 부정한 방법으로 돈벌이하는 걸 로마인들이 모를 것 같니?" 그녀는 희고 작고 완벽한 치아를 드러내며 별로 즐겁지 않다는 듯 웃었다. "아피우스 클라우디우스는 어떤 불쌍한 킬리키아 마을을 병영으로 이용하겠다며 위협했고, 때마침 네가 나타나 총독에게 100탈렌툼을 지불하면 그런 운명을 피해 갈 수 있다고 넌지시 전했지. 그런 다음 마티니우스와 스캅티우스의 회사가 그 마을에 100탈렌툼을 빌려주겠다고 제안했어. 아피우스 클라우디우스는 그 돈으로 지갑을 불렸고, 넌 대출이자로 더 많은 돈을 벌어들였지."

"아피우스 클라우디우스를 기소해봤자 무죄 석방될 거예요, 어머니."

"그건 나도 믿어 의심치 않는단다, 아들아. 하지만 이런 소문은 너의 경력에 전혀 도움이 되지 않을 거야. 폰티우스 아퀼라가 그렇게 말했어."

그의 흉하고 불행한 얼굴이 성난 개처럼 어두워졌다. 검은 눈동자가 위험하게 번뜩였다. "폰티우스 아퀼라!" 그는 경멸하듯 말했다. "카이사르는 어떻게든 이해했어요, 어머니. 하지만 폰티우스 아퀼라처럼 야심밖에 없는 하찮은 인물이라니! 어머니의 위신을 떨어뜨리는 짓이에요."

"어떻게 감히!" 그녀는 자리에서 벌떡 일어나 으르렁거렸다.

"그래요, 어머니, 전 어머니가 무서워요." 브루투스는 그를 향해 다가오는 어머니에게 침착하게 말했다. "하지만 전 이제 스무 살 풋내기가 아니고, 어떤 일에 관해서는 발언권을 가지고 있어요. 우리의 혈통, 우리의 귀족성을 해치는 일에 관해서는 말이죠. 폰티우스 아퀼라처럼요."

세르빌리아는 돌아서 방을 나가며 무서울 정도로 조용히 문을 닫았다. 그녀는 주랑의 기둥 옆에서 두 주먹을 꽉 쥐고 몸을 떨었다. 어떻게 감히! 저 아이에겐 피도 눈물도 없는 걸까? 저 아이가 허기, 외로움, 욕구에 몸부림치거나 몸이 뜨겁고 가려워져 소리 없는 비명을 지르며 밤을 지새운 적이 있기나 할까? 아니, 없겠지. 브루투스는 그런 적이 없으리라. 혈기도 탄력도 없고 발기부전인 아이니까. 제 아내와 한집에 살고 있는 내가 모른다고 생각하는 걸까? 그애가 한 침대에서 자는 것은 고사하고 뚫고 들어간 적조차 한 번도 없는 아내. 그녀의 아들을 이루는 것이 무엇이든 간에—그녀는 아들의 본질을 정확히 알지 못했다—일단 불, 천둥, 화산, 지진은 아니었다. 가끔씩, 폰티우스 아퀼라에 대한 생각을 털어놓은 오늘 같은 날이면 그는 불만을 드러내며 그녀에게 맞서기도 했다. 그래도 어떻게 감히! 그애는 정말 하나도 모르는 걸까?

카이사르가 갈리아로 떠난 지 너무 많은 해가 지났다. 그동안 그녀는 혼자 누워 이를 갈고 주먹으로 베개를 때렸다. 그를 사랑하고 원하고 갈구하면서. 사랑 탓에 무기력해지고 욕망으로 젖고 욕구로 말라갔다. 그것은 맹렬한 싸움이었고, 의지와 감각의 대결이었고, 전쟁 같은 힘겨루기였다. 오, 그에게 완전히 소유당할 때, 그의 기대에 부응해 그에게 짓눌려지고, 정복당하고, 벌을 받고, 그의 노예가 되는 그 순간의 격렬한 만족감이란. 그녀는 자신이 가진 지성과 능력의 한계를 잘 알고 있었다. 존경심을 불러일으키는 남자말고 여자가 뭘 더 바랄 수 있단 말인가? 그녀보다 더 큰 사람이지만, 바로 그녀의 여성적 자질 때문에 그녀에게 묶여 있는 그 사내는 누구던가? 카이사르, 카이사르…….

"무시무시해 보이네요."

그녀는 헉 소리를 내고 고개를 돌려 그를 쳐다봤다. 루키우스 폰티우스 아퀼라. 그녀의 애인. 올해 서른 살인 그는 그녀의 아들보다 어렸고, 최근 수도 담당 재무관으로 원로원에 입성했다. 오래된 가문 출신이 아니었으므로 혈통으로 따지면 그녀보다 한참 처졌다. 하지만 지금처럼 그를 가만히 쳐다보고 있으면 그런 건 전혀 문제되지 않았다. 어쩜 저렇게 잘생겼는지! 아주 큰 키에 완벽한 비율, 짧고 구불구불한 적갈색 머리칼, 선명한 초록빛 눈동자, 우아한 얼굴 골격과 강하지만 육감적인 입매. 그가 가진 최대 장점은 카이사르를 전혀 연상시키지 않는 외모였다.

"무시무시한 생각을 하고 있어서 그래." 그녀는 자기 방으로 그를 이끌며 말했다.

"사랑 때문에? 아니면 증오 때문에?"

"증오지. 증오, 증오, 증오!"

"그렇다면 내 생각을 했던 건 아니겠네요."

"그래. 내 아들을 생각하고 있었어."

"그가 무슨 짓을 해서 당신을 화나게 했나요?"

"너랑 어울림으로써 내 위신을 떨어뜨렸다고 했어."

그는 문을 잠그고 덧문을 내렸다. 그러더니 돌아서서 그녀의 무릎에 힘이 빠질 만큼 멋진 미소를 지었다. "브루투스는 대단한 귀족이죠." 폰티우스 아퀼라는 담담하게 말했다. "그의 불만은 이해해요."

"그앤 아무것도 몰라." 세르빌리아가 말했다. 그녀는 그의 새하얀 토가를 벗겨 의자에 걸쳐놓았다. "발을 들어올려." 그녀는 원로원 의원의 흑적색 가죽 신발을 벗겼다. "반대쪽." 반대쪽 신발도 벗겨지고 옆으로 치워졌다. "양팔 들어." 오른쪽 어깨 위로 넓은 자주색 띠가 둘린 흰 튜닉이 벗겨졌다.

그는 나체였다. 세르빌리아는 뒤로 물러나 그의 전신을 감상하며 눈과 마음과 영혼을 만족시켰다. 짙은 붉은색 체모는 가슴에서부터 점점 좁아지며 길게 이어지다가 더 선명한 붉은색의 무성한 음모와 연결되었다. 그 한가운데 놓인 거무스름한 음경은, 군침 돌도록 통통하고 축 늘어진 음낭 위로 벌써부터 빳빳하게 부풀어오르고 있었다. 완벽해, 완벽해. 날씬한 허벅지, 큼직한 근육이 보기 좋게 붙은 장딴지, 납작한 배, 근육이 단단한 가슴. 넓은 어깨, 근육질의 긴 팔.

그녀는 천천히 그의 주위를 돌며 볼록하고 단단한 엉덩이, 좁은 둔부, 넓은 등짝, 운동선수 같은 목 위에 놓인 머리를 관찰하고 감탄했다. 아름다워! 얼마나 멋진 남자인가! 이런 완벽한 작품에 어떻게 손을 안 대고 배길 수 있을까? 그는 페이디아스와 프락시텔레스가 빚어낸 불멸의 조각상 같았다.

"이제 당신 차례예요." 세르빌리아가 몸을 둘러보길 끝내자 그가 말했다.

숱 많은 머리카락이 쏟아져내렸다. 양쪽 관자놀이 근처의 흰머리를 제외하면 여느 때처럼 새까만 머리카락이었다. 심홍색과 호박색의 옷도 벗겨졌다. 쉰네 살의 세르빌리아는 나체로 서 있으면서도 전혀 창피해하지 않았다. 부드러운 상앗빛 피부에 젖가슴은 여전히 풍만하고 봉긋했지만, 엉덩이는 처지고 허리선은 두꺼워져 있었다. 남자와 여자 사이의 이런 일에 있어서 나이는 전혀 중요하지 않다는 걸 그녀는 알고 있었다. 중요한 것은 쾌락과 공감이지 절대 나이가 아니었다.

그녀는 침대에 누워 검은 털이 무성한 사타구니에 양손을 올려놓았다. 손으로 외음부의 좌우 음순을 벌려 그곳의 매끈한 자둣빛 윤곽을, 반질반질한 윤기를 확인할 수 있도록 했다. 카이사르는 이것을 자신이 본 가장 아름다운 꽃이라 하지 않았던가? 그녀의 자신감은 그의 말에서 비롯된 것이었고, 카이사르를 자신의 노예로 묶어둘 수 있었던 그 승리에서 비롯된 것이었다.

오, 하지만 이 젊고 보드랍고 놀랍도록 정력적인 남자의 손길이란! 그는 아주 강하면서도 아주 부드럽게 그녀를 감쌌다. 그녀는 얌전빼지 않고 모든 것을 바치면서도 지적인 자제력을 발휘했다. 그녀는 그의 혀를, 젖꼭지를, 성기를 빨았다. 굶주린 욕구를 내보이며 반격했고, 절정에 도달하면 무아지경으로 목이 터져라 소리를 질렀다. 그래, 내 아들아! 난 네가 이걸 들었으면 좋겠어. 네 아내가 이걸 들었으면 좋겠어. 난 지금 막 너희 둘 중 누구도 평생 느껴보지 못할 격동을 경험했어. 이 완벽한 쾌락의 거대한 격변을 나누는 외에 다른 것은 전혀 신경쓰지 않아도 되는 남자와 함께.

정사를 마친 뒤, 그들은 여전히 나체로 앉아서 육체의 친밀함을 나눈 사람들 사이에서만 생겨날 수 있는 편안한 분위기 속에 포도주를 마시고 대화를 나눴다.

"소문을 듣자니 쿠리오가 이탈리아의 모든 도로를 관리하는 위원회

설립을 위한 법안을 내놨다고 하더군. 그 위원회의 수장에겐 집정관급 임페리움이 주어지고 말이야." 세르빌리아가 말했다. 그녀의 양발은 그의 넓적다리에 놓여 있었고, 발가락은 선명한 붉은색 체모를 집적거리고 있었다.

"그건 사실이에요. 하지만 그는 큰 가이우스 마르켈루스의 반대를 꺾지 못할 거예요." 폰티우스 아퀼라가 말했다.

"참 이상한 법안이야."

"누가 봐도 이상해 보이죠."

"넌 그가 카이사르의 사람이라고 생각해?"

"아닐 것 같아요."

"하지만 쿠리오의 법안으로 이득을 볼 수 있는 유일한 사람은 카이사르야." 세르빌리아는 생각에 잠겨 말했다. "그가 3월 칼렌다이에 자신의 속주들과 임페리움을 잃어버린다면, 쿠리오의 법안을 통해 새로운 집정관급 권한을 얻게 될 테고 그의 임페리움은 계속 유지되겠지. 안 그래?"

"그건 그렇죠."

"그렇다면 쿠리오는 카이사르의 사람이야."

"그건 진짜 아닐 것 같아요."

"그는 갑자기 빚을 다 청산했어."

폰티우스 아퀼라는 고개를 뒤로 젖히고 참으로 멋지게 웃었다. "그는 풀비아와 결혼했잖아요. 혼전임신이라는 소문이 있어요. 갓 결혼한 신부치고는 배가 아주 많이 불렀거든요."

"불쌍한 셈프로니아! 딸이 선동 정치가의 아내에서 또다른 선동 정치가의 아내가 되다니."

"쿠리오가 선동 정치가라는 증거는 전혀 본 적이 없는데요."

"보게 될 거야." 세르빌리아는 아리송하게 말했다.

2년 넘게 원로원은 고대부터 이용된 원로원 의사당이 없어진 상태로 지내왔다. 그런데도 원로원 의사당을 재건하겠다고 나서는 사람이 아무도 없었다. 국고위원회는 인색하기 짝이 없었으므로 국가에서 그 비용을 감당할 리는 없었다. 어떤 위대한 인물이 나서서 이런 임무를 맡는 것이 전통이었지만, 지금까지 그럴 의사를 밝힌 위인은 없었다. 위대한 폼페이우스도 마찬가지로 원로원의 고충에 무관심한 듯 보였다.

"언제든 폼페이우스 회의소를 이용하면 되잖소." 그는 이렇게 말하곤 했다.

"정말 그 인간답군!" 큰 가이우스 마르켈루스는 3월 칼렌다이에 폼페이우스가 마르스 평원에 세워둔 석조 극장으로 쿵쿵 걸어가며 말했다. "원로원 의원들이 대거 참석하는 회의는 죄다, 우린 그걸 필요로 하지도 않았던 시절에 자기가 세운 회의소에서 진행하게 만들 셈일세. 뻔해!"

"이것 또한 정도에서 벗어난 특별 직권이라 할 수 있을 걸세." 카토는 큰 가이우스 마르켈루스가 따라잡기 힘든 속도로 성큼성큼 걸어가며 말했다.

"우리가 왜 이렇게 서둘러야 하는 건가, 카토? 3월의 파스케스를 쥐고 있는 사람은 파울루스인데, 그는 서두르지 않을 거야."

"그러니까 파울루스가 얼간이라는 거네." 카토가 말했다.

폼페이우스가 플라미니우스 경기장에서 멀지 않은 마르스 평원의 푸른 잔디밭에 세운 복합건물은 사람들의 눈길을 사로잡았다. 5천 명을 수용할 수 있는 거대한 석조 극장은 겨우 5년 전에 지어졌는데, 훨씬 오래되고 드문드문한 주변 건물들 위로 우뚝 솟아 있었다. 폼페이우스는 아주 약삭빠르게도 관객석 꼭대기에 베누스 빅트릭스 신전을 세워서, 그러지 않았다면 불경하다고 평가받았을 건물을 모스 마이오룸을 철저히 따르는 건물로 바꿔놓았다. 로마의 관습과 전통에 따라 극장은 도덕성에 악영향을 미친다고 지탄받았다. 그러므로 5년 전 폼페이우스의 석조 극장이 들어서기 전까지 로마의 모든 경기와 축제는 임시 목조건물에서 치러졌다. 폼페이우스의 극장이 설립 허가를 받을 수 있었던 건 베누스 빅트릭스 신전 덕이었다.

폼페이우스는 객석 뒤편에 커다란 주랑을 만들었다. 주랑은 정확히 100개의 기둥으로 둘러싸여 있었다. 각 기둥은 술라가 그리스에서 들여온 야단스러운 코린토스식 기둥머리로 장식되었으며 푸른빛으로 채색되고 호화롭게 도금되어 있었다. 기둥 뒤편의 붉은 벽면에는 웅장한 벽화가 그려져 있었는데, 안타깝게도 피비린내가 진동하는 그림 주제 때문에 썩 보기 좋진 않았다. 폼페이우스에게는 고상한 취향보단 돈이 훨씬 많았다. 그것은 100개의 기둥과 분수대, 물고기, 각종 장식물, 섬뜩한 장면으로 채워진 주랑을 통해 여실히 드러났다.

폼페이우스는 주랑 뒤편에 회의소를 세웠고, 그곳에서 정식 원로원 회의가 진행될 수 있도록 신전급 건물로 봉헌했다. 크기는 아주 적당했고 구조는 무너진 원로원 의사당과 비슷했다. 좌우로 3단의 계단이 있었고, 가장 바닥에는 고위 정무관들이 착석하는 고관석 단상이 있었다. 각각의 단은 원로원 의원의 의자를 놓을 수 있을 만큼 충분히 폭이 넓었다. 가장 높은 단에는 평의원이 앉았는데, 그들은 정무관 직을 수행한 적이 없고 풀잎관이나 시민관을 수여받은 적도 없으므로 원로원 내에서 발언권이 없었다. 가운데 단은 하급 정무관 직—호민관, 재무관, 평민 조영관—을 지낸 사람이나 전쟁 영웅이 차지했다. 그리고 가장 낮은 단은 고등 조영관, 법무관, 집정관, 감찰관을 지낸 사람들의 차지였다. 다시 말해, 가운데 단이나 가장 낮은 단에 앉는 사람들은 가장 높은 단에 옹기종기 모여 앉은 평의원들보다 더 널찍한 공간을 사용할 수 있었다.

오래된 원로원 의사당의 내부는 다소 밋밋했다. 계단은 응회암 덩어리로 만들어졌고, 벽면은 베이지색 바탕에 빨간색 곡선이나 직선 무늬가 몇 개 그려져 있었다. 고관석 단상 역시 응회암이었으며, 양쪽 계단 사이 통로의 흰색과 까만색 대리석은 너무 낡아 광택이라든지 위풍당당함이 사라진 지 오래였다. 이 고풍스러운 소박함과 극명한 대비를 이루는 폼페이우스의 회의소는 온통 유색 대리석으로 지어졌다. 금박을 입힌 붙임기둥 사이의 벽면은 자주색과 장미색 타일의 복잡한 무늬로 덮여 있었다. 양쪽 계단의 가장 높은 단은 갈색 대리석, 가운데 단은 노란색 대리석, 가장 낮은 단은 크림색 대리석이었고, 고관석 단상은 무려 누미디아에서 들여온 윤기가 자르르 흐르고 푸른빛이 도는 흰색 대리석이었다. 양쪽 계단 사이 통로에는 자주색과 흰색 타일이 수레바퀴 모양으로 배열되어 있었다. 주랑이 없는 쪽의 넓은 처마로 적당히 가려진 빛이 높은 창들을 통해 쏟아져 들어왔고, 각각의 창문은 도금한 창살로 덮여 있었다.

폼페이우스 회의소의 실내장식은 그 허영 때문에 보는 사람을 불편하게 만들었지만, 진짜 짜증나는 것은 따로 있었다. 바로 고관석 단상 뒤편에 세워진 폼페이우스의 조각상이었다. 그 조각상은 실물 크기와 똑같았고(그러므로 신에 대한 모독은 아니었다), 폼페이우스가 첫 집정관 직을 역임했던 20년 전 모습을 묘사해놓은 것이었다. 눈부시게 환한 금발, 놀랍도록 푸른 눈, 둥글고 점잖고 로마인답지 않은 얼굴의 우아하면서도 건장한 서른여섯 살 남자. 조각가의 실력은 가히 최고였고 채색가도 마찬가지였다. 폼페이우스의 피부, 머리카락, 눈동자, 초승달 모양 죔쇠가 달린 원로원 의원의 흑적색 신발은 실물처럼 채색되어 있었다. 다만 토가와 튜닉은 새로운 방식으로 처리되었다. 채색하는 대신 표면을 반질반질하게 처리한 대리석을 이용했는데 토가와 튜닉의 흰 부분은 흰색 대리석으로, 토가 가장자리의 단과 튜닉의 넓은 세로띠는 자주색 대리석으로 표현했다. 조각상은 1.2미터 높이의 대좌 위에 세워졌으므로, 위대한 폼페이우스가 모든 이들을 내려다보며 그곳에서 열리는 모든 회의를 직접 주재하는 것처럼 보였다. 오만함! 참아주기 힘든 자만심!

로마에 머물고 있던 원로원 의원 400여 명이 거의 모두 폼페이우스 회의소로 몰려들었다. 모두가 고대하던 3월 칼렌다이의 회의였다. 원로원 의원들에게 사랑받던 오래된 회의소가 사라지기 전까지 그 존재를 무시당해왔으므로, 폼페이우스는 이제 자신의 회의소에서 모든 원로원 회의가 진행되기를 바란다는 큰 가이우스 마르켈루스의 추측에는 타당한 부분이 있었다. 하지만 큰 마르켈루스는 자신의 추리를 한 단계 더 발전시켜, 많은 의원들이 참석할 것으로 예상되는 중요한 회의는 무조건 신성경계선 바깥에서 진행할 수밖에 없게 되었음을 지적하지는 못했다. 다시 말해, 폼페이우스는 히스파니아 총독의 임페리움을 내려놓지 않으면서 모든 중요한 회의에 참석할 수 있었다. 그의 군대는 히스파니아에 있었고, 그는 곡물 공급 담당관을 겸임하며 로마 외곽에서 호화롭게 생활하고 이탈리아 전역을 자유롭게 누비고 다녔다. 이 두

가지 모두 일반적으로 속주 총독에게 금지된 항목들이었다.

에스퀼리누스 언덕 위로 날이 밝아오자 의원들은 주랑 안으로 모여들었다. 대부분은 회의를 소집한 정무관인 루키우스 아이밀리우스 레피두스 파울루스가 나타날 때까지 거기서 기다리는 쪽을 택했다. 정치 성향이 비슷한 무리끼리 모여 있었고, 평소의 이른 아침보다 훨씬 활기 넘치는 대화가 오갔다. 중대한 회의가 될 것이 분명했고 기대감이 하늘을 찔렀다. 모두들 우상이 타도되는 현장을 목격하기를 원했고, 오늘 모든 사람들은 인민의 우상인 카이사르가 타도될 것이라 확신했다.

보니파 지도자들은 폼페이우스 회의소 문밖의 기둥 옆에 서 있었다. 카토, 아헤노바르부스, 메텔루스 스키피오, 마르쿠스 마르켈루스(작년 차석 집정관), 아피우스 클라우디우스, 렌툴루스 스핀테르, 큰 가이우스 마르켈루스(올해 차석 집정관), 작은 가이우스 마르켈루스(내년 집정관 당선인으로 손꼽히는 인물), 파우스투스 술라, 브루투스, 그리고 두 호민관이었다.

"위대한, 참으로 위대한 날이네!" 카토가 거친 목소리로 외쳤다.

"카이사르 종말의 시작이라 할 수 있지." 루키우스 도미티우스 아헤노바르부스가 환한 얼굴로 말했다.

"그를 지지하는 세력도 없진 않습니다." 브루투스는 소심하게 끼어들었다. "루키우스 피소, 필리푸스, 레피두스, 바티아 이사우리쿠스, 메살라 루푸스, 라비리우스 포스투무스가 보입니다. 저들도 자신만만해 보여요."

"하찮은 놈들!" 마르쿠스 마르켈루스는 경멸스럽다는 듯 말했다.

"하지만 투표할 때가 다 돼서 평의원들이 어떤 결론을 내릴지 누가 알겠나?" 아피우스 클라우디우스가 물었다. 그는 부당취득죄 재판에 휘말려 있었으므로 더 큰 부담을 느꼈다.

"카이사르보단 우리를 위해 표를 던지는 사람이 더 많을 걸세." 거만한 메텔루스 스키피오가 말했다.

바로 그 순간, 수석 집정관 파울루스가 릭토르들을 앞세우고 나타나 폼페이우스 회의소로 들어갔다. 원로원 의원들도 그를 따라 안으로 들어갔다. 그들 곁으로 의원용 접의자를 든 노예들이 하나씩 따라 들어왔고, 일부 의원들은 이 역사적인 회의를 기록으로 남기려고 개인 필경사를 대동했다.

기도를 올리고 제물을 바쳤고, 길한 점괘가 나왔다. 의원들은 각자 접의자에 앉았고, 고위 정무관들은 위대한 폼페이우스의 조각상이 내려다보는 푸른빛 도는 흰색 대리석 단상 위의 상아 대좌에 앉았다.

폼페이우스는 단상 왼쪽의 제일 낮은 계단에 자주색 단을 두른 토가 차림으로 앉아 고관석 단상을 정면으로 마주보고 있었다. 그의 시선은 자신의 조각상 얼굴에 고정되어 있었고, 그의 입술은 그 달콤한 역설을 음미하며 희미한 미소를 머금고 있었다. 오늘은 얼마나 대단한 날이 될 것인가! 폼페이우스를 능가할 가능성이 있는 유일한 자는 곧 자리에서 쫓겨나게 되리라. 나이우스 폼페이우스 마그누스는 입도 벙긋할 필요가 없었다. 그가 카이사르를 실각시키려는 음모에 가담했다며 손가락질하고 비난할 사람은 없으리라. 그가 이 회의에 참석하는 외에 다른 것은 전혀 안 한대도 일은 그렇게 풀릴 게 분명했다. 물론 그는 카이사르에게서 속주들을 빼앗아야 한다고 투표하겠지만, 대다수의 다른 원로원 의원들도 마찬가지일 것이다. 질문을 받는다 해도 이 문제에 관한 언급은 피할 생각이었다. 필요한 연설은 보니파가 알아서 잘해주리라.

3월의 파스케스를 쥔 파울루스는 자신보다 서열이 아래인 큰 가이우스 마르켈루스, 법무관 여덟 명, 고등 조영관 두 명보다 살짝 앞쪽에 배치된 의자에 앉아 있었다.

고관석 단상 바로 아래에는 아주 길고 튼튼하고 반질반질하게 손질한 나무 벤치가 있었다. 그곳에 호민관 열 명이 앉아 있었다. 이들은 평민의 권익을 수호하고 파트리키 귀족의 오만함을 견제할 목적으로 평민회에서 선출되었다. 적어도 파트리키 귀족들이 원로원, 집정관, 법정, 백인조회 등 공적인 삶의 모든 영역을 장악하고 있던 공화정 초기의 목적은 그랬다. 하지만 로마의 왕들이 폐위되자 그런 상태는 오래 지속되지 않았다. 평민들은 지위가 높아졌고 점점 더 많은 돈을 쥐게 되었으며, 정부 내에서 더 큰 발언권을 원하게 되었다. 100여 년 동안 파트리키 귀족과 평민 간의 힘겨루기는 계속되었는데, 파트리키 귀족들이 일방적으로 밀리는 싸움이었다. 그 결과 평민들은 두 집정관 중 한 명과 신관단의 절반을 평민으로 채울 권리와, 법무관을 배출한 평민 가문을 신귀족 가문으로 규정할 권리를 얻었다. 또한 평민의 권익 수호를 위해 목숨까지도 바치겠다고 맹세한 호민관단을 얻게 되었다.

이후 수백 년 동안 호민관의 역할에는 변화가 있었다. 로마 남성들의 모임인 평민회는 점진적으로 입법 활동을 장악하기 시작했다. 또한 파트리키 귀족의 권한을 규제하는 기존 입장에서, 평민회의 핵을 구성하고 원로원에 특정 정책을 강요하는 기사계급 사업가들의 권익을 보호하는 입장으로 바뀌었다.

그러다 특별한 부류의 호민관들이 등장하기 시작했다. 그 정점에 위치한 인물들은 위대한 평민 출신 귀족인 티베리우스와 가이우스 셈프로니우스 그라쿠스 형제였다. 그들은 자신들의 직권과 평민회를 이용해 파트리키는 물론 평민 귀족에게서 권력을 빼앗은 뒤, 그중 아주 작은 부분을 미천하고 가난한 사람들에게 나눠주었다. 그들은 애쓴 보람도 없이 둘 다 끔찍한 죽음을 맞았지만 그들에 대한 기억은 잊히지 않고 전해졌다. 그리고 그라쿠스 형제의 뒤를 잇는, 각기 다양한 목표와 이상을 가진 위대한 인물들이 속속 등장했다. 그 인물들은 가이우스 마리우스, 사투르니누스, 마르쿠스 리비우스 드루수스, 술피키우스, 아울루스 가비니우스, 티투스 라비에누스, 푸블리우스 바티니우스, 푸블리우스 클로디우스, 가이우스 트레보니우스 등이었다. 그런데 가비니우스, 라비에누스, 바티니우스, 트레보니우스를 통해 하나의 새로운 경향이 두드러졌다. 그들은 특정 인물에게 속해 있으며 그 인물이 원하는 방향으로 움직였다. 가비니우스와 라비에누스는 폼페이우스에게 속해 있었고, 바티니우스와 트레보니우스는 카이사르에게 속해 있었다.

근 500년의 역사를 간직한 호민관 직은, 3월의 첫날 그 기다란 나무 벤치에 앉아 있는 열 명의 남자를 통해 구현되었다. 그들은 각각 무늬 없는 흰 토가 차림이었고, 릭토르를 거느리지 않았으며, 로마의 다른 정무관과 달리 종교의식의 제약을 받지 않았다. 그중 여덟 명은 호민관 직에 출마하기 2~3년 전부터 원로원 의원이었고, 나머지 두 명은 호민관으로 당선되면서 원로원 의원이 되었다. 그중 아홉 명은 호민관 임기가 끝나면 이름이나 얼굴이 쉽게 잊힐, 별 볼 일 없는 인물들이었다.

하지만 수석 호민관으로서 벤치 한가운데를 차지한 가이우스 스크리보니우스 쿠리오는 달랐다. 주근깨가 비치며 장난기 넘치는 얼굴, 제멋대로 뻗친 선명한 붉은색 머리카락, 생동감 넘치는 기운과 열정을 가진 그는 호민관 역할에 잘 어울렸다. 훌륭한 연설가인 쿠리오는 정치 성향이 다소 보수적이라 알려져 있었고, 집정관은 물론 감찰관까지 지낸 인물의 아들이었다. 젊은 쿠리오는 카이사르의 집정관 임기 당시 원로원 의원이 될 만큼 성숙한 나이가 아니었음에도 불구하고 카이사르의 가장 강력한 적들 중 하나로 활약했다.

작년 12월 열번째 날 호민관으로 취임한 이후 쿠리오가 내놓은 법안 중 일부는 다소 수수께끼 같았다. 호민관다운 과격성과 극단성이 예상보다 훨씬 깊숙이 그에게 침투한 것 같았다. 첫번째로 그는 새로운 도로 관리관에게 5년간 집정관급 임페리움을 부여하는 법안을 통과시키려다 실패했다. 보니파의 의심 많은 사람들은 이를 카이사르에게 군사 지휘권까진 아니라 해도 새로운 직권을 넘겨주기 위한 계략으로 간주했다. 그다음으로 쿠리오는 대신관으로서 2월의 끄트머리에 22일을 추가하도록 대신관단을 설득하려고 했다. 그의 노력은 또다시 실패로 돌아갔다. 그는 도로 관리관 관련법은 별로 중요하지 않다는 듯 그냥 넘겼으나, 윤달을 삽입하는 문제는 아주 중요하게 여기는 것이 분명했다. 대신관단이 완강하게 거부하자 그는 너무 화가 난 나머지, 평소에 그가 다른 대신관들을 어떻게 생각해왔는지 가감 없이 말해버렸다. 이 사건으로 키케로의 절친한 친구 카일리우스는 쿠리오가 카이사르에게 매수된 것 같다는 내용의 편지를 킬리키아의 키케로에게 보냈다.

하지만 다행히 모든 사람이 이런 예리한 추측을 할 수 있는 건 아니었으므로, 그 내용은 영향력 있는 인물의 귀에 들어가지 않았다. 그래서 쿠리오는 이날 자신이 이번 회의에 어느 정도 관심은 있지만 그렇게 큰 관심은 아니라는 태도로 앉아 있을 수 있었다. 어차피 호민관들은, 원로원이 카이사르의 속주 문제를 논의할 때 거부권을 행사하면 자동으로 반역죄 혐의를 받게 된다는 저 위헌적인 결의 때문에 손발이 묶인 상태였다.

파울루스는 원로원 개회를 선언하자마자 큰 가이우스 클라우디우스 마르켈루스에게 무대를 넘겼다.

"존경하는 수석 집정관, 감찰관, 전직 집정관, 법무관, 조영관, 호민관, 재무관, 원로원 의원 여러분," 큰 가이우스 마르켈루스는 자리에서 일어나 말했다. "오늘 회의는 5년 전 집정관 나이우스 폼페이우스 마그누스와 마르쿠스 리키니우스 크라수스가 트리부스회에서 통과시킨 법에 따라 갈리아의 세 개 속주와 일리리쿰의 총독을 역임하고 있는 가이우스 율리우스 카이사르의 임기를 논의하기 위해 열렸습니다. 폼페이우스·리키니우스법에 명시된 바에 따라 원로원은 오늘 가이우스 카이사르의 총독 임기, 속주, 군대와 임페리움에 대해 자유롭게 논의할 수 있습니다. 폼페이우스·리키니우스법이 통과될 당시의 법에 따르면, 원로원은 올해 고위 정무관 중에서 누구를 내년 3월에 카이사르의 후임으로 파견할 것인지 정해야 합니다. 내년 3월은 폼페이우스·리키니우스법에 명시된 지금으로부터 가장 가까운 총독 교체 시기입니다. 하지만 나이우스 폼페이우스 마그누스가 단독 집정관을 역임한 2년 전에 법이 바뀌었습니다. 덕분에 이제 원로원은 색다른 방식으로 이 문제를 논의할 수 있게 되었습니다. 바꿔 말하자면, 오늘 이 자리에 참석하신 분들 중에는 법무관이나 집정관을 역임했지만 임기가 끝난 뒤 속주 총독으로 떠나기를 거부했던 분들이 계실 겁니다. 이제 원로원은 합법적으로 그 예비 인력을 활용할 수 있게 되었고, 그들 중 한 명 혹은 여러 명을 지금 당장 일리리쿰과 세 갈리아 속주의 총독으로 파견할 수 있게 되었습니다. 올해 집정관들과 법무관들은 향후 5년간 속주 총독 직을 맡을 수 없습니다. 하지만 그렇다고 가이우스 카이사르의 총독 임기를 5년이나 더 연장해줄 순 없지 않겠습니까?"

가이우스 마르켈루스는 잠시 멈췄다. 까무잡잡하지만 호감 가는 면이 없지 않은 그의 얼굴에 즐거운 기색이 떠올랐다. 입을 여는 사람이 없었으므로 그는 말을 이어나갔다.

"오늘 여기 계신 분들은 잘 알다시피, 카이사르는 자신의 속주에서 놀라운 일을 해냈습니다. 8년 전 그는 일리리쿰, 이탈리아 갈리아, 먼 갈리아 지역의 로마 속주 총독으로 일하기 시작했습니다. 8년 전 그는 이탈리아 갈리아에 주둔중인 2개 군단과 프로빙키아의 1개 군단과 함께 일하기 시작했습니다. 8년 전 그는 아주 오래전부터 평화를 유지해왔던 세 개의 속주를 다스리기 시작했습니다. 총독 임기 1년차에 원로원은 그가 프로빙키아를 침입하려는 헬베티족을 저지하는 것을 승인했습니다. 하지만 원로원은 그가 장발의 갈리아라고 알려진 지역으로 쳐들어가 로마의 우호동맹인 게르만계 수에비족의 왕 아리오비스투스와 전쟁을 치르는 것을 승인하진 않았습니다. 그가 더 많은 군단을 모집하는 것을 승인하진 않았습니다. 그가 아리오비스투스 왕을 제압한 이후 장발의 갈리아에 더 깊숙이 쳐들어가 로마와 전혀 무관한 부족들과 전쟁을 벌이는 것을 승인하진 않았습니다. 이탈리아 갈리아의 파두스 강 이북에 이른바 로마인 거류지를 건설하는 것을 승인하진 않았습니다. 이탈리아 갈리아의 비시민권자들을 군단병으로 모집해 마치 정규 로마 군단이라도 되는 듯 번호를 매기는 것을 승인하진 않았습니다. 장발의 갈리아에서 전쟁을 벌이고 강화를 맺고 각종 조약과 계약을 체결하는 것을 승인하진 않았습니다. 일부 게르만계 부족이 선의로 파견한 특사들에게 모진 대우를 하는 것을 승인하진 않았습니다."

"옳소, 옳소!" 카토가 외쳤다.

원로원 의원들은 웅얼거리고 자세를 바꾸고 불안한 표정을 지었다. 쿠리오는 호민관석에 앉아 먼 곳을 바라보고 있었다. 폼페이우스는 가만히 앉아 고관석 단상 뒤편의 자기 얼굴을 응시했다. 대머리에 외모가 야만스러운 루키우스 아헤노바르부스는 기분 나쁜 웃음을 짓고 있었다.

"국고위원회는," 큰 가이우스 마르켈루스는 나긋나긋하게 말했다. "이런 승인받지 않은 행동 중 어느 것에도 이의를 제기하지 않았습니다. 이 위엄 있는 회의체의 구성원들도 대체로 마찬가지였습니다. 가이우스 카이사르의 활동은 로마에, 그의 군대에, 그 자신에게 엄청난 수익을 안겨주었기 때문입니다. 그런 활동으로 인해 그는 하층민들의 눈에 영웅으로 비쳤습니다. 그들은 로마의 부와 권력이 커지기를 원하고, 로마 장군들이 해외에서 용맹을 떨치기를 원합니다. 그런 활동을 통해 그는 진정한 호의만으로는 얻을 수 없는 것들을 살 수 있었습니다. 원로원의 추종자들, 그에게 고분고분한 호민관들, 로마 트리부스회와 평민회 내에서의 강력한 파벌, 마르스 평원에 모인 백인조회 유권자들 틈에 섞여 있는 그의 병사 수천 명까지 말입니다. 또한 그런 활동으로 인해 그는 새로운 통치 방식을 확립할 수 있었습니다. 즉, 로마의 신성한 모스 마이오룸을 뒤집어놓은 것입니다. 모스 마이오룸에 따르면 그 어떤 총독도 단순히 개인의 영광을 드높이기 위해 로마 소유가 아닌 지역을 침범하고 정복할 수 없습니다. 장발의 갈리아를 정복함으로써 로마가 잃게 될 것과 얻게 될 것은 각각 무엇일까요? 전쟁 도중에, 혹은 평화를 확립하는 과정에 잃게 될 로마 시민들의 목숨. 로마를 잘 알지도 못하고 로마와 상관도 없는 부족들의 증오. 그들은 가이우스 카이사르가 도발하기 전까지 로마 영토나 로마인의 권한을 침범할 마음이 전혀—다시 말하지만 정말 전혀!—없던 사람들입니다. 가이우스 카이사르와 불법적으로 모집된 그의 대군은 로마의 이름을 내걸고 평화로운 땅에 쳐들어갔고 그곳을 쑥대밭으로 만들어놓았습니다. 진짜 동기는 무엇이었을까요? 100만 명의 갈리아 노예들을 팔아 자기 배를 불리기 위해서였죠. 노예들이 어찌나 많았던지, 그는 불법으로 모집된 자신의 대군에게도 때때로 선심 쓰듯 노예들을 선물할 수 있었습니다. 네, 그 덕분에 로마도 한층 부유해졌습니다. 하지만 로마는 완벽하게 합법적인 방어전쟁만으로도 이미 부유한 상태였습니다. 그러한 방어전을 치른 인물 중에는 돌아가신 분들도 있고, 존경하는 전직 집정관 나이우스 폼페이우스 마그누스처럼 오늘 이 자리에 참석해주신 분들도 있습니다. 그렇다면 진짜 동기는 무엇일까요? 카이사르라는 인물을 인민의 눈에 비친 영웅으로 만들기 위해서입니다. 배움도 부족하고 감정만 앞선 하찮은 무리들이 우리가 숭배하는 포룸 로마눔에서 그의 딸을 화장하도록 하고, 그녀가 마르스 평원의 영웅들 사이에 묻히는 것을 정무관이 허락할 수밖에 없게 만들기 위해서입니다. 저는 그녀가 누구의 사랑하는 아내였는지 잘 알고 있으며, 존경하는 전직 집정관 나이우스 폼페이우스 마그누스를 모욕할 의도로 이런 말을 하는 게 아닙니다. 하지만 가이우스 카이사르가 인민들에게서 그런 반응을 이끌어냈다는 것, 그리고 인민들이 가이우스 카이사르를 위해 그렇게 행동했다는 것은 엄연한 사실입니다."

폼페이우스는 이제 자세를 바로잡고 앉아 있었다. 그의 머리는 품위 있게 큰 가이우스 마르켈루스를 향해 있었고, 고통스러운 슬픔과 심한 당혹감이 뒤섞인 듯한 표정이었다.

쿠리오는 태연한 표정으로 앉아 있었지만 침울한 심정으로 듣고 있었다. 연설은 아주 훌륭하고 그럴듯했다. 우월함에 대한 자의식이 강한 이 배타적인 집단의 구성원들이 아주 좋아할 만한 내용이었다. 그것은 마치 올바르고 정당하고 합법적인 내용처럼 들렸다. 소용돌이에 휩쓸린 어린나무처럼 늘 마음이 오락가락하는 뒷줄과 가운뎃줄 의원들에게 기막히게 먹혀들 만한 내용이었다. 그중에는 반박할 수 없는 부분이 있었기 때문이다. 카이사르에겐 분명 고압적인 면이 있었다. 하지만 이 연설이 끝난 다음에 카이사르가 정복전쟁에 나선 로마 최초의, 혹은 유일한 총독 겸 장군이 아니라는 사실을 어떻게 짚고 넘어갈 것인가? 카이사르에겐 다 생각이 있었다고, 그의 행동은 로마, 이탈리아, 로마 속주로 이주중인 게르만족을 막기 위해서였다고 어떻게 이 한심한 쥐떼들을 설득할 수 있을 것인가? 그는 소리 없는 한숨을 내쉬며 어깨 위로 목을 움츠렸다. 발을 앞으로 길게 뻗어, 푸른빛 섞인 흰색의 차가운 대리석으로 만들어진 고관석 단상 앞부분에 등을 기댔다.

"저는 때가 왔다고 생각합니다." 큰 가이우스 마르켈루스는 계속 말했다. "위엄 있는 원로원은 지금 당장 가이우스 율리우스 카이사르의 행보를 막아야 합니다. 그의 가문과 연줄이 너무 강력해진 나머지, 그는 자신이 법이나 모스 마이오룸의 원칙 위에 서 있다고 진심으로 믿고 있습니다. 그는 또다른 루키우스 코르넬리우스 술라입니다. 그에겐 태생적 권리, 지성, 원하는 건 뭐든 이룰 수 있는 능력이 있습니다. 우리는 술라가 어떻게 됐는지 잘 알고 있습니다. 술라 치하의 로마가 어떻게 됐는지 잘 알고 있습니다. 술라가 입힌 피해를 바로잡는 데 20년이 넘게 걸렸습니다. 그가 빼앗아간 목숨, 우리에게 준 수모, 그가 손에 넣어 무자비하게 휘두른 독재자의 권력까지 말입니다.

가이우스 카이사르가 루키우스 코르넬리우스 술라를 의도적으로 모방해왔다는 말은 아닙니다. 이 놀랍도록 오래된 가문 출신 사내들의 사고방식은 그게 아니라고 생각합니다. 그들은 그들이 진심으로 숭배하는 신들의 바로 아래에 자기들이 있다고 믿는 것 같습니다. 그들에게 미쳐 날뛸 기회가 주어지면 그들의 만용이나 권리 의식을 저지할 것은 아무것도 없다고 생각합니다."

그는 숨을 고르고 카이사르의 막내 외삼촌 루키우스 아우렐리우스 코타를 똑바로 쳐다봤다. 코타는 카이사르의 총독 임기 내내 거리감이 느껴지는 태연한 자세를 유지해왔다.

"가이우스 카이사르가 내년 집정관 선거에 출마하리라는 점은 다들 알고 계실 겁니다. 원로원이 가이우스 카이사르의 부재중 출마 요구를 거절했다는 점도 다들 알고 계실 겁니다. 그는 후보 등록을 하려면 반드시 신성경계선 안으로 들어와야 하고, 그렇게 하는 순간 그의 임페리움은 소멸됩니다. 바로 그때 저와 이곳에 계신 다른 분들은 그의 수많은 불법행위에 대해 다양한 혐의를 제기할 것입니다. 그건 반역적인 행동입니다, 원로원 의원 여러분! 승인 없는 군단 모집—우리에게 비적대적인 부족의 영역 침략—자격 없는 사람들에의 로마 시민권 부여—그런 사람들의 거류지를 세우고 그들을 로마인으로 호칭—선의로 파견된 특사 살해—전부 반역적인 행동입니다! 카이사르는 많은 혐의로 재판을 받을 것이고 유죄판결을 받을 겁니다. 재판은 특별 법정에서 진행될 것이고, 나이우스 폼페이우스가 밀로의 재판 때 배치했던 것보다 더 많은 군인들이 포룸 로마눔에 배치될 것입니다. 그는 처벌을 피해갈 수 없을 겁니다. 여러분도 알고 계시겠죠. 그러니 그 문제를 아주 곰곰이 생각해보십시오.

저는 가이우스 율리우스 카이사르로부터 그의 임페리움, 속주, 군대를 박탈할 것을 제안하며 이 내용을 원로원 표결에 부치겠습니다. 아울러 바로 오늘, 루키우스 아이밀리우스 레피두스 파울루스와 가이우스 클라우디우스 마르켈루스가 집정관인 해의 3월 칼렌다이에 가이우스 율리우스 카이사르로부터 속주 총독의 모든 권력, 임페리움, 권한을 박탈할 것을 제안합니다."

쿠리오는 움직이거나, 똑바로 앉거나, 편하게 쭉 뻗은 다리의 자세를 바꾸지도 않고 말했다. "그 제안을 거부하겠습니다, 가이우스 마르켈루스."

거의 400쌍의 폐에서 동시다발적으로 쏟아져나온 헉 소리는 거대한 바람 소리처럼 들렸다. 그러더니 바스락거리는 소리, 접의자가 삐걱대는 소리, 한두 번의 손뼉 소리가 들렸다.

폼페이우스는 눈이 휘둥그레졌고, 아헤노바르부스는 길게 울부짖는 소리를 냈고, 카토는 할말을 잃었다. 제일 먼저 정신을 차린 것은 큰 가이우스 마르켈루스였다.

"저는 바로 오늘," 그는 크게 말했다. "루키우스 아이밀리우스 레피두스 파울루스와 가이우스 클라우디우스 마르켈루스가 집정관인 해의 3월 칼렌다이에 가이우스 율리우스 카이사르로부터 그의 임페리움, 속주, 군대를 박탈할 것을 제안합니다."

"그 제안을 거부하겠습니다, 차석 집정관님." 쿠리오가 말했다.

누구도 움직이지 않고 누구도 말을 하지 않는 의미심장한 정적이 찾아왔다. 모든 눈이 쿠리오에게 고정되어 있었다. 고관석 단상에 앉은 이들을 제외하면 모든 사람들이 그의 얼굴을 볼 수 있었다.

카토가 벌떡 일어났다. "반역자!" 그는 크게 외쳤다. "반역자, 반역자, 반역자! 저 인간을 체포하시오!"

"오, 허튼소리!" 쿠리오가 호민관석에서 일어나며 말했다. 그는 자주색과 흰색 바닥 가운데로 걸어나가더니 머리를 들고 두 발을 벌린 채 멈춰 섰다. "카토, 그게 허튼소리란 건 당신도 잘 알겠죠! 당신과 당신의 두꺼비들이 통과시킨 것은 법적인 타당성이 전혀, 정말 티끌만큼도 없는 원로원 결의뿐입니다! 계엄법이 동반되지 않은 원로원 결의만으로는 합법적으로 선출된 호민관의 거부권 행사를 막을 수 없습니다! 저는 차석 집정관의 제안을 거부하고 앞으로도 계속 거부할 것입니다! 그것은 제 권리입니다! 절 반역죄 혐의로 즉결재판에 회부하고, 그런 다음 타르페이아 바위에서 떨어뜨리겠다고 협박할 생각은 마십시오! 평민회가 절대 가만있지 않을 테니까요! 당신이 뭐라고 생각하는 겁니까? 평민들이 들고일어나기 이전의 파트리키 귀족? 카토 당신은 파트리키 귀족의 오만함과 버릇없음을 끝없이 지탄했던 평민 가문 출신이면서, 아주 놀랍도록 파트리키 귀족처럼 행동하고 있군요! 당신 말은 허튼소리입니다! 그러니 가만히 앉아 입 다물고 계시죠. 저는 차석 집정관의 제안을 거부하겠습니다!"

"오, 너무 멋져요!" 열린 문 뒤에서 큰 목소리가 들려왔다. "쿠리오, 당신을 사랑해요! 당신을 숭배해요! 멋져요, 정말 멋져요!"

그곳에는 풀비아가 정원으로부터 들어오는 햇빛을 등지고 서 있었다. 짙은 황색과 주황색 옷 밑으로 배가 한껏 부풀어 있었고, 그녀의 사랑스러운 얼굴은 기쁨으로 빛났다.

큰 가이우스 마르켈루스는 침을 삼키고 부들부들 떨더니 버럭 화를 냈다. "릭토르, 저 여자를 치워버리게!" 그가 외쳤다. "저 여자가 속해 있는 길거리로 던져버려!"

"그녀에게 손가락 하나라도 대려 들지 마시오!" 쿠리오가 으르렁거렸다. "남녀를 불문하고 로마인이 원로원의 열린 문틈으로 들리는 말을 들으면 안 된다는 법이 어디 있습니까? 가이우스 셈프로니우스 그라쿠스의 손녀를 건드리는 순간, 마르켈루스 당신은 당신이 혐오하는 저 배움도 부족하고 감정만 앞서는 하찮은 무리로부터 매질을 당하게 될 겁니다!"

릭토르들은 주춤했다. 쿠리오는 기회를 놓치지 않았다. 그는 성큼성큼 복도를 지나 양손으로 아내의 어깨를 잡고 뜨겁게 키스했다. "집으로 가시오, 풀비아, 착한 아내라면 그렇게 해야 하지 않겠소."

풀비아는 희미한 미소를 남기고 떠났다. 쿠리오는 바닥 한가운데로 돌아가 큰 마르켈루스에게 조소를 보냈다.

"릭토르, 이 인간을 체포하게!" 큰 가이우스 마르켈루스는 떨리는 목소리로 말했다. 너무 화가 난 나머지 입가에 거품이 맺힌 채 부들부들 떨고 있었다. "당장 체포해! 이자에게 반역죄 혐의를 제기할 걸세. 이대로 풀어둬선 안 돼! 라우투미아이 감옥에 처넣어버리게!"

"릭토르, 지금 서 있는 곳에서 꼼짝하지 말 것을 명령하겠소!" 쿠리오는 놀랍도록 권위 있는 목소리로 말했다. "나는 호민관의 권리 행사를 방해받고 있는 호민관이오! 나는 원로원 의원들의 합법적인 회의 도중에 거부권을 행사했소. 그것은 내 권리이고, 나의 거부권 행사를 막을 만큼 긴급한 결의가 있었던 것도 아니오! 나는 호민관의 신성한 권리 행사를 방해한 혐의로 차석 집정관을 체포할 것을 당신들에게 명하겠소!"

지금까지 굳어 있던 파울루스가 느릿느릿 일어나더니, 파스케스를 든 자신의 수석 릭토르에게 그 막대다발로 바닥을 내려치라고 명령했다. "정숙! 정숙!" 파울루스가 호통쳤다. "다들 정숙하시오! 본 회의는 정숙을 되찾아야 합니다!"

"이것은 내 회의이지, 당신 회의가 아니오." 큰 마르켈루스가 소리쳤다. "당신은 빠지시오, 파울루스, 경고하겠소!"

"난 이달의 파스케스를 쥔 집정관이오." 평소 무기력하기 그지없던 파울루스가 고함을 질렀다. "다시 말해 이건 내 회의요, 차석 집정관! 앉으시오! 다들 앉으시오! 정숙하지 않으면 내 릭토르들을 시켜 이 모임을 해산하겠소. 필요하다면 강제로라도 말이오! 카토, 입 닫으시오! 아헤노바르부스, 꿈도 꾸지 마시오! 내가 정숙하라고 했소!" 그는 뉘우치는 기색이 없는 쿠리오를 노려봤다. 쿠리오는 늑대 무리를 무서워하지 않고 덤벼드는 아주 성가신 강아지를 닮아 있었다. "가이우스 스크리보니우스 쿠리오, 나는 당신의 거부권 행사 권리를 존중하고, 당신을 막는 것은 불법이라는 말에 동의하오. 하지만 원로원 의원들은 당신이 왜 거부권을 행사해야만 했는지 들어봐야 한다고 생각하오. 당신에게 무대를 넘겨주겠소."

쿠리오는 고개를 끄덕이더니 불꽃같은 머리카락을 쓸어올렸다. 혀로 입술을 핥는 그는 허기진 듯이 보였다. 오, 물이라도 좀 마셨으면! 하지만 물 한 잔을 요구하는 것은 약한 모습으로 비칠 수 있었다.

"감사합니다, 수석 집정관님. 오늘 이 자리의 일부 의원들이 가이우스 율리우스 카이사르 총독을 상대로 취할 법적 조치에 대해 논하는 것은 아무 의미가 없습니다. 그건 아무 상관도 없고, 차석 집정관이 연설에서 그 내용을 언급하는 것도 적절하지 않습니다. 차석 집정관은 왜 자신이 가이우스 카이사르에게서 총독의 권한과 속주를 박탈해야 한다고 생각하는지, 그 이유를 설명하는 것으로 끝냈어야 합니다."

쿠리오는 복도 끝으로 걸어가더니 닫혀 있는 문을 등지고 섰다. 그 자리에서는 고관석 단상 위의 얼굴들과 폼페이우스의 조각상을 비롯해 원로원의 모든 얼굴들을 볼 수 있었다.

"차석 집정관은 가이우스 카이사르가 개인의 영광을 키우기 위해 로마령이 아닌 평화로운 지역을 침략했다고 말했습니다. 하지만 그건 사실이 아닙니다. 게르만계 수에비족의 아리오비스투스 왕은 켈트계 세콰니족과 협정을 맺어 세콰니족의 땅 3분의 1에 해당하는 지역에 정착하기로 했습니다. 가이우스 카이사르가 아리오비스투스 왕에게 로마 우호동맹 자격을 부여한 것도 게르만족의 우호적인 태도를 강화하기 위해서였습니다. 하지만 아리오비스투스 왕은 협정에 명시된 것보다 훨씬 많은 수의 수에비족을 레누스 강 너머로 데려왔고, 세콰니족의 재산을 차지했습니다. 이에 세콰니족은 아주 오랫동안 로마 우호동맹 지위를 누려온 아이두이족을 위협하는 지경에 이르렀습니다. 가이우스 카이사르는 아이두이족을 보호하기 위해 나선 겁니다. 그건 우리가 아이두이족과 맺은 조약에 따른 의무이기도 했습니다.

그는 그 과정에서 게르만족의 위력을 몸소 확인하게 됐습니다." 쿠리오는 계속 말했다. "그래서 장발의 갈리아의 켈트계 및 벨가이계 부족들과 우호동맹 조약을 맺기로 결심했고, 그런 이유에서 그들의 땅으로 들어가게 된 겁니다. 전쟁을 일으키기 위해서가 아닙니다."

"오, 쿠리오," 큰 마르켈루스가 외쳤다. "당신 아버지 같은 인물에게서 난 아들이 가이우스 카이사르의 똥을 온몸에 처바르고 그를 핥아주는 꼴을 보게 될 줄은 몰랐소! 말도 안 되는 소리! 헛소리! 우호동맹 조약을 체결하겠답시고 군대를 이끌고 가다니, 카이사르가 한 짓이 딱 그거 아니오!"

"정숙하시오." 파울루스가 소리쳤다.

쿠리오는 마르쿠스 마르켈루스의 무식이 한심하다는 듯 고개를 내저었다. "군대를 이끌고 간 것은 그가 신중한 사람이기 때문입니다, 마르쿠스 마르켈루스. 당신 같은 멍청이가 아니라 말이죠. 이유 없는 공격행위가 발생하기 전까지 로마군의 필룸창은 던져지지 않았고, 그 어떤 부족의 땅도 쑥대밭으로 변하지 않았습니다. 그는 법적 구속력이 있고 실질적인 우호동맹 조약을 맺었고, 그 모든 조약문은 유피테르 페레트리우스 신전 벽면에 걸려 있습니다. 제 말을 못 믿겠으면 직접 가서 확인하시죠! 갈리아인들의 무력 사용으로 인해 조약이 깨진 경우에만 로마군의 필룸창이 던져졌고 로마군의 칼이 겨눠졌습니다. 가이우스 카이사르의 7권짜리 『갈리아 전기』를 읽어보시죠. 어느 서점에서나 구입할 수 있습니다! 이 위엄 있는 원로원에서 그의 공식 서한이 낭독될 때 전혀 귀를 기울여 듣지 않은 듯하니 말입니다."

"당신은 스크리보니우스 쿠리오라고 불릴 자격도 없소!" 카토가 매몰차게 말했다. "반역자 같으니라고!"

"제겐 양쪽 입장이 모두 드러나기를 바랄 자격이 있습니다, 마르쿠스 카토!" 쿠리오는 얼굴을 찡그리며 딱 잘라 말했다. "제가 거부권을 행사한 것은, 차석 집정관과 나머지 보니파 의원들이 지금 이 자리에서 자신을 변호할 수 없는 사람을 무작위로 공격하는 모습이 너무 끔찍했기 때문입니다! 저는 자신을 변호할 수 없는 사람을 처벌하기를 좋아하지 않습니다. 그리고 호민관으로서 정의 실현에 앞장서는 것은 가치 있는 일이라 생각합니다. 다시 말하지만, 가이우스 카이사르는 장발의 갈리아를 침략하지 않았습니다.

그가 허가 없이 군단병을 모집했다는 혐의와 관련해서, 저는 갈리아의 상황이 꾸준히 위태로워질 무렵 여러분이 그 모든 군단들의 모집을 직접 승인했다는 걸 상기시켜주고 싶군요. 급여 지불에도 동의했고 말이죠!"

"사후에 승인한 거요!" 아헤노바르부스가 소리쳤다. "사후에! 그건 법적으로 공식 승인이라 할 수도 없소!"

"제 생각은 다릅니다, 루키우스 도미티우스. 그럼 원로원 표결을 통해 카이사르의 이름으로 진행된 그 수많은 감사제는 뭡니까? 로마가 허가하거나 기대하거나 필요로 했든 말았든, 가이우스 카이사르가 벌어들인 수많은 재물을 국고위원회에서 마다한 적이 있습니까? 정부란 늘 돈이 부족하기 마련인데, 정부는 돈을 벌지 않기 때문입니다. 쓰기만 할 뿐이죠!"

쿠리오는 눈에 띄게 위축된 브루투스를 똑바로 쳐다봤다. "보니파가 보니파 추종자들의 행동을 비난하는 경우를 전혀 보지 못했는데, 원로원 의원 여러분은 어떤 행동이 더 옳다고 보십니까? 가이우스 카이사르가 갈리아에서 행한 솔직담백하고 직접적이고 지극히 합법적인 복수입니까, 아니면 마르쿠스 브루투스가 키프로스 섬 살라미스의 원로들에게 행한 엉큼하고 잔인하고 지독히 불법적인 복수입니까? 마르쿠스 브루투스는 자신의 충복들이 요구한 48퍼센트 복리를 갚지 못하자 그 원로들에게 보복을 가했습니다. 저는 가이우스 카이사르가 일부 갈리아 족장들을 재판하고 처형했다고 들었습니다. 저는 가이우스 카이사르가 전장에서 많은 갈리아 족장들을 죽였다고 들었습니다. 저는 가이우스 카이사르가 알레시아와 욱셀로두눔에서 가장 지독하게 저항한 갈리아 남자 4천 명의 손목을 잘랐다고 들었습니다. 하지만 그 어디에서도 가이우스 카이사르가 로마 비시민권자들에게 돈을 빌려주고, 그런 다음 그들이 굶어죽을 때까지 회의소에 가둬뒀다는 소리는 못 들어봤습니다! 그건 마르쿠스 브루투스가 한 짓입니다. 젊은 로마 원로원 의원으로서 모든 자질을 갖춘 이 빼어나고 모범적인 청년 말이죠!"

"그건 누명입니다, 가이우스 쿠리오." 브루투스는 이를 깨물고 말했다. "전 살라미스의 원로들을 죽이도록 사주하지 않았습니다."

"하지만 당신은 전부 다 알고 있지 않았소?"

"키케로의 악의 가득한 편지들을 통해서, 그렇습니다!"

쿠리오는 다음 주제로 넘어갔다. "카이사르가 불법으로 로마 시민권을 나눠줬다는 혐의에 대해 말하자면, 우리가 사랑하지만 합법과는 거리가 먼 영웅 나이우스 폼페이우스 마그누스와 조금이라도 다르게 행동한 부분이 있습니까? 아니면 그전의 가이우스 마리우스와 다르게 행동했나요? 로마인 거류지를 세운 이전의 수많은 속주 총독들과 달랐습니까? 로마 시민권자가 아니라 라티움 시민권자를 군단병으로 모집한 사례가 최초였나요? 원로원 의원 여러분, 이건 애매한 부분이고, 가이우스 카이사르가 처음 시도한 일이라고 말할 수도 없습니다. 라티움 시민권자들이 로마군에서 충실하게, 합법적으로, 또 영웅적으로 복무했을 경우 그들에게 보상으로 로마 시민권을 제공하는 것은 이제 모스 마이오룸의 일부가 되었습니다. 게다가 카이사르의 군단에는 전원 비시민권자만으로 채워진 보조군이 하나도 없었습니다! 모든 군단에는 로마 시민들이 포함되어 있었습니다."

가이우스 마르켈루스는 코웃음을 쳤다. "당신은 이곳이 가이우스 카이사르에게 제기될 반역죄 혐의를 논할 장소가 아니고 지금은 그럴 때가 아니라고 했소, 가이우스 쿠리오. 그런데 그런 사람치고는 너무 오랫동안, 카이사르가 회부된 재판의 수석 변호인처럼 말하는 게 아닌가 모르겠소!"

"네, 그렇게 보일 수도 있겠죠." 쿠리오는 씩씩하게 말했다. "하지만 전 이제부터 가장 중요한 부분을 지적할 생각입니다, 가이우스 마르켈루스. 그것은 작년 초 가이우스 카이사르가 원로원으로 보낸 편지에 포함된 내용이기도 합니다. 카이사르는 자신을 나이우스 폼페이우스 마그누스와 똑같이 대해달라고 원로원에 요구했습니다. 나이우스 폼페이우스 마그누스는 두 히스파니아 속주의 총독으로 일하고 로마의 곡물 공급까지 관리한다는 이유로 부재중 출마를 허락받고 단독 집정관으로 당선된 바 있습니다. 그때 원로원 의원 여러분은 '그거야 전혀 문제없지!'라고 외치며 원로원 역사상 가장 명백하게 위헌적인 조치를 기꺼이 지지했고, 노골적으로 서두르며 참석자들이 부족했던 트리부스회에서 그것을 승인했습니다! 하지만 모든 면에서 폼페이우스 마그누스와 동급이라 할 수 있는 가이우스 카이사르에게 원로원이 해준 답변은 '똥이나 처먹어, 카이사르!'와 하나 다를 게 없었습니다."

용감한 강아지는 이빨을 드러냈다. "제가 어떻게 할 생각인지 알려드리겠습니다, 원로원 의원 여러분. 저는 원로원이 정확히 나이우스 폼페이우스 마그누스를 대했던 방식으로 가이우스 카이사르를 대할 때까지 가이우스 카이사르의 속주 문제와 관련하여 계속 거부권을 행사할 것입니다. 저는 단 한 가지 조건이 충족될 때에만 거부를 철회하겠습니다. 그게 어떤 조치가 됐든, 가이우스 카이사르에게 가해진 조치는 똑같은 시점에 나이우스 폼페이우스에게도 가해져야 한다는 것입니다! 원로원이 가이우스 카이사르에게서 그의 임페리움, 속주, 군대를 박탈해야 한다면 동시에 나이우스 폼페이우스에게서 그의 임페리움, 속주, 군대를 박탈해야 합니다!"

이제 모두가 자세를 바로하고 앉았다! 폼페이우스는 자기 조각상에 감탄의 눈길을 보내는 대신 쿠리오를 쳐다봤다. 카이사르에게 충성을 맹세했다고 알려진 몇몇 전직 집정관들은 입이 귀에 걸려 있었다.

"찬성이오, 쿠리오!" 루키우스 피소가 외쳤다.

"조용!" 루키우스 피소라면 질색하는 아피우스 클라우디우스가 소리쳤다.

"저는 오늘 당장," 큰 가이우스 마르켈루스가 외쳤다. "가이우스 카이사르에게서 그의 임페리움, 속주, 군대를 박탈할 것을 제안합니다! 박탈해야 합니다!"

"그 제안에 거부권을 행사하겠습니다, 차석 집정관님. 나이우스 폼페이우스의 임페리움, 속주, 군대도 박탈한다는 내용을 추가하지 않는 한! 두 사람에게서 전부 다 박탈하시죠!"

"원로원은 가이우스 카이사르의 속주 문제를 논의할 때 거부권을 행사하는 것을 반역으로 간주한다는 결의를 통과시켰소! 쿠리오 당신은 반역자고, 난 당신이 벌을 받아 죽는 꼴을 보고 말겠소!"

"그것도 거부하겠습니다, 마르켈루스!"

파울루스는 힘겹게 일어섰다. "해산하겠습니다!" 그는 우렁차게 외쳤다. "오늘 회의는 끝났습니다! 다 나가십시오, 한 명도 빠짐없이!"

폼페이우스는 원로원 의원들이 폼페이우스 회의소를 빠져나가는 동안 가만히 의자에 앉아 있었다. 고관석 단상 위에 놓인 자신의 얼굴을 쳐다보는 것은 전혀 즐겁지 않았다. 놀랍게도 카토, 아헤노바르부스, 브루투스를 비롯한 보니파 의원들은 그에게 다가와 대화를 하자는 식으로 말을 걸지 않았다. 오직 메텔루스 스키피오만 그와 함께했다. 의원들이 다 떠난 뒤, 두 사람은 눈부신 회의소를 나섰다.

"정말 충격적일세." 폼페이우스가 말했다.

"나보다 더 충격받진 않았을 겁니다."

"내가 쿠리오에게 무슨 짓을 했다고?"

"아무 짓도 안 했죠."

"그렇다면 왜 날 콕 찍어 지목한 거지?"

"모르겠군요."

"그는 카이사르의 사람이네."

"이제 그걸 모르는 사람은 없습니다."

"물론 그는 날 좋아했던 적이 한 번도 없어. 카이사르가 집정관이었을 때 쿠리오는 내게 온갖 끔찍한 말을 퍼부었고, 카이사르가 갈리아로 떠난 뒤에도 비난을 멈추지 않았네."

"다들 알고 있겠지만, 카이사르에게 매수되기 이전에 그는 푸블리우스 클로디우스의 사람이었습니다. 그리고 클로디우스는 그 당시 당신을 몹시 싫어했고 말이죠."

"그는 어째서 날 괴롭히는 거지?"

"폼페이우스 당신이 카이사르의 적이기 때문이죠."

폼페이우스의 선명한 푸른 눈은 부어오른 얼굴 위에서 가까스로 크게 떠졌다. "난 카이사르의 적이 아닐세!" 그는 분개하며 말했다.

"말도 안 되는 소리. 당신은 당연히 그의 적입니다."

"그걸 어떻게 아는가, 스키피오? 자네는 아주 머리 좋기로 유명한 사람도 아닐 텐데."

"그건 맞는 말이지요." 메텔루스 스키피오는 담담하게 말했다. "그래서 처음에 당신이 물어봤을 때는 쿠리오가 당신을 지목한 이유를 모르겠다고 답한 겁니다. 하지만 곧 답이 떠올랐어요. 카토와 비불루스가 늘 하던 말이 생각났는데, 그들은 당신이 카이사르의 능력을 질투한다고 했어요. 당신이 가장 숨기고 싶어하는 비밀은 카이사르가 당신보다 더 뛰어날지도 모른다는 두려움이라고 말이죠."

그들은 폼페이우스 회의소를 빠져나오면서 밖으로 통하는 정문 대신 내부로 통하는 출구를 이용했다. 이 출구를 지나면 폼페이우스가 자신의 복합건물에 딱 붙여서 만들어놓은 빌라의 주랑정원으로 나오게 되었다. 키케로는 이 빌라가 요트 뒤에 달린 꼬마 돛단배 같다고 말한 바 있었다.

로마의 일인자는 사납게 입술을 깨물며 성질을 죽였다. 메텔루스 스키피오는 남의 호감을 사는 일에 관심이 없었으므로 늘 자기 생각을 여과 없이 내뱉었다. 코르넬리우스 스키피오 가문에서 태어나고 아이밀리우스 파울루스 가문의 피까지 물려받은 사람이라면 굳이 다른 사람의 호감 따윈 필요치 않았다. 설사 그 사람이 로마의 일인자라 할지라도. 메텔루스 스키피오가 절대 흠잡을 수 없는 혈통을 타고난 까닭이었다. 그는 또한 평민 카이킬리우스 메텔루스 가문으로 입양되면서 어마어마한 재산까지 쥐게 되었다.

그렇다. 폼페이우스는 인정한다는 말을 입 밖으로 뱉을 수 없었지만 그건 사실이었다. 카이사르가 장발의 갈리아로 떠난 초반에는 의혹에 불과했으나, 베르킹게토릭스를 통해 그것이 사실임이 명확히 드러났다. 카이사르가 그해의 업적을 자세히 적어 원로원으로 보낸 편지를 폼페이우스는 집어삼킬 듯 읽었다. 폼페이우스가 세번째 집정관을 지낸 해였고, 그해의 절반 동안은 동료 없는 단독 집정관이었다. 카이사르는 그를 뛰어넘었다. 군사적인 실책은 단 하나도 범하지 않았다. 그의 노련함은 얼마나 완벽한가! 그의 움직임은 얼마나 신속하고, 그의 전략은 얼마나 과감하며, 그의 전술은 얼마나 유연한가! 게다가 그의 군대는 어떠한가! 그는 어떻게 병사들이 자기를 신처럼 숭배하도록 만들

수 있었던 걸까? 그들은 정말로 그를 신처럼 떠받들었다. 그는 병사들에게 2미터 깊이로 쌓인 눈밭을 건너게 했고, 병사들을 기진맥진하게 만들었고, 자신을 위해 굶주림을 견뎌달라고 했고, 월동 숙영지에서 병사들을 끄집어내 고된 일을 시켰다. 오, 그게 전부 그의 선심성 선물 덕분이라 말하는 사람들은 얼마나 어리석은가! 순전히 돈만 보고 싸우는 탐욕스러운 군대는 절대로 장군을 위해 죽을 준비가 되지 않는다. 하지만 카이사르의 군대는 그를 위해 천 번이라도 죽을 준비가 돼 있다.

내겐 그런 재능이 없다. 물론 그 옛날, 내가 피케눔 출신 피호민들을 모아 술라를 위해 싸우러 갈 때는 내게도 그런 재능이 있다고 믿었다. 그때는 나 자신을 믿었고, 내 피케눔 출신 군단병들이 나를 사랑한다고 믿었다. 아마도 히스파니아와 세르토리우스 때문에 그런 생각을 버리게 되었으리라. 나는 그 끔찍한 전쟁 내내 힘겹게 싸워야 했고, 내 군사적 실책 때문에 병사들이 죽어가는 걸 지켜봐야 했다. 그는 단 한 번도 하지 않았던 그런 실수들. 난 히스파니아와 세르토리우스를 통해 머릿수의 중요함을, 적군보다 훨씬 많은 아군을 전장에 이끌고 가는 것이 신중한 처사임을 배웠다. 그후로 나는 적군보다 적은 수의 아군을 이끌고 싸운 적이 없다. 앞으로도 아군의 머릿수가 부족한 싸움은 하지 않을 것이다. 하지만 카이사르는 다르다. 그는 자기 자신을 신뢰하고, 절대 회의에 빠져 흔들리지 않는다. 그는 터무니없을 정도로 적은 병력만 이끌고 전투에 뛰어들곤 한다. 그러면서도 병력을 낭비하거나 전투만을 쫓아다니진 않는다. 가능하다면 평화적인 해결책을 찾는다. 그렇게 해놓고 돌아서서는 갈리아인 4천 명의 손목을 자른다. 그것이 적대행위를 영원히 멈추게 할 방법이라면서. 그의 말이 맞을지도 모른다. 그가 게르고비아에서 병사를 몇이나 잃었던가? 700명? 그리고 그것 때문에 눈물을 흘렸지! 나는 히스파니아에서 거의 그 열 배에 가까운 병사들을 잃었지만 울 수가 없었다. 어쩌면 내가 가장 두려워하는 건 그의 무시무시한 분별력이리라. 화가 나서 미칠 것 같은 상황에서도 그는 진지한 사색을 할 수 있고, 불리한 상황을 자신에게 유리하게 바꿔놓는다. 그렇다, 스키피오의 말이 옳다. 내가 가장 숨기고 싶어하는 비밀은, 카이사르가 나보다 더 뛰어날지도 모른다는 두려움이다…….

그의 아내는 아트리움에서 두 사람을 맞았고, 그가 입맞춤할 수 있도록 자신의 서늘한 볼을 내밀었다. 그런 다음 자신의 아버지인 대단한 멍청이에게 환한 미소를 지었다. 오, 율리아, 당신은 어디 있는 거요? 왜 그렇게 가야만 했소? 어째서 이 여자는 당신 같지 않은 거요? 어째서 이 여자는 이리도 차갑단 말이오?

"해 지기 전에 회의가 끝날 줄은 몰랐어요." 코르넬리아 메텔라는 두 사람을 식당으로 안내하며 말했다. "하지만 물론 우리 모두가 먹기에 충분한 저녁식사를 준비하라고 일러두었죠."

그녀는 아름다운 여자였고, 그런 면에 있어서 그녀와의 결혼은 별로 아쉬울 것이 없었다. 숱 많고 윤기 흐르는 갈색머리는 소시지 모양으로 말려 양쪽 귀를 반쯤 가리고 있었다. 입술은 키스하고 싶을 정도로 도톰했고 가슴은 율리아보다 훨씬 풍만했다. 회색 눈은 적당히 간격을 두고 떨어져 있었으며 눈꺼풀은 다소 무거운 느낌이었다. 그녀는 첫날밤 침대에서 기특할 정도로 순종적인 태도를 보였다. 푸블리우스 크라수스와 첫 결혼을 했기 때문에 처녀는 아니었다. 하지만 폼페이우스가 깨달은 바, 그녀는 남자가 여자에게 하는 행위를 즐길 만큼 성적으로 노련하지도 열성적이지도 않았다. 폼페이우스는 연인으로서의 기술에 자신이 있었지만, 코르넬리아 메텔라는 그의 코를 납작하게 눌러놓았다. 그녀는 대체로 불쾌함이나 혐오를 드러내는 법이 없었지만, 지극히 민감하고 쉽게 뜨거워지는 율리아와 6년간 결혼생활을 하면서 그의 감각은 기묘한 방식으로 예민해져 있었다. 예전의 폼페이우스라면 절대 눈치채지 못했을 테지만, 율리아를 겪은 폼페이우스는 자신이 코르넬리아 메텔라의 가슴을 애무하거나 그녀에게 몸을 밀착시킬 때 그녀가 내심 그 행위를 한심하게 여기고 있음을 알 수 있었다. 한번은 그녀로부터 진짜 반응을 이끌어내기 위해 그녀의 음순 안으로 혀를 밀어넣었는데, 과연 진짜 반응을 확인할 수 있었다. 그녀는 역겨움에 치를 떨며 뒤로 물러났다.

"다시는 그런 짓 하지 말아요!" 그녀는 으르렁거렸다. "구역질나니까!"

어쩌면 그녀는 감당하기 힘들 만큼의 쾌락을 느꼈을지도 모른다고, 율리아를 겪은 폼페이우스는 그렇게 생각했다. 다만 코르넬리아 메텔라는 스스로를 지키고 싶었는지도 모른다.

카토는 혼자 집으로 돌아가며 비불루스를 그리워했다. 그가 없으니 보니파는 적어도 능력에 있어서는 부족하기 그지없었다. 클라우디우스 마르켈루스 삼 형제는 모두 훌륭했고, 특히 둘째는 눈여겨볼 만한 인재였다. 하지만 그들에게선 비불루스가 오랫동안 키워온 카이사르에 대한 격렬한 증오 같은 걸 찾아볼 수 없었다. 게다가 그들은 비불루스만큼 카이사르를 잘 알지도 못했다. 카토는 속주 통치에 관한 5년법의 필요성을 잘 알고 있었지만, 카토와 비불루스 중 누구도 그 법의 첫 번째 희생양으로 비불루스가 뽑힐 줄은 몰랐다. 그리하여 비불루스는 시리아에 처박히게 됐고, 바로 옆 동네인 킬리키아의 총독으로는 거만하고 자기만 잘난 줄 아는 키케로가 뽑혔다. 비불루스는 그런 키케로와 힘을 모아 전쟁을 치러야 했다. 어떻게 원로원은 경주마와 수레 끄는 말을 한 팀으로 묶어놓고 마르스의 전차를 만족스럽게 끌기를 바라는 것일까? 비불루스가 파르티아 귀족 오르나다파테스를 매수해 파르티아인들을 훌륭하게 요리하는 동안, 키케로는 카파도키아 동부의 핀데니소스에서 무려 57일간 포위전을 벌였다. 57일! 그 하찮은 도시의 항복을 받아내는 데 57일이나 걸리다니! 같은 해에 카이사르는 단 30일 만에 40킬로미터의 요새를 건설해 알레시아로부터 항복을 받아냈다. 그 대비는 너무도 극명한 것이라, 키케로의 편지가 도착했을 때 원로원이 실소를 터뜨린 것은 당연했다. 편지는 45일 만에 도착했다. 카파도키아 동부에서 로마까지 편지가 배달되는 것도 핀데니소스 포위전 기간보다는 12일이나 적게 걸렸다!

카토는 그의 집으로 들어갔다. 마르키아와 이혼한 뒤로는 많은 하인을 둘 이유가 없었고, 포르키아를 비불루스에게 시집보낸 후엔 하인들을 대부분 팔아버렸다. 카토, 그리고 고분고분한 입주 철학자 아테노도로스 코르딜리온과 스타틸로스는 음식을 생존에 필요한 것 이상으로 여기지 않았다. 그러므로 주방은 자칭 요리사라는 한 남자와 그를 보조하는 한 사내아이가 맡게 되었다. 집사는 불필요한 경비 지출 요인이었으므로 카토는 집사 없이 생활했다. 청소와 장보기를 담당하는 하인이 한 명 있었고(카토는 구입 항목을 전부 확인한 다음 직접 돈을 건네줬다), 얼마 안 되는 빨래는 외부에 맡겼다. 덕분에 가계 지출은 연간 1만 세스테르티우스로 줄었다. 거기에 포도주값이 더해졌는데, 그 때문에 가계 지출이 세 배로 늘어났다. 포도를 두번째로 압착해서 만든 지독히 시큼한 포도주였지만, 그건 중요하지 않았다. 카토와 두 철학자는 맛을 음미하기 위해서가 아니라 취하기 위해 마셨다. 맛은 돈 많은 사람들이나 누리는 사치였다. 마르키아와 결혼한 퀸투스 호르텐시우스 같은 사람들.

오늘처럼 쓰리도록 실망스러운 날이면 이런 생각이 꿈틀꿈틀거리고, 활활 타오르고, 쿡쿡 찌르고, 머릿속에서 떠나지 않았다. 마르키아. 마르키아. 그는 루키우스 마르키우스 필리푸스의 저택에 저녁식사를 하러 갔다가 그녀를 처음 만난 순간을 아직도 기억하고 있었다. 몇 달이 모자라긴 하지만 거의 7년 전의 일이었다. 그는 푸블리우스 클로디우스가 떠맡긴 무시무시한 특별 임무, 다시 말해 키프로스 섬 합병 작업을 통해 자신이 로마에 큰 기여를 했다는 사실에 들떠 있었다. 그는 정확한 절차에 따라 키프로스 섬을 합병했다. 이집트 출신 섭정인 키프로스 섬의 프톨레마이오스가 자살했다는 소식이 전해졌을 때도 대수롭지 않게 여겼다. 모든 보물과 예술품을 팔아 현금으로 전환했고 그 현금을 2천 개의 궤에 담았다. 총 7천 탈렌툼에 달했다. 똑같은 장부를 두 개씩 만들어 하나는 자신이 보관하고 다른 하나는 그의 해방노예인 필라르기로스에게 맡겼다. 원로원의 그 누구도 카토가 좀도둑질을 했다고 비난할 근거를 찾지 못하리라! 두 개의 장부 중 최소한 하나는 온전하게 로마에 전달될 것이라고 카토는 확신했다.

그는 왕족의 함대를 이용해 돈궤 2천 개를 로마까지 옮기기로 했다. 공짜로 이용할 수 있는 함대가 있는데 뭣하러 배를 따로 빌릴 것인가? 그런 다음 항해 도중에 배가 침몰할 경우 궤를 되찾을 방법을 고안했다. 각각의 궤에 30미터의 줄을 연결하고 줄의 반대편 끝에 거대한 코르크 덩어리를 매다는 것이었다. 배가 침몰하면 줄이 풀리면서 코르크가 수면 위로 떠오를 텐데, 그러면 궤를 다시 건져낼 수 있을 터였다. 추가적인 안전장치로, 그는 장부가 하나씩 보관된 자신의 배와 필라르기로스의 배가 멀리 떨어져서 이동하도록 했다.

키프로스 섬에 있던 왕족의 배들은 아주 보기 좋았지만, 펠레폰네소스 반도 끝자락의 타이나론 곶처럼 지중해 내에서도 탁 트인 바다를 항해하기에 적합하지 않았다. 그 배들은 갑판이 없는 2단 노선으로, 노 하나당 노잡이가 두 명씩 붙었고 빈약한 돛이 달려 있었다. 이는 물론 배가 침몰할 경우 갑판이 없으니 코르크 달린 줄이 방해받지 않고 풀릴 수 있다는 뜻이었다. 날씨는 대체로 좋았지만, 펠레폰네소스 반도를 둘러가는 동안 끔찍한 비바람이 몰아치기도 했다. 그럼에도 불구하고 침몰한 배는 한 척뿐이었다. 필라르기로스와 제2의 장부가 실려 있던 배였다. 바다가 잠잠해진 뒤 그 지역을 살펴봤더니 아쉽게도 코르크는 하나도 안 보였다. 카토는 그곳의 수심을 지독히 과소평가했던 것이다.

하지만 수많은 선박 중에서 한 척만 침몰했다는 건 그리 나쁘지 않았다. 비바람이 한차례 더 몰아칠 것으로 보이자 카토 일행은 케르키라 섬에서 잠시 쉬어가기로 했다. 아쉽게도 그 아름다운 섬에는 예상치 못한 일단의 방문객들을 수용할 만한 건물이 없었으므로, 그들은 가난한 마을의 광장에 막사를 설치해야 했다. 카토는 스토아학파의 신봉자답게 그곳에서 가장 부유한 주민의 저택을 빌려 쓰는 대신 막사에서 지내는 편을 택했다. 날씨가 아주 쌀쌀했으므로 키프로스 출신 선원들은 몸을 덥히려고 거대한 모닥불을 피웠다. 마침내 돌풍이 몰아치자 모닥불 속의 불붙은 가지들이 사방으로 날아갔다. 카토의 막사는 완전히 불탔고 그의 장부는 연기 속으로 사라졌다.

엄청난 충격에 빠진 카토는 이제 자신이 키프로스 섬을 합병하면서 중간에서 수익을 가로채지 않았다는 사실을 입증할 방법이 없음을 알게 되었다. 어쩌면 그런 연유에서인지 몰라도, 그는 아피우스 가도로 돈궤를 운반하지 않기로 했다. 그 대신 장화처럼 생긴 이탈리아 반도의 발끝 부분을 돌아서 서부 해안을 따라 오스티아까지 올라가기로 했다. 그러고 나면 흘수가 낮은 그의 배들은 티베리스 강을 타고 곧장 로마 항의 부두까지 갈 수 있었다.

그 광경은 너무도 신기했던지라, 수많은 로마인들이 그를 환영하러 나왔다. 환영인단에는 그해의 차석 집정관인 루키우스 마르키우스 필리푸스가 포함돼 있었다. 미식가이자 향락을 즐기는 사람이며 에피쿠로스학파 신봉자. 카토가 가장 혐오하는 것들의 총체나 다름없었다. 하지만 카토는 돈궤 2천 개가(침몰한 필라르기로스의 배에는 그리 많이 실려 있지 않았다) 사투르누스 신전 지하의 국고로 운반되는 것을 직접 감독한 후, 필리푸스의 저녁식사 초대를 받아들였다.

"원로원 의원들은," 필리푸스는 문 앞에서 카토를 반기며 말했다. "모두 당신에게 감탄하고 있소, 친애하는 카토. 당신에게 공식 석상에서 토가 프라이텍스타를 입을 권리라든지 감사제를 비롯해 모든 종류의 상을 내려야 한다고 말이오."

"안 될 말이오!" 카토가 큰 소리로 말했다. "내 직권에 명시된 임무를 완수했다는 이유로 상을 받을 마음은 없소. 그러니 그런 건 표결은커녕 안건으로 상정할 필요도 없소. 내가 원하는 것은, 키프로스 섬의 프톨레마이오스의 집사였던 니키아스라는 노예를 해방시켜주는 것뿐이오. 니키아스의 도움이 없었다면 난 임무를 성공적으로 완수하지 못했을 거요."

아주 잘생기고 까무잡잡한 필리푸스는 눈만 껌뻑거릴 뿐 반박할 말을 찾지 못했다. 그는 카토를 아주 우아하게 꾸며진 식당으로 안내했고, 귀빈석에 해당하는 가운데 의자의 머리 쪽에 앉혔다. 그러고는 오른쪽 의자에 비스듬히 누워 있는 자신의 두 아들을 소개했다. 장남 루키우스 2세는 스물여섯 살로 아버지만큼 까무잡잡하되 아버지보다 더 미남이었다. 차남 퀸투스는 스물세 살로 피부색이나 외모가 덜 인상적이었다.

필리푸스와 카토가 나란히 누운 기다란 가운데 의자 맞은편에는 보통 의자 두 개가 놓여 있었고, 긴 의자와 보통 의자들 사이에는 음식을 올려둘 수 있는 낮은 식탁이 있었다.

"당신은 모를 수도 있겠지만," 필리푸스는 느릿느릿 말했다. "난 최근에 재혼했소."

"그렇소?" 카토는 불편해하며 물었다. 그는 이처럼 사교를 위한 저녁식사를 몹시 싫어했다. 그런 자리에선 정치부터 철학적 성향에 이르기까지 자신과 전혀 공통점이 없는 사람들과 어울려야 했기 때문이다.

"그렇소. 이제는 고인이 된 내 친구 가이우스 옥타비우스의 아내 아티아요."

"아티아……. 어느 아티아 말이오?"

필리푸스는 호탕하게 웃었다. 그의 두 아들도 환하게 웃었다. "카토, 당신은 포르키아나 도미티아말고 다른 이름의 여자는 아예 모르는 것 같소! 내가 말한 아티아는 아리키아 출신인 마르쿠스 아티우스 발부스와, 카이사르의 두 누나 중 작은누나 사이에서 난 딸이오."

카토는 턱의 피부가 당겨오는 걸 느끼며 일그러진 미소를 지었다. "카이사르의 조카딸." 그가 말했다.

"그렇소, 카이사르의 조카딸이오."

카토는 예의를 갖추려고 노력했다. "다른 의자는 누구 몫이오?"

"내 외동딸 마르키아의 자리요. 우리집 막내딸이오."

"아직 결혼할 나이가 안 된 모양이오."

"사실 딸아이는 이제 만 열여덟 살이오. 젊은 푸블리우스 코르넬리우스 렌툴루스와 약혼한 사이였는데, 약혼자가 죽고 말았소. 난 아직까지 다른 혼처를 찾지 못했고 말이오."

"아티아와 가이우스 옥타비우스 사이에서 난 아이가 있소?"

"아들딸 하나씩, 두 명 있소. 그리고 옥타비우스의 전처 앙카리아에게서 난 딸이 또 있소." 필리푸스가 말했다.

그 순간 극명한 대비를 이루는 두 미녀가 들어왔다. 아티아는 금발과 푸른 눈의 전형적인 율리우스 가문 여성으로, 가이우스 마리우스의 아내를 닮은 모습이었고 움직임에 우아함이 넘쳤다. 마르키아는 흑발과 검은 눈에 큰오빠와 아주 닮은 모습이었다. 그 큰오빠가 아버지의 새 아내에게서 눈을 떼지 못하고 있다는 것을 평소의 카토라면 알아차렸을 것이다.

하지만 카토는 그걸 알아차릴 수 없었다. 필리푸스의 딸에게서 눈을 뗄 수가 없었기 때문이다. 그녀는 그의 맞은편 의자에 앉아 양손을 무릎 위에 다소곳이 모으고 있었다. 그녀의 눈도 똑같은 강렬함을 품고 카토에게 붙박여 있었다.

그들은 한눈에 서로 사랑에 빠졌다. 카토는 상상도 못했던 일이었고, 마르키아 역시 자신에게 일어날 줄 몰랐던 일이었다. 마르키아는 이 일을 있는 그대로 받아들였지만 카토는 그러지 못했다.

그녀가 그를 향해 웃자 눈부시도록 흰 치아가 드러났다. "정말 훌륭한 일을 하셨더군요, 마르쿠스 카토." 그녀는 첫 코스의 요리가 차려지는 동안 말했다.

마르키아의 아버지는 상당히 신중을 기했을 테지만, 카토는 이런 요리들을 싫어했다. 속을 채운 새끼 갑오징어, 메추라기 알, 먼 히스파니아에서 들여온 커다란 올리브, 훈제 새끼 장어, 바이아이에서 수조형 수레에 실어 산 채로 들여온 굴, 같은 지역에서 난 게, 마늘크림 소스를 곁들인 작은 새우, 최고급 올리브기름, 화덕에서 막 구워낸 따끈하고 바삭한 빵.

"나는 그저 내 의무를 다한 것뿐이오." 카토는 자신에게 있는지조차 몰랐던, 거의 다독이는 듯 부드러운 목소리로 말했다. "로마는 내게 키프로스 섬을 합병하는 임무를 맡겼고 난 시키는 대로 했을 뿐이오."

"하지만 너무도 정직하게, 너무도 사려 깊게 그 일을 해내셨죠." 그녀는 흠모하는 눈길로 말했다.

얼굴이 달아오른 그는 고개를 푹 숙이고 굴과 게 요리를 먹는 데 집중했다. 그는 요리맛이 끝내준다는 것을 인정할 수밖에 없었다.

"새우도 드셔보세요." 마르키아는 이렇게 말하며 그의 손을 잡고 새우 접시로 이끌었다.

그녀의 손길에 그는 정신이 혼미했다. 그의 신중한 이성은 그 손길을 뿌리쳐야 한다고 외치고 있었으므로 더더욱 그랬다. 하지만 실제로 그는 그 접시가 어디 있는지 모르는 척하며 접촉 시간을 늘렸고, 그녀에게 웃음까지 보였다.

그는 얼마나 엄청난 매력의 소유자인가! 마르키아는 생각했다. 그리고 저 고귀한 코는 또 어떻고! 근엄하면서도 반짝반짝 빛나는 아름다운 회색 눈. 저 입술! 살짝 구불거리고 단정하게 깎은 적금빛 머리카락……. 넓은 어깨, 길고 우아한 목, 군살이라곤 없는 몸매, 근육이 단단한 긴 다리. 토가란 옷이 식사 자리에선 거추장스러워 남자들이 보통 튜닉만 걸치고 비스듬히 누워 식사한다는 게 얼마나 다행인지!

카토는 허겁지겁 새우를 먹으며 그녀의 매력적인 입술에도 새우를 하나 넣어주고 싶어 못 견딜 지경이었다. 그는 그녀가 계속 자신의 손을 접시로 이끌도록 내버려두었다.

이 모든 일이 벌어지는 동안, 마르키아의 가족은 놀라움과 즐거움 속에 서로 눈짓을 주고받고 웃음을 참았다. 마르키아 탓이 아니었다. 그녀의 고결함과 유순함에는 누구도 의심을 품지 않았다. 그녀는 거의 저택 안에서만 생활했고 늘 시키는 대로 행동했기 때문이다. 그렇다, 그들을 놀라게 한 것은 카토였다. 카토가 누군가에게 다정한 말을 건네거나 여자의 손길을 즐기리라고 누가 상상이나 했을까? 스파르타쿠스 전쟁이 벌어지기 얼마 전, 카토가 스무 살이었을 때 마메르쿠스의 딸 아이밀리아 레피다와 격정적인 사랑에 빠졌었다는 사실을 기억할 만큼 나이가 많은 사람은 필리푸스뿐이었다. 아이밀리아 레피다는 결국 메텔루스 스키피오와 결혼했다. 당시 모든 로마인들은 그 사건으로 카토의 마음속에 있는 무언가가 죽어버렸다고 판단했다. 카토는 스물두 살에 아틸리아와 결혼했지만 아내에게 냉정하고 가혹하고 무관심하게 대했다. 그러다 아내가 카이사르의 유혹에 넘어갔다는 이유로 이혼했고 그녀가 아들딸을 절대 만나지 못하도록 했다. 그는 여자가 하나도 없는 집에서 자녀들을 키웠다.

"손을 씻겨드릴게요." 마르키아는 요리들이 치워지고 두번째 코스가 차려지는 동안 말했다. 구운 새끼 양, 구운 영계, 잣이나 얇게 썬 마늘이나 치즈가 곁들여진 다양한 채소, 후추 양념을 발라 구운 돼지고기, 꿀물을 여러 겹 발라가며 타지 않도록 약한 불로 익힌 돼지고기 소시지였다.

필리푸스는 자신의 손님이 소박한 서민 식단을 즐긴다고 알고 있었으므로 평소보다 절제해서 준비한 것이었지만, 카토에겐 소화불량에 걸릴 정도로 기름진 식사였다. 하지만 카토는 마르키아를 위해 이것도 맛보고 저것도 맛봤다.

"아까 들었는데," 카토가 말했다. "당신에게 여동생 둘과 남동생 하나가 생겼다더군요."

그녀의 얼굴이 밝아졌다. "네, 전 참 운도 좋죠?"

"동생들을 좋아하는 모양이오."

"누군들 안 좋아하겠어요?" 그녀는 천진난만하게 물었다.

"어떤 동생을 제일 좋아하시오?"

"오, 쉬운 질문이에요." 그녀는 따뜻하게 말했다. "남동생 가이우스 옥타비우스요."

"그앤 몇 살이오?"

"여섯 살인데, 하는 짓은 예순 살이에요."

카토가 소리 내어 웃었다. 말 울음소리를 닮은 평소의 웃음이 아니라 아주 매력적인 웃음이었다. "그렇다면 아주 유쾌한 아이인 모양이군요."

그녀는 얼굴을 찡그리며 그 평가에 대해 고민했다. "아뇨, 그렇게 유쾌한 아이는 아니에요, 마르쿠스 카토. 전 그애가 매혹적이라고 생각해요. 적어도 아버지께선 그렇게 평가하셨죠. 그앤 아주 담담하고 침착하고 끊임없이 생각해요. 모든 것을 조목조목 따져보고 분석하고 자기 기준에서 재어보는 아이예요." 그녀는 잠시 멈추더니 덧붙였다. "생긴 것도 아주 아름답고요."

"그애는 외외종조부인 가이우스 카이사르를 닮았나보군요." 카토가 말했다. 그의 목소리에 처음으로 매서운 기운이 새어나왔다.

그녀도 그것을 알아차렸다. "어떤 면에선 그래요. 지적 능력이 아주 뛰어나거든요. 하지만 그앤 모든 재능을 다 타고나진 않았고, 공부를 게을리하는 경향이 있어요. 그리스어를 너무 싫어해서 시도조차 안 하려고 해요."

"그렇다면 가이우스 카이사르는 모든 재능을 타고났다는 말이군요."

"뭐, 거의 모든 사람들이 인정하는 사실이라고 생각하는데요." 그녀는 평온하게 말했다.

"그렇다면 어린 가이우스 옥타비우스의 재능이란 건 뭐요?"

"합리적인 면이랄까." 그녀가 말했다. "두려움이 없고 자신감이 넘쳐요. 위험을 감수하려는 의지도 있고요."

"그렇다면 그앤 분명 외외종조부를 닮았군요."

마르키아가 킥킥 웃으며 말했다. "아뇨. 그앤 아무도 닮지 않았어요."

주요리가 치워지자 필리푸스의 미식가 성향이 슬슬 발동되기 시작했다. "마르쿠스 카토," 그가 말했다. "당신을 위해 완전히 새로운 후식을 준비했소!" 그는 샐러드, 건포도가 들어간 파이, 꿀에 적신 케이크, 다양한 치즈를 쳐다보며 고개를 젓다가 문득 소리쳤다. "아!" 완전히 새로운 디저트가 등장했다. 치즈와 비슷한 옅은 노란색 덩어리였는데, 커다란 그릇 안에 담긴 접시에 놓여 있었다. 그리고 그 커다란 그릇에 함께 들어 있는 건, 설마 눈인가?

"피스켈루스 산에서 만든, 이번 달이 아니면 절대 맛볼 수 없는 음식이오. 눈과 소금을 섞어 담은 큰 통에 작은 통을 넣고 그 안에 꿀, 계란, 암양 젖으로 만든 크림을 담아서 휘저어 만든 거요. 그런 다음 더 많은 눈으로 감싸서 로마까지 전속력으로 말을 달려 운반하는 거지. 나는 이걸 피스켈루스 산의 암브로시아(고대 그리스·로마 신화에서 신들이 먹는 음식—옮긴이)라고 부른다오."

카이사르의 생질손에 대해 이야기를 나눴더니 카토는 왠지 입맛이 시큼했다. 그는 디저트를 사양했고, 이번에는 마르키아도 그에게 맛을 보라고 설득할 수 없었다.

얼마 지나지 않아 두 여자는 물러났다. 에피쿠로스주의자의 소굴에서 카토가 느끼던 기쁨도 이내 희미해졌다. 그는 속이 메스꺼워졌고, 결국 남들의 눈을 피해 화장실로 달려가 먹은 것을 게워냈다. 어쩜 이렇게 향락적인 생활을 한단 말인가? 어째서 필리푸스의 저택은 화장실조차 이렇게 사치스럽단 말인가! 하지만 그도 콸콸 쏟아지는 차가운 물로 입안을 헹구고 손을 씻을 수 있었던 점은 아주 좋았다고 인정할 수밖에 없었다.

그는 주랑을 지나 식당으로 돌아가던 길에 열린 문 앞을 지나갔다.

"마르쿠스 카토!"

그는 멈췄고, 안쪽에서 그녀가 기다리고 있는 것을 확인했다.

"잠깐만 들어오세요, 부탁이에요."

그것은 로마의 모든 사회규범이 절대 금기시하는 행동이었다. 하지만 카토는 안으로 들어갔다.

"함께 대화를 나눠서 너무 즐거웠다는 말을 꼭 하고 싶었어요." 마르키아가 말했다. 그녀의 초롱초롱한 눈은 그의 눈이 아니라 입술을 바라보고 있었다.

오, 못 견디겠어! 참을 수 없어! 내 입술말고 눈을 보시오, 마르키아. 안 그러면 당신에게 키스할지도 몰라! 나한테 이러지 마시오!

바로 다음 순간, 그로서는 어찌된 영문인지 몰라도 그녀는 그의 팔에 안겨 있었고 키스는 현실이 되었다. 그가 경험했던 어떤 키스보다도 생생한 키스였다. 하지만 그것은 그가 자초한 굶주림의 깊이 때문이었으리라. 이제껏 카토와 키스를 나눈 여자는 단 두 명, 아이밀리아 레피다와 아틸리아뿐이었다. 게다가 아틸리아에겐 아주 가끔 키스했고, 단 한 번도 진심을 담아 키스한 적이 없었다. 그런데 이제 그의 입술은 마르키아의 부드럽고도 탄탄한 입술과 맞닿아 있었다. 그의 품안에서 녹아내리고, 한숨을 쉬고, 자기 혀로 그의 혀를 감싸고, 그의 손을 자기 가슴으로 이끄는 모습을 통해 그녀가 느끼고 있는 쾌감이 분명히 드러났다.

숨이 턱 막힌 카토는 그녀에게서 몸을 떼어내고 달아났다.

그는 집으로 돌아가면서 너무 큰 혼란에 빠진 나머지, 그 좁은 팔라티누스 언덕 골목길의 수많은 대문 중 자기집이 어디인지 기억이 나지 않을 정도였다. 빈속이 쓰려왔고 그녀와의 키스가 머릿속을 떠나지 않았다. 그의 품에 안긴 그녀의 좋았던 감촉말고 다른 것은 아예 떠올릴 수 없었다.

아테노도로스 코르딜리온과 스타틸로스는 아트리움에서 그를 기다리고 있었다. 그들은 필리푸스 저택에서의 저녁식사가 어땠는지, 음식이나 함께한 사람이나 대화가 어땠는지 궁금해 안달이었다.

"저리 비키게!" 카토는 고함을 지르고 서재로 달아나버렸다.

그는 그곳에서 새벽이 밝을 때까지 포도주 한 모금 마시지 않고 왔다갔다 걸어다녔다. 그는 신경을 쓰고 싶지 않았다. 사랑하고 싶지 않았다. 사랑은 덫이요, 고통이요, 끝없는 공포였다. 그렇게 오랫동안 아이밀리아 레피다를 사랑해왔는데 어떤 일이 벌어졌던가? 그녀는 메텔루스 스키피오 같은 머저리를 택하고 말았다. 하지만 아이밀리아 레피다와 감각에만 충실했던 그 풋사랑은 아무것도 아니었다. 그가 자신의 형 카이피오에게 느꼈던 사랑에 비하면. 카이피오는 카토가 오기를 기다리며 홀로 죽어갔고, 손잡아주는 사람이나 아픔을 달래줄 친구도 없이 떠났다. 카이피오 없이 살아가는 고통, 섬뜩한 심리적 단절, 눈물, 심지어 지금도, 무려 11년이 지난 지금도 사라지지 않는 적막함. 구석구석 스며드는 모든 종류의 사랑은 의식적인 행동, 통제, 약점을 부정하는 능력, 이기적인 삶을 불가능하게 했다. 그리고 그것은 슬픔으로 이어졌다. 카토는 이제 스물이나 스물일곱이 아니라 서른일곱이나 먹은 자신이 또다시 그런 고통을 겪을 순 없다고 생각했다.

그럼에도 불구하고, 그는 해가 충분히 높이 떠오르자 새하얗게 분칠을 한 깨끗한 토가를 입고 루키우스 마르키우스 필리푸스의 저택을 찾아갔다. 그리고 필리푸스에게 그의 딸을 아내로 달라고 청했다. 부디 필리푸스가 거절해주기를 바라면서.

필리푸스는 승낙했다.

"그리하면 난 양쪽 진영에 발을 하나씩 담을 수 있겠군요." 뻔뻔한 쾌락주의자는 카토의 손을 꽉 움켜쥐며 쾌활하게 말했다. "카이사르 조카딸의 남편이자 그 생질손의 후견인이면서, 동시에 카토의 장인이 되는 거잖소. 이보다 완벽한 상황이 어디 있겠소! 완벽해!"

그들의 결혼도 완벽했다. 다만 그 결혼의 순수한 기쁨이 카토를 끊임없이 괴롭혔다. 그에겐 그럴 자격이 없었다. 이토록 뜨거운 친밀감을 만끽하며 사는 게 결코 올바른 행동일 리 없었다. 그는 첫날밤을 치르면서 필리푸스의 딸이 처녀라는 분명한 증거를 확인했다. 하지만 그렇다면 그 힘과 열정, 지식은 전부 어디서 나온 것이란 말인가? 카토는 여자를 전혀 몰랐으므로, 어린 소녀들이 대화나 야한 벽화, 집안 곳곳의 프리아포스 장식물, 열린 문틈으로 엿듣거나 엿보는 내용, 조숙한 오빠들을 통해 얼마나 많은 것을 배우는지 짐작조차 하지 못했다. 그가 그녀의 매력에 속수무책이라는 사실과, 그녀를 향한 격렬한 감정이 그를 완전히 지배한다는 사실 역시 우려스러웠다. 마르키아는 사랑의 여신 베누스의 손에서 태어난 신부였고, 카토는 저승의 신 디스의 강철 발톱에서 태어난 사람이었다.

그리하여 결혼한 지 2년 뒤에 망령 든 늙은이 호르텐시우스가 카토를 찾아와 그의 딸이나 질녀 하나를 신부로 달라고 애원했을 때, 카토는 호르텐시우스의 믿기 힘든 마지막 요구를 불쾌하게 받아들이지 않았다. 호르텐시우스는 자기가 카토의 아내와 결혼할 수 있도록 허락해 달라고 했다. 그 순간 카토는 고통에서 벗어날 유일한 방법, 자신이 스스로의 주인임을 증명할 유일한 방법을 발견했다. 그는 마르키아를 퀸투스 호르텐시우스에게 넘겨주었다. 그 역겨운 색골 노인네는 입에 담기 힘든 방식으로 그녀의 몸을 유린할 터였고, 값비싼 포도주와 황홀경에 취해 방귀를 뀌고 침을 질질 흘릴 터였으며, 자신의 흐물흐물한 그것을 조금이라도 단단하게 만들기 위해 그녀에게 구강성교를 강요할 터였고, 그의 다 빠진 치아나 대머리나 탄력 없는 몸은 그녀에게 역겨움을 안겨줄 터였다. 조금이라도 상처받거나 불행해지는 모습을 보면 절대 못 견딜 것만 같은, 그가 사랑하는 아내 마르키아에게. 그녀에게 어떻게 이런 벌을 내린단 말인가? 하지만 그는 그렇게 하지 않으면 미칠 것 같았다.

그는 그렇게 했다. 정말로 그렇게 했다. 소문은 거짓이었다. 카토는 호르텐시우스로부터 단 1세스테르티우스도 받지 않았다. 물론 필리푸스는 수백만 세스테르티우스를 받았지만.

"당신과 이혼하겠소." 그는 가장 크고 카랑카랑한 목소리로 그녀에게 말했다. "그리고 당신을 퀸투스 호르텐시우스와 재혼시키겠소. 당신이 그에게 좋은 아내가 되어주길 바라오. 당신 아버지도 동의했소."

그녀는 눈물이 그렁그렁한 눈으로 가만히 서 있었다. 그러더니 손을 내밀어 그의 뺨을 아주 부드럽게, 넘치는 애정을 담아 쓰다듬었다.

"난 이해해요, 마르쿠스." 그녀가 말했다. "정말 이해해요. 난 당신을 사랑해요. 죽어서도 당신을 사랑할 거예요."

"당신이 날 사랑하길 원하는 게 아냐!" 그는 주먹을 꽉 쥐고 소리쳤다. "난 마음의 평화를 원하고, 혼자 남겨지길 원하는 거요. 누군가에게 사랑받길 원하지 않고, 누군가 죽어서도 날 사랑해주길 원하지 않소! 호르텐시우스에게 가서 날 미워하는 법이나 배우시오!"

하지만 그녀는 그저 웃기만 했다.

그게 거의 4년 전 일이었다. 그 4년간 고통은 단 한 번도 그를 떠나지 않았고, 조금도 약해지지 않았다. 그는 지금도 그녀가 호르텐시우스의 침대에서 첫날밤을 치르던 날만큼이나 쓰린 마음으로 그녀를 그리워했고, 여전히 호르텐시우스가 그녀에게 했을 짓이나 그녀에게 시켰을 짓이 눈앞에 그려져서 고통스러워했다. 또한 그녀의 이해한다는 말, 죽어서도 그를 사랑하겠다는 말이 귓가에 맴돌았다. 그것만 봐도 그녀가 그를 뼛속까지 이해하고 있음을 알 수 있었다. 그를 너무 사랑하기에 자신이 감당할 수 없는, 감당할 필요도 없는 벌을 받아들이기로 한 것이다. 그리함으로써 그가 스스로에게 그녀 없이 살 수 있음을 증명할 수 있도록. 그가 황홀에 가까운 기쁨을 거부할 수 있다는 걸 증명할 수 있도록.

왜 그는 쿠리오에 대해, 카이사르의 비열한 승리에 대해 고민해야 할 시간에 그녀를 떠올리고 있었을까? 왜 그녀가 곁에 있기를, 그래서 그녀의 가슴에 자기 얼굴을 묻을 수 있기를, 그녀와 사랑을 나누며 뜬 눈으로 밤을 지새울 수 있기를 간절히 바랐던 걸까? 왜 아테노도로스 코르딜리온과 스타틸로스조차 피하고 싶은 걸까? 그는 물에 희석하지 않은 포도주를 큰 잔에 부어 단숨에 마셔버렸다. 하지만 안타깝게도, 마르키아가 떠난 후로 술에 절어 지낸 탓에 이제는 포도주를 아무리 들이켜도 고통이 옅어질 만큼 빨리 취하지 않았다.

누군가 대문을 두드리는 소리가 들렸다. 카토는 목을 움츠리며 그 소리를 무시했고, 아테노도로스 코르딜리온이나 스타틸로스, 혹은 세 하인 중 한 명이 문을 열어주기를 바랐다. 하지만 하인들은 주랑정원 뒤편의 주방에 있는 듯했고, 두 철학자는 그가 곧장 서재로 들어가 문을 쾅 닫은 것 때문에 토라져 있는 게 분명했다. 포도주잔이 책상 위로 내려왔다. 카토는 자리에서 일어나 끈질긴 노크 소리에 답하러 갔다.

"오, 브루투스." 그는 이렇게 말하고 문을 활짝 열었다. "잠깐 들어오고 싶은 모양이구나."

"안 그랬다면 여기 안 왔겠죠, 카토 외삼촌."

"난 네가 제발 여기말고 딴 데 있으면 좋겠어."

"한결같은 무례함으로 명성이 자자하니 참 좋으시겠어요." 브루투스는 서재로 들어가며 말했다. "할 수만 있다면 저도 조금 배우고 싶네요."

카토는 심술궂게 웃었다. "네 어머니한테는 감히 그럴 수 없을걸. 네 어머닌 네 불알을 까버릴 테니까."

"벌써 몇 년 전에 그렇게 하셨어요." 브루투스는 포도주를 따르고 잠시 물을 찾더니, 어쩔 수 없다는 듯 그냥 마셨다. 그러고선 잔뜩 찡그렸다. “제발 마실 만한 포도주를 사는 데 돈을 좀 쓰세요.”

“난 고상하게 맛을 음미하고 속눈썹을 파닥거리기 위해서가 아니라 취하기 위해서 술을 마시는 거야.”

“이건 너무 식초맛이 강해요. 외삼촌 위장은 분명 썩은 치즈 같을 거예요.”

“내 위장은 네 위장보다 더 상태가 좋단다, 브루투스. 적어도 난 서른세 살에 여드름이 나진 않았어. 열여덟 살에도 마찬가지였지만.”

“집정관 선거에서 떨어지신 게 놀랍지도 않네요.” 브루투스가 당혹감에 찡그리며 말했다.

“사람들은 뼈아픈 진실을 듣기 싫어하지만, 난 그런 진실을 알려주길 멈추지 않을 거야.”

“그건 잘 알겠어요, 외삼촌.”

“그건 그렇고, 무슨 일로 찾아왔니?”

“오늘 폼페이우스 회의소에서 열린 회의 때문이죠.”

카토는 경멸감을 드러냈다. “흥! 쿠리오는 박살나고 말 거야.”

“제 생각은 달라요.”

“어째서?”

“그는 자신이 거부권을 행사하는 이유를 밝혔으니까요.”

“거부권 행사에는 늘 이유가 있지. 쿠리오는 매수된 거야.”

오, 브루투스는 속으로 생각했다. 어째서 비불루스가 없으면 우리가 제힘을 발휘하지 못하는지 알겠어! 난 지금 비불루스 역할을 대신하려 나섰지만 처참할 만큼 능력이 부족하구나. 돈 버는 걸 제외하면 대부분의 일에 그렇긴 하지만. 내가 왜 그쪽으로 재능이 있는지조차 모르겠어.

그는 재차 시도했다. "외삼촌, 쿠리오를 단순히 매수된 인물이라고 폄하하는 건 현명하지 않아요. 그건 중요하지 않으니까요. 중요한 건 쿠리오가 거부권을 행사하면서 내건 이유예요. 정말 기막힌 이유죠! 카이사르가 자신을 폼페이우스와 똑같이 대접해달라고 원로원에 편지를 보내고 우리가 그걸 거부한 순간, 우린 쿠리오에게 무기를 넘겨준 셈이에요."

"어떻게 우리가 카이사르를 폼페이우스와 똑같이 대하는 일에 동의할 수 있겠니? 난 폼페이우스라면 질색이지만, 그는 카이사르보다 훨씬 유능한 사람이야. 술라 시절부터 줄곧 막강한 세력이었고. 그의 경력은 온갖 명예, 특별 직권, 아주 수익성 좋은 전쟁으로 도배되어 있지. 그는 로마 국고 수입을 두 배로 늘려놓았어." 카토는 완고하게 말했다.

"그건 10년 전 일이고, 그 10년 동안 트리부스회와 평민회가 보기에 카이사르는 이미 폼페이우스를 앞질렀어요. 외교정책을 실시하고 속주 지휘권을 분배하고 모든 전쟁에 관해 최종 결정을 하는 건 원로원이지만, 트리부스회와 평민회도 중요하단 말이죠. 그들은 카이사르를 좋아해요. 아니, 그를 숭배하고 있어요."

"그들의 멍청함이 내 책임은 아니잖니!" 카토가 날카롭게 말했다.

"제 책임도 아니에요, 외삼촌. 하지만 원로원이 카이사르와 폼페이우스를 똑같이 대해야만 거부를 철회하겠다고 선언함으로써 쿠리오는 어마어마한 승리를 거두었어요. 그는 카이사르에게 맞서는 우리가 악당처럼 보이게 만들었어요. 우릴 좀스러운 인간으로 만들었어요. 우리의 동기가 순전히 질투심 때문인 것처럼 보이게 했다고요."

"그건 사실이 아냐, 브루투스."

"그렇다면 보니파를 움직이는 힘은 뭐죠?"

"14년 전 원로원에 입성한 이래로 나는 줄곧 카이사르의 본모습을 정확히 봐왔어." 카토는 술기운 없는 목소리로 말했다. "그는 술라야! 로마의 왕이 되려고 하지. 그래서 나는 그가 자기 야망을 이루는 데 필요한 직위와 권력을 얻지 못하도록 막는 데 내 모든 힘을 쏟기로 맹세했어. 카이사르에게 군대를 안겨주는 건 자살행위야. 하지만 푸블리우스 바티니우스 탓에 우린 그에게 3개 군단을 안겨주었지. 그래서 카이사르가 어떻게 했지? 그는 우리 허락도 없이 더 많은 군단을 모집했어. 심지어 그 군단 병사들의 급여를 받아주는 데 성공했고, 원로원이 무너지는 그날까지 계속 급여를 지불하겠지."

"제가 듣기로," 브루투스가 말했다. "그는 프톨레마이오스 아울레테스로부터 엄청난 뇌물을 받았다고 하더군요. 그가 집정관이었을 때 아울레테스에게 이집트 국왕으로서의 임기를 보장하는 결의를 통과시켜 준 대가로 말이죠."

"오, 그건 사실이란다." 카토는 씁쓸하게 말했다. "프톨레마이오스 아울레테스가 알렉산드리아인들에게 왕위를 찬탈당하고 로도스 섬에 왔을 때 그와 면담한 적이 있어. 넌 그때 날 도와주지 않고 팜필리아에서 요양중이었지."

"아뇨, 외삼촌. 전 키프로스 섬에서 키프로스의 프톨레마이오스의 보물을 모으는 초반 작업을 하고 있었어요." 브루투스가 말했다. "외삼촌은 제가 아프지도 못하게 하셨잖아요, 기억 안 나세요?"

"뭐, 어쨌든," 카토는 그 책망을 대수롭지 않게 넘기며 말했다. "프톨레마이오스 아울레테스는 린도스로 날 찾아왔어. 난 그에게 알렉산드리아로 돌아가 그의 백성들과 화해하라고 조언했지. 그가 만약 로마로 간다면 쓸데없는 뇌물을 바치느라 수천 탈렌툼을 더 잃게 될 거라고 말이야. 물론 그는 내 말을 듣지 않았어. 그는 로마로 갔고, 엄청난 돈을 뇌물로 날리고도 아무것도 얻지 못했어. 하지만 내게 한 가지를 알려주더군. 그 두 개의 결의안을 통과시키는 조건으로 카이사르에게 금 6천 탈렌툼을 지불했다고 말이야. 카이사르는 그중 4천 탈렌툼을 챙겼지. 마르쿠스 크라수스와 폼페이우스에게 각각 1천 탈렌툼이 넘어갔고. 카이사르는 저 혐오스럽지만 재주 좋은 히스파니아인 발부스에게 금 4천 탈렌툼의 관리를 맡겼고, 그 돈으로 불법 모집된 그의 군단을 무장시키고 병사들의 급여를 지불했지."

"무슨 말씀을 하시려는 거예요?" 브루투스는 슬픈 목소리로 물었다.

"카이사르에게 군사 지휘권을 절대 내주지 않겠다고 내가 맹세하게 된 이유를 설명하려는 거야. 내가 실패하게 된 건, 카이사르가 원로원을 무시하고 금 4천 탈렌툼을 그의 군대에 쏟아부었기 때문이지. 그 결과 그는 현재 11개 군단을 거느리고 이탈리아를 둘러싼 모든 속주를 지배하고 있어. 일리리쿰, 이탈리아 갈리아, 프로빙키아, 새로 편입된 장발의 갈리아까지. 우리가 그를 중단시키지 않으면 그는 공화정을 무너뜨리고 말 거야, 브루투스!"

"저도 그 말에 동의할 수 있으면 좋겠지만, 외삼촌, 전 동의하지 못하겠어요. 외삼촌은 카이사르의 이름만 언급되면 과민반응을 보이시잖아요. 게다가 쿠리오는 완벽한 지렛대를 찾았어요. 그는 트리부스회, 평민회, 최소 원로원 절반의 눈에 지극히 타당해 보이는 조건이 충족될 경우 자신의 거부를 철회하겠다고 약속했어요. 카이사르와 폼페이우스가 동일한 시점에 총독 직에서 함께 물러나야 한다는 조건 말이죠."

"하지만 우린 그럴 수 없어!" 카토가 소리쳤다. "폼페이우스는 피케눔 출신의 얼간이야. 그에겐 내가 절대 용납할 수 없는 명예욕이 있지만, 그는 로마의 왕이 될 만한 혈통을 타고나지 못했어. 다시 말해 폼페이우스와 그의 군대는 우리가 카이사르와 맞서기 위한 유일한 방어막이야. 우린 쿠리오의 조건에 동의할 수 없고, 원로원이 동의하게 놔둘 수도 없어."

"그건 저도 이해해요, 외삼촌. 하지만 그걸 막다보면 우리는 아주 쩨쩨하고 악의 가득한 무리로 비칠 거예요. 그리고 우리가 노력한다 해도 어쩌면 실패할 수 있어요."

카토의 얼굴이 일그러지더니 억지웃음을 지었다. "오, 우린 성공할 거야!"

"만약 카이사르가 폼페이우스와 동시에 총독 직에서 물러나는 데 직접 동의하면 어쩌죠?"

"그는 바로 그렇게 할 거라고 생각해. 하지만 그건 전혀 중요하지 않아. 어차피 폼페이우스는 총독 직에서 물러나는 데 절대 동의하지 않을 테니까."

카토는 다시 포도주잔을 채워 단숨에 비웠다. 브루투스는 자기 잔을 건드리지도 않고 가만히 앉아 인상을 찡그렸다.

"내가 너무 많이 마신다고 잔소리할 생각하지 마!" 카토는 그 찡그린 표정을 확인하고 쏘아붙이듯 말했다.

"그럴 생각 없었어요." 브루투스는 의젓하게 말했다.

"그렇다면 그 불만스러운 표정은 뭐야?"

"생각을 하는 중이었어요." 브루투스는 말을 멈추더니 외삼촌 얼굴을 아주 똑바로 쳐다봤다. "호르텐시우스의 상태가 위독해요."

숨을 헉하고 들이마시는 소리가 분명히 들렸다. 카토는 딱딱하게 굳었다. "그게 나랑 무슨 상관이냐?"

"그분이 외삼촌을 찾고 있어요."

"계속 찾으라고 해."

"외삼촌, 직접 만나보셔야 할 것 같아요."

"그는 내 친척도 아니잖아."

"하지만," 브루투스는 상당한 용기를 짜내 말했다. "4년 전 외삼촌은 그분께 엄청난 호의를 베푸셨잖아요."

"마르키아를 그에게 넘겨준 건 호의가 아냐."

"그분은 그렇게 생각하세요. 전 그분의 침대맡에 있다가 왔어요."

카토는 자리에서 일어났다. "그렇다면 좋아. 지금 가보마. 너도 나랑 같이 가자."

"전 집에 가봐야 해요." 브루투스는 머뭇거리며 말했다. "어머니께서 오늘 회의 보고를 듣고 싶어하실 거예요."

충혈되고 부어오른 회색 눈이 번쩍였다. "내 이부누나는 정치에 대해선 풋내기야. 어차피 제대로 해석하지도 못할 정보를 네 어머니한테 알려줄 것 없어. 네 어머닌 자기 애인인 카이사르에게 그 내용을 전부 편지로 전해주겠지."

브루투스는 이상한 소리를 냈다. "카이사르는 아주 오랫동안 떠나 있었잖아요, 외삼촌."

카토는 그 자리에 멈춰 섰다. "그 말은 내가 생각하는 그런 의미니, 브루투스?"

"네. 어머니는 루키우스 폰티우스 아퀼라와 눈이 맞았어요."

"누구?"

"들으셨잖아요."

"그자는 어리다못해 아들뻘이잖아!"

"오, 물론이죠." 브루투스는 건조하게 말했다. "저보다 세 살 어려요. 하지만 나이차는 어머니를 막지 못했죠. 지금 벌어지고 있는 일을 보면 정말 낯뜨거워요. 소문이라도 나면 모든 사람들이 낯뜨거워하겠죠."

"그렇다면 우리 입장에선," 카토는 대문을 열며 말했다. "소문이 안 나길 바라는 수밖에 없겠구나. 세르빌리아는 카이사르와의 관계도 몇 년씩 비밀로 유지했으니 말이야."

퀸투스 호르텐시우스 호르탈루스의 저택은 팔라티누스 언덕에서도 가장 크고 아름다운 축에 속했다. 그 저택은 한때는 비인기 지역이었던 아벤티누스 언덕 방향의 대경기장과 무르키아 계곡이 내려다보이는 곳에 위치했고, 주랑정원은 물론 커다란 정원이 딸려 있었다. 바로 그 정원에 설치된 호화로운 대리석 수조에 호르텐시우스가 끔찍이 아끼는 애완용 물고기들이 살고 있었다.

카토는 호르텐시우스가 마르키아와 결혼한 뒤 그 저택에 단 한 번도 찾아가지 않았다. 끝없는 식사 초대를 계속 거절했고, 잠깐 들러 특별히 맛좋은 포도주를 함께 마시자는 제안도 거절했다. 그렇게 그 집을 방문했다가 마르키아와 덜컥 마주치기라도 하면 어쩐단 말인가?

하지만 이제 피할 길이 없었다. 호르텐시우스는 최소 70대 초반의 나이였다. 술라와 카르보 사이의 전쟁과 뒤이은 술라의 독재 때문에, 호르텐시우스는 아주 늦게야 법무관과 집정관 자리에 올랐다. 그 분통 터지는 정치활동의 공백 탓인지 몰라도, 그는 쾌락이란 명목으로 자신을 학대하기 시작했다. 그리하여 젊은 시절엔 명석했던 그의 두뇌가 점차 우둔해지도록 방치했다.

하지만 카토와 브루투스가 걸어들어갔을 때, 소리가 울리는 거대한 아트리움은 하인 몇 명을 제외하곤 텅 비어 있었다. 그들이 호르텐시우스의 일명 '기대어 눕는 방'으로 안내되는 동안에도 마르키아의 흔적은 안 보였다. '기대어 눕는 방'은 서재로 쓰기엔 너무 여성용 안방 같고 침실로 쓰기엔 너무 햇빛이 잘 들어서 호르텐시우스가 붙인 이름이었다. 그 방의 소박한 벽면은 눈에 띄는 프레스코로 장식되어 있었는데, 성적인 주제의 작품은 아니었다. 호르텐시우스는 크레타 섬의 미노스 왕궁 유적지에서 발견된 벽화를 복제하기로 결정했던 것이다. 까맣고 긴 곱슬머리에 허리가 잘록하고 치마를 걸친 남녀들이, 이상할 정도로 평온해 보이는 황소의 구부러진 뿔을 타고 마치 곡예사처럼 황소의 등으로 뛰어올랐다가 다시 뛰어내리는 장면이었다. 녹색과 빨간색은 전혀 없었다. 온통 파란색, 갈색, 흰색, 까만색, 노란색이었다. 그의 취향은 모든 면에서 흠잡을 데 없었다. 그런 호르텐시우스가 마르키아를 얼마나 한껏 즐겼을까!

방에서는 노인 냄새, 배설물 냄새와 더불어 임박한 죽음을 예고하는 묘한 냄새가 났다. 그곳에는 벽화의 색감과 일치하는 노란색과 파란색으로 칠해진 거대한 이집트풍의 침대가 놓여 있었다. 그 위에 한때 모두가 인정했던 법정의 지배자, 퀸투스 호르텐시우스 호르탈루스가 누워 있었다.

그는 몸집이 쪼그라들어 헤로도토스가 묘사했던 이집트 미라를 닮아 있었다. 머리카락이 없고, 비쩍 마르고, 양피지처럼 퇴색되어 있었다. 하지만 그의 축축하고 충혈된 눈은 곧바로 카토를 알아봤다. 그는 검버섯 핀 손을 뻗어 놀랍도록 강한 힘으로 카토의 손을 잡았다.

"난 죽어가고 있네." 그는 애처롭게 말했다.

"죽음은 우리 모두에게 찾아옵니다." 남 듣기 좋은 소리를 못하는 위인이 말했다.

"난 그게 너무 두렵네!"

"어째서죠?" 카토가 멀뚱히 물었다.

"그리스인들의 말이 사실이라면, 그래서 고통이 날 기다리고 있다면 어쩌지?"

"시시포스와 익시온의 운명 말씀이시죠?"

치아가 다 빠진 잇몸이 드러났다. 호르텐시우스가 유머감각까지 잃은 건 아니었다. "난 돌덩이를 언덕 위로 굴려 올리는 데엔 영 소질이 없거든."

"시시포스와 익시온은 신들을 노하게 했습니다, 호르텐시우스. 당신은 한낱 인간들을 노하게 하는 데 그쳤고요. 그건 타르타로스로 떨어지는 벌을 받을 만한 죄가 아니죠."

"과연 그럴까? 신들은 우리가 다른 인간을 신처럼 대하길 바랄 거라고 생각하지 않나?"

"인간은 신이 아닙니다. 그러므로 제 답은 '그렇게 생각하지 않는다' 입니다."

"우리 모두에겐 영혼의 전차를 끌어주는 백마와 더불어 흑마가 있어요." 브루투스는 달래는 목소리로 말했다.

호르텐시우스는 킥킥 웃었다. "그게 문제야, 브루투스. 내 말은 둘 다 흑마였거든." 그는 몸을 틀더니 그로부터 물러나 있던 카토를 쳐다봤다. "자네를 만나서 고맙다고 말해주고 싶었네."

"제게 고맙다고요? 어째서죠?"

"마르키아 때문이지. 세상에서 제일 충실하고 사려 깊은 내 아내……." 그는 눈을 굴리며 시선을 돌렸다. "난 루타티아와 결혼했었네. 카툴루스의 여동생 말일세. 알고 있나? 그녀와 나 사이에 태어난 아이들도 있지……. 그 여잔 매우 강하고 매우 독선적이었어. 동정심이라곤 없었지. 내 물고기들……. 그녀는 내 아름다운 물고기들을 몹시 싫어했어……. 너무도 평화롭게, 너무도 우아하게 물속을 헤엄치는 물고기들을 지켜보는 즐거움을 절대 이해하지 못했지……. 하지만 마르키아는 나처럼 물고기들을 지켜보는 걸 좋아했다네. 아마 지금도 좋아할 거야. 그녀는 어제 내가 제일 아끼는 물고기 파리스를 데려왔어. 수정으로 만든 어항에 담아서……."

하지만 카토는 더는 견딜 수 없었다. 그는 그 끔찍하고 지저분한 입술에 입맞춤을 하려고 몸을 숙였다. 그것이 올바른 행동이기 때문이었다. "전 이만 가보겠습니다, 퀸투스 호르텐시우스." 그는 몸을 바로 세우며 말했다. "죽음을 두려워하지 마세요. 그건 자비로운 존재입니다. 삶보다 나은 대안일 수도 있죠. 죽음은 온화한 것이리라고 전 확신합니다. 물론 죽음이 찾아오는 과정은 고통스러울 수 있겠죠. 우린 그저 우리에게 요구되는 일을 해야 할 테고, 그런 다음 평화가 찾아옵니다. 하지만 당신 아들이 곁에서 손을 잡아줄 수 있도록 하세요. 그 누구도 홀로 죽음을 맞아선 안 되니까요."

"난 자네가 내 손을 잡아줬으면 좋겠네." 호르텐시우스가 말했다. "자네는 가장 위대한 로마인일세."

"그렇다면," 카토가 말했다. "때가 왔을 때 제가 당신의 손을 잡아드리겠습니다."

포룸 로마눔에서 쿠리오의 인기가 급상승하는 것과 동일한 속도로, 원로원에서 그의 인기는 급락했다. 그는 자신의 거부를 철회하지 않을 터였고, 특히 카이사르의 편지를 원로원에서 낭독한 이후에는 더더욱 그랬다. 카이사르는 편지를 통해 위대한 폼페이우스가 그의 임페리움, 속주, 군대를 내려놓는 즉시 자신의 임페리움, 속주, 군대를 내려놓겠다고 선언했다. 사면초가에 처한 폼페이우스는 카이사르의 요구가 용납될 수 없으며, 자신은 원로원과 인민의 명령을 거역한 인물과 동급이 될 수 없다고 말했다.

그 발언이 나오자, 쿠리오는 폼페이우스가 이렇게까지 거절하는 이유는 그에게 이 국가에 대해 어떤 속셈이 있어서가 아니겠느냐고 의혹을 제기했다. 반면 카이사르는 기꺼이 권력을 내려놓겠다는데, 그건 카이사르가 원로원의 충실한 종복이라는 뜻이 아니면 무엇이겠는가? 그런데 이 국가에 대한 속셈이란 건 무엇일까? 대체 어떤 속셈이란 말인가?

"카이사르는 공화정을 전복시키고 스스로 로마의 왕이 되려는 거요!" 카토는 조용히 참고 있다가 견디지 못해 외쳤다. "그는 자신의 군대를 이끌고 로마로 진군할 거요!"

"헛소리!" 쿠리오는 깔보듯이 말했다. "당신들이 경계해야 할 사람은 카이사르가 아니라 폼페이우스입니다. 카이사르는 스스로 권력을 내려놓겠다고 했지만, 폼페이우스는 그러지 않았으니까요. 그러니 군대를 이용해 국가를 전복시킬 의도를 가진 사람은 어느 쪽이겠습니까? 아, 당연히 폼페이우스죠!"

이런 식으로 원로원 회의는 계속 이어졌다. 그렇게 3월이 지나갔고 4월이 시작되었다가 지나갔다. 쿠리오는 무시무시한 기소나 살인 협박을 받으면서도 거부를 철회하지 않았다. 그는 어딜 가든 열광적인 환호를 받았고, 그래서인지 그 누구도 그를 반역죄 혐의로 기소하기는커녕 체포하지도 못했다. 그는 영웅이 되었다. 반면 폼페이우스는 더욱더 지독한 악당으로, 보니파는 시기심에 눈먼 고집쟁이 집단으로 비치기 시작했다. 한편 카이사르는 폼페이우스를 로마의 독재관으로 세우려는 보니파의 음모에 휘말린 가엾은 희생양으로 보이기 시작했다.

이처럼 뒤바뀐 여론에 분개한 카토는 시리아에 있는 비불루스에게 매일 편지를 보내며 조언을 구했다. 그는 4월 마지막날이 되어서야 비불루스의 답장을 받을 수 있었다.

내가 사랑하는 장인이자 나의 소중한 친구이기도 한 카토, 자네의 진퇴양난에 대한 해결책을 찾아주고 싶지만 난 지금 이곳 상황에 압도되어 아무것도 할 수가 없네. 계속 눈물만 흐르고 죽은 두 아들이 자꾸 눈앞에 아른거린다네. 그애들은 죽었네, 카토. 알렉산드리아에서 살해당했지.

자네도 알다시피, 프톨레마이오스 아울레테스는 내가 시리아에 도착하기 한참 전인 작년 5월에 죽었네. 그의 살아 있는 딸들 중 장녀인 클레오파트라가 열일곱 살로 왕위에 올랐지. 왕위는 여자 쪽으로 계승되지만 여자 혼자서는 이어받을 수 없기 때문에, 왕위를 받은 여자는 가까운 남자 친척과 결혼해야 하네. 오빠나 남동생, 사촌이나 삼촌과 말이지. 그렇게 함으로써 왕족의 순혈이 유지될 수 있지. 물론 클레오파트라의 혈통이 그렇게 순수하지 않다는 덴 의심의 여지가 없지만. 그녀를 낳은 사람은 폰토스 미트리다테스 왕의 딸인 반면, 그녀의 여동생과 두 남동생을 낳은 사람은 프톨레마이오스 아울레테스의 이복동생이니까.

오, 이 문제에 정신을 집중하는 것도 너무나 힘든 상황이네! 그냥 다 털어놓어야 할지도 모르겠군. 이곳에는 내 이야기에 귀기울여줄 만한, 적당한 지위와 보니파의 신념을 가진 사람이 전혀 없거든. 반면 자네는 사랑하는 내 아내의 아버지이자 나의 아주 오래된 친구이며, 내가 이 끔찍한 소식을 처음으로 전하는 사람 아닌가.

난 안티오케이아에 도착해서 젊은 가이우스 카시우스 롱기누스에게 짐을 싸라고 했네. 정말이지 교만하고 자신만만한 젊은 친구이긴 했어. 그런데 루키우스 피소가 마케도니아 총독 임기 막바지에 했던 짓을 그가 똑같이 했다면 자네 믿을 수 있겠나? 그는 자기 군대에 급여를 지불했네! 원로원이 후임자를 파견하지 않은 건 자신의 총독직을 인정해준 것이나 다름없으므로 자신에겐 총독으로서의 모든 권리, 특혜, 특전을 누릴 자격이 있다는 거였지! 그래, 카시우스는 자신의 2개 군단 병사들에게 급여를 지불한 뒤 그들을 해산시켰고, 그런 다음 마르쿠스 크라수스가 약탈한 보물을 빠짐없이 챙겨서 달아났어. 예루살렘의 위대한 신전에서 가져온 황금과 밤비케의 아타르가티스 신전에서 가져온 순금 여신상까지 말일세.

파르티아의 위협이 날로 커져가고 있는데(카시우스가 파르티아 왕국 오로데스 왕의 아들 파코로스에게 매복공격을 가한 결과 파르티아군은 물러났지만, 그 상태는 오래 지속되지 않았네), 내가 가진 병력은 이탈리아에서 직접 데려온 1개 군단뿐이야. 자네도 알겠지만 정말 한심한 군단이지. 카이사르는 열일곱 살과 마흔 살 사이의 모든 남자가 군에서 복무해야 한다는 폼페이우스의 법을 십분 활용해 정신없이 병사들을 모집했네. 그런데 어떤 이유에서인지 몰라도, 군에 입대해야 하는 사람들은 전부 비불루스가 아니라 카이사르의 군단을 선호했지. 난 강제징집에 기댈 수밖에 없었네. 그래서 나의 1개 군단은 파르티아군과 싸울 수 있는 기세가 아니었지.

난 파르티아의 명분을 내부로부터 약화시키는 것이 당시로선 최고의 전략이라고 판단했어. 그래서 파르티아의 귀족 오르나다파테스를 매수해, 오로데스 왕에게 그의 사랑하는 아들 파코로스 왕자가 왕위를 찬탈할 마음을 먹고 있다는 말을 흘리도록 했네. 사실대로 말하자면, 그 작전이 통했다는 걸 최근에 알게 됐어. 오로데스는 파코로스를 처형했거든. 동방의 왕들은 왕가 내부로부터의 왕위 찬탈에 아주 민감하다네.

하지만 내 작전이 통했다는 걸 알기 전까지, 난 눈앞이 깜깜해질 정도의 두통에 시달려야 했어. 내겐 내 속주를 방어할 만한 훌륭한 군대가 전혀 없었으니까. 그때 히르카노스의 유다이아 궁정에서 서열이 아주 높은 이두메아인 왕자 안티파트로스가 나더러, 전에 아울루스 가비니우스가 프톨레마이오스 아울레테스를 다시 왕좌에 앉힌 뒤 이집트에 두고 떠난 군단을 불러들이는 게 어떻겠냐고 제안했네. 그의 말에 따르면, 그들은 마지막 남은 핌브리아군 병사들로 로마에서 가장 경험 많은 전사들이라는 거였네. 카르보와 킨나 대신 미트리다테스 왕을 처단하기 위해서 플라쿠스와 핌브리아와 함께 동방으로 떠난 병사들 말일세. 그들은 당시 열일곱 살이었고, 그때부터 차례로 핌브리아, 술라, 무레나, 루쿨루스, 폼페이우스, 가비니우스를 위해 싸웠네. 34년 동안 말이지. 안티파트로스에 따르면 그들은 이제 쉰한 살이라고 했어. 그들의 독보적인 전투 경험을 감안하면 전쟁을 치르기에 너무 많은 나이도 아니지. 그들은 알렉산드리아 외곽에 정착해 살고 있지만 이집트의 병력은 아니라고 했네. 그들은 로마인이고 아직 로마의 관할하에 있는 사람들이니 말일세.

그래서 나는 올해 2월에 내 두 아들 마르쿠스와 나이우스에게 법무관급 임페리움을 부여해 알렉산드리아의 클레오파트라 여왕에게 보냈고(그녀의 남편이자 남동생인 프톨레마이오스 13세는 이제 겨우 아홉 살이거든), 가비니우스가 남긴 군단을 당장 넘겨달라고 그녀에게 요구했네. 내 아들들에겐 아주 좋은 경험이 될 거라고 생각했지. 어떻게 보면 사소한 임무지만, 달리 보면 외교적으로 중요한 임무이기도 했으니까. 로마는 이제껏 이집트의 새 지배자와 공식 접촉이 없었는데, 내 아들들이 첫 사례가 되는 셈이었어.

내 아들들은 둘 다 바다 여정을 좋아하지 않아서 이집트까지 육로를 이용했다네. 난 아들들에게 각각 여섯 명의 릭토르와, 카시우스가 시리아에서 미처 해산시키지 못한 갈라티아 기병대를 붙여주었지. 안티파트로스는 게네사로스 호수 인근에서 그애들을 만나 유다이아 왕국을 통과하는 것을 직접 도왔고 국경인 가자에서 그들과 헤어졌지. 3월이 시작된 지 얼마 지나지 않아 그들은 알렉산드리아에 당도했네.

클레오파트라 여왕은 그애들을 아주 정중하게 맞이했어. 난 아들들의 죽음 소식을 전해 들은 이후에 큰아들 마르쿠스의 편지를 받았다네. 카토, 그건 얼마나 악몽 같은 고통이었는지 몰라! 이제는 죽어버린 아들의 편지를 읽어야 한다니. 그애는 젊은 여왕의 모습에 깊은 인상을 받았다네. 여왕은 몸집이 아주 자그마하고, 젊을 때니까 매력적으로 보일 수 있는 얼굴을 가졌다고 했어. 글쎄, 자네와 맞먹을 정도의 코를 가졌다더군. 그런 코는 남자에겐 고귀한 인상을 더해주지만 여자에겐 장점이라 할 수 없지. 아들의 설명에 따르면 여왕은 완벽한 아티케 억양의 그리스어를 구사하고 파라오의 의상을 입고 있었다는군. 안쪽은 흰색, 바깥쪽은 빨간색인 높은 왕관에 속이 비치는 흰 아마포 소재의 잔주름 잡힌 가운, 눈부신 보석이 달렸고 폭이 25센티미터나 되는 옷깃, 심지어 금색과 파란색 에나멜로 만든 둥글게 땋은 모양의 가짜 수염까지 붙이고 있었네. 한 손에는 양치기의 지팡이처럼 끝이 구부러진 홀(笏)을 들었고, 다른 손에는 보석 박힌 손잡이에 탄력 있는 흰색 아마포 끈들이 달린 파리 쫓는 채를 들었다고 해. 시리아와 이집트는 파리가 끊이질 않는다네.

클레오파트라 여왕은 당장 가비니우스의 군대를 알렉산드리아 수비 임무에서 풀어주기로 동의했네. 여왕의 말에 따르면 그들의 도움이 절실했던 시기는 오래전에 끝났다더군. 그래서 내 아들들은 말을 달려 가비니우스군이 주둔중인 도시의 동쪽 성문, 혹은 카노포스 방면의 성문 쪽으로 갔네. 그애들은 거기서 아주 작은 마을을 발견했어. 가비니우스군은 모두 현지 여성과 결혼해 대장장이, 목수, 석공으로 일하고 있었지. 군사 활동은 전혀 없었어.

대변인 역할을 맡은 큰아들 마르쿠스가 그들에게 이제 시리아 속주 총독의 명에 따라 시리아에서 복무해야 한다고 전하자, 그들은 불복하겠다고 했네! 마르쿠스는 불복은 있을 수 없는 일이라고 했지. 미리 충분한 선박을 빌려 에우노스토스 항에 대기시켜놓은 상태였어. 로마법과 이집트 여왕의 승인에 따라, 그들은 당장 짐을 싸서 떠나야만 했네. 그때 최고참 백인대장이, 그 사악한 미련퉁이가 앞으로 나오더니 그들은 로마군에 복귀하지 않겠다고 했어. 아울루스 가비니우스는 30년간 독수리 깃대 아래 복무한 그들의 제대를 허락했고, 그들이 바로 그곳에서 제대 이후의 삶을 즐기도록 했다는 거였지. 이제 그들에겐 아내, 자녀, 생업이 있다고 말일세.

마르쿠스는 몹시 화가 났어. 나이우스도 마찬가지였지. 마르쿠스는 자기 릭토르들에게 가비니우스군 대변인을 체포하라고 했고, 바로 그때 다른 백인대장들이 앞으로 나와 최고참 백인대장을 둘러쌌어. 안 됩니다, 우린 제대했습니다, 우린 떠날 수 없습니다, 하고 그들이 말했네. 나이우스는 자기 릭토르들에게 마르쿠스의 릭토르들과 합세해 그들을 체포하라고 했어. 하지만 릭토르들이 그자들에게 손대려는 순간, 그들은 칼을 꺼내들었네. 이윽고 싸움이 벌어졌지만 내 두 아들과 릭토르들에겐 도끼머리를 끼운 파스케스 외엔 무기가 전혀 없었고, 갈라티아 기병대는 며칠간 휴가를 즐기도록 알렉산드리아에 남겨두고 온 터였지.

그렇게 내 두 아들과 릭토르들은 죽었네. 클레오파트라 여왕은 즉시 조치를 취했어. 그녀는 자기 군대의 아킬라스 장군에게 가비니우스군 병사들을 체포하고 백인대장들을 쇠사슬로 묶으라고 명령했어. 내 아들들의 장례는 국장으로 치렀고, 아들들의 유골은 내가 본 중에 가장 값진 작은 항아리에 담겼다네. 그녀는 내 아들들의 유골과 가비니우스군 지도자들을 안티오케이아로 보내면서, 이 참사는 전부 자신의 책임임을 인정하는 편지를 함께 보내왔어. 그녀는 겸허한 마음으로 이집트에 대한 나의 처분을 기다리겠다고 했네. 여왕 자신이 체포당하는 것을 포함해서 내가 내리는 조치를 다 받아들이겠다고 말일세. 그녀는 가비니우스군 사병들도 조만간 배에 실려 안티오케이아에 도착할 것이라는 말로 편지를 마무리했네.

나는 가비니우스군 백인대장들을 여왕에게 돌려보냈어. 그녀가 더 객관적인 시각에서 공정한 처벌을 내릴 수 있을 거라고 설명하면서 말이지. 난 그럴 수 없을 테니까. 그리고 그녀에겐 아무런 악의적인 의도가 없었음을 인정했네. 내가 알기로 그녀는 최고참 및 선임 백인대장들은 처형했고, 아킬라스 장군이 나머지 백인대장들을 데려가 이집트군 병력을 보강했어. 그녀가 약속한 대로 가비니우스군 사병들이 안티오케이아에 도착했고, 나는 그들을 곧장 엄격한 로마군의 규율로 다스리기 시작했네. 클레오파트라 여왕은 자비로 추가 선박을 빌린 다음 사병들의 아내와 자녀와 재산을 함께 보내왔네. 나는 고민 끝에 가비니우스군 사병들이 그들의 이집트인 가족과 함께하는 것을 허락했어. 난 동정심이 많은 편은 아니지만, 두 아들을 잃은 사람이야. 게다가 난 루쿨루스가 아니라네.

카토, 로마 문제에 관해서라면 쿠리오가 계속 원로원에서 활개치도록 두는 건 무익한 짓 같네. 싸움이 길어질수록 원로원 바깥에서 그의 명성은 점점 커져갈 걸세. 18개 백인조의 상급 기사들 사이에서도 그럴 텐데, 우린 그들의 도움이 절실히 필요해. 그러므로 나는 보니파가 카이사르의 속주 문제 논의를 뒤로 미루는 결의를 통과시키는 게 현명하다고 생각하네. 기억력이 나쁜 트리부스회와 평민회가 쿠리오의 영웅적인 언행을 까먹을 만큼의 시간 동안 말이지. 카이사르의 속주 문제 논의를 11월의 이두스까지 미루게. 쿠리오는 그때 다시 거부권을 꺼내들고 방해 작전을 개시하겠지만, 어차피 한 달 뒤에 퇴임해야 할 운명일세. 그리고 카이사르는 절대 가이우스 스크리보니우스 쿠리오에 필적할 만한 새 호민관을 찾지 못할 거야. 그는 12월이면 모든 것을 박탈당할 것이고, 우린 곧바로 그의 후임으로 루키우스 아헤노바르부스를 보낼 걸세. 쿠리오가 그를 위해 해준 일이라곤 필연적인 상황의 발생을 잠시 미뤄준 것밖에 안 되겠지. 난 카이사르를 두려워하지 않네. 그는 지극히 합법적인 인간이지, 술라처럼 타고난 무법자가 아닐세. 자네는 내 말에 동의하지 않겠지만 난 카이사르의 동료로서 조영관, 법무관, 집정관을 지낸 경험이 있네. 그에겐 분명 대단한 용기가 있지만, 그는 정당한 법적 절차를 무시하고 넘어가질 못하네.

오, 이러니까 기분이 좀 낫군. 어떤 문제에 생각을 집중시키는 건 슬픔을 달래주는 일종의 진통제 역할을 하는 모양이야. 자네에게 편지를 쓰고 있으니 자네가 눈앞에 보이는 듯하고, 덕분에 위로받는 기분일세. 하지만 난 반드시 올해 로마로 돌아가야 하네, 카토! 원로원이 내 총독 임기를 연장해버리는 상황을 생각하면 온몸이 덜덜 떨린단 말이지. 시리아는 내게 행운의 장소가 아닐세. 이곳에선 좋은 일이라곤 없을 거야. 내 정보원들에 따르면 파르티아군은 여름에 돌아올 거라고 하더군. 하지만 후임이 정해지면 난 여름이 오기 한참 전에 이곳을 떠날 수 있겠지. 난 반드시 여길 떠나야 하네!

키케로에게 호감이나 존경심 따윈 전혀 없지만, 나와 똑같은 시련을 겪고 있는 그가 측은하게 느껴지기도 해. 키케로와 나보다 더 마지못해 총독 직을 떠맡은 사람도 찾아보기 힘들 거야. 하지만 그는 적어도 이번 전쟁중에 노예 판매를 통해 1천200만 세스테르티우스의 수익을 올렸어. 아마노스 산맥을 사이에 두고 진행되는 이번 공동작전에서 내가 얻은 거라곤 염소 여섯 마리, 양 열 마리, 눈앞이 깜깜해질 정도의 두통뿐이라네. 키케로는 폼프티누스를 이미 집으로 돌려보냈고, 원로원에서 임기를 연장한다는 편지를 받지 않는 한 후임자가 도착하든 말든 간에 7월 말일에 로마로 떠날 생각이야. 나도 당연히 그렇게 할 계획일세. 카이사르가 왕이 되려 한다고 믿진 않지만, 난 원로원으로 돌아가 그가 내년 집정관 선거에 부재중 후보로 출마하지 못하도록 막고 싶어. 또 무슨 일이 있어도 직접 그를 반역죄 혐의로 기소하고 싶네.

브루투스의 외삼촌이자 세르빌리아의—그래, 알고 있어, 친동생이 아니라!—이부동생으로서, 자네는 키케로가 아티쿠스와 카일리우스와 그 밖의 온갖 사람들에게 편지로 열심히 퍼뜨리고 있는 소식을 알아야 할 것 같네. 자네는 그 지독한 푸블리우스 베디우스를 알고 있겠지. 천박한 것만큼이나 돈 많기로 유명한 인간 말일세. 실은, 키케로가 킬리키아의 거리에서 만난 요상하고 천박한 행렬의 선두에 그 인간이 서 있었네. 두 대의 마차가 포함된 행렬이었는데 하나에는 여자처럼 화려하게 치장된 개코원숭이가 실려 있었고, 두 마차 모두 야생 당나귀들이 끌고 있었다고 하더군. 로마로서는 아주 망신스러운 일이었지. 어쨌든, 자네가 지겨워할 것 같아 생략하고 넘어갈 일련의 사건 때문에 베디우스는 짐을 전부 수색당했네. 그랬더니 하나같이 오만한 작자와 결혼한, 아주 잘 알려진 젊은 로마 귀족 부인 다섯 명의 초상화가 발견되었어. 거기에 마니우스 레피두스의 아내와 브루투스의 두 여동생 중 한 명이 포함되어 있었다는군. 키케로가 말하는 건 바티아 이사우리쿠스의 아내인 장녀 유니아가 아닐까 하네. 차녀 유닐라는 마르쿠스 레피두스와 결혼했으니 말일세. 뭐, 베디우스가 아이밀리우스 레피두스 집안사람의 아내들을 각별히 선호한다면 말이 달라지겠지만. 이 이야기에 대해 어떤 조치를 취할지는 자네에게 달렸지만, 미리 경고하건대 곧 로마 전역으로 소문이 파다하게 퍼질 걸세. 자네가 이 사실을 브루투스에게 알려주고, 브루투스더러 세르빌리아에게 전하도록 하면 어떻겠나? 세르빌리아가 아는 게 좋을 걸세.

정말로 기분이 조금 나아졌어. 사실은 말이지, 울지 않고 몇 시간을 보낸 건 이게 처음일세. 반드시 알아야 할 사람들에게 내 아들들의 소식을 전해주겠나? 그애들의 엄마이자 내 첫 아내인 도미티아에게 말일세. 그녀는 죽도록 괴로워하겠지. 두 명의 포르키아, 그러니까 아헤노바르부스의 아내와 내 아내에게도 소식을 전해주게. 그리고 브루투스에게도.

몸조심하게, 카토. 친근한 자네 얼굴을 다시 볼 날이 너무 기다려지는군.

비불루스의 편지를 읽는 동안 카토는 온몸에 벌레가 스멀거리는 듯 이상한 공포를 느꼈다. 공포의 이유를 정확히 꼬집을 수 없었지만, 그것이 카이사르와 관련이 있다는 건 분명했다. 카이사르, 카이사르, 늘, 언제나 카이사르였다! 전설적인 행운을 타고난 남자, 절대 실수를 범하지 않는 남자. 카툴루스는 뭐라고 했던가? 그에게 직접 했던 말은 아니고, 그가 아무리 떠올려도 기억나지 않는 다른 사람에게 했던 말……. 카이사르는 울릭세스 같다던 그 말. 카이사르가 가진 명줄이 너무도 질겨서 스쳐가는 모든 것들을 전부 끊어놓고 만다고 했다. 그는 때려눕혀도 죽음의 들판에 심어진 용의 이빨처럼 다시 벌떡 일어선다. 이제 비불루스는 장남과 차남을 잃었다. 그의 말마따나 시리아는 그에게 행운의 장소가 아니었다. 절대로 그럴 수 없었다!

카토는 편지를 둘둘 말고, 불안을 접어두고, 사람을 보내 가엾은 브루투스를 불러들였다. 브루투스는 여동생의 불륜 문제를 해결하고, 어머니의 분노를 감당하고, 카토 딸의 슬픔을 달래주는 임무를 맡을 터였다. 카토는 직접 딸아이를 만날 생각이 없었다. 그 일은 브루투스에게 맡기자. 브루투스는 그런 유의 임무를 좋아했다. 그는 모든 장례식에 얼굴을 내비쳤고, 조의를 전하는 데 아주 능숙했다.

그리하여 브루투스는 자신의 저택에서 마르쿠스 칼푸르니우스 비불루스의 저택으로 터덜터덜 걸어갔다. 그는 불행한 소식의 전달자라는 자기 역할에 대해 처참하리만치 잘 알고 있었다. 유니아가 불륜을 저질렀다는 소식을 전했을 때, 세르빌리아는 그애도 자기 인생을 알아서 살 만큼 나이를 먹었다며 대수롭지 않게 여겼다. 하지만 유니아의 불륜 상대가 누구인지 밝히자, 세르빌리아는 아라라트 산보다 더 높이 솟아오를 듯이 펄쩍 뛰었다. 푸블리우스 베디우스 같은 기생충이랑? 으르렁! 꽥꽥! 발꿈치를 구르고, 이를 갈고, 로마 항에서 일하는 가장 천한 막일꾼의 입에서 나오는 것보다 더 심한 욕을 내뱉었다! 무관심했던 세르빌리아가 격분하기 시작하자 브루투스는 달아났다. 그녀는 바티아 이사우리쿠스의 저택에 쳐들어가 유니아와 맞대면했다. 세르빌리아에게 있어 죄는 불륜이 아니라 권위의 상실이었다. 유니우스 혈통의 아버지와 파트리키 귀족인 세르빌리우스 혈통의 어머니를 둔 젊은 부인은, 남편의 소유나 다름없는 자신의 몸을 태생이 천한 인물에게 내줘선 안 되는 법이었다.

브루투스가 문을 두드리자 비불루스 저택의 집사가 그를 안으로 들였다. 집사는 자신의 주인보다 더 속물적인 사람이었다. 브루투스가 포르키아 부인을 만나고 싶다고 하자, 집사는 자신의 긴 코만 내려다보며 조용히 주랑정원 방향을 손가락으로 가리켰다. 그런 다음 자신은 이 모든 상황에 조금도 얽히기 싫다는 듯 그 자리를 떠났다.

브루투스는 2년 전 포르키아가 결혼한 뒤로 그녀를 만나본 적이 없었다. 아주 이상한 일도 아니었다. 그가 비불루스의 저택을 방문할 때마다 비불루스의 아내는 어디에도 안 보였다. 비불루스는 앞서 두 도미티아와 결혼했었고, 카이사르는 비불루스가 싫다는 이유만으로 그의 아내들을 유혹했다. 그 경험 때문에 비불루스는 남자 손님이 초대된 만찬 자리에는 자기 아내가 합석하지 못하게 했다. 그 남자 손님이 자기 아내의 사촌이라 해도, 그 남자 손님이 브루투스처럼 흠잡을 데 없는 명성의 소유자라 해도.

그가 주랑정원 쪽으로 걸어가자 그녀의 말 울음소리를 닮은 시끄러운 웃음과, 더 높고 가벼운 아이의 웃음이 들려왔다. 그들은 함께 정원을 뛰어다니는 중이었고, 포르키아는 안대를 쓰고 있었다. 그녀의 열 살배기 의붓아들은 그녀 주변을 즐겁게 뛰어다니며 옷깃을 잡아당기기도 하고, 그녀가 깔깔거리며 주위를 더듬는 동안 아주 가까운 곳에서 숨소리도 내지 않고 가만히 서 있기도 했다. 그러다 아이는 웃음을 터뜨리며 쏜살처럼 달아났고, 그러면 그녀의 추격이 다시 시작되었다. 하지만 브루투스가 보기에 그 사내아이는 아주 사려 깊었다. 포르키아가 넘어질 것을 걱정해 수조 근처로는 달아나지 않았던 것이다.

브루투스는 마음이 아팠다. 왜 내게는 저런 큰누나가 없었던 걸까? 왜 함께 놀이를 하고 장난을 치고 깔깔거리며 웃을 사람이 없었던 걸까? 아니면 저런 어머니라도? 그는 실제로 저런 어머니를, 아직도 아들과 장난치며 즐겁게 뛰노는 어머니를 둔 남자들을 알고 있었다. 어린 루키우스 비불루스는 포르키아 같은 의붓어머니를 만나 얼마나 행복할까. 코끼리처럼 움직임이 투박하고 사랑스러운 포르키아.

"누구 없어요?" 그는 기둥 뒤에서 소리쳤다.

두 사람은 동시에 멈춰 돌아봤다. 포르키아는 안대를 풀더니 너무 기쁜 나머지 히힝대는 소리를 냈다. 그녀는 어린 루키우스를 꽁무니에

단 채 느릿느릿 걸어와, 브루투스를 덥석 끌어안고 테라초 바닥에서 번쩍 들어올렸다.

"브루투스, 브루투스!" 그녀는 그를 내려놓으며 말했다. "루키우스, 이쪽은 내 사촌 브루투스야. 이분을 알고 있니?"

"네." 루키우스가 말했다. 그는 브루투스의 방문을 자기 의붓어머니만큼은 반기지 않는 것이 분명했다.

"안녕, 루키우스." 브루투스가 아름다운 치아를 드러내고 웃으며 말했다. 좀더 호감이 가는 얼굴에 놓여 있었더라면 금방 다른 사람의 마음을 사로잡았을 법한 웃음이었다. "재미있게 노는 걸 방해해서 미안하구나. 하지만 난 포르키아와 단둘이 할말이 있단다."

제 아버지처럼 몸집이 왜소하고 서리처럼 흰 루키우스는 어깨를 으쓱하더니 실망스럽다는 듯 바닥의 풀을 차며 다른 곳으로 갔다.

"저앤 참 사랑스럽지 않아요?" 포르키아는 자신의 공간으로 브루투스를 안내하며 물었다. "이곳은 참 사랑스럽지 않나요?" 이번에는 자신의 거실을 가리키며 물었다. "여긴 공간이 아주 넉넉해요, 브루투스!"

"모든 식물과 생명체는 텅 빈 공간을 싫어한다더니, 그 말이 사실인 모양이야. 놀랍도록 많은 물건들로 이곳을 전부 채워놓았구나."

"오, 알아요, 나도 안다고요! 비불루스는 항상 나더러 정리를 하고 살라고 하지만, 안타깝게도 그건 내 천성이 아닌걸요."

그녀가 의자에 앉았고, 그는 다른 의자에 앉았다. 적어도 비불루스가 하인들을 시켜 아내의 난장판에 먼지가 쌓이지 않도록 하고 의자 정도는 비워둔다는 것을 그는 알아챘다.

그는 그녀의 패션 감각이 조금도 나아지지 않았다고 생각했다. 그녀는 언제나처럼 아기 똥 색깔의 캔버스 천으로 만든 거대한 자루 같은 옷을 입고 있었다. 그것은 그녀의 딱 벌어진 어깨를 강조했고 어딘지 모르게 아마존족 여전사 같은 분위기를 풍겼다. 하지만 숱 많고 불타는 듯한 빛깔의 머리카락은 상당히 길어 아주 아름다웠고, 커다란 회색 눈동자는 그가 기억하고 있던 것보다 더 준엄하게 빛났다.

"이렇게 만나다니 얼마나 반가운지 몰라요." 그녀는 웃으며 말했다.

"나도 반가워, 포르키아."

"왜 진작 찾아오지 않았어요? 비불루스가 떠난 지 거의 일 년이 다 됐는데 말이죠."

"남편이 부재중일 때 그 아내를 방문하는 건 무례한 짓이야."

그녀는 얼굴을 찌푸렸다. "터무니없는 소리예요!"

"그의 두 전처들은 부정한 짓을 저질렀어."

"나와는 전혀 상관없는 일이에요, 브루투스. 루키우스마저 없었더라면 죽을 만큼 외로웠을 거예요."

"다행히 너에겐 루키우스가 있잖아."

"그애의 가정교사를 해고했어요. 멍청한 인간 같으니! 요즘 난 루키우스를 직접 가르치는데, 애가 너무 잘 따라와요. 애들을 회초리로 가르쳐선 안 돼요. 배움의 즐거움을 깨닫도록 해줘야 하거든요."

"그애가 널 사랑하는 게 눈에 보였어."

"나도 그앨 사랑해요."

이곳을 찾아온 진짜 목적이 브루투스를 괴롭혔지만, 그는 유부녀가 된 포르키아에 대해 더 많이 알고 싶었다. 하지만 죽음에 관한 소식을 꺼내놓는 순간 그녀의 생각을 들어볼 기회는 사라질 터였다. 그래서 그는 잠시 임무 수행을 제쳐두고 물었다. "결혼생활은 마음에 들어?"

"네, 아주."

"어떤 점이 제일 좋니?"

"자유죠." 그녀는 코웃음을 터뜨리며 말했다. "아테노도로스 코르딜리온과 스타틸로스가 없는 집에서 사는 게 얼마나 행복한지 모를 거예요! 아빠가 그들을 높이 평가한다는 건 잘 알지만 난 절대 그럴 수 없었어요. 그들은 아빠를 아예 독차지하려고 했어요! 내가 아빠랑 잠시라도 단둘이 시간을 보내려고 하면 어디선가 튀어나와 방해하곤 했죠. 브루투스, 그 오랜 시간 동안 마르쿠스 포르키우스 카토의 집에서 그의 딸로 살았는데, 그 그리스인 거머리들 없이 아빠와 단둘이 보내는 시간은 전혀 없었어요. 난 그들이 질색이에요! 독살스럽고 속 좁은 늙은이들. 게다가 그들은 아빠가 술을 더 마시도록 만들죠."

그녀의 말은 대체로 사실이었지만, 전부가 사실은 아니었다. 브루투스는 카토가 스스로 원해서 술을 마시는 것이고, 그 이유는 대부분 모스 마이오룸을 해치는 무리에 대한 적개심 때문이라고 생각했다. 또한 마르키아 때문이라고 생각했다. 카토가 마음속 가장 깊은 곳에 간직한 비밀을 브루투스조차 몰랐던 것이다. 그 비밀이란 카이피오 형 없이 살아가는 외로움이었고, 누군가를 너무 사랑했다가 그 사람이 떠난 후 찾아올 고통에 대한 두려움이었다.

"비불루스와 결혼한 건 마음에 들어?"

"네." 그녀는 간단히 대답했다.

"많이 힘들진 않았니?"

여자 손에 길러지지 않은 포르키아는 마치 남자처럼 그 질문을 이해하고 솔직하게 대답했다. "그러니까 성행위를 말하는 거군요."

그의 얼굴이 붉어졌지만, 수염이 무성하고 까무잡잡한 얼굴이라 많이 표시가 나진 않았다. "그래."

그녀는 한숨을 내쉬며 넓게 벌어진 양 무릎을 양손으로 감쌌다. 비불루스가 그녀의 남자 같은 습관을 바로잡아주지 않은 것이 분명했다. "브루투스, 그 행위의 필요성은 인정해요. 그리스인들의 믿음에 따르면 신들도 그 행위를 하니까요. 그런데 어느 철학자의 글에서도 여자가 반드시 그 행위를 즐겨야 한다고 언급한 것은 본 적이 없어요. 그건 남자를 위한 보상이고, 남자들이 적극적으로 원하지 않으면 존재하지도 않을 행위죠. 나쁘게 말하면 나는 고통을 견디는 셈이고, 좋게 말하면 그렇다고 역겨움을 느끼는 정도는 아니에요." 그녀는 어깨를 으쓱했다. "이러니저러니해도, 잠깐이면 끝나는 일이고 통증에만 익숙해지면 그렇게 힘든 일도 아니니까요."

"하지만 첫 경험 이후로는 통증이 없다고 하던데, 포르키아." 브루투스는 멍하니 물었다.

"그래요?" 그녀는 무심하게 물었다. "난 안 그렇던데요." 그러더니 전혀 상처받지 않은 기색으로 말했다. "비불루스는 나더러 물이 없대요."

브루투스의 붉은 얼굴이 더욱 붉어졌다. 동시에 그는 마음이 아팠다. "오, 포르키아! 비불루스가 돌아오면 달라질지도 몰라. 넌 그가 그립니?"

"아내라면 당연히 남편을 그리워해야죠." 그녀가 말했다.

"아직 그를 사랑하진 않는구나."

"난 아빠를 사랑해요. 어린 루키우스도 사랑해요. 브루투스 오빠도 사랑하고요. 하지만 비불루스의 경우, 난 그를 존경해요."

"네 아버지께서 널 나와 결혼시키길 원했다는 건 알고 있니?"

그녀의 눈이 커졌다. "아뇨."

"그러길 원하셨어. 하지만 난 그럴 수 없었지."

그 말에 그녀는 표정이 어두워졌다. 그러더니 퉁명스럽게 물었다.
"어째서요?"

"너 때문에 그런 건 아냐, 포르키아. 날 사랑하지 않는 여자에게 내 마음을 줬기 때문이야."

"율리아 말이죠."

"그래, 율리아." 그의 얼굴이 일그러졌다. "그리고 그녀가 죽었을 땐 그냥 내게 아무 의미도 없는 여자를 아내로 맞고 싶었어. 그래서 클라우디아와 결혼했지."

"오, 불쌍한 브루투스!"

그는 목을 가다듬었다. "오늘 내가 무슨 일로 여기 왔는지 궁금하지 않니?"

"아쉽게도 오빠가 여기 왔다는 사실 외에 다른 건 머릿속에 떠오르지 않네요."

그는 자세를 바로잡더니 포르키아를 정면으로 응시했다. "난 너에게 가슴 아픈 소식을 전해달라는 부탁을 받고 왔어, 포르키아."

그녀는 하얗게 질리더니 입술을 핥았다. "비불루스가 죽었군요."

"아냐, 비불루스는 무사해. 하지만 마르쿠스와 나이우스가 알렉산드리아에서 살해당했어."

곧바로 그녀의 얼굴에서 눈물이 흘러내렸지만, 그녀는 아무 말도 하지 않았다. 브루투스는 자기 손수건을 꺼내 그녀에게 건넸다. 그녀의 손수건은 진작 먼지나 얼룩을 닦아내는 데 쓰고 없을 것이 분명했다. 그는 한동안 그녀가 울도록 내버려뒀고, 그런 다음 다소 어정쩡하게 일어났다.

"이제 가봐야겠어, 포르키아. 하지만 나중에 다시 찾아와도 될까? 어린 루키우스에게 내가 직접 소식을 전해주면 좋겠니?"

"아뇨." 그녀는 아마천 손수건에 얼굴을 묻고 웅얼거렸다. "내가 전해줄게요, 브루투스. 하지만 나중에 꼭 다시 와줘요."

브루투스는 슬퍼진 채로 떠났다. 하지만 그것은 마르쿠스 비불루스의 아들들 때문이 아니었다. 자기 남편에게 물이 없다는―얼마나 끔찍한 말인가!―소리나 듣고 있는, 저 가엾고 활기 넘치고 눈부시게 아름다운 존재 때문이었다.

퀸투스 호르텐시우스가 죽어가며 카토를 찾는다는 소식이 전해질 무렵, 카토는 11월 이두스까지 카이사르의 속주 문제 논의를 미뤄야 한다고 보니파 의원들을 설득하고 있었다.

아트리움은 선의를 품고 찾아온 사람들로 북적거렸지만, 집사는 곧바로 카토만 '기대어 눕는 방'으로 안내했다. 호르텐시우스는 담요에 싸여 아름다운 침대에 누운 채 지독히 덜덜 떨고 있었다. 왼쪽 입꼬리는 아래로 처져 침이 줄줄 흘렀고, 오른손은 목 언저리의 담요를 쥐고 있었다. 하지만 호르텐시우스는 이전 방문 때와 마찬가지로 한눈에 카토를 알아보았다. 브루투스와 동갑인데다 이제 원로원 의원이 된 아들 퀸투스 호르텐시우스가 자리에서 일어나더니, 호르텐시우스 집안사람다운 공손함을 갖춰 그 자리를 카토에게 양보했다.

"오래 걸리지 않을 걸세." 호르텐시우스가 탁한 목소리로 말했다. "오늘 아침에 뇌졸중이 왔었네. 이제 좌반신을 못 움직여. 아직 말은 하지만 혀가 둔해졌어. 나 같은 사람이 이런 운명을 맞다니 참 끔찍하지? 오래 걸리진 않을 거야. 곧 뇌졸중이 또 오겠지."

카토는 호르텐시우스의 오른손을 담요에서 떼어 그 힘없는 손을 맞잡았다. 그 손은 애처롭게 매달려 있었다.

"자네에게 뭔가를 준다는 유언을 남겼네, 카토."

"제가 유산을 받지 않는다는 것을 아시잖습니까, 호르텐시우스."

"돈이 아냐, 히히." 죽어가는 남자는 해해거렸다. "자네라면 돈은 안 받겠지. 그래도 이건 받을 거야." 그는 이렇게 말을 하더니 눈을 감았고 잠시 잠에 빠진 듯 보였다.

여전히 호르텐시우스의 손을 쥔 채로, 카토는 그제야 주변을 둘러볼 기회를 얻었다. 두려움을 느끼기보단 단단한 각오를 다지며 주변을 살폈다. 그렇다, 그곳엔 마르키아가 있었다. 다른 여자 세 명과 함께.

호르텐시아는 카토도 잘 알고 있었다. 그녀는 그의 죽은 형 카이피오의 아내였고 이후 개가하지 않았다. 그녀와 카이피오 사이에서 난 딸 세르빌리아는 이제 거의 결혼할 나이인 듯했다. 카토는 충격에 휩싸였다. 시간이 벌써 그렇게 흘렀단 말인가? 카이피오 형이 죽은 지 그렇게 오래됐단 말인가? 젊은 세르빌리아는 착한 처녀는 아니었다. 세르빌리아라는 이름을 가진 여자는 원래 전부 못된 걸까? 세번째 여자는 아들 호르텐시우스의 아내 루타티아였다. 그녀는 카툴루스의 딸이었으므로, 이 부부는 이중으로 사촌지간이었다. 그녀는 아주 당당했고 차가운 아름다움을 지니고 있었다.

마르키아는 저멀리 천장의 장식등에 시선을 고정하고 있었다. 카토는 눈이 마주칠지도 모른다는 걱정 없이 그녀를 마음껏 쳐다볼 수 있었다. 그도 그쯤은 알고 있었다. 다른 세 여자는 그냥 없는 것처럼 무시할 수 있었지만, 마르키아에겐 그럴 수 없었다. 그의 기억력으로는 그가 사랑했던 얼굴의 정확한 윤곽을 머릿속에 떠올릴 수 없었다. 그것은 카이피오 형이 죽은 이후로 그를 가장 슬프게 하는 일들 중 하나였다.

그래서 그는 깜짝 놀란 눈으로 마르키아를 응시했다. 그녀가 저렇게 생겼었던가?

그는 아주 크고 거친 목소리로 말문을 열었다. 그러자 호르텐시우스가 움찔하더니 눈을 떴고, 계속 눈을 뜬 채로 카토에게 잇몸을 드러내며 웃어 보였다.

“여성분들, 퀸투스 호르텐시우스가 죽어가고 있습니다.” 카토가 말했다. “의자를 가져와서 이분이 여러분을 볼 수 있는 곳에 둘러앉으십시오. 마르키아와 젊은 세르빌리아는 내 옆에 앉으세요. 호르텐시아와 루타티아는 침대 반대편에 앉으세요. 죽어가는 사람은 모든 가족들의 얼굴을 바라보며 위안을 받을 수 있어야 합니다.”

이제 아내와 누나 사이에 앉은 아들 퀸투스 호르텐시우스는 아버지의 마비된 왼손을 붙들고 있었다. 군인과 가장 무관한 집안의 자제치고는 아주 군인다운 인물이었다. 그보다 훨씬 어린 키케로의 아들도 마찬가지였다. 아들들은 아버지를 닮지 않는 것 같았다. 카토의 아들에게도 군인다운 태도, 용기, 정치에 대한 관심은 없었다. 정말 희한한 점은, 그와 호르텐시우스의 경우 오히려 딸들이 가업을 잇기 좋은 성향을 타고났다는 것이었다. 호르텐시아는 법 지식이 대단하고 웅변가로서 재능이 뛰어났으며 학자다운 삶을 살았다. 또한 포르키아는 원로원과 공적인 무대에서 아버지의 명성을 이을 만한 인재였다.

호르텐시우스의 가족들을 잘 배치한 덕분에, 카토는 마르키아와 마주앉는 것을 피할 수 있었다. 하지만 그와 아주 가까운 곳에 앉은 그녀의 체취 때문에 신경이 몹시 예민해졌다.

그들은 몇 시간 동안 그렇게 앉아 있었다. 어둠이 내린 뒤 하인들이 들어와 등불을 켜는 것도 거의 알아채지 못했고, 화장실에 다녀올 때만 잠깐씩 자리를 비웠다. 모두가 죽어가는 남자를 지켜보고 있었다. 해가 넘어가자 죽어가는 자의 눈꺼풀은 조용히 감겼다. 자정쯤에 두번째 뇌졸중으로 인해 대량의 압축된 혈액이 뇌의 중요 부위로 흘러들어가면서 뇌 기능이 마비되었다. 너무 순식간에, 너무 조용히 일어난 일이라 두번째 뇌졸중의 발생을 아무도 눈치채지 못했다. 카토가 호르텐시우스의 죽음을 알게 된 것은 싸늘해진 손 때문이었다. 그는 깊이 한숨을 내쉬더니, 호르텐시우스의 손에서 자신의 얼얼한 손을 빼냈다. 그러고는 일어섰다.

"퀸투스 호르텐시우스는 돌아가셨습니다." 그는 이렇게 말하고, 침대 맞은편에 앉은 아들 호르텐시우스에게서 축 늘어진 고인의 왼손을 빼내 양손을 가슴 한가운데 포개놓았다. "입에 동전을 넣어주시오, 퀸투스."

"아버진 너무나 평화롭게 돌아가셨군요!" 호르텐시아가 깜짝 놀라며 말했다.

"안 그래야 할 이유가 어디 있겠소?" 카토가 말했다. 그는 잠시 겨울바람이 부는 차가운 정원에 혼자 있고 싶어서 밖으로 나갔다.

그는 달이 없고 구름 낀 밤의 어둠에 익숙해질 때까지 충분히 오래 걸었다. 장의사들이 나타나 고인의 시신을 모셔갈 때까지 거기 있을 작정이었다. 그런 다음 저택으로 돌아가지 않고 정원 출입문을 통해 바로 거리로 나가리라. 그는 퀸투스 호르텐시우스 호르탈루스가 아니라 마르키아를 생각하고 있었다.

그녀가 난데없이 그의 눈앞에 실제로 나타나자 그는 너무 놀라서 숨이 막혔다. 이제 아무것도 중요하지 않았다. 그간의 세월도, 늙은 남편도, 외로움조차도. 그녀는 그의 품으로 걸어들어가 그의 얼굴을 두 손으로 감싸고 그를 올려다보며 웃었다.

"내 유배 생활은 끝났어요." 그녀는 이렇게 말하고 그에게 키스했다.

그는 키스를 받아들이면서 가슴을 쥐어짜는 고통과 죄책감을 느꼈다. 그가 딸에게 물려준 열정과 풍부한 감정이, 오랫동안 잊고 지냈던 카이피오 형이 죽기 전의 날들처럼 강렬하고 경이롭고 걷잡을 수 없이 그에게서 터져나왔다. 그의 얼굴은 눈물로 젖었고, 그녀는 그 눈물을 핥아먹었다. 그는 그녀의 검은 옷을, 그녀는 그의 옷을 끌어당겼다. 두 사람은 추위도 잊고 함께 시리도록 차가운 바닥에 누웠다. 그는 그녀와 함께했던 첫 2년 동안 단 한 번도 이런 식으로, 엄습해오는 막대한 감정의 무게에 속수무책인 상태로, 아무것도 자제하지 않고 그녀와 사랑을 나눈 적이 없었다. 둑이 무너졌고, 그는 물살에 몸을 맡겼다. 그가 스스로에게 가한 그 어떤 가혹한 윤리적 잣대도 이 놀라운 발견의 순간을 망치지 못했고, 그가 존재하는지도 몰랐던 환희를 향해 그의 영혼이 달려가는 것을 막지 못했다. 그녀의 품속에서, 그리고 그녀 안에서 그는 그 환희를 맛보고 또 맛봤다.

그들은 동틀 무렵에야 헤어졌고, 그때까지 서로 한마디도 하지 않았다. 그가 그녀에게서 몸을 떼어내고 정원 출입문을 통해 사람들이 하나 둘 지나다니는 거리로 나갈 때조차 서로 아무 말도 하지 않았다. 그녀는 씁쓸하면서도 재미있다는 듯 자신의 옷을 주섬주섬 챙겨서 사람들의 눈을 피해 거대한 저택 안의 자기 공간으로 돌아갔다. 그녀는 몸이 욱신거렸지만 동시에 승리감을 느꼈다. 어쩌면 이 유배 생활은 카토가 그녀에 대한 감정을 있는 그대로 받아들이게 할 유일한 방법이었을지도 모른다. 그녀는 미소를 지으며 욕조에 들어갔다.

그날 아침 카토를 찾아온 필리푸스는, 로마에서 가장 유명하고 엄격한 스토아주의자의 새로운 모습에 놀라 피곤한 눈꺼풀을 계속 껌뻑거렸다. 카토는 생기가 넘쳤고 심지어 활짝 웃고 있었다!

"당신이 포도주라 부르는 끔찍한 음료를 나한테 권할 생각은 마시오." 필리푸스는 의자에 앉으며 말했다.

카토는 허름한 책상 한쪽 끝에 앉아 기다렸다.

"나는 퀸투스 호르텐시우스의 유언장 집행인이오." 방문자가 누가 봐도 투덜거리는 어조로 말했다.

"그렇지, 퀸투스 호르텐시우스는 내게 어떤 유품을 남기겠다고 했소."

"유품? 나라면 신들이 내린 선물이라고 부르겠소."

옅은 빨간색 눈썹이 치켜세워졌다. 카토의 눈이 반짝였다. "그게 뭔지 몹시 궁금하군요, 루키우스 마르키우스." 그가 말했다.

"오늘 아침에 무슨 일이라도 있었소, 카토?"

"절대로 아무 일도 없었소."

"절대로 무슨 일이 있었던 것 같은데. 당신 좀 이상해 보이는군."

"그렇소, 하지만 난 항상 이상했소."

필리푸스는 한숨을 내쉬었다. "호르텐시우스는 자신의 포도주 저장고에 있는 물건들을 전부 당신 몫으로 남겼소." 그가 말했다.

"정말 친절한 분이오. 내가 사양하지 않을 거라고 했던 이유를 알겠소."

"당신에겐 아무 의미도 없겠지, 안 그렇소, 카토?"

"그렇지 않소, 루키우스 마르키우스. 나에게도 아주 의미 있는 선물이오."

"퀸투스 호르텐시우스의 저장고에 뭐가 들어 있는 줄 아시오?"

"아마도 아주 질 좋고 오래된 포도주겠죠."

"오, 그래, 그거야 당연하지! 그런데 그게 전부 몇 암포라인 줄 아시오?"

"모르겠소. 내가 무슨 수로 알겠소?"

"1만 암포라요!" 필리푸스가 소리쳤다. "세상에서 가장 훌륭한 포도주가 1만 암포라나 되는데, 그걸 다른 사람도 아니고 당신에게 주고 가다니! 로마에서 가장 구린 입맛을 가진 당신에게!"

"지금 무슨 말을 하는 건지, 또 어떤 기분일지 잘 알겠소, 필리푸스." 카토는 앞으로 몸을 기울여 필리푸스의 무릎에 손을 얹었다. 카토치고는 너무 생소한 행동인지라 필리푸스는 몸을 뒤로 빼 뺀했다. "그런데 말이오, 필리푸스, 당신과 거래를 하고 싶소." 카토가 말했다.

"거래?"

"그렇소, 거래 말이오. 내 집에는 포도주 1만 암포라를 들여놓을 곳도 없고, 그 포도주를 투스쿨룸의 창고에 보관해놓으면 온 마을 사람들이 훔치려고 할 거요. 그러니 나는 불쌍한 호르텐시우스의 저장고에서 가장 질 나쁜 포도주 500암포라만 챙길 것이고, 나머지 질 좋은 9천500 암포라는 당신에게 주겠소."

"당신 미쳤군, 카토! 튼튼한 창고를 임대하거나 포도주를 팔면 되잖소! 나도 그 포도주를 잃긴 싫으니까, 그중에서 내 형편껏 살 생각은 있소. 하지만 당신은 그 포도주의 대부분을 다른 사람에게 공짜로 넘길 순 없소, 그럴 순 없다고!"

"그냥 준다고 하진 않았소. 난 당신과 거래를 하고 싶다고 했소. 즉 내가 대가로 뭔가를 원한다는 뜻이오."

"내게 그 정도로 가치 있는 게 뭐가 있겠소?"

"당신 딸." 카토가 말했다.

필리푸스의 턱이 아래로 떨어졌다. "뭐?"

"그 포도주와 당신 딸을 거래하고 싶소."

"하지만 당신은 그애와 이혼했잖소!"

"이제 마르키아와 재혼할 거요."

"당신은 미쳤어! 그애랑 재혼해서 뭘 하려고?"

"그건 내가 알아서 할 일이오." 카토는 묘하게 유쾌한 표정으로 말하고 관능적으로 팔다리를 쭉 폈다. "퀸투스 호르텐시우스가 유골함에 담기자마자 그녀와 재혼할 작정이오."

떨어졌던 턱이 다시 위로 올라가자 그제야 입이 제대로 움직였다. 필리푸스는 침을 삼켰다. "친애하는 카토, 그럴 순 없소! 애도 기간은 10개월이오! 내가 결혼에 동의한다고 해도 말이오." 그가 덧붙였다.

카토의 눈에서 유쾌함이 사라졌고 평소의 엄격하고 단호한 눈빛이 돌아왔다. 그는 입술을 꽉 물었다. "10개월 뒤면," 그가 목쉰 소리로 말했다. "이 세상이 끝날지도 모르오. 아니면 카이사르가 로마로 진군할지도 모르지. 아니면 내가 흑해의 작은 마을로 추방당할지도 모르고. 그건 아주 소중한 10개월이오. 그러니 난 퀸투스 호르텐시우스의 장례식이 끝나자마자 마르키아와 결혼할 거요."

"당신은 그럴 수 없소! 난 동의하지 않겠소! 로마가 미쳐 뒤집어질 거요!"

"로마는 이미 미쳐 뒤집어졌소."

"안 돼, 난 동의할 수 없소!"

카토는 한숨을 내쉬더니 의자에서 몸을 틀어 꿈꾸는 듯한 눈길로 서재 창문 밖을 응시했다. "질 좋은 포도주가 9천500개의 어마어마하고 거대한 암포라에 담겨 있다고 했소." 그가 말했다. "암포라 하나에 든 포도주가 얼마나 되지? 포도주병으로 치면 스물다섯 병쯤 되나? 9천 500 곱하기 25를 하면…… 팔레르눔, 키오스, 푸키누스, 사모스에서 난 독보적인 포도주가 무려 237,500병……." 그가 너무 갑자기 자세를 바로잡자 필리푸스는 화들짝 놀랐다. "아, 그러고 보니 퀸투스 호르텐시우스는 티그라네스 왕, 미트리다테스 왕, 파르티아의 왕이 푸블리우스 세르빌리우스에게서 사들이던 포도주도 분명 가지고 있었을 거요!"

필리푸스의 검은 눈동자가 정신없이 흔들렸고, 잘생긴 얼굴에 떠오른 표정은 혼란 그 자체였다. 필리푸스는 카토에게 사정사정하듯 깍지 낀 양손을 내밀었다. "난 그럴 수 없소! 당신이 그애와 이혼하고 그애를 늙은 호르텐시우스에게 시집보낼 때보다 더 끔찍한 추문이 퍼질 거요! 카토, 부탁이오! 몇 달만 기다려주시오!"

"그럼 포도주는 없는 거요!" 그가 말했다. "그 대신, 내가 수레마다 가득 실린 포도주 항아리를 로마 항의 폐기물 하치장에서 부수는 모습을 보게 될 거요. 내가 직접 망치로 모든 암포라를 하나씩 깨부술 테니까."

까무잡잡한 피부가 완전히 새하얗게 질렸다. "감히 그런 짓을!"

"그렇소, 꼭 그렇게 할 거요. 당신도 말했다시피 난 어차피 로마에서 가장 구린 입맛의 소유자니까. 난 아무리 끔찍한 포도주라도 다 마실 수 있소. 게다가 내가 그 포도주를 팔면 퀸투스 호르텐시우스로부터 돈을 받는 꼴이 될 거요. 난 절대 금전적인 유산을 받지 않는데 말이오." 카토는 의자에 편하게 기대고 손깍지로 목뒤를 받치며 얄궂은 눈빛으로 필리푸스를 응시했다. "당장 결단을 내리시오! 남편을 잃은 딸을 그녀의 전남편에게 시집보내고, 세계 최고의 포도주 237,500병을 홀짝이는 희열을 맛보란 말이오. 아니면 내가 로마 항의 폐기물 하치장에서 그 항아리들을 산산조각으로 만드는 모습을 보시든지. 그런 다음에, 난 어쨌거나 마르키아와 결혼할 거요. 그녀는 스물네 살이고 이미 6년 전에 당신의 손을 떠났소. 그녀는 독립 상태란 말이오. 그러니 당신은 우릴 막을 수 없소. 당신의 역할이란 우리의 두번째 결혼에 약간의 체면을 실어주는 정도요. 나로 말할 것 같으면, 그런 체면 따윈 전혀 신경쓰지 않소. 다만 마르키아가 마음 편히 집밖을 돌아다닐 수 있기를 바랄 뿐이오."

필리푸스는 인상을 찌푸린 채, 자신을 불굴의 표정으로 응시하고 있는 이 신경질적인 생명체를 찬찬히 뜯어보았다. 이자는 미친 건지도 몰랐다. 그래, 당연히 미쳤다. 모든 사람들이 수년 전부터 알고 있었던 사실이다. 카토가 지닌 것 같은, 어떤 목적에 대한 맹목적인 헌신은 정상이 아니었다. 그가 카이사르를 얼마나 끈질기게 괴롭히는지 보라. 앞으로도 계속 카이사르를 끈질기게 괴롭힐 테지. 하지만 오늘 방문을 통해, 필리푸스는 카토의 광기에 자신이 상상했던 것보다 훨씬 더 다양한 측면이 있다는 걸 알게 되었다.

그는 한숨을 쉬고 어깨를 으쓱했다. "그렇다면 알겠소. 그렇게 해야만 한다면 그렇게 해야겠지. 그 대신 당신과 마르키아 두 사람의 머리에서 나온 생각인 걸로 하겠소." 그의 표정이 바뀌었다. "당신도 알겠지만, 호르텐시우스는 그애에게 손가락 하나도 대지 않았소. 그애와 재혼하길 원한다니 당신도 그 정도는 알아야 할 것 같아서 하는 말이오."

"그건 몰랐소. 오히려 그 반대라고 생각했소."

"그는 너무 늙고 병들고 제정신이 아닌 상태였소. 그는 어떤 은유적인 받침대 위에 그앨 카토의 아내로서 모셔놓고 가만히 지켜보며 즐거워했소."

"그렇군, 그렇다면 말이 되는군. 그녀는 단 한 번도 카토의 아내가 아니었던 적이 없었다는 거니까. 알려줘서 고맙소, 필리푸스. 그녀에게 직접 들을 수도 있었겠지만, 그랬다면 선뜻 믿기 힘들었을 거요."

"당신은 우리 마르키아를 그렇게 못 믿소? 그애의 남편으로 살아놓고도?"

"나는 카이사르와 바람이 난 여자의 남편이기도 했소."

필리푸스는 자리에서 일어났다. "그건 그렇지. 하지만 남자들처럼 여자들도 다 성격이 다른 법이오." 그는 문 쪽으로 걸어가다가 문득 돌아섰다. "오늘 이전까지는 카토 당신에게 유머감각이 있는 줄은 상상도 못했다는 거 아시오?"

카토는 멍한 표정이었다. "내겐 유머감각 같은 거 없소." 그가 대꾸했다.

그리하여 퀸투스 호르텐시우스 호르탈루스의 장례식이 끝나고 거의 곧바로, 로마 역사상 가장 군침 돌면서도 눈살 찌푸려지는 추문이 사방팔방으로 퍼졌다. 마르쿠스 포르키우스 카토가 루키우스 마르키우스 필리푸스의 딸 마르키아와 재혼한 것이다.

5월 중순, 원로원은 11월 이두스까지 카이사르의 속주 문제 논의를 미루기로 표결했다. 카토의 물밑작업이 성공한 것이다. 하지만 놀랍지 않게도, 그의 측근들을 설득하는 일이 가장 어려웠다. 루키우스 도미티우스 아헤노바르부스는 눈물을 흘렸고, 마르쿠스 파보니우스는 악을 썼다. 두 사람은 각자 비불루스의 편지를 받고서야 입장을 바꿨다.

"오, 잘됐소!" 쿠리오는 표결 직후 원로원에서 의기양양하게 말했다. "이제 몇 달 쉴 수 있겠군요. 하지만 11월 이두스에 내가 다시 거부권을 행사하진 않을 거란 착각은 하지 마시죠. 난 거부권을 쓸 테니까요."

"마음껏 쓰시오, 가이우스 쿠리오!" 카토가 크게 외쳤다. 충격적인 재혼의 후광효과 때문인지 그는 상당히 매력적으로 보였다. "당신은 그로부터 얼마 지나지 않아 호민관 직에서 물러나야 할 테고, 카이사르는 실각하게 될 거요."

"다른 누군가가 내 자리를 대신하게 될 겁니다." 쿠리오는 경쾌하게 말했다.

"하지만 그 사람이 당신 같진 않을 거요." 카토가 응수했다. "카이사르는 절대로 당신 같은 사람을 또 찾아내진 못할 거요."

어쩌면 그 말은 사실인지도 몰랐다. 하지만 어쨌거나 카이사르가 쿠리오의 후임으로 점찍어둔 사람은 서둘러 갈리아에서 로마로 향하고 있었다. 호르텐시우스의 죽음으로 공석이 발생한 것은 위대한 변호인들의 반열만이 아니었다. 호르텐시우스는 조점관이기도 했으니, 이는 조점관단에 발생한 공석을 선거로 채워야 한다는 뜻이었다. 아헤노바르부스는 이번에야말로 자기 가문을 로마에서 가장 배타적인 집단인 신관단에 안착시키리라고 다짐하며 재출마에 나섰다. 대신관이냐 조점관이냐는 크게 중요하지 않았지만, 솔직히 대신관 쪽이었다면 조금 더 만족스러웠을 터였다. 그의 할아버지는 최고신관을 지냈고, 대신관과 조점관을 선거로 뽑는 법까지 통과시킨 인물이었기 때문이다.

로마의 신성경계선 내에서 직접 후보 등록을 마쳐야 하는 것은 집정관과 법무관 출마자들뿐이었다. 종교직을 포함해 여타 정무관 후보들에게는 부재중 출마가 허락되었다. 그러므로 카이사르가 쿠리오의 후임 호민관으로 점찍어둔 인물은 서둘러 갈리아에서 로마로 달려오면서 미리 편지를 보내 퀸투스 호르텐시우스가 남긴 공석을 충원할 조점관 선거의 후보로 등록했다. 그가 로마에 도착하기 전에 선거가 치러졌고, 그는 당선되었다. 또다시 패배를 맛본 아헤노바르부스의 엄청나게 시끄러운 신세타령은 수많은 서사시에 영감을 불어넣고도 남을 듯했다.

"마르쿠스 안토니우스!" 아헤노바르부스는 훌쩍거리며 말했다. 그의 꿈틀거리는 손가락들이 머리털 한 올 없이 반짝이는 정수리를 구겨놓았다. 그건 분노가 아니었다. 이번 조점관 선거 결과에 대해 그는 분노를 뛰어넘어서 절망했다. "마르쿠스 안토니우스! 유권자들이 키케로를 뽑았을 때는 그가 최악일 거라고 믿었는데, 그런데 마르쿠스 안토니우스라니! 그 미련퉁이, 그 색골, 그 덜떨어지고 버릇없고 건달 같은 인간이라니! 로마 전역에 온통 사생아를 싸질러놓은 인간! 공적인 장소에서 구역질이나 해대는 백치! 그의 아버지는 로마로 돌아와 반역죄 재판을 받는 대신 자살하는 편을 택했고, 그의 삼촌은 노예도 아닌 그리스인 남자, 여자, 아이 들을 고문했어. 그의 여동생은 너무 못생겨서 병신에게 시집가야만 했고, 그의 어머니는 율리우스 가문 출신임에도 불구하고 로마에서 가장 실없는 여자로 유명하고, 그의 두 남동생은 형보다 더 덜떨어진 것만 빼면 똑같은 놈들이야!"

아헤노바르부스의 말을 듣고 있는 사람은 마르쿠스 파보니우스였다. 카토는 요즘 짬이 날 때마다 집에서 마르키아와 시간을 보냈고, 메텔루스 스키피오는 폼페이우스의 비위를 맞춰주며 함께 캄파니아로 떠났다. 또한 보니파에서 영향력이 적은 인물들은 마르켈루스 삼 형제를 찬양하며 그들 주변으로 몰려들었다.

"기운 내십시오, 루키우스 도미티우스." 파보니우스가 달래듯 말했다. "당신이 왜 졌는지 다들 알고 있어요. 카이사르가 안토니우스에게 그 자리를 돈으로 사준 겁니다."

"카이사르는 내가 쓴 뇌물의 절반도 쓰지 않았어." 아헤노바르부스는 딸꾹거리며 앓는 소리를 냈다. 그러고는 마침내 그 말이 나왔다. "내가 대머리라서 진 거야, 파보니우스! 내 머리통 어딘가에 머리카락이 한 올이라도 있었다면 괜찮았을 텐데, 이제 겨우 마흔일곱 살인데 이 꼴이잖아. 스물다섯 살 때부터 벌써 개코원숭이의 엉덩이만큼이나 민숭민숭했어! 어린애들은 나만 보면 손가락질하며 달걀머리라고 놀리고, 여자들은 섬뜩하다는 듯이 입을 벌리고, 로마의 모든 남자들은 내가 너무 늙어서 투표에서 뽑아줄 가치가 없다고 생각해!"

"이런, 쯧쯧," 파보니우스는 졌다는 듯이 혀를 차다가 갑자기 뭔가를 떠올렸다. "카이사르도 대머리인데 아무 문제도 없잖습니까."

"그자는 대머리가 아냐!" 아헤노바르부스가 소리쳤다. "아직 머리털이 꽤 많아서 잘 빗으면 정수리를 가릴 수 있단 말일세. 그러니 대머리가 아냐!" 그는 이를 갈았다. "게다가 그는 규정에 따라 모든 공적인 장소에서 시민관을 착용해야 하는데, 시민관이 머리카락을 잘 고정시켜 준단 말일세."

바로 그때 아헤노바르부스의 아내가 들어왔다. 카토의 친누나인 포르키아로, 옅은 갈색 머리카락에 작고 통통하고 주근깨가 난 여성이었다. 이들은 일찍 결혼했고 둘은 아주 행복한 부부로 살고 있었다. 적당한 간격을 두고 아이들이 계속 태어났는데 아들이 두 명, 딸이 네 명이나 됐다. 하지만 다행히 루키우스 아헤노바르부스는 돈이 아주 많아서 그가 출세 비용을 감당해야 하는 아들과 지참금을 딸려 시집보내야 하는 딸이 몇 명인지 따질 필요가 없었다. 게다가 이 부부는 아들 한 명을 아틸리우스 세라누스에게 양자로 보낸 터였다.

포르키아는 가만히 쳐다보고 부드럽게 흐음 소리를 내더니 파보니우스에게 공감의 눈길을 보냈다. 그리고 아헤노바르부스의 몹쓸 민머리를 자기 배 쪽으로 끌어당겨 남편의 등을 다독였다. "내 사랑, 그만 슬퍼해요." 그녀가 말했다. "나도 이유를 모르겠지만, 로마 유권자들은 당신에게 조점관이나 대신관 직을 주지 않기로 이미 몇 년 전에 작정한 것 같아요. 당신 머리카락과는 무관한 일이에요. 단지 그것 때문이라면 집정관 선거에서 당신을 뽑아주지도 않았겠죠. 우리 아들 나이우스가 조점관이나 대신관으로 선출되도록 돕는 데 집중해요. 그앤 아주

착하고 유권자들은 그앨 좋아하니까요. 이제 그만 투덜거려요, 그래야 착한 남편이죠."

"하지만 마르쿠스 안토니우스라니!" 그는 끙 소리를 냈다.

"마르쿠스 안토니우스는 대중의 우상이에요. 검투사를 좋아하는 것과 같은 현상이죠." 그녀는 어깨를 으쓱하더니 어머니가 배앓이하는 아기를 달래듯 남편의 등을 쓸어내렸다. "그는 카이사르만큼 능력이 뛰어나지 않지만, 대중을 매료시키는 재능에 있어선 카이사르와 비슷해요. 그래서 사람들은 그에게 표를 던지죠, 그것뿐이에요."

"포르키아 말이 맞습니다, 루키우스 도미티우스." 파보니우스가 말했다.

"당연히 내 말이 맞죠."

"그렇다면 안토니우스가 굳이 로마까지 온 이유가 뭔지 말해주겠나? 그자는 부재중 후보로 당선되었는데 말이야."

아헤노바르부스의 처량한 질문은, 신임 조점관 마르쿠스 안토니우스가 며칠 뒤 호민관 선거 출마를 선언함으로써 답이 밝혀졌다.

"보니파는 별로 긴장하지 않는 것 같더군." 쿠리오는 활짝 웃으며 말했다.

늘 놀랍도록 건강해 보이는 안토니우스였지만 이젠 더욱더 건강해 보이는군, 하고 쿠리오는 생각했다. 카이사르의 포도주 금지령을 비롯해 카이사르와의 생활이 그에게 도움이 된 모양이었다. 로마에서 안토니우스처럼 큰 키와 천하장사의 골격, 기막히게 큰 성기, 그 누구도 억누를 수 없는 낙천적인 태도를 타고난 사람은 아주 드물었다. 사람들은 그를 보자마자 카이사르와는 다른 종류의 호감을 느꼈다. 안토니우스가 남성성이 흘러넘치지만 카이사르처럼 지나치게 미남은 아니라서 그런 것일지도 모르겠다고, 쿠리오는 냉소적으로 평가했다. 카이사르는 술라와 마찬가지로 중성적인 매력을 가지고 있었다. 안 그랬다면, 카이사르와 니코메데스 왕이 그렇고 그런 사이였다는 케케묵은 헛소문이 지금까지 떠돌고 있지도 않으리라. 그후로 카이사르가 동성애 행위를 했다고 의심받을 만한 사건은 전혀 없었다. 니코메데스 왕과의 소문도 카이사르를 못 잡아먹어 안달인 두 남자의 증언밖에 근거가 없었다. 그중 한 명인 루쿨루스는 이미 죽은 몸이었고, 다른 한 명인 비불루스는 쌩쌩하게 살아 있었다. 반면 사람 많은 곳에서 쿠리오에게 음탕한 키스를 날렸던 안토니우스는 단 한 번도 동성애자라고 야유받은 적이 없었다.

"보니파가 긴장할 거라고 생각하진 않았네." 안토니우스가 말했다. "하지만 카이사르는 내가 호민관 역할을 아주 훌륭하게 해낼 거라고 생각하지. 그게 내가 자네 뒤를 이어야만 한다는 뜻이라 할지라도."

"카이사르의 의견에 동의하네." 쿠리오가 말했다. "그리고 친애하는 안토니우스, 자네가 원하든 아니든 간에 자넨 앞으로 몇 달간 관심을 기울이며 많은 걸 배우게 될 거야. 난 자네에게 보니파와 맞서는 법을 가르쳐줄 걸세."

배가 둥글게 부푼 풀비아가 쿠리오의 긴 의자 옆자리에 비스듬히 누웠다. 친구들과의 의리를 중시하는 안토니우스는 몇 년 전부터 그녀와 알고 지냈으며 그녀를 매우 존경했다. 그녀의 첫사랑은 푸블리우스 클로디우스였지만, 그녀는 애정의 대상을 죽은 전남편과 아주 다른 쿠리오로 바꾸는 데 완벽하게 성공한 듯 보였다. 안토니우스가 아는 대부분의 여자들과 달리, 풀비아는 가정을 꾸리는 것말고 다른 목적으로 남자를 사랑했다. 그녀의 애인이 되려면 용감하고 똑똑하고 정계에서 영향력 있는 인물이 되는 수밖에 없었다. 클로디우스가 그랬던 것처럼. 쿠리오도 앞으로 자신이 그런 인물임을 증명해 보일 터였다. 그녀가 가이우스 그라쿠스의 손녀인 것을 감안하면 예기치 못한 현상은 아닐지도 모른다. 그녀가 너무 많은 불을 품은 존재임을 감안해도 예기치 못한 일은 아니었다. 그녀는 이제 30대에 접어들었지만 여전히 아주 아름다웠다. 그리고 임신이 잘되는 체질이 분명했다. 클로디우스에게서 난 아이가 넷이었고 이젠 쿠리오의 첫아이를 임신중이었다. 귀족 여성들이 출산 도중 죽는 일이 잦은 이 도시에서 풀비아는 어떻게 눈썹 하나 까딱하지 않고 아이를 쑥쑥 낳는 걸까? 그녀는 너무나 많은 면에서 이론에 어긋나는 존재였다. 그녀는 아주 고귀하고 오래된 혈통을 타고났고 근친결혼을 한 선조들이 많았다. 스키피오 아프리카누스, 아이밀리우스 파울루스, 셈프로니우스 그라쿠스, 풀비우스 플라쿠스……. 그럼에도 불구하고 그녀는 아기를 찍어내듯 쉽게 생산했다.

"아기는 언제 태어날 예정이오?" 안토니우스가 물었다.

"곧 태어나요." 풀비아가 손을 뻗어 쿠리오의 머리칼을 헝클어뜨리며 말했다. 그녀는 안토니우스를 보며 점잖게 웃었다. "우리는…… 그러니까…… 곧 합법적인 부부가 될 거예요."

"왜 더 빨리 결혼하지 않은 거요?"

"쿠리오에게 물어봐요." 그녀는 하품을 하며 말했다.

"난 엄청나게 돈이 많은 여자와 결혼하기 전에 내 빚부터 완전히 청산하고 싶었네."

안토니우스는 충격받은 표정이었다. "쿠리오, 자네를 도무지 이해할 수 없군! 왜 그런 걸 걱정하지?"

"왜냐하면," 새로운 목소리가 쾌활하게 말했다. "쿠리오는 우리처럼 가난에 찌든 인간들과는 다르기 때문이죠."

"돌라벨라! 들어오게, 들어와!" 쿠리오가 외쳤다. "자리를 좀 만들어 주게, 안토니우스."

파트리키 귀족이지만 극빈자인 푸블리우스 코르넬리우스 돌라벨라는 안토니우스의 옆자리에 앉았고, 쿠리오가 포도주를 따르고 물을 섞어서 건넨 잔을 받았다.

"축하합니다, 안토니우스." 돌라벨라가 말했다.

쿠리오가 보기에 이 두 사람은 적어도 외형만 보면 동류에 가까웠다. 돌라벨라는 안토니우스처럼 장신에 지극히 우월한 체격이었으며 남성미가 넘쳤다. 하지만 쿠리오는 돌라벨라가 지적으로 더 뛰어나다고 생각했는데, 단지 돌라벨라에겐 안토니우스처럼 폭음하는 습관이 없었기 때문이다. 게다가 돌라벨라는 안토니우스보다 훨씬 미남이었다. 그가 풀비아와 혈연관계라는 것은 두 사람의 외모에서 잘 드러났다. 둘 다 옅은 갈색 머리카락에 검은색 눈썹과 속눈썹, 진한 파란색 눈을 지니고 있었다.

재정 상황이 너무도 위태로웠던 돌라벨라는 2년 전 운좋은 결혼을 한 다음에야 원로원에 들어갈 수 있었다. 그는 클로디우스의 입김에 힘입어, 퇴직한 수석 베스타 신녀이자 키케로의 아내 테렌티아의 이부자매인 파비아에게 구애했고 그녀와 결혼했다. 그 결혼은 오래가지 못했지만, 돌라벨라는 파비아의 막대한 지참금을 합법적으로 챙겨서 이혼할 수 있었다. 게다가 여전히 키케로의 아내 테렌티아에게 호감을 사고 있었는데, 그녀는 이 결혼이 실패로 끝난 게 전부 파비아 탓이라고 믿었다.

“소문을 듣자니 당신이 키케로의 딸에게 엄청난 관심을 쏟고 있다던데, 돌라벨라, 그게 사실인가요?” 풀비아가 사과를 한입 깨물며 말했다.

돌라벨라는 유감스러운 표정이었다. “포도덩굴 같은 로마의 정보망이 언제나처럼 제대로 작동하고 있는 것 같군요.” 그가 말했다.

“그렇다면 툴리아에게 구애하고 있단 건가요?”

“실은 안 그러려고 노력중이오. 그런데 문제는 내가 그녀와 사랑에 빠졌단 거요.”

“툴리아와?”

“난 이해가 되는군.” 안토니우스가 예상치 못한 말을 했다. “우리가 항상 키케로의 해괴한 행실을 비웃긴 했지만, 그를 가장 미워하는 적이라 해도 그의 재치나 지적능력을 얕잡아 볼 순 없을 거야. 그런데 몇 년 전 툴리아에게서 그와 같은 장점을 발견한 적이 있네. 그녀가 첫 남편인…… 누구더라…… 피소 프루기와 결혼했을 때였지. 아주 예쁘고 반짝이는 여자더군. 재미있는 여자처럼 보였어.”

“재미있는 여자예요.” 돌라벨라는 우울하게 말했다.

“다만,” 쿠리오가 짐짓 심각하게 말했다. “테렌티아 같은 여자를 어머니로 뒀으니, 툴리아에게서 태어나는 아이들은 얼마나 못생겼겠나?”

그들 모두가 큰 웃음을 터뜨렸다. 하지만 돌라벨라는 누가 봐도 단단히 사랑에 빠진 사람 같았다.

“잊지 말고 키케로에게서 지참금을 넉넉히 받아내도록 하게.” 안토니우스가 이 문제에 대해 남긴 마지막 말이었다. “그가 돈이 없다고 불평할지도 모르겠지만, 그의 문제는 현금이 부족하다는 것뿐일세. 그는 이탈리아의 가장 좋은 땅을 많이 소유하고 있으니 말이야. 테렌티아는 더 많이 소유하고 있을 테고.”

6월 초, 원로원은 여름에 시리아를 침략할 것으로 예상되는 파르티아군에게 어떻게 대응해야 할지 논의하기 위해 폼페이우스 회의소에 모였다. 논의 도중에 킬리키아 총독 키케로와 시리아 총독 비불루스의 후임으로 누굴 뽑아야 할지에 관한 골치 아픈 문제가 거론되었다. 두 총독의 열렬한 지지자들은 기존 임기가 일 년 더 연장되지 않도록 전면적인 물밑작업을 벌이고 있었다. 하지만 쉽지는 않은 일이었다. 새로 총독 직을 맡을 사람이 많지 않았고(집정관이나 법무관 임기 이후 총독 직까지 마친 사람이 대부분이었고, 키케로나 비불루스는 드문 경우였다), 그중 가장 거물급들은 키케로나 비불루스가 아니라 카이사르의 후임 자리를 노리고 있었던 것이다. 입만 살아 있는 장군들은 파르티아와의 전쟁 수행을 꺼렸고, 카이사르의 속주들은 앞으로 몇 년간 평화를 유지할 것처럼 보였다.

두 명의 폼페이우스가 회의에 참석해 있었다. 조각상은 고관석 단상을, 실제 사람은 가장 낮은 단의 왼쪽 구역을 차지했다. 카토는 아주 강인하고 예전보다 더 행복한 모습으로 가장 낮은 단의 오른쪽 구역에, 그것도 아피우스 클라우디우스 풀케르 옆자리에 앉아 있었다. 아피우스 클라우디우스 풀케르는 재판에서 무죄판결을 받고 곧바로 감찰관으로 당선된 터였다. 문제는 동료 감찰관이 카이사르의 장인이자 그로서는 도저히 잘 지낼 자신이 없는 루키우스 칼푸르니우스 피소라는 점이었다. 당장은 두 감찰관이 서로 말을 섞고 있었는데, 아피우스 클라우디우스가 원로원을 한바탕 정리할 마음을 먹고 있었기 때문이다. 그의 친동생 푸블리우스 클로디우스가 호민관 시절에 통과시킨 새로운 법 때문에, 감찰관 한 명의 힘으로는 원로원에서 의원을 제명하거나 트리부스회, 평민회 혹은 백인조회에서 기사의 지위를 변경할 수 없었다. 클로디우스가 거부권이란 장치를 도입하는 바람에, 아피우스 클라우디우스가 뜻을 이루려면 루키우스 피소의 동의를 얻어야 했다.

하지만 클라우디우스 마르켈루스 삼 형제는 여전히 카이사르와 기타 민중파 인사들에게 맞서는 원로원의 주도 세력으로 남아 있었다. 그러므로 차석 집정관인 큰 가이우스 마르켈루스가 회의 진행을 맡았다. 그는 6월의 파스케스를 쥔 집정관이기도 했다.

"우리는 마르쿠스 비불루스의 편지를 통해 시리아의 군사 상황이 심각하다는 것을 알고 있습니다." 큰 마르켈루스가 원로원 의원들에게 말했다. "그에게는 다 해봐야 27개 대대가 있는데, 이건 말도 안 되는 일입니다. 게다가 알렉산드리아에서 소환된 가비니우스군 병사들을 포함해 그들 모두 좋은 군대는 아닙니다. 자신의 두 아들을 살해한 병사들을 지휘해야 한다니 참으로 부당한 상황이기도 하죠. 우리는 더 많은 군단을 시리아로 보내야 합니다."

"거기로 보낼 군단을 어디서 얻는단 말입니까?" 카토가 큰 소리로 물었다. "카이사르의 인정사정없는 모병활동으로 인해—올해만 해도 22개 대대를 모병했다죠—이탈리아와 이탈리아 갈리아의 인력은 바닥났습니다."

"저도 알고 있습니다, 마르쿠스 카토." 큰 마르켈루스는 완고하게 말했다. "그렇다 해도 우리가 시리아로 최소 2개 군단을 파견해야 한다는 사실은 변하지 않습니다."

폼페이우스가 입을 열었다. 그는 맞은편에서 의기양양한 표정을 짓고 있는 메텔루스 스키피오에게 윙크를 날렸다. 그들은 요즘 더할 나위 없이 친하게 지냈는데, 외설물을 좋아하는 장인의 취향을 폼페이우스가 다 받아주고 있었기 때문이다. "차석 집정관, 제가 하나 제안해도 되겠습니까?"

"그렇게 하시죠, 나이우스 폼페이우스."

폼페이우스는 히죽히죽 웃으며 일어났다. "가이우스 카이사르의 수많은 군단 중 일부를 시리아로 보냄으로써 문제를 해결하자고 누군가 제안한다면, 우리의 존경하는 호민관 가이우스 쿠리오께서 곧바로 거부권 행사에 돌입하리라는 것은 저도 압니다. 그러니 가이우스 쿠리오가 정해놓은 틀에서 조금도 벗어나지 않는 제안을 하려고 합니다."

카토는 미소를 지었고, 쿠리오는 이맛살을 찌푸렸다.

"우리가 그 틀 안에서 움직일 수 있다면, 나이우스 폼페이우스, 저는 더없이 기쁠 것 같군요." 큰 마르켈루스가 말했다.

"간단합니다." 폼페이우스가 밝게 말했다. "저는 제 군단 하나를, 카이사르는 그의 군단 하나를 시리아로 파견할 것을 제안합니다. 그러면 우리 둘 중 누구도 큰 피해를 보지 않고 정확히 똑같은 비율의 병력을 잃게 될 겁니다. 내 말이 맞지 않소, 가이우스 쿠리오?"

"맞습니다." 쿠리오는 퉁명스럽게 대답했다.

"이 조치에 거부권을 행사하지 않겠다고 동의하겠소, 가이우스 쿠리오?"

"그런 조치에 대해선 거부권을 행사하지 않겠습니다, 나이우스 폼페이우스."

"아, 잘됐군요!" 폼페이우스는 환한 표정으로 외쳤다. "그렇다면 저는 오늘 이 자리에서 여러분께 제 군단 하나를 시리아로 보내겠다고 선언합니다."

"어떤 군단을 보낼 겁니까, 나이우스 폼페이우스?" 메텔루스 스키피오가 물었다. 그는 너무 신이 나서 의자에 가만히 앉아 있질 못하는 듯했다.

"6군단입니다, 퀸투스 메텔루스 스키피오." 폼페이우스가 답했다.

침묵이 내렸다. 쿠리오조차도 뭐라 할 말이 없었다. 대단하군, 피케눔 돼지놈! 그는 속으로 생각했다. 당신은 카이사르에게서 2개 군단을, 그것도 내가 거부할 수 없는 방식으로 빼앗았어. 6군단은 벌써 몇 년째 카이사르를 위해 싸우고 있으니까. 카이사르는 폼페이우스에게 6군단을 빌려 지금까지 함께하고 있지. 하지만 그 군단은 카이사르의 것이 아니야.

"훌륭한 생각입니다." 큰 마르켈루스가 활짝 웃으며 말했다. "거수투표를 진행하겠습니다. 나이우스 폼페이우스가 그의 6군단을 시리아로 파병하는 데 동의하시는 분은 손을 들어주십시오."

심지어 쿠리오조차도 손을 들어올렸다.

"다음으로, 가이우스 카이사르도 그의 군단 하나를 시리아로 파병해야 한다는 데 동의하시는 분은 손을 들어주십시오."

쿠리오는 또다시 손을 들어올렸다.

"그렇다면 저는 먼 갈리아의 가이우스 카이사르에게 편지를 써서 이러한 원로원 결의를 통지하도록 하겠습니다." 큰 마르켈루스가 만족스럽게 말했다.

"시리아의 신임 총독 문제는 어떻게 됩니까?" 카토가 물었다. "원로원 의원 대다수는 마르쿠스 비불루스를 로마로 불러들이는 데 동의한다고 생각합니다."

"제안하고 싶습니다." 쿠리오가 곧바로 말했다. "루키우스 도미티우스 아헤노바르부스를 마르쿠스 비불루스의 후임으로 시리아에 보내야 합니다."

아헤노바르부스는 자리에서 벌떡 일어나 벗겨진 머리통을 처연하게 흔들었다. "저도 물론 가고 싶습니다, 가이우스 쿠리오. 하지만 아쉽게도 제 건강 상태 때문에 시리아로 가긴 힘들 것 같습니다." 그는 턱을 가슴 쪽으로 당겨 자기 정수리를 원로원 의원들에게 보여주었다. "그곳은 태양이 너무 강합니다, 원로원 의원 여러분. 제 뇌가 익고 말 겁니다."

"모자를 쓰시죠, 루키우스 도미티우스." 쿠리오가 쾌활하게 말했다. "술라도 그걸로 충분했으니 분명 당신도 그걸로 충분할 겁니다."

"하지만 그것도 문제입니다, 가이우스 쿠리오." 아헤노바르부스가 말했다. "저는 모자를 쓸 수 없습니다. 심지어 투구도 쓸 수 없습니다. 머리에 뭘 착용하면 끔찍한 두통에 시달리거든요."

"당신이야말로 끔찍한 두통 같은 존재요!" 감찰관 루키우스 피소가 딱딱거렸다.

"그러는 당신은 인수브레스족 야만인이요!" 아헤노바르부스가 으르렁거렸다.

"정숙하시오! 정숙!" 큰 마르켈루스가 외쳤다.

폼페이우스가 다시 일어났다. "대안을 제시해도 되겠습니까, 가이우스 마르켈루스?"

"말해보시죠, 나이우스 폼페이우스."

"법무관을 지낸 총독 후보들은 몇 명 있지만, 너무도 위태로운 지금의 시리아를 집정관 직도 역임하지 않은 총독에게 맡길 순 없다는 데 모두 동의하실 겁니다. 그럼에도 저는 마르쿠스 비불루스를 원로원으로 불러들여야 한다고 생각합니다. 그러니 제가 만든 폼페이우스법에 명시된 5년을 채우지 않은 전직 집정관을 시리아 총독으로 보내면 어떨까요? 시간이 흐르면 상황이 진정되면서 이런 문제가 발생하지 않겠지만, 지금 당장은 좀더 합리적으로 행동해야 합니다. 원로원 의원들께서 동의한다면, 이 사람에게 이 임무를 맡긴다는 내용의 특별법 초안을 작성할 수 있겠죠."

"오, 계속 해보십시오, 폼페이우스!" 쿠리오는 한숨을 쉬며 말했다. "그 사람의 이름을 밝히라고요!"

"그렇다면 그렇게 하죠. 저는 퀸투스 카이킬리우스 메텔루스 피우스 스키피오 나시카를 지명하고 싶습니다."

"당신의 장인이죠." 쿠리오가 말했다. "족벌주의가 판치는군요."

"족벌주의는 정직하고 정당한 거요." 카토가 말했다.

"족벌주의는 저주입니다!" 뒷자리에 앉은 마르쿠스 안토니우스가 소리쳤다.

"정숙! 정숙하라고 했소!" 큰 마르켈루스가 버럭 소리를 질렀다. "마르쿠스 안토니우스, 당신은 평의원이라서 발언 자격이 없소!"

"헛소리! 허튼소리!" 안토니우스가 소리쳤다. "족벌주의가 저주라는 걸 증명하는 가장 확실한 증거는 바로 제 아버지입니다!"

"마르쿠스 안토니우스, 당장 그만두지 않으면 내가 당신을 원로원 밖으로 던져버리겠소!"

"당신하고 또 누가 나설 겁니까?" 안토니우스가 경멸하듯 말했다. 그는 주먹을 들어 전형적인 권투 자세를 취하며 맞섰다. "마음대로 해보시죠, 누가 나설 겁니까?"

"앉으시오, 안토니우스!" 쿠리오가 피곤하다는 듯 말했다.

안토니우스는 씩 웃으며 앉았다.

"메텔루스 스키피오는," 바티아 이사우리쿠스가 말했다. "여자의 손아귀에서조차 못 벗어나는 사람입니다."

"저는 푸블리우스 바티니우스를 지명합니다! 가이우스 트레보니우스를 지명합니다! 가이우스 파비우스를 지명합니다! 퀸투스 키케로를 지명합니다! 루키우스 카이사르를 지명합니다! 티투스 라비에누스를 지명합니다!" 마르쿠스 안토니우스가 고함쳤다.

큰 가이우스 마르켈루스는 회의 종료를 선언했다.

"자네가 호민관에 당선되면 아주 충격적인 선동 정치가가 될 걸세." 쿠리오는 팔라티누스 언덕으로 돌아가는 길에 안토니우스에게 말했다. "하지만 가이우스 마르켈루스를 너무 밀어붙이진 말게. 그 집안의 다른 사람들 못지않게 성깔이 더러운 자니까."

"후레자식들! 그놈들은 꼼수를 써서 카이사르에게서 2개 군단을 빼앗았네."

"게다가 아주 교묘하게 그 일을 해냈지. 난 당장 그에게 편지를 띄울 생각이야."

7월 초, 로마의 모든 사람들은 카이사르가 평소처럼 아주 신속하게 알프스 산맥을 넘어 이탈리아 갈리아로 들어왔다는 소식을 들었다. 그는 티투스 라비에누스와 3개 군단을 이끌고 왔다. 그중 2개 군단, 다시 말해 폼페이우스의 6군단과 카이사르의 15군단은 시리아로 보낼 예정이었다. 15군단은 전투 경험이 전무했는데, 가이우스 트레보니우스에게서 집중 훈련을 받은 신병들로 구성되어 있었기 때문이다. 카이사르가 데려온 세번째 군단은 이탈리아 갈리아에 머물 예정이었다. 세번째 군단인 13군단은 전투 경험이 풍부했고 자신들의 군단에 붙은 불길한 숫자를 아주 자랑스럽게 여겼으며 그 불길한 숫자의 영향을 전혀 받지 않았다. 그 군단에는 카이사르의 피호민들, 다시 말해 이탈리아 갈리아의 파두스 강 이북에서 온 라티움 시민권자들이 포함돼 있었다. 그들은 온전히 카이사르의 사람들이었다.

카이사르의 즉각적인 조치 때문인지 몰라도, 공포의 전율이 로마의 등줄기를 타고 흘렀다. 얼마 전까지만 해도 이탈리아 갈리아에는 1개 군단도 없었는데, 눈 깜짝할 사이에 3개 군단이 나타난 것이다. 잠재적인 공황 상태의 핵이 형성되기 시작했다. 갑자기 모든 로마인들이, 가이우스 마리우스 이래—어쩌면 역사를 통틀어—최고의 무관으로 알려진 인물을 이런 식으로 도발하는 것이 원로원으로서 책임감 있는 행동인지 의문을 품기 시작했다. 카이사르와 이탈리아 사이에는, 또 카이사르와 로마 사이에는 실질적인 장벽이 아무것도 없었다. 게다가 그는 수수께끼 같은 존재였다. 그를 잘 아는 사람은 아무도 없었다. 그는 너무 오랫동안 외국에서 지내왔던 것이다! 카토는 포룸 로마눔의 어중이떠중이들에게 카이사르가 내전을 준비하고 있다고, 카이사르가 로마로 진군할 것이라고, 카이사르가 자신의 그 어떤 군단도 포기하지 않을 것이라고, 카이사르가 공화정을 붕괴시킬 것이라고 시끄럽게 떠들어댔다. 카토는 주목받았고, 카토의 말은 귀에 속속 박혔다. 속주 총독이 한 지역에서 다른 지역으로 이동했다는 것—당연히 예상되는 행동이었다—외에 실질적인 증거는 전혀 없었지만 두려움은 서서히 커져갔다. 카이사르가 보통 특정한 군단을 붙박이로 곁에 두지 않았다는 건 확실했다. 심지어 한 군단을 이끌고 알프스 산맥을 넘을 때마저도. 그런데 이번에는 13군단을 계속 옆에 달고 다녔다. 아무리 그래도 겨우 1개 군단만 가지고? 나머지 2개 군단만 아니었다면 사람들은 더 쉽게 마음놓았을 터였다.

그러더니 아피우스 클라우디우스란 이름을 가진 많은 젊은이 중 한 사람이 그 2개 군단, 즉 6군단과 15군단을 이끌고 카푸아로 이동중이라는 소식이 들려왔다. 그들은 카푸아에서 대기하다가 배를 타고 시리아로 옮겨질 예정이었다. 모두에게서 안도의 한숨이 터져나왔다. 그 2개 군단은 이제 카이사르의 소유가 아니란 사실을 어째서 다들 까먹었던 것일까? 그는 2개 군단을 이탈리아 갈리아로 데려와야 했던 것일 뿐인데! 오, 모든 신들에게 찬미를! 이런 태도가 더욱 널리 퍼진 것은, 젊은 아피우스 클라우디우스가 6군단과 15군단과 함께 로마 외곽에 도착해 자기 가문의 가장 큰 어르신인 감찰관에게 2개 군단의 병사들이 카이사르를 끔찍이 싫어한다고, 쉴새없이 그를 욕하는 중이며 거의 폭동 직전까지 갔었다고 전했을 때였다. 그는 카이사르 군대의 다른 군단들도 비슷한 상태라고 전했다.

"그 영감 참 영리하지 않나?" 안토니우스가 쿠리오에게 물었다.

"영리하다고? 난 이미 알고 있었네, 안토니우스. 자네가 말하는 영감이 카이사르라면 말이야. 그는 며칠 뒤면 쉰 살이 되는데, 그렇다면 엄밀히 말해 영감은 아니지."

"그러니까 내 말은, 그의 군단이 불만을 품고 있다는 허풍 말일세. 카이사르의 군단이 불만을 품는다? 그럴 일은 절대 없네, 쿠리오, 절대로! 그들은 바닥에 드러누워 카이사르가 갈기는 오줌도 받아낼 사람들이야. 폼페이우스의 6군단을 비롯해 모든 병사들은, 한 명도 빠짐없이, 그를 위해 목숨까지도 바칠 걸세."

"그렇다면……?"

"그는 지금 사기를 치고 있는 걸세, 쿠리오. 그는 음흉한 늙은 여우야. 아피우스 클라우디우스 가문의 젊은이가 누구에게든 매수당할 수 있단 건 심지어 마르켈루스 삼 형제도 알아차릴 거라고 자넨 생각하겠지. 하지만 그건 그 아피우스 클라우디우스가 단순히 짓궂은 장난이 좋아서 나선 게 아닐 경우야. 카이사르는 그를 부추긴 걸세. 어쩌다 알게 된 사실인데, 카이사르는 6군단과 15군단을 넘겨주기 전에 병사들을 모아 그들을 보내야만 하는 것이 너무 아쉽다고 했어. 그런 다음 모든 병사들에게 1천 세스테르티우스의 상여금을 지급하고, 나중에 그들 몫의 전리품을 챙겨주겠다고 약속하고, 기존 수준의 급여로 돌아가는 데 안타까움을 표시했네."

"정말로 음흉한 늙은 여우군!" 쿠리오가 말했다. 그는 갑자기 몸을 떨더니 안토니우스에게 불안한 눈길을 보냈다. "안토니우스, 그가 설마……. 그건 아니겠지?"

"뭘 말인가?" 안토니우스는 예쁜 처녀에게 추파를 던지며 말했다.

"로마 진군."

"오, 물론이지. 우리 모두 그가 막다른 골목으로 내몰리면 그리할 거라고 생각하네."

"우리 모두?"

"카이사르의 보좌관들 말일세. 트레보니우스, 데키무스 브루투스, 파비우스, 섹스티우스, 술피키우스, 기타 등등."

쿠리오는 식은땀을 흘리며 덜덜 떨리는 손으로 이마를 훔쳤다. "유피테르 신이시여! 오, 유피테르 신이시여! 안토니우스, 추파는 그만 던지고 당장 나랑 집으로 가세!"

"왜?"

"자넬 본격적으로 가르치기 위해서지, 이 덩치만 큰 친구야! 로마 진군을 막을 수 있는 사람은 자네와 나뿐일세."

"동의하네. 우린 카이사르에게 부재중 후보로 집정관 선거에 출마할 수 있는 자격을 얻어줘야만 해. 안 그러면 레기움부터 아퀼레이아까지 온통 아수라장이 될 테니까."

"카토와 마르켈루스 삼 형제가 입 좀 다물어주면 그나마 기회가 생길 텐데." 쿠리오는 거의 뛰다시피 하며 초조하게 말했다.

"그들은 전부 얼간이야!" 안토니우스는 혐오감을 담아 말했다.

7월에 세 가지 선거가 진행되었고, 마르쿠스 안토니우스는 호민관 후보 중 최다 득표자로 당선되었다. 보니파는 이 결과에 조금도 당황하지 않았다. 쿠리오는 오래전부터 늘 출중한 능력을 자랑해왔지만, 안토니우스가 지금껏 보여준 것이라곤 팽팽하게 당겨진 튜닉 위로 비치는 거대한 성기의 윤곽뿐이었다. 카이사르가 쿠리오를 안토니우스로 대체하기로 마음먹은 거라면 제정신이 아닌 게 분명하다. 이것이 보니파의 입장이었다. 이번 선거를 통해 이해할 수 없는 로마 정계의 모습이 좀더 드러났다. 시리아에서의 업적 덕분에 여전히 당당한 모습을 자랑하는 가이우스 카시우스 롱기누스는 호민관으로 당선되었다. 그의 동생 퀸투스 카시우스 롱기누스도 호민관으로 당선되었다. 그런데 형 가이우스 카시우스는 굳건한 보니파 지지자인데 반해 동생 퀸투스 카시우스는 온전히 카이사르의 사람이었다. 내년 집정관 당선인들은 둘 다 보니파 소속이었다. 작은 가이우스 클라우디우스 마르켈루스가 수석 집정관으로, 루키우스 코르넬리우스 렌툴루스 크루스가 차석 집정관으로 뽑혔다. 법무관 당선인들은 대부분 카이사르 지지자들이었지만, 카토의 원숭이인 마르쿠스 파보니우스만은 예외였다. 그는 꼴찌로 당선되었다.

게다가 쿠리오와 안토니우스(이제 호민관으로 당선되어 발언권이 생겼다)의 방해 시도에도 불구하고, 메텔루스 스키피오가 비불루스의 후임 총독으로 시리아에 파견되었다. 전직 법무관 푸블리우스 세스티우스는 키케로 후임으로 킬리키아에 파견되었다. 그는 마르쿠스 유니우스 브루투스를 자신의 선임 보좌관으로 데려갔다.

"이런 시기에 로마를 떠나다니 무슨 짓이냐?" 카토가 언짢아하며 브루투스에게 따지듯 물었다.

브루투스는 으레 그렇듯 쭈뼛거리는 표정을 지었다. 하지만 그가 어떤 표정을 짓든 간에 결국 자기 뜻대로 하리라는 것을 이젠 심지어 카토조차 알고 있었다. "전 가야만 해요, 외삼촌." 그는 미안해하며 말했다.

"어째서?"

"키케로가 킬리키아 총독을 역임하는 동안 그쪽 세계에서 가장 수익성 높은 제 사업을 망쳐놨거든요."

"브루투스, 브루투스! 넌 폼페이우스와 카이사르의 전 재산을 합친 것보다 돈이 많잖니! 로마의 운명과 비교하면 그깟 돈놀이 따위가 뭐 중요해?" 카토는 짜증을 내며 울부짖었다. "잘 들어, 카이사르는 공화정을 살해하려고 해! 지금부터 내년 집정관 선거 때까지 카이사르가 취하게 될 움직임에 맞서려면 영향력 있는 인물들 모두의 도움이 필요해. 네 의무는 킬리키아, 키프로스, 카파도키아, 아니면 네가 돈놀이를 하는 다른 지역을 어슬렁거리는 게 아니라 로마에 남아 있는 거야! 넌 마르쿠스 크라수스보다도 더 심각해!"

"죄송해요, 외삼촌. 하지만 마티니우스와 스캅티우스 같은 제 피호민들이 피해를 입었어요. 남자의 첫번째 의무는 자기 피호민을 보호하는 거예요."

"남자의 첫번째 의무는 조국을 수호하는 거다."

"제 조국은 위험에 처해 있지 않아요."

"네 조국은 내전에 휩싸이기 일보 직전이야!"

"계속 그렇게 말씀하시네요." 브루투스는 한숨을 내쉬었다. "하지만 전 솔직히 외삼촌 말을 안 믿어요. 그건 카토 외삼촌의 과민반응이에요, 정말이에요."

어떤 역겨운 생각이 카토의 머릿속에 떠올랐다. 그는 자기 조카를 이글이글 타는 눈으로 쳐다봤다. "헛소리! 이건 네 피호민들이나 미상환 대출금과는 관계없는 일이야, 브루투스, 안 그래? 넌 군복무를 피하려고 떠나는 거야, 네가 평생 그래왔듯이!"

"아니에요!" 브루투스가 창백해지며 헉 소리를 냈다.

"이젠 내가 네 말을 안 믿을 차례구나. 넌 전쟁의 가능성이 조금이라도 있는 지역엔 얼씬도 안 했어."

"어쩜 그렇게 말씀하실 수 있어요, 외삼촌? 파르티아군은 아마 제가 도착하기도 전에 동방 침략을 개시할 거예요!"

"파르티아군은 킬리키아가 아니라 시리아를 침략하겠지. 작년 여름에 그랬던 것처럼. 물론 키케로는 산더미 같은 편지를 로마로 보내 다른 소리를 해댔겠지만! 그럴 가능성은 아주 희박하지만 시리아가 적에게 넘어가지 않는 한, 넌 타르소스에 앉아 있으나 로마에 앉아 있으나 똑같이 안전해. 그 로마가 카이사르의 위협으로부터 자유롭다면 말이지."

"그것도 말도 안 되는 소리예요. 외삼촌을 보면 너무 호들갑스럽게 유난을 떨어서 애들을 죄다 건강염려증 환자로 만들어놓은 스캅티우스의 아내가 생각나요. 반점 하나는 암에 걸린 거고, 두통은 두개골 안에서 뭔가 무시무시한 일이 벌어지고 있는 거고, 배가 찌릿한 통증은 식중독이나 여름철 열병인 거죠. 그러다 그녀는 포르투나 여신의 노여움을 샀는지 아이 하나를 잃었어요. 병에 걸려 죽은 게 아니라 엄마의 부주의 탓이었어요. 그녀는 어린 아들을 잘 지켜보지 않고 시장 노점을 구경하느라 바빴는데, 아들이 결국 수레바퀴 밑에 깔렸죠."

"하!" 카토는 몹시 분노하며 콧방귀를 뀌었다. "흥미로운 이야기구나, 브루투스. 하지만 사실 스캅티우스의 아내는 널 건강염려증 환자로 키워놓은 네 어머니 쪽이 아니라고 확신할 수 있겠니?"

서글픈 갈색 눈동자가 위험하게 번뜩였다. 브루투스는 발길을 돌려 나가버렸다. 하지만 집에 가는 건 아니었다. 그는 습관처럼 포르키아를 방문하기로 했다.

포르키아는 외삼촌과 조카의 사이가 틀어진 이야기를 듣고 길게 한숨을 내쉬더니 두 손바닥을 모았다.

"오, 브루투스, 아빠는 너무 역정을 잘 내세요, 안 그런가요? 너무 불쾌하게 받아들이지 말아요! 아빠가 오빠의 마음을 아프게 할 의도는 아니었을 거예요. 다만 아빠는 뭔가 하나를 물면 절대 놓질 않으세요. 카이사르는 아빠가 집착하는 대상이고요."

"외삼촌의 집착은 용서할 수 있어, 포르키아. 하지만 그 형편없는 독단주의란 정말!" 브루투스는 아직도 곤혹스러운 듯 말했다. "내가 카이사르에게 애정이나 호감이 전혀 없단 건 신들도 다 아실 테지만, 그가 하는 모든 행동은 결국 살아남으려는 노력일 뿐이잖아. 물론 난 그가 살아남지 못했으면 좋겠어. 하지만 내가 당장이라도 이름을 댈 수 있는 대여섯 명의 사람들과 카이사르의 차이점이 뭐지? 그들 중 누구도 로마로 진군하지 않았어. 원로원으로부터 마케도니아 총독 직을 박탈당한 루키우스 피소를 한번 보라고."

포르키아는 놀란 눈으로 그를 쳐다봤다. "브루투스, 그런 비교가 어디 있어요! 오, 오빠는 정치적으로 너무 우둔해요! 어째서 정치를 사업만큼 명확히 보지 못하는 거죠?"

그는 분노로 뻣뻣하게 굳어 자리에서 일어섰다. "너까지 나에게 그런 생각을 강요한다면, 포르키아, 난 그냥 집에 가겠어!" 그는 쏘아붙이듯 말했다.

"오! 오!" 그녀는 진심으로 뉘우치며 그의 손을 잡아 자기 뺨으로 가져갔다. 그녀의 커다란 회색 눈에 눈물이 반짝였다. "용서해줘요! 집에 가지 마요! 가지 말아요."

마음이 누그러진 그는 손을 빼내고 다시 자리에 앉았다. "그래, 그럼 안 갈게. 하지만 너도 네가 얼마나 우둔한지 알아야 해, 포르키아. 넌 카토 외삼촌이 틀렸다는 걸 절대 인정하지 않겠지만, 난 외삼촌도 종종 틀린다는 걸 알고 있어. 외삼촌이 카이사르를 상대로 포룸 로마눔에서 벌이는 전쟁이 딱 그런 예야. 외삼촌은 그걸로 뭘 해낼 수 있다고 생각하시는 걸까? 할 수 있는 일이라곤, 그분의 열성을 보면서 그것이 착각일 리 없다고 믿는 사람들에게 겁을 주는 것뿐이야. 그런데 그들이 카이사르에 대해 접하는 소식은 모두 그가 완벽하게 상식적으로 행동하고 있다는 거지. 카이사르가 3개 군단을 이끌고 알프스 산맥을 넘어온다며 공포에 떨었던 것만 해도 그래. 그는 그 3개 군단을 데려와야만 했잖아! 그리고 그중 2개 군단을 곧바로 카푸아로 보냈지. 바로 그 순간 네 아버지는 카이사르가 2개 군단을 포기하느니 차라리 죽음을 택할 거란 유언비어를 사방에 퍼뜨리고 있었어. 그분이 틀렸던 거야, 포르키아! 그분이 틀렸다고! 카이사르는 정확히 원로원의 요구를 따랐어."

"네, 아빠께서 상황을 과장하는 경향이 있다는 건 동의해요." 그녀는 침을 삼키며 말했다. "하지만 아빠와 다투진 말아요, 브루투스." 그녀의 손에 눈물이 떨어졌다. "오빠가 떠나지 않으면 좋겠어요!"

"내일 당장 떠나는 건 아니잖아." 그는 다정하게 말했다. "내가 떠날 때쯤엔 비불루스가 돌아와 있을 거야."

"네, 그렇겠죠." 그녀는 무미건조하게 말했다. 그러더니 활짝 웃으며 두 손바닥으로 자신의 양 무릎을 쳤다. "이것 봐요, 브루투스. 파비우스 픽토르의 글을 꼼꼼히 살펴보다가 아주 이상한 부분을 발견했어요. 평민들이 벌인 아벤티누스 언덕에서의 철수 투쟁에 대해 논하는 부분이에요."

아, 이런 얘기가 낫지! 브루투스는 기쁜 마음으로 글을 살펴보려고 자세를 잡았지만, 파비우스 픽토르의 글보다는 생기 넘치는 포르키아의 얼굴 쪽으로 더 자주 눈길이 갔다.

하지만 소문은 계속 늘어나고 퍼져갔다. 달력상으로는 여름인 그해 봄은 다행히 날씨가 온화했다. 비도 딱 알맞게 내렸고, 햇볕은 적당히 뜨거웠으며, 카이사르가 마치 거미처럼 이탈리아 갈리아에서 로마를 덮칠 준비를 하고 있다는 것이 어쩐지 현실처럼 느껴지지 않았다. 애초에 평범한 로마인들은 그런 일을 심각하게 걱정하지도 않았다. 그들은 대체로 카이사르를 아주 사랑했고, 원로원이 카이사르에게 박하게 군다는 견해가 많았으며, 으레 그렇듯 결국엔 모든 일이 저절로 잘될 거라는 낙관으로 생각을 마무리했다. 반면 18개 백인조의 상급 기사들과 그보다 지위가 낮은 하급 기사들 사이에선 이런 소문들이 훨씬 우려스러웠다. 그들의 유일한 관심사는 돈이었고, 내전 발발에 관한 사소한 언급에도 그들은 머리털이 쭈뼛 서고 심장박동이 빨라졌다.

카이사르를 열렬히 지지하는 은행가 무리—발부스, 오피우스, 라비리우스 포스투무스—는 여전히 그를 위해 노력했다. 설득력 있는 주장을 펼치고, 서서히 커지는 두려움을 달래고, 티투스 폼포니우스 아티쿠스 같은 금권가들에게 내전은 카이사르의 이익에 부합하지 않는다는 것을 설명하려 했다. 또한 그들은 카토와 마르켈루스 삼 형제가, 확실한 증거에 따르면 실재하지도 않는 동기를 카이사르가 품고 있다며 무책임하고 비이성적인 주장을 펼치는 중이라고 말했다. 카토와 마르켈루스 삼 형제의 근거 없는 억측은, 카이사르가 자신의 미래와 존엄을 지키려고 택하게 될 그 어떤 행동보다 더 큰 해를 로마와 로마의 상업 제국에 끼칠 것이라고 했다. 카이사르는 법을 따르는 사람이고, 늘 법을 따라왔다. 그런데 지금 와서 왜 갑자기 법을 어길 것인가? 카토와 마르켈루스 삼 형제는 계속 그가 법을 어길 것이라 떠들어대지만, 대체 증거가 어디 있나? 증거는 전혀 없다. 그러니 이는 카토와 마르켈루스 삼 형제가 카이사르를 미끼 삼아 폼페이우스를 독재관 자리에 앉히려는 계략에 가깝지 않을까? 지난 몇 년간의 행적을 살펴보면 법을 무시할 가능성이 더 높은 사람은 폼페이우스 아닐까? 클로디우스 사망 이후의 행동만 봐도, 독재관 직을 갈망해온 건 폼페이우스 아니었던가? 보니파가 가이우스 율리우스 카이사르의 존엄과 명성에 흠집을 내게 해준 사람도 폼페이우스 아니었던가? 이 모든 일의 배후는 폼페이우스가 아닐까? 카이사르와 폼페이우스 중 누구의 의도가 더 의심스러운

가? 카이사르와 폼페이우스의 과거 행적을 살펴봤을 때 권력욕이 더 강한 사람은 누구인가? 카이사르와 폼페이우스 중 공화정을 위협하는 진짜 세력은 누구인가? 그건 언제나 폼페이우스였다. 이것이 카이사르의 끈질긴 일꾼들이 내놓은 대답이었다.

폼페이우스는 병에 걸려 캄파니아 네아폴리스 연안의 빌라에서 휴식을 취하고 있었다. 소문에 따르면 병세가 위중하다고 했다. 많은 원로원 의원과 상급 기사 들이 곧장 폼페이우스의 빌라로 순례를 떠났지만, 그곳에서 그들을 맞아주는 건 엄숙하면서도 침착한 코르넬리아 메텔라였다. 그녀는 남편이 사경을 헤매고 있다고 간단히 설명한 뒤, 아무리 위엄 있는 방문객이라 해도 지금 남편을 만나볼 수는 없다고 단호히 말했다.

"정말 유감이에요, 티투스 폼포니우스." 그녀는 제일 먼저 도착한 방문객 중 하나인 아티쿠스에게 말했다. "하지만 의사는 모든 방문객과의 접촉을 금지했어요. 제 남편은 살기 위해 힘들게 싸우고 있는데, 그러기 위해선 힘이 필요해요."

"아," 아티쿠스는 무척 걱정스러운 표정으로 말했다. "나이우스 폼페이우스 없이 어떻게 견딜 수 있을지 모르겠군요, 코르넬리아!"

그가 진짜로 하려던 말은 그게 아니었다. 원래 그는 원로원과 포룸 로마눔에서 벌어지는 카이사르 탄핵 운동의 배후가 폼페이우스가 아닌지 알아볼 작정이었다. 대단한 부와 영향력을 갖춘 아티쿠스는 폼페이우스를 만나서 작금의 정치적 이전투구가 재계에 미치는 영향을 알려줘야만 했다. 폼페이우스의 문제는 재산이 너무나 많고 상업에 대해 너무나 모른다는 것이었다. 그의 돈은 저절로 관리되고 있었는데, 은행에 예치되거나 원로원 의원의 법규에 어긋나지 않는 토지 관련 사업에 투자되었다. 그가 브루투스 같은 사람이었다면 진작 다혈질 보니파 의원들을 저지했을 터였다. 그들이 내뱉는 불안한 말은 돈을 겁먹게 할 뿐이기 때문이었다. 아티쿠스에게 겁먹은 돈이란 악몽이나 다름없었다. 그것은 미로처럼 복잡한 은신처로 달아나 어둠 속에 몸을 숨겼으며 밖으로 나와서 제 역할을 다하지 않았다. 보니파는 지금 로마의 진정한 생명줄인 돈을 가지고 불장난을 하는 중이라고, 누군가 그들에게 알려줘야 했다.

상황이 여의치 않자 아티쿠스는 실망감을 안고 돌아섰다. 네아폴리스를 방문한 다른 모든 사람들도 마찬가지였다.

폼페이우스는 방문객들의 눈과 귀가 닿지 않는 빌라 한구석에 숨어 있었다. 어쩐 일인지 로마에서 그의 지위가 높아질수록 마음을 터놓고 지낼 친구들은 줄어들었다. 예를 들어 지금 이 순간 그의 유일한 위안은 장인인 메텔루스 스키피오뿐이었다. 사경을 헤매는 척하는 이런 계책을 함께 고안해낸 사람도 메텔루스 스키피오였다.

"나에 대한 사람들의 평가와 애정이 어느 정도인지 파악해야만 해." 그는 메텔루스 스키피오에게 말했다. "내가 필수적인 존재일까? 필요한 존재일까? 여전히 로마의 일인자일까? 이번에 그 답이 가려질 걸세, 스키피오. 코르넬리아에게 날 찾아온 방문객 명단을 작성하고 그들이 내게 남긴 말을 기록하라고 했네. 그걸로 필요한 모든 정보를 얻을 수 있을 거야."

아쉽게도 메텔루스 스키피오의 명석함은 미묘하고 사소한 부분에까진 미치지 못했으므로 병문안을 온 사람이라면 당연히 절절한 관심과 위로의 말을 쏟아낸다는 것, 하지만 실제 마음은 다를 수도 있다는 것을 미처 떠올리지 못했다. 또한 폼페이우스의 방문객 중 최소 절반이 폼페이우스가 죽길 바란다는 생각도 미처 하지 못했다.

그러므로 두 사람은 아주 즐거운 마음으로 코르넬리아 메텔라가 작성한 명단을 정리하고, 함께 주사위나 체커나 도미노 놀이를 하고, 그런 다음 떨어져 각자 취미활동을 했다. 폼페이우스는 카이사르의 『갈리아 전기』를 여러 번 읽었는데, 기분좋게 읽은 적은 한 번도 없었다. 그 인간은 군사적 천재 그 이상이었고 폼페이우스는 단 한 번도 가지지 못한 수준의 자신감으로 똘똘 뭉쳐 있었다. 카이사르는 패배를 경험한 뒤 절망에 빠져 자기 뺨이나 가슴을 쥐어뜯지 않았다. 그는 침착하게 계속 군사를 다스렸다. 게다가 그의 보좌관들은 어쩜 이렇게 유능하단 말인가? 히스파니아의 아프라니우스와 페트레이우스가 트레보니우스나 파비우스나 데키무스 브루투스의 반만이라도 따라갔더라면 폼페이우스의 자신감도 한결 높아질 터였다. 한편 메텔루스 스키피오는 개인 시간에 벌거벗은 남녀 배우들이 출연하는 흥미진진한 토막극 대본을 썼고 직접 무대 연출까지 했다.

생사를 넘나드는 병치레는 한 달간 이어졌고, 8월 중순이 되어서야 폼페이우스는 가마를 타고 마르스 평원에 위치한 자신의 빌라로 향했다. 그의 병세가 위중하다는 소문은 멀리까지 퍼졌고, 그가 지나가는 길목마다 그의 수많은 피호민들이 나와 있었다(삼일열이나 사일열에 걸려 진짜로 앓게 되는 상황을 피하려고, 훨씬 안전하며 내륙에 위치한 라티나 가도를 이용했다). 몰려든 피호민들은 화환을 두른 채 그를 환영했고, 그가 가마의 휘장 틈으로 머리를 내밀고 희미한 미소를 지으며 힘없이 손을 흔들 때마다 환호를 보냈다. 그는 평소 가마를 즐겨 타는 사람이 아니었으므로, 그 길고 지루한 시간 동안 잠이라도 청할 요량으로 야심한 시간에 이동하기로 했다. 그런데 너무나 반갑게도, 그 시간까지 사람들이 나타나 그가 가는 길을 횃불로 밝혀주며 그를 반기고 환호했다.

"사실이었네!" 그는 흐뭇해하며 널찍한 가마에 함께 탑승한 메텔루스 스키피오에게 말했다(코르넬리아 메텔라는 폼페이우스의 성관계 요구를 거절해야 하는 상황을 피하려고 혼자 이동하기로 했다). "스키피오, 저들은 날 사랑해! 날 사랑한다고! 오, 내가 늘 했던 말은 사실이었어!"

"무슨 말이요?" 메텔루스 스키피오는 하품을 하며 물었다.

"내가 발 한번 구르기만 해도 이탈리아의 병사들을 죄다 모을 수 있다는 것 말일세."

"아." 메텔루스 스키피오는 이 말을 끝으로 까무룩 잠이 들었다.

하지만 폼페이우스는 잠들지 않았다. 그는 군중이 지켜볼 수 있도록 커튼을 활짝 열어젖히고, 거대한 베개 더미에 기댄 채 몇 킬로미터를 가도록 희미하게 웃고 힘없이 손을 흔들어 보였다. 그건 사실이었다, 부정할 수 없는 사실이었다! 이탈리아 사람들은 그를 진정 사랑했다. 그런 그가 왜 카이사르를 두려워한단 말인가? 카이사르가 로마 진군을 감행할 만큼 멍청하다고 해도, 그에겐 이길 가망이 없었다. 물론 카이사르는 애초에 시도조차 안 하겠지만. 폼페이우스는 로마 진군이 카이사르의 전략에 어긋난다는 것을 너무나 잘 알고 있었다. 그라면 원로원과 포룸 로마눔에서 싸우는 편을 택하리라. 그리고 때가 되면 법정에서 싸우는 편을 택하리라. 그 점에 있어서 폼페이우스는 보니파와 의견이 다르지 않았다. 폼페이우스의 생각에 따르면 장군으로서 카이사르의 활약은 아직 끝나려면 한참 멀었고, 지금 손을 쓰지 않으면 그는 결국 폼페이우스를 넘어서서 카이사르 마그누스, 즉 위대한 카이사르라고 불리게 될 것이 분명했다. 그리고 그 '마그누스'는 스스로 붙인 게 아니라 남들이 붙여준 별명일 것이 분명했다.

폼페이우스는 그 사실을 어떻게 알게 됐을까? 티투스 라비에누스가 그에게 편지를 쓰기 시작한 덕분이었다. 라비에누스는 자신이 무키아 테르티아와 망측한 불륜을 저지른 것을 옛 보호자인 나이우스 폼페이우스 마그누스가 이미 오래전에 용서했기를 바랐다. 그는 카이사르가—당연히 질투 때문에—자신과 거리를 두기 시작했다고 설명했다. 카이사르는 라비에누스처럼 단독 작전으로 눈부신 성과를 올리는 사람을 견디지 못한다고 전했다. 그러므로 약속했던 것처럼 카이사르와 공동 집정관 자리에 오르는 일은 없을 것이라고 했다. 카이사르는 그와 함께 알프스 산맥을 지나 이탈리아 갈리아로 넘어가면서, 갈리아에서의 전쟁이 끝나는 즉시 라비에누스를 뜨거운 석탄처럼 바닥에 떨어뜨리겠다고 말했다는 것이다. 하지만 라비에누스는 로마 진군은 절대 카이사르가 생각하는 대안이 아니라고 했다. 티투스 라비에누스가 모르면 누가 그걸 안단 말인가? 그동안 카이사르의 언행에는 국가를 전복시키고자 하는 의도가 전혀 엿보이지 않았다. 트레보니우스부터 히르티우스에 이르기까지, 그의 다른 보좌관들이 로마 진군을 언급한 적도 한 번도 없었다. 그렇다, 카이사르가 원하는 것은 두번째 집정관 직에 올라 동방에서 파르티아군을 상대로 대단한 전쟁을 벌이는 것뿐이다. 이제는 고인이 된 그의 절친한 친구 마르쿠스 리키니우스 크라수스의 복수를 위해서라도.

폼페이우스가 자초한 고립이 끝나갈 무렵, 그는 이 편지를 앞에 두고 심각한 고민에 빠졌다. 그의 곁에 남은 사람은 메텔루스 스키피오뿐이었지만, 그는 장인에게 이 문제를 거론하지 않았다.

썩을 놈! 죽일 놈! 좆같은 놈! 폼페이우스는 흉포한 웃음을 지으며 속으로 생각했다. 티투스 라비에누스 그놈은 자기가 요즘 너무 잘나가니 내게 용서받을 수 있다고 믿는단 말인가? 그는 용서받을 수 없었다. 절대 용서받을 수 없다, 남의 아내를 훔친 인간은! 하지만 달리 생각하면 그는 여러모로 쓸모가 많을지도 몰랐다. 아프라니우스와 페트레이우스는 점점 늙어가고 무능해지고 있었다. 그들 자리에 티투스 라비에누스를 앉힌다면 어떨까? 그들과 마찬가지로, 그는 결코 위대한 폼페이우스를 위협할 만한 세력으로 성장하지 못하리라. 결코 위대한 라비에누스라고 불릴 수는 없으리라.

동방에서 파르티아군을 상대하는 전쟁이라……. 카이사르의 야망은 그거였군! 똑똑해, 아주 똑똑해. 골치 아프게 로마를 통치하는 건 카이사르가 원하는 일도, 그에게 필요한 일도 아니었다. 그는 로마 역사상 가장 위대한 무관으로 역사책에 기록되기를 원한다. 그러므로 그는—완전히 새로운 땅인—장발의 갈리아를 정복한 다음, 이번에는 파르티아를 제패해 수십억 유게룸의 땅을 로마 제국의 영토로 만들어놓으려는 것이다. 폼페이우스가 어떻게 거기에 맞설 수 있을까? 그가 한 일이라고는 늘 로마가 소유했거나 지배했던 땅으로 진군해 미트리다테스나 티그라네스 같은 로마의 전통적인 적들과 맞선 것뿐이었다. 카이사르는 개척자였다. 그는 그 어떤 로마인도 가보지 못한 곳을 찾아갔다. 광적으로 헌신적인 병사들로 구성된 11개 군단—아니, 이제 9개 군단—과 함께라면, 카라이에서 패배하는 일 따윈 없으리라. 카이사르는 파르티아군에게 채찍을 휘갈기리라. 인도는 물론이고 세리카까지 진군하리라! 위대한 알렉산드로스도 상상하지 못했던 새로운 땅을 밟고 새로운 민족들을 만날 터였다. 자신의 개선행진에 오로데스 왕을 세우고, 로마는 그를 신처럼 숭배하게 될 터였다.

오, 그렇다, 카이사르는 사라져야 했다. 그에게서 군대와 속주를 빼앗고 수많은 혐의로 유죄판결을 받도록 해서 다시는 이탈리아에 얼굴을 못 들고 다니게 만들어야 했다. 그를 잘 알고 그와 함께 9년씩이나 전장을 누빈 라비에누스는, 그가 로마로 진군하는 일은 절대로 없을 거라고 했다. 그것은 폼페이우스의 개인적인 판단과도 완전히 일치하는 부분이었다. 그러므로 그는 자신의 병세 회복을 반기는 군중의 환호에 힘입어, 카토와 마르켈루스 삼 형제로 대변되는 보니파 세력을 억누르지 않기로 결심했다. 그들을 지금 그대로 내버려두자. 아니, 그럴 게 아니라 그들이 원로원 의원들은 물론 금권가들에게 유언비어를 더 퍼뜨릴 수 있도록 돕는 건 어떨까? 이를테면, 그래, 카이사르가 로마 진군을 고려중이라는 소문을 퍼뜨리면 어떨까! 로마 전역을 공포로 몰아넣어 카이사르의 모든 요구에 반대하도록 하자. 그렇게 마지막 순간이 오면, 혈통이 베누스 여신까지 거슬러올라가는 그 거만한 파트리키 귀족 나리는 막사를 접고 대단히 존엄한 자태로 영구 추방길에 오르게 되리라.

한편, 폼페이우스는 감찰관 아피우스 클라우디우스를 따로 만나서 카이사르의 지지자들 대부분을 원로원에서 추방해도 전혀 위험할 게 없다는 암시를 보낼 생각이었다. 아피우스 클라우디우스는 기회를 놓치지 않을 것이고, 심지어 쿠리오까지 추방하려고 밀어붙일 것이 분명했다. 동료 감찰관인 루키우스 피소는 그에 대해 거부권을 행사할 터였다. 하지만 루키우스 피소의 게으른 성격을 보건대 아마도 잔챙이들에겐 신경쓰지 않을 것이 분명했다.

10월 초, 라비에누스로부터 소식이 도착했다. 카이사르가 이탈리아 갈리아를 떠나 평소처럼 신속하게 벨가이계 아트레바테스족의 땅이 있는 네메토켄나로 갔다는 소식이었다. 그곳에는 트레보니우스가 5군단, 9군단, 10군단, 11군단과 함께 주둔하고 있었다. 라비에누스의 말에 따르면, 트레보니우스는 카이사르에게 급한 전갈을 보내서 벨가이족이 또다시 반란을 꾀하고 있다는 소식을 전했다고 한다.

아주 잘됐어! 이것이 폼페이우스의 반응이었다. 카이사르가 로마에서 수천 킬로미터 떨어진 곳에 있는 동안, 폼페이우스는 아랫것들을 시켜 로마에 온갖 소문을 퍼뜨릴 작정이었다. 소문은 극단적일수록 더 좋겠지. 솥이 끓어오르다못해 넘치도록 하자! 그리하여 카이사르가 10월 이두스에 4개 군단—5군단, 9군단, 10군단, 11군단—을 이끌고 알프스 산맥을 넘어 플라켄티아로 올 것이며, 그곳에 병력을 주둔시켜놓고 11월 이두스에 원로원이 자신의 속주 문제를 논의하면 압박을 가할 작정이라는 소문이 아티쿠스 같은 사람들 귀에 들어갔다.

아티쿠스는 킬리키아에서 로마로 돌아오는 도중 에페소스에 도착한 키케로에게 급히 편지를 보냈다. 그는 카이사르가 자기 군대를 포기하지 않으리라는 것을 모든 로마인들이 안다고 전했다.

키케로는 겁을 집어먹고 에게 해를 건너서 아테네로 향했고, 그 중대한 10월 이두스에 목적지에 도착했다. 전장에서 카이사르와 함께 승리하는 것보단 폼페이우스와 함께 패배하는 편이 더 낫다고, 그는 아티쿠스에게 편지로 전했다.

아티쿠스는 놀란 눈으로 키케로의 편지를 내려다보며 쓴웃음을 지었다. 얼마나 절묘한 표현인가! 이건 키케로의 생각일까? 진짜로? 그가 정말 내전이 발발할 것이라고 믿는다면, 폼페이우스와 그 충직한 로마인들이 전장에서 카이사르를 이길 가능성은 전혀 없는 걸까? 아티쿠스는 키케로가 동생인 퀸투스 키케로의 영향으로 이런 의견을 갖게 된 거라고 확신했다. 퀸투스 키케로는 카이사르가 장발의 갈리아에서 가장 고생하던 시절에 그의 보좌관으로 일한 바 있었다. 그래, 퀸투스 키케로의 의견이 그러하다면 이제부터라도 카이사르를 적으로 돌릴 만한 언행을 자제하는 것이 현명하지 않을까?

그리하여 아티쿠스는 이후 며칠 동안 자신의 자금관리 상황을 조정하고 고위급 직원들에게 세뇌 교육을 시켰다. 그는 네아폴리스의 빌라로 돌아간 폼페이우스를 만나기 위해 캄파니아로 향했다. 여전히 로마는 플라켄티아에서 주둔중인 4개 노련병 군단에 대한 소문으로 무성했다. 다만 플라켄티아에 지인이 있는 사람들에겐, 플라켄티아 근처에서는 로마 군단의 그림자도 보이지 않는다고 맹세하는 편지가 계속 날아들었다.

하지만 폼페이우스는 카이사르 문제에 아주 모호한 태도를 취하며 아무 의견도 내놓지 않았다. 아티쿠스는 한숨을 내쉬며 그 주제를 포기했고(상식선에서 행동하고 카이사르의 심기를 건드릴 일은 절대 안 하겠다고 마음속으로 맹세했다) 그 대신 킬리키아 총독 키케로를 칭송하기 시작했다. 그의 칭찬은 절대 과장이 아니었다. 입만 살아 있는 장군이자 로마에서 낭비를 일삼던 키케로는, 킬리키아의 재정을 정당하고 공정하고 합리적으로 재정비한데다 작은 전쟁으로 수익을 올리는 등 실제로 큰 성과를 올렸다. 폼페이우스는 둥글고 훤한 얼굴에 온화한 미소를 띠며 아티쿠스의 말에 동의했다. 키케로가 전장에서 카이사르와 함께 승리하기보단 당신과 함께 패배하는 편을 선호한다고 말해주면 당신은 어떤 반응을 보일까? 아티쿠스는 속으로 짓궂게 생각했다. 하지만 그 생각을 내뱉는 대신, 카파도키아와 아마노스 산맥에서 승리를 거둔 키케로에게 개선식을 허락해야 한다고 목소리를 높였다. 폼페이우스는 키케로에겐 개선식을 치를 자격이 있으며, 자신은 원로원에서 개선식을 찬성하는 쪽에 표를 던지겠다고 따듯하게 말했다.

그가 11월 이두스에 예정된 중요한 원로원 회의에 나타나지 않은 것은 놀랍지도 않았다. 폼페이우스는 원로원이 이길 것이라고 생각하지 않았으며, 쿠리오가 매번 똑같은 못—카이사르가 포기하는 것이 무엇이 됐든 폼페이우스도 동시에 포기해야 한다는 주장—을 망치로 내려치는 동안 그곳에 앉아 창피를 당하기도 싫었던 것이다. 폼페이우스의 예상은 적중했다. 원로원은 아무런 결론도 도출해내지 못했다. 연일 교착상태가 이어졌고, 쿠리오가 작은 개처럼 요란하게 짖어대지 않을 때면 마르쿠스 안토니우스가 황소처럼 고함을 질렀다.

인민들은 이 모든 일에 별 관심을 보이지 않고 평소처럼 생활했다. 설령 내부 분열이 발생하더라도 피해를 보고 골치를 썩이는 사람은 가장 높은 사회계층뿐이라는 사실을 그들은 오랜 경험을 통해 알고 있었다. 게다가 그들 대다수는 보니파보다 카이사르가 로마를 위해 더 나은 선택이라고 생각했다.

기사계급, 특히 18개 백인조에 소속된 상급 기사들 사이에선 분위기가 사뭇 달랐고 엇갈린 반응이 나왔다. 그들은 내전이 발생할 경우 가장 많은 것을 잃게 될 사람들이었다. 그들의 사업체는 휘청거리고, 부채 상환은 힘들어지고, 신규 대출이 중지되며, 해외 투자처는 관리 불가능한 상태가 될 터였다. 제일 끔찍한 것은 불확실성이었다. 누구 말이 맞는 걸까, 누가 진실을 말하는 걸까? 4개 군단이 정말 이탈리아 갈리아에 있는 걸까? 만약 그렇다면 왜 그 군단들의 위치가 파악되지 않는 걸까? 만약 4개 군단이 거기 없다면 어째서 그 사실이 공개적으로 발표되지 않는 걸까? 카토와 마르켈루스 삼 형제 같은 치들은 카이사르에게 본때를 보여주겠다는 각오 외에 다른 건 전혀 신경쓰지 않는 걸까? 그건 그렇고 대체 뭣 때문에 본때를 보여주겠다는 건가? 카이사르가 한 일 중에 최초의 사례라 할 만한 일이 어디 있단 말인가? 카이사르가 부재중 후보로 집정관 선거에 출마하도록 허락하고, 그렇게 함으로써 보니파가 작심하고 준비중인 반역죄 재판에서 벗어날 수 있도록 했을 때 로마에는 어떤 일이 벌어질 것인가? 보니파를 제외한 모든 사람들의 눈에 그 대답은 명확했다. '아무 일도 안 벌어진다!'였다. 로마는 계속 과거와 같은 방식으로 운영될 터였다. 반면 내전은 궁극적인 재앙을 불러올 터였다. 그리고 이것은 마치 원칙에 근거를 둔 내전처럼 보였다. 사업가들에게 원칙보다 더 낯설고 원칙보다 덜 중요한 게 과연 있기나 할까? 그런데 그딴 원칙 때문에 전쟁을 벌인다고? 이런 미친! 그러므로 기사들은 중도파 의원들에게 카이사르를 잘 대하라고 압력을 가하기 시작했다.

많은 원로원 의원들이 금권가 계층의 요구를 귀담아들었지만, 안타깝게도 강경 보니파 의원들은 그러지 않았다. 카토와 마르켈루스 삼 형제에게 있어, 카이사르가 폼페이우스와 똑같은 대우를 받게 됨으로써 그들이 겪게 될 위신의 실추보다 더 중대한 문제는 없었다. 그런데 폼페이우스는 왜 아직도 캄파니아에서 꾸물거리고 있는 걸까? 그의 진짜 입장은 어느 쪽일까? 정황상 증거를 살펴보면 그는 보니파와 한통속인 듯했지만, 아직도 많은 사람들은 폼페이우스의 얇은 귀에 충분히 입김을 불어넣으면 그가 보니파에게서 떨어질 수도 있다고 생각했다.

11월 말, 킬리키아의 신임 총독 푸블리우스 세스티우스는 선임 보좌관 브루투스와 함께 로마를 떠났다. 이로 인해 브루투스의 사촌 포르키아의 삶에는 큰 공백이 생겼으나, 그의 아내 클라우디아의 삶에는 별 타격이 없었다. 브루투스는 아내 얼굴을 거의 안 보고 살았던 것이다. 세르빌리아는 평소 아들과는 그러지 못했지만 사위인 가이우스 카시우스와는 아주 사이좋게 지냈다. 세르빌리아에게 카시우스는 매력적인 존재였는데 전사, 행동가, 군사적 업적을 남길 만한 남자에 대한 그녀의 각별한 애정 때문이었다. 이는 달리 말해, 그녀가 계속 루키우스 폰티우스 아퀼라와 밀회를 이어가고 있다는 뜻이기도 했다.

"동방으로 가는 길에 비불루스와 마주칠 거라고 확신해." 브루투스는 포르키아에게 작별 인사차 들러서 말했다. "그는 지금 에페소스에 있는데, 로마에서 무슨 일이 벌어지는지 확인할 때까지 거기 계속 있을 것 같아. 그러니까 내 말은, 카이사르 문제 말이지."

우는 건 올바른 행동이 아님을 알고 있었음에도 그녀는 대성통곡을 했다. "오, 브루투스, 말벗인 오빠가 떠나면 난 어떻게 될까요? 나한테 친절한 사람은 오빠밖에 없어요! 세르빌리아 고모는 볼 때마다 내 옷차림과 외모를 지적하고, 아빠를 만나도 늘 껍데기와 함께하는 것 같아요. 아빠의 관심은 카이사르, 카이사르, 늘 카이사르죠. 포르키아 고모는 자기 아이들과 루키우스 도미티우스를 돌보느라 너무 바빠 시간을 낼 수가 없어요. 하지만 오빠는 항상 너무도 친절하고 너무도 다정했어요. 아, 오빠가 그리울 거예요!"

"그래도 네 아버지와 재혼한 마르키아가 있잖아, 포르키아. 그러니 분명 전과는 다를 거야. 그녀는 불친절한 사람이 아니니까."

"알아요, 알아!" 포르키아는 큰 소리로 말했다. 콧속에 콧물이 가득한 게 분명했지만, 그녀는 브루투스의 손수건만 만지작거렸다. "하지만 그녀는 모든 면에서 아빠에게 속해 있어요. 두 사람이 처음 결혼했을 때 그랬던 것처럼 말이죠. 그녀에게 난 존재하지 않는 사람이에요. 마르키아에겐 아빠를 제외한 모두가 존재하지 않는 사람이죠!" 그녀는 훌쩍이며 탄식했다. "브루투스, 난 누군가의 마음속에서 의미 있는 사람이고 싶어요! 그런데 그게 안 돼요! 그렇게 안 된다고요!"

"루키우스가 있잖아." 그는 목청을 가다듬으며 말했다. 누구에게도 의미 있는 사람이었던 적이 없는 그가 그녀의 심정을 모를 리 있으랴? 괴짜와 못난이는 경멸받기 마련이었다. 모든 결핍과 결점에도 불구하고 그들을 무조건적으로 사랑해줘야 마땅한 사람들에게서까지.

"루키우스는 점점 자라는 중이고, 내게서 서서히 멀어지고 있어요." 그녀는 눈물을 훔치며 말했다. "나도 이해해요, 브루투스. 그걸 못마땅하게 여기지도 않아요. 그애의 태도가 변하는 건 적절하고 당연한 일이죠. 그애는 몇 달 전부터 부쩍 나를 따라 우리 아빠 집으로 놀러가는 걸 반기더군요. 유치한 놀이보다는 정치가 더 중요하니까요."

"비불루스가 곧 돌아올 거야."

"그럴까요? 과연 그럴까요, 비불루스? 그런데 난 어째서 비불루스를 다신 못 만날 것만 같을까요? 그런 예감이 들어요!"

브루투스도 똑같은 예감이 들었다. 정확한 이유는 알 수 없었지만, 뭔가 끔찍한 일이 벌어질 것이라는 느낌에 로마가 별안간 견딜 수 없는 곳이 되어버렸다. 사람들은 로마를 걱정하기보다도 각자의 사소한 문제에 더 신경썼다. 그건 카토도 마찬가지였다. 그에겐 카이사르를 끌어내리는 것이 무엇보다도 우선이었다.

그래서 브루투스는 포르키아의 손을 들어올려 입맞춤한 뒤 킬리키아로 떠났다.

12월 칼렌다이에 가이우스 스크리보니우스 쿠리오는 원로원 회의를 요청했다. 그달의 파스케스를 쥔 사람은 큰 가이우스 마르켈루스였다. 쿠리오는 자신이 불리한 상황임을 알고 있었다. 마침 폼페이우스가 마르스 평원의 빌라로 돌아와 있었으므로 회의는 폼페이우스 회의소에서 열렸다. 그곳 역시 쿠리오에게는 유리한 장소가 아니었다. 난 카이사르가 이 싸움에서 이겼으면 좋겠어, 하고 쿠리오는 회의가 시작될 무렵 마음속으로 생각했다. 적어도 카이사르는 우리의 원로원 의사당을 재건할 테니까.

"짧게 말하겠습니다." 그는 자리에 모인 원로원 의원들에게 말했다. "저도 여러분만큼이나 이 무의미하고 바보 같은 교착상태가 지긋지긋하기 때문입니다. 저는 제 임기가 끝날 때까지, 원로원이 나이우스 폼페이우스 마그누스에게 똑같이 적용하지 않는 명령을 가이우스 율리우스 카이사르에게만 내릴 때마다 거부권을 행사할 겁니다. 그러므로 저는 원로원에 공식 제안을 할 것이고 반드시 그 제안에 대한 투표를 실시할 겁니다. 가이우스 마르켈루스가 절 막으려고 한다면, 저는 호민관이 공무 집행을 방해당했을 때 사용하는 전통적인 해법으로 그를 처리할 생각입니다. 타르페이아 바위에서 밀어 떨어뜨리는 거죠. 이 말은 진심입니다! 단어 하나도 빼놓지 않고 전부 진심입니다! 지금 바깥 주랑정원에는 수많은 평민들이 모여 있습니다, 원로원 의원 여러분! 제가 그 일을 해내기 위해 평민들 무리의 절반을 동원해야 한다면 그렇게 할 겁니다! 이 점을 명심하십시오, 차석 집정관님. 저는 원로원에서 제 제안에 대한 투표를 실시하고야 말 겁니다."

큰 마르켈루스는 상아 대좌에 앉아 입술을 앙다물고 아무 말도 하지 않았다. 쿠리오의 말은 진심이었고 그에게는 그렇게 할 법적 권한이 있었다. 투표는 진행되어야 할 터였다.

"제 제안은 이겁니다." 쿠리오가 말했다. "가이우스 율리우스 카이사르와 나이우스 폼페이우스 마그누스는 각자의 임페리움, 속주, 군대를 동시에 내려놓아야 합니다. 여기에 찬성하시는 분은 오른쪽으로 이동해주십시오. 반대하시는 분은 왼쪽으로 이동해주십시오."

결과는 압도적이었다. 의원 370명이 오른쪽에 섰고 22명이 왼쪽에 섰다. 그 22명에는 폼페이우스, 메텔루스 스키피오, 마르켈루스 삼 형제, 집정관 당선인 렌툴루스 크루스(예상 밖이었다), 아헤노바르부스, 카토, 마르쿠스 파보니우스, 바로, 폰티우스 아퀼라(그 역시 예상 밖이었는데, 그가 세르빌리아의 연인이라는 것은 아직 알려지지 않은 터였다), 가이우스 카시우스가 포함돼 있었다.

"이로써 결의가 통과되었습니다, 차석 집정관님." 쿠리오는 대단히 만족하며 말했다. "이제 이 결의를 실행에 옮기십시오!"

큰 가이우스 마르켈루스는 자리에서 일어나 릭토르들에게 손짓했다. "오늘 회의는 이걸로 끝입니다." 그는 퉁명스럽게 말하고 회의소 밖으로 나가버렸다.

훌륭한 전략이었다. 너무 순식간에 벌어진 일이라 쿠리오가 밖에서 기다리고 있던 평민들을 안으로 들일 수 없었기 때문이다. 결의는 통과되었지만, 실행으로 이루어지지 않았다.

그 결의는 이후로도 결코 실행되지 않을 터였다. 쿠리오가 포룸 로마눔의 열정적인 관중 앞에서 연설을 하는 동안, 큰 가이우스 마르켈루스는 사투르누스 신전에서 회의를 소집했다. 그곳은 쿠리오가 연설을 하고 있는 로스트라 연단에서 멀지 않았다. 좌절한 폼페이우스는 이번 회의에서 제외시켰다. 오늘 이후로 무슨 일이 생기든 간에 폼페이우스가 개인적으로 관여하는 모습을 보여서는 안 되기 때문이었다.

큰 마르켈루스는 손에 두루마리를 들고 있었다. "저는 플라켄티아의 두움비리에게서 이 편지를 받았습니다, 원로원 의원 여러분." 그는 낭랑한 목소리로 발표했다. "원로원과 로마 인민에게 보내진 이 편지에 따르면, 가이우스 율리우스 카이사르는 4개 군단을 이끌고 이제 막 플라켄티아에 도착했다고 합니다. 그는 반드시 저지되어야 합니다! 두움비리는 그에게서 곧 로마로 진군할 것이라는 말을 직접 들었다고 합니다! 그는 자신의 군대를 포기하지 않을 것이고 그 군대를 이용해 로마를 점령할 작정입니다! 지금 이 순간, 그는 이탈리아를 침략하기 위해 그 숙련된 4개 군단을 정비하고 있습니다!"

원로원은 갑자기 소란스러워졌다. 의원들이 벌떡 일어서면서 의자가 뒤집어졌고, 뒤쪽 벤치에 앉은 사람들은 이것저것 따지지 않고 신전 밖으로 달아났다. 마르쿠스 안토니우스 같은 일부 사람들은 전부 거짓말이라고 소리치기 시작했고, 나이 지긋한 두 의원은 기절했다. 카토는 카이사르를 반드시 저지해야 한다고, 저지해야 한다고, 저지해야 한다고 고함치기 시작했다!

그 혼돈의 현장에 쿠리오가 도착했다. 그는 포룸 로마눔의 낮은 구역에서 너무 많은 계단을 뛰어올라온 나머지 숨을 헐떡이고 있었다.

"거짓말입니다!" 그가 소리쳤다. "여러분, 원로원 의원 여러분, 진정하고 생각을 해보십시오! 카이사르는 플라켄티아가 아니라 먼 갈리아에 있고, 플라켄티아에는 로마 군단이 하나도 없습니다! 13군단조차도 이탈리아 갈리아에 있지 않습니다. 일리리쿰의 테르게스테에 있단 말입니다!" 그는 큰 마르켈루스를 포악하게 돌아봤다. "가이우스 마르켈루스, 양심이라곤 다 팔아먹은 괘씸한 거짓말쟁이! 당신은 로마 연못에 낀 더러운 거품이자 로마 하수구에 버려진 똥이야! 거짓말쟁이, 거짓말쟁이, 거짓말쟁이!"

"회의를 마치겠습니다!" 큰 마르켈루스가 크게 외쳤다. 그는 쿠리오가 휘청할 정도로 세게 밀치고 사투르누스 신전을 떠났다.

"거짓말입니다!" 쿠리오는 남아 있는 사람들에게 계속 외쳤다. "차석 집정관은 폼페이우스를 구해주려고 거짓말을 한 겁니다! 폼페이우스는 자신의 속주나 군대를 잃기 싫어합니다! 폼페이우스, 폼페이우스, 폼페이우스! 다들 눈을 뜨십시오! 마음을 여세요! 마르켈루스의 말은 거짓입니다! 폼페이우스를 보호하려고 거짓말을 한 겁니다! 카이사르는 플라켄티아에 있지 않습니다. 플라켄티아에는 4개 군단이 없습니다! 거짓말, 거짓말, 다 거짓말입니다!"

하지만 듣는 사람은 아무도 없었다. 로마 원로원 의원들은 두려움과 경악에 빠져 이리저리 흩어졌다.

"오, 안토니우스!" 쿠리오는 사투르누스 신전에 단둘만 남자 안토니우스에게 훌쩍이며 말했다. "마르켈루스가 설마 저렇게까지 하리라곤 상상도 못했네. 거짓말을 할 줄은 꿈에도 몰랐어! 그는 돌이킬 수 없을 정도로 그들의 명분을 더럽혔네! 앞으로 로마에 벌어지게 될 일은 모두 거짓말에서 비롯된 것이겠지!"

"글쎄, 쿠리오, 그게 누구 때문인지는 자네도 잘 알고 있겠지?" 안토니우스가 으르렁거리며 말했다. "쓰레기 같은 폼페이우스, 늘 그렇듯 그 쓰레기 같은 폼페이우스 탓이야! 마르켈루스는 거짓말쟁이지만 폼페이우스는 비열한 사기꾼이야. 자기 입으로 그렇게 말한 적은 없지만, 로마의 일인자라는 저 소중한 칭호를 절대 포기하지 않을 위인이지."

"오, 카이사르는 대체 어디 있는 거지?" 쿠리오는 흐느끼며 물었다.

"아직도 네메토켄나에 있으면 큰일인데!"

"오늘 아침 자네가 포룸 로마눔에서 떠들어대려고 그렇게 일찍 집을 나서지 않았더라면, 쿠리오, 그의 편지를 받아볼 수 있었을 걸세." 안토니우스가 말했다. "우리에게 각각 한 통씩 편지를 보냈거든. 그는 지금 네메토켄나에 있지 않네. 트레보니우스와 그의 4개 군단을 트레베리족과 레미족 거주지의 경계선인 모사 강으로 보내는 동안만 그곳에 머물렀지. 그러고는 곧 파비우스를 만나러 떠났어. 파비우스는 나머지 4개 군단과 함께 비브락테에 있네. 카이사르는 지금 라벤나에 있고 말이지."

쿠리오는 입을 떡 벌렸다. "라벤나? 설마 그럴 리가!"

"허!" 안토니우스는 끙 앓는 소리를 냈다. "그는 바람처럼 이동하고, 그 어떤 군단과 함께하든 간에 속도를 늦추는 법이 없어. 그 군단들은 여전히 자기 위치에, 그러니까 알프스 산맥 너머에 있네. 하지만 그는 분명 라벤나에 있어."

"그럼 이제 우린 어떻게 해야 하지? 그에게 무슨 말을 하지?"

"진실을 말해야지." 안토니우스는 침착하게 말했다. "우린 그저 그의 종복일세, 쿠리오, 그걸 잊어선 안 돼. 결정은 그의 몫이야."

큰 가이우스 클라우디우스 마르켈루스는 결단을 내렸다. 그는 원로원 회의를 마치자마자 마르스 평원에 있는 폼페이우스의 빌라로 걸어갔다. 그의 곁에는 카토, 아헤노바르부스, 메텔루스 스키피오, 그리고 두 집정관 당선인, 다시 말해 그의 사촌인 작은 가이우스 마르켈루스와 렌툴루스 크루스가 함께 있었다. 목적지까지 절반쯤 갔을 때, 그는 팔라티누스 언덕에 위치한 자신의 저택으로 하인을 보내 얼른 자신의 검을 챙겨오도록 했다. 여느 귀족들의 검처럼 양날이 아주 놀랍도록 날카로운 60센티미터 정도의 기다란 글라디우스였다. 일반 사병들이 사용하는 검과 다른 점은 정교하게 세공된 은제 칼집과 로마의 독수리 형상으로 깎아놓은 상아 손잡이 정도였다.

폼페이우스는 문 앞에서 그들을 직접 맞아 자신의 서재로 안내했다. 그곳에서 하인이 카토를 제외한 모든 손님들에게 물과 포도주를 섞어 따라주었다. 카토는 끔찍하다는 듯이 물을 섞기를 거절했다. 폼페이우스는 조바심이 나서 못 견디겠다는 표정으로 모든 손님들에게 음료가 전달되기를 기다렸다. 사실 손님들이 아주 목마른 기색이지만 않았더라면 그는 아예 음료를 권하지도 않았을 것이다.

"그래서?" 그는 물었다. "어떻게 됐나?"

그에 대한 대답으로, 큰 마르켈루스는 숨기고 있던 자신의 검을 조용히 폼페이우스에게 건넸다. 화들짝 놀란 폼페이우스는 자기도 모르게 그걸 받아들고, 마치 난생처음 검을 보는 것처럼 가만히 내려다봤다.

그는 입술을 적셨다. "이게 무슨 의미인가?" 그는 두려워하며 물었다.

"나이우스 폼페이우스 마그누스," 큰 마르켈루스는 아주 엄숙하게 말했다. "저는 이 자리에서 당신에게 로마 원로원과 인민을 대신해 가이우스 율리우스 카이사르로부터 이 나라를 수호하는 것을 허가합니다. 원로원과 로마 인민의 이름으로 저는 당신에게 2개 군단, 즉 카이사르가 카푸아로 보낸 6군단과 15군단의 소유 및 사용을 정식으로 허락하겠습니다. 또한 히스파니아에 있는 당신의 군대가 도착하기 전까지 추가 병력 모집을 권해드립니다. 조만간 내전이 발생할 겁니다."

선명한 파란 눈이 크게 떠졌다. 폼페이우스는 또다시 검을 내려다보고 또다시 입술을 적셨다. "조만간 내전이 벌어진다." 그는 천천히 말했다. "카이사르는 어디 있나? 그는 이탈리아 갈리아에 몇 개 군단을 두고 있지? 어디까지 진군해온 건가?"

"그에게는 1개 군단이 있고 아직 진군하지 않았습니다." 카토가 말했다.

"아직 진군하지 않았다? 그게……. 어떤 군단인가?"

"13군단입니다. 현재 테르게스테에 있습니다." 카토가 답했다.

"그렇다면……. 그렇다면……. 무슨 일이지? 자네들은 왜 여기 왔나? 카이사르가 1개 군단만 이끌고 진군할 리 없을 텐데!"

"우리 생각도 그렇습니다." 카토가 말했다. "하지만 그래서 여길 찾아온 겁니다. 그가 궁극적인 반역죄, 그러니까 로마 진군을 감행하는 것을 막기 위해서죠. 우리 차석 집정관은 카이사르에게 이미 조치가 취해졌다고 통보할 것이고, 그러면 아무 일도 벌어지지 않을 겁니다. 우리가 먼저 치고 들어가는 거죠."

"오, 무슨 소린지 알겠어." 폼페이우스는 큰 마르켈루스에게 검을 돌려주며 말했다. "고맙네. 자네의 행동에 담긴 의미는 알겠네만, 내게도 검이 있고 난 언제든 조국을 지키기 위해 그 검을 들 준비가 되어 있어. 카푸아에 있는 2개 군단의 지휘권을 기꺼이 받아들이겠네. 하지만 추가 병력까지 모집해야 할 필요가 있겠나?"

"꼭 필요합니다." 큰 마르켈루스는 단호하게 말했다. "카이사르에게 우리가 아주 진지하다는 걸 확실히 보여줘야 합니다."

폼페이우스는 침을 꿀꺽 삼켰다. "그렇다면 원로원은?" 그는 물었다.

"원로원은," 아헤노바르부스가 말했다. "시키는 대로 할 겁니다."

"원로원은 당연히 이 방문을 승인했을 테고."

큰 마르켈루스는 또 거짓말을 했다. "물론입니다."

때는 12월 둘째 날이었다.

12월의 셋째 날 쿠리오는 폼페이우스의 빌라에서 벌어진 일을 알게 되었고, 당연히 분통을 터뜨리며 원로원으로 갔다. 그는 안토니우스의 도움을 받아 큰 마르켈루스에게 반역죄 혐의를 제기했고 원로원 의원들에게 지지를 호소했다. 또한 카이사르는 잘못한 일이 없다는 것, 이탈리아 갈리아에는 13군단말고 다른 군단이 없다는 것, 이 모든 재앙은 고작 보니파 의원 일곱 명과 폼페이우스의 악의적인 조작에 의해 빚어졌다는 것을 알아달라고 호소했다.

하지만 많은 의원들이 회의에 불참했고, 참석한 의원들마저도 너무 얼떨떨하고 혼란스러워 현명한 대응은커녕 어떤 반응을 보여야 할지 갈피를 잡지 못했다. 쿠리오와 안토니우스는 아무것도 얻어내지 못했다. 큰 마르켈루스는 폼페이우스에게 국가를 수호할 권한을 부여해야 한다는 것 외엔 모든 조치에 계속 반대했다. 하지만 그는 폼페이우스의 권한을 법제화하는 시도는 하지 않았다.

12월 여섯째 날, 쿠리오가 원로원에서 고군분투하는 동안 아울루스 히르티우스가 로마에 도착했다. 어느 정도 희망이 있는지 알아오라는 카이사르의 명을 받은 것이었다. 하지만 폼페이우스에게 검이 주어졌고 폼페이우스가 그걸 받아들였다는 말을 쿠리오와 안토니우스에게서 전해 듣자 그는 절망했다. 발부스는 다음날 아침 히르티우스와 폼페이우스가 만날 수 있는 자리를 마련했지만, 히르티우스는 약속 장소에 나가지 않았다. 폼페이우스가 그 검을 받아들였다면 지금 와서 그자를 만나는 게 무슨 소용이란 말인가? 그는 속으로 생각했다. 한시바삐 라벤나로 돌아가 카이사르에게 이 모든 상황을 직접 알려주는 게 나으리라.

그는 이제까지 모든 사건을 편지로만 접했을 테니.

12월 일곱째 날 아침, 폼페이우스는 히르티우스를 오래 기다리지 않았다. 그는 정오가 되기 한참 전에 6군단과 15군단을 점검하기 위해 카푸아로 떠났다.

12월 아홉째 날은 쿠리오의 화려했던 호민관 임기 마지막날이었다. 기진맥진해진 그는 다시 한번 원로원에 호소했으나, 아무 효과가 없었다. 그는 그날 저녁 카이사르가 있는 라벤나로 떠났다. 배턴이 넘겨진 것이다. 모든 사람들에게 게으름뱅이라고 괄시받는 마르쿠스 안토니우스에게로.

11월 말 브룬디시움에 도착한 키케로는 테렌티아와 맞닥뜨렸다. 그는 아내의 등장에 별로 놀라지 않았는데, 그녀로서는 잃었던 입지를 회복해야 할 필요가 있었기 때문이다. 테렌티아의 적극적인 묵인하에 툴리아는 돌라벨라와 결혼했다. 키케로가 애초에 강력히 반대했던 결혼이었다. 그는 지성이 부족하고 매력이라곤 없는 오만한 파트리키 귀족 출신 원로원 의원 티베리우스 클라우디우스 네로에게 딸을 시집보내려고 했었다.

위대한 변호인의 불만은 그가 아끼는 비서 티로에 대한 걱정 때문에 더욱 커졌다. 병에 걸린 티로를 파트라이에 남겨두고 와야만 했던 것이다. 설상가상으로, 카토가 비불루스의 개선식을 허락해달라고 요구한 다음 곧바로 키케로의 개선식에는 반대표를 던졌다는 소식을 전해 듣자 그의 불만은 더더욱 증폭되었다.

"카토 그놈이 어떻게 감히!" 키케로는 자기 아내에게 씩씩대며 말했다. "비불루스는 안티오케이아의 저택에서 한 발도 나간 적이 없소. 난 전투를 치렀는데 말이오!"

"알아요, 여보." 테렌티아는 기계적으로 대답하고 자신의 목표로 초점을 맞췄다. "그런데 돌라벨라를 한번 만나보겠어요? 그를 만나보면 내가 이 결혼에 반대하지 않은 이유를 단번에 알 수 있을 거예요." 그녀의 못생긴 얼굴이 환해졌다. "그는 유쾌한 사람이에요, 마르쿠스, 정말 유쾌해요! 재치 넘치고, 똑똑하고……. 툴리아에게 너무 헌신적이죠."

"안 만나겠소!" 키케로가 소리쳤다. "안 만날 거요, 테렌티아! 당신에겐 내가 그와 만나도록 강제할 권리가 없소!"

"잘 들어요, 여보." 무시무시한 여인은 큰 코를 키케로 얼굴에 바싹 들이밀며 낮은 소리로 말했다. "툴리아는 스물일곱 살이에요! 그애는 당신 허락 없이도 결혼할 수 있다고요!"

"하지만 지참금은 내가 마련해야 하고, 그러니 내가 그애 남편감을 골라야 하는 거요!" 테렌티아와 너무 오랜 시간을 떨어져 지낸 탓에 예전보다 간이 커진 키케로가 크게 소리쳤다. 게다가 그는 그동안 상당한 권위를 지닌 훌륭한 총독으로 일했다. 그 권위는 가정으로까지 확장되어야 마땅했다.

그녀는 남편의 반항에 놀랐으나 물러서진 않았다. "너무 늦었어요!" 그녀는 더 큰 목소리로 고함쳤다. "툴리아는 이미 돌라벨라와 결혼했어요. 지참금을 마련해주지 않으면 내 손으로 당신을 거세해버릴 거예요!"

그리하여 키케로는 자신에게 가장의 기본 권리를 허락할 마음이 없는 성질 더러운 아내와 함께 브룬디시움에서 이탈리아 반도를 따라 올라갔다. 그 밉살스러운 돌라벨라를 한번 만나보기로 한 것이다. 그 만남은 베네벤툼에서 이루어졌으며, 키케로는 자신도 테렌티아만큼이나 돌라벨라의 매력에 속수무책이라는 사실을 깨닫고 놀랄 수밖에 없었다. 게다가 두 전남편과는 아이를 갖지 못했던 툴리아가 이번에는 임신까지 했다.

돌라벨라는 그의 장인에게 로마에서 벌어진 끔찍한 사건들을 들려주었다. 그는 키케로의 등을 툭 치고는, 싸움을 치르기 위해 로마로 가야 한다며 말을 타고 떠났다.

"아시겠지만 전 카이사르 편입니다!" 그는 말에 올라 소리쳤다. "카이사르는 좋은 사람이죠!"

가마를 타고 움직일 때가 아니었다. 키케로는 베네벤툼에서 마차를 빌려 재빨리 서부 캄파니아로 향했다.

그는 자기 소유의 작고 아늑한 빌라가 있는 도시 폼페이에 폼페이우스가 머무르고 있다는 것을 알아냈고, 실제 상황을 알 만한 몇 안 되는 사람들 중 하나인 그에게서 무슨 일이 벌어지고 있는지를 알아내려고 했다.

"어제 트레불라에서 편지를 두 통 받았네." 키케로는 영문을 모르겠다는 듯 얼굴을 찡그리며 폼페이우스에게 말했다. "하나는 발부스가 보낸 편지고, 다른 하나는 다름 아닌 카이사르가 직접 보낸 편지네. 무척 다정하고 친근한 내용이었지……. 자기네가 날 위해 해줄 일은 없느냐, 내가 마땅히 치러야 할 개선식을 꼭 치렀으면 좋겠다, 혹시 돈이 필요하지는 않느냐 등등. 그가 로마로 진군할 작정이라면 왜 이런 짓을 한단 말인가? 어째서 내게 환심을 사려는 거지? 그는 내가 이제껏 당파적인 입장을 취한 적이 없다는 걸 아주 잘 알 텐데."

"실은 말이야," 폼페이우스가 껄끄럽다는 듯 말했다. "가이우스 마르켈루스가 이를 악물고 작정한 모양이야. 그는 공식 허가도 받지 않은 일을 독단적으로 해버렸어. 물론 당시엔 나도 몰랐다네, 키케로. 맹세코 난 몰랐어. 자네는 그가 내게 검을 건넸고 내가 그걸 받아들였다고 들었겠지?"

"그래, 돌라벨라가 그렇게 말해줬네."

"문제는 말이야, 그때 난 원로원이 그에게 칼을 맡겨서 내게 보낸 줄 알았네. 하지만 실은 원로원이 그렇게 한 게 아니었어. 지금 난 스킬라와 카리브디스 사이에 꼼짝없이 낀 모양새야. 카이사르 밑에서 수년간 싸운 2개 군단의 지휘권을 넘겨받고 캄파니아, 삼니움, 루카니아, 아풀리아 전역에서 신병을 모집해 로마를 지켜야 하는 입장이지. 하지만 사실 이건 합법적인 일이 아니라네, 키케로. 원로원은 내게 이 일을 일임하지 않았고 원로원 최종 결의가 발효된 것도 아니야. 하지만 난 조만간 내전이 우릴 덮치리란 걸 알고 있어."

키케로는 심장이 덜컹했다. "그거 진심인가, 나이우스 폼페이우스? 정말 그렇게 생각하는 건가? 카토와 마르켈루스 삼 형제처럼 과격한 멧돼지들말고 다른 사람들과 상의해본 적 있나? 아티쿠스라든지 다른 영향력 있는 기사들과는 얘기해봤나? 그동안 원로원 회의에는 꾸준히 참석한 건가?"

"지금 신병을 모집하느라 정신없는데 어떻게 원로원 회의에 참석하겠나?" 폼페이우스가 으르렁거렸다. "며칠 전에 아티쿠스를 보긴 했네. 아니, 그보단 더 오래된 것 같은데, 마치 어제처럼 느껴지는군."

"마그누스, 내전을 피해 갈 방법이 전혀 없다고 확신하나?"

"물론일세." 폼페이우스는 확신을 담아 말했다. "내전은 벌어질 걸세, 그건 기정사실이야. 그래서 난 잠시 동안이라도 로마를 떠나 있을 수 있어 기쁘다네. 생각을 정리하기에 좋거든. 또다시 이탈리아가 고통받게 할 순 없네, 키케로. 카이사르와의 전쟁은 이탈리아 땅에서 진행되어선 안 되네. 해외에서 치러져야 해. 그리스라든지 마케도니아가 좋을 것 같아. 이탈리아 동쪽이라면 다 괜찮겠지. 동방은 전부 내 피호민들의 지역일세. 난 악티움부터 안티오케이아까지 모든 지역에서 지원을 받을 수 있을 거야. 그리고 내 히스파니아 군단들을 이탈리아 땅을 거치지 않고 곧바로 히스파니아에서 전쟁터로 데려올 수 있겠지. 카이사르에겐 9개 군단과 파두스 강 이북의 신병으로 구성된 22개 대대가 남았네. 나는 히스파니아에 7개 군단, 카푸아에 2개 군단이 있고, 지금부터 몇 개 대대를 더 모집할 수 있겠지. 마케도니아에 2개 군단, 시리아에 3개 군단, 킬리키아에 1개 군단, 아시아 속주에 1개 군단이 있네. 또 갈라티아의 데이오타로스와 카파도키아의 아리오바르자네스에게 파병 요청을 할 수도 있겠지. 필요하다면 이집트군 파병도 요청할 것이고, 아프리카 군단도 데려올 생각이네. 어떤 경우에도 난 16개 군단 이상의 정규군, 1만 명 규모의 보조군을 얻게 될 걸세. 아, 기병은 6~7천 기 정도 될 테고."

가슴이 덜컹 내려앉은 키케로는 가만히 앉아서 폼페이우스를 쳐다봤다. "마그누스, 아직 파르티아군의 위협이 존재하는데 시리아에서 로마 군단을 철수시킬 순 없어!"

"내 정보통에 따르면 위협 따윈 없다고 했네, 키케로. 오로데스는 자국 내에서 고전하고 있네. 그는 수레나와 파코로스를 처형하지 말았어야 했어. 특히 파코로스는 그의 친아들이었으니 말일세."

"하지만……. 하지만 카이사르를 회유하려는 시도가 우선 아닌가? 발부스의 편지를 받아봐서 하는 말인데, 그는 맞대결을 막으려고 필사적으로 노력중이라네."

"흥!" 폼페이우스는 비웃듯이 한마디 내뱉었다. "자넨 아무것도 모르네, 키케로! 발부스는 내가 노나이 새벽에 캄파니아로 못 떠나게 붙잡아두려고 엄청 애를 썼어. 카이사르가 친히 아울루스 히르티우스를 보내 날 만나보도록 했다고 하더군. 그래서 난 기다리고 또 기다렸어. 하지만 결국 히르티우스가 나와의 약속은 아랑곳하지 않고 방향을 틀어 카이사르가 있는 라벤나로 떠났다는 걸 알게 됐지! 카이사르가 원하는 평화라는 게 겨우 그 정도일세, 키케로! 발부스를 앞세운 선전활동 때문에 겉으로만 대단해 보일 뿐이지! 분명히 말하지만, 카이사르는 내전을 벌일 작정이야. 그의 마음을 돌릴 수 있는 건 아무것도 없네. 그리고 나도 마음을 먹었어. 난 이탈리아 땅에서 내전을 치르지 않을 거야. 그리스나 마케도니아에서 그와 맞설 걸세."

하지만 내전을 벌이기로 작정한 사람은 카이사르가 아니라고—혹은 적어도 카이사르 혼자는 아니라고—키케로는 로마의 아티쿠스에게 편지를 쓰며 생각했다. 마그누스는 내전을 치르기로 단단히 마음먹은 게 분명했다. 또한 이탈리아 땅에서 내전이 일어나 이탈리아가 고통받는 상황만 피할 수 있다면 모든 것을 용서받고 모든 것이 망각될 수 있다고 믿었다. 폼페이우스는 자기 나름의 탈출구를 찾은 것이다.

키케로가 내전에 대한 폼페이우스의 생각을 알아보고 있던 12월 열째 날, 마르쿠스 안토니우스는 로마에서 호민관으로 취임했다. 그리고 그가 친할아버지인 웅변가 양반만큼이나 뛰어난 연설가인 것은 물론 뛰어난 재치까지 겸비하고 있음을 증명해 보였다. 검이 넘겨진 상황과 차석 집정관의 행동에 담긴 불법성을 너무도 생동감 넘치게 우렁찬 목소리로 전달하는 바람에, 카토조차도 고함을 질러 그의 목소리를 덮을 수 없었다.

"그뿐만이 아닙니다." 그는 크게 외쳤다. "저는 가이우스 율리우스 카이사르의 허락을 받아, 그가 알프스 산맥 너머 갈리아의 속주 두 개와 6개 군단을 내려놓고자 한다는 것을 여러분께 알려드립니다. 원로원이 그에게 이탈리아 갈리아와 일리리쿰, 그리고 나머지 2개 군단을 계속 보유할 수 있도록 허락한다면 말입니다."

"그렇게 계산하면 총 8개 군단뿐이지 않소, 마르쿠스 안토니우스." 큰 마르켈루스가 말했다. "나머지 1개 군단과 신병으로 구성된 22개 대대는 어떻게 되는 거요?"

"그 아홉번째 군단은—일단 14군단이라고 부르겠습니다—사라질 겁니다. 카이사르는 병력이 부족한 군대를 넘겨줄 마음이 없는데, 현재 그의 모든 군단은 병력이 많이 부족합니다. 1개 군단과 신병으로 구성된 22개 대대는 나머지 8개 군단에 흡수될 것입니다."

논리적인 답변이었지만, 애초에 그 질문은 별로 중요하지 않았다. 큰 가이우스 마르켈루스와 두 집정관 당선인은 안토니우스의 제안을 표결에 부칠 마음이 없었다. 게다가 너무 많은 원로원 의원들이 결원하는 바람에 정족수를 겨우 넘긴 숫자의 의원들만 참석해 있었다. 일부는 로마를 떠나 캄파니아로 달아났고, 일부는 필사적으로 자산을 숨기거나 내전 기간 동안 풍족한 망명생활을 하기에 충분한 현금을 마련했다. 이탈리아 갈리아에는 로마 군단이 없다는 것과, 카이사르가 라벤나에 조용히 앉아 있는 동안 13군단은 인근 해변에서 휴가를 즐기고 있다는 것이 널리 알려졌다. 그럼에도 불구하고 내전은 기정사실처럼 보였다.

안토니우스, 퀸투스 카시우스, 일단의 은행가들, 로마 내의 주요 카이사르 지지자들은 카이사르가 막다른 골목에 내몰리지 않도록 적극적으로 싸웠다. 그들은 원로원 의원부터 금권가에 이르기까지 모든 사람들에게 카이사르는 이탈리아 갈리아와 일리리쿰, 그리고 2개 군단만 얻을 수 있다면 기꺼이 6개 군단과 먼 갈리아의 속주 두 개를 넘기고자 한다고 계속해서 확신을 심어주려 했다. 하지만 쿠리오가 라벤나에 도착한 바로 다음날, 안토니우스와 발부스는 카이사르로부터 통명스러운 편지를 각각 한 통씩 받았다. 그가 자신의 신변과 존엄을 지키기 위해 군대를 동원해야 할 가능성을 완전히 배제할 수 없게 됐다는 내용이었다. 편지에 따르면 그는 비브락테의 파비우스에게 은밀히 편지를 보내서 그곳의 4개 군단 중 2개 군단을 배에 태워 당장 나르보로 보내라 지시했고, 모사 강의 트레보니우스에게도 마찬가지로 은밀히 편지를 보내 그곳의 4개 군단 중 3개 군단을 배에 태워 같은 곳으로 보내라고 지시했다. 그곳에서 그 군단들은 루키우스 카이사르의 지휘를 받으며 폼페이우스의 히스파니아 군단들이 이탈리아로 진입하지 못하도록 막을 예정이었다.

"그는 준비됐어요." 안토니우스는 만족감을 숨기지 않으며 발부스에게 말했다.

발부스는 스트레스가 이만저만이 아니었던지라 예전보단 덜 통통했다. 그는 크고 슬픈 갈색 눈으로 우려스럽다는 듯 안토니우스를 쳐다보며 두툼한 입술을 오므렸다. "우린 그들을 설득할 수 있을 겁니다, 마르쿠스 안토니우스." 그가 말했다. "반드시 설득해야 합니다!"

"마르켈루스 삼 형제가 실권을 쥐었고 카토가 앞자리에서 계속 꽥꽥대는 한 우리에겐 가망이 없습니다. 원로원 의원들은—적어도 아직까지 회의에 참석할 정도로 용기 있는 의원들은—카이사르가 로마의 주인이 아니라 로마의 종복이라는 소리만 반복할 겁니다."

"그렇다면 폼페이우스는 대체 어떤 존재죠?"

"엄연히 로마의 주인이 되겠죠." 안토니우스가 말했다. "하지만 과연 누가 누구를 조종하는 걸까요? 폼페이우스일까요, 아니면 보니파일까요?"

"어느 쪽이든 자신이 상대를 조종한다고 생각하겠죠, 마르쿠스 안토니우스."

12월은 무서운 속도로 흘러갔다. 원로원 회의 참석률은 전보다 더 낮아졌다. 팔라티누스 언덕과 카리나이 지구의 많은 저택들이 봉쇄되고 문에 달린 손잡이까지 제거되었다. 로마의 대기업, 중개소, 은행, 도급업체 들은 과거의 내전으로부터 얻은 아픈 기억을 교훈 삼아 앞으로 무슨 일이 벌어져도 버틸 수 있을 만큼 단단히 방어태세를 갖췄다. 무슨 일이 벌어질 게 분명했기 때문이다. 폼페이우스와 보니파는 그 일이 벌어지지 않고 조용히 넘어가는 것을 용납하지 않을 터였다. 또한 카이사르도 뜻하는 바를 이룰 때까지 굽히지 않을 터였다.

12월 스물한번째 날, 마르쿠스 안토니우스는 원로원에서 아주 훌륭한 연설을 했다. 구성이 아주 탄탄했고, 수사적으로 긴장감이 넘쳤으며, 폼페이우스가 모스 마이오룸을 위반한 사례를 연대순으로 꼼꼼히 나열한 내용이 담겨 있었다. 첫 사례는 스물두 살의 폼페이우스가 자기 아버지 군단의 병사들을 불법적으로 모집하고 그 3개 군단과 함께 진군해, 내전을 일으킨 술라를 도운 것이었다. 마지막 사례는 동료 없이 단독으로 집정관을 지낸 것이었고, 거기에 곁들이는 말처럼 불법으로 건네진 검을 받아들인 행동을 언급했다. 연설의 마지막은 인정사정없고 재치 넘치는 성격 분석으로 장식되었는데, 그 대상은 원로원의 순한 양 370마리를 위협하는 데 성공한 늑대 22마리였다.

폼페이우스는 이 연설의 사본을 키케로와 공유했다. 12월 스물다섯

째 날, 그들은 각자 빌라를 한 채씩 두고 있는 포르미아이에서 만났다. 그들은 다시 키케로의 저택에서 마주 앉아 몇 시간씩 대화를 나눴다.

"난 마음을 바꾸지 않을 걸세." 폼페이우스는 아직도 카이사르와의 화해가 가능한 이유를 숨이 차도록 설명한 키케로에게 대꾸했다. "카이사르에게는 그 어떤 것도 절대 양보해줄 수 없어. 그가 원하는 건 평화로운 협상이 아닐세. 난 발부스나 오피우스나 그 비슷한 무리들의 말을 절대 안 믿어! 심지어 아티쿠스가 하는 말도!"

"아티쿠스가 여기 있었다면 좋았을걸." 키케로는 지쳤다는 듯이 눈을 깜빡이며 말했다.

"왜 여기에 안 온 건가? 내가 충분히 훌륭한 대화 상대가 아니라서?"

"그는 사일열에 걸렸네, 마그누스."

"아."

목이 따끔거렸고 그 끔찍한 안구 염증이 도질 기미가 보였지만, 키케로는 멈추지 않기로 작정했다. 늙은 스카우루스는 자신에게 반대하려고 똘똘 뭉친 원로원을 혼자 힘으로 설득하지 않았던가? 스카우루스는 로마 역사상 가장 위대한 웅변가도 아니었다! 그 영광은 마르쿠스 툴리우스 키케로의 차지였다. 문제는 네아폴리스에서 병에 걸렸다 회복한 뒤로 폼페이우스의 자만심이 지나치게 커진 것이라고, 로마 역사상 가장 위대한 이 웅변가는 결론지었다. 물론 그가 거기서 직접 목격한 일은 아니었지만 많은 사람들이 처음에는 편지로, 나중에는 구두로 그에게 같은 이야기를 전해줬다. 게다가 키케로 자신도 폼페이우스가 열일곱 살 당시에, 또한 술라의 로마 정복을 도우려고 진군했던 당시까지 가지고 있던 지나친 우쭐함을 다시금 확인할 수 있었다. 폼페이우스는 우여곡절 끝에 히스파니아의 퀸투스 세르토리우스를 물리쳤지만 그 전쟁으로 인해 우쭐함을 잃었다. 그리고 그 우쭐함은 이 순간 전까진 다시 모습을 드러내지 않았었다. 어쩌면 또다른 군사 영웅인 카이사르와의 중대한 대결을 통해 다시 한번 젊은 혈기를 느끼고 역사상 가장 위대한 로마인의 자리를 차지하려는 속셈일지도 몰랐다. 다만…… 그가 과연 그런 사람일까? 그는 카이사르보다 최소 두 배 이상 병력을 준비하려고 분주히 뛰어다녔으므로(그럴 결심이 없었다면 이렇게까지 내전을 고집하지도 않았을 것이다) 그가 패배할 리는 없었다. 그리고 그는 이탈리아 내에서 전쟁이 벌어지는 것을 막음으로써 영원히 조국의 구원자로 환영받게 될 터였다. 그것 역시 너무나 자명했다.

"마그누스, 그에게 아주 작은 것을 양보해주는 게 무슨 문제란 말인가? 그가 1개 군단과 일리리쿰만 남기고 다 포기한다면 어떤가?"

"아무것도 양보해줄 수 없네." 폼페이우스는 단호하게 말했다.

"하지만 이런저런 다툼에 휘말려 우리가 중요한 걸 놓친 게 아닐까? 이 모든 일은 카이사르가 집정관 선거에 부재중 후보로 출마하는 걸 반대하면서 시작되지 않았나? 그는 부재중 후보 출마를 통해 임페리움을 유지하고 반역죄로 기소되는 걸 피하려 한 거 아닌가? 그렇다면 그가 그렇게 하도록 놔두는 것이 현명하지 않을까? 일리리쿰을 제외한 모든 속주를 빼앗는 걸세. 그가 가진 군단들도 전부 빼앗고! 그저 임페리움만 갖고 있게 해주고, 집정관 선거에 부재중 후보로 출마하게만 해주는 걸세!"

"아무것도 양보해줄 수 없어!" 폼페이우스는 으르렁거렸다.

"어떤 점에 있어선 카이사르의 하수인들이 하는 말이 맞네, 마그누스. 자네는 이제까지 그보다 훨씬 더 많은 혜택을 받아왔어. 그런데 왜 카이사르는 안 된다는 건가?"

"이런 멍청이, 그건 카이사르가 일개 시민으로 전락한다 해도—속주든, 군대든, 임페리움이든 아무것도 없어도!—국가를 차지하려는 속셈을 버릴 리가 없기 때문일세! 그렇게 되어도 그는 국가를 전복시킬 거야!"

키케로는 폼페이우스가 자신을 멍청이라고 부른 것은 무시하고 다시 설득을 시도했다. 그리고 또 시도했다. 하지만 돌아오는 답은 한결같았다. 카이사르는 절대 자신의 임페리움을 순순히 내려놓지 않을 것이다, 그는 자기 군대와 속주들을 포기하지 않는 쪽을 택할 것이다. 그러므로 내전이 벌어질 것이다.

날이 저물어갈 무렵, 그들은 굵직한 주제는 버리고 마르쿠스 안토니우스의 연설문에 대해 이야기했다.

그 연설에 대한 폼페이우스의 최종 평가는 '반쪽 진실만 담겨 있는 왜곡된 주장'이었다. 그는 콧방귀를 뀌더니 경멸스럽다는 듯 연설문 사본을 휙 던졌다. "안토니우스 같은 저속한 빈털터리가 감히 이런 연설을 해대는 마당에, 카이사르가 국가를 전복시키는 데 성공한다면 또 어떤 일이 벌어질 것 같나?"

키케로는 손님이 떠나가는 것을 아주 기쁜 마음으로 지켜보았고, 술에나 취해버려야겠다고 단단히 작정했다. 하지만 그를 멈추게 한 것은 어떤 끔찍한 생각이었다. 유피테르 신이시여, 키케로는 카이사르에게 수백만을 빚지고 있었다! 이제 얼른 돈을 마련해 부채부터 상환해야 했다. 정적에게 돈을 빚지는 것은 최악 중에도 최악이기 때문이었다.

〈3권에 계속〉

카이사르 2

마스터스 오브 로마 5

1판 1쇄 2017년 6월 16일
1판 4쇄 2020년 6월 23일

지은이 콜린 매컬로 | 옮긴이 강선재 신봉아 이은주 홍정인 | 펴낸이 신정민

편집 신정민 신소희 | 디자인 고은이 이주영
마케팅 정민호 김경환 | 홍보 김희숙 김상만 지문희 우상희 김현지
저작권 한문숙 김지영 이영은 | 모니터링 서승일 이희연 전혜진
제작 강신은 김동욱 임현식 | 제작처 한영문화사

펴낸곳 (주)교유당
출판등록 2019년 5월 24일 제406-2019-000052호

주소 10881 경기도 파주시 회동길 210
문의전화 031) 955-8891(마케팅), 031) 955-3583(편집)
팩스 031) 955-8855
전자우편 gyoyudang@munhak.com

ISBN 978-89-546-4588-1 04840
978-89-546-4586-7 (세트)

* 이 도서의 국립중앙도서관 출판예정도서목록(CIP)은 서지정보유통지원시스템 홈페이지 (http://seoji.nl.go.kr)와 국가자료종합목록 구축시스템(http://kolis-net.nl.go.kr)에서 이용하실 수 있습니다. (CIP제어번호: CIP2017012695)